U0506828

中国古代文论管窥

王运熙文集

图书在版编目(CIP)数据

中国古代文论管窥／王运熙著.—上海：上海古籍出版社,2014.4（2021.3重印）
（王运熙文集）
ISBN 978-7-5325-7196-3

Ⅰ.①中… Ⅱ.①王… Ⅲ.①中国文学—古代文论 Ⅳ.①I206.2

中国版本图书馆 CIP 数据核字(2014)第 036280 号

王运熙文集
中国古代文论管窥
王运熙　著
上海世纪出版股份有限公司
上　海　古　籍　出　版　社　出版
（上海瑞金二路 272 号　邮政编码 200020）
(1)网址:www.guji.com.cn
(2)E-mail:guji1@guji.com.cn
(3)易文网网址:www.ewen.co
上海世纪出版股份有限公司发行中心发行经销
上海中华商务联合印刷有限公司印刷
开本 890×1240　1/32　印张 17.875　插页 3　字数 446,000
2014 年 4 月第 1 版　2021 年 3 月第 2 次印刷
印数：1,501—2,300
ISBN 978-7-5325-7196-3
I·2798　定价：78.00 元
如有质量问题,请与承印公司联系

中国古代文论管窥

目　　录

上　　编

下　编

初版自序

收集在这本小书中的二十一篇论文，除个别篇章外，都是在六十年代前期和1978年以后近几年内写成的。我原来着重研究汉魏六朝、隋唐五代的文学史，六十年代起，研究重点转移到中国文学批评史方面。除参加集体编写的《中国文学批评史》外，还陆续写了几十篇关于中国古代文论的论文。其中研讨《文心雕龙》的文章，因有十多篇，已编成《文心雕龙探索》一书由上海古籍出版社出版，其馀的编成本书。中国古代文论的资料非常丰富，问题很多，我所认识和论述的仅是一小部分现象和问题，所见也不深，因此取名《中国古代文论管窥》。书中论文质、风骨的两篇，谈得比较简括，《文心雕龙探索》中另有长文详细阐述，请读者参看。

书中《中国文学批评史上的文质论》、《鍾嵘〈诗品〉与时代风气》、《〈河岳英灵集〉的编集年代和选诗标准》三篇文章，是杨明同志和我合作写的，征得他的同意，收入本书。曹旭同志仔细校阅全稿，除改正误字外，还提出了若干修改意见。吴兆路同志帮助抄写了一部分稿件。在此一并致以谢意。

王运熙

1986年2月

上　　编

怎样学习中国古代文论

中国古代的文学理论批评，有着两千多年漫长的历史发展过程，积累了丰富的遗产。早在先秦时期，孔子、孟子、庄子、荀子等都发表了一些有关文艺的言论，虽然只是片断的议论，但对后代产生了深远影响。到两汉时代，陆续产生了若干短篇论文，像《诗大序》、班固《两都赋序》、王逸《楚辞章句序》等，大抵就一部书或一篇作品、一种文体进行评论。由先秦的言论片断到有专篇论文，是一个进展。魏晋南北朝时期，文论趋于成熟。专篇论文如曹丕《典论·论文》、陆机《文赋》，或广泛评论若干作家和文体，或着重探讨创作构思和创作技巧，涉及范围都比汉代的论文为广。除不少单篇论文外，此时期还出现了系统性颇强的专著，这就是刘勰的《文心雕龙》和鍾嵘的《诗品》，形成了古代文论的一个高峰。唐宋元明清，文论进一步发展，品种多样，数量繁富。诗文理论方面，有大量单篇论文和诗话、诗格。诗格着重研讨诗歌格律作法；诗话内容丰富多彩：讲理论，评作家作品，讲作法，记逸闻故事等等，无所不包。还有不少诗文选本，往往附有评语，也值得重视。宋代以来，随着词体创作的发达，出现了许多词论著作，其体例大致和诗论著作相近似。明清时代，戏曲、小说繁兴，又出现了许多戏曲和小说理论批评，其中有不少采取了评点的形式。面对大量的古代文论，需要加以辑集汇编，以利阅读。清代人编了一部《历代诗话》，近人又编集了《历代诗话续编》、《清诗话》、《清诗话续编》、《词话丛编》、《中国古典戏曲论著集成》等。单这几部丛书，数量已颇庞大，但还只是古文论的一部分重要对象，远不是它的全部。

爱好文学的同志，学一点中国古代文论很有好处，可以帮助提高文学修养。具体说来则是：一、有助于加强文学理论修养。我们现代的文学理论，是在马克思主义指导下，从古今中外的文学创作和理论中归纳总结出来的。古文论中有不少精当的见解，和今天的文论相通，值得我们重视和吸取。譬如文学作品内容是否深刻动人，和作者的生活体验密切相关，这在宋代大诗人陆游的诗作《示子遹》、《九月一日夜读诗稿有感走笔作歌》等篇章中有所阐述，对我们认识文学与现实生活关系这一问题很有启发。对作品内容与形式关系这一问题，古文论中有大量言论指出形式是为表达内容服务的，必须选择适当的形式来表现内容。这在今天也是很中肯的。对于专业文学理论工作者来说，多学习一些中国古代文论，全面总结一下它的特点和历史发展，为建立今天需要的民族化的马克思主义文学理论体系服务，尤为必要。二、有助于阅读、理解古典作家和作品。古代许多文论，都是直接评论作家作品的，学习这类文论，可以帮助我们欣赏理解古典作家作品的特色与成就。例如读鍾嵘《诗品》、殷璠《河岳英灵集》，对我们分别理解汉魏六朝诗歌和盛唐诗歌就很有好处。读白居易《与元九书》，对理解元白一派讽谕诗的特点和历史背景，也很有好处。三、有助于增强写作修养。古代诗词散文理论，有许多是着重谈写作艺术的，对用词造句、谋篇布局等等，往往研讨得很细致。戏曲小说理论，对刻画人物、安排情节等写作技巧也有许多分析评论。这些意见，不但有助于我们欣赏理解古典作品，对我们今天从事创作，也有或多或少的启发和借鉴意义。至于对要写作旧体诗词的一些同志来说，这方面的帮助就更为直接了。周振甫同志编的《诗词例话》、《文章例话》两部书，引用了许多古文论的材料，作了比较通俗的分析和讲解，对阅读欣赏古代作品和写作都有裨益，可以参考。

关于学习古文论的基本条件，一般说来，应掌握基本的马克思主义文学理论，作为认识、分析古文论的武器；要具有中国古代文学的基本知识，并具有较好的古文阅读能力，这样才能读懂古文论。在学习步骤和方法上，提出下列四点供大家参考。

一　要由浅入深，点面结合

初学古文论，宜对富有代表性的原著和文学批评史的发展过程有一个大概的了解。关于原著，可以先读郭绍虞主编的《中国历代文论选》一卷本，再进而读同一人主编的《中国历代文论选》四卷本。近来有的出版社又出版了一些古文论的注释本，更为浅显，也可以参考。关于批评史，可以先读敏泽《中国古代文学理论批评史》和复旦大学中文系编著的《中国文学批评史》。两书都是建国后编写的，观点比较新颖，材料也较充实，宜于初学。建国以前，郭绍虞的《中国文学批评史》、朱东润的《中国文学批评史大纲》、罗根泽的《中国文学批评史》(仅编至宋代)，都是用力之作，材料丰富，各有独到见解，深入学习者可以拿来阅读。三书有一个共同的缺陷是详述诗文理论，对戏曲小说理论介绍甚少甚至空缺，这在建国后新编的文学批评史中有所改进。

读了古代文论选和文学批评史以后，对中国古文论的面上知识有一个大概的了解，如需深入学习钻研，就可以选择一些点专门攻读。中国古代文论，有的理论性较强，如《文心雕龙》、严羽《沧浪诗话》、叶燮《原诗》等；有的系统评论历代作家作品，带有文学史性质，如胡应麟《诗薮》、沈德潜《说诗晬语》、翁方纲《石洲诗话》等；有的偏重讨论作法，如皎然《诗式》、张炎《词源》、王骥德《曲律》等。我们可以根据自己的兴趣和要求加以选择。选择的重点，可以从多方面考虑。可以专攻一段(如唐代文学批评)，可以专攻一体(如戏曲批评)，如范围缩小，可以攻断代的一体(如明代戏曲批评)或一个流派、一个人、一部书。还有一些专题，如文气说、意境说、神韵说、性灵说等等，在批评史上都有一个产生发展过程，值得探讨。我们大致上可以以文论选、批评史的介绍为线索来确定进一步学习的重点。一些重要的专著（如《文心雕龙》、《诗品》、《沧浪诗话》等），今人也都有注释本，应当阅读参考，还应参阅一些有关的研究论文和论著。今人关于古文论的注释和论著、论文，由于著者的功力、写作态度不尽相同，同时不少古文论的难度较大，某些问题一时不易有明确一致的解释；因此，今人关于古文论的解释评论，有些地方还可商榷，甚至也有错误的，阅读时遇到疑问，宜多看一些有关资料，以期获得准确或比较准确的理解。

二 要多读一些古代作品，把阅读文论和阅读有关作品配合起来

古代文论大抵由总结古代创作经验而来，反过来又指导创作实践，文论的许多内容，是批评古代作家作品，因此，古文论与古代作品二者关系非常密切，必须配合起来参照阅读。熟悉了有关作品，就能知道古文论如何针对创作有的放矢，掌握其精神实质；反之，如果脱离有关作品，对古文论中的一些理论原则作抽象的理解，就会隔靴搔痒，得出不符合古文论原来面貌的看法。拿《文心雕龙》、《诗品》两书来说，它们着重论述了汉魏以至南朝的许多作家作品，其中不少富有代表性的篇章，为萧统《文选》所采录。如果熟悉《文选》，再学习这两部古文论名著，就要方便得多。大家知道，“五四”以来关于《文心雕龙》的研究著作为数不少，其中黄侃的《文心雕龙札记》、范文澜的《文心雕龙注》、刘永济的《文心雕龙校释》三部书，成绩都较突出。这三部书所以好，一个重要原因是著者旧学根底好，熟悉汉魏六朝文学，熟悉《文选》，因此对《文心雕龙》所作的不少诠释就显得深入中肯。

我们今天当然不容易达到这些著名学者的水平，但要吸取他们的经验，多学习以至熟悉一些古典作品，争取对古文论有准确的理解。有一些《文心雕龙》的研究论文，认为刘勰是进步的现实主义文论家，他对流行于魏晋南北朝的形式主义的骈体文学采取对立的态度。如果我们细读《文心雕龙》全书，结合读有关作品，不难发现刘勰对汉魏六朝时期许多骈体文学家及其作品，是加以肯定或基本肯定的。《文心雕龙》全书也用精致的骈文写成。看来上述论点并不符合《文心雕龙》的原来面貌。《文心雕龙》的原貌是，它拥护支持骈体文学，只是批评骈体文学创作中一部分过于华艳的作风（笼统说骈体文学是形式主义也是不对的）。再如《沧浪诗话·诗辨》，严厉批评了江西诗派的以文字、才学、议论为诗的创作倾向，又批评了南宋四灵诗派、江湖诗派的纤巧诗风；对此，我们得读一些江西等诗派的诗歌创作，了解其特点，这样，对严羽诗论的实质，就容易理解得确切和深入。总之，要学好古代文论和文学批评史，必须有一定的古代创作和文学史知识做基础。

三　要仔细体察原著的观点，求得确切的理解

古文论内容丰富，涉及面广，文字有时又比较深奥简练，一定要仔细阅读体会，才能有确切的理解。那些分量大、自成体系的专著，更要注意全面阅读考察，把握其思想原貌；切忌抓其一点，不及其馀，或者望文生义，随便发挥。上面讲到的联系文学创作现象来考察，是求得对古文论观点确切理解的一个重要途径；此外，还要注意考察文论家的全部言论，考察其他有关资料，如同时代的文论以至有关的音乐、绘画、书法理论等等。这里不妨仍以《文心雕龙》作例子。有的同志认为刘勰很重视人民的生活和利益，重视作品反映人民生活，这是一种缺乏根据的看法。诚然，刘勰对中国古代文论做出了卓越贡献，

在不少重要文学理论问题(如创作与时代的关系、作家个性与作品风格的关系、文学批评的态度和方法等等)上提出了精辟的、系统的意见。他也很重视文学的社会功能,强调文章要为政治教化服务,要善于向统治者进行讽谏,以收补偏救弊的作用。但他并不关心广大人民的生活状况,也没有要求作品反映人民的痛苦。他对汉乐府民歌中那些深刻反映人民生活的篇章,诸如《东门行》、《妇病行》、《孤儿行》、《焦仲卿妻》等,在《文心雕龙》全书中均只字不提,反而把汉乐府民歌笼统斥为淫辞艳曲(见《乐府》篇)。对魏晋南北朝志怪小说中反映人民生活的篇章,刘勰也从未齿及。《文心雕龙·祝盟》篇有"利民之志,颇形于言"的话,那是赞美虞舜的祠田辞关心农业,用以歌颂古代"圣君",也不是重视作品反映人民生活。其实,这种不关心下层人民生活、不重视作品反映人民生活的思想局限,在贵族文人垄断文坛的局面下,在南朝文人(包括文论家)中是具有相当普遍性的。试看上述《东门行》等汉乐府佳篇,鍾嵘《诗品》没有提及和肯定,萧统《文选》也不予选录,这是很值得我们联系起来考察、发人深思的现象。要求作品反映广阔社会现实、反映下层人民生活的言论,在南朝文论中不曾出现过,到唐代大诗人杜甫、白居易的作品中才有明确的表述。有人或许会问:刘勰对《诗经》大力推崇,《诗经·国风》中有不少篇章反映人民生活,这怎样解释?其实南朝人对《诗经》各篇作者和题旨的理解,大抵根据《毛诗》的小序。《国风》中不少篇章,宋代以后学者往往认为是里巷歌谣,《毛诗》却经常认为是周代贵族的作品。在刘勰看来,《国风》大致上不是反映人民生活的民间作品。所以,我们不能因为刘勰是一位有卓越贡献的文学理论批评家,抓住其片言只语,就强调他关心人民,以至重视文学反映人民生活。如果我们不仔细体察,这种缺乏根据、似是而非的看法是很容易产生的。当然,要做到仔细体察、全书考查,以求达到确切的理解,这要求比较高,主要应当是深入学习者和进行研究工作者的事。但对初学者来说,在这方面树立起一种严谨的态度,不随便下判断或轻易跟着别人的论点跑,也是很必要的。

四　既要注意运用新的文学理论来解释评价古文论,又要注意避免生搬硬套

我们研究古文论,目的是古为今用,使古文论对今天社会主义的文化生活和文化建设产生积极作用。我们的指导思想是马克思列宁主义、毛泽东思想。因此,我们必须运用马克思主义的文学理论来学习、研究古代文论,使古文论在新的理论照耀下获得正确的分析和评价。文学理论中一些常用的名词概念,由于时代不同,古文论使用的术语和今天所用的术语也不同。对此,我们必须互相参照,适当运用今天的名词术语进行分析解释。例如,古人用“情”、“志”、“道”指作者的思想感情,他们讲情、志、道与文的关系,就是讲作者思想感情(表现为作品的思想内容)与作品文采的关系,大致上也就是讲文学的内容与形式的关系。又如古人讲“体”、“体势”,是指文章的体貌,大致上就是今天所谓风格。这类情况,都应当用今天的名词术语分析阐明。但是,这种以今释古的工作一定要郑重,要实事求是;不能生搬硬套,违背古文论的原意,不要拔高、美化古人。例如古人常强调文章要写“真”,“真”是指真挚的感情和可信的事实,他们往往强调写事实要真实可信,不理解生活真实与艺术真实的区别,因此对虚构的神话传说常常表示不满。如果我们把这种“真”和今天文论中的艺术真实等同起来,就不对了。对典型化、艺术真实这种问题的认识和注意,是在明清时代叙事性文学(戏曲、小说、讲唱文学)发展繁荣之际才反映到文论中来,前此的诗文评论中是缺乏的。又如古人常用“奇”、“正”这对概念来分别指奇特和典正的文风;今天的某些研究论文,就用浪漫主义创作方法解释“奇”,现实主义创作方法解释“正”,

这也是不妥当的。“奇”，就其指想象丰富、文辞瑰丽纵逸、善于夸张而论，固有与浪漫主义作品的常见手法相通之处；但古人所谓“奇”，一般不指浪漫主义作品最本质的特征，即表现理想。又古人所谓“奇”，有时指用词造句不合常规，如故意颠倒字句，采用误字（参考《文心雕龙》的《定势》、《练字》两篇），这种现象，很难说是浪漫主义创作方法。我们只能说，古文论的“奇”，只是部分内容与浪漫主义创作方法相通，而不能笼统地说“奇”就是浪漫主义。至于古文论中的“正”，一般指雅正的文风，其思想内容要以儒家的伦理道德观念为准绳，文辞风格要求典雅；这种特色，与现实主义创作方法概念内涵就更少联系了。建国以来，许多同志都努力尝试运用新的文学理论来解释和评价古文论，这是令人欣喜的好现象。在这过程中，产生这样那样的偏差，也是难以避免的事。但是，我们一定要实事求是，争取把这方面的工作做得细致准确，具有较强的科学性。

（原载《文学知识》1985 年第 2 期，河南人民出版社出版）

谈谈中国古代文论的研究方法

我国古代的文学理论批评，有着丰富的遗产。先秦时代文论即已萌芽，至南朝而有巨著出现。唐宋以后，随着文学创作的发展，文论也品种繁多，诗话、词话、曲话、小说评点等等，呈现出绚烂多姿的局面。面对这份丰富的遗产，“五四”以来，学人们就开始重视和研究。从本世纪二十年代到四十年代，出现了几部颇有分量的中国文学批评史，像《文心雕龙》、《诗品》等专著，也有质量较高的注释本问世。建国三十五年来，古代文论的研究又有进一步的发展。其主要表现是：一、努力运用马克思主义来进行分析研究。在正确理论的指引下，许多论文和论著的观点比较鲜明，分析比较深入。二、研究领域扩大了。建国以前，学人们侧重研究诗文理论，戏曲、小说等通俗文学批评不受重视，现在情况有了改变。诗文理论方面，研究范围也有所扩大，一些不太著名、过去不受重视的批评家也得到了重视和研究。一些专门问题，如风骨、意境、比兴等等，都有不少探讨文章发表。三、讨论空气活跃了。发表了不少论文，对若干批评家及其著作、若干专题进行了认真热烈的讨论。通过讨论，对不少问题的认识深化了。成立了全国性的古代文学理论学会和文心雕龙学会，定期举行学术讨论会，并出版了《古代文学理论研究》、《文心雕龙学刊》两种专刊。四、重视资料的建设工作。已经有了比较系统的《中国历代文论选》和《中国近代文论选》（前者还有较详的题解、注释）。人民文学出版社出版了郭绍虞同志主编的“中国古典文学理论批评专著选辑”，已出了数十种。有的单位编辑了古代文论类编、古代曲论类编一类资料。这方面的工作越来越受到学术界的重视。五、研究成果大大增加。上述诸种情况结合起来，形成了研究成果的大量涌现。仅关于《文心雕龙》的注释研究专著，即有十馀种。其他如《文赋》、《诗品》、《二十四诗品》、《沧浪诗话》等均有专著问世。新的中国文学批评史又出版了好几种。单篇论文更是数量繁多。

在建国以来的古代文论研究中，大家几乎有着一个共同的认识，那就是要以马克思主义为指导，整理、分析这份文化遗产，使之古为今用，特别是有助于建立民族化的马克思主义理论。大家朝着这个方向努力，并且已经做出了成绩。当然，在前进过程中，也还存在着一些问题需要解决。其中一个比较突出的问题是：对古代文论的解释分析流于主观片面，甚至曲解，不符合古代文论的原来面貌；而在此基础上做出的分析和评价，就往往会产生使古代人现代化的现象。这种现象，虽然有的同志已经提出，但仍然广泛地存在着。这里我想从方法论角度提出几点值得注意的原则，其目的是为了确切地理解古代文论的意义，弄清其原来的面貌。

一　统观全人，避免以偏概全

古代不少文学理论批评家，其言论内容往往丰富复杂而不是很单纯的。在某种场合，文论家为了某种原因，往往强调某一点而不及其馀。碰到这种情况，我们一定要统观文论家的全部言论，全面考察，如果抓其一点片面地加以夸张，就会背离文论家的原意。鲁迅先生说：“我总以为倘要论文，最好是顾及全篇，并且顾及作者的全人，以及他所处的社会状态，这才较为确凿。要不然，是很容易近乎说梦的。”（《题未定草七》）又说：“倘有取舍，即非全人，再加抑扬，更离真实。”（《题未定草六》）他劝告研究古代文学的人不要只读选本，因为选本经过编选者的选择,不能看出作者的全人。下面试举两个例子。

例如刘勰对魏晋以来盛行的重视辞藻、对偶、声韵之类的骈体文学(包括诗、赋、骈文)的态度如何?《文心雕龙·序志》云:“去圣久远,文体解散,辞人爱奇,言贵浮诡,饰羽尚画,文绣鞶帨,离本弥甚,将遂讹滥。”这段话很重要,说明刘勰写作《文心雕龙》,目的是为了矫正这种浮诡文风。如果孤立地片面地去理解这段话,就很容易认为刘勰对魏晋以迄南朝宋齐时代崇尚辞藻的骈体文学持强烈的批评态度。但从《声律》篇,我们看到刘勰对沈约等提倡的声病说大力支持;从《丽辞》、《事类》两篇,又看到他非常重视并肯定对偶和用典。《文心雕龙》全书也用精致的骈文写成。因此应当说,在理论上和实践上,刘勰都是骈体文学的拥护者而不是反对者,他只是不满当时过于浮靡的骈体文风,要求加以改良和节制。因此,如果说魏晋以来的骈体文学是形式主义文学(这种提法是不对的),那刘勰就不可能是这种形式主义文学的反对者。《文心雕龙》是一部规模宏大、内容特别丰富的巨著,近年来,有的同志提出要研究《文心雕龙》的理论体系,这是一种很好的意见,因为它注意从整体上来探讨刘勰的文学思想。对《文心雕龙》的理论体系是怎么样的这一问题,尽管研究者目前还不能有一致的看法,但只要大家都重视从整体上去认识刘勰的文学思想,就有可能较快地探明《文心雕龙》中的许多问题。

再如,严羽在《沧浪诗话》中所揭示的艺术标准是什么?有些研究者往往认为是兴趣,这也是片面的。《沧浪诗话·诗辨》云:“诗之法有五:曰体制,曰格力,曰气象,曰兴趣,曰音节。”提出了评价诗歌艺术成就的五项标准。他提倡兴趣,要求诗歌具有真实感受和具体形象,抒情要自然浑成,意味深长,有一唱三叹之音;这是针对宋代江西诗派“以文字为诗,以才学为诗,以议论为诗”的弊病而发。除兴趣外,严羽还要求诗歌写得格力雄壮,气象浑厚,音节响亮,具有盛唐诗的雄浑刚健的风貌;这是针对南宋四灵诗派的清苦纤巧的弊病而发。

至于体制，那是兴趣、格力、气象等诸种艺术特征的综合表现。总之，严羽揭示并重视的诗歌艺术标准有两个方面，一是兴趣深远，一是风格雄浑，后来清代王士禛发展其前一方面而有神韵说，明代李东阳、前后七子以至清代沈德潜等发展其后一方面而有格调说。南宋时代，江西诗派的势力和影响特别大，严羽针对现实情况，在批评江西诗派方面多说了几句话，我们不能因此片面地认为严羽对诗歌的艺术标准只是强调兴趣。

二　把理论原则和具体批评结合起来考察

这其实也可以概括在上面第一点里面，不过因为很重要，单独提出来谈一下。一个文论家所提出的理论原则或理论概括，同他对具体作家作品的批评关系十分密切。他的理论原则或理论概括，是总结了对不少作家作品的评价而提出来的，又回过来指导他的批评实践，必须联系起来进行考察。有时候，理解某个文论家的思想实质，看他的具体批评较之理论原则更为重要。这是因为：一、表述理论原则的文字一般总是比较简约，其内容也容易显得笼统而不够明确。二、由于传统的评价标准等因素的约束，一个文论家在谈理论原则时容易说一些冠冕堂皇的话，反不如在对具体作家作品评价中显示出他真正的爱好和兴趣所在。不妨举几个例子。

例如，刘勰对辞赋的评价如何？是彻底批判还是在肯定的前提下批判？《文心雕龙·情采》云："昔诗人什篇（指《诗三百篇》），为情而造文；辞人赋颂，为文而造情。……故为情者要约而写真，为文者淫丽而烦滥。"这段话概括了我国历史上两种不同的创作倾向，前一种以《诗经》为代表，具有要约真实的优良文风；后一种以辞赋为代表，具有淫丽烦滥的弊病。如果孤立地看这段话里的概括，就会认为刘勰对辞赋采取了彻底批判的态度。其实不然。他对辞赋很重视，在诗歌、乐府后即列《诠赋》一篇对两汉魏晋辞赋加以评述。自先秦荀卿、宋玉和汉代枚乘、司马相如、班固、张衡等十家，他誉为“辞赋之英杰”。对魏晋王粲、徐幹、郭璞、袁宏等八家，也加以赞美，称为“魏晋之赋首”。《诠赋》对汉代那些描写京城、宫殿、帝王狩猎的大赋，也加以肯定，称为“体国经野，义尚光大”。刘勰是一位封建统治的拥护者，他对那些歌颂帝王声威、描摹帝王生活的大赋也是基本肯定的。他甚至还肯定颂扬帝王登封泰山的封禅文，《文心雕龙》有《封禅》专篇论述这类作品。他还赞美辞赋发展的汉武帝时代为“遗风馀采，莫与比盛”（《时序》）。由此可见，刘勰虽然不止一次地借用了扬雄“辞人之赋丽以淫”的话，但他对辞赋的态度，在根本上是与扬雄不同的，他不像扬雄那样悔其少作，彻底批判辞赋，而是在肯定辞赋的成就、历史地位的前提下，对其过分华艳的缺点进行批判。

再如刘勰所提倡的风骨的涵义问题。这是《文心雕龙》研究中意见最为分歧的一个问题，这里不拟作详细考辨。我只想说明一点，就是我们如果结合刘勰对具体作家作品的评价来考察，问题就会看得全面一些，也容易解决一些。《文心雕龙·风骨》篇在论述风骨时，举司马相如《大人赋》作为“风力遒”的例子，举潘勖《册魏公九锡文》作为“骨髓峻”的例子。如果像有些研究者所说，风好是指内容充实、健康、进步，那《大人赋》并不具有这种内容。如果风好是指风貌清明爽朗，那《大人赋》倒确有这种艺术特色。潘勖的《册魏公九锡文》在当时很著名，被选入《文选》。其文代汉帝立言，叙述曹操功德，宠以九锡。潘文用词造句，竭力摹仿《尚书》，语言刚健有力，故《风骨》誉为“骨髓峻”。用潘文作为“骨峻”、“结言端直”即语言刚健有力的例子是很恰当的①。有的同志认为骨峻是指事义充实允当，就讲不通了。

① 参考拙作《〈文心雕龙·风骨〉笺释》，原载《中华文史论丛》1983年第2辑。编者按：此文收入《文心雕龙探索》上编。

再如鍾嵘对诗歌用典的态度。《诗品序》强调诗歌吟咏情性，不贵用事，对宋齐时代颜延之、谢庄、任昉等人作诗大量用事的风气深致不满。如果孤立看这段文字，很容易认为鍾嵘坚决反对诗歌运用典故。但联系鍾嵘对作家的品评来考察，认识就会不同。谢灵运诗，用典颇多，但《诗品》列入上品，评价很高。即使大量用典的颜延之，也仍然列在中品。可见鍾嵘虽然提倡写诗不必用典，但不是一概反对用典，只是对用典繁密，"文章殆同书钞"的风气深为不满罢了。

再如唐代高仲武《中兴间气集》的选诗标准。《中兴间气集序》说："言合典谟，则列于风雅。"又说："著王政之兴衰，表国风之善否。"又说："体状风雅，理致清新。"强调的是《诗经》风雅的传统，似乎高仲武很重视诗歌的政治社会内容，但该集所选诗歌，实际内容和序言所宣称的却颇有距离。《中兴间气集》专选大历时代诗人的作品，其内容大多数是描写日常生活并抒发诗人的感受；反映社会现实、思想性较强的作品，像孟云卿的《伤时》、刘湾的《云南曲》、苏涣的《变律格诗》等篇章，在全书中只占很小比重。高仲武特别推重钱起、郎士元的作品，把两人之诗分置于上下两卷之首，并认为两人是王维以后最杰出的诗人。从这些具体评价中，可以看出《中兴间气集》的选诗标准，实际偏重在王维一派的雍容闲雅方面。上面说到了解某个文论家的思想实质，有时候看他的具体评价较之理论原则更为重要，高仲武就是一个例子。

三　与同时代文论联系起来考察

一个时代的文论家，彼此之间常常有其个性，同时又有其共性。在一个时代，多数文人在文学创作倾向和审美标准方面，由于时代风气的影响，常常有着某些共同点，形成了这一时代的文学风尚。因此，当我们研究某一文论家的时候，如果把他和同时代的文论联系起来考察，就能把问题看得更为清楚。譬如魏晋南北朝时代是一个骈体文学发展、在文坛占主导地位的时代。这个时代的多数文人(包括文论家)在衡量作品的艺术性时，总是着重看它们是否具有骈体文学的语言之美，即辞藻绮丽、对偶工整、音韵和谐等等，而不是其他。文论家对不少作家作品的取舍和品第高低，往往首先从这方面着眼。试举三例。

一是南朝文论家对《楚辞》的看法。《楚辞》中的屈原、宋玉作品，不但产生时代较早，而且文学成就卓越，在汉代即受到人们的高度评价。南朝时代，人们常是《诗经》、《楚辞》并提，简称《诗》、《骚》。刘宋檀道鸾《续晋阳秋》云："自司马相如、王褒、扬雄诸贤，代尚诗赋，皆体则《风》、《骚》。"(《文选·宋书谢灵运传论》注引)沈约《宋书·谢灵运传论》在叙述汉魏时代的文体三变后，接着说："是以一世之士，各相慕习，源其飙流所始，莫不同祖《风》、《骚》。"都把《诗经》、《楚辞》二者作为诗赋的祖宗看待。刘勰正是本着这种认识，把《辨骚》列入其书的"文之枢纽"，提出要"倚《雅》《颂》"、"驭楚篇"。《文心雕龙》全书中《诗》、《骚》并提之处屡见，如"六言七言，杂出《诗》、《骚》"(《章句》)、"《诗》、《骚》适会"(《练字》)、"《诗》、《骚》所标，并据要害"(《物色》)，都可见出他对《楚辞》的重视程度。又《定势》云："模经为式者，自入典雅之懿；效《骚》命篇者，必归艳逸之华。"更把学习典雅的"五经"和学习艳逸的《楚辞》的作品区分为两大不同风格。当时鍾嵘《诗品》评述汉魏以迄宋齐诗人，指出这些诗人在作品体制上的远源，大抵是《国风》、《小雅》、《楚辞》三者，实际也是"同祖《风》、《骚》"的意思。楚辞产生时代早在先秦，文采艳丽，成就卓越，对后代的辞赋、骈文产生深远影响，所以南朝文人把它与《诗经》都视为文学创作的祖宗。《辨骚》在《文心雕龙》中属"枢纽"还是文体论，目前研究者意见尚未一致；我以为如能联系同时代的文论来考察，问题就较易解决。

二是南朝文论家对史传文的看法。萧统《文选》不收史籍中的传记篇章，他认为传记篇章写人物事实，缺少辞藻文采，即缺少骈文的语言之美。但《文选》选了若干班固《汉书》、干宝《晋纪》、范晔《后汉书》、沈约《宋书》中的赞、论、序、述，认为它们"综缉辞采"，"错比文华"，"事出于沉思，义归乎翰藻"，即具有文采。原来这部分篇章不是叙述史事，而是就史事发表评论，多骈偶句，音韵和谐(其中赞是韵文)，多用典故，语言华美，具有骈文之美。萧统的这种选录标准完全是骈文家的标准，史传文中许多描写人物生动的传记，尽管它们的文学性很高，但因为是散体文而非骈体文，他就认为缺乏文采而不加选录。萧统的这种看法，在南朝文论中有其广泛性。写《后汉书》的范晔，在他的《狱中与诸甥侄书》中，自诩其《后汉书》的序论"皆有精意深旨"，"实天下之奇作"，又说其赞是"文之杰思"；一点也不提到其传记写人物如何出色。再看刘勰的言论。《文心雕龙・史传》篇对《史记》、《汉书》有具体评述，但没有称道两书叙事写人的杰出文学成就。篇中说《汉书》"赞序弘丽"，更与萧统选录《汉书》若干首赞序的做法声气相通。东汉是骈体文学开始抬头的时代，《汉书》的赞、序多用骈语韵语，而《史记》的序、论则多用散体，因此刘勰、萧统在这方面都重视《汉书》。这样联系起来看，对南朝文论家在对史传文文学性的评价中，着重骈文语言之美这一点，就看得更为明白了。

三是南朝文论家对陶诗的评价。在魏晋南北朝诗人中，陶渊明的成就最为杰出。鍾嵘《诗品》置陶潜于中品，这引起了后来宋元明清许多人的异议和批评。这个问题，也可联系南朝其他文论来考察。《文心雕龙》全书称述了大量作家作品，但没有一处提到陶潜(《隐秀》篇提到陶潜之处是伪文)。《宋书・谢灵运传论》、《南齐书・文学传论》两文，列举了不少重要作家作品，也没有提及陶渊明。陶诗语言质朴自然，不尚藻饰，故在南朝不为崇尚骈文文采的人们所重视。《诗品》说陶诗"笃意真古"、"世叹其质直"，北齐阳休之《陶集序录》说他"辞采未优"，都是认为他的作品文采不足。《诗品》说曹丕诗"鄙质如偶语”,应璩诗“善为古语”,诗风都是质直古朴,故为陶诗所自出。在崇尚骈文辞藻的南朝,这类诗歌是难以得到高度评价的。萧统对陶潜评价较高,称誉他“文章不群,辞采精拔”(《陶渊明集序》)。《文选》选陶诗七题八篇,文《归去来辞》一篇,数量虽较多,但上比陆机、潘岳,下比谢灵运、颜延之诸家,少则二十来篇多则六十篇者,还是瞠乎其后。说明萧统尽管对陶潜有特殊的好感,但仍然受到了时代风尚的约束。只是在古文运动取得全面胜利、文学风尚有了巨大变化的宋代,陶诗的评价才发生了明显的变化①。

四 把批评史研究和文学史研究结合起来

文学理论批评,或是直接批评作家作品,或是总结创作经验,把它概括成理论原则;文学理论批评形成后,又回过来对创作起指导、推动的作用。两者关系非常密切,因此把批评史研究和文学史研究结合起来,既有利于弄清理论批评的实质和价值,也有利于理解文学创作的倾向和特色。中国历史上有不少著名作家,同时又擅长理论批评,如唐代的白居易、元稹、韩愈、柳宗元,宋代的欧阳修、苏轼、黄庭坚、陆游等等都是。文学史在介绍他们的作品时,常常涉及其理论批评,这的确有利于说明他们的创作特色。我觉得,我们应当把这方面的工作做得更扩大一些,有意识地发掘一些前此未被注意的材料,更广泛地把批评现象和创作现象结合起来考察,使我们的分析评价更加确切和深入。下面试举三例。

例如刘勰对宋齐时代山水文学(以山水诗为主)的评价问题。刘宋初期,谢灵运写了大量富有特色的山水诗,彻底改变了东晋玄言诗统治诗坛的局面,影响深远,宋齐两代许多人都学习谢灵运,产生了

① 参考钱锺书先生《谈艺录》第二四条“陶渊明诗显晦”。

许多山水诗文。刘勰在《文心雕龙》中指出，山水诗的特色是以华美新奇的文辞去细致地描绘景物，所谓“情必极貌以写物，辞必穷力而追新”（《明诗》）；山水文学写景物时令逼真生动，使读者“能瞻言而见貌，即字而知时”（《物色》）。这是他对山水文学的肯定评价。同时，他也批评山水文学的一些缺点，大致是：一，缺乏比兴讽谕的政治内容（见《比兴》）；二，感情虚假，所谓“志深轩冕，而泛咏皋壤”（《情采》）；三，文辞繁冗，有“辞人丽淫而繁句”之病，他主张“物色虽繁，而析辞尚简”（《物色》）。这三点对山水文学的批评是否中肯合理，看来应结合作品实际作具体分析。第一点，山水文学的确缺乏比兴讽谕内容，但刘勰对作品思想内容的要求也狭窄了一些；第二点，基本正确；第三点，不少山水篇章文辞繁富，与细致描写密切相关，不能笼统斥为繁冗。刘勰在这方面着重以《诗经》为标准来批评山水文学，他以《诗经》的美刺比兴来要求山水诗，以《诗经》写景“以少总多，情貌无遗”（《物色》）的特色来批评山水诗。如果结合文学史对南朝山水文学的分析评价来看，我认为刘勰对山水文学的态度保守了一些，对它的批评过分了一些①。

再如杜甫的文学思想。杜甫于创作，既重视思想内容，要求反映政治弊害、民生疾苦；又重视艺术技巧，主张博取众长。这两方面在他的批评中都有表现。前者以《同元使君舂陵行》为代表，它通过对元结《舂陵行》、《贼退示官吏》两诗的高度赞美，大力提倡写作新乐府诗来表现民生疾苦，显示出他写“三吏”、“三别”等诗篇的指导思想。后者以《戏为六绝句》为代表，通过对庾信、初唐四杰的肯定性评价，表现出他在艺术上转益多师的气魄。过去研究杜甫的文学批评，往往重视《戏为六绝句》而忽视《同元使君舂陵行》，不免失之片面。《同

① 参考拙作《刘勰论宋齐文风》，原载《复旦学报》1983 年第 5 期。编者按：此文收入《文心雕龙探索》上编。

元使君舂陵行》这首诗不但对理解杜甫自己写作的许多内容进步的诗篇很重要，而且显然对其后元稹、白居易的创作也产生了深刻影响。白居易的《读张籍古乐府》一诗，赞美张籍写乐府诗反映各种社会现象，就是学习杜甫这诗的。

再如元结、孟云卿一派作家的文学思想。他们两人都提倡写高雅古体诗。元结在《箧中集序》中批评近世作者喜欢写作近体诗，“拘限声病”，“与歌儿舞女生污惑之声于私室”。孟云卿的论文今不存，但由杜甫《解闷》“李陵苏武是吾师，孟子论文更不疑”句，可见孟云卿主张学习苏、李的五言古诗。又高仲武《中兴间气集》赞美孟云卿五言古诗写得好，高氏在孟的启发下写了《格律异门论》及《谱》二篇（见《唐诗纪事》卷二五）。所谓“格律异门”，意思是说格诗（古诗）与律诗门径不同，不能相混，旨在阐发孟云卿提倡古体诗的主张。我们再看他们的作品：元结自己的诗都是古体，元结在《箧中集》中所选沈千运、王季友、孟云卿等七人的二十四首诗均为五古。这七位诗人的其他诗篇除个别外，也均为古体诗。他们的诗风格质朴古雅，接近汉代古诗，的确同元结、孟云卿的理论相一致。这样结合起来看，对《箧中集》一派诗人的创作特征和文学主张，就可以看得更为明白了①。

上面第一例是把文论家的批评与被批评者的具体情况结合起来考察，第二、第三例是把文论家的主张与他及其同道的作品结合起来考察，这样做，对于理解理论批评的实质和文学作品的特征，都可以更加全面深入一些。

综上所述，我认为研究古代文论，要尽可能全面地了解有关的东西，不但要了解所研究的某个文论家的全部言论，注意把他的理论原则和具体批评结合起来考察，还应该联系同时代的文论和有关创作

① 参考拙作《元结〈箧中集〉和唐代中期诗歌的复古潮流》，载拙著《汉魏六朝唐代文学论丛》。

进行考察。毛泽东同志说:“研究问题,忌带主观性、片面性和表面性。”(《矛盾论》)注意上述诸种联系,有助于减少我们在研究工作中的主观性、片面性和表面性。列宁说:“要真正地认识事物,就必须把握、研究它的一切方面、一切联系和‘中介’。”(《再论工会、目前局势及托洛茨基和布哈林的错误》)上述诸种联系,只能说是研究文论对象中的某些重要联系,还不是一切联系。还应该注意其他的联系,例如文学理论与当时政治状况、学术思想的联系,有时也是很重要的;这里不拟论述了。

(原载《复旦学报》1984 年第 5 期)

中国古代文论中的"体"

"体"在中国古代文论中是一个经常出现的名词。它又叫"体制"。"体"有时仅指作品的体裁、样式,那比较简单;但在不少场合是指作品的体貌,相当于我们现在所谓风格,它的含义就丰富了。《文心雕龙·附会》说:"夫才童学文,宜正体制:必以情志为神明,事义为骨髓,辞采为肌肤,宫商为声气。"这几句话意味着文章的体制是情志、事义、辞采、宫商的综合表现,也就是内容和形式的统一表现,相当于我们现在所谓风格。本文拟探讨我国古代文论中后一种含义的体。

曹丕《典论·论文》已接触到体与风格问题。他说:"夫人善于自见,而文非一体,鲜能备善,是以各以所长,相轻所短。"这里的体指体裁、样式。下文又说:"夫文本同而末异:盖奏议宜雅,书论宜理,铭诔尚实,诗赋欲丽。此四科不同,故能之者偏也;唯通才能备其体。"这里的体,不仅指奏、议、书、论等八种(合为四科)文章的体裁,而且隐隐兼指雅、理、实、丽等四种不同的风格。考陆厥《与沈约书》有云:"自魏文属论,深以清浊为言;刘桢奏书,大明体势之致。"刘桢奏书原文已不传,详情不可得而知①,其文中所谓体势,当均指文章体貌,犹

---

① 《文心雕龙·定势》:"刘桢云:文之体指实强弱,使其辞已尽而势有馀,天下一人耳,不可得也。"当即刘桢奏书中语。"文之体指实强弱"一句当有脱误。杨明照先生《文心雕龙校注拾遗》认为当作"文之体势,实有强弱"。

如《文心雕龙》的《体性》、《定势》两篇中所谓体势那样。可见曹魏时代已经出现了用“体”字指文章体貌、风格的现象。

陆机《文赋》云：“体有万殊，物无一量，纷纭挥霍，形难为状。……故夫夸目者尚奢，惬心者贵当，言穷者无隘，论达者唯旷。诗缘情而绮靡，赋体物而浏亮，碑披文以相质，诔缠绵而凄怆，铭博约而温润，箴顿挫而清壮，颂优游以彬蔚，论精微而朗畅，奏平彻以闲雅，说炜晔而谲诳。”又说：“其为物也多姿，其为体也屡迁。”李善注释“体有万殊”句说：“文章之体，有万变之殊。”又释“其为体也屡迁”句说：“文非一则，故曰屡迁。”陆机说文体千变万化，它随着被描写事物的不同情状而经常变化。显然，这里的“体”不可能是指诗、赋、碑、诔等一定的体裁，而是指奢、当、隘、旷、绮靡、浏亮等等多种多样的体貌了。

南朝时代，文学创作方面的拟古风气颇为流行，有的还直接在题目中标明学某某体。如鲍照有《学刘公幹体》诗五首、《学陶彭泽体》诗一首，分别学习刘桢、陶潜诗的体貌、风格。鲍照还有《效阮公夜中不能寐》一首，学阮籍诗，只是不标“体”字。江淹有《杂体诗》三十首，更是广泛学习汉魏以至南朝许多著名诗人作品的体貌，因为所学对象众多，所以名为“杂体”。他又有《学魏文帝》、《效阮公诗》十五首，分别学习曹丕、阮籍，只是不标“体”字。《文选》有“杂拟”诗一卷半，选录陆机以下十来家拟古之作，除上述鲍照、江淹诗外，题目中虽都没有标明“体”字，但其性质是一样的。这些例子说明自汉魏五言诗昌盛之后，晋代已出现拟古之风，至南朝更加发展，有的还直接标明学某某体。这种用“体”字指作品体貌、风格的习惯，不但流行于创作中，在南朝文论中更有鲜明的表现。

沈约《宋书·谢灵运传论》云：“自汉至魏四百馀年，辞人才子文体三变。相如工为形似之言，二班长于情理之说，子建、仲宣以气质为体；并标能擅美，独映当时。是以一世之士，各相慕习。”《宋书·谢灵运传论》专论历代诗赋的发展，它所谓“文体三变”的体，当然不是指体裁有什么不同，而是指“工为形似”、“长于情理”、“以气质为体”三种不同的体貌、风格。以气质为体，就是在作品体貌上注意气骨（即风骨）。司马相如的辞赋多铺张的描写，长于刻画事物形状；班彪、班固父子的辞赋，长于以儒家思想为指导来抒情说理；曹植、王粲的诗赋是建安文学的代表，富有风骨。沈约的这段评论是相当中肯的。从这段评论，可以充分看到体的重要意义，它标志着一个作家或者一群作家创作风格的主要特色，这种特色在文学史上会产生深远的影响，支配一段历史时期的文学风貌。

从上述引文可见，体指作品的体貌、风格，其所指对象则又有区别，大致上可以分为三种。一是指文体风格，即不同体裁、样式的作品有不同的体貌风格。《典论·论文》、《文赋》分别指出八种、十种文章体裁的作品体貌不同，都是指文体风格。二是指作家风格，即不同作家所呈现的独特体貌。《文赋》中“夸目者尚奢”四句，已经接触到这一问题。《宋书·谢灵运传论》指出司马相如、班彪父子、曹植、王粲作品的不同体貌，说得就更鲜明了。三是指时代风格，即某一历史时期文学作品的主要风格特色。这种时代风格常常为一二大作家所开创，其后许多文人闻风响应，因而形成一个时期的创作风尚。《宋书·谢灵运传论》说明司马相如、班彪父子分别对西汉、东汉的辞赋风貌，产生过巨大影响。至于建安文学的富有风骨，虽不是曹植、王粲所开创，但他们两人则代表了建安文学的高峰。所以“形似之言”等特色，也是西汉、东汉、汉末建安三个历史时代文学创作的主要风貌。

总结前代文论而体大思精的《文心雕龙》，对文章的体貌也有颇为细致系统的论述。它对文体风格、作家风格、时代风格三者都有涉及。先说文体风格。《定势》篇对文体风格作了综合性的论述，有云：“是以括囊杂体，功在铨别，宫商朱紫，随势各配。章表奏议，则准的乎典雅；赋颂歌诗，则羽仪乎清丽；符檄书移，则楷式于明断；史论序注，则师范于核要；箴铭碑诔，则体制于弘深；连珠七辞，则从事于巧艳：此循体而成势，随变而立功者也。”它把二十来种文体归纳成为六类（犹如《典论·论文》括为四科），指出它们具有不同的风格特色，立论较《典论·论文》、《文赋》更为细致全面。《定势》的势，实即指文章体貌；因为篇中的“体”指体裁，故用“势”字指体貌，以免混淆。自《明诗》至《书记》的二十篇各体文章论，其中“敷理以举统”一项，指陈各体文章的体制特色和规格要求，把它们称为体、大体、体制、要、大要、纲领之要等等。体、大体等是着重就其风格体制特色而言，要、大要等则着重就其规格要求而言。如《诔碑》云：“夫属碑之体，资乎史才，其序则传，其文则铭。标序盛德，必见清风之华；昭纪鸿懿，必见峻伟之烈：此碑之制也。”又如《祝盟》云：“夫盟之大体，必序危机，奖忠孝，共存亡，戮心力，祈幽灵以取鉴，指九天以为正，感激以立诚，切至以敷辞：此其所同也。”可见《明诗》以下二十篇的“敷理以举统”一项，分别对各体文章的体貌作了较为具体的论述，而《定势》则是对多种文体风格作了概括的综合论述。次说作家风格。《体性》一篇专门论述文章体貌和作家才性的关系。它把文章分为典雅、远奥、精约、显附、繁缛、壮丽、新奇、轻靡八体，八体中两两相对，“雅与奇反，奥与显殊，繁与约舛，壮与轻乖”，持论比较周密。又指出文章的体貌，决定于作家的才气和学习，对文章风格和作家个性、修养的关系，进行了相当深入的探讨。篇中还列举了贾谊、司马相如以至潘岳、陆机等十二位大作家，指出他们由于才气不同，因而作品呈现出不同的风貌。此外，《诠赋》、《才略》等篇，对历代著名作家作品的风格特色，都有所指陈，只是没有运用“体”字。再说时代风格，《明诗》、《时序》两篇有较多论述，有时分析得很中肯精辟，《时序》更对时代背景与文学关系做出了深刻的论述。两篇中虽然直接运用“体”字处很少，但也偶见一二。如《明诗》云：“江左篇制，溺乎玄风。”《时序》云：“正始馀风，篇体轻澹。”篇制、篇体均指文章的体貌。这是说曹魏正始时代和东晋文学，受到玄风影响，因而显示出轻澹的风貌。总的说来，《文心雕龙》对于文章的体貌风格，的确在前人基础上讨论得更为细致深入，比过去有了很大的发展。

锺嵘在《诗品》中也非常重视体。他在评论许多诗人时，经常注意揭示他们的风格特色，在这方面发表了许多精辟的见解，成为《诗品》的主要构成部分。他常常指出某家之诗源出某家，也是根据对各家诗歌体貌进行分析和比较得来的论断。举数例如下：

> 其源出于王粲。文体华净，少病累，又巧构形似之言。（评张协）
>
> 其源出于陈思，杂有景阳（张协）之体，故尚巧似，而逸荡过之。（评谢灵运）
>
> 其源出于李陵，颇有仲宣之体。（评魏文帝）
>
> 其源出于王粲。其体华艳，兴托不奇。（评张华）

锺嵘所谓“体”，指诗歌的体貌、风格，如张协的华净、张华的华艳，都是。又如张协诗“巧构形似之言”，谢灵运诗也“尚巧似”，故称谢诗“杂有景阳之体”，这就更明显地从体貌上指出其源流继承关系了。从上引前二例言，锺嵘意思说：张协诗的体貌是学习王粲作品而来；谢灵运诗的体貌，主要渊源于曹植，又兼受张协影响。《诗品》中有不少地方指出某家源出某家时，不直接运用“体”字，但实际也是从体貌立论。如评阮籍云：“其源出于《小雅》。无雕虫之巧。”阮籍诗直抒胸臆，质朴不假雕饰，风格与《诗经》的《小雅》相近，故说“其源出于《小雅》”。可见《诗品》论前后诗人的源流继承关系，都是就其体貌而言。话如果说得详细一些，就是某家之体出于某家之体，有时还兼受别家之体的影响。鍾嵘在探讨前后诗人源流关系上的意见,未必都中肯,且时有简单化的缺点;但这些意见不是凭空发议论,而是根据对前后许多诗人的大量作品进行分析比较而得来的。上文说过,南朝文人创作拟古风气流行。既然在创作上重视学习模拟古代的名家名作,那么,在评论上着重探讨后代作者的作品体貌主要接受前代哪些人的影响,也是很自然的事了。鍾嵘在《诗品》中根据对各个诗人作品体貌的分析和比较,把诗歌分为源出《国风》、源出《小雅》、源出《楚辞》三系。《国风》一系中又分两支:古诗、刘桢等为一支,曹植为一支。《楚辞》系又分三支:班姬一支,王粲一支,魏文一支。这种分析论断未必完全妥当,但鍾嵘根据体的分析比较来系统探讨历代五言诗的发展流派,却是古代文论中的一个创举,为文学批评和文学史的研究开辟了一个新的领域,对后世产生了深远的影响。

萧子显《南齐书·文学传论》把南齐时代文章(主要为诗赋)分为三体,其文云:

> 今之文章,作者虽众,总而为论,略有三体。一则启心闲绎,托辞华旷,虽存巧绮,终致迂回,宜登公宴,本非准的,而疏慢阐缓,膏肓之病,典正可采,酷不入情。此体之源,出灵运而成也。次则缉事比类,非对不发,博物可嘉,职成拘制。或全借古语,用申今情,崎岖牵引,直为偶说,唯睹事例,顿失清采。此则傅咸五经,应璩指事,虽不全似,可以类从。次则发唱惊挺,操调险急,雕藻淫艳,倾炫心魂,亦犹五色之有红紫,八音之有郑卫,斯鲍照之遗烈也。

其中第一、第三两体,分别为刘宋谢灵运、鲍照所开创;第二体导源于魏晋的傅咸、应璩,但此体喜欢"缉事比类",大量用典,其近源实出颜延之、谢庄,此点参照鍾嵘《诗品序》便可明白。刘宋时代的谢灵运、颜延之、鲍照是三大诗人，对宋、齐、梁三代诗歌，影响都颇巨大。《南齐书·文学传论》所说的三体，实际上就是这三大诗人所创立、提倡而形成的。三体不但标志着三家诗歌的风格特色，而且在后世形成流派了。《南齐书·武陵昭王晔传》云：“（晔）与诸王共作短句诗，学谢灵运体，以呈（高帝）。”又《梁书·伏挺传》载：伏挺“为五言诗，善效谢康乐体”。从这类记载，不但可以见到谢灵运诗歌在南朝影响之大，而且可以看出当时作诗已流行以某一著名作家名加上“体”字来命名的习惯了。结合上文提到的鲍照有《学刘公幹体》等诗、江淹有《杂体诗》等例子，更可以明了当时的这种风气。

除以作家命名体外，当时还有以时代名体的现象。如《南齐书·陆厥传》云：“永明末，盛为文章。吴兴沈约、陈郡谢朓、琅邪王融以气类相推毂。汝南周颙善识声韵。约等文皆用宫商，以平上去入为四声，以此制韵，不可增减，世呼为永明体。”可见这种以时代名体的现象，在齐梁时代也流行了。（永明体偏重声律，与泛指风格的体含义稍有区别。）

梁代又有风行的宫体诗，其倡导者是萧纲、徐摛。《梁书·简文帝纪》云：“雅好题诗，其序云：‘余七岁有诗癖，长而不倦。’然伤于轻艳，当时号曰宫体。”又《梁书·徐摛传》云：“属文好为新变，不拘旧体。……转（太子）家令，兼掌管记，寻带领直。摛文体既别，春坊尽学之，宫体之号，自斯而起。”据《梁书·简文帝纪》，可见宫体诗的风格特征是轻艳，至于其内容题材，则多述闺房之事。故《隋书·经籍志》称：“梁简文之在东宫，亦好篇什。清辞巧制，止乎衽席之间；雕琢蔓藻，思极闺闱之内。后生好事，递相放习，朝野纷纷，号为宫体。”但《隋志》这段话是夸大了的，实际萧纲、徐摛、庾肩吾等人的一部分诗篇，内容并不都是流连于闺闱衽席。风格是作品内容和形式的综合表现，因此风格与内容题材有紧密联系。如陶彭泽体多言田园隐居，谢康乐体多述遨游山水，即是其例。江淹《杂体诗》在所拟作家名下，加两字注明内容题材，如“潘黄门（岳）悼亡”、“陶征君（潜）田居”、“谢临川（灵运）游山”、“鲍参军（照）戎行”等，更可见出二者的关系。但一个作家的作品，其题材毕竟比较广泛，除特长某种题材外，还有其他方面的题材。如鲍照诗除长于写从军外，还有不少其他题材。作家作品的艺术风格，是植根在多种内容题材上面的，除主要或突出的题材外，还有其他题材。对宫体诗的内容题材，似乎也应作这样的理解。宫体诗的特征是轻艳，就体貌风格而言，符合于南朝文人运用“体”字的习惯。至于描写闺闱衽席的内容，只是宫体诗题材的突出方面，不是其全部。萧纲、徐摛等人的一部分诗篇，初唐诗人的一部分诗篇，其内容并不描写闺闱衽席，但其体貌风格轻艳或比较轻艳，故都被称为宫体诗。

从上文的介绍可以看到，自魏晋至南朝，含义为体貌、风格的“体”这一概念，其内涵已经相当丰富和完备。就指陈对象而言，有文体、作家、时代、流派等区别；就专门术语来说，则有以作家命名的刘公幹体、谢灵运体等，有以时代命名的永明体（此体兼有流派性质），有以流派命名的宫体等等。唐宋以来文论，言及风格之体，大致上不出这个范围。

日本遍照金刚《文镜秘府论》南卷有《论体》一段，据王利器先生《文镜秘府论校注》考证，系出自隋代刘善经的《四声指归》一书。文有云：

凡制作之士，祖述多门，人心不同，文体各异。较而言之，有博雅焉，有清典焉，有绮艳焉，有宏壮焉，有要约焉，有切至焉。夫模范经诰，褒述功业，渊乎不测，洋哉有闲，博雅之裁也；敷演情志，宣照德音，植义必明，结言唯正，清典之致也；……

至如称博雅，则颂、论为其标；语清典，则铭、赞居其极；陈绮艳，则诗、赋表其华；叙宏壮，则诏、檄振其响；论要约，则表、启擅其能;言切至,则箴、诔得其实。凡斯六事,文章之通义焉。苟非其宜,失之远矣。

博雅之失也缓,清典之失也轻,绮艳之失也淫,宏壮之失也诞,要约之失也阑,切至之失也直。体大义疏,辞引声滞,缓之致焉;理入于浮,言失于浅,轻之起焉;……故词人之作也,先看文之大体,随而用心。遵其所宜,防其所失,故能辞成炼核,动合规矩。

刘氏论体,指文体风格。他把文体风格分为博雅、清典等六大类型,而以颂、论等十二种文体分别与之配合,其议论与《文心雕龙·定势》颇为接近。他叙述六类风格的特征,写法又与《文心雕龙·体性》相近。他不但叙述六体的特征,还指出它们容易产生的缺点,这种议论大约受到《文心雕龙·明诗》以下二十篇中"敷理以举统"一项内容的影响,并且也使用了"大体"这个词语来指文章的体制风格。总之,刘氏论文体风格,虽然没有多大发展,但概括得相当明确具体,立论较为完整,可说对前此的文体风格论进行了总结。

唐代诗歌创作繁荣,诗论中言及体的颇多,也常常是指作品的体貌风格。对前代诗歌,有建安体、永明体、齐梁体、宫体、徐庾体等名,大致均根据作品体貌特征立论。皮日休《郢州孟亭记》云:"明皇世,章句之风,大得建安体。"是说盛唐诗歌继承建安诗歌的优良传统,富有风清骨峻的风貌。永明体、宫体、徐庾体等名称,都沿袭南朝。齐梁体指兼受永明声病和梁代宫体轻艳诗风影响的体貌。对唐本朝诗歌,也常用"体"字。如杜甫《戏为六绝句》诗有"王杨卢骆当时体"之句,白居易、元稹的一部分诗歌,当时称为元和体,体都是指诗歌风格特色而言。初唐李峤在《评诗格》中说诗有形似、质气、情理、直置、雕藻、影带、宛转、飞动、清切、精华十体,即十种风貌。盛唐殷璠《河岳英灵集序》说:"(文)有雅体、野体、鄙体、俗体。"体也均指风格。中唐皎然《诗式》把诗歌分为高、逸、贞、忠、节、志、气、情、思、德、诫、闲、达、悲、怨、意、力、静、远等十九体，每体各作简单说明，则比较偏重思想内容的特色。到了晚唐，司空图把诗歌风格分为二十四品，对诗歌风格的探讨更趋细密，只是并没有使用“体”这一名词。

宋代严羽《沧浪诗话》中有《诗体》一个专篇，列举各种诗体名目最为繁富。其中一部分是从形式格律来区分的，如四言、五言、七言、古体、近体、绝句以及乐府歌行、杂体诗等。这是属于体裁样式上的分类。另一部分是着重从风格来区分的，其中又分三类。第一类按照时代来分，有建安体、正始体、太康体、元嘉体、永明体、齐梁体、盛唐体、元和体、元祐体等等。第二类按照作家来分，有苏李体、曹刘体、陶体、谢体、徐庾体、沈宋体、陈拾遗体、王杨卢骆体、少陵体、太白体以至东坡体、山谷体、杨诚斋体等等。第三类大致上是按照流派来分，有选体、玉台体、西昆体、香奁体、宫体等等。其中不少名称，过去早已习惯运用，如建安体、永明体、元和体、陶（彭泽）体、谢（灵运）体、徐庾体、宫体等等，严羽主要是把它们归纳集中起来，做了有系统的介绍。作为风格意义的诗歌的各种体，在《诗体》中大致上都归纳进来了。因此严羽此篇可说是对这方面现象的一个总结。稍后魏庆之编《诗人玉屑》，介绍“诗体”颇为详细，其上卷即抄录《沧浪诗话·诗体》，大约即因严羽所论较为详备之故。（下卷介绍其他诗体，均从体裁、样式方面区分。）严羽对辨别诗歌体制非常重视，他曾说：“作诗正须辨尽诸家体制，然后不为旁门所惑。”（《答吴景仙书》）后来有的诗论家受其影响，对辨体一点也颇为注意，明末许学夷更有《诗源辩体》专著，着重论述历代名家诗歌的体制风貌。但总的说来，元明以来文人论文体、诗体，多数从体裁、样式、格律方面进行探讨，论风格之体者较少，也无甚新意，本文就不再论述了。

综上所述，可以看到“体”在我国古代文论中有不少场合是指作品的体貌、风格，它不但标志着某种文体的特殊风格，而且更多地标志着一个作家或一群作家的主要创作特色，在文学史上形成流派，甚至成为某一时代创作的主要倾向，成为时代风格。对这一含义的“体”有了比较明晰的认识，对于研究中国文学批评史和中国文学史，都是很有好处的。

（原载《中国文艺思想史论丛》第 3 辑，
北京大学出版社 1988 年 6 月出版）

中国古代文论中的文气说

我国古代文论中谈到文气的颇多，本文不可能对文气说进行全面系统的分析，只能选择一些比较有代表性的言论作一个粗略的介绍。

一

古代文论中最早提出文气说的是曹丕。他说：

王粲长于辞赋，徐幹时有齐气，然粲之匹也。

孔融体气高妙，有过人者。然不能持论，理不胜辞，以至乎杂以嘲戏。

文以气为主，气之清浊有体，不可力强而致。譬诸音乐，曲度虽均，节奏同检，至于引气不齐，巧拙有素，虽在父兄，不能以移子弟。(《典论·论文》)

他在《与吴质书》中也谈到气，其言有云：

公幹(刘桢)有逸气，但未遒耳。其五言诗之善者，妙绝时人。

仲宣(王粲)独自善于辞赋，惜其体弱，不足起其文。至于所善，古人无以远过。

曹丕在评论建安时代著名文人时，较多地使用了气、体气这类概念，如说徐幹有齐气，刘桢有逸气，孔融体气高妙等等。曹丕的所谓气、体气、体等，主要是指作品的气貌、体貌，即作品的风格；同时也兼指作家的气质、才气、性格等特征。在曹丕看来，作品的气貌和作家的气质、才气等特征是统一的，作家有怎么样的气质、才气等特征，在其作品中就呈现出怎么样的气貌。譬如徐幹是齐地人，汉代齐地士人，因受土风影响，其性格比较舒缓(见《汉书·地理志》)；徐幹的文章也带有这种舒缓之风，这就叫齐气。又如孔融，其人有很高的才气，《后汉书·孔融传》说他"负其高气，志在靖难"；他的文章也是写得豪迈有气势，如其为人。当时刘桢评孔融云："孔氏卓卓，信含异气，笔墨之性，殆不可胜。"(《文心雕龙·风骨》引)也是兼指其为人与作品而言。刘勰说"孔融气盛于为笔"(《文心雕龙·才略》)，又赞美他的《荐祢衡表》"气扬采飞"(《文心雕龙·章表》)，则是称道孔融的散文富有气势。由此可见作家气质、才气等个性特征与作品风格的统一性。曹丕《典论·论文》等两篇文章，第一次提出了作家个性与作品风格的关系问题，这在中国文学批评史上是很有意义的。

汉末魏晋时期，士人间的品评风气颇为流行。他们喜爱品评人物的才性。与曹丕同时的刘劭著有《人物志》三卷，把人分为偏材、兼材、兼德三类。曹丕也著有品评人物的《士操》一卷(见《隋书·经籍志》)，惜已不传。稍后，魏末傅嘏、李丰、鍾会、王广四人论才性的同异离合，著有《四本论》(见《世说新语·文学》记载)，其文亦不传。曹丕把当时品评人物才性的理论和文学批评结合起来，提出了作家个性与作品风格的关系问题，这是他的创造和贡献。

曹丕称道孔融"体气高妙"，刘桢有俊逸之气。他对徐幹作品带有舒缓之气有些不满，对王粲文风较为柔弱表示惋惜。这说明曹丕对各种不同文风，比较称道豪迈俊逸一类的风格，也就是后世的所谓阳刚之美。建安文人生值乱离，每每情怀慷慨，怀抱建功立业的壮志，其作品往往直抒胸臆，富有气势。曹丕偏重豪迈俊逸的文风，大约同当时创作的这种主要倾向也是有联系的。

曹丕说“文以气为主”，意思是说作品特色，首先表现在由作家气质、才性决定的风格方面，这里充分表现了他对于作品艺术特征的重视。但他接着指出作家的气质才性出自先天禀赋，清浊异体，非后天所能勉强，犹如唱歌的人发音好不好，也出自天赋，虽亲如父兄也难以改变。这就过分强调了天赋的作用，表现出较浓厚的唯心论色彩。在汉代，人们通常认为，人的不同的气质、才能、性格等等，都是由于不同的先天禀赋。大哲学家王充也是这样看的（参见《论衡》的《自然》、《吉验》、《命义》等篇）。曹丕接受了这种气质才性禀赋论，并把它运用到文学批评方面。

南朝文学批评大家刘勰的《文心雕龙》一书，有不少地方谈到气和文气，而以《体性》、《风骨》两篇涉及尤多。《体性》篇专论作品风格与作家才、气、学、习的关系问题。篇中把文章风格区分为典雅、远奥等八种，并指出这都是作家不同的才、气、学、习所形成。刘勰认为，作家的气是根本性的，它是才能和志意的基础，所谓“才力居中，肇自血气，气以实志，志以定言”。他还指出，作品风格有刚柔之分，是由于作家具有不同的气质，所谓“风趣刚柔，宁或改其气”。在这里，刘勰把曹丕作品风格是作家气质才性的表现这一论点阐述得更为具体了。刘勰强调先天禀赋的才气的作用，但又较为重视后天的学习。他虽然认为才气与学习有主佐之分，但又指出二者必须很好配合，否则“虽美少功”，这比曹丕片面强调才气的作用，是一个很大的进步。

在《风骨》篇中，刘勰强调文章应当写得风清骨峻，即思想感情表现得鲜明爽朗，语言劲直有力，呈现出清峻刚健的风貌。刘勰认为，作品的风貌是否清明，决定于作家的志气或意气，所谓“意气骏爽，则文风清焉”。风是气的直接表现，风骨即气骨（故后来文论中常常同时使用这两个概念）。《风骨》篇还引用了曹丕“文以气为主”和评论孔融、徐幹、刘桢的话，来证明文气的重要性。作品风貌清明，来自作家的气质禀赋，后天固然无能为力，但作品骨力是否劲健，在于语言的运用，主要靠学习锻炼；所以刘勰谆谆告诫作者运用文辞要精当简要，“无务繁采”，即不要追求繁富艳丽的辞采。繁艳的辞采，不但使作品语言显得柔靡无力，所谓“膏腴害骨”（《诠赋》）；而且由于繁采的堆砌，容易使文章晦昧而不明朗，影响到风。刘勰论风骨，引用了曹丕重气的言论，但又注意语言的运用，这也是他看法比较全面之处。

建安文人的作品，大抵意气峻爽，语言刚健有力，富有风骨，后世称为建安风骨。刘勰没有直接使用建安风骨这一名称，但他多次指出建安文学的这一特征。《时序》篇评当时文学为“并志深而笔长，故梗概而多气”。《明诗》篇评当时诗歌说：“慷慨以任气，磊落以使才。”《乐府》篇说：“魏之三祖，气爽才丽。”又赞美孔融散文气盛（见上文）。都揭示了建安文人才气纵横、文气旺盛的特征。《文心雕龙》还有《养气》一篇，其内容谈作者应当心地清和，志气调畅，使精神爽朗，思路畅通，保证写作时能够从容命笔，得心应手；否则心情烦躁，思路壅塞，就不能在写作时取得良好效果。《养气》篇谈的是作家在作文时应保持良好的精神状态，不是谈作家的才气与作品的文气问题。

与刘勰同时的鍾嵘也很重视文气。他赞美曹植诗“骨气（即气骨）奇高”，赞美刘桢诗“仗气爱奇，动多振绝，贞骨凌霜，高风跨俗”。是肯定建安时代的代表诗人曹植、刘桢作品气貌峻爽刚健，富有风骨。他还赞美晋代刘琨的诗“仗清刚之气”、“有清拔之气”，也揭示了刘琨诗清峻刚健的特色。

曹丕、刘勰等人的所谓文气，大致上有两种涵义。一是泛指作品的气貌或风格，由于作者的气质、才气不同，因此有各种不同的气貌，如徐幹的齐气、刘桢的逸气等等。一是专指清峻刚健的气貌和旺盛的气势，如说孔融的气盛，建安时代文章多气。这后一种气貌是评论家所大力肯定的，因此他们提到的更多，几乎形成了一种思想倾向。鍾嵘《诗品序》提出的建安风力，便是代表这种优良文风的典范，对后来产生很大的影响。唐宋以来文论，讲到文气时大多数采用后一种涵义。如元稹《唐故工部员外郎杜君墓系铭序》说李白诗“词气豪迈”，杜甫诗“气吞曹刘”，都是赞美李、杜诗气貌刚健雄壮。宋代张戒《岁寒堂诗话》赞美“杜子美诗专以气胜”，又说“杜诗雄”，也是其例。清代魏禧《论世堂文集序》说：“世之言气，则惟以浩瀚蓬勃、出而不穷、动而不止者当之。”也反映了当时大多数人认为文章风格雄健豪放者就是有气。

二

唐代以来，评论者不但重视作品雄健的气貌，而且还注意把文气和作家的思想道德修养联系起来，这一点在古文家的言论中表现得尤为鲜明突出。韩愈的《答李翊书》首先较为具体地谈到了这一问题，文有云：

> 虽然，学之二十馀年矣。始者非三代两汉之书不敢观，非圣人之志不敢存。
>
> 虽然，不可以不养也。行之乎仁义之途，游之乎《诗》《书》之源，无迷其途，无绝其源，终吾身而已矣。
>
> 气，水也；言，浮物也；水大而物之浮者大小毕浮。气之与言犹是也，气盛则言之短长与声之高下者皆宜。

韩愈这里所说的气，是指作家由于思想和道德提高了，培养了良好的气质和品格，在他身上形成了一种正直刚毅的气魄、气概，一种正气。韩愈认为，这种正气需要长期培养，培养的途径，主要是学习《诗经》、《尚书》等古代圣人的经典，学习孔孟所强调的仁义等一套儒家的伦理道德。正气培养得旺盛了，发而为言辞文章，表达力就会很强，文辞不论长短高下,无所不宜了。事实上作家的气盛了,文辞表达不一定就会好,其主张存在片面性。

韩愈的这一主张,是吸取了孟子的言论而建立起来的。《孟子·公孙丑上》云:

> (公孙丑曰:)"敢问夫子恶乎长?"曰:"我知言,我善养吾浩然之气。""敢问何谓浩然之气?"曰:"难言也。其为气也,至大至刚,以直养而无害,则塞于天地之间。其为气也,配义与道,无是馁也。是集义所生者,非义袭而取之也。行有不慊于心,则馁矣。……"

孟子所谓浩然之气,是指人经过思想道德修养而形成的一种正气或气节。它需要"配义与道",在思想道德上经过长期培养,才能达到"至大至刚"的完美境界。孟子自称善于培养浩然之气,而且由于思想境界提高了,还善于知言,即辨别人们的诐辞、淫辞、邪辞、遁辞等种种不正确言论的弊病。韩愈生平非常崇拜孟子,他把孟子的知言养气说发展为立言养气说,从而建立了培养浩然之气以树立优良文风的理论。后来苏轼在《潮州韩文公庙碑》中,说韩愈能培养孟子提出的浩然之气,所以能够"文起八代之衰,而道济天下之溺",明确指出了韩愈对孟子学说的继承关系。

韩愈认为作家的思想道德提高了,培养了旺盛的正气或浩然之气,文章就能写好。这里涉及到道(或理)、气、文三者的关系问题。在韩愈看来,正气以儒家孔孟之道为思想基础,也就是孟子所谓"配义与道",是更为根本性的东西;道决定气(今天俗话也还说理直气壮),气决定文。过去孔子说过"有德者必有言"(《论语·宪问》),后来欧阳修也说"大抵道胜者文不难而自至"(《答吴充秀才书》),都强调了作者的思想道德修养对于文章的决定性作用,但没有提到"气"这一环节。明初方孝孺说:"道者气之君,气者文之帅也。道明则气昌，气昌则辞达。”（《与舒君》）比较扼要地说明了道、气、文三者的关系。韩愈在《答李翊书》中没有直接谈到文气，但他强调要培养的是孟子提出的至大至刚的浩然之气，这种气表现到文章上，自然是一种雄壮刚健的气貌。孟子、韩愈的文章都是气势浩瀚奔放，即是一个很好的说明。后来的评论者大都是这样理解的。所以韩愈的养气说，不但和历来提倡文章应有刚健气貌的主张相通，而且还为这种主张提供了途径和方法。韩愈的这一理论，强调了作家的思想道德修养对于文章的影响，有其合理的一面，但忽视了作家还应当重视写作技能。他所提倡的道是“六经”孔孟之道，也表现出浓厚的封建味道。

韩愈的立言养气说对后来的影响很大。宋元明清时代，不少文人谈作文养气，大抵承受孟子、韩愈的看法。除上引苏轼、方孝孺的言论外，这里再举几例：

陆游：“谁能养气塞天地，吐出自足成虹霓。”（《次韵和杨伯子主簿见赠》）

（元代）姚燧：“大抵体根于气，气根于识。识正而气正，气正而体正。……孟子曰：‘我善养吾浩然之气’又曰：‘以直养而无害。’又曰：‘是集义所生者。’夫如是谓之学。”（《卢威仲文集序》）

（清代）魏禧：“气之静也，必资于理，理不实则气馁。……琅霞龚子之言文，主乎气者也。其文浩瀚蓬勃，出而不穷，动而不止，依乎六经而不背于道。”（《论世堂文集序》）

姚燧的所谓“识”，是指对儒家孔孟之道的认识；魏禧的所谓“理”，即指“六经”孔孟之道。魏禧还指出了其友人琅霞龚子由于气盛而文章气势旺盛、浩瀚蓬勃的特色。

作家的气既以“六经”孔孟之道为思想基础，道或理是更为根本性的,因此这时期人们又提出了“文以理为主”的说法。如元代刘将孙说:“文以理为主,以气为辅。”(《谭西村诗文序》)明代周忱说:“文以理为主,而气以发之。”(《高太史凫藻集序》)都是。过去范晔说过文“当以意为主”(《狱中与诸甥侄书》),杜牧说过“凡为文以意为主,以气为辅”(《答庄充书》),但他们讲意,并不强调要以孔孟之道为指导。“文以理为主”说的提出,反映了宋以来理学形成、儒家思想对文学领域影响的加强。实际上作家的思想道德提高了,也不一定就能产生浩然的气概。宋代王柏说:“道苟明矣,而气不充,不过失之弱耳;道苟不明,气虽壮,亦邪气而已,虚气而已。”(《题碧霞山人王公文集后》)比较中肯地指出了道与气二者有时会产生矛盾,但王柏同样认为道是根本性的。

从“文以气为主”修正为“文以理为主”,标志着魏晋南北朝和唐宋元明清两个不同历史时期在这个问题上的不同认识和要求。“文以气为主”说,认为作品的风貌是作家气质、才性的表现,作家的气质、才性出自天赋,禀气清刚,作品就能写得爽朗刚健。此说的指导思想是当时流行的才性论,重视禀赋,不重视用后天的学习来培养作者的气质、才性,不要求作品应有某种思想倾向。孔融的文章,曹丕说它“理不胜辞”,但大家(包括曹丕)都说他文章才气飞扬,加以赞美。“文以理为主”说,认为作者应在“六经”孔孟之道的指导下,培养起正直刚毅的气概(浩然之气),发为文章,就能文辞畅达。此说与这个时期流行的理学在思想上息息相通,强调儒学的指导作用,强调学习儒家经典,强调养气,把提高作者的思想道德修养放在首要地位。至于要求文章写得气势旺盛,风格刚健,则是两说所共同的。

三

唐宋元明清时期,除上述韩愈一派以道或理为气的根本的理论外，也有专就气势来谈论文气的。如唐代李德裕《文章论》说：

> 气不可以不贯；不贯则虽有英词丽藻，如编珠缀玉，不得为全璞之宝矣。鼓气以势壮为美，势不可以不息；不息则流宕而忘返。……如川流迅激，必在洄洑逶迤，观之者不厌。

李德裕要求文章写得气脉贯通，气势雄壮，但又要有节制和变化，是完全从艺术角度来谈论文气的。后来清代桐城派古文家就沿着这条路子谈论文气，其理论以刘大櫆为代表。他的《论文偶记》说：

> 行文之道，神为主，气辅之。曹子桓、苏子由论文，以气为主，是矣。然气随神转，神浑则气灏，神远则气逸，神伟则气高，神变则气奇，神深则气静，故神为气之主。
>
> 文章最要气盛，然无神以主之，则气无所附，荡乎不知其所归也。神者气之主，气者神之用。神只是气之精处。……李翰云："文章如千军万马；风恬雨霁，寂无人声。"此语最形容得气好。论气不论势，文法总不备。

刘大櫆所谓"神"，是指作家不同的才气性格表现于作品的面貌，所谓"气"则偏重于指文章的气势。这神、气二者，过去评论者大抵统称为气，刘氏把它析而为二，指出二者中神是根本的，提出"文以神为主"的主张。它实际上是曹丕"文以气为主"说的一种发展。

刘大櫆还批评了"专以理为主"的说法。他认为义理、书卷、经济一套思想、学问，是作者行文时构成作品思想内容的材料；但有了材料，不一定就能写好文章，写好文章还需要技能。这技能便是神气、音节、字句。《论文偶记》说：

神气者，文之最精处也；音节者，文之稍粗处也；字句者，文之最粗处也。然论文而至于字句，则文之能事尽矣。盖音节者，神气之迹也；字句者，音节之矩也。神气不可见，于音节见之；音节无可准，以字句准之。

刘氏认为神气是虚的，必须通过音节、字句来体现，强调了创作中运用语言的重要作用。后来姚鼐在《古文辞类纂序目》里把作文的能事分为神、理、气、味、格、律、声、色八项，就是根据刘大櫆的言论发展变化而成。刘、姚都重视语言的运用，这同刘勰在《文心雕龙・风骨》中强调锤炼精要的文辞以追求峻爽刚健的气骨，在立论上有相通之处。唐宋以来不少文论强调明道是养气之本，往往忽视技巧，有其片面性；刘、姚注重语言的运用，有着补偏的积极意义。至于他们注意音节、字句，专从摹拟古人文章的语言上下工夫，则又表现出严重的弱点。

从曹丕的"文以气为主"说，到元明时代修正为"文以理为主"说，再到刘大櫆提出"文以神为主"说，历史就是这样走着曲折的道路。

（原载《文史知识》1984 年第 4 期，中华书局出版）

中国文学批评史上的文质论

在古代文论中，常见到“文”和“质”这一对词语。它们被用来评论作家、作品，概括一个时代的文学风貌，还被用来说明文学的发展等。我们应准确地理解它们的含义。

“文”字本意是指线条交错或色彩错杂，由此可引申出华丽有文采之意。而“质”字，凡事物未经雕饰便叫做“质”，犹如器物的毛坯、绘画的底子，因此含有质朴、朴素的意义。又文采涂饰是外在的，人为的，而毛坯、底子相对而言是内在的、本然的，因此文、质又分别具有外部形式和内部本质的意义。不论是指华丽、文采和质朴、朴素，还是指外部形式和内在本质，显然文和质所表示的是一对互相对立的概念。

这一对词语最初不是用以评论文学，而是用来称述人物的。例如《论语·雍也》篇记载，孔子曾说过“质胜文则野，文胜质则史。文质彬彬，然后君子”的话。这段话中的文、质常被人们解释成具有本末内外的关系：“质”被理解为指“诚”一类内在的道德，“文”则被理解为文化知识一类外在的东西。照这样理解，文、质就具有形式和内容的含义了，“文质彬彬”就是指形式、内容相称了。其实按孔子原意，这里文、质是指文华和质朴，都是就一个人的文化修养、言谈举止、礼仪节文而言的。孔子认为一个人若缺少文化修养，言辞朴拙，不讲礼仪，便如同“草野之人”；相反，若过分地文饰言辞，过分讲究繁文缛礼，就如同那些掌文辞礼仪的官（“史”）了。君子应是文华与质朴相半，配合得恰如其分。这里不存在本末内外的关系。

先秦、汉代儒家还常用文质来概括统治措施和社会生活。他们认为，历代统治的根本法则、根本的“道”是不可变更的，而其具体措施则必然有所变化。他们把礼法简易、随顺自然称为质，把礼法繁多、注重文化学术称为文。若以社会生活、风俗而言，民风淳厚质朴是质，注重生活的美化则是文。先秦、汉代儒生认为质、文这两种统治方法应该是相互循环的。他们还常用“质文互变”来说明时代、社会的变化。这里，所谓“质”的统治方法、社会生活，与“质”字质朴自然、保持事物原貌的意义相联系，而“文”的统治方法则主要与“文”字所具有的人为加工的意义相联系。

以文、质二字论文学，与用它们论人物、论政治社会生活有较密切的关系。《韩非子·难言》论向人主进说之难，有“捷敏辩给，繁于文采，则见以为史。殊释（弃绝之意）文学，以质信言（语言质朴直率，不加文饰），则见以为鄙”的话，可能就是本诸《论语》。“繁于文采”即“文”，“以质信言”即“质”，都是就修辞而言，指两种不同的语言风格。东汉班彪说《史记》“辩而不华，质而不俚，文质相称，盖良史之才也”（《后汉书·班彪传》），很可能也是从上引《论语》的话而来。“质而不俚”是说质朴而不至于俚俗鄙野。“文质相称”是说文饰润色得恰到好处，无过与不及之弊，也就是“辩而不华，质而不俚”。文、质都是指其文辞风格而言的。魏晋以后文论中用文、质二字，多数情况下也都是指作品风格的华美和质朴，都是就作品的外部风貌而言；只有少数场合可理解为近似于今日所谓形式和内容。

魏晋南北朝文学经历了由比较质朴简单向华美精巧发展的过程。当时文论也经常谈到文质问题。

沈约《宋书·谢灵运传论》叙述刘宋以前文学发展的情况，指出建安文学的特征是“甫乃以情纬文，以文被质”。“甫乃以情纬文”是说建安文学抒情性大为加强了，而“以文被质”则是说当时的作品开始注重文采藻饰。沈约又说:“子建、仲宣以气质为体。”“气”指作品富于生气,感情表达得明朗动人。“质”是说文辞素朴。建安作家虽然开始讲究语言华美,但并不过分,比起后来发展得过于靡丽的文风来,仍显得比较质朴。锺嵘《诗品序》曾说齐梁的“轻薄之徒,笑曹(植)刘(桢)为古拙”,可见在齐梁一些醉心于雕琢的作者看来,建安文学还嫌过于质朴呢。建安文学此种讲究文采而又不过分,亦即文质彬彬、文质相称的优点,为后世不少作家所仿效,也为一些文学理论批评家所重视。

齐梁时代不少作者醉心于滥用词藻典故,甚至为追求新奇而不惜颠倒文句、生造词语。刘勰、锺嵘对此种文风甚为不满,认为这是“文”的一面的畸形发展,因此应提倡“质”的一面来加以矫正。不过他们也并非不要文采,他们只是要求文质结合,要求对“文”的一面加以节制,不可过分。

刘勰《文心雕龙·通变》说:“黄歌‘断竹’,质之至也;唐歌‘在昔’,则广于黄世;虞歌《卿云》,则文于唐时;夏歌‘雕墙’,缛于虞代;商周篇什,丽于夏年。”又说:“榷而论之,则黄唐淳而质,虞夏质而辨,商周丽而雅,楚汉侈而艳,魏晋浅而绮,宋初讹而新。从质及讹,弥近弥澹。何则?竞今疏古,风末气衰也。”意思是说,从上古以来,文学发展总的规律是由质趋文。而到了近代,更因过分雕饰而显得奇诡不正。刘勰认为要扭转此种风气,必须重视学习古代儒家经典比较质朴的文风。所以《通变》又说:“矫讹翻浅,还宗经诰。斯斟酌乎质文之间,而檃括乎雅俗之际,可与言通变矣。”又刘勰所谓“风末气衰”,指近代作品因过分追求绮丽新奇而变得恹恹乏气,缺少感染人的力量,思想感情表达得不鲜明动人,也就是缺乏所谓“风骨”。刘勰把“从质及讹”与“风末气衰”联系起来,表明他认为缺少“质”是与缺少“风骨”相联系的,亦即“质”与“风骨”相联系。“风骨”的意义,实与《宋书·谢灵运传论》所说“气质”相接近。《文心雕龙·风骨》篇将

“风骨”与“采”的结合作为对文章的审美要求，正与《通变》要求“斟酌乎质文之间”相通。不过刘勰从当时文风过于丽靡的实际情况出发，在论述中更强调质的方面。

锺嵘和刘勰一样，要求作品做到文质彬彬，既要有文采，又不可过分。他在《诗品序》中提出了“建安风力”之称，并盛赞建安诗歌“彬彬之盛，大备于时矣”，即赞美它们文质兼备。他评曹植云：“骨气奇高，词采华茂，情兼雅怨，体被文质。”“骨气”二句即《诗品序》中“干之以风力，润之以丹采”之意，都是赞美一种美好的艺术风格。“骨气”就是“风骨”，“骨气奇高”与质直有力相联系；“词采华茂”则属于“文”一方面。二者结合，便是“体被文质”，与《宋书·谢灵运传论》的“以文被质”意同，和《文心雕龙·通变》的“斟酌乎质文之间”也相通。锺嵘认为曹植是文质彬彬风格的最杰出代表。他对于刘桢评价也很高，但说他“气过其文，雕润恨少”，即气质、风骨很高，而文采不够，亦即质多而文嫌不足。王粲则相反，是“文秀而质羸”，即文辞秀美而气质、风骨不够。锺嵘将刘、王二人都置于上品，但对刘桢的评价略高于王粲，这可能是由于他也比较强调“质”的关系。锺嵘置曹操于下品，称其“古直”；置陶潜于中品，说“世叹其质直”：这表明他对于词藻文采也是很重视的。“古直”即“质直”，当时人都认为文学发展的规律是古质而今文。

萧梁时代三位重要的批评家——萧统、萧纲、萧绎也都提倡文质结合。萧统《答湘东王求文集及〈诗苑英华〉书》说：“夫文典则累野，丽亦伤浮。能丽而不浮，典而不野，文质彬彬，有君子之致。吾尝欲为之，但恨未逮耳。”“典”即典雅、古雅，典雅的文风往往比较质朴。过分求典，过分质朴，便会显得“野”，即《论语》“质胜文则野”的“野”。但过分绮丽也不好。理想的作品应是“文质彬彬，有君子之致”，这也是借用《论语》的话。萧绎《内典碑铭集林序》也提出“艳而不华，质而不野”、“文而有质”。萧纲《与湘东王书》则要求“核量文质”，亦即“斟酌乎质文之间”之意。书中又批评裴子野的诗“质不宜慕”。按《梁书·裴子野传》:“子野为文典而速,不尚丽靡之辞,其制作多法古,与今文体异。”萧纲正是嫌其文风过于质朴。总之,在齐梁时代,提倡作品文质彬彬,既不过于古质,又不过于丽靡,乃是批评家们一般的、共同的审美要求。当然,究竟怎样算是文质结合得恰到好处,在各人眼中或许是不尽相同的,而且同样是说文质彬彬,各人的着重点也不相同。例如刘勰、鍾嵘为矫正淫丽文风而比较强调质;而三萧则只是一般地提倡文质结合,萧纲还不满意当时人学裴子野体,认为那太过于质朴。

由上述情况可知,南朝文论言及文质,大体上是就文学作品的艺术风格、外部风貌而言的。所谓“文质彬彬”,是指文采、质朴二者相结合,亦即文饰加工得恰到好处,并不是说形式与内容之间的关系。也有少数场合,文指藻采文饰,而质可理解为指内容。如《文心雕龙·情采》篇,本是专论文采和思想感情(属于内容方面)的关系的。其开头处以比喻方式所说的一段话:“夫水性虚而沦漪结,木体实而花萼振:文附质也。虎豹无文,则鞟同犬羊;犀兕有皮,而色资丹漆:质待文也。”其中“文”、“质”应理解为分指文采和内容。还有篇末所说“文不灭质,博不溺心”中的“文”、“质”也应这样理解。一味醉心于藻饰雕琢,就容易发生“为文造情”、无病呻吟、忽视内容的弊病,就是“文灭质”了。

初、盛唐时的文论,仍然强调文质彬彬的艺术风格。

初唐史家认为南朝文风偏于靡丽,北方文坛原来的风气则比较质朴,若能融合二者,则可臻于理想的境界。如《周书·王褒庾信传论》提出了“文质因其宜,繁约适其变;权衡轻重,斟酌古今;和而能壮,丽而能典”的原则。《隋书·文学传序》指出南方文学音韵和谐、风格清绮,北方则义贞词刚、“重乎气质”,各有所长。若能使二者很好地结合,“各去所短,合其两长,则文质斌斌,尽善尽美矣”。又说:

"气质则理胜其词,清绮则文过其意。"这是说文学风格与内容的关系:文风爽朗质朴者,往往显得内容显豁;而文风若过于绮丽,其流弊便是内容被文采所掩,不能很好地表达。"理"、"意"指思想内容,"气质"、"清绮"指艺术风格。内容与风格固然有密切关系,但并不是一回事。

初唐陈子昂的《修竹篇序》,深慨于齐梁诗的"彩丽竞繁,而兴寄都绝",高倡"汉魏风骨"和"风雅"、"比兴"。"汉魏风骨"指明朗劲健而比较质朴的文风,而提倡"风雅"、"兴寄"则是要求继承《诗经》有所寄托、服务于政治教化的精神。陈子昂的诗文创作,被卢藏用称为"卓立千古,横制颓波,天下翕然,质文一变"(《陈子昂文集序》)。所谓"质文一变",即借用上文所述以质文互变指称社会变化的说法,来说明时代文学风貌的变化,即由齐梁、初唐的彩丽柔靡变得质朴刚健。

盛唐时殷璠编《河岳英灵集》,对于质文问题也发表了重要的见解。其《集论》自述选录标准,是"既闲新声,复晓古体;文质半取,风骚两挟。言气骨则建安为俦,论宫商则太康不逮"。"新声"、"宫商"指音律调谐,属于"文"的方面;"古体"、"气骨"指如同汉魏诗那样风骨高举,属于"质"的方面。二者并重,故云"文质半取"。《河岳英灵集序》云:"开元十五年后,声律、风骨始备矣。"即指出盛唐诗人在齐梁、初唐讲究声律的基础上,又自觉崇尚风骨,因而达到了文质彬彬的境界。杜确《岑嘉州集序》称美开元作者"颇能以雅参丽,以古杂今,彬彬然,粲粲然,近建安之遗范",其意与殷璠相同。"古"、"雅"近乎质,"今"、"丽"指文,"彬彬然"即文质彬彬。杜确认为建安诗歌正是此种理想风格的典范。

安史之乱以后,随着社会矛盾的加剧,自觉地以文学反映现实、裨补时政的任务被突出地提了出来。新乐府运动、古文运动应运而起。在元白韩柳之前,柳冕已提出文以行道、以教化论文的观点。其中也曾论及文质。他说："自屈、宋以降，为文者本于哀艳，务于恢诞，亡于比兴，失古义矣。虽扬、马形似，曹、刘骨气，潘、陆藻丽，文多用寡，则是一技，君子不为也。……盖文有馀而质不足则流，才有馀而雅不足则荡。流荡不返，使人有淫丽之心，此文之病也。"(《与徐给事论文书》)这里的"质"应兼指内容的充实有用和文辞的质朴。"曹、刘骨气"指建安作者风骨高举；如上文所说，这本属于"质"的方面，即其风格质朴、有力、明朗。但柳冕认为建安诗歌于政治教化并没有多少补益作用，故仍归入"则是一技"、"文有馀而质不足"之列。

明代胡应麟《诗薮》屡称文质。他总论历代诗歌说，自《诗经》、《楚辞》而经汉魏六朝、三唐，"上下千年，虽气运推移，文质迭尚，而异曲同工，咸臻厥美"。又说："文质彬彬，周也。两汉以质胜，六朝以文胜。"(内编卷一)论五言诗，说"四言简质"而"七言浮靡"，五言则"折繁简之衷，居文质之要"。又说汉代五言诗"质中有文，文中有质"；魏人所作则"赡而不俳，华而不弱，然文与质离矣"(内编卷二)。意谓汉诗文质彬彬，而且文与质融合无间，自然浑成；魏诗富丽而不俗不弱，也是文质并重的，但已能看出人工雕琢的痕迹。他还说："《名都》、《白马》(曹植诗)诸篇，已有绮靡意，而文犹与质错也。"(外编卷二)其意正可与"赡而不俳，华而不弱，然文与质离"相印证。胡应麟还直接把政治、社会的文质变化与诗歌艺术的文质变化相联系。他说："周尚文，故《国风》、《雅》、《颂》皆文；然自是三代之文，非后世之文。汉尚质，故古诗、乐府多质；然自是两汉之质，非后世之质。"(内编卷一)这种说法便未免显得牵强了。

清代桐城派重要人物刘大櫆的《论文偶记》中有一段话很值得注意，其言云："文贵华。华正与朴相表里，以其华美，故可贵重。所恶于华者，恐其近俗耳。所取于朴者，谓其不著脂粉耳。……天下之势，日趋于文而不能自已。上古文字简质。周尚文，而周公、孔子之文最盛。其后传为左氏，为屈原、宋玉，为司马相如，盛极矣。盛极则孳衰，流弊遂为六朝。……昌黎韩氏矫之以质，本六经为文。后人因之，为清疏爽直，而古人华美之风亦略尽矣。”这段话论文学发展，其“文”、“质”也都是就艺术风格而言。刘大櫆认为文章本应文质彬彬，即华美与朴素相结合。他说由上古至六朝，由质而文，产生了流弊。这说法与《文心雕龙·通变》所述大致相同。他又说韩愈以质朴矫六朝过于丽靡之失，而后人又质朴得过了头，失尽了古人华美之风。这主要是指宋元以来一些“古文”作者而言的。

事实上，桐城派提倡写作“雅洁”的古文，反对藻丽骈偶，也正是偏于质朴的。而清代中期为骈文张目的批评家却是不满于为古文者的“质”而强调“文”的。李兆洛撰《骈体文钞》，为骈文争取地位，主张骈散合一。他说：“古之言文者，吾闻之矣：曰云汉之倬也，虎豹之文也，郁郁也，彬彬也，非是谓之野。今之言文者，吾闻之矣：曰孤行一意也，空所依傍也，不求工也，不使事也，不隶词也，非是谓之骈。”（《养一斋文集》卷八《答庄卿珊》附《代作〈骈体文钞〉序》）认为古人是重视文采的，批评“今之言文者”的排斥藻绘。吴育为《骈体文钞》作序，认为梁、陈作者任昉、沈约、丘迟、徐陵、庾信“莫不渊渊乎文有其质焉”，即都是文质彬彬的。阮元也大力抬高骈文地位，甚至说只有讲究声韵对偶的文章才有资格称“文”，单行的散文只不过是“言”、“语”、“笔”，算不得“文”。蒋湘南《与田叔子论古文第二书》主张学习写作须先学“文”（指有声韵对偶者），后学“笔”（指散文，不讲究对偶声韵者）。他说：“由文入笔之功，为古人文质相宣之故，唐以后无有能明之者。”意谓古人学习写作先文后笔，故能文华、质朴很好地配合，做到文质彬彬。

总之，古代文论中经常出现的“文”、“质”这对词语，虽然在不同场合可能有不同含义，需要具体分析，但纵观古今，它们大致上还是有一以贯之的含义，即指文学作品外部风貌的华美和质朴。古代批评家要求作品能呈现出一种文质彬彬的动人风貌。当他们不满于文坛风气过于丽靡时，便强调“质”的方面；而当文风过于质朴时，又有人出来强调“文”的方面。“文”、“质”这对概念，也体现了古人对文学作品的审美要求和他们对文学发展规律的认识。因此，正确理解“文”、“质”对于学习、研究古代文论是十分重要的。

（原载《文学知识》1985年第9期，河南人民出版社出版）

中国文学批评史上的风骨论

“风骨”是中国古代文艺理论批评中的一个重要概念，最初用以品评人物，后来发展到运用于文学、绘画、书法等文艺评论中，而尤以文学评论用得广泛和长久。它标志着人们对于文艺作品应当具有明朗刚健之美的要求。本文打算简略地介绍一下文学批评中的风骨论，为了说明方便，有时也涉及人物品评和书画理论。对于风骨这个概念的解释，目前学术界尚未一致，我的看法不一定都对，仅供同志们参考。

一 风骨的涵义和基本特征

《文心雕龙》有《风骨》专篇，对这个问题论述最为具体。刘勰认为，文章的风，是作者“志气之符契”。志气是指作者的思想、感情、气质、性格等。作者有怎么样的思想、感情、气质、性格，便形成怎么样的文风；有其内则形诸外，内外相应，若合符契。风的基本特征，是清、明、“述情必显”，即思想感情呈现得清明显豁，它是作者“意气（即志气）骏爽”的反映。由此可见，风清是指文章风貌清明爽朗的一种艺术感染力，相当于今天所说的鲜明生动的文风。有些研究者认为风是指作品思想内容的好坏，即进步与否、健康纯正与否等等。我看这讲不通，因为思想内容的好坏，是不可能用清、明、显等词去形容的，清、明、显等词只能形容文章的风格。风当然与思想内容有关，但它不是指作品内在的品质，而是指作品外部的风貌。

刘勰认为，有骨的作品，必然“结言端直”，“析辞必精”，就是其语言必然挺拔精要。骨的基本特征是峻、健，即指语言的挺拔和刚健有力。作品的语言，统称之则为辞或文辞，如果分析起来，则辞之精要刚健者叫作骨，绮丽华美者叫作采或藻。刘勰认为，作者运用文辞，首先应注意端直精要，才能使作品刚健有力。由此可见，骨是指作品因语言运用得当而产生的一种刚健有力的文风。风和骨合起来，就是指文风的鲜明、生动、刚健。有些研究者认为骨是指作品思想内容的好坏和是否充实，这也讲不通，因为峻、健等词只能用来形容风格。

风和骨原是两个概念，刘勰所谓“风清骨峻”、“文明以健”，清、明是讲风，峻、健是讲骨。但风、骨二者又密切相关。作品的风貌是通过语言表现出来的，语言精要劲健，思想感情就容易表现得鲜明爽朗；反之，语言靡丽、柔弱、拖沓，就必然会影响思想感情表现的明朗性。因此风、骨二者结合起来，当作一个统一的美学要求被提出来。

风骨这一概念，原来用以品评人物的风度、神气、形貌。魏晋时代，上层社会很重视人物的风度形貌之美，《世说新语》在这方面有不少记载，如嵇康、潘岳、卫玠等人，风度都是很美的：

> 嵇康身长七尺八寸，风姿特秀。见者叹曰：萧萧肃肃，爽朗清举。(《容止》)
>
> (潘)岳姿容甚美，风仪闲畅。(《容止》注引《潘岳别传》)
>
> 王济……语人曰：“昨日吾与外生(指卫玠)共坐，若明珠之在侧，朗然来照人。”(《容止》注引《卫玠别传》)

这里的“风姿”、“风仪”，都指一个人的风神姿貌，所谓“爽朗清举”、“闲畅”、“朗然来照人”，其共同特色是清峻爽朗；后来文艺理论中的

“风清”,即由此引申而来。魏晋时代玄学流行,玄学崇尚超尘脱俗,因此当时人们特别欣赏人物风姿清峻爽朗之美,认为这是超尘脱俗的一种标志。《世说新语·贤媛》载:“王夫人神情散朗,故有林下风气。”就是这个意思。人的风姿清朗,与道德品质不一定有对应关系。如潘岳风姿很美,但为人趋炎附势,品德并不好。

上面说的是品评人物的风姿、风神。品评人物的骨,是指骨相,即人的骨骼长相。魏晋时人们对此也颇重视。《世说新语·赏誉》载:“王右军(羲之)目陈玄伯垒块有正骨。”这是赞美陈玄伯骨相像石块那样坚实挺拔。《世说新语·轻诋》载:“旧目韩康伯将肘无风骨。”注引《说林》曰:“范启云:韩康伯似肉鸭。”韩康伯躯体肥胖臃肿,好像肉鸭,骨骼为肥肉所掩,缺乏骨相挺拔之美,当然也谈不上风神清朗,因此被讥为“无风骨”了。《世说新语·赏誉》注引《文章志》说:“王羲之高爽有风气。”又引《晋安帝纪》说:“王羲之风骨清举。”韩康伯因骨相不佳而缺乏风骨,王羲之因风神高爽而风骨清举,都说明风和骨二者密切相关,风影响骨,骨影响风,故被连用。引申到文学理论上,精要刚健的语言好像人的骨骼,故叫骨;绮丽华美的语言则好像人的血肉。

用风骨品评人物的风气,很早就影响到绘画理论。当时绘画对象主要是人物,因此人物品评中的风骨论,很容易移植到画论中来。东晋顾恺之在《画论》、《魏晋胜流画赞》、《画云台山记》三篇文章中,提到“骨法”、“奇骨”、“天骨”、“骨趣”等等,都是指画中人物的骨相;提到“神气”,则是指画中人物的风神。南齐谢赫(年代略早于刘勰)的《古画品录》,更是强调风骨。他用“神气”、“风范气候”、“风采”、“风趣”等词语指风,用“骨法”、“用笔骨梗”等词语指骨。他还运用“风骨”这一名称,如赞美曹不兴画的龙说:“观其风骨,名岂虚哉!”说明除人物画外,对其他生物画也可以用风骨来进行评价。《古画品录》还提到著名的绘画“六法”。其中第一法为“气韵生动”,即指风;

第二法为“骨法用笔”，即指骨。谢赫认为六法中第一、第二法最重要，可见他对于风骨的重视。后来唐代张彦远《历代名画记》于此有所发挥和阐述。画论中风骨的涵义和人物品评中风骨的涵义是一致的。画论中风、神、气韵等词语，都指画中对象（主要是人物）的神情风貌表现得鲜明生动性而言；骨、骨法用笔等词语，则指画中对象的骨相形貌是否被勾勒得遒劲有力而言。气韵和笔力二者的关系是很密切的。如果笔力不遒，要表现生动的气韵是困难的；正如人物骨骼不端直，很难设想会产生清峻爽朗的风度。风和骨二者关系密切，所以人物品评和画论中都把它们结合起来，当作一个美学概念来使用。

在南朝的书法理论中，也运用着风骨这个概念。如梁代袁昂《书评》评东汉蔡邕的书法说：“骨气洞达，爽爽有神。”就是赞美蔡邕书法有风骨。相传为东晋卫夫人所作的《笔阵图》说：“善笔力者多骨，不善笔力者多肉。多骨微肉者谓之筋书，多肉微骨者谓之墨猪。多力丰筋者圣，无力无筋者病。”这里明确地强调了书法中骨的重要性，认为用笔挺拔遒劲、富于骨力者为上乘，笔迹肥胖、缺乏骨力者为下乘。墨猪的比喻，使人想起韩康伯因身躯肥胖而被讥为肉鸭。梁武帝《答陶隐居论书》说：“纯骨无媚，纯肉无力。……肥瘦相和，骨力相称。”则指出骨、肉二者应结合，做到不肥不瘦，恰到好处。书画理论中的用笔或笔迹，犹如文学作品中的语言，都应重视挺拔遒劲，才能保证作品具有爽朗刚健的风貌。

人物品评、书画理论、文学理论中风骨的涵义和特征，基本上是一致的，风均指清峻爽朗的风貌，骨均指端直挺拔的骨格或用笔。

二　刘勰、鍾嵘的风骨论

用风骨品评文学作品，南朝初期已经出现了。《宋书·王微传》载王僧谦评王微作品说：“兄文骨气可推，英丽以自许。”即是其先例。

但到刘勰的《文心雕龙》，在这方面始有系统全面的论述。刘勰对风骨很重视，在《宗经》篇中，他提出了六项优良的文风标准，其二即为“风清而不杂”；除《风骨》专篇外，《文心雕龙》全书中涉及并提倡风骨的地方颇多。刘勰关于风骨涵义和基本特征的看法，已见上文，下面再介绍他在这方面其他较重要的意见。

和谢赫一样，刘勰很强调风骨的重要性。在《风骨》篇一开头，刘勰强调了风的重要地位，指出它是“化感之本源”，这实际上是说作品的艺术感染力量，首先决定于风，即作者的思想、感情、气质等在作品中是否表现得清峻爽朗。它正像人物的风神和书画的神气一样，是能否打动人的首要因素。刘勰举了司马相如的《大人赋》，认为它富有风。这篇赋讲游仙之事。刘勰继承扬雄的看法，不满汉赋“劝百讽一”的内容，这篇赋劝诱帝王游仙，对其内容刘勰是不会肯定的；但其风貌比较清明爽朗，汉武帝读后飘飘有凌云之志，说明它具有颇强的艺术感染力。刘勰又强调了骨的重要性，指出运用语言必须首先重视骨力，所谓“沉吟铺辞，莫先于骨”。在画论中，骨法用笔是指画面上轮廓的勾勒（参考俞剑华《历代名画记》注释）。轮廓勾勒得好，线条明晰有力，就为赋采设色打下了基础。书论中的骨，是指笔致精瘦挺拔，它是书法劲健有力的基础。与此相应，刘勰强调作品语言应首先注意端直精要，它是文章用笔的基础；如果不先立骨，片面追求华辞丽藻，就会形成“膏腴害骨”（《诠赋》）的弊病了。《风骨》篇举潘勖《册魏公九锡文》作为骨峻之例，因为该文刻意学习《尚书》典诰文体，语言质朴劲健，毫无华辞丽藻。在绘画中，先用笔勾勒，再赋采设色，先后步骤很清楚。在书法和文学创作中，当然不可能在用笔或遣辞上明确分成两步，它只是一种比喻，说明作者用笔或遣辞时首先应注意端直劲健，保证骨力罢了。

刘勰认为，要文风清明，作者必须“意气骏爽”；要文骨刚健，必须“结言端直”。意气骏爽，即作者的思想、感情、气质、性格等骏发爽朗，这在很大程度上决定于作者先天的禀赋，所以他引了曹丕《典论·论文》的话："文以气为主，气之清浊有体，不可力强而致。"风清骨峻，偏于阳刚之美；作者气质清刚，作品就容易有风骨。他论述孔融、刘桢两人气质高妙，所以其作品也富有风骨。这是就禀赋说的。但是，结言端直，即作品语言运用得挺拔刚健，则主要依赖于作者后天的学习和锻炼。刘勰郑重指出，锻炼风骨，必须重视"无务繁采"，即不要追求繁富的文采，因为繁采不但直接伤害骨，还会使文风晦昧不明朗。

南朝宋齐时代，文风进一步趋向华美。许多作家片面追求华辞丽藻，所谓"习华随侈，流遁忘反"(《风骨》)。刘勰在《序志》篇中对这种文风深表不满，他写作《文心雕龙》，宗旨就在想扭转这种文风。作品堆砌大量华辞丽藻，必然柔靡不振，缺乏明朗刚健的风骨。刘勰大力提倡风骨，也是为了扭转这种文风。在《通变》篇中，刘勰指出，商周以前之文偏于质朴；商周之文丽而雅，文质结合得好(这与他的宗经思想相通，因为商周之文主要为"五经")；楚汉、魏晋以迄刘宋之文，则追求绮艳新奇，文多质少，"风末气衰"，即缺乏风骨。要改变这种情况，刘勰认为必须宗法儒家经典，"斟酌乎质文之间"(《通变》)，使文章的质朴性与华美性很好结合起来。《风骨》篇也指出应当"熔铸经典之范，翔集子史之术"，向经、史、子等著作学习，克服片面追求华美的风气。刘勰很推重汉末潘勖的《册魏公九锡文》，认为它是骨峻的典范。潘勖这篇文章，竭力赞扬曹操的功绩，为他登皇位作舆论准备，内容并不足取；但该文语句竭力摹仿《尚书》中典诰的口吻，文辞比较质朴刚健，故被刘勰在这方面引为典范。

刘勰大力提倡风骨，提倡明朗刚健的文风，但他并不轻视文采。他主张风骨与文采应当很好地结合起来。他以禽鸟为比喻，指出作品有风骨而乏文采，如同鹰隼一类鸷鸟，能高飞而少羽毛之美；有文采而乏风骨，则如同雉鸟，羽毛艳丽而不能高飞。他理想的文风是风骨与文采二者兼备，如同凤凰那样，既能高翔，又毛羽鲜艳。这种风骨与文采结合的主张，同书法理论中的骨肉结合的主张是相通的。在《文心雕龙》书中，我们看到：《声律》篇强调声律，赞同沈约等人提倡的声律论；《丽辞》篇重视对偶，探讨作对之法；《事类》篇肯定作文必须运用成语典故。这些情况说明刘勰很重视文采，对于构成当时流行的骈文文采的声律、对偶、用典等要素，都作了充分的肯定和具体的探讨。他的《文心雕龙》一书也是用精美的骈文写成的。可见刘勰并没有否定魏晋南北朝的骈体文学，他只是反对骈体文学过于追求绮靡新奇因而缺乏风骨的风气。

谈风骨，我们很容易想到建安风骨。刘勰在《文心雕龙》一书中虽然没有直接使用建安风骨这一名称，但他对建安文学富有风骨这一特征，却是不止一次地指出并加以肯定的。《明诗》篇指出曹丕、曹植、王粲、徐幹等人的诗歌，"慷慨以任气"，意为情怀慷慨，意气骏爽；在抒情述事的表现方面，他们不追求辞藻的纤密富丽，而注意写得昭晰明朗。《乐府》篇赞美曹魏三祖之诗"气爽才丽"，《时序》篇认为建安文学"梗概而多气"，都指出了当时创作意气骏爽、风貌清朗的特色（"梗概而多气"句中的"梗概"，意为大概，也就是行文疏朗而不纤密的意思）。刘勰对建安文学特征的分析，是同他对风骨的理解一致的。建安风骨，是指建安文学（主要是诗歌）富有爽朗刚健的风格特征。有些同志认为建安风骨首先是建安文学具有进步充实的思想内容，这其实也是一种误解。关于这个问题，我在《从〈文心雕龙·风骨〉谈到建安风骨》一文中作了具体阐述，这里不再详谈了。

下面再谈谈鍾嵘的风骨论。鍾嵘把风骨叫做风力。鍾嵘在《诗品序》中指出，诗歌要具有强大的艺术感染力，在创作时要注意斟酌运用赋、比、兴三种方法，同时要"干之以风力，润之以丹采"，即以明朗刚健的语言和风格为基干，再用美丽的辞藻加以润色，这与刘勰的风骨与文采相结合的意见是一致的。鍾嵘在《诗品序》中还提出并赞美了建安风力。他批评晋代玄言诗盛行，诗风“平典”，淡而无味，建安风力的优良传统，全都消亡了。

《诗品》一书中对不少作家的评价，就是根据风力与丹采相结合的原则进行的。锺嵘在汉魏以迄南朝的诗人中最推重曹植，认为是诗中的圣人。他评曹植云：“骨气奇高，词采华茂，情兼雅怨，体被文质。”其中“情兼雅怨”是指思想内容说的；“骨气”二句，则指艺术性而言。骨气即气骨，也就是风骨；骨气奇高，即刘勰所谓风清骨峻之意，在艺术上偏于质朴一面；词采华茂则属于文。骨气与词采相结合，就是体被文质，即文质兼备。曹植在风力与丹采两方面成就都很突出，所以锺嵘给予最高评价。

《诗品》评刘桢说：“仗气爱奇，动多振绝。贞骨凌霜，高风跨俗。但气过其文，雕润恨少。”“贞骨”二句，赞美刘诗风骨很高；“雕润恨少”，则指“润之以丹采”不足。锺嵘对刘桢很推重，认为曹植以下，“桢称独步”，但对他的文采不足，毕竟有些不满。《诗品》评左思的诗，认为源出刘桢，长于风骨，但也有文采不足之病，所以比陆机诗要“野”。“野”即取《论语·雍也》“质胜文则野”之意，谓其诗偏于质朴而文采不足。《诗品》评陶潜诗，指出它吸收了左思的风力，但“真古”、“质直”，也有文采不足之病。另外如曹操诗，也嫌“古直”。这些诗人，锺嵘认为都是具有风力而丹采不足的。另外有些诗人，却是文采富美而风骨缺乏。《诗品》评王粲诗“文秀而质羸”，就是文美质弱之意。《诗品》评张华诗体制“华艳”，“巧用文字，务为妍冶”，富有文采；其缺点是“儿女情多，风云气少”，缺少风骨。这两类诗人各有成就，但在风力、丹采方面各有所偏，不及曹植二者结合得好。同刘勰相同，锺嵘虽然赞美风骨，但对文采也是很重视的。宋代以来，不少人指责锺嵘对陶渊明评价太低，其实从锺嵘的批评标准看，的确不能给陶诗以很高的评价。锺嵘所谓丹采，其内涵在很大程度上是南朝骈体文学的艺术标准，注重词藻华美，对偶工巧，陶诗在这方面确实是不够的。

刘勰、锺嵘的风骨与文采相结合的主张，既要求文学作品具有明朗刚健的风貌，同时又有华美的文采，使作品兼有质朴与华美二者之长，而不偏于一面。它实际上是过去儒家“文质彬彬”的文学思想的继承与发展，在纠正当时许多作家片面追求华美文风方面，有一定的积极意义；但其所谓文采的内涵与标准，仍然受着当时统治文坛的骈俪文风的制约。

三 唐宋以来的风骨论

唐代前期，提倡风骨的人比较多，其中心点是提倡建安文学（主要是诗歌）爽朗刚健的特征，继承其优良传统，企图藉此来改革南朝以迄唐初浮靡柔弱的文风。

初唐四杰之一的杨炯，在其《王勃集序》中指责唐高宗龙朔初年，文人竞为纤细雕刻之词，表面上很艳丽，但“骨气都尽，刚健不闻”，同时赞美王勃在廓清这种文风方面起了很大作用。稍后陈子昂在《与东方左史虬修竹篇序》中就直接提出以汉魏风骨作为学习对象。所谓汉魏风骨内涵同于建安风骨，因为建安时代处于汉魏之交，其时文人五言诗大发展，达到了汉魏诗歌的高峰。陈子昂赞美东方虬的诗写得“骨气端翔，音情顿挫，光英朗练，有金石声”，实际上是赞美对方的诗风貌鲜明爽朗，语言端直劲健，富有风骨。在文章末尾，陈子昂认为东方虬的诗篇“可使建安作者相视而笑”，即与建安诗歌媲美。陈子昂以他富有成效的诗歌实践和这篇宣言式的序文，为唐诗的革新和健康发展开辟了康庄大道。

盛唐不少诗人，都以建安风骨为学习对象。李白赞扬“蓬莱文章建安骨”（《宣州谢朓楼饯别校书叔云》），并且宣称“自从建安来，绮丽不足珍”（《古风》其一）。高適赞美友人的诗为“纵横建安作”（《淇上酬薛三据兼寄郭少府微》)。殷璠的《河岳英灵集》专选盛唐诗歌,他对诗风爽朗刚健的作家,常常用风骨或气骨加以赞美。如评高適云:"多胸臆语,兼有气骨。"评崔颢云:"晚节忽变常体,风骨凛然。"评薛据云:"据为人骨鲠有气魄,其文亦尔。"经过许多诗人的努力,盛唐诗歌出现了空前的繁荣局面,推究其成绩由来,继承并发展了建安风骨是一个重要的因素。盛唐风骨这一名称,后来也常为文论家所运用,它标志着盛唐诗歌的一个重要特征。盛唐诗人不但注意风骨,也重视吸取魏晋南朝作家的艳丽辞藻和严密声律,做到文质并重,风骨与文采并重。所以殷璠赞美盛唐诗歌说:"文质半取,风骚两挟。言气骨则建安为俦,论宫商则太康不逮。"(《河岳英灵集·集论》)可以说,过去刘勰、鍾嵘要求作品风骨与文采结合的理想,在盛唐时代的许多作家中才广泛地实现了。

唐代后期人们较少提倡风骨。这大概是因为恢复建安风骨、改变南朝淫靡文风的历史任务,已经由盛唐诗人完成了的缘故。唐代后期经过安史之乱,社会动荡,民生凋敝,评论者迫切要求作品反映政治社会的弊端、人民生活的痛苦,促使统治者注意改良政治。在诗论方面,往往强调比兴或风雅比兴,企图发扬《诗经》积极反映现实的传统,因此出现了大量的讽谕诗、新乐府一类作品。这说明时代变化了,文学理论和创作的主要倾向,也起了相应的变化。

宋明以来,谈风骨的都不像唐代前期那么集中,但也断断续续有一些。现在略举较有代表性的几家以见一斑。

宋严羽《沧浪诗话·诗评》说:"顾况诗多在元、白之上,稍有盛唐风骨处。"这里严羽赞美盛唐风骨,并认为在接近盛唐风骨这方面,顾况诗歌的成就在元稹、白居易之上。严羽在《答出继叔临安吴景仙书》中说:"盛唐诸公之诗,如颜鲁公书,既笔力雄壮,又气象浑厚。"所谓笔力雄壮,也指出了盛唐风骨的特征。白居易、元稹的诗篇,往往叙述周详,词语繁富浅露,缺乏刚健挺拔的风貌。白居易在《和答诗十首序》中，也承认自己与元稹的诗都有“辞繁”之病，这实际上就是刘勰指出的“膏腴害骨”的弊害。相比之下，顾况的诗篇，写得豪迈奔放，反而具有风骨。

明代中后期，不少作家在诗文创作方面都注意学习秦汉或唐宋，因此评论中也往往推崇建安风骨和盛唐风骨。王慎中《与道原弟书》（七）说：“（盛唐诗）篇篇有风骨。”特别强调了盛唐诗爽朗刚健的特征。胡应麟《诗薮》详细评述了历代诗歌，言及风骨之处颇多。他赞美曹植诗说：“才藻宏富，骨气雄高。”（《诗薮》内编卷二）这是鍾嵘评曹植诗“骨气奇高，词采华茂”的翻版。他评孔融诗说：“词理宏达，气骨苍然。”（《诗薮》外编卷一）也是继承了魏晋南朝人认为孔融意气很盛的看法。以上两例是称颂建安风骨。胡应麟评中唐大历年间钱起、刘长卿等诗人，颇不满意他们的作品缺少风骨，如评七古云：“降而钱、刘，神情未远，气骨顿衰。”（《诗薮》内编卷三）评排律云：“钱、刘以降，篇什虽盛，气骨顿衰。”（《诗薮》内编卷四）评绝句云：“中唐钱、刘，虽有气味，气骨顿衰。”（《诗薮》内编卷六）胡应麟屡屡指责大历诗人风骨突然衰弱不振，是在肯定盛唐风骨的前提下进行的。胡应麟还引用了人物品评和书画理论中骨肉并称的提法来评论诗歌，以肉指文采。如他评王粲诗云：“仲宣才弱，肉胜骨。”（《诗薮》内编卷二）这同鍾嵘评王粲“文秀而质羸”也是一致的，以肉指文，以骨指质。他论七律作法云：“肉不可使胜骨，而骨又不可太露。”（《诗薮》内编卷五）实际上也就是要求风骨与文采相互结合得好的意思。（人物品评和书法理论中骨、肉并提之例，上文已有引用，画论如张怀瓘《画断》说：“象人之美，张得其肉，陆得其骨，顾得其神。”）王世贞《艺苑卮言》卷四评高適、岑参诗有云：“高、岑一时，不易上下。岑气骨不如达夫遒上，而婉缛过之。”高、岑两人之诗都有风骨，但王世贞认为比较说来，高適诗更以风骨见长。高適诗风骨特出，这一点殷璠《河岳英灵集》已经指出过。

清代诗论中评论前人作品，运用“风骨”这一词语处亦颇不少。以下略举若干例子。毛先舒《诗辩坻》卷三云：“嘉州轮台诸作，奇姿杰出，而风骨浑劲。”这是赞美岑参边塞诗风格雄浑，富有风骨。又云：“七言古至右丞，气骨顿弱，已逗中唐。如‘卫霍才堪一骑将，朝廷不数贰师功’……极欲作健，而风格已夷，即曲借对仗，无复浑劲之致。”这是批评王维的七古比较流丽柔弱，缺少浑劲的风骨。又云：“七绝，李益、韩翃足称劲敌。李华逸稍逊君平，气骨过之。至《从军北征》，便不减盛唐高手。”这是赞美李益的七绝富有风骨，虽处于诗风格趋于卑弱的大历时代，独能上追盛唐作者。翁方纲《石洲诗话》卷一云：“入唐之初，永兴（指虞世南）、巨鹿（指魏徵）并起，而巨鹿骨气尤高。”这是赞美魏徵的《述怀》诗风骨突出。沈德潜《唐诗别裁集》卷一评《述怀》诗云：“气骨高古，变从前纤靡之习，盛唐风格，发源于此。”可以互相参证。《石洲诗话》卷一又云：“唐初群雅竞奏，然尚沿六代馀波。独至陈伯玉，崷兀英奇，风骨峻上，盖其诣力毕见于《与东方左史》一书。”这是赞美陈子昂诗歌风骨清峻刚健，大变六朝以迄唐初的绮靡诗风。刘熙载《艺概》卷二云：“李义山却是绚中有素。……至或因其《韩碑》一篇，遂疑气骨与退之无二，则又非其质矣。”这是肯定李商隐诗在绮丽中有质素，但又认为论风骨清峻刚健，毕竟不能与韩愈诗相比。

清代纪昀，亦喜用风骨评论诗歌。纪昀对《玉台新咏》、《才调集》、《瀛奎律髓》等总集都作了评论（眉批），《四库提要》经过他的加工改写，也代表了他的观点，这些书中言及风骨之处颇多。他评左思诗云：“太冲在晋人之内，风骨特高。”（《纪校玉台新咏》卷二）这是沿袭了鍾嵘《诗品》的看法。他针对李戡、杜牧指斥元、白诗“纤艳不逞”的公案，评杜牧云：“平心而论，牧诗冶荡甚于元、白，其风骨则实出元、白上。”（《四库提要·樊川文集提要》）杜牧诗虽然也像元、白诗那样喜述男女艳情，但他的诗不像元、白那样作详细浅露的描写，语言比较简练刚健,历代评论家常赞美杜牧诗风俊爽豪逸,实际就是肯定其诗具有风骨。纪昀说杜牧诗风骨胜元、白,同严羽说顾况风骨胜元、白,其精神是一致的。纪昀评陈与义《对酒》诗云:“简斋风骨高秀,实胜宋代诸公。”(《瀛奎律髓刊误》卷十九)评曾幾《郡中禁私酿严甚戏作》诗云:“风骨矫矫,却无犷态。”(同上)这是对江西派诗歌风格矫健的赞美。纪昀评元代李孝光诗云:“元诗绮靡者多,孝光独风骨遒上,力欲排奡古人。”(《四库提要·五峰集提要》)又评明代李万实诗云:“其诗颇学韦、柳,意取清妍,虽风骨未就,而姿致可观。”(《四库提要·崇质堂集提要》)他把风骨与绮靡、姿致对举,其崇尚俊爽刚健诗风的意思是很明显的。大抵明清人论风骨,更侧重在刚健这方面。

大致说来,中国文学批评史上的风骨论,可分为三个阶段:刘勰以前是萌芽阶段;刘勰、鍾嵘到唐代前期,是其发展鼎盛阶段;唐代中后期到明清,则是属于馀波阶段。

（原载《文学知识》1986 年第 5 期,河南人民出版社出版）

中国古代文论中的比兴说

比兴和赋原是我国古代《诗经》中作品的三种表现手法，赋是直写，比兴则是托物引喻，比较婉转曲折。汉儒解释比兴，有两种不同说法。一种认为比兴是指诗歌的表现手法。郑众说："比者，比方于物也。兴者，托事于物也。"(《周礼・太师》注)孔颖达《毛诗正义》阐述道："诸言如者，皆比辞也。……兴者，起也。取譬引类，起发己心，诗文诸举草木鸟兽以见意者，皆兴辞也。"后来朱熹根据此说，概括得更为明晰："兴者，先言他物以引起所咏之词也。""赋者，敷陈其事而直言之者也。""比者，以彼物比此物也。"(分别见《诗集传》中《关雎》、《葛覃》、《螽斯》三篇的注。)这种解释比较符合于比兴原来的意义。

另一种说法不仅把比兴当作表现手法，还把它同诗歌的政治倾向联系起来。郑玄说："比，见今之失，不敢斥言，取比类以言之。兴，见今之美，嫌于媚谀，取善事以喻劝之。"(《周礼・太师》注)这种说法是为了强调《诗三百篇》的美刺(赞美和讽刺)作用给加上去的，不符合《诗经》作品的实际情况。黄侃批评郑玄"以善恶分比兴，不如先郑(郑众)注义之确"(《文心雕龙札记》)。朱自清也说："郑玄以美刺分释兴比，但他笺兴诗，仍多是刺意。他自己先不能一致，自难教人相信。"(《诗言志辨・赋比兴通释》)实际上郑玄说之谬误，不但在于以美刺分释比兴，而且把作为表现手法的比兴牵强地同诗的政治内容联系起来。事实上，比兴手法可以同美刺内容相结合，也可以不结合，二者之间并没有必然的联系。

比兴说是我国古代文学理论(主要是诗词理论)中的一个重要部分。汉代以后作家和批评家论比兴,也有这两种不同说法。大抵魏晋南北朝时期前一说占优势,唐宋以来后一说占优势。本文不暇旁征博引,仅就锺嵘、刘勰、白居易以及清代常州派词家等较有代表性的言论,略加分析,由此可以看到古代文论对这个问题的探讨和认识,以及它们如何反映了各时期文学创作和文学批评风气的发展和变化。

一

锺嵘在《诗品序》中对赋比兴的意义、特点和作用有着相当精警的论述,他说道:

> 故诗有三义焉:一曰兴,二曰比,三曰赋。文已尽而意有馀,兴也;因物喻志,比也;直书其事,寓言写物,赋也。宏斯三义,酌而用之;干之以风力,润之以丹采,使味之者无极,闻之者动心,是诗之至也。若专用比兴,患在意深,意深则词踬。若但用赋体,患在意浮,意浮则文散,嬉成流移,文无止泊,有芜漫之累矣。

这里有两点值得注意。其一,锺嵘认为诗歌用兴,表现更加委婉含蓄,使“文已尽而意有馀”,耐人寻绎体会。这意见是中肯的,指出了“兴”这一表现手法能够增强诗歌的艺术性和感染力量。事实上“比”也有这种特点和作用,所以锺嵘在下文比兴连举。运用比兴能够增强诗歌的艺术性和感染力量,清代沈德潜有一段话讲得更为具体明确,他说:“事难显陈,理难言罄,每托物连类以形之。郁情欲舒,天机随触,每借物引怀以抒之。比兴互陈,反复唱叹,而中藏之欢愉惨戚,隐跃欲传,其言浅,其情深也。倘质直敷陈,绝无蕴蓄,以无情之语，而欲动人之情，难矣。”(《说诗晬语》卷上)沈氏指出诗歌运用比兴，较之赋体的质直敷陈，表现婉转蕴蓄，更能深刻地表现作者的悲欢之情，也更能够打动读者，在阐明比兴手法的特点和作用上，同鍾嵘的精神是一致的。

其二，鍾嵘认为赋比兴三种手法应当交错使用，不应偏废。如果专用比兴，易致“意深词踬”，使作品意旨微茫，不易理解。如果专用赋体，易致“意浮文散”，使作品浅露繁冗，缺乏诗歌应有的精炼性。这意见也颇为有理。例如阮籍的一部分《咏怀诗》，主题很难捉摸，《诗品》称为“厥旨渊放，归趣难求”，《文心雕龙·明诗》称为“阮旨遥深”。造成这种现象的原因总的说是害怕显言获咎，故“文多隐避”，但其中部分篇章多用比兴，也是一个因素。故清代陈沆就说过阮诗“寄托至深，立言有体，比兴多于赋颂”(《诗比兴笺》卷二)。再以后来的唐诗为例，如李商隐的《无题》一类作品，其中一部分实际是假托男女之情，寄寓仕途的遭遇和感受，但由于专用比兴，篇中缺乏点明事情真相的赋体语句，又没有“题注”一类作者自加的注释，因此主旨何在，难以肯定，后世注释评论者虽解说纷纭，终于莫衷一是。李商隐的五律《蝉》，前四句咏蝉自喻，用比体；后四句“薄宦梗犹泛”云云，点明自己身世，参用赋体，意思就明朗了。反之，如白居易的不少诗篇，多用赋体，少用比兴，再加上语言浅易繁冗，就使读者感到发露浮浅，经不起吟味。

鍾嵘很重视诗歌的艺术性和感染力量，他认为写得好的五言诗(汉魏六朝最盛行的诗体)能做到“指事造形，穷情写物，最为详切”，“是众作之有滋味者”，并批评晋代的玄言诗“理过其辞，淡乎寡味”(《诗品序》)。他的所谓“滋味”，就是指诗歌的艺术性和感染力量。他指出兴体能使“文已尽而意有馀”，指出交错运用赋比兴三者，再“干之以风力，润之以丹采”，就能使诗歌具有较高的艺术性，使“味之者无极，闻之者动心”，产生强烈的感染力量。鍾嵘的这些意见，总结了汉魏以迄南朝五言诗创作的艺术经验，讲得是颇为中肯和深刻的。

刘勰《文心雕龙》有《比兴》篇专论比兴，也是着重从艺术性方面进行探讨的。他把《比兴》篇置于《声律》、《章句》、《丽辞》诸篇之后，《夸饰》、《事类》、《隐秀》诸篇之前，说明他是把比兴同声律、夸饰等同样作为艺术表现手段来看待的。《比兴》篇首段论比兴的意义、特点和作用，文云：

> 《诗》文弘奥，包韫六义，毛公述传，独标兴体，岂不以风通而赋同，比显而兴隐哉？故比者，附也；兴者，起也。附理者切类以指事，起情者依微以拟议。起情故兴体以立，附理故比例以生。比则畜愤以斥言，兴则环譬以托讽。盖随时之义不一，故诗人之志有二也。

刘勰说："比者，附也；兴者，起也。"对比兴意思的解释与郑众、孔颖达、朱熹属于一派。刘勰又云："比则畜愤以斥言，兴则环譬以托讽。"把比兴同诗的内容联系起来，似乎同郑玄之说相近，实则不然。刘勰这两句话不是在为比兴意义下界说，而是在讲了意义后进一步指出比兴可以发生的作用。"畜愤斥言"可以是比发生的作用，但诗中的比不一定都是"畜愤斥言"，《比兴》篇中所举比的例子，如《诗经》中的"金锡以喻明德，珪璋以譬秀民"，就不是什么"畜愤斥言"，至于所举辞赋中的一些例子，就更是纯属表现技巧的范围了。所以我们认为刘勰对比兴意义的解释属于郑众、孔颖达、朱熹这一派。

刘勰对比兴二者，比较更重视兴。他说："观夫兴之托谕，婉而成章，称名也小，取类也大。""称名也小"二句，取自《周易・系辞下》，韩康伯注："托象以明义，因小以喻大。"刘勰认为兴体因其委婉曲折，能够因小喻大，含意深厚，较之比体具有更为强大的感染力量。他并对汉代以来辞赋中比多兴少的现象表示不满，认为是"习小而弃大"：

> 炎汉虽盛，而辞人夸毗，诗刺道丧，故兴义销亡。于是赋颂先鸣，故比体云构，纷纭杂遝，信(范文澜注："信"当作"倍")旧章矣。……日用乎比，月忘乎兴，习小而弃大，所以文谢于周人也。

汉魏六朝文学作品，比多兴少，不特辞赋为然，文人诗歌也是如此。究其原因，一是因为兴的含意比较隐约，不易为读者所理会。诚如黄侃《文心雕龙札记》所云："若乃兴义深婉，不明诗人本所以作，而辄事探求，则穿凿之弊固将滋多于此矣。自汉以来，词人鲜用兴义，固缘诗道下衰，亦由文词之作，趣以喻人，苟览者恍惚难明，则感动之功不显。用比忘兴，势使之然，虽相如、子云，末如之何也。"

另一个原因则是由于汉魏六朝文人诗赋与民间诗歌距离较远的关系。兴体源自民间，民歌中多用之。《诗经》中《国风》多出民间，所以用兴体最多。汉魏六朝文人作品，不论诗歌辞赋，多数追求辞藻富丽，对偶工致，与民歌风格距离很远，所以兴体很少见。实际这时期的乐府民歌和少数接近民歌的文人诗作中，是不乏兴体的。如汉乐府《塘上行》的开头："蒲生我池中，其叶何离离。"《饮马长城窟行》的开头："青青河畔草，绵绵思远道。"《焦仲卿妻》的开头："孔雀东南飞，五里一徘徊。"都是兴体。文人作品《古诗十九首》风格与民歌接近，也有一些兴体。六朝乐府吴声歌曲中使用大量谐音双关语，更是比兴的一种特殊手段。洪迈《容斋三笔》的"乐府诗引喻"条说："自齐梁以来，诗人作乐府《子夜四时歌》之类，每以前句比兴引喻，而后句实言以证之。"这类使用谐音双关语的诗，因其风格同《诗经·国风》近似，故唐宋时诗话一类著作中常称为"风人诗"。由此可见，《诗经》的兴体并不中断，它主要保存在汉魏六朝的乐府民歌里(后代民歌仍多兴体)。刘勰推崇《诗经》中的兴体，但他又轻视汉魏六朝的乐府民歌。他认为乐府民歌一类作品是"艳歌婉娈，怨志詄绝，淫辞在曲，正响焉生"(《文心雕龙·乐府》)，正统的偏见蒙住了他的眼睛，使他发生了“兴义销亡”的感慨。

明代李梦阳《诗集自序》有一段话说:“王子曰:诗有六义,比兴要焉。夫文人学子,比兴寡而直率多。何也?出于情寡而工于词多也。夫途巷蠢蠢之夫,固无文也。乃其讴也,咢也,呻也,吟也,行咕而坐歌,食咄而寤嗟,此唱而彼和,无不有比焉兴焉,无非其情焉,斯足以观义矣。”指出民间诗歌感情真挚丰富,比兴多,这看法是颇中肯而符合于客观事实的。民间诗歌常是有感而发,表达了真情实感,不是无病呻吟;它们在表现形式上也不像文人作品喜欢雕琢文字,卖弄学问,常从周围事物取譬引喻,故比兴独多,使作品形象鲜明生动,有强烈的艺术感染力量。唐诗、宋词中的一部分优秀篇章,吸取民歌特长进行创作,也常能做到表情深挚,比兴生动,具有较高的文学性。这些经验值得今天的诗歌作者借鉴和吸取。

《文心雕龙·比兴》篇后面对比体的各种不同情况进行了具体分析,指出:“夫比之为义,取类不常:或喻于声,或方于貌,或拟于心,或譬于事。”并引用了宋玉以及汉代诸家的辞赋来作例子,对辞赋中比体常见的几种情况作了归纳和分析,这里表现了刘勰对描写技巧的一贯重视态度。

由上所述,可见鍾嵘《诗品》、刘勰《文心雕龙》都着重从艺术性方面对比兴作了论述。魏晋以来,文学在一定程度上摆脱了汉儒强调为教化服务的传统,更为重视文学本身的特点,重视它的艺术形式和表现技巧,并且要求把文学作品与一般实用作品区分开来,形成了鲁迅先生所说的文学的自觉的时代(见《魏晋风度及文章与药及酒之关系》),这在文学发展史上是有其积极意义的。鍾嵘、刘勰对文学作品的思想内容是并不忽视的,他们着重从艺术性方面论述比兴,一方面比较符合于比兴原来的意义,同时也反映了这一历史时期文学创作重视艺术形式和技巧的倾向。当然,两晋南北朝时期(特别是南朝)有不少作家作品,片面追求形式技巧之美,雕章琢句,内容贫乏,形成了一股不良文风。同时，他们对汉魏时代内容充实、语言朴素的乐府民歌却加以轻视。这种偏见在刘勰的比兴说中也反映出来。

二

唐代诗歌，纠正两晋南北朝诗重视形式、缺乏社会内容的缺点，注意诗歌内容反映国事民生，以期对政治发生积极作用。在比兴说方面，则是着重把比兴同美刺结合起来，要求诗的比兴同对封建统治者的赞美、讽刺的政治内容紧密地结合起来。这方面见解突出的代表人物是白居易，其前驱人物则有陈子昂等人。

陈子昂是唐诗革新的杰出的先驱人物。他的《与东方左史虬修竹篇序》是一篇重要的文学论文，中有云："仆尝暇时观齐梁间诗，彩丽竞繁，而兴寄都绝，每以永叹。思古人常恐逶迤颓靡，风雅不作，以耿耿也。"所谓"兴寄"，就是比兴寄托。子昂在《喜马参军相遇醉歌序》中也说："夫诗可以比兴也，不言曷著？"所谓比兴寄托，是指通过对目前事物的歌咏来表现诗人对国事民生的关怀和意见，以期为封建政治和社会服务。陈子昂写的《感遇诗》三十八首等作品，就是实践他这种主张的。

稍后于陈子昂的大诗人李白，也主张作诗要有兴寄。孟棨《本事诗・高逸》载："白才逸气高，与陈拾遗（即陈子昂）齐名，先后合德。其论诗云：'梁陈以来，艳薄斯极，沈休文又尚以声律。将复古道，非我而谁与？'故陈、李二集律诗殊少。尝言：'寄兴深微，五言不如四言，七言又其靡也，况使束于声调俳优哉！'"《本事诗》是小说家言，记事不乏增饰成分，不尽可信，但这段记载还是比较真实地反映了李白的创作主张。李白推崇《诗经》，认为"自从建安来，绮丽不足珍"（《古风》其一）。这里所谓"寄兴深微"，即主张诗歌要有深远的比兴寄托，同陈子昂的意见是一致的。李白的《古风》五十九首，即是上承陈子昂《感遇诗》的传统，注意对当代的政治社会现象抒发感想的。至于说“五言不如四言，七言又其靡也”，那恐是浪漫诗人一时的偏激之言，不符事实，实际李白集中绝大部分还是五、七言诗，成就也远在他的四言诗之上。他推崇四言，主要精神还在于强调《诗经》的美刺比兴的传统，要求诗歌为政治服务。

同时，大诗人杜甫也主张作诗要有比兴。当时诗人元结写了《舂陵行》、《贼退示官吏》两诗，反映了道州局势混乱、人民痛苦的情况，并要求统治者加以注意。杜甫对这两篇诗非常赞美，写了一篇《同元使君舂陵行》诗来予以称道。在该诗的小序中，杜甫说：“不意复见比兴体制，微婉顿挫之词。”就是肯定元结的作品内容继承了风雅比兴的传统。

到中唐时代的白居易，对诗歌应有风雅比兴作了详细的论述。白居易主张作诗要反映民生疾苦，对统治者进行讽谕，开导他们改革弊政。他的《与元九书》是一篇最有代表性的文学论文，文中推崇《诗经》的六义（也就是风雅比兴）为诗歌的准则，并指出汉代诗歌“六义始缺”，晋宋诗歌“六义寖微”，梁陈更是每况愈下，到唐代风气方有所转变，其言云：

> 至于梁陈间，率不过嘲风雪、弄花草而已。噫！风雪花草之物，《三百篇》中岂舍之乎？顾所用何如耳。设如“北风其凉”，假风以刺威虐也；“雨雪霏霏”，因雪以愍征役也；“棠棣之华”，感华以讽兄弟也；“采采芣苢”，美草以乐有子也。皆兴发于此而义归于彼。反是者，可乎哉！然则“馀霞散成绮，澄江静如练”、“离花先委露，别叶乍辞风”之什，丽则丽矣，吾不知其所讽焉。故仆所谓嘲风雪、弄花草而已。于时六义尽去矣。
>
> 唐兴二百年，其间诗人不可胜数。所可举者，陈子昂有《感遇诗》二十首，鲍防有《感兴诗》十五首。又诗之豪者，世称李、

杜。李之作,才矣奇矣,人不逮矣;索其风雅比兴,十无一焉。杜诗最多,可传者千馀首;至于贯串今古,覼缕格律,尽工尽善,又过于李。然撮其《新安吏》、《石壕吏》、《潼关吏》、《塞芦子》、《留花门》之章,"朱门酒肉臭,路有冻死骨"之句,亦不过三四十首。杜尚如此,况不逮杜者乎!

这段话是以风雅比兴为标准来评述梁陈以至唐代诗歌的。此外,他还说:"自拾遗来,凡所适所感,关于美刺兴比者,又自武德迄元和,因事立题,题为《新乐府》者,共一百五十首,谓之讽谕诗。"(《与元九书》)这是说他的《讽谕诗》是根据美刺兴比来进行创作的。白氏《读张籍古乐府》诗有云:"风雅比兴外,未尝著空文。"这是赞美张籍的乐府诗符合风雅比兴的标准。这些议论的精神是一致的。白居易的好友元稹,配合白居易提倡讽谕诗,在文中也常常强调诗歌应有"寄兴"。

白居易等诗论所谓比兴寄托,重在诗歌要有政治内容,不重在比兴手法。陈子昂的《感遇诗》、李白的《古风》,关怀国事民生,固然很有政治内容,但在表现手法上则有的是用比兴,有的是用直写的赋体。杜甫所赞美的元结的两首有"比兴体制"的诗,实际用的都是赋体。这种现象到白居易表现得更为鲜明突出。他提倡六义和风雅比兴,重点是主张诗歌要有美刺的政治内容,他重视写讽谕诗,就是实践这种主张的创作表现。《与元九书》批评谢朓的诗句"馀霞散成绮,澄江静如练"(《晚登三山还望京邑》)是"嘲风雪、弄花草","六义尽去",就是因为这类诗句缺乏美刺内容。事实上,谢朓这两句诗运用巧妙的比喻,写景生动,形象鲜明,为后人所称道,李白即有"解道澄江静如练,令人长忆谢玄晖"(《金陵城西楼月下吟》)之句。《文心雕龙·比兴》篇分析比体,有"或方于貌"一类,并举例说:"枚乘《菟园》云:'猋猋纷纷,若尘埃之间白云。'此则比貌之类也。"谢朓的诗句也属于这一类。但白居易竟把这两句诗作为"六义尽去"、比兴消亡的例子，这就说明他的所谓比兴，重在美刺内容，不在比兴手法了。基于同样理由，他认为李白诗“索其风雅比兴，十无一焉”，实际就表现手法讲，李白的诗比兴丰富，形象鲜明，决不是“十无一焉”，只是因为像《古风》那样寄托政治感情的作品不多，所以白居易才不满意。白居易特别推重杜甫的《新安吏》、《石壕吏》、《潼关吏》、《塞芦子》、《留花门》等诗篇，都用赋体，缺乏比兴手法，“朱门酒肉臭”两句也是赋体。由此可见，他表面上提倡风雅比兴，实际只重美刺讽谕，只要内容有美刺讽谕，比兴手法是可有可无的。白居易自己写的讽谕诗，他所赞美的张籍的乐府诗，都是赋体多而比兴少，也可作为证据。

白居易等论比兴，除着重提倡诗的美刺内容外，还有两个特点。一是浑言比兴，对二者不加分析。比兴本是两种表现手法，自汉代到锺嵘、刘勰，都分别言之，刘勰更详加剖析，有重兴轻比之意。唐人从陈子昂到白居易，对比兴二者都不加分析。因为他们着重要求以比兴作为手段表现美刺，有所寄托，着重在达到美刺、寄托的目的，对手段就没有多大兴趣去进行分析了。甚至到后来像白居易，连手段都可要可不要了。二是他们着重内容要有寄托，因此所谓比兴，常指通篇寓意(主题)方面的比兴，而不是个别语句上的比兴。以李白诗而论，他的“飞流直下三千尺，疑是银河落九天”(《望庐山瀑布》)，虽然比喻生动，但是属于个别语句上的比拟，不是通篇比拟寄托，因此不能说有风雅比兴。他的《古风》第四十九云：“美人出南国，灼灼芙蓉姿。皓齿终不发，芳心空自持。由来紫宫女，共妒青蛾眉。归来潇湘沚，沉吟何足悲。”通篇以美人失意比喻自己政治上遭受挫折、无人赏识的际遇，就算有了寄托和政治内容，有了风雅比兴了。杜甫的名篇《佳人》诗(“绝代有佳人，幽居在空谷”)同李白的《古风》第四十九立意、寄托大致相同，也是有比兴寄托的，因其艺术描写更为细致生动，深受后人赞赏。《文心雕龙·比兴》篇后段所述辞赋中“或喻于声，或方于貌”等比体的各种例子，是从个别语句方面举证的，不合唐人风雅比兴的要求。故清代黄叔琳在评《文心雕龙·比兴》时，指出后代诗歌“非特兴义销亡，即比体亦与《三百篇》中之比差别，大抵是赋中之比，循声逐影，拟诸形容而已，无如《鹤鸣》之陈诲，《鸱鸮》之讽谕也”。他所谓“赋中之比，循声逐影，拟诸形容”，就是指个别语句上的比喻；他所谓《三百篇》中的比，如《鹤鸣》、《鸱鸮》等篇，则是指通篇寓意、有政治寄托的比。

如上所述，可见唐代陈子昂以至白居易的比兴说，同鍾嵘、刘勰颇不相同。鍾、刘论述比兴，重艺术性；析言比兴；比兴所喻，可以指通篇寓意，也可以指个别语句。陈子昂、白居易等论述比兴，重思想内容；浑言比兴；比兴所喻，着重通篇寓意①。后代作家、评论家谈比兴，大抵祖述唐人之说。如清代陈沆的《诗比兴笺》是一部较有代表性的著作，他选择、评论诗歌的比兴原则，也是重思想内容，浑言比兴，着重通篇寓意，是继承了唐代白居易等人比兴说的传统的。

唐代陈子昂以至白居易等人，针对两晋南北朝以来许多诗人片面追求形式美、诗歌缺乏充实的社会内容的弊病，以“风雅比兴”为口号，强调诗歌要努力反映当代的政治社会情状，进行美刺褒贬，引起统治者的注意，有助于改良封建朝廷的政治。比起两晋南北朝诗歌，唐代的一部分优秀作品，注意表现国事民生，并表达了诗人要求改进现状的进步思想，诗歌的思想性和现实主义精神大为加强，这是同“风雅比兴”说的提倡和鼓吹分不开的。这是首先应当肯定的。同时，也应当指出，这种理论也有其明显的片面性，特别在白居易的言

① 唐代诗论中对比兴也有沿袭旧说的情况。如旧题贾岛《二南密旨》说：“取类曰比。……比者，类也，妍媸相类相显之理。或君臣昏佞，则物象比而刺之；或君臣贤明，亦取物比而象之。”“感物曰兴。……兴者，情也，谓外感于物，内动于情，情不可遏，故曰兴。感君臣之德政废兴而形于言。”说尚具体通达，但大抵推演旧说，无甚新意，故不予论述。

论上表现得尤为突出。它所肯定的诗的思想内容，过于狭窄，甚至像李白、杜甫这样伟大的诗人，可以肯定的篇什也不多。再则它强调美刺内容，忽视比兴的艺术特色，也是不对的。不过，这种片面性对唐代的诗歌创作影响不大。唐代诗歌，从多方面表现了广阔的社会现实，内容丰富多彩；又注意吸取民歌的特长，多用比兴手法，加强了诗歌的艺术性和感染力量。即使白居易本人的诗歌，也只是讽谕诗一部分遵循其理论，其馀还有许多诗篇就不是这样。看来，白居易等人只是把“风雅比兴”当作诗歌创作的最好原则，而不是唯一的原则，这样处理还是较为合理的。

三

清代常州派词论家也强调比兴。他们一方面继承唐代诗论重寄托、重通篇寓意的传统，一方面又重视含蓄不露的表现手法，立论自有其特色。这派的词论家主要是清代中期的张惠言、周济和后期的谭献、陈廷焯等人。

常州词派的创始人张惠言编有《词选》，注意以比兴论词。他的《词选序》说：

> 传曰：“意内而言外谓之词。”其缘情造端，兴于微言，以相感动。极命风谣里巷男女哀乐，以道贤人君子幽约怨悱不能自言之情，低徊要眇，以喻其致。盖诗之比兴，变风之义，骚人之歌，则近之矣。

他认为好的词继承了《国风》、楚骚的传统，运用比兴手法，“缘情造端，兴于微言”，表现委婉含蓄，达到“意内而言外”的境界。这段话可说为比兴论词定下了基调。张氏《词选》中对具体作品偶有评注，大抵也从这一角度进行评述。宋代词作，确有一部分运用香草美人的比兴手法来暗指国家大事或个人身世，张氏注意这点，有助于对这类作品思想内容的探索和理解。但张氏在论述上往往不能实事求是，根据具体可靠的材料来进行分析评论，而是主观臆测，因此有不少牵强附会之说。如把喜作狭邪游的温庭筠同屈原相比，把他的艳词《菩萨蛮》同《离骚》相比，就是一个明显的例子。

稍后于张惠言的周济，论词强调寄托。他说："夫词，非寄托不入，专寄托不出。"(《宋四家词选目录序论》)意思是说词如果没有寄托，思想感情就不深入；但如果寄托专指某事某物，过于落实，则思想内容就不超脱，不能使读者产生广泛的体会和反应。所以他又说："初学词求有寄托，有寄托则表里相宣，斐然成章。既成格调，求无寄托，无寄托则指事类情，仁者见仁，智者见智。"(《词辨》)这里所谓"无寄托"，即是指寄托不专指某事某物，要表现得隐约空灵，使读者能够结合自己的感受，获得不同的体会，所谓"仁者见仁，智者见智"。以后谭献推演周济之说，提出"作者之用心未必然，而读者之用心何必不然"的议论。这就是说，由于词作者成功地从有寄托到"无寄托"，讲得隐约空灵，作者的用心立意虽很难确定，但读者完全可以根据自己的体会来做出解释。

我认为，某些短篇诗词，采用比兴手段，说得不太落实，给读者在欣赏和体会上留下较为广阔的园地，原也不失为抒情诗的一种表现方法。但周济把"无寄托"强调为词的最高准则，这就容易导致创作上的神秘主义倾向。同时，他强调读者可以"仁者见仁，智者见智"，谭献更进一步提出"作者之用心未必然，而读者之用心何必不然"的意见，这就为他们对作品进行主观臆测和穿凿附会提供了唯心主义的理论基础。

清末陈廷焯著《白雨斋词话》，继承张惠言、周济、谭献的传统，论词也提倡比兴寄托。他论比兴，强调含蓄不露，有云：

> 或问比与兴之别，余曰：宋德祐太学生《百字令》、《祝英台近》两篇，字字譬喻，然不得谓之比也。以词太浅露，未合风人之旨。如王碧山咏萤、咏蝉诸篇，低回深婉，托讽于有意无意之间，可谓精于比义。若兴则难言之矣。托喻不深，树义不厚，不足以言兴。深矣厚矣，而喻可专指，义可强附，亦不足以言兴。所谓兴者，意在笔先，神馀言外，极虚极活，极沉极郁，若远若近，可喻不可喻，反复缠绵，都归忠厚。求之两宋，如东坡《水调歌头》、《卜算子》(《雁》)，白石《暗香》、《疏影》，碧山《眉妩》(《新月》)、《庆清朝》(《榴花》)、《高阳台》("残雪庭除"一篇)等篇，亦庶乎近之矣。(《白雨斋词话》卷六)

所谓比要"托讽于有意无意之间"，兴要避免"喻可专指"，要做到"极虚极活"，"若远若近，可喻不可喻"，实际就是周济"无寄托"论点的推演发挥而已。比兴较之直写的赋，固然在表现上要委婉含蓄一些，但其语言风格，仍然可以是明白浅露的。民歌中的许多比兴就是这样。陈廷焯强调比兴一定要隐约深沉，否则就不能算是比兴，这种议论不符合客观事实，不过用以发挥"无寄托"一类论点罢了。

陈廷焯论词，最推重"沉郁"的风格。他说：

> 所谓沉郁者，意在笔先，神馀言外。写怨夫思妇之怀，寓孽子孤臣之感。凡交情之冷淡，身世之飘零，皆可于一草一木发之。而发之又必若隐若见，欲露不露，反复缠绵，终不许一语道破。匪独体格之高，亦见性情之厚。飞卿词，如"懒起画蛾眉，弄妆梳洗迟"，无限伤心，溢于言表。(《白雨斋词话》卷一)

这种议论同他关于比兴寄托的言论是息息相通、归趣一致的。在陈氏看来，能够运用比兴手法，做到"无寄托"的词作，就能达到

"沉郁"的风格。《白雨斋词话》对不少具体作家作品的评论，常有一些中肯精到的意见，但全书主旨，在于宣扬常州派那一套论点，表现出浓厚的片面性的唯心主义观点。

由上可见，常州派的词论，对探索古代一部分词篇的寓意，虽有一定的积极作用，但其主旨容易导致创作上的神秘主义和批评上的主观臆测，主要倾向是不好的。他们自己的作品，由于缺乏丰富的社会生活体验，内容贫弱，其所追求的所谓比兴寄托，实际也仅是在文字表现上下工夫，写不出什么真正有充实内容、能打动人的好作品。

比兴手法原本来自民歌。《诗经·国风》多出民间，比兴丰富多彩。后代民歌亦多生动的比兴。民歌风格常常是明朗自然的，比兴手法的运用，增强了民歌的形象性和含蓄性，耐人吟味。民歌的含蓄有味和明朗自然二者，常常结合在一块，并不互相排斥。常州派词人虽然也认识比兴源出里巷风谣，但他们提倡比兴寄托，片面推崇隐约含蓄，反对明朗浅显，推崇周邦彦、吴文英、王沂孙这一类格律派词人，结果他们的审美标准同民间文学距离愈来愈远。他们的词论和词作，同南宋格律派词人一样，反映了文人词脱离了新鲜活泼的民间文学的影响，走上了雕章琢句的道路。他们表面上提倡比兴寄托，重视内容；实际是把比兴寄托当作一种特殊艺术手段来加以琢磨运用，以表现自己的才学，实际重视的仍是形式，可以说是追求形式美的一种特殊表现形式。

（原载《文艺论丛》第 4 辑，上海文艺出版社 1978 年出版）

从诗论看我国古代叙事诗不发达的一种原因

一

本文所谓叙事诗，指汉文学中汉魏以来的文人作品，主要是文人五、七言诗，不包括唐代变文以至明清时代弹词等多种讲唱文学，也不包括各少数民族的民间长篇叙事诗。

叙事诗在我国古代是不发达的。那种抒情气氛很浓的叙事小诗，如贺知章的《回乡偶书》，李白的《下江陵》，张继的《枫桥夜泊》还比较的多。篇幅较长的叙事诗，像陈琳的《饮马长城窟行》，杜甫的《石壕吏》，白居易的《秦中吟》、《新乐府》等，就不多见了。至于长篇叙事诗，如蔡琰的《悲愤诗》，杜甫的《北征》，白居易的《长恨歌》、《琵琶行》，韦庄的《秦妇吟》，则从汉、魏至宋、明，更是寥寥可数。清代稍多一些，但也不能蔚为大观。而这类为数甚少的长篇叙事诗，假如拿来跟外国的规模宏伟的长篇叙事诗相比较，又显得非常短小了。

为什么在我国古代作家的作品中，叙事诗（特别是长篇叙事诗）这样不发达呢？我认为可以从古代的文学理论、文学批评方面找到一部分原因，因为这些理论和批评，表现出对叙事诗（特别是长篇叙事诗）的不够重视，而它们又是对诗人的创作实践起了指导作用的。

我国古代的文学理论，一向主张诗以言情。如《诗大序》说：“诗者，志之所之也。在心为志，发言为诗。情动于中，而形于言。”陆机《文赋》说：“诗缘情而绮靡。”严羽《沧浪诗话·诗辨》篇说：“诗者，吟咏情性也。”类此之论尚多，不备举。不错，诗歌这一文学样式的确最适宜于抒情，但叙事诗也是诗歌的一体，它在整个诗歌领域中应占一席相当的地位，这也是不容怀疑的。诗应当言情，古代诗论的意见并不错，毛病在于有些诗论家强调言情，结果就排斥叙事，就不对了。王渔洋答刘大勤说：“议论、叙事，自别是一体。”（见《渔洋答问》）“别是一体”，意思就是不是正格。清施补华《岘佣说诗》说：“《奉先咏怀》及《北征》，是两篇有韵古文，从文姬《悲愤诗》扩而大之者也。”为什么把杜甫《奉先咏怀》、《北征》两大长诗唤作有韵古文呢？因为它们有叙事、有议论，不是诗歌的正格。明许学夷《诗源辩体》（卷二十八）说：“白乐天五言古叙事详明，议论痛快，此皆以文为诗。”又说它们是“文章传记之体”。看法正相同。

重言情而轻叙事，还可以从古代诗论对待赋比兴三者的态度中看出来。郑玄《周礼注》（《春官·太师》）释赋比兴云：“赋之言铺，直铺陈今之政教善恶；比，见今之失，不敢斥言，取比类以言之；兴，见今之美，嫌于媚谀，取善事以喻劝之。”赋比兴是三种文学手法，抒情诗、叙事诗都可采用，但叙事诗更经常采用赋这一手法，这是明显的事实。我国古代诗论，往往重比兴而轻赋。谈《诗三百篇》往往说“风雅比兴”，而不及赋，即是彰明较著的一点。明李东阳《怀麓堂诗话》说：“诗有三义，赋止居一，而比兴居其二。所谓比与兴者，皆托物寓情而为之者也。盖正言直述，则易于穷尽，而难于感发；惟有所寓托，形容摹写，反复讽咏，以俟人之自得，言有尽而意无穷，则神爽飞动，手舞足蹈而不自觉。此诗之所以贵情思而轻事实也。”这里对赋与叙事诗的关系，诗家何以应重比兴而轻赋，分析得可说相当细致了。清吴雷发《说诗菅蒯》说：“尝见论人诗者，谓赋体多而兴比少。此世俗之责人无已也。诗岂以兴比为高而赋为下乎？如诗果佳，何论兴比赋；设令不佳，而谬学兴比，徒增丑态耳。况诗在触景生情，何必先横兴比赋三字于胸。今必以备体为工，无乃陋甚。”吴氏的议论固然很精辟，但从此正可看出当时一般人重比兴而轻赋的风尚。

由于重比兴而轻赋，杜甫的一些叙事诗作遂受到批评。杨慎《升庵诗话》卷十一“诗史”条说：“宋人以杜子美能以韵语纪时事，谓之诗史[①]。鄙哉宋人之见，不足以论诗也！夫六经各有体：《易》以道阴阳，《书》以道政事，《诗》以道性情，《春秋》以道名分。……若《诗》者，其体其旨，与《易》、《书》、《春秋》判然矣。……二《南》者……皆意在言外，使人自悟。至于变风变雅，尤其含蓄，言之者无罪，闻之者足以戒。……杜诗之含蓄蕴藉者，盖亦多矣。宋人不能学之。至于直陈时事，类于讪讦，乃其下乘末脚，而宋人拾以为己宝，又撰出‘诗史’二字，以误后人。如诗可兼史，则《尚书》、《春秋》可以并省。又如今俗《卦气歌》、《纳甲歌》，兼阴阳而道之，谓之‘诗易’可乎?”杨慎认为诗是“道性情”的，所以反对“直陈时事”。杨氏之说，王世贞《艺苑卮言》(卷四)曾予驳斥。其言有云：“杨用修驳宋人诗史之说……其言甚辩而核。然不知向所称皆兴比耳。诗固有赋，以述情切事为快，不尽含蓄也。”但杨氏不满意杜诗“直陈时事”的意见，实可以代表当时不少诗家的看法。故清陈沆《诗比兴笺》还发表这样的不同意见：“世推杜陵诗史，止知其显陈时事耳。甚谓源出变雅，而风人之旨或缺，体多直赋，而比兴之义罕闻。然乎哉？然乎哉?”

从以上所引的诗论，可以看出古代诗家轻叙事，轻赋，是因为它“正言直述”，没有含蓄，不能达到言有尽而意无穷的境界。王世贞的话本说得很对：“诗固有赋，以述情切事为快，不尽含蓄也。”但古代诗家对含蓄这一点是非常强调的。欧阳修《六一诗话》述梅圣俞论写诗

① 明胡应麟《少室山房笔丛》卷十九“诗史”条说：“按以杜为诗史，其说出孟棨《本事诗》，非宋人也。”

须“含不尽之意，见于言外”，这种见解为后来大多数诗家所宗奉。如《沧浪诗话·诗法》篇说：“语忌直，意忌浅，脉忌露，味忌短。”又《诗辨》篇说：“盛唐诸人，惟在兴趣，羚羊挂角，无迹可求。……言有尽而意无穷。”后来王渔洋的神韵说，也是一脉相承的议论。要达到“言有尽而意无穷”的境界，“正言直述”的叙事显然是不行的，只有那种抒情的短诗才是适宜的样式。王渔洋最好的诗是七绝，便是明证。

清施闰章《蠖斋诗话》“杜五言古”条说：“杜不拟古乐府，用新题记时事，自是创识。就中《潼关吏》、《新安》、《石壕》、《新婚》、《垂老》、《无家》等篇，妙在痛快，亦伤太尽。……观王粲《七哀》……蕴藉差别。至子建‘明月照高楼’，更不可思议，无处着人间别离语。”“亦伤太尽”就是说没有含蓄。曹植的《七哀诗》“明月照高楼”篇抒情气很强，不是纯粹的叙事诗，所以“不可思议”。《岘佣说诗》说：“香山五言，直率浅露，殆无可法。《秦中吟》诸篇，较有意思而亦伤平直。”也是从这个标准出发，不满意白居易的。

叙事诗所以常与含蓄相抵触，大约除掉“正言直述”外，还在于它的铺叙。郑玄说：“赋之言铺。”《文心雕龙·诠赋》篇：“诗有六义，其二曰赋。赋者，铺也。”叙事要具体生动，就必须铺叙得详细些，其结果必不能简约。而简约跟含蓄是相为表里的，所以诗家往往反对铺叙。明谢榛《四溟诗话》（卷二）说：“长篇古风，最忌铺叙，意不可尽，力不可竭，贵有变化之妙。”这种意见是相当有代表性的。

善写叙事诗，善于铺叙的白居易，他的诗常被人批评为太繁冗。如宋张戒《岁寒堂诗话》（卷上）说：“元、白、张籍诗……其词伤于太烦，其意伤于太尽，遂成冗长卑陋尔。”宋魏庆之《诗人玉屑》卷十四“词气如百金战马”条说：“老杜陷贼时，有《哀江头》诗。……予爱其词气如百金战马，注坡蓦涧，如履平地，得诗人之遗法。如白乐天诗，词甚工，然拙于纪事，寸步不遗，犹恐失之。此所以望老杜之藩垣而不及也。”[①]《哀江头》追忆杨贵妃事，跟《长恨歌》是同一题材。这里说白居易诗“拙于纪事，寸步不遗，犹恐失之”，显然是在批评他的《长恨歌》写得太繁冗，不及《哀江头》简约[②]。《岘佣说诗》也说：“读《公孙大娘弟子舞剑器》诗，叙天宝事只数语，而无限凄凉，可悟《长恨歌》之繁冗。”这样的优劣论只能使人束手不写长篇叙事诗。《岘佣说诗》又说：“《琵琶行》较有情味，然‘我从去年’一段，又嫌繁冗，如老妪向人谈旧事，叨叨絮絮，厌渎而不肯休也。”“《上阳白发人》、《新丰折臂翁》两篇，长于讽谕，颇得风人之旨。惜词未简古。”都是从这一标准出发对白居易的叙事诗进行指摘的。

二

叙事诗虽为文士们所轻视，但它在民间文学中却是发达的。人民群众是喜欢讲故事听故事的，他们往往通过饶有趣味的故事诗来表现自己的生活、思想和情感。《诗三百篇》中虽然没有纯粹的叙事民歌，但我们从屈原、宋玉的叙事成分很大的辞赋，可以推想先秦时代的民间诗歌一定不缺少叙事作品，只是没有被统治阶级所采录写定，因而没有机会流传于后世。汉魏乐府中的民歌，叙事诗的分量极大，质量也最精彩。唐代的民间歌赋中也有不少生动的叙事作品。唐以后，讲唱文学中更出现了许多规模宏大的叙事之作，只是其体制与一般的古近体诗有些不同。可以肯定地说，叙事诗在我国古代的民间文学中是发达的。

---

① 此条《诗人玉屑》不记出处，实际是苏辙的话，见《栾城三集》卷八《诗病五事》。

② 张戒《岁寒堂诗话》(卷上)也有相同的看法。其言有云：“(《长恨歌》、《连昌宫词》)二诗工拙虽殊，皆不若子美诗微而婉也。元、白数十百言，竭力摹写，不若子美一句，人才高下乃如此。”

叙事诗既然在民间文学中发达，作家们写作的叙事诗，就多少要受到民歌的影响。例如杜甫、白居易的叙事诗篇，受到汉乐府民歌的深刻影响，是大家熟知的。既然受到民歌的影响，作家们的作品也自然地要流露出通俗的特色。这种特色是为以正统自居的文人学士们所鄙视的，因为他们崇尚风雅，而通俗则是风雅的敌人。《沧浪诗话·诗法》篇说："学诗先除五俗：一曰俗体，二曰俗意，三曰俗句，四曰俗字，五曰俗韵。"俗的来源当然是多方面的，但民间文学的影响，也是其中重要的一个来源。《艺苑卮言》（卷一）说："拟古乐府……近事毋俗，近情毋纤。"可以看出叙事是容易流于通俗的。

南朝鲍照擅长乐府歌辞，诗作受民歌影响较深，叙事成分也较大。鍾嵘《诗品》评他为"险俗"，"颇伤清雅之调"，列入中品。《南齐书·文学传论》评他的诗如"八音之有郑、卫"。宋刘攽《中山诗话》说："杨大年（杨亿）不喜杜工部诗，谓为村夫子。"王世贞《艺苑卮言》（卷四）说："有一贵人时名者，尝谓予：少陵伧语，不得胜摩诘，所喜摩诘也。"杜诗的村俗，当然不在对仗工稳的律诗，而主要在于古体诗，特别是受乐府民歌影响很大的叙事诗。这一点，施补华的话为我们提供了具体的证据。他在《岘佣说诗》中说："《遭田父泥饮美严中丞》一首，前辈多赏之。然此诗实有村气。真则可，村则不可。几微之界，学者自辨。"又说："《茅屋为秋风所破歌》，后段胸襟极阔。然前半太觉村朴，如'南村群童欺我老无力，忍能对面为盗贼'四语，及'骄儿恶卧踏里裂'语，殊不可学。"施氏所评的两诗，我们认为是杜甫最好的叙事诗，他的所谓"村朴"，在我们念起来只觉得真率和生动。杜甫的叙事诗，主要学习汉魏古乐府，故诗论家还赞许他有些古气，如胡应麟《诗薮》（外编卷一）说："少陵《哀江头》、《王孙》、《兵车》、《丽人》、《画马》等行，大得汉人五言法，而体格复不卑，绝可贵也。"①至于白

---

① 《诗薮》（内编卷二）又说："杜之《北征》、《述怀》，皆长篇叙事，然高者尚有汉人遗意，平者遂为元、白滥觞。"则对杜亦有贬词。

居易的《长恨歌》，不但受到古乐府的影响，而且受到唐代民间的俗曲、传奇小说和变文的影响，写得更通俗了，诗论家对它的评价就更低了。《岁寒堂诗话》说："《长恨歌》在乐天诗中为最下。"《艺苑卮言》(卷四)说："《连昌宫辞》似胜《长恨》，非谓议论也。《连昌》有风骨耳。"我们认为《长恨歌》写得比元稹的《连昌宫词》生动得多，王世贞却嫌它没风骨。没风骨，岂不是太通俗了吗？苏东坡"元轻白俗"之说，后世几乎成了定论。白居易古体诗，特别是叙事古诗的俗，其主要原因是由于跟民间文学的接近，是可以肯定的。《艺苑卮言》(卷四)又说："玉川《月蚀》，是病热人呓语。前则任华，后者卢仝、马异，皆乞儿唱长短急口歌，博酒食者。""七言歌行长篇，须让卢、骆。怪俗极于《月蚀》，卑冗极于《津阳》(指郑嵎《津阳门诗》)，俱不足法也。"卢仝的《月蚀诗》、郑嵎的《津阳门诗》等，其艺术成就当然不能跟白居易的《长恨歌》相比，其通俗性却是接近的。《艺苑卮言》特别贬抑卢、郑等而推崇初唐的卢、骆，岂不是雅俗的成见在胸中作祟吗？

长于叙事，写得比较详尽直率，几乎是所有民间文学以及受民间文学影响较深的文人作品的特色。这里不妨再拿柳永的词作为例子来谈谈。柳词受民间文学影响较深，是大家所承认的，故宋陈师道《后山诗话》说："柳三变游东都南北二巷，作新乐府，骫骳从俗，天下咏之。"柳词的特色怎样呢？宋王灼《碧鸡漫志》说："柳耆卿《乐章集》，世多爱赏该洽，序事闲暇，有首有尾。……惟是浅近卑俗，自成一体，不知书者尤好之。"清刘熙载《艺概》说："耆卿词细密而妥溜，明白而家常，善于叙事，有过前人。"《词林纪事》引宋李端叔说："耆卿词铺叙展衍，备足无馀。"清邹祗谟《词衷》说："《乐章集》多在旗亭北里间，比《片玉词》更宕而尽。《郑》繁《雅》简，便启《打枣》、《挂枝》伎俩。"总括起来，长于叙事，明白通俗，铺叙详细，这就是柳词的特色。柳词被不少人评为卑俗，不得为词坛正宗，这就规定了这种特色不能在后来的词作中得到发展。

不管文士们怎样轻视摈斥民间文学，但人民自己的创作既然植根在肥沃的生活土壤中，就不能不生气勃勃，富有刚健、清新的特色。它不但为广大人民所欢迎，而且也使不少出身上层阶级的有才能的作家低首下心，从而向它摄取丰富的养料，创造出生动有力的作品来。余冠英先生《乐府诗选序》说："中国诗史上有两个突出的时代，一是建安到黄初，二是天宝到元和。也就是曹植、王粲的时代和杜甫、白居易的时代。董卓之乱和安史之乱使这两个时代的人饱经忧患。在文学上这两个时代有各自的特色，也有共同的特色。一个主要的共同特色，就是'为时而著，为事而作'的现实主义精神。"余先生并指出这两个时代的诗作在形式方面的特色是用乐府题（唐代新乐府自拟新题），用叙事体，用浅俗的语言，充分显示出汉乐府民歌对它们的影响。这些见解都是很中肯的。这两个时代可以说是中国诗史上的黄金时代，而叙事诗的发展，则可以说是这两个诗歌黄金时代的一个重要标志。

唐代以后，戏曲、小说等通俗文学兴起，诗（古、近体诗）这一文学样式愈来愈成为文士的专有品，不再跟人民创作保持血肉的联系。这时期，谈诗法、品诗家等等的诗话一类的书籍纷纷出现，替诗树立了许多人为的法度和标准。结果，诗人们的许多心血大多费在篇章字句的琢磨上，只顾形式的美观、风格的高雅等等，诗的表现能力却日趋削弱，诗的内容也日趋贫乏了。这一现象透露了诗歌的消沉，透露了诗人们与人民群众的创作失去了紧密的联系。

（原载 1956 年 1 月 8 日《光明日报》的《文学遗产》副刊第 87 期）

曹丕《典论·论文》的时代精神

曹丕的《典论·论文》是一篇文学理论批评的专门论文，在文学批评史上具有相当重要的地位。在此以前，文学专篇论文如《诗大序》、班固的《离骚序》、王逸的《楚辞章句序》，大概都就一部书或一篇作品立论，《典论·论文》则不然，它涉及了好几种文体和好多位作家，对作家与作品的关系比较广泛地作了探讨，对整个文学的地位和作用作了论述，因此全文篇幅虽然不长，但涉及的内容要比过去的论文宽广得多。这一特点反映了当时由于文学创作的发展，人们对于文学的爱好和重视，因此在理论批评上也就有了比过去进一步的探讨。《典论·论文》不但内容相当精辟独到，而且表现了鲜明的时代特色。本文试从论作家才性与创作的关系、论文学创作的地位和作用两个方面作粗略的分析。

在作家与文体的关系方面，曹丕提出了“文非一体，鲜能备善”之说。他认为各种文体的内容特点和风格各有不同，一个作家很难把各体文章都写得好，所谓“夫文本同而末异，盖奏议宜雅，书论宜理，铭诔尚实，诗赋欲丽。此四科不同，故能之者偏也；唯通才能备其体”。就建安七子而论，在文体方面，则王粲、徐幹长于辞赋，陈琳、阮瑀长于章表书记；在风格方面，“应玚和而不壮，刘桢壮而不密”，“孔融体气高妙”，但“理不胜词”。都是各有所长和所短。曹丕在《与吴质书》中对孔融以外的六家也作了评述，意见和《典论·论文》多相同，其中指出：“孔璋（陈琳）章表殊健，微为繁富。公幹（刘桢）有逸气，但未遒耳。其五言诗之善者，妙绝时人。……仲宣（王粲）独自善于辞赋，惜其体弱，不足起其文，至于所善，古人无以远过。”对于各家也都是有褒有贬，可与《典论·论文》互相补充发明。在曹丕看来，建安七子都是偏才而非通才，因此在创作上的表现都是各有所偏而不能备善。

《典论·论文》说：“文以气为主，气之清浊有体，不可力强而致。譬诸音乐，曲度虽均，节奏同检，至于引气不齐，巧拙有素，虽在父兄，不能以移子弟。”曹丕非常重视作家的气，在《典论·论文》中，他指出“徐幹时有齐气”、“孔融体气高妙”，在《与吴质书》中他指出“公幹有逸气”。所谓“气”，是指作者才性在创作上的表现，相当于我们现在的所谓风格。在人们身上是气质、情性、才能；形诸作品，便成文气。《文心雕龙·体性》篇说：“若夫八体屡迁，功以学成，才力居中，肇自血气。气以实志，志以定言，吐纳英华，莫非情性。”这里体是指作品的风格，它决定于作者的才力、血气和情性。《典论·论文》中的气主要是指文气即风格，但它与作家的气质、才性有着密切的联系。《文心雕龙》所用的术语和《典论·论文》并不完全相同，但认为作者的才性决定文章风格的看法则是相同的。曹丕认为这种气是天然生成的，不可改变，“虽在父兄，不能以移子弟”。

汉末三国人士评论人物，很注意于才性的探讨。《世说新语·文学》篇记载魏末傅嘏、李丰、鍾会、王广论才性的同异离合，著有《四本论》，其文已不传。现在留存的当时论人物的专著有与曹丕同时代的刘劭所著《人物志》三卷。其中有不少议论值得注意，可以帮助我们了解《典论·论文》的理论根据。刘知幾《史通·自叙》篇说：“五常异禀，百行殊执，能有兼偏，知有长短。苟随材而任使，则片善不遗；必求备而后用，则举世莫可。故刘劭《人物志》生焉。”这几句话很扼要地概括了《人物志》一书的主要内容。《人物志》把人物分为偏材、兼材和兼德三类。刘劭说：“偏至之材，以材自名；兼材之人，以德为目；

兼德之人,更为美号。是故兼德而至,谓之中庸;中庸也者,圣人之目也。具体而微,谓之德行;德行也者,大雅之称也。一至谓之偏材;偏材,小雅之质也。”(《九征》篇)偏材之人其才能必常有所偏。“自非圣人,莫能两遂。故明白之士,达动之机而暗于玄虑;玄虑之人,识静之原而困于速捷。”(同上)而且,偏材之人,容易只认识自己和与自己才性相同者的优点而不认识其他人士的优点。“故人无贤愚,皆欲使是得在己。能明己是,莫过同体。是以偏材之人,交游进趋之类,皆亲爱同体而誉之,憎恶对反而毁之,序异杂而不尚也。”(《七缪》篇)这就容易造成以己之长轻人之短。

关于人才各有所偏、鲜能备善的意见,在当时是相当流行的。如曹操在《敕有司取士毋废偏短令》中说:“夫有行之士,未必能进取;进取之士,未必能有行也。陈平岂笃行,苏秦岂守信耶?而陈平定汉业,苏秦济弱燕。由此言之,士有偏短,庸可废乎?”曹丕《与吴质书》也有“观古今文人,类不护细行,鲜能以名节自立”之论。应璩《百一诗》有云:“人材不能备,各有偏短长。”(见张溥《汉魏六朝百三名家集·应休琏集》)我们推想《人物志》中许多对于人物才性的议论,并不是刘劭一人的意见,而代表着当时相当一部分人的看法。《隋书·经籍志》子部名家类于刘劭《人物志》上面,著录有曹丕的《士操》一卷,其书今已不存,但它既与《人物志》列在一起,其内容想必与《人物志》接近。我们有理由推断:《典论·论文》中对作家与文体的关系方面的一些看法,实际是当时比较流行的关于人物才性的议论在文艺理论批评领域中的运用。

《典论·论文》认为文章的气和作者的才性都是天生成的,不可改变,这当然是不对的;但它指出各体文章有不同的内容特点和风格,而由于作者的才性不同,在创作上往往各有偏长而难兼善,人们在进行批评时不应该“各以所长,相轻所短”,这些意见却是相当合理的。它启发和教育读者应当冷静全面地考察文学创作内容和风格的多样化现象，认识不同作家不同风格的作品的特色和优长，不要“暗于自见”，惟我独尊。这些即在今天对我们也还保持着一定的启发意义。

《典论・论文》的另一个重要特色是强调了文学创作的地位和作用。文中说：“盖文章，经国之大业，不朽之盛事。年寿有时而尽，荣乐止乎其身；二者必至之常期，未若文章之无穷。是以古之作者，寄身于翰墨，见意于篇籍，不假良史之辞，不托飞驰之势，而声名自传于后。”对文章的地位、作用作如此崇高的估价，这在过去是从来没有过的。文中在举例时提到文王演《易》、周公制《礼》，似把文章的概念扩得很大，包括一切文化学术，跟先秦两汉人的“文学”一词的概念差不多。实际不然，文王、周公的例子，其意还在假古代圣王的事例为自己的言论张大声势，曹丕所谓文章，实际是指“篇籍”，也就是奏议、书论、铭诔、辞赋等各类文章。曹丕在《与王朗书》中曾说：“生有七尺之形，死惟一棺之土。惟立德扬名，可以不朽。其次莫如著篇籍。疫疠数起，士人凋落；余独何人，能全其寿？故论撰所著《典论》诗赋，盖百馀篇。”这一段很重要，可与《典论・论文》的议论互相发明补充。曹丕的所谓文章，大致可分两类：一类是成为专门著作的论文，如他自己的《典论》，《与吴质书》所推重的徐幹的《中论》都是；另一类则是诗赋章表等单篇制作。重视专门的学术著作，乃是汉人传统的风气；把单篇制作特别是辞赋的地位抬得如此之高，却不能不说是这时代的新现象。

在汉代，辞赋这一文学样式非常发达，写的人很多，但当时人们对辞赋的地位和作用的估价一直不高，有时简直很轻视。《汉书・王褒传》记载：“上（西汉宣帝）令褒与张子侨等并待诏，数从褒等放猎。所幸宫馆，辄为歌颂，第其高下，以差赐帛。议者多以为淫靡不急。上曰：‘不有博弈者乎，为之犹贤乎已。辞赋大者与古诗同义，小者辩丽可喜。辟如女工有绮縠，音乐有郑卫，今世俗犹皆以此虞说（娱悦）

耳目。辞赋比之，尚有仁义风谕，鸟兽草木多闻之观，贤于倡优博弈远矣。’”不管是“淫靡不急”也好，“贤于倡优博弈”也好，其地位作用无疑是很低的。西汉末年的扬雄，对辞赋更为轻视，自悔少作，斥辞赋为“童子雕虫篆刻”，宣称“壮夫不为也”（见《法言·吾子》篇）。同时他很看重学术著作，晚年专心撰述《法言》、《太玄》，以求立言不朽。东汉的进步思想家王充非常重视学术著作，认为它是鸿儒的事业（见《论衡·超奇》篇），另一方面对辞赋则颇轻视，曾说：“以敏于赋颂为弘丽之文为贤乎？则夫司马长卿、扬子云是也。文丽而务巨，言眇而趋深，然而不能处定是非，辩然否之实，虽文如锦绣，深如河汉，民不觉知是非之分，无益于弥为崇实之化。”（《论衡·定贤》篇）另一学者王符也发表了相类似的见解：“今赋颂之徒，苟为饶辩屈蹇之辞，竞陈诬罔无然之事，以索见怪于世，愚夫戆士，从而奇之，此悖孩童之思而长不诚之言者也。”（《潜夫论·务本》篇）总之，都认为辞赋是美而无益于用的东西，这代表了当时一般人的见解。

东汉统治者中，汉末灵帝对辞赋特别重视，改变了过去一般人对辞赋的轻视态度，曾专门设立鸿都门学，优待能写作辞赋的人士。《后汉书·蔡邕传》记载：“初（灵）帝好学，自造《皇羲篇》五十章。因引诸生能为文赋者，本颇以经学相招，后诸为尺牍及工书鸟篆者，皆加引召，遂至数十人。侍中祭酒乐松、贾护，多引无行趋势之徒，并待制鸿都门下。喜陈方俗闾里小事。帝甚悦之，待以不次之位。……邕上封事曰：……夫书画辞赋，才之小者。……（陛下）听政馀日，观省篇章，聊以游意，当代博弈，非以教化取士之本。而诸生竞利，作者鼎沸。其高者颇引经训风喻之言，下则连偶俗语，有类俳优。或窃成文，虚冒名氏。”当时除蔡邕外，杨赐、阳球也都上书反对。汉灵帝的这一行动在文学史上具有进步意义。范文澜同志对它评价说：“汉灵帝在政治上是一个极昏暴的皇帝，在文学艺术上却是一个有力的变革者。他召集辞赋家、小说家、书法家、绘画家数十人，居鸿都门下，按才能高下受赏赐。保守派首领杨赐斥责这些人是‘群小’，是‘驩兜共工’，又一首领蔡邕斥责他们是小才，是俳优。因为汉灵帝想利用变革派来对抗太学名士，所以不顾保守派的反对，待变革派以不次之位，让他们做大官。这样，文学与艺术在变革派的影响下，开始出现了新的气象，也就是说，质胜于文的旧作风开始变为文质相称的新作风。”(《中国通史简编》修订本第二编第三章第十一节)

建安时代曹氏父子对于诗赋的重视和提倡，可以说是汉灵帝的变革活动的继续和发展。曹操出身于宦官家庭，不是名门士族，受两汉士族旧传统的束缚较少。他亲经汉末社会的大动乱，头脑比较清醒，在政治上实行了许多改革措施，在学术上不重两汉儒生所擅长的训诂章句之学而提倡文学。《文心雕龙·时序》篇说：“自献帝播迁，文学蓬转，建安之末，区宇方辑。魏武以相王之尊，雅爱诗章；文帝以副君之重，妙善辞赋；陈思以公子之豪，下笔琳琅：并体貌英逸，故俊才云蒸。”曹氏父子的提倡诗赋，主要表现于三个方面：一是自己大力创作诗赋；二是在理论上加以宣传；三是优遇文学之士，鼓励他们从事写作诗赋。曹丕的《典论·论文》，是在理论上宣传的最有力的代表性文件。曹丕在《典论·论文》中强调文章是“经国之大业，不朽之盛事”，同时大力赞美王粲、徐幹的辞赋，这跟过去汉人轻视辞赋如倡优博弈的态度是多么不同呵！

汉灵帝提倡辞赋，还有不少人出来反对。到建安时代情况就完全不同了。在曹氏父子的提倡下，辞赋得到了普遍的重视。当时只有曹植在《与杨德祖书》中说：“辞赋小道，固未足以揄扬大义，彰示来世也。”并表示自己同意扬雄“壮夫不为”的看法，不愿“以翰墨为勋绩，辞赋为君子”。但这些话实在只是曹植一时兴到而流于偏激之言，说明他辞赋虽写得很好，但不满意于已有的成就，要在政治、学术著作方面更有所建树和表现。事实上曹植在此后还是一直认真写作辞赋，著名的《洛神赋》就是此后写的。因此，曹植的这番话表面虽与扬雄相同,但他的对辞赋的真正态度不能与扬雄的"悔其少作"相提并论。当时杨修在《答临淄侯笺》中反驳道:"今之赋颂,古诗之流,不更孔公,风雅无别耳。修家子云,老不晓事,强著一书,悔其少作。"这才代表了建安文人对辞赋的重视态度。

从建安时期开始,中国文学史出现了一个新的时代。作为当时文学主要样式的诗赋,在建安时期,它的地位和作用完全被肯定下来,在最高统治者的著作(《典论·论文》)中得到明确的阐述。《宋书·臧焘等传论》说:"自魏氏膺命,主爱雕虫,家弃章句,人重异术。"应当承认,从汉灵帝开始的提高文学地位的变革运动,到建安时期才告成功。这种变革在文学史上无疑具有很大的进步意义,因为它使文学作品从此具有明确的独立地位,使人们更注意到文学艺术不同于其他学科的特征,重视文学形式和技巧的讲求,从而推动了文学创作更快地向前发展。隋代李谔在《上隋高祖革文华书》中说:"魏之三祖,更尚文词,忽君人之大道,好雕虫之小艺。下之从上,有同影响,竞骋文华,遂成风俗。江左齐梁,其弊弥甚。"李谔从儒学角度笼统否定诗赋(实质上也就是否定文学创作)的议论是不正确的,齐梁以来文学创作片面追求形式美的流弊是另一回事,它应该同曹氏父子提倡诗赋的历史功绩区别开来。

(原载 1962 年 1 月 27 日《文汇报》)

鍾嵘《诗品》与时代风气

鍾嵘《诗品》写成于梁天监后期，是现存我国最早的五言诗论专著。它提倡诗歌的自然之美，反对在诗歌写作中数典用事和回忌声病，这都具有矫正时弊的作用。它对作家作品的评价，也反映了当时人的看法，具有一定的代表性。关于这些，已有不少研究论著加以评述。本文拟叙述当时五言诗创作和评论的发展情况，介绍当时人对书画等艺术门类品评的特色，以说明《诗品》产生的历史背景的某些侧面。

一

五言诗产生于汉代，到建安时得到了很大的发展。《诗品序》云：

> 降及建安，曹公父子，笃好斯文；平原兄弟，郁为文栋；刘桢、王粲，为其羽翼。次有攀龙托凤，自致于属车者，盖将百计。彬彬之盛，大备于时矣！

《文心雕龙·明诗》亦云：

> 暨建安之初，五言腾踊：文帝陈思，纵辔以骋节；王徐应刘，望路而争驱。并怜风月，狎池苑，述恩荣，叙酣宴，慷慨以任气，

磊落以使才；造怀指事，不求纤密之巧；驱辞逐貌，唯取昭晰之能：此其所同也。

建安时五言诗作者和作品数量众多，成就突出，影响深远。从此以后，五言诗成为文人诗歌创作的主要样式。

建安以后，两晋和刘宋时期，五言诗进一步发展，涌现出许多具有自己的风格、对后代发生巨大影响的作家。鍾嵘认为建安以来成就最高的是曹植、刘桢、王粲、陆机、潘岳、张协、谢灵运等人，称之为“五言之冠冕，文词之命世”。到了鍾嵘所处的齐梁时期，五言诗继续向前发展。《诗品序》云：

今之士俗，斯风炽矣。才能胜衣，甫就小学，必甘心而驰骛焉。于是庸音杂体，人各为容。至使膏腴子弟，耻文不逮，终朝点缀，分夜呻吟。

裴子野《雕虫论》亦云：

大明（宋孝武帝年号）之代，实好斯文。高才逸韵，颇谢前哲，波流相尚，滋有笃焉。自是闾阎年少，贵游总角，罔不摈落六艺，吟咏情性。学者以博依为急务，谓章句为专鲁。

鍾嵘批评当时人写的诗，有许多是“庸音杂体”，裴子野也认为当时没有产生媲美前代的作者，但他们都说出了当时写作五言诗的风气非常普遍这一事实。据《宋书·文帝本纪》，当时于儒学、玄学、史学三馆外，别立文学馆，这是文学的独立性进一步加强的反映。宋明帝以帝王之尊，撰《晋江左文章志》（见《隋书·经籍志》，《宋书》、《南史》本纪云撰《江左以来文章志》）和《诗集》四十卷（见《隋书·经籍志》），也正是好文的表现。宋、齐、梁历代统治者均爱好文学，大力提倡，这对写作五言诗风气的普遍无疑具有推动作用。

锺嵘、裴子野说贵族子弟从幼年起便学习作诗，验之于史传和有关材料，可知其说并不夸张。史载刘宋时南平王铄“少好学，有文才，未弱冠，拟古三十馀首，时人以为亚迹陆机”，又谢瞻“六岁能属文，为《紫石英赞》、《果然诗》，为当时才士叹异”（俱见《南史》本传）。萧梁时此类记载尤多，如萧纲“六岁便能属文”，“雅好赋诗，其《自序》云七岁有诗癖，长而不倦”（《南史》本纪）。萧绎在《金楼子·杂记》和《自序》篇中都说自己六岁便能作诗，《自序》篇录其诗云：“池萍生已合，林花发稍稠。风入花枝动，日映水光浮。”萧纲被侯景幽絷之时，萧绎在江陵陷没之后，仍吟咏不辍，萧绎临刑前还将所作五言诗交托监刑者为之宣行。两人都可谓有“诗癖”（俱见《南史》本纪）。萧纲子大心、大临也是“十岁并能属文”，梁武帝曾命他们和咏雪诗，二人“并援笔立成”（《太平御览》卷六〇二引唐人丘悦撰《三国典略》）。又江淹“六岁能属诗”。柳恽也“早有令名，少工篇什。为诗曰：‘亭皋木叶下，垅首秋云飞。’王融见而嗟赏，因书斋壁”。庾肩吾、何逊都是八岁便能赋诗。张率“十二能属文，常日限为诗一篇；……稍进，作赋颂。至年十六，向作二千馀首”。何思澄少工文，刘子孺七岁能属文，谢举年十四即赠沈约诗，三人均为沈约所嗟赏。谢贞八岁为《春日闲居》诗，从舅王筠称其“风定花犹落”之句为“追步惠连”。陆琼“六岁为五言诗，颇有词采”（以上俱见《南史》本传）。事实上幼年为诗者定然不止上文所引。这并非由于当时人特别聪慧，而是表明了当时写作五言诗风气之盛。在那样的风气之下，具有优越家庭条件的贵族子弟从小便学会了作诗，以至幼年时便写出一些佳句，是完全可能的。当然，因为贵族子弟倚仗门荫阀阅，可以毫不费力地得到优越的社会地位和官职，所以也有很多人根本不愿刻苦学习。《颜氏家训·勉学》云：“梁朝全盛之时，贵游子弟多无学术。……明经求第，则顾人答策;三九公宴,则假手赋诗。”就反映了这一情况。不过同时也还是反映了贵族阶层公私宴集时盛行吟咏的风气。

此外还有两个例子颇能说明问题:宋孝武帝曾于宴会上令群臣赋诗,沈庆之系武人,“粗有口辩,手不知书,每将署事,辄恨眼不识字。上逼令作诗,庆之曰:‘臣不知书,请口授师伯。’上即令颜师伯执笔。庆之口授之曰:‘微生遇多幸,得逢时运昌。朽老筋力尽,徒步还南冈。辞荣此圣世,何愧张子房?’上甚悦,众坐并称其辞意之美”。又梁时曹景宗亦武人,粗通文墨,虽能读史书,但“每作书,字有不解,不以问人,皆以意造”。天监六年破魏军还,梁武帝于华光殿宴饮连句,“令左仆射沈约赋韵。景宗不得韵,意色不平,启求赋诗。帝曰:‘卿伎能甚多,人才英拔,何必止在一诗?’景宗已醉,求作不已,诏令约赋韵。时韵已尽,唯馀竞、病二字。景宗便操笔,斯须而成。其辞曰:‘去时儿女悲,归来笳鼓竞。借问行路人,何如霍去病?’帝叹不已,约及朝贤惊嗟竟日,诏令上左史”(俱见《南史》本传)。沈、曹二人,一不知书,一粗通文字,而能在仓卒之间以五言诗惊动众人,若不是当时吟风极盛,使他们耳濡目染,那当然是不可能的。

当时吟风之盛,主要是局限在上层统治阶级的圈子里。五言诗内容充实的不多,能反映下层人民生活的几乎没有。作者们刻意追求语言形式之美。所谓永明体,便是五言诗沿着讲求对偶、藻绘、声律的道路向前发展的结果。沈约等人所倡的四声八病之说,固然对骈文、骈赋写作也有影响,但所谓“五字之中,音韵悉异;两句之内,角徵不同”(《南史·陆厥传》)的说法,即表明声病说主要是用于五言诗的。所以永明声律说的提出,既是音韵学说发展的结果,也标志着五言诗技巧的高度发展。又当时人赋诗,以敏速为美,兼重长篇,以此互争高下。如齐竟陵王萧子良“尝夜集学士,刻烛为诗,四韵者则刻一寸,以此为率。(萧)文琰曰:‘顿烧一寸烛而成四韵诗,何难之有!’乃与(丘)令楷、江洪等共打铜钵立韵,响灭则诗成,皆可观览”(《南史·江淹任昉王僧孺传》)。又如刘孝绰有《赋得照棋》诗,五言四韵,注明"烛刻五分成"(见《全梁诗》)。又如梁武帝"制《春景明志诗》五百字,敕沈约以下辞人同作,帝以僧孺为工"(《南史·王僧孺传》)。又"赐(江)革《觉意》诗五百字"(《南史·江革传》),又"制《武宴》诗三十韵示(羊)侃,侃即席上应诏"(《南史·羊侃传》),又"魏中山王元略还北,梁武帝饯于武德殿,赋诗三十韵,限三刻成。(谢)微二刻便就,文甚美,帝再览焉"(《南史·谢微传》)。《全梁诗》所收五言长篇,有刘孝绰《酬陆长史倕》,六十一韵;陆倕《以诗代书别后寄赠》,四十二韵;荀济《赠阴梁州》,五十四韵。又当时宴集作诗,往往限韵,上举曹景宗事即是一例。《梁书·昭明太子传》云:"每游宴祖道,赋诗至十数韵,或命作剧韵赋之,皆属思便成,无所点易。"《南史·王筠传》云:"又能用强韵,每公宴并作,辞必妍靡。"都以用险韵示能。以上所述种种情况,说明当时人写作五言诗的技巧确实相当熟练,这也从一个侧面反映出五言诗写作风气之盛。

再从著录方面的情况来看。从《隋书·经籍志》中可以看到,魏晋以来,文集数量大增,这与文学发展、诗赋文章等非学术性作品大量增加有密切关系。当然文集中不仅是诗,还包括其他样式的文学作品和各种实用文体的作品,但文集数量大增应该与诗歌的大量增加有关。从晋代开始,又出现了总集。有《文章流别集》、《昭明文选》那样收集各种体裁作品的总集,也有专收诗歌的总集,如谢灵运撰《诗集》五十卷、颜竣撰《诗集》百卷并《例录》二卷(颜竣《诗例录》二卷,《新唐书·艺文志》入集部文史类,与《翰林论》、《文心雕龙》、鍾嵘《诗品》等并列,其性质当与诗歌批评相近,疑是对《诗集》百卷所收作品的分析、批评)、宋明帝撰《诗集》四十卷等等,种类颇为不少。这些诗集或许不仅收五言诗,但当是五言占大部分。《诗品序》说五言诗"是众作之有滋味者也,故云会于流俗",当时人作诗,本以五言为主。确知专收五言诗的,有早在西晋时荀绰所撰《古今五言诗美文》五卷和梁萧统撰《古今诗苑英华》十九卷(《南史·昭明太子传》:“又撰……五言诗之善者,为《英华集》二十卷。”萧统《答湘东王求文集及〈诗苑英华〉书》云:“往年因暇搜采英华,上下数十年间,未易详悉,犹有遗恨,而其书已传。”即此书)。上举诗歌总集今皆不传。从保存到今天的诗总集《玉台新咏》(撰于梁时)和诗文总集《昭明文选》来看:《玉台新咏》十卷,卷九为歌行杂体,其他九卷全是五言诗;《昭明文选》所收诗歌绝大多数是五言诗。从当时诗集、诗文集,尤其是五言诗集的编撰,也可以反映出五言诗的发展情况。

总之,从建安到天监约三百年内,五言诗创作有了很大的发展,写作风气非常普遍。这期间产生了不少优秀的作家作品,除《诗品序》所举建安、太康、元嘉三个时代的代表作家外,萧齐时谢朓诗成就也很高,沈约称为“二百年来无此诗”(《南史·谢朓传》)。齐梁时的沈约、何逊、柳恽、吴均也都是重要作家。锺嵘《诗品》这部评论五言诗的专著,正是在这样的历史背景下产生的。

随着五言诗创作的发展,对五言诗的鉴赏批评也相应发展起来。曹丕称刘桢“五言诗之善者,妙绝时人”(《与吴质书》),可说是最早的对五言诗的评论。其后的记载如:魏正始中,应贞尝在夏侯玄座作五言诗,玄嘉玩之(《魏志·王粲传注》引《文章叙录》);又李充《翰林论》称应璩五言诗“风规治道,盖有诗人之旨焉”(《文选·百一诗》李善注引);东晋简文帝称许询五言诗“可谓妙绝时人”(《世说新语·文学》)。南朝时赏鉴批评之风更盛。例如谢灵运隐居会稽,“每有一诗至都邑,贵贱莫不竞写,宿昔之间,士庶皆遍,远近钦慕,名动京师”(《宋书·谢灵运传》)。谢朓诗也深受赏爱,萧衍云:“不读谢诗三日,觉口臭。”(《太平广记》引《谈薮》)刘孝绰“常以谢诗置几案间,动辄讽味”(《颜氏家训·文章》)。这类例子不胜枚举,颇可见出时人对优秀作品的倾倒仰慕之情。《诗品序》说:“观王公搢绅之士,每博论之馀,何尝不以诗为口实,随其嗜欲,商榷不同。淄渑并泛,朱紫相夺,喧议竞起,准的无依。”江淹《杂体三十首序》说到当时人对诗歌的评论,“乃及公幹、仲宣之论,家有曲直;安仁、士衡之评,人立矫抗”(《全梁文》卷三八)。鍾嵘、江淹都对当时评论的混乱情况表示不满,但这却反映了评论风气之盛。《颜氏家训·文章》也说到梁陈时人比较何逊、刘孝绰诗优劣的情况。颜之推还说邢子才、魏收评沈约、任昉之优劣,“每于谈宴,辞色以之,邺下纷纭,各有朋党”,可见评论之风在北方也颇浓厚(邢、魏评论沈、任,或许不限于诗歌,但当包括诗歌在内)。

在当时的欣赏和评论中,流行一种“摘句”的风气。《世说新语·文学》载谢安称《诗经·大雅》中“讦谟定命,远猷辰告”二句“偏有雅人深致”;而谢玄以《小雅·采薇》“昔我往矣,杨柳依依。今我来思,雨雪霏霏”为佳句。又阮孚称郭璞“林无静树,川无停流”二句“泓净萧瑟,实不可言”。这是对四言诗的摘句欣赏。对于五言诗的摘句,见诸记载的更多。如王孝伯称“所遇无故物,焉得不速老”为“古诗佳句”(见《世说新语·文学》)。又如刘裕北伐,登霸陵,西眺长安,“使傅亮等各咏古诗名句”,傅亮即诵王粲《七哀》“南登霸陵岸,回首望长安”二句(见《金楼子·捷对》)。又谢灵运以“池塘生春草”为得意之笔,以为“此语有神助”(见《诗品》上)。又宋孝武殷贵妃亡,丘灵鞠献挽歌三首,有“云横广阶暗,霜深高殿寒”之句,“帝摘句嗟赏”(见《南史·丘灵鞠传》)。又萧统不好声乐,陶醉于自然,故欣赏左思“何必丝与竹,山水有清音”之句(见《南史·昭明太子传》)。又如王籍《入若耶溪》“蝉噪林逾静,鸟鸣山更幽”二句,江南以为“文外独绝”,萧纲吟咏而不能忘,萧绎讽味以为不可复得,且载入所著《怀旧志》;而北方人士却以为“不成语”。又萧悫《秋思》“芙蓉露下落,杨柳月中疏”之句,时人未加褒赏,而颜之推等却“爱其萧散,宛然在目”。又北齐祖孝征称赞沈约诗“崖倾护石髓”句用事不使人觉(俱见《颜氏家训·文章》)。以上都是日常的文学赏鉴活动中的例子。此种风气也反映到文学批评著作中来。《诗品序》云:“‘思君如流水'，既是即目；'高台多悲风'，亦惟所见；'清晨登陇首'，羌无故实；'明月照积雪'，讵出经史。观古今胜语，多非补假，皆由直寻。"认为这些诗句不用典故，自然生动。《南齐书·文学传论》提到"张眎摘句褒贬"，可能张眎有专门摘句加以评论的著作。这种方法，可说是后世摘句图一类著作的先声，一直为许多诗论、诗话著作所采用。此种"摘句褒贬"的风气，是六朝时诗歌欣赏和批评风气盛行的一个侧面。

在对五言诗的评论中，值得注意的是人们逐渐抛弃了崇尚四言诗的保守观点。挚虞《文章流别论》云："雅音之韵，四言为正，其馀虽备曲折之体，而非音之正也。"又云五言"于俳谐倡乐多用之"（《全晋文》卷七七）。这些抬高四言诗地位的论调，当然与崇拜《诗经》的儒家传统观点有关。《文心雕龙·明诗》说："四言正体，则雅润为本；五言流调，则清丽居宗。"正体、流调之分，仍有厚此薄彼的意味 。这些都是批评落后于创作的表现。《诗品序》则说四言"每苦文繁而意少，故世罕习焉"，"五言居文词之要，是众作之有滋味者也"。《南齐书·文学传论》也说："五言之制，独秀众品。"鍾嵘、萧子显的说法，比起挚虞、刘勰的观点来，是一个进步。而批评者观念的改变，也正是五言诗创作和鉴赏日益发展、四言诗创作愈加显得衰颓没落这一客观事实的反映。

以上材料说明，在鍾嵘的时代，不但写作五言诗的风气很盛，涌现了大量作品和一批优秀作家，而且鉴赏批评的风气也颇为浓厚。在鍾嵘以前，沈约《宋书·谢灵运传论》和《文心雕龙·明诗》都已对五言诗发展的历史、作家作品的得失，作过比较集中的叙述和评论；南齐刘绘还曾打算对当代诗歌加以品评，并已"口陈标榜"，而"其文未遂"（见《诗品序》）。因此，我们说，《诗品》这一部杰出的、系统的五言诗专论的产生，决非偶然的现象，而是五言诗创作和批评发展的结果。

二

《诗品》所评诗人，自汉至梁，共一百二十二人，分为上中下三品；在一位作者或若干作者名下缀以评语；对比较重要的作家，还指出其渊源继承关系，指出其出于某家某体。分品论人和指出渊源，这是《诗品》义例上最显著的两个特点；评述时语言简约，有时使用形象化的比喻，这是它语言上的特色。这些特点，也与当时风气有密切的关系。

关于分品论人，《诗品序》说到"昔九品论人"，指的是《汉书·古今人表》，这可说是《诗品》分品论人在学术上的依据。但更重要的是汉末魏晋以来品第人物风气的影响。汉末清谈盛行，开始形成品题人物的风气。曹魏实行九品中正制以甄拔人才，于是将人物区分品级，加以评论，就成为一种制度。南北朝虽然选举之法有时略有改动，但九品中正制直至隋开皇中才废止(参见《册府元龟》卷六三九)。在这种与士大夫切身利益密切相关的制度的长期而广泛的影响下，士大夫阶层中品第人物的风气就更加普遍了。我们从《世说新语》的《德行》、《赏誉》、《品藻》、《容止》等篇中，可以看到汉末至东晋人物品评风气之一斑，尤其是从《品藻》篇中，可以看到不少将人物相互比较、区别优劣、定其流品的例子，如：

> 世论温太真是过江第二流之高者。时名辈共论人物，第一将尽之间，温常失色。

> 桓大司马下都，问真长曰："闻会稽王语奇进尔邪?"刘曰："极进，然故是第二流中人耳。"桓曰："第一流复是谁?"刘曰："正是我辈耳。"

这种品评风气影响到学术著作和文学艺术领域。汉末以来，先贤传、高士传一类著作大量出现，其中有的即寓有品评褒贬人物的意图。汉末赵岐著《三辅决录》记东汉三辅人士，其序云梦中与一黄发老叟相遇，老人为之评论褒贬人物，于是乃著书，"玉石朱紫，由此定矣，故谓之决录矣"(《三辅决录》今佚，其序见《后汉书·赵岐传》李贤注引，又见《太平御览》卷三九九)。可见这是一部褒贬品评人物之作。《晋阳秋》云西晋王澄、王衍皆有盛名，"时人许以人伦鉴识。常为《天下士目》曰：阿平第一，子嵩第二，处仲第三"(《世说新语·品藻》注引)。这也是品评之作。《隋书·经籍志》史部杂传类有《海内士品》一卷(《旧唐书·经籍志》《海内士品录》二卷、《新唐书·艺文志》《海内士品录》三卷，并云魏文帝撰)，恐也是同类作品。又《玉海》卷五八艺文类云："(梁)元帝为湘东王时，常记录忠臣义士及文章之美者，笔有三品：忠孝全者用金管书之，德行精粹者用银管书之，文章赡逸者以班竹管书之。"这是用特殊形式表示对人物的品第。梁阮孝绪有《高隐传》，"上自炎皇，终于天监末，斟酌分为三品：言行超逸，名氏弗传，为上篇；始终不耗，姓名可录，为中篇；挂冠人世，栖心尘表，为下篇"(《南史·阮孝绪传》)。上举这些传记著作都明显地受到政治上和士大夫生活中人物品评风气的影响。

齐梁时有品评和著录图画的著作多种。其中谢赫《古画品录》将画家二十七人分为第一至第六凡六品，在每人名下缀以评语，也有两人名下合一条评语者(第一品之张墨、荀勖，第四品之蘧道愍、章继伯，第四品之王微、史道硕，都是两人名下缀以评语)。今各举一例如下：

袁蒨(第二品第三人)北面陆氏①，最为高逸，象人之妙，亚

① 《津逮秘书》本《古画品录》作"比方陆氏"，据《津逮秘书》本《历代名画记》改。

美前贤。但志守师法，更无新意。然和璧微玷，岂贬十城之价也。

王微、史道硕并师荀、卫，各体善能。然王得其细，史传其真①。细而论之，景玄为劣。

评画及画家而加以品第差次，在当时大约是比较普遍的做法。何法盛《中兴书》载：南齐高帝选择宫中藏画，“录古来名手，不以远近为次，但以优劣为差，自陆探微至范惟贤四十二人，为四十二等、二十七帙、三百四十八卷。听政之馀，旦夕披玩”（张彦远《历代名画记》引）。陈代姚最《续画品》不分等第，据其自序说是由于所评人物既少，所以“不复区别其优劣，可以意求也”。可见不分等第乃是一种较特殊的情况。

梁代评论书法的风气很盛，据唐代窦蒙《述书赋注》说，梁武帝时撰《书评》，萧纶亦撰《书评》，庾肩吾撰《书品》。庾肩吾《书品》今尚传，其体例是将一百二十馀人分为三品，每品又分三等；每等之后缀以评语，或每人均加论断，或仅对该等诸人下一总论，今亦各举一例：

张超等十五人　论曰：子并崔家州里，颇相仿效，可谓酱咸于盐，冰寒于水。伯道里居，朝廷远讨其迹。德昇之妙，锺、胡各采其美。子真俊才，门法不坠。李妻卫氏，出自华宗。景则毫素流靡，稚恭声彩遒越。郗愔、安石，草、正并驱；季琰、桓玄，筋力俱骏。羊欣早随子敬，最得王体。孔琳之声高宋氏，王僧虔雄发齐代。殷钧颇耽着爱好，终得肩随。此一十五人，允为中之上。

杨经等十五人　论曰：此十五人虽未穷字奥，书尚文情。披

① 《历代名画记》作“王得其意，史传其似”。

其丛薄，非无香草；视其崖岸，皆有润珠。故遗斯纸，以为世玩。允为下之中。

又《南史·殷钧传》云：钧“受诏料检西省法书古迹，列为品目”。其分品的具体情况不详。

这种分品评论书画的做法，也反映了当时的风气。《古画品录》和《书品》的体例，与鍾嵘《诗品》颇有相似之处。

六朝弈棋之风很盛。棋手分为品级，《棋品》一类著作很多。东晋时范汪等撰《围棋九品序录》五卷（见《隋书·经籍志》），以江彪、王恬为第一品，王导为第五品（《世说新语·方正》注引范汪《棋品》）。刘宋时羊玄保为第三品（《南史》本传）。齐有《建元永明棋品》二卷，褚思庄撰（见《隋志》）。当时齐高帝弈棋为第二品（《南史》本纪），明帝第三品（《南史·虞愿传》），又琅琊王抗第一品，吴郡褚思庄、会稽夏赤松第二品（《南史·萧惠基传》）。《南齐书·王谌传》载：“明帝好围棋，置围棋州邑，以建安王休仁为围棋州都大中正，谌与太子右率沈勃、尚书水部郎庾珪之、彭城丞王抗四人为小中正，朝请褚思庄、傅楚之为清定访问。”由此可以看到技艺上的分品论人，是直接受政治上九品中正制影响的。梁有《围棋品》一卷，梁武帝撰（《旧唐书·经籍志》、《新唐书·艺文志》作《棋评》）；《棋品序》一卷，陆云公撰；《天监棋品》一卷，柳恽撰（俱见《隋志》。据《南史·柳恽传》，梁武帝使恽撰《棋品》三卷，凡二七八人，第其优劣）。又萧纲亦撰有《棋品》（《南史·简文帝纪》），沈约有《棋品序》（见《艺文类聚》卷七四）。当时武帝“棋登逸品”（《南史》本纪），柳恽为第二品（《南史》本传）。

从以上资料看来，政治上的九品中正制影响到社会风气、传记著作和书、画、棋品评。在这样的风气之中，鍾嵘《诗品》也采取分品论人的方法，乃是非常自然的事。

关于《诗品》的“某人源出某人”，《四库全书总目提要》曾说：“惟其论某人源出某人，若一一亲见其师承者，则不免附会耳。”其实鍾嵘主要是从诗歌的体制、风格立论，指出前后诗人的渊源继承关系。例如他评《古诗》云：“其体源出于《国风》。”又评张协云：“其源出于王粲。文体华净，少病累，又巧构形似之言。”评谢灵运云：“其源出于陈思。杂有景阳（张协）之体，故尚巧似，而逸荡过之。”可见所谓某人源出某人，是指诗歌的体——即作品的体貌风格而言。鍾嵘第一次比较全面系统地指出了作家风格的继承关系，尽管难免有牵强片面之处，但这种努力和探索是有意义的，对后世诗文评论有重大的影响①。

从形式上看，所谓某人源出某人，很像《汉书·艺文志》论九流十家“某家者流，盖出于某官”的说法，实际上与晋宋以来诗歌创作中模拟、学习前代或当代作家的风气有直接关系，是对长期以来文论中重视风格传统的继承和发展。

晋代以来，诗歌创作中拟古、学古之风颇盛。拟古原是学习作诗的一种方法，犹如学习书画时进行临摹一样。由此进而成为一种风气，即使已经成熟的作家也喜欢写这类作品。这种模拟，包括题材、主题、写作技巧以至字句上的模仿，也往往包含着追求风格的近似。《文心雕龙·体性》有“摹体以定习”之语，《定势》也说“模经为式者，自入典雅之懿；效骚命篇者，必归艳逸之华”，表明当时作者有意识地模拟某种风格的作品。例如鲍照有《学刘公幹体》五首，模拟刘桢《赠从弟三首》，确具有刘桢原作那种挺拔尚气的风格特点。方东树评道：“（鲍照）诗体仗气，极似公幹。”（《昭昧詹言》卷六）指出鲍照诗作与刘桢诗风格上的相似。此外，鲍照有《效阮公夜中不能寐》、《学陶彭泽体》，其风格也都与所拟者相近。又如江淹有《杂体诗三十首》，

---

① 参考拙作《中国古代文论中的“体”》。编者按：此文收入《中国古代文论管窥》上编。

其序云:“然五言之兴,谅非夐古。但关西、邺下,既已罕同;河外、江南,颇为异法。故玄黄经纬之辨,金碧浮沉之殊,仆以为亦各具美兼善而已。今作三十首诗,教其文体。虽不足以品藻渊流,庶亦无乖商榷云尔。”他认为不同时代和地区诗人的五言诗,风格各异,所以作三十首诗,模仿三十位不同时代诗人的风格体制,具有广泛地学习前人之意。江淹还有《效阮公诗十五首》,是模仿阮籍《咏怀》的。

从史传和有关资料中可以找到不少例子,说明当时人在创作中有意识地学习某家的风格。如齐武陵昭王萧晔“与诸王共作短句诗,学谢灵运体,以呈高帝。帝报曰:见汝二十字,诸儿作中最为优者。但康乐放荡,作体不辨有首尾。安仁、士衡,深可宗尚,颜延之抑其次也”。又王籍“为诗慕谢灵运,至其合也,殆无愧色。时人咸谓康乐之有王籍,如仲尼之有丘明,老聃之有严(庄)周”。又伏挺“为五言诗,善效谢康乐体……任昉深相叹异”(俱见《南史》本传)。萧纲《与湘东王书》、萧子显《南齐书·文学传论》也都说到当时人效慕谢灵运体。可见齐梁时谢灵运体受到普遍的模仿。此外被仿效的有鲍照(见《诗品序》、《南齐书·文学传论》)、谢朓(见《诗品序》)、吴均(见《南史》本传)、任昉(见《诗品序》、《南史》本传)等人,《南齐书·文学传论》所说“缉事比类,非对不发,博物可嘉,职成拘制”云云,就是指任昉这一派。

模仿是当时创作风气的一个方面。另一方面,当时人又认为“若无新变,不能代雄”(《南齐书·文学传论》),因此又喜欢标新立异,别创新体。如齐代张融,为人颇疏放,自称“吾文章之体,多为世人所惊”,“吾文体屡变,变而屡奇”。又如梁代徐摛“属文好为新变,不拘旧体。为太子家令,文体既别,春坊尽学之”(俱见《南史》本传)。而不论是模仿还是创新,首先必须对众多的作家作品从风格上加以辨别和分析,比较各家风格的异同,这就逐渐形成了某家源出某家的概念。

创作风气如此，在批评中也就有所反映。《文心雕龙·才略》已有一些零星的论述，指出了古今作家风格的类似，述及其渊源继承关系。如说司马相如"师范屈、宋，洞入夸艳"；杜笃、贾逵是"崔（骃）、傅（毅）之末流"；王延寿"善图物写貌"，是"枚乘之遗术"等。萧子显与鍾嵘同时，其《南齐书·文学传论》更明确地说："今之文章，作者虽众，总而为论，略有三体。"即"出灵运而成"一体，由傅咸"五经"、应璩指事发展而来的一体和"鲍照之遗烈"一体。这一论述与《诗品》某人源出某人的说法很相近，不过由于它是一篇史传论，所以不可能如《诗品》那样作全面细致的分析。然而我们也可以看出，鍾嵘评论五言诗人时注意其风格体制的源流继承关系，并不是孤立的现象，而是时代风气的反映。

《诗品》评论诗人，其语言颇简约，少者每人仅数字，多者不过百馀字。这也与魏晋以来人物书画品评的语言风格相一致。《诗品》又用比喻手法进行评论。如评曹植诗云："譬人伦之有周孔，鳞羽之有龙凤，音乐之有琴笙，女工之有黼黻。俾尔怀铅吮墨者，抱篇章而景慕，映馀辉以自烛。"评陆机、潘岳云："陆才如海，潘才如江。"评谢灵运诗云："譬犹青松之拔灌木，白玉之映尘沙，未足贬其高洁也。"又如评范云诗云："清便宛转，如流风回雪。"评丘迟诗云："点缀映媚，如落花依草。"此外评何晏等五人诗、刘绘诗时也用了这种手法。这些评语都形象而隽永，特别是评范云、丘迟诗如"流风回雪"、"落花依草"，将二人诗作的风格特点用形象的语言简练地表达了出来。这种评论方法，对后世文学批评也有影响。

但这方法也并非鍾嵘首创，它也是从汉末魏晋的人物品评而影响及于文学艺术领域的。

评论人物使用比喻，很早就有例子，如孔子称子贡为瑚琏之器（《论语·公冶长》），但成为风气，则仍起于汉末而盛于魏晋。《世说新语》中这类评语很多，今举数例如下：

公孙度目邴原：所谓云中白鹤，非燕雀之网所能罗也。（《赏誉》）

世称庾文康为丰年玉，稚恭为荒年谷。（同上）

有人叹王恭形茂者，云濯濯如春月柳。（《容止》）

海西时，诸公每朝，朝堂犹暗，惟会稽王来，轩轩如朝霞举。（同上）

有问秀才："吴旧姓何如？"答曰："……严仲弼九皋之鸣鹤，空谷之白驹。顾彦先八音之琴瑟，五色之龙章。张威伯岁寒之茂松，幽夜之逸光。陆士衡、士龙鸿鹄之裴回，悬鼓之待槌。"（《赏誉》）

南朝时馀波尚传，而且往往袭用魏晋人成语，或稍加变化，亦略举数例：

时人谓（王）远如屏风，屈曲从俗，能蔽风露：言能不乖物理也。（《南史·王远传》）

（张）绪吐纳风流，听者皆忘饥疲。……刘悛之为益州，献蜀柳数株，枝条甚长，状若丝缕。时旧宫芳林苑始成，武帝以植于太昌灵和殿前，常赏玩咨嗟曰："此杨柳风流可爱，似张绪当年时。"（《南史·张绪传》）（按：谓柳似张绪，亦即谓张绪似柳。）

（刘孝标曰）：（刘）讦超超越俗，如半天朱霞；（刘）歊矫矫出尘，如云中白鹤。皆俭岁之粱稷，寒年之纤纩。（《南史·刘讦传》）

（王威明）风韵遒正，神峰标映，千里绝迹，百尺无枝……斯实俊民也。（萧纲《与湘东王令悼王规》）

值得注意的是当时人往往将比较抽象而难以表达的人物风度、神韵化为具体形象，这与《诗品》用具体形象比拟较为抽象的风格特点，有相近之处。

这种风气也影响到书画品评，尤其是书法品评。庾肩吾《书品》中的例子已见上文所引，此外最集中而突出的是梁普通中袁昂所为《古今书评》，举数例如下（据《法书要录》引）：

> 王右军书如谢家子弟，纵复不端正者，爽爽有一种风气。
>
> 萧子云书如上林春花，远近瞻望，无处不发。
>
> 崔子玉书如危峰阻日，孤松一枝，有绝望之意。
>
> 张伯英书如汉武帝爱道，凭虚欲仙。
>
> 皇象书如歌声绕梁，琴人舍徽。
>
> 卫恒书如插花美女，舞笑镜台。

评论诗文而运用比喻，也早在锺嵘以前就有了。曹植《王仲宣诔》已称其“文若春华，思若涌泉”。鱼豢《魏略·王繁阮陈路传论》云诸人之文“譬之朱漆，虽无桢干，其为光泽，亦壮观也”（《魏志·王粲传》注引）。又《抱朴子》云：“世谓王充一代英伟，所著文时有小疵，犹邓林枯枝，沧海流芥，未易贬者。”（《太平御览》卷五九九引佚文）又云：“陆君之文犹玄圃积玉，无非夜光也。”“方之他人，若江汉与潢污也。”（《意林》引佚文）又如李充《翰林论》云：“潘安仁之为文也，犹翔禽之羽毛，衣被之绡縠。”（《初学记》引）又如《世说新语·文学》载，桓温称谢安所作《简文谥议》，“此是安石碎金”。锺嵘《诗品》亦引前人此种评语，如引谢混所云：“潘诗烂若舒锦，无处不佳；陆文如披沙简金，往往见宝。”（《世说新语·文学》以此为孙绰语。）又引汤惠休语：

"谢诗如芙蓉出水,颜如错采镂金。"(《南史·颜延年传》以此为鲍照语。)由此可见,鍾嵘运用形象化的比喻进行评论,也还是时代风气的一种反映。

综上所述,《诗品》的分品论人和用简练而富于形象的语言进行评论,都是受汉末魏晋以来人物品评的影响,与书、画、棋、诗文等方面的品评风气是一致的;而它论述诗人风格体制的渊源关系,也正是当时创作和批评风气的反映。

(原载《文学评论丛刊》第9辑,中国社会科学出版社1981年5月出版)

鍾嵘《诗品》论奇

鍾嵘《诗品》评诗，很重视奇，把它作为衡量作品优劣高下的一个重要标准。他所谓奇，总的说是指诗歌艺术奇警不凡，其对立面则是平庸。《诗品序》讥笑当时膏腴子弟之诗，“独观谓为警策，众睹终沦平钝”，即以警策（奇警）与平钝对举。

综观《诗品》全书，鍾嵘所谓奇，具体分析起来，约有三种含义。一是指诗歌通篇风貌之奇。如评曹植云：“骨气奇高（《竹庄诗话》、《诗人玉屑》引作“高奇”），词采华茂。”评刘桢云：“仗气爱奇，动多振绝。贞（一作“真”，此据《竹庄诗话》、《诗人玉屑》）骨凌霜，高风跨俗。”骨气，即气骨、风骨。《诗品》说刘桢诗“贞骨凌霜，高风跨俗”，意思即赞美刘诗风骨高奇，与评曹植“骨气奇高”涵义一致。风骨，据《文心雕龙·风骨》篇的解释，是指作品的思想感情表现得鲜明爽朗，语言刚健有力，因而具有比较强烈的艺术感染力量。风骨好的作品，具有阳刚之美，故《风骨》篇认为它有飞动之致，有如翱翔高空的鹰隼，“骨劲而气猛”。《诗品》用“奇”、“高”两字形容风骨或气骨，寓意和《风骨》篇是相通的。鍾嵘对曹植、刘桢两人诗评价极高，认为是建安诗人中最杰出的代表，誉为“殆文章之圣”。他对曹、刘两人诗的高度推崇，实际上就是对建安风骨的赞美。《诗品》评《古诗》云：“惊心动魄，可谓几乎一字千金。”“亦为惊绝矣。”虽不直接使用“奇”字，实际上也是赞赏《古诗》写得奇警不凡。《古诗》风格接近民歌，比较浑成；《诗品》赞美它们奇警不凡，也是就通篇风貌而言。二是指诗歌章句词语之奇。评谢朓云:“奇章秀句,往往警遒。”是赞美谢朓诗歌常常具有奇警秀出的章句。评谢灵运云:“名章迥句,处处间起。”这里的“名章迥句”,意思大致同于“奇章秀句”。谢灵运诗中多警策语句,为大家所熟悉,他的佳句“池塘生春草”,更为当时所传诵,《诗品》谢惠连条也载其事。南朝文人喜爱诗歌佳句。《文心雕龙·隐秀》篇指出,秀句是“篇中之独拔者”。《南齐书·文学传论》载张眎有“摘句褒贬”的专著(今不传)。《诗品》重视“奇章秀句”,正是这种风气的反映。三是指诗歌比兴寄托之奇。评张华诗云:“其体华艳,兴托多奇。”即是。“多奇”,一本作“不奇”,《竹庄诗话》、《诗人玉屑》引文作“多奇”,是。张华的《情诗》(五首)、《杂诗》(三首)等确多比兴寄托之辞,语言也较为华丽。《诗品》提到这一类奇很少,只有张华一处。

与赞赏奇警相对待,《诗品》对艺术表现平庸的作家作品,往往予以贬抑。《诗品序》评孙绰、许询等人诗云:“皆平典似《道德论》,建安风力尽矣。”这是批评东晋玄言诗专门发挥老庄玄理,文辞平淡,缺乏诗味,丧失了建安诗歌风力高奇的优良传统。《诗品》评阮瑀、欧阳建等七家诗云:“并平典不失古体。”虽不像对玄言诗那样贬责,但置阮瑀等七人于下品,评价显然不高。又评傅亮诗云:“亦复平美。”在“平”字下用“美”,略寓褒赞,但置傅亮于下品,评价也不高。总之,平典、平美之诗,都缺乏奇警之趣,不是突出的作品。《诗品》评王巾、卞彬、卞录诗云:“并爱奇崭绝。……去平美远矣。”更是以奇与平美作为对立的风格。

鍾嵘对宋齐时代颜延之、任昉一派大量数典用事的诗歌非常不满,认为它们缺乏奇警。《诗品序》云:

至乎吟咏情性,亦何贵于用事?“思君如流水”,既是即目;“高台多悲风”,亦惟所见;“清晨登陇首”,羌无故实;“明月照积

> 雪”，讵出经史。观古今胜语，多非补假，皆由直寻。
>
> 颜延、谢庄，尤为繁密。于时化之，故大明、泰始中，文章殆同书钞。近任昉、王元长等，词不贵奇，竞须新事。尔来作者，寖以成俗。遂乃句无虚语，语无虚字，拘挛补衲，蠹文已甚。但自然英旨，罕值其人。词既失高，则宜加事义。虽谢天才，且表学问，亦一理乎！

这段话颇为重要，仔细分析，含有几层意思。其一，鍾嵘认为，好诗常是诗人即目所见，触景生情，真情实感的自然流露。像“思君如流水”等古今传诵的佳句，都是其例。这种诗具有“自然英旨”，即写得非常自然，不假雕琢补衲，同时又给人以英奇警策的美感。其二，他认为颜延之、任昉一派诗歌，大量堆砌故实，拘挛补衲，使作品缺乏“骨气奇高”和“奇章秀句”之美，所谓“词不贵奇”，“词既失高”。《诗品》评颜延之诗“乖秀逸”，评任昉“诗不得奇”，亦是此意。其三，鍾嵘认为要写出“思君如流水”那样的好诗句，须靠天才；而数典用事，则靠后天的学问。颜、任一派诗歌，是作者缺乏天才、炫示学问的产品。魏晋南北朝时代，才性论流行。这种理论认为，人的气质禀赋有清有浊，禀气清的人，其意气峻爽，表现于作品，就形成清明爽朗的风貌，富有风骨。这种情况出自天赋，非后天所能改变，所以《文心雕龙·风骨》论述风骨时，引了曹丕《典论·论文》的话：“文以气为主，气之清浊有体，不可力强而致。”在鍾嵘看来，诗歌具有自然英旨，是作者禀受清气、天才秀出的表现。曹植、刘桢的诗所以骨气高奇，正是由于他们气质、天才好。《文心雕龙·事类》篇也指出，作文须依仗作者先天的才能、后天的学问二者。《文心雕龙》论述各种文体，不仅论诗，所以对运用典故颇为重视；但仍认为“才为盟主，学为辅佐”，把天资放在首位。

综上所述，可见鍾嵘《诗品》所谓奇，统言之指诗歌艺术表现上的奇警，分言之则有通篇风貌之奇、章句词语之奇、比兴寄托之奇诸种情况。它的对立面是平庸、平淡，缺少诗味或艺术魅力。作品的奇警，是作家天赋的才能好，触景生情的自然流露。

《文心雕龙》也常用“奇”字来品评作家作品，但其涵义与《诗品》并不相同。《文心雕龙》书中所谓奇，有褒义、贬义之分。褒义是指奇丽、奇伟，指作品文辞艳丽多姿、描写对象形态壮伟等，如《辨骚》赞美屈赋为奇文即是。贬义是指片面追求新奇的浮诡文风，《序志》所谓“辞人爱奇，言贵浮诡”即是。《体性》、《定势》对这种文风也有所指斥。《诗品》把奇与平对举，《文心雕龙》则常以奇与正对举，他要求作者“执正以驭奇”，不要“逐奇而失正”（《定势》）；前者指奇丽是好的，后者指奇诡是不好的。我们比较锺、刘两家文学理论批评的异同，对于两家都喜用“奇”这一术语、但其涵义有所不同这一点，是应予注意的。

（原载 1986 年 7 月 29 日《光明日报》的《文学遗产》副刊）

萧统的文学思想和《文选》

萧统的《文选》是我国古代在《诗经》、《楚辞》之后时代最早的一部文学作品选集。所选作品，上起战国，下迄萧梁，甄录了这一段时期内不少富有代表性的作品，其中骈体诗文所占的分量尤多。它对后代产生了深远影响，成为大家学习汉魏六朝文学的重要读本。刘勰的《文心雕龙》和鍾嵘的《诗品》，跟《文选》产生于同一时代（仅年次略有先后），刘、鍾、萧三人对文学的观点比较接近，这三部书在内容上有不少地方可以互相发明参照。但现在一般文学史和文学批评史著作，大抵重视《文心雕龙》和《诗品》，给以很高评价；对萧统和《文选》，则估价很低，甚或不加齿及。例如郭绍虞同志解放后的新著《中国古典文学理论批评史》上册，一方面肯定《文心雕龙》和《诗品》（这无疑是对的），另一方面却说"萧统也是主张形式主义的"。这种看法我以为是不公允的。本文打算提出商榷意见，初步分析萧统的文学思想与《文选》内容，并与刘、鍾两书略作比较，就正于同志们。

一

萧统是梁武帝的太子，卒谥昭明太子。他在政治活动上具有一定的进步表现：较能爱护百姓，关心人民疾苦。《梁书·昭明太子传》说他"平断法狱，多所全宥，天下皆称仁"。普通年间，"京师谷贵，太子因命菲衣减膳，改常馔为小食。每霖雨积雪，遣腹心左右，周行间巷，视贫困家，有流离道路，密加赈赐”。大通二年春，上疏谏止征发吴郡、吴兴、义兴三郡民丁开漕沟渠的工事。这些行动都是关心人民的表现。萧统早年通习儒家经典，在《七契》末段，他通过文中人物的嘴，主张君人应该尊用儒学之士，躬行节俭，“行仁义之明明”。可见他接受了儒家爱民的进步思想。

在日常生活方面，萧统在统治阶级中也是生活比较俭朴、情趣比较高尚的。他爱好文学创作，招纳才学之士，备加礼遇。当时一般贵族重视声乐女妓的享受，他却不爱。《梁书》本传说：“（萧统）性爱山水，于玄圃穿筑，更立亭馆，与朝士名素者游其中。尝泛舟后池，番禺侯轨盛称此中宜奏女乐，太子不答。咏左思《招隐诗》曰：‘何必丝与竹，山水有清音。’侯惭而止。出宫二十馀年，不畜声乐。少时敕赐太乐女妓一部，略非所好。”这种生活情趣，在他的《与何胤书》、《答晋安王书》、《七契》等文章中都有鲜明的表现。这种情趣使他在文艺上爱好典雅的文章而不爱浮艳的作品。在《陶渊明集序》中，他竭力推崇陶潜的诗文，同时对陶的描写爱情而“卒无讽谏”的《闲情赋》加以指摘，也是基于这种原因。

在《答晋安王书》中，萧统说：“况观六籍，杂玩文史，见孝友忠贞之迹，睹治乱骄奢之事，足以自慰，足以自言。人师益友，森然在目。嘉言诚至，无俟旁求。”这里，萧统通过阅读的实践，注意到了文学作品的社会内容及其教育作用。这跟刘勰的“圣因文以明道”的说法是相通的。《文选序》说：“楚人屈原，含忠履洁，君匪从流，臣进逆耳。……骚人之文，自兹而作。……《关雎》、《麟趾》，正始之道著，桑间、濮上，亡国之音表，故风雅之道，粲然可观。”这些话都表现出萧统对作品的政治社会内容是颇为注意的。在《答湘东王求文集及〈诗苑英华〉书》中，萧统说：“吾少好斯文，迄兹无倦。……与其饱食终日，宁游思于文林。或日因春阳，其物韶丽，树花发，莺鸣和，春泉生，暄风至。陶嘉月而嬉游，藉芳草而眺瞩。或朱炎受谢，白藏纪时，玉露夕流，金风多扇，悟秋山之心，登高而远托。或夏条可结，倦於邑而属词；冬云千里，睹纷霏而兴咏。密亲离则手为心使，昆弟宴则墨以情露。”这里，萧统对文学作品的产生和其内容的看法，又涉及了自然物色和日常亲朋聚散等对人的影响这些方面。这跟《文心雕龙·物色》篇中的某些看法和《诗品序》中间的“若乃春风春鸟，秋月秋蝉，夏云暑雨，冬月祁寒，斯四候之感诸诗者也。嘉会寄诗以亲，离群托诗以怨”这一部分所述的内容又是相通的。合起来看，可知萧统对文学作品内容的要求是比较广泛的，它可以是富有政治性社会性的事件，也可以是个人日常生活事件。

在文学批评标准上，萧统和刘勰一样主张文质并重。在《答湘东王求文集及〈诗苑英华〉书》中，他说：“夫文典则累野，丽亦伤浮。能丽而不浮，典而不野，文质彬彬，有君子之致。吾尝欲为之，但恨未逮耳。”这里可说为自己提出了创作的准则。在《答玄圃园讲颂启令》中，称赞对方的文章“辞典文艳，既温且雅”，也是出于同一标准。萧统重文是很明显的，他的《文选序》认为万事踵事增华，文章亦然，这是事物发展的规律。《文选》选录了史书中的一些文章，因为它们“综缉辞采”，“错比文华”，“义归乎翰藻”。但另一方面，萧统也重视质。他赞美陶渊明“文章不群，辞采精拔。跌宕昭彰，独超众类；抑扬爽朗，莫之与京。横素波而傍流，干青云而直上”（《陶渊明集序》）。《文选》采录了陶诗共七题八首。齐梁绮艳的诗歌，徐陵《玉台新咏》采录很多，《文选》却不收。萧统文质并重的文学批评标准既不同于萧纲的提倡香艳文学，也不同于裴子野《雕虫论》的否定一切文学作品，在当时这种折衷看法是具有进步意义的。

在当时，萧统虽然还没有明确地提出文笔之分的主张，但事实上他已很注意文学作品与非文学作品的区别了。《文选》中不收经，托辞因是圣人之作，不能剪截；不收子，因为它们“盖以立意为宗，不以能文为本”；不收史，因为它们只是“褒贬是非，纪别异同，方之篇翰，亦已不同”。在这一问题上，萧统表现了他的文学思想的进步性，同时也表现了局限性，应加区别对待。先秦两汉时代，文学作品和非文学作品在人们心目中常常是混淆不分的。到六朝时代，许多作家和批评家才对这个问题加以注意。尽管他们对文笔的概念的理解和主张并不完全相同，尽管这种主张包含了若干形式主义文论的因素，但大家都有意识地要划清文学作品和非文学作品的界线，这是反映了文艺创作和文艺科学逐渐发展，摆脱了过去之常常只是依附于学术范畴的地位，而发展成为一门独立学科的历史现象和要求，这在文学历史发展上是具有进步意义的。萧统的《文选》以总集形式具体地体现了当时人们的这种文学观念，这也是他的贡献。他不像《文心雕龙·书记》篇那样把谱籍簿录、方术占式、律令法制、符契券疏、关刺解牒、状列辞谚等许多应用文字一概归入文学范围，这显然是具有进步意义的。萧统在这方面的最大缺点是他认为属于文的作品的标准是要具有“辞采”、“文华”、“翰藻”，局限在语言的文采方面，而这种语言的文采又是从骈俪文的角度来要求的。这跟我们现在首先从形象性、典型性来衡量文学作品，就有很大的距离。由于其对文所要求的标准不当，萧统就不能认识诸子和史传中也有不少富有文学价值的篇章。在这方面，比起刘勰《文心雕龙》的《史传》、《诸子》两篇的观点就显得偏狭了。

二

萧统的文学思想，不但表现在《文选序》、《陶渊明集序》等文章中，更具体地是体现在《文选》的编选工作上。下面拟粗略地分析一下《文选》所选作品的大概情况，并与《文心雕龙》、《诗品》的议论略作比较。

《文选》分文章为三十八类，它们的名目和数量跟《文心雕龙》的分类是很接近的。这种分类法虽嫌有些繁琐，但它反映了当时文学创作日趋发展、样式日趋繁富的历史现象。这些类别也代表了当时不少人的看法。这一点过去研究者已经指出，这里不赘述。把这三十八类概括一下，大致可以分成辞赋、诗歌、杂文三大类。下面我即从这三方面分别加以探讨。

先说辞赋。萧统对《楚辞》很重视。屈、宋的重要作品几乎都选进了。《文选序》并对屈原作了颇高的评价："楚人屈原，含忠履洁，君匪从流，臣进逆耳。深思远虑，遂放湘南。耿介之意既伤，抑郁之怀靡诉。临渊有怀沙之志，吟泽有憔悴之容，骚人之文，自兹而作。"可见他对屈原作品的精神是有所认识的。

《文选》选了不少的赋。在这方面的看法也和刘勰接近。《文心雕龙·诠赋》篇按照题材把赋分为京殿苑猎、述行序志、草区禽族、庶品杂类等几类，这种分类名目及其次序和《文选》基本上是相同的。于先秦两汉的赋，《诠赋》篇举了十家"英杰"，他们是：荀卿(《赋篇》)、宋玉(不举篇名)、枚乘(《菟园赋》)、司马相如(《上林赋》)、贾谊(《鹏鸟赋》)、王褒(《洞箫赋》)、班固(《两都赋》)、张衡(《二京赋》)、扬雄(《甘泉赋》)、王延寿(《鲁灵光殿赋》)。《文选》对这些作家作品，除荀卿、枚乘外，其他各家都已入选，并选了他们其他的赋。荀卿《赋篇》的确文采不足，枚乘则选了更有代表性的《七发》。《诠赋》篇提出魏晋的"赋首"八家：王粲、徐幹、左思、潘岳、陆机、成公绥、郭璞、袁宏。《文选》除徐幹、袁宏两人外，其他六家的赋也都选录了。《诠赋》篇没有论述东晋以后的赋，《文选》选录了谢惠连、谢庄、鲍照、江淹等人的赋，这些作品我们现在看来也还是比较优美的。

次说诗歌。汉魏六朝是一个五言诗的时代，《文选》所选主要也是五言诗。鍾嵘《诗品》评述这一段时期的五言诗最有系统，而且富有精见。对照来看，《诗品》的见解和《文选》的选诗标准很是接近。《诗品》列为上品的共十二家：古诗、李陵、班姬、曹植、刘桢、王粲、阮籍、陆机、潘岳、张协、左思、谢灵运。这些作家作品《文选》都选入了，而且一般选得数量较多。《诗品序》更特别推重建安时代的曹植、刘桢、王粲三家，太康时代的陆机、潘岳、张协三家，元嘉时代的谢灵运、颜延之两家，称为“五言之冠冕，文词之命世”。《文选》对以上八家都采录颇多，情况是：曹植十六题二十五首，刘桢五题十首，王粲八题十三首；陆机十九题五十二首，潘岳六题九首，张协二题十一首；谢灵运三十二题三十九首，颜延之十五题二十首。沈约《宋书·谢灵运传论》对曹魏以迄刘宋诗人，也特别推重曹植、王粲、潘岳、陆机、颜延之、谢灵运诸家，看来这是当时的公论。我们现在如何评价潘、陆、颜、谢等人的诗是另一回事，但在这方面萧统的标准和鍾嵘接近，却无可怀疑。

《诗品序》批评了晋代玄言诗和宋齐时代诗歌偏重于用典、声律的风气。《诗品序》批评东晋孙绰、许询、桓温、庾亮的玄言诗“皆平典似《道德论》，建安风力尽矣”，同时赞美这时代刘琨、郭璞、谢混的诗作能拔出流俗；《文选》对孙、许诸人的诗歌一概不选，而选了刘、郭、谢三人的诗，看法与之相同。《诗品》把这时代杰出诗人陶渊明列入中品，说“世叹其质直”；萧统却认为陶诗“文章不群，辞采精拔”，《文选》录陶诗七题八首，这识见更在鍾嵘之上（萧统特爱陶诗，固然表现了他艺术鉴赏力的不平凡，同时也跟他的喜爱山林泉石之致的生活情趣有关，已如上述）。《诗品》批评了刘宋时代诗歌喜欢隶事用典的风气，举出其代表作家颜延之、谢庄、任昉、王融，但颜延之仍列中品。《文选》选颜作较多，选任昉诗两首，谢庄、王融诗不选。《诗品》批评了王融、谢朓、沈约强调四声八病的流弊，但谢朓、沈约的诗歌毕竟有成绩，故仍列入中品。《文选》采录两人诗作也较多。这些方面萧、鍾两人的看法都比较接近。此外，《文选》选录鲍照、江淹的诗较多（《诗品》列两家于中品），也还是有理由的。

《文选》采录乐府诗不多，乐府民歌几乎没有选入。所选无名氏古乐府三首为:《饮马长城窟行》、《伤歌行》、《长歌行》。这些都不是汉乐府的上乘之作,也不是真正的民歌。六朝的乐府民歌吴声歌曲和西曲一概不入选。因为乐府民歌多写男女爱情,语言通俗,不合萧统崇尚典雅的标准。他一概不选六朝乐府新声,跟讥弹陶潜《闲情赋》一样,表现了他比较浓厚的封建道德观念。在这方面,《文选》和《玉台新咏》互有短长:它摈斥了淫靡不健康的艳歌,也排斥了真挚动人的爱情诗。在这方面,萧统和刘勰的看法很接近。《文心雕龙·乐府》篇比较具体地介绍了汉代的郊祀歌和曹魏三祖的三调曲,但已认为不是雅声,对汉魏六朝乐府民歌却没有具体论述,又说:"若夫艳歌婉娈,怨志诀绝,淫辞在曲,正响焉生!"真是道貌岸然。萧统、刘勰两人受儒家的思想影响都较深,故在这方面的看法也相近。《梁书·刘勰传》说刘勰为萧统"深爱接之",看来萧统对刘勰的敬重,不只是一般的礼贤下士,而确是由于他们在文学思想上的接近。至于《文心雕龙》对于各时代文人诗歌的评价,把《明诗》、《体性》、《时序》、《才略》各篇合起来看,可以见到其主张和萧统、鍾嵘也是很接近的。这里不再详论。

再说杂文。它包括辞赋、诗歌以外的各体文章,门类很复杂。《文选》不收史传、诸子,失之狭窄;《文心雕龙·书记》篇标举了许多谱籍簿录等应用文字,亦失之宽泛。各有得失,已如上述。但两书所分各体文章门类基本上还是相同的,两相对照,即可了然。不但如此,而且《文心雕龙》所肯定赞美的各体文章的代表作家作品,常为《文选》所采录。现在把《文心雕龙》上编各篇所肯定的作家作品名目见于《文选》者写在下面:

(一)《文心雕龙·颂赞》篇:扬雄《赵充国颂》、班固《汉书》的赞。(见《文选》卷四十七、四十九)

(二)《铭箴》篇:班固《封燕然山铭》、张载《剑阁铭》。(见《文选》卷五十六)

(三)《诔碑》篇:潘岳的诔,蔡邕《陈仲弓碑》、《郭林宗碑》。(见《文选》卷五十六、五十七、五十八)

(四)《哀吊》篇:潘岳的哀文、贾谊《吊屈原文》、陆机《吊魏武帝文》。(见《文选》卷五十七、六十)

(五)《杂文》篇:宋玉《对楚王问》、东方朔《答客难》、扬雄《解嘲》、班固《答宾戏》;枚乘《七发》、曹植《七启》;陆机《演连珠》。(见《文选》卷三十四、四十五、五十五)

(六)《论说》篇:贾谊《过秦论》、班彪《王命论》、李康《运命论》、陆机《辨亡论》;李斯《上秦始皇书》,邹阳《上书吴王》、《狱中上书自明》。(见《文选》卷三十九、五十一、五十二、五十三)

(七)《诏策》篇:潘勖《魏王九锡文》。(见《文选》卷三十五)

(八)《檄移》篇:陈琳《为袁绍檄豫州》、鍾会《檄蜀文》;司马相如《难蜀父老》、刘歆《移书让太常博士》。(见《文选》卷四十三、四十四)

(九)《封禅》篇:司马相如《封禅文》、扬雄《剧秦美新论》、班固《典引》。(见《文选》卷四十八)

(十)《章表》篇:孔融《荐祢衡表》、诸葛亮《出师表》、曹植的表、羊祜《让开府表》、刘琨《劝进表》、庾亮《让中书令表》。(见《文选》卷三十七、三十八)

(十一)《书记》篇:司马迁《报任少卿书》、杨恽《报孙会宗书》,孔融、阮瑀、应璩的书信,嵇康《与山巨源绝交书》、赵至《与嵇茂齐书》。(见《文选》卷四十一、四十二、四十三)

由此可见,以上各体文章中的许多代表作品同为刘勰、萧统所肯定,证明两人在这方面衡量文章标准的接近。当然两书在这方面也有一些不同。大概《文心雕龙》于各体文章的渊源叙述得比较详细,这类原始之文一般缺乏文采,而且往往没有成为独立的篇章,《文选》不选它们是有理由的。《文心雕龙》于东晋以迄宋齐近代之文很少评述,《文选》则采录了一定数量的近代文章,但仍以典雅为标准,不录齐梁浮艳之文。这些区别的产生原因主要是由于两书一为研究著作,一为总集,体例有所不同,并不能说两人的观点有多大差别。

三

根据上面粗略的分析,足以证明萧统在文学理论和对具体作家作品的评价方面跟刘勰、鍾嵘两人很接近(当然不是完全相同)。既然这样,那么为什么现在一般古典文学的研究论著对《文心雕龙》、《诗品》两书总是评价很高,对萧统和他的《文选》则估价很低,甚至戴上形式主义的帽子呢?原因看来是多方面的,下面试略述我所想到的几点:

第一,是对《文选》所选作品没有进行具体分析,有笼统否定的倾向。《文选》选录了许多汉魏六朝的赋和骈文,成为它的显著特色。"五四"以后以至现在的不少文学史著作,往往对赋和骈文采取了笼统否定的态度,或则称为贵族文学,或则称为形式主义。诚然,《文选》所选的文章局限性比较大,有的贵族气味和形式主义也比较浓重,这是无可否认的事实。但它也选录了不少思想上、艺术上都有可取之处的、足以代表这个时代文学特色的优秀作品,也是不容忽视的。辞赋和骈文这两种文学样式特别重视形式语言的琢磨,的确容易产生形式主义,但并不能说所有的用辞赋体和骈文体写的文章都是形式主义作品,正像格律诗并不就是形式主义诗歌一样。我们如能同意文学作品强调形式格律并不就是形式主义,纠正过去笼统否定赋和骈文的偏向,对《文选》的看法和估价也就自然会跟着改变了。

第二,是对《文心雕龙》和《诗品》两书的分析有些"理论脱离实际"。就是说,考察两书的一般理论原则没有跟两书对许多具体作家作品的评价结合起来。譬如说,我们注意到了刘勰在理论上经常强调内容、质素的进步性;却没有注意到他还是基本上肯定了司马相如、扬雄的赋，陆机、潘岳的诗文，这些作家作品，我们现在一般认为是具有形式主义毛病的。我们注意到了《诗品序》批评了一些诗歌重用典、重声律的偏向，却没有注意它对颜延之、谢朓、沈约的诗作还是估价较高，列入中品，对陆机、谢灵运的估价则更高等事实。若不就其对具体作家作品的评价来考察，《文心雕龙》、《诗品》两书的进步性就显得突出，而其局限性却隐蔽起来了，这是一方面；另一方面，对《文选》，我们注意到的却是它所选的具体作家作品，因此印象就很不相同。乘便说一下，有的同志研究《文心雕龙》，对上半部的《诠赋》以下各篇很少经心。其实，这些篇章中所论述的作品，我们现在看来虽比较不重要，但其中贯彻了刘勰的批评标准；研究刘勰的文学思想，还是应该细读的，否则也容易造成"理论脱离实际"。有的同志注意到了刘勰、鍾嵘的理论及其对具体作家作品的评价间的关系，但却认为这是没有在具体的评价中贯彻其进步主张，例如李伯勋同志的《论鍾嵘〈诗品〉》(见《文学遗产》第348期)。我看不是这样，鍾、刘的理论和具体评价还是统一的。在这里，我们并要注意到前人所用的文学概念的内涵和我们现在有所不同。《文心雕龙》、《诗品》都是主张情文并茂、文质并重的，但刘勰、鍾嵘对情和质这两个概念的理解和要求就和我们现在有所不同。对于情，并不像我们现在那样强调植根于社会生活、要求具有社会意义，而是不管反映的是社会的抑是个人的，只要情真且深就行了。对于质的理解也跟我们现在有所不同。例如我们现在一般认为陆机、谢灵运的诗歌是文胜于质，有形式主义倾向的；但《诗品》评陆机诗为"尚规矩，不贵绮错，有伤直致之奇"，又引汤惠休评价谢灵运的诗"如芙蓉出水"(看来鍾嵘也是同意这一评价的。萧纲《与湘东王书》评谢灵运诗为"吐言天拔，出于自然"，可见谢诗自然是当时一般的看法)。陆机、谢灵运的诗在六朝人看来，一般都是认为有文有质、自然可爱的，颜延之的诗才是"如错彩镂金"，"弥见拘束"(《诗品》)。《文心雕龙》、《诗品》一方面强调情文并重，文质并重，一方面对潘、陆、颜、谢的作品还是评价很高，表面看来似乎是矛盾的现象；假如明白了他们对情、质的理解和要求跟我们有所不同，就不再会感到这是其矛盾；而且也容易认识到刘勰、鍾嵘和萧统的文学思想在实质上比较接近了。

第三，是对萧统、刘勰等人的文学思想作了片面的理解。强调其一个方面，同时却忽视另一个方面，这样看法就容易偏颇不全。例如对萧统，往往强调其《文选序》中“踵事增华”、“综缉辞采”、“错比文华”、“义归乎翰藻”各点而贬之为形式主义，忽视其主张文质并重和推重陶诗。对《文心雕龙》亦然。假如片面根据《情采》篇中“昔诗人什篇，为情而造文；辞人赋颂，为文而造情”一段话，我们会觉得刘勰对赋的批判否定很厉害；但若仔细读读《诠赋》篇，则会发现刘勰对两汉魏晋的著名赋家还是肯定的，称为“英杰”、“赋首”，接下去还说：“原夫登高之旨，盖睹物兴情。情以物兴，故义必明雅；物以情观，故词必巧丽。丽词雅义，符采相胜。”《时序》篇赞美武帝时赋家云起，是“遗风馀采，莫与比盛”。这样，我们的观感就会更全面些，知道刘勰对赋的品评标准还是基本上同于萧统的。假如我们片面根据《文心雕龙·通变》篇中“黄唐淳而质，虞夏质而辨，商周丽而雅，楚汉侈而艳，魏晋浅而绮，宋初讹而新。从质及讹，弥近弥澹”一段话，会觉得刘勰的复古气味很浓，对汉魏以来的文学作品批判很厉害；但我们若再细读《丽辞》、《比兴》、《事类》等篇，读到“自扬、马、张、蔡，崇盛丽辞，如宋画吴冶，刻形镂法，丽句与深采并流，偶意共逸韵俱发。至魏晋群才，析句弥密，联字合趣，剖毫析厘。然契机者入巧，浮假者无功”（《丽辞》）一类话，便会看得更全面一些，知道刘勰实在并不否定汉魏以来重视形式的文学作品，只是要求不要过分，只是着重批评其末流之弊，跟萧统“丽而不浮”的要求还是相同的。

再就对个别作家来说，也是这种情况。如对陆机，《文心雕龙》各篇对他的评价常是或褒或贬的。如《颂赞》篇说：“陆机积篇，惟《功臣》最显，其褒贬杂居，固末代之讹体也。”这是贬。《檄移》篇说：“陆机之移百官，言约而事显，武移之要者也。”这是褒。《才略》篇说：“陆机才欲窥深，辞务索广，故思能入巧，而不制繁。”这又是兼有褒贬。假如我们只抓住某一点，便会失之过偏。对过去时代的代表作家作品，批评者在基本肯定的情况下作一些批评，所谓“指瑕”，这是寻常的现象。《文心雕龙》、《诗品》都是这样。但《文选》是选本，未附评语，难以看出选者对作家作品的全面估价。假如我们因为刘勰、锺嵘批评了某人，而《文选》却选了他的作品，因此认为彼优于此，也是不公正的。

以上几点原因的分析，是我的一点粗浅认识，不一定对，但我觉得这里提的问题倒是比较重要的，它不但关系到如何更正确全面地估价《文选》、《文心雕龙》、《诗品》这三部书的问题，而且牵涉到文学遗产研究方面更为广泛的问题——如何评价辞赋和骈文，是否应结合理论批评家对具体作家作品的评价来考察其理论批评实质这有关研究方法的问题。因此不揣谫陋，提出来跟大家商讨。

（原载1961年8月27日《光明日报》的《文学遗产》副刊第378期）

从《文选》选录史书的赞论序述谈起

——谈我国古代文论的一个特色

萧统《文选序》在选录史书中的赞论序述部分时有一段话说：

> 至于记事之史，系年之书，所以褒贬是非，纪别异同，方之篇翰，亦已不同。若其赞论之综缉辞采，序述之错比文华，事出于沉思，义归乎翰藻，故与夫篇什，杂而集之。

萧统选文，以富有文采辞藻的篇章为主。他认为史书记载历史事实，表现史家的褒贬，一般不是具有文采的篇什，故不予采录。但一部分史书篇章中的赞、论、序、述，不是叙述史事，而是就史事发表评论，语言华美，富有文采，符合他的选文标准，所以他特为选录了班固《汉书》、干宝《晋纪》、范晔《后汉书》、沈约《宋书》中的一部分赞、论、序、述。

萧统的这段话，充分体现了南朝骈文家的艺术标准。在他看来，作品的艺术性，主要体现在辞藻、对偶、音韵、用典等语言之美方面，这就是他所谓的“辞采”、“文华”和“翰藻”。他所说的“事”、“义”，相当于刘勰《文心雕龙》所谓“事类”，主要指运用成语典故。他所选录的一部分史书篇章，的确具有骈文语言的文采之美。其中的几篇“赞”，还是有韵之文。《史记》、《汉书》、《后汉书》中的不少人物传记，写得人物形象鲜明，故事曲折生动，有很高的文学性；但萧统从骈文家"翰藻"的标准看来，却是缺乏文采的散文体，所以不选。他选《汉书》而不选《史记》，因为《史记》的序、论多用散体，缺乏骈文之美，而《汉书》则骈语较多。萧统选文的艺术标准，重在骈文语言辞藻之美，他是不重视人物形象的描绘的。

萧统的这种艺术标准，在刘勰《文心雕龙》中体现得也是相当明显。《史传》篇中评论许多史书，从未赞美它们叙事写人具体生动。它赞美《史记》"实录无隐"、"博雅弘辩"，赞美《汉书》"十志该富，赞序弘丽，儒雅彬彬，信有遗味"，都不涉及叙事写人的形象性。刘勰特别称道《汉书》"赞序弘丽"，认为《汉书》的赞、序文辞富美，更与萧统选录《汉书》的若干首赞序的做法声气相通。在《文心雕龙》的下半部中，大部分篇章探讨写作方法和技巧。刘勰对用词造句、篇章的风格和结构以及某些修辞手段，都颇为重视，在涉及外界事物的描绘方面，他只注意到自然景物和宫殿苑囿(见《物色》、《夸饰》诸篇)，偏偏没有谈到人物形象的描绘。看来这不是偶然的疏忽。范晔的《狱中与诸甥侄书》，文中具体评述其所著《后汉书》，其中特别自诩者也是论赞部分，有云：

> 吾杂传论皆有精意深旨，既有裁味，故约其词句。至于《循吏》以下，及"六夷"诸序论，笔势纵放，实天下之奇作。……赞自是吾文之杰思，殆无一字空设，奇变不穷，同合异体，乃自不知所以称之。

看来，重视骈文语言之美而不重视人物形象的具体生动，乃是南朝不少文人共同的艺术标准。

萧统、刘勰对待汉乐府中的部分叙事诗篇的态度，也值得我们注意。汉乐府民歌的一部分篇章，像《东门行》、《孤儿行》、《陌上桑》、

《上山采蘼芜》以至《焦仲卿妻》等等，叙事生动，形象鲜明。但对这类诗篇，《文选》概不选录，《文心雕龙・乐府》也是毫不加以肯定，反而笼统地斥之为“淫辞”。这里也同样反映了他们不重视人物形象的艺术标准。当然，萧统、刘勰轻视乐府民歌的这类篇章，除掉上面所说的语言骈散之分外，还有一个雅俗界线，即他们认为《东门行》等一类作品是俚俗而不高雅的。

唐宋元明清时代，古文运动取得胜利，古文代替骈文在文坛占统治地位。古文家重视学习《史记》，不轻视叙事写人。他们认为叙事写人之文也是文学作品，不少当时选本选录了这类作品。像韩愈的《张中丞传后叙》、柳宗元《段太尉逸事状》等篇章，叙事写人还颇具体生动。但古文家虽然否定了骈文家崇尚骈体语言之美的艺术标准，却仍然强调雅俗的界线。他们一直主张语言应当雅洁，反对华艳铺陈。他们叙事写人，只是规模《左传》、《史记》诸古史，而反对向通俗小说靠近。这样势必大大限制描写的细致和形象的饱满。反映到理论上，也还是注意语言风格而不注意形象。清代桐城派文论，着重总结古文的写作艺术，谈得较为细致，像姚鼐提出的神理气味、声色格律以及阳刚、阴柔等等概念，都是指作品的语言风格，而很少涉及形象的描绘。

上面说的大致上是文论，在诗论中情形也相仿佛。我国古代长期来诗歌创作以抒情诗为主，叙事诗不发达（通俗的讲唱文学除外），反映到诗论上，也是对描写人物不重视；相对讲还比较重视描绘自然景物，以期在抒情写景时达到情景交融。古代诗论中的一些重要概念，诸如比兴、兴象、意境、兴趣、韵味、神韵等等，大抵都是从抒情或情景交融的角度来探讨的，而很少涉及到人物形象。因此可以说，我国古代诗文理论，长期来对人物形象的描绘刻画是不重视的。这种文学理论批评不重人物形象的情况，直到明清时代戏曲小说大为发展，得到许多文人的注意、爱好并从事写作时，才有很大的改变。金圣叹的戏曲小说批评是其突出代表，它表现出对于人物形象的高度重视。我国古代戏曲小说发展比较缓慢，到元明清才进入繁荣时期。在此以前的长时期中，诗文一直在文坛占据统治地位，比较通俗的叙事作品（如俗赋、志怪、传奇、变文等），往往受到文人的轻蔑和摈斥，没有机会在文坛获得较为像样的地位。理论批评是创作的反映和总结，创作界的情况既然如此，在理论批评中当然不可能对人物形象给予重视了。

我们现在研究文学作品的特征，首先就要提到人物形象；而我国古代文论，却长期以来不重视人物形象。这一现象可说是我国古代前中期文论的一个特点，是值得我们注意和探讨的。

（原载 1983 年 11 月 1 日《光明日报》的《文学遗产》副刊第 610 期）

从文论看南朝人心目中的文学正宗

一

南朝齐梁时代是中国文学批评史上的一个高峰阶段，出现了沈约、刘勰、萧统等重要批评家，形成了我国古代文论的光辉夺目的局面。这些批评家的意见并不一致，但却有一个共同特点，那就是他们处在骈体文学昌盛的时代，受时代风尚的影响，都承认语言华美的骈体诗、文、辞赋为文学正宗，重视辞藻、对偶和声调之美，并以此为衡量标准对作家作品进行评价。

先秦文学，历来公认以《诗经》、《楚辞》的成就为最高。汉代最发达的文学样式是辞赋。汉赋句式多整齐，重排偶，辞藻富丽，开骈体文学先河。其代表作家，西汉为司马相如、扬雄，东汉为班固、张衡。西汉贾谊辞赋外兼长论文，东汉蔡邕特长碑文，两人的散文均富有文采，故亦为后人所推重。建安以来，五言诗最为流行，骈文、骈赋也同时发展，文学成绩突出的是建安、太康（或元康）、元嘉、永明等时代。汉魏之际的建安时代，文人五言诗大为发展，语言也由过去民歌式的质朴开始趋向华美，同时文、赋也更加重视辞藻、对偶。这时代的代表作家是曹植、王粲。西晋太康时代，以陆机、潘岳为代表的一群作家，其创作主要倾向是沿着曹植、王粲的轨迹前进，文采更加繁缛。

中经枯燥平淡的玄言诗一度泛滥，到刘宋元嘉时代，谢灵运、颜延之等作家出来，才从根本上扭转局面。他们的作品不但重视描写山水风景等日常生活与环境，艺术上也很重视华美细致，注意字句的新奇精巧。到南宋永明年间，沈约、谢朓在过去诗赋注意声韵之美的基础上提倡严格的声律论，并写作新体诗。其后到梁代庾信、徐陵，兼长诗、赋、骈文，其作品对辞藻、对偶、用典、声调等都很重视，刻意雕饰，使南朝长期发展的骈体文学达到了高峰。以上就是对汉魏六朝骈体文学发展过程中几个重要时代及其代表作家的最概括的描述。

在骈体文学昌盛、居文坛统治地位的南朝，上面所说的那几个重要时代及其代表作家的文学成就，是当时大多数人所公认的。换句话说，即把那几个时代及其代表作家的成就视为文学正宗。我们看到，沈约、刘勰等批评家，都在不同程度上对那几个重要时代及其代表作家的成就给予赞美和肯定，视为文学正宗(其中沈约、谢朓、徐陵、庾信等人，由于时代较晚的关系，批评家大抵没有论述)。同时，他们又以骈体文学文采之美为衡量标准，对那些文采不足以至缺乏文采的作家作品，则给予较低、甚至很低的评价。

下面，就让我们来看看沈约、刘勰等批评家的议论。

沈约的《宋书·谢灵运传论》以诗赋为重点，系统地评述了自先秦至南朝刘宋的文学。他指出《诗经》、《楚辞》是诗赋之祖，自后文学发展，有五个主要阶段，分别以司马相如、班固、曹植、王粲、潘岳、陆机、颜延之、谢灵运为其突出代表。其文云：

> 自汉至魏，四百馀年，辞人才子，文体三变。相如巧为形似之言，班固长于情理之说，子建、仲宣以气质为体，并标能擅美，独映当时。……
>
> 降及元康，潘、陆特秀。律异班、贾，体变曹、王。缛旨星稠，繁文绮合。……有晋中兴，玄风独扇，为学穷于柱下，博物止乎

七篇。……遒丽之辞，无闻焉尔。仲文始革孙、许之风，叔源大变太元之气。

爰逮宋氏，颜、谢腾声。灵运之兴会标举，延年之体裁明密，并方轨前秀，垂范后昆。

这里还须说明几点：一，沈约对西汉文人，司马相如外最重贾谊，由篇中“贾谊、相如振芳尘于后”、“律异班、贾”句可知。从侧重大赋言，西汉文人自应首推马、扬（沈约该文中也有“王褒、刘向、扬、班、崔、蔡之徒”句提到扬雄，但不够突出）；如果不侧重大赋，那末贾谊的清词丽采，自也卓然突出。二，“班固长于情理之说”句中的“班固”，《文选》作“二班”，指班彪、班固，提到班彪，那是因班固连类而及，实际班彪的文学成就不能作为东汉一代的杰出代表。沈约于东汉文人，班固外最推重张衡、蔡邕，由篇中“若夫平子艳发”、“张、蔡、曹、王”等句可知。三，沈约说曹植、王粲“以气质为体”，指以峻爽的意气和质素的语言所构成的作品风格，实即指建安风骨①。盖以曹、王为代表的建安文学，总的说来既保留了汉乐府民歌质朴刚健的特色，同时又富有文采，故沈约又誉为“咸蓄盛藻”，“以文被质”。四，对东晋时代以孙绰、许询为代表的玄言诗赋，沈约持着鲜明的批判态度，认为它们缺乏“遒丽之辞”，缺乏文学作品必须具有的文采。他认为晋宋的杰出代表作家是潘岳、陆机、谢灵运、颜延之，这在篇末“潘、陆、谢、颜”句中也表现得很清楚。沈约该文对历代文学的评论，他所肯定的一些杰出代表作家，其意见是具有权威性的，大致上反映了南朝大多数文人的看法。

在传论末尾，沈约提出了他们严格的声律论，并指出这种理论，

① 参考王运熙、杨明《魏晋南北朝和唐代文学批评中的文质论》一文。编者按：此文收入《中国古代文论管窥》下编。

前代的不少名家都未能理解和掌握，所谓“张、蔡、曹、王，曾无先觉；潘、陆、谢、颜，去之弥远”，再一次标举了东汉、曹魏、西晋、刘宋四时代的杰出代表作家。在这段文字中，他隐然自诩他和他的同道们把创作推进到一个新的境界。他的自诩还是有理的，他们所提倡创作的新体诗，的确开拓了诗歌创作的一个新时代。

次看刘勰的议论。《文心雕龙》一书虽然广泛论述各种文体，但把诗赋放在首要地位。书中论文体诸篇，以《明诗》、《乐府》、《诠赋》居前，《时序》系统评述历朝文学，以诗赋为主，均是明证。《辨骚》提出创作必须以雅正的《诗经》为准则，酌取《楚辞》的奇辞异采，所谓“凭轼以倚《雅》《颂》，悬辔以驭楚篇”，这是他提出的指导创作的总原则。因为他认为诗赋是文学的主要样式，所以强调学习《诗经》和《楚辞》。这一观点，与《宋书·谢灵运传论》的“源其飙流所始，莫不同祖风骚”的话意思也是相通的，即把《诗经》、《楚辞》奉为文学创作的祖宗和典范。

《文心雕龙》书中的不少篇章，评述、赞扬的作家相当广泛，这里无须细述。值得注意的是《体性》篇列举了自汉至晋的杰出代表作家十二人，他们是贾谊、司马相如、扬雄、刘向、班固、张衡、王粲、刘桢、阮籍、嵇康、潘岳、陆机。这十二人在刘勰心目中无疑是最重要的。这里须说明三点：一，刘向长于奏疏和叙事之文，如从辞赋成就说，他并不杰出；刘勰虽重视诗赋，但兼顾各体骈散文，所以列了刘向。二，建安文人列两家，偶舍曹植而提刘桢，当然并不意味着不重视曹植。从《明诗》、《章表》等篇，可知刘勰对曹植评价颇高。曹植文学的卓越成就，在当时已有定评，谢灵运曾说：“天下才有一石，曹子建独占八斗。”（宋无名氏《释常谈》引）于此可见舆论的一斑。《才略》篇为曹丕鸣不平，指责俗情抑丕扬植过甚，也从侧面反映了当时大多数人对曹植的推崇。建安七子中，王粲外刘桢成就也高，故这里举了刘桢。三，刘勰对阮籍、嵇康两家颇重视，除此处列举外，《明诗》、《才略》篇也有赞美之辞。嵇、阮文风，已受玄学影响，文采较为不足，所谓"正始馀风，篇体轻澹"(《时序》)，与前此的建安文学、后此的太康文学相比，文采均逊，在骈体文学发展过程中没有突出成就，所以《宋书·谢灵运传论》没有提到他们。按《通变》篇云："楚汉侈而艳，魏晋浅而绮，宋初讹而新。"指出楚辞汉赋以来的文学创作，总的趋势是向华艳绮靡方向发展。他说魏晋文风特征是浅而绮，浅指用字浅显(详见《练字》篇)，绮则指文辞的绮丽华靡。可见刘勰尽管推重嵇、阮，但实际上也是承认篇体轻澹的正始文学是不足以代表魏晋文学发展的主要倾向和特征的(刘向当然也不足以代表汉赋的侈艳文风)。

《体性》篇没有提到谢灵运、颜延之两家，那是因为《文心雕龙》一书体例，对刘宋作家不予评述，所谓"世近易明，无劳甄序"(《才略》)。但从《时序》篇"颜、谢重叶以凤采"句，从《明诗》篇对刘宋山水诗作了具体评述看，他显然也是承认了谢灵运、颜延之两人的重要地位。

由此可见，刘勰对汉魏晋宋杰出代表作家的看法，除刘向、阮籍、嵇康少数人外，与沈约的意见是相同的。当然，刘勰对这些杰出作家有时也颇有不满。如他多次批评陆机文辞太繁，对谢灵运等的山水诗只是描摹风景、缺乏比兴讽谕内容也有微词①。但这种批评，是在承认陆、谢等重要历史地位的前提下进行的。

再看锺嵘的议论。锺嵘《诗品》专评汉魏以至南朝的五言诗。《诗品序》对五言诗的历史发展作了系统的论述。他指出建安、太康、元嘉是五言诗的三个昌盛时代。建安时代有曹氏父子、刘桢、王粲等一批诗人，文学有"彬彬之盛"。其后(包括正始时代)则是"陵迟衰微"。西晋太康时代，涌现了三张、二陆、两潘、一左等作家，诗歌"勃尔复兴"。其后从西晋后期到东晋，玄言诗风弥漫，"理过其辞，淡乎寡味"。到刘宋元嘉时代谢灵运出来，又掀起一个新的高潮。接着他

① 参考拙作《刘勰论宋齐文风》，收入拙著《文心雕龙探索》。

小结道：

> 故知陈思为建安之杰，公幹、仲宣为辅；陆机为太康之英，安仁、景阳为辅；谢客为元嘉之雄，颜延年为辅。斯皆五言之冠冕，文词之命世也。

这里提到的三个主要时代，与《宋书·谢灵运传论》相符合；所突出的一些杰出代表作家，除曹魏加刘桢并置于王粲之前（鍾嵘比较更推重刘桢诗的气骨）、西晋加张协外，也与《宋书·谢灵运传论》相合。

《诗品》置于上品的魏晋诗人，除上举曹植、刘桢、王粲、陆机、潘岳、张协六人外，还有阮籍、左思。但鍾嵘没有把阮籍、左思与曹植、陆机等相提并论，作为一个诗歌昌盛时代的杰出代表，左思的次序还在张协之下。鍾嵘主张诗歌应当"干之以风力，润之以丹采"，即以爽朗刚健的风骨为基干，以美丽的文采加以润饰。这与《文心雕龙·风骨》所提出的风骨与文采必须结合的意见是一致的。《诗品》评阮籍诗"无雕虫之功"，左思诗"野于陆机"，两人的作品文采稍逊，所以评价稍低。而曹植的诗则是"骨气奇高，词采华茂"，最符合理想，所以评价也最高。《诗品》把颜延之列入中品，因为颜诗用典太多，缺点比较突出。它对谢朓、沈约等当代作家，就一律列入中品了。

鍾嵘也认为《诗经》、《楚辞》是后代诗歌之源。他在评述各家诗歌体制渊源时，常指出他们或源出《国风》、《小雅》，或源出《楚辞》，这也与沈约、刘勰的观点相沟通。

梁代裴子野《雕虫论》有一段论五言诗的话值得注意。文云："其五言为家，则苏、李自出，曹、刘伟其风力，潘、陆固其枝叶，爰及江左，称彼颜、谢。箴绣鞶帨，无取庙堂。"裴子野对建安以来的五言诗虽取批判态度，但他列举曹植、刘桢、潘岳、陆机、颜延之、谢灵运六家作为代表，却与鍾嵘一致。可见对这些杰出作家历史地位的肯定，在当时已有着比较一致的看法。

萧子显的《南齐书·文学传论》也是这时期一篇重要文学论文。该文着重论述南齐文学，它指出南齐文章（主要是诗歌）大致分为三派，第一派导源于谢灵运，第二派导源于傅咸、应璩，第三派导源于鲍照。第二派喜欢运用典故成语，虽导源傅、应，至颜延之又有发展。这里说明南齐文风主要是受刘宋谢、颜、鲍三大家的影响，这三家是刘宋文学的杰出代表。该文又云："颜、谢并起，乃各擅奇；休、鲍后出，咸亦标世。"也特举颜、谢、鲍三家。另外汤惠休诗风与鲍照接近，当时曾经休、鲍并称，但其成就与影响实不能与鲍照相比。鲍照的作品，萧子显、鍾嵘认为有淫艳、险俗之失，不够雅正，故当时评价在谢、颜之下。

再看萧统的意见。萧统没有评述历代文学的专文，但《文选》选录各家作品数量的情况，实际即是反映了他对于作家的评价和重视程度，因此值得注意。《文选》于汉代作家，司马相如选七篇，扬雄选六篇，班固选九篇，张衡选六题九篇，在汉代作者中数量是最多的。贾谊三篇，蔡邕两篇，较少。建安文人选篇最多的四人：曹丕七题九篇，曹植二十三题三十二篇，王粲九题十四篇，刘桢五题十篇。曹魏后期的阮籍，选三题十九篇，也比较多。西晋文人，潘、陆选篇最多，潘岳十九题二十二篇，陆机二十八题六十一篇（《演连珠》五十首作一篇计）。其次为左思、张协两家，左四题十五篇，张三题十二篇（《七命》作一篇计）。刘宋谢、颜两家最多，谢灵运三十二题三十九篇，颜延之二十二题二十七篇。其次则鲍照，十一题二十篇。南齐最多的三家：谢朓二十四题二十四篇，任昉十九题二十一篇（多数是文），沈约十七题十七篇[①]。从以上列举的选篇数字可以看出，《文选》选篇最多的作家，大致上也就是上面说到的骈体文学发展过程中几个主

① 参考骆鸿凯《文选学》中的"撰人"篇。

要时代的杰出代表作家。

萧统之弟萧纲、萧绎的某些言论亦可注意。萧纲《与湘东王书》有云：

> 但以当世之作，历方古之才人，远则扬、马、曹、王，近则潘、陆、颜、谢，而观其遣辞用心，了不相似。……至如近世谢朓、沈约之诗，任昉、陆倕之笔，斯实文章之冠冕，述作之楷模。

他所标举的汉、魏、晋、宋各代的杰出作家，也就是上文提到过的那些人。《梁书》卷四九《何逊传》载，梁元帝尝著论云："诗多而能者沈约，少而能者谢朓、何逊。"可见论南齐文学，一般总是首推谢朓、沈约。

这里再补充一例。《南齐书·武陵昭王晔传》载："（晔）与诸王共作短句诗，学谢灵运体，以呈上。报曰：见汝二十字，诸儿作中最为优者。但康乐放荡，作体不辨有首尾。安仁、士衡，深可宗尚，颜延之抑其次也。"这里批评或推重的潘、陆、颜、谢四家，也是不出上述代表作家范围。

认为上述那些杰出作家代表了各个时代的文学，这种看法到唐代还被一些文人所承袭着。如贾至说："三代文章，炳然可观。洎骚人怨靡，扬、马诡丽，班、张、崔、蔡，曹、王、潘、陆，扬波扇飙，大变风雅。宋、齐、梁、隋，荡而不返。"（《工部侍郎李公集序》）所举作家除东汉崔骃一人外，其他都不出上述范围。贾至站在古文家立场，对这些作家持批评态度，但不能不承认他们代表着当时文学的发展趋势。又如元稹赞美杜甫诗说："言夺苏、李，气吞曹、刘，掩颜、谢之孤高，杂徐、庾之流丽。"（《唐故工部员外郎杜君墓系铭序》）所标举的除被认作文人五言诗之祖的苏武、李陵外，也就是曹植、刘桢、颜延之、谢灵运、徐陵、庾信等人。

二

从上面的叙述分析，可以看到从沈约到萧纲、萧绎等批评家，他们大体上都以贾谊、司马相如、扬雄、班固、张衡、蔡邕、曹植、王粲、刘桢、陆机、潘岳、谢灵运、颜延之、谢朓、沈约等杰出作家代表着西汉、东汉、建安、太康、元嘉、永明各个时代文学的最高成就。在汉魏以来骈体文学的发展过程中，这些作家都卓有成就，把崇尚辞藻、对偶、声调等语言之美的骈体诗文辞赋推向前进；其中只有刘桢一人风骨峻健，文采稍逊，其馀各家都是文采斐然的。建安文学以风骨见长，故刘桢被作为突出代表。但总的说来，对刘桢评价毕竟不及王粲高。正始时代的阮籍，太康时代的左思，成就也很高，受到人们重视，《诗品》都列入上品，《文选》选篇也多，但究因文采稍逊，评价不及曹、王和潘、陆。因此我们说，这些批评家尽管意见并不完全一致，但他们处在骈体文学昌盛、居文坛统治地位的齐梁时代，他们都重视骈体文学的文采，即辞藻、对偶、声调等语言之美，因而认为上述那些文采斐然的作家，代表了各个时代文学发展的最高成就，是文学的正宗。刘勰、鍾嵘虽然反对当时过于靡丽的文风，提倡风骨（峻爽刚健的文风），但仍然重视文采，要求风骨与文采相结合，因而在什么时代文学成就特出、什么人是该时代的杰出代表这两个问题的认识上，并没有与沈约、萧纲等殊异，而是基本相同。

下面，让我们再看看还有一些作家作品，因为从骈体文学标准看，文采不足甚至缺乏文采，不被那些批评家所重视。这是饶有趣味的现象。这里拟谈司马迁、汉乐府民歌、曹操和陶渊明。

先说司马迁《史记》。《史记》有很高的文学成就，但用散体文写，缺少骈文文采之美，因而齐梁文论家对它不大重视。《宋书·谢灵运传论》着重论诗赋，《诗品》专品文人五言诗，不提司马迁，可以理解。

值得注意的是全面论述或选录作家作品的《文心雕龙》和《文选》。《文心雕龙·体性》列举十二个代表作家，其中没有司马迁，也还可以说是因为着重举诗赋作家。其《史传》篇专论历史著作，篇中对《史记》、《汉书》作了较具体的评论。对《史记》的艺术成就，只是承袭了班彪之说，赞美司马迁有“博雅弘辩之才”。于《汉书》则云：“其十志该富，赞序弘丽，儒雅彬彬，信有遗味。”两相比较，可见刘勰对《汉书》文辞肯定得更多些。对照《文选》的选篇现象，这个问题可以看得更清楚。《文选》选了司马迁的《报任少卿书》，但《史记》一篇也不选，《汉书》的论赞选了四篇。《文选序》声明该书一般不选史传中篇章，因为它们与“篇翰”不同，但其中的某些赞论序述，具有“综缉辞采，错比文华，事出于沉思，义归乎翰藻”的特色，也即是具有骈文的辞藻、用典等语言之美，则又加以选录。《汉书》的论赞，文句比较整齐，对偶句多，又多用韵，有骈文之美，所以被刘勰誉为弘丽，被《文选》选录。《史记》的序赞纯然是散体文，文句纵横错落，缺少骈文之美，所以不受称誉，不被选录。刘、萧两人的评价或选录标准是颇鲜明的。清代桐城派古文家姚鼐《古文辞类纂》选《史记》的序文较多。《史记》、《汉书》的不少人物传记写得形象鲜明，情节生动，《史记》尤为特出。《文心雕龙》对于这种成就，丝毫不加论述。《文选》也不选这类篇章。在南朝文论家看来，作品的艺术性首先表现为骈文语言之美，其次是抒情写景的真切生动。他们衡量作品的艺术性，不考虑人物形象的描绘；因为人物传记一类作品，都用散体文写，不押韵，缺乏骈体文学所要求的辞藻、对偶、声调之美。司马迁的评价，在唐代古文家笔下明显提高。韩愈《进学解》、《答崔立之书》等文章谈到汉代文学，总是突出司马迁。柳宗元《答韦中立论师道书》，论学文取法对象，于汉代只提太史公一家。都是明证。

再说汉乐府民歌。汉乐府民歌《东门行》、《孤儿行》、《妇病行》以至《焦仲卿妻》等等，具有颇高的思想艺术价值，但南朝文论对它们常抱冷漠甚至鄙薄态度。《宋书·谢灵运传论》、《南齐书·文学传论》等是短篇论文,涉及面不广泛,不提汉乐府民歌,自可理解。《文心雕龙·乐府》云:"若夫艳歌婉娈,怨志诀绝,淫辞在曲,正响焉生!"把汉乐府中的《艳歌罗敷行》、《艳歌何尝行》、《白头吟》等一类诗篇斥为淫辞,笼统否定。《诗品》对汉代无名氏"古诗"评价很高,列入上品,对其中一部分篇章极口称道,誉为"文温以丽,意悲而远,惊心动魄,可谓几乎一字千金",是从其抒情内容和语言文采方面着眼的。但对长于叙事的乐府民歌却是未加品第,只字不提。《文选》于汉代无名氏古辞,除选录《古诗十九首》外,乐府仅选《饮马长城窟行》("青青河边草"篇)、《伤歌行》("昭昭素明月"篇)、《长歌行》("青青园中葵"篇)三篇,内容都是抒情性的,叙事的一篇也不选。刘勰、锺嵘、萧统三人都轻视汉乐府民歌,有着共同的思想基础。在内容方面,他们不满意汉乐府民歌的叙事性,特别是反映下层社会的生活,这种题材在他们看来是粗鄙的①。在艺术方面,他们认为汉乐府民歌的语言太质朴而缺少文采。的确,除个别篇章像《陌上桑》多对偶句,语言多藻饰外,它们大部分文辞很质朴通俗,接近口语。这种缺乏骈体文学文采之美的民间语言,是为当时文论家所鄙薄的。刘勰曾说:"夫文辞鄙俚,莫过于谚。"(《文心雕龙·书记》)可见此中消息。刘勰曾赞美汉代"古诗"为"直而不野"(《明诗》篇),乐府民歌的语言,在他看来就是直而野了。锺嵘赞美"古诗"为"文温以丽",乐府民歌在他看来就是质而不丽了。明代胡应麟赞美汉乐府民歌的文辞云:"质而不俚,浅而能深,近而能远,天下至文,靡以过之。"(《诗薮》内编卷一)这种对于汉乐府民歌艺术性的认识,只是到了唐宋以来古文运动兴起、骈体文学在文坛失去统治地位的局面中才能产生。

---

① 参考拙作《陶渊明田园诗的内容局限及其历史原因》,收入拙著《汉魏六朝唐代文学论丛》。

再说曹操。《宋书·谢灵运传论》云:“至于建安,曹氏基命,二祖陈王,咸蓄盛藻。”对曹氏父子的文学作了赞美,但下文突出建安代表作家时,则仅举曹植、王粲两人(引见上文)。《文心雕龙·明诗》于建安文人,提了曹丕、曹植、王粲、徐幹、应玚、刘桢六人,不提曹操。《乐府》说“魏之三祖,气爽才丽”,还举曹操《苦寒行》(“北上太行山”篇)等篇章为例,认为它们“志不出于淫荡,辞不离于哀思,虽三调之正声,实《韶》《夏》之郑曲”,语杂褒贬。《时序》云:“魏武以相王之尊,雅爱诗章。”肯定其爱好和提倡文学。《才略》提到曹丕、曹植、建安七子、路粹、杨修、丁仪、邯郸淳等人,不提曹操。总的说来,刘勰对曹操评价不高,建安文人中他最重视的是曹丕、曹植、王粲、刘桢诸人。《诗品序》称曹氏父子“笃好斯文”,但对曹操诗歌成就评价颇低,列入下品,云:“曹公古直,甚有悲凉之句。”显然认为曹操诗古质直率,缺乏文采。《文选》于曹操作品仅选乐府二篇,一为《短歌行》(“对酒当歌”篇),一为《苦寒行》(“北上太行山”篇)。曹操的四言诗写得很好,除《短歌行》(三首)外,还有《步出夏门行》(五首),都写得好,但南朝人不甚重视。颜延之《庭诰》称赞张衡、王粲的四言诗“侧密”,曹植兼长五言、四言诗(《太平御览》卷五八六引)。《文心雕龙·明诗》也称赞曹植、王粲兼长四言和五言诗,均不提曹操。《南齐书·文学传论》谈到四言诗的佳篇,也只举曹植、王粲作品为例。曹操的《薤露行》、《蒿里行》反映汉末社会丧乱,辞情慷慨,但各家都未评述,《文选》也不选录。曹操的诗歌,尽管内容充实,风格雄健,但因大多数篇章语言质朴古直,接近口语,近似汉乐府民歌,故南朝文论家认为缺乏文采,评价不高。《文选》采录的《短歌行》等两篇,比较说来最为文雅。他的散文《让县自明本志令》,写得也好,但也因语言质朴,缺少骈文文采之美,未被各家所论列或选录。《文选》选录曹丕文四篇、曹植文六篇,曹操文一篇也不选,其散文比诗歌更不受重视。曹操诗到明清时代才得到很高评论,有的评论者甚至认为其成就超过曹植、王粲。

这也是时代不同、文学风尚不同的表现。

再说陶渊明。南朝文论家对陶诗的杰出成就大抵认识不足。陶渊明主要生活于东晋末期，当时还是玄言诗统治着诗坛。陶诗爱发议论，表达人生观，语言质朴平淡，这种特色显然受到玄言诗风影响。但陶诗不是枯燥地发挥老庄哲理，而是抒情真率，写景生动，富有文学意趣。从这方面讲，陶诗已是冲破玄言诗牢笼，成就卓越。但因其不尚华藻，缺乏骈体文学的文采，故不受重视。《宋书·谢灵运传论》、《南齐书·文学传论》都说起在改革玄言诗方面，殷仲文、谢混两人有先驱之功，但没有提陶渊明。《文心雕龙》全书论述作家面颇广，却只字不提陶渊明。《隐秀》篇有一句述及陶诗，但属伪文。《诗品》对他稍为重视一些，但估价仍不很高，列在中品。《诗品》提出陶诗"文体省净，殆无长语，笃意真古"，"世叹其质直"，其语言风格特色与曹操的"古直"相近。《诗品》还举出他的"欢言酌春酒"、"日暮天无云"诗句是"风华清靡，岂直为田家语耶"，但间接说明当时人认为陶诗大抵是很质直少文的田家语。故北齐阳休之《陶集序录》也说渊明作品"辞采未优"。《诗品》指出，陶诗源出应璩，应璩诗"祖袭魏文，善为古语"，而魏文诗则是"百许篇率皆鄙质如偶语"。曹丕、应璩、渊明三家诗的特色都是古朴质直，所以鍾嵘认为它们有渊源关系。萧统对陶渊明评价颇高，称誉渊明"文章不群，辞采精拔"(《陶渊明集序》)。《文选》选陶诗七题八篇和《归去来辞》一篇，数量较多，但上比陆机、潘岳，下比谢灵运、颜延之，数量还是瞠乎其后，说明仍受时代风尚的约束。唐宋以来，陶诗声价日高。宋代不少著名文人推尊陶诗，苏轼更是大力提倡，极口称誉，甚至篇篇和陶诗。苏轼对陶诗"质而实绮，癯而实腴"的评价，为后来大多数文人所同意，影响深远。

从我国古代文学的发展过程看，汉魏六朝和唐宋元明清是两大不同的历史时期。前一时期辞赋、骈文发达，文风华丽，后世所谓八代文学(八代指东汉、魏、晋、宋、齐、梁、陈、隋)，是骈体文学昌盛的时代。后一时期古文运动抬头并发展，古文取代骈文在文坛占统治地位，文风趋向质朴。由于创作风尚不同，反映到文学理论和批评方面，审美标准和批评标准在主要倾向上也大异其趣。前一时期以华丽的骈体文学为美，最推重司马相如、扬雄以至庾信、徐陵等作家，而不重视司马迁、陶渊明等人。后一时期以质朴的散体文学为美，对司马相如以至庾信等作家不似前期那样推重，有时批评较多，反过来最推重司马迁、陶渊明等作家。这种一定历史时期的创作风尚和批评风尚紧密联系的现象，是深深值得我们注意的。宋代以来的一些诗话，往往指责鍾嵘《诗品》品第不当。宋人叶梦得《石林诗话》和明人《兰庄诗话》都指出《诗品》对陶渊明品评不当。明王世贞《艺苑卮言》说："魏文不列乎上，曹公屈第乎下，尤为不公。"清王士禛《渔洋诗话》也认为，陆机、潘岳宜入中品，曹操、陶潜宜入上品。都反映了唐宋以来文论家与前一时期不同的审美标准和批评尺度。应当指出的是，他们所谓鍾嵘品评不当，实际大抵不是鍾嵘一人的私见，而是反映了当时大多数文论家以至大多数文人的看法。

（原载《文学遗产》1984年第4期）

《河岳英灵集》的编集年代和选诗标准

殷璠的《河岳英灵集》专选盛唐诗歌，是唐人选唐诗中十分重要的一种。编选者以选诗结合评论的方法，表达了自己对于诗歌的见解。卷首的序和《集论》介绍了选诗宗旨，并且简要中肯地指出了盛唐诗歌的特色和成就。本文拟通过集中几首诗写作年代的考订，论证该集的编撰年代；并对殷璠的选诗标准作一些分析。

一

首先谈谈《河岳英灵集》的编撰年代问题。

明刻本《河岳英灵集》序云所收诗"分为上下卷，起甲寅，终癸巳"，《文镜秘府论·南卷》所引同。按甲寅为开元二年，癸巳为天宝十二载。《国秀集》曾彦和跋云："殷璠所撰《河岳英灵集》作于天宝十一载。"当也是据殷璠序言之，而"十一"或是"十二"之误。但《文苑英华》卷七一二、《全唐文》卷四三六所载序文，均作"起甲寅，终乙酉"，乙酉为天宝四载。这便使人发生疑问。岑仲勉先生说："乙酉、癸巳孰是，非将全集稍加考证，不能遽定也。"(《唐集质疑》"《河岳英灵集》"条)余嘉锡先生《四库提要辨证》卷二四则断定曾彦和所言为是，因为《河岳英灵集》称贺兰进明为"员外"，据两《唐书·玄宗纪》，知天宝十五载时贺兰进明为北海太守，又据劳格《唐郎官石柱题名考》的考订,判断进明系由主客员外郎出任北海太守。而“集中犹称员外,则彦和谓其作于天宝十一载,信而有征矣”。按余先生所说略有小误。贺兰进明系由主客员外郎出为信安郡(即衢州)太守,安史乱起,方改任北海太守①。不过贺兰进明任信安太守当亦不致长达十年之久,故其由员外郎出守信安应在天宝四载以后。因此,殷璠称贺兰进明为“员外”,可作判定《河岳英灵集》撰于天宝四载以后的证据之一。现在大多数研究者都以天宝十二载之说为是,这是正确的。这里就集中若干首诗歌的写作年代再补充一些证据。

集中有李颀《听董大弹胡笳声兼语弄寄房给事》。房给事指房琯。按《旧唐书·房琯传》及《通鉴》卷二一五,房琯于天宝五载正月擢试给事中,六载正月,坐与李適之、韦坚交好,斥为宜春太守。诗末云:“长安城连东掖垣,凤凰池对青琐门。才高脱略名与利,日夕望君抱琴至。”即指房琯任职于门下省而言。是知此诗作于天宝五载。

又所收高適《封丘作》,系作者任封丘县尉时所作。《旧唐书》本传云:“宋州刺史张九皋深奇之,荐举有道科。时右相李林甫擅权,薄于文雅,唯以举子待之,解褐汴州封丘尉。”徐松《登科记考》卷九据晁公武《郡斋读书志》,谓高適于天宝八载举有道科中第。据萧昕《殿中监张公(九皋)神道碑》,张九皋为睢阳郡守(即宋州刺史,天宝元年改州为郡,刺史为太守)可能正在天宝八载前后,故晁氏之说可信。高

① 李华《衢州刺史厅壁记》云:“开元、天宝中,始以尚书郎超拜名郡,贺兰大夫为之,李郎中为之。自逆胡悖天地之慈,犯雷霆之诛,贺兰起北海之师,郎中佐浙东之幕。”明言贺兰进明于任北海太守前,曾守信安郡(即衢州),而李郎中似即继进明守信安者。《旧唐书·第五琦传》云:琦“累至须江丞,时太守贺兰进明甚重之。会安禄山反,进明迁北海郡太守,奏琦为录事参军”(《新唐书》本传同)。须江即信安郡属县。也可证进明先为信安太守,安史乱起,乃改任北海。

適中第后不久即任封丘尉，故《封丘作》当是天宝九、十载间的作品[①]。

又集中李白《梦游天姥山别东鲁诸公》、《忆旧游寄谯郡元参军》二诗，都是天宝三载作者被挤出京后所作。是年李白与杜甫、高適同游梁宋，次年春已至东鲁。其去鲁游越，当在天宝四、五载间[②]。《忆旧游》诗中云："北阙青云不可期，东山白首还归去。渭桥南头一遇君，酂台之北又离群。"此诗黄锡珪《李太白年谱》以为是天宝七载李白往谯郡寻元参军以后所作，詹锳《李白诗文系年》则以为游梁宋后居东鲁时所作，总之是天宝四载以后的作品。

又集中李白《远别离》有"君失臣兮龙为鱼，权归臣兮鼠变虎"之句，当是为玄宗晚年不理政事，李林甫之流擅权而作。按林甫自开元二十二年为相后，逐步骗取玄宗信任。据《通鉴》卷二一五所载，天宝三载玄宗已有"欲高居无为，悉以政事委林甫"之语。但当时李適之为左相，与林甫争权，林甫尚有顾忌，不敢跋扈太甚。例如四载他设计陷害李適之、张垍，并未十分得逞；夺取江淮租庸转运使韦坚之权，也还不得不采取"迁以美官，实夺之权"的手法。林甫专国柄、残杀异己，使得中外震骇，是在天宝五载以后。是年韦坚、皇甫惟明贬官出外，李適之罢相，林甫于是得以专擅朝政。他又诬韦坚与李適之等为朋党，于是韦坚流放，適之贬宜春太守，凡韦坚亲党坐流贬者数十人。又陷名士李邕、裴敦复、柳勣、王曾等，"十二月……勣及曾等皆杖死，积尸大理，妻子流远方，中外震栗"。六载，李邕、裴敦复、皇甫惟明、

① 高適释褐封丘尉，王达津《诗人高適生平系诗》(收入《文学遗产增刊》第八辑)系于开元二十三年，彭兰《高適系年考证》(见《文史》第三辑)系于天宝六载，均不确；孙钦善《高適年谱》(载《北京大学学报》1963 年 6 期)系于天宝八载，是。参考傅璇琮《高適年谱中的几个问题》(收入作者《唐代诗人丛考》内)。

② 杜甫《送孔巢父谢病归游江东兼呈李白》钱谦益注："公与(李)白别于鲁郡石门，在天宝四五载间。"闻一多《少陵先生年谱会笺》：天宝四载"公(杜甫)将西去，(李)白亦有江东之游"。

韦坚兄弟、李適之均被杀害。林甫又屡起大狱，欲危及太子，被挤陷诛夷者有数百家之多。十二月，玄宗将天下贡物全部赏赐林甫，“上或时不视朝，百司悉集林甫第门，台省为空”。这样的事实，方与《远别离》中惊心动魄的情景相称，尤与“君失臣”二句相切合。故《远别离》之作，当在天宝五、六载之后。萧士赟云：“此诗大意谓无借人国柄。借人国柄，则失其权，失其权则虽圣哲不能保其社稷妻子焉，其祸有必至之势也。然则此诗之作，其在于天宝之末乎？”(《分类补注李太白诗》卷三)《唐宋诗醇》卷二曰：“此忧天宝之将乱，欲抒其忠诚而不可得也。日者君象，云盛则蔽其明。啼烟啸雨，阴晦之象甚矣。……小人之势至于如此，政事尚可问乎？”其说都可供参考。

又王昌龄诗评语谓其“晚节不矜细行，谤议沸腾，垂历遐荒，使知音者叹息”，系指昌龄远谪龙标尉而言。集中常建诗有《鄂渚招王昌龄张偾》一首，云：“楚云隔湘水。”又云：“谪居未为叹，谗枉何由分？五日逐蛟龙，宜为吊冤文。”也是指昌龄贬龙标(龙标今在湖南西部)之事。按王昌龄于安史乱起后始北返，为闾丘晓所杀。他在贬所，恐不致长达十年之久，故其远谪龙标，当在天宝四载以后。因此常建此诗的写作年代，亦应在天宝四载之后。

又殷璠评王昌龄诗时所引“奸雄乃得志，遂使群心摇。赤风荡中原，烈火无遗巢。一人计不用，万里空萧条”六句，系咏史之作。作者慨叹晋武帝不听齐王攸的劝谏，没有及早除去刘渊；后来刘渊首先发难，导致十六国的长期纷乱(事见《晋书·刘元海载记》)。天宝年间安禄山势力逐渐强大，阴谋叛变，当时有识之士多为国家前途担心。昌龄此作当是借咏史寄托对于国事的隐忧①。按安禄山反状逐渐显露，事在天宝中期。《通鉴》卷二一五载，天宝六载，“安禄山潜蓄异

① 参考拙作《王昌龄的籍贯及〈失题〉诗的问题》，载《光明日报》1962 年 2 月 25 日《文学遗产》403 期。编者按：此文收入《汉魏六朝唐代文学论丛》上编。

志，托以御寇，筑雄武城，大贮兵器，请（王）忠嗣助役，因欲留其兵。忠嗣先期而往，不见禄山而还，数上言禄山必反”。这是史载安禄山阴谋为人识破的第一次①。天宝十五载安禄山乱军破潼关后，杨国忠有“人告禄山反状已十年，上不之信”之语（见《通鉴》卷二一八）。自十五载上推十年，亦恰当天宝五、六载。王忠嗣很有远见，且亲至范阳觇伺，所以有把握说禄山必反。至于一般人知其必反应更迟一些。因此上引诗句的写作年代当在天宝中期以后。

以上诸诗既作于天宝四载以后，则说《河岳英灵集》收诗止于乙酉便是错误的。但集中诗可考知作于开元年间及天宝初的较多；又岑参天宝后期从军西域所作的许多雄壮有力的边塞诗均未收入，评语中亦未提及②，大约殷璠收诗虽止于天宝十二载，但仍以作于开元间及天宝前期者为主。集中未收杜甫诗，可能原因即在于此。杜甫年辈稍迟（集中诗人生年可知或约略可知者，如常建、李白、王维、李颀、高適、崔颢、孟浩然、王昌龄、王湾，均年长于杜甫。只有岑参小杜甫三岁），今天我们所见杜诗作于天宝中期以前者数量不多，或许当时其作品尚未十分流行，故殷璠未收其诗。

二

《河岳英灵集》的编选标准，主要是风骨与兴象二者。下面先谈风骨。

---

① 史言张九龄于开元后期已知安禄山将乱。徐浩《张九龄碑》云禄山入朝，九龄知其必乱中原。但当时禄山不过是幽州节度使张守珪部下一偏将而已，九龄谓其将乱幽州，自有可能；言预知其将乱中原，显系夸大之词。故岑仲勉谓徐碑“誉过其事，反乖事理”。可参考岑仲勉《通鉴隋唐纪比事质疑》“张守珪请斩安禄山”条。

② 据闻一多《岑嘉州系年考证》，岑参首次从军在天宝八载至十载，第二次在天宝十三载至肃宗至德元载。

《河岳英灵集·集论》云："璠今所集，颇异诸家：既闲新声，复晓古体；文质半取，风骚两挟；言气骨则建安为俦，论宫商则太康不逮。"这表明他把"气骨"作为重要的选录标准。

所谓"气骨"，即"风骨"，是指作品思想感情表现得鲜明爽朗，语言质素而劲健有力，因而具有明朗遒劲的优良风格。殷璠在序中说："夫文有神来、气来、情来。"所谓"气来"也是思想感情表现得明朗畅达之意。建安时代的诗歌就是具有风骨的典型。《文心雕龙》的《明诗》、《时序》篇都指出了建安作品"慷慨以任气"、"梗概而多气"的特点，《乐府》篇也说曹氏父子"气爽"。《明诗》篇还指出当时诗歌"造怀指事，不求纤密之巧；驱辞逐貌，唯取昭晰之能"，即具有不尚雕琢、表现明朗的特色。鍾嵘《诗品序》提出了"建安风力"一语。《诗品》评曹植诗称其"骨气奇高"，评刘桢诗称其"真骨凌霜，高风跨俗"。刘勰、鍾嵘都对建安风骨给以很高的评价①。盛唐时代许多诗人自觉地继承建安诗歌的优良传统，他们的作品也常常具有明朗刚健的风格。

从殷璠对诗人的具体评论中也可看出他对风骨的重视。如评高適云："適诗多胸臆语，兼有气骨，故朝野通赏其文。"这与两《唐书》本传所说高適作诗"以气质自高"相一致。"气质"与"气骨"、"风骨"的含义大致相同，语言质朴的作品较易具有风骨，《宋书·谢灵运传论》就有"子建、仲宣以气质为体"之说。高適"喜言王霸大略，务功名，尚节义"(《旧唐书》本传)，以经济之才自负，但早期坎坷不遇，流落多年。这样的性格、遭遇使他的许多诗作具有慷慨悲歌的格调，风骨颇高；在殷璠所选诸作中，《送韦参军》、《封丘作》、《邯郸少年行》、《燕歌行》、《行路难》等首表现得尤为突出。

又如评薛据云："据为人骨鲠有气魄，其文亦尔。"这是说他文如其

① 参考拙作《从〈文心雕龙·风骨〉谈到建安风骨》，载《文史》第九辑。编者按：此文收入《文心雕龙探索》上编。

人，具有气骨。又说他"自伤不早达，因著《古兴》诗云：'投珠恐见疑，抱玉但垂泣。道在君不举，功成叹何及！'怨愤颇深"。这些诗句也是直抒胸臆、具有风骨的。薛据的为人与作品风格都与高適有类似之处。

又评崔颢云："颢年少为诗，名陷轻薄。晚节忽变常体，风骨凛然。一窥塞垣，说尽戎旅。至如'杀人辽水上，走马渔阳归。错落金锁甲，蒙茸貂鼠衣'，又'春风吹浅草，猎骑何翩翩。插羽两相顾，鸣弓上新弦'，可与鲍照并驱也。"鲍照擅长从军边塞之作，他的许多诗歌酣畅淋漓，具有"饥鹰独出，奇矫无前"（敖陶孙《诗评》）的风格。殷璠将崔颢与鲍照相比，表现了对崔颢诗歌具备风骨的赞美。多种题材、主题的诗歌都可以具有风骨，而边塞戎旅之作则比较更容易体现刚健的风格。殷璠所选崔颢十一首诗中有五首是此种题材的作品，这也表明了他对风骨的重视。

又评陶翰诗云："既多兴象，复备风骨。"评王昌龄云："元嘉以还，四百年内，曹（植）、刘（桢）、陆（机）、谢（灵运），风骨顿尽。顷有太原王昌龄、鲁国储光羲颇从厥迹。"①所选二家亦颇有军旅之作。此外如陶翰的《经杀子谷》、王昌龄的《长歌行》以及王昌龄诗评语中所引"去时三十万，独自还长安。不信沙场苦，君看刀箭瘢"（《代扶风主人答》）和"奸雄乃得志"等句，都鲜明地表现出气盛骨劲的特征。

又评贺兰进明所作"古诗八十首，大体符于阮公"。按阮籍《咏怀》诗颇有风骨。《沧浪诗话》云："黄初之后，惟阮籍《咏怀》之作，极为高古，有建安风骨。"殷璠称贺兰进明古诗八十首"大体符于阮公"，也包含着它们具备风骨之意。

推崇建安风骨，在盛唐诗人中是普遍的现象。他们常常把认为优秀的作品称为"建安体"，把所推重的作者与建安诗人相比。例如李白

① 《唐诗纪事》卷二四引殷璠语，于"风骨顿尽"下但云"今昌龄克嗣厥迹"，未言及储光羲。

说:“蓬莱文章建安骨。”(《宣州谢朓楼饯别校书叔云》)高適称美薛据诗说:“纵横建安作。”(《淇上酬薛据兼寄郭微》)又曾说:“周子负高价,梁生多逸词。周旋梁宋间,感激建安时。”(《宋中别周梁李三子》)还称友人为“逸气刘公幹”(《奉赠睢阳路太守见赠之作》)。杜甫也称薛据“曹刘不待薛郎中”(《解闷》之四),称高適“方驾曹刘不啻过”(《奉寄高常侍》)。又王维称綦毋潜“弥工建安体”(《别綦毋潜》)。(王维对綦毋潜的评价与殷璠的评语有所不同,但推重建安风骨则是一致的。)盛唐、中唐之际的刘长卿也有“遥寄建安作”之句(《奉和李大夫同吕评事太行苦热行兼寄院中诸公仍呈王员外》)。殷璠说高適诗有气骨,“故朝野通赏其文”。《旧唐书》本传说他作诗“以气质自高,每吟一篇已,为好事者称诵”。高適《奉寄平原颜太守》诗序也说:“今南海太守张公(九皋)之牧梁也,亦谬以仆为才,遂奏所制诗集于明主。而颜公(真卿)又作四言诗数百字,并序之,张公吹嘘之美,兼述小人狂简之盛,遍呈当代群英。”①这里所说当即天宝八载张九皋荐高適应有道科事。可见高適那些风骨高举的诗在当时得到普遍的重视和欣赏,他的及第入仕也与此有关。以上材料都说明盛唐时代人们对风骨的重视,对建安诗歌的推崇。盛唐诗歌之所以呈现雄浑有力、开阔明朗的动人风貌,与此大有关系。中、晚唐人在论及盛唐诗歌时常指出这一点。如元稹称杜甫“气夺曹刘”(《唐故工部员外郎杜君墓系铭序》);吴融称李白“气骨高举”(《禅月集序》);皮日休也说:“明皇世,章句之风,大得建安体,论者推李翰林、杜工部为之尤。介其间能不愧者,唯吾乡之孟先生(浩然)也。”(《郢州孟亭记》)又杜确云:“开元之际,王纲复举,浅薄之风,兹焉渐革。其时作者凡十数辈,颇能以雅参丽,以古杂今,彬彬然,灿灿然,近建安之遗范矣。南阳岑公(参),声称尤著。”(《岑嘉州诗集序》)杜确、皮日休的话

① 此诗及序,《高常侍集》与《全唐诗》均不载,敦煌残卷伯三八六二录之。此处引文据王重民《补全唐诗》(载《中华文史论丛》第三辑)。

与《河岳英灵集》序中所说的"开元十五年后，声律、风骨始备矣"正相一致。殷璠重视风骨，将它作为选录诗歌的重要标准，正反映了当时人们的普遍看法，反映了盛唐诗歌的重要特点。

这里有一个问题需要略加解释。殷璠评王昌龄诗时说："元嘉以还，曹、刘、陆、谢，风骨顿尽。"曹植、刘桢诗作具有风骨，是人们所公认的；陆机、谢灵运作品是否有风骨，后人评价并不一致。刘勰曾说："及陆机断议，亦有锋颖，而腴辞弗剪，颇累文骨。"(《文心雕龙·议对》)又说他"缀辞尤繁"(《熔裁》)，"思能入巧，而不制繁"(《才略》)，对其作品过于繁富表示不满。因为"繁华损枝，膏腴害骨"(《诠赋》)，语言过于繁富则伤害风骨。锺嵘也批评陆机"气少于公幹"，在风骨方面不及建安诗歌。谢灵运诗的情况也有类似之处。锺嵘《诗品》说他"颇以繁芜为累"。殷璠认为陆机、谢灵运诗有风骨，可能是由于晋宋诗歌比汉魏作品固然显得文盛质衰，但方之齐梁的过分雕琢涂饰，就又显得高古质朴，比较明朗有力。所以殷璠在《集论》中说："自汉魏至于晋宋，高唱者十有馀人。"而对于齐梁陈隋诗，却说是"下品实繁，专事拘忌"。皎然认为谢灵运诗"直于情性，尚于作用，不顾词采而风流自然"，并认为："上蹑风骚，下超魏晋，建安制作，其椎轮乎?"(《诗式·文章宗旨》)于頔也说其诗"气逸而畅"(《吴兴昼公集序》)，即表情达意颇为爽朗。顾陶《唐诗类选序》也说到"苏(武)、李(陵)、刘(桢)、谢(灵运)之风骨"。在唐人中认为谢灵运诗具有风骨的不止殷璠一人。

以下再谈兴象，这也是《河岳英灵集》的一个重要选录标准。

殷璠在序中批评南朝一些人的不良创作风气时，说他们的作品"都无兴象，但贵轻艳"①。在评论入选诗人作品时，也常说到"兴"或

① "兴象"二字《文苑英华》卷七一二、《全唐文》卷四三六所载《河岳英灵集序》均作"比兴"，此据明刻本及《文镜秘府论·南卷》引。按集中评陶翰、孟浩然诗时皆言及"兴象"，当以作"兴象"为是。

"兴象"。所谓"象",即作品中描绘的具体形象。所谓"兴",是诗人由外界事物的触发而产生的感受;殷璠所指多数是对自然景物的感受。古人常用"兴"表示自然景物引起的感触、兴致,有时也包括因此而产生的创作冲动。潘岳有《秋兴赋》;《文心雕龙·物色》说:"四序纷回,而入兴贵闲。"又说:"春日迟迟,秋风飒飒,情往似赠,兴来如答。"沈约《宋书·谢灵运传论》称灵运"兴会标举",锺嵘也称他"兴多才高":这些地方的"兴"都指自然风物引起的感受。唐人诗文中的"兴"也常是此意。如李白云:"我觉秋兴逸,谁云秋兴悲。"(《秋日鲁郡尧祠亭上宴别杜补阙范侍御》)杜甫云:"云山已发兴。"(《陪李北海宴历下亭》)"东阁官梅动诗兴。"(《和裴迪登蜀州东亭逢早梅相忆见寄》),裴迪云:"缘溪路转深,幽兴何时已。"(《木兰柴》)孟浩然云:"兴是清秋发。"(《秋登万山寄张五》)钱起云:"山月随客来,主人兴不浅。"(《酬王维春夜竹亭赠别》)等等,其例不胜枚举。殷璠提倡兴象,就是要求诗人能做到情景交融,能在描绘自然景物时真实地表现出自己的感受。这样的诗歌当然是具有感染力的。

殷璠在评论中说到"兴象"或"兴"的诗人共有五位,即常建、刘昚虚、陶翰、孟浩然、贺兰进明。评贺兰进明云:"又《行路难》五首,并多新兴。"这五首诗以岩下井、陌上花、云中月、东流水等等起兴,抒写对于人生不平、夫妇离别、朋友交谊的感慨。虽然用以起兴者多是自然景物,但并非写景的作品。至于常建、刘昚虚、孟浩然诸家,都是擅长山水田园之作的。

殷璠评常建诗云:"其旨远,其兴僻。佳句辄来,唯论意表。至如'松际露微月,清光犹为君',又'山光悦鸟性,潭影空人心',此例十数句,并可称警策。"按所引诗句分别见《宿王昌龄隐处》和《题破山寺后禅院》,二诗均收入《河岳英灵集》中。此外所选的《江上琴兴》、《送李十一尉临溪》、《鄂渚招王昌龄张偾》、《晦日马镫曲稍次中流作》都是情景交融的佳制。欧阳修喜诵《题破山寺后禅院》中"竹径通幽处,禅房花木深”一联(见《欧阳文忠公集》卷七三《题青州山斋》)。这两句确实写景如在目前,能传达出一种幽静而引人入胜的情趣。而殷璠称颂“山光”二句,大约因为它们更富于诗人的主观色彩的缘故。

又评刘眘虚诗云:“情幽兴远,思苦语奇。忽有所得,便惊众听。”所录诗如《寄阎防》、《阙题》(引入评语中),在对景物的客观描绘中透露出作者幽远的情致;《海上诗送薛文学归海东》、《暮秋扬子江寄孟浩然》,则以阔大或清旷的背景衬托对于友人的深长思念。以入选诗而言,常建诗的特点是常赋予景物以主观感情色彩;而刘眘虚诗则以意境幽远、情致绵邈见长,故殷璠称其《阙题》等诗“并方外之言”。

又评孟浩然云:“至如‘众山遥对酒,孤屿共题诗’,无论兴象,兼复故实。”按“众山”二句见《永嘉上浦馆逢张子容》,它们写出了面对众山、登上孤屿而饮酒赋诗的高昂兴致,同时又用了谢灵运诗的典实(“孤屿共题诗”用灵运《登江中孤屿》的“孤屿媚中川”句,“众山遥对酒”大约是用灵运《田南树园激流植援》的“众山亦当窗”句)。所以说是“无论兴象,兼复故实”。所选《九日怀襄阳》中“谁采篱下菊,应闲池上楼”二句也是既有兴象,又巧用典故的例子。

殷璠评选诗歌注重兴象,也不是偶然的现象。情景交融的诗句常比纯粹写景的更具有感染力。东晋时谢玄赏爱《诗经·小雅·采薇》中的诗句“昔我往矣,杨柳依依;今我来思,雨雪霏霏”,就因为这几句诗以景物衬托征人的心情,深沉含蓄,耐人寻味。初盛唐时人们对这一点有了更深入的认识。例如高宗时元兢、范履冰等人撰《古今诗人秀句》,诸人都以谢朓《和宋记室省中》诗“行树澄远阴,云霞成异色”为最,元兢却以为不如同诗中“落日飞鸟还,忧来不可及”二句。他认为“行树”二句只是写出了黄昏时的景色,“中人以下,偶可得之”;而“落日”二句“结意惟人,而缘情寄鸟,落日低照,即随望断,暮禽还集,则忧共飞来”,在写景之中抒发了作者的忧思,能引起读者的联想,所以为佳。于是诸人皆服。元兢还说明了他的选录标准:“余于是以情绪为先，其直置为本①，以物色留后，绮错为末。”（以上见《文镜秘府论·南卷》引）这表明了他特别重视诗歌的抒情性。又如王昌龄《诗格》论“十七势”，有些条就谈到情与景之间的关系。其“感兴势”云：

> 感兴势者，人心至感，必有应说，物色万象，爽然有如感会。亦有其例。如常建诗云：“泠泠七弦遍，万木澄幽音。能使江月白，又令江水深。”（按此四句见《江上琴兴》，收入《河岳英灵集》）又王维《哭殷四诗》云：“泱莽寒郊外，萧条闻哭声。愁云为苍茫，飞鸟不能鸣。”（《文镜秘府论·地卷》引）

这是以主观情感移入客观景物，所描绘的景物常有强烈的主观色彩。又“含思落句势”云：

> 含思落句势者，每至落句，常须含思，不得令语尽意穷。或深意堪愁，不可具说，即上句为意语，下句以一景物堪愁，与深意相惬便道。仍须意出成感人始好，昌龄送别诗云：“醉后不能语，乡山雨雰雰。”又落句云：“日夕辨灵药，空山松桂香。”又：“墟落有怀县，长烟溪树边。”又李湛诗云：“此心复何已，新月清江长。”（同上引）

这是说诗的结尾处若情景交融，便可做到有馀味，耐咀嚼。《诗格》还称赞曹植诗“明月照高楼，流光正徘徊”云：“此诗格高，不极辞于怨旷而意自彰。”又说刘体立诗“堂上流尘生，庭中绿草滋”，“此不言愁而

① 罗根泽《中国文学批评史》第四篇二章三节云：“‘其’字疑为‘直’之衍误。”

愁自见也”[①]。这表明王昌龄对于那种不将诗人主观感情明白点出、而完全借客观景物的描绘加以表现的诗句，十分欣赏。又《文镜秘府论·南卷》“论文意”云：“凡诗，物色兼意下为好。若有物色，无意兴，虽巧亦无处用之。如‘竹声先知秋’，此名兼也。”这里“物色”即是“象”，“意兴”即是“兴”；要求“物色兼意下”，就是要求诗句有兴象。又天宝中王士源所作《孟浩然集序》云：“浩然每为诗，伫兴而作，故或迟成。”表明孟浩然在山水田园诗的创作中是自觉地努力做到兴与象的结合的。正因为如此，他的诗如皮日休所说：“遇景入咏，不拘奇抉异，令龌龊束人口者，涵涵然有干霄之兴，若公输氏当巧而不巧者也。”（《郢州孟亭记》）自然简淡而意兴盎然。

以上这些材料说明，盛唐时代人们在鉴赏、创作方面都已自觉地注意到情与景、兴与象之间的关系，并积累了一些写作经验。殷璠重视兴象，与这种情况是正相一致的。包括殷璠在内的盛唐人的这种看法，对于后人有着深远的影响。例如司空图强调“象外之象”，严羽提倡“兴趣”，以至王士禛鼓吹“神韵”，虽然具体内容各有不同，但都受到盛唐人的某些影响。

风骨与兴象二者都是殷璠所提倡的，但比较起来，他更为强调风骨。这从序、《集论》和对诗人的具体评论中都可看出。

序中说：“开元十五年后，声律、风骨始备矣。实由主上恶华好朴，去伪从真，使海内词场，翕然尊古，南风周雅，称阐今日。”显然是把声律、风骨二者作为当时创作的两大特色并提的。《集论》中“言气骨则建安为俦，论宫商则太康不逮”二语，也是此意。而关于兴象，只是在序中批评浅薄之徒“都无兴象，但贵轻艳”时提到一下，并未把它作为当时整个诗坛的特色所在。

评论诗人时，殷璠对于具备风骨的作家作品给予崇高的评价。

---

① 此处引文见顾龙振《诗学指南》本王昌龄《诗格》。

他认为王昌龄的诗风骨高举,因此可以上追曹、刘、陆、谢;也就是说,是第一流的诗。他评高適云:"且余所最深爱者,'未知肝胆向谁是,令人却忆平原君'。"这首《邯郸少年行》并无兴象,它纯以气盛取胜。又评薛据云:"至如'寒风吹长林,白日原上没',又'孟冬时短晷,日尽西南天',可谓旷代之佳句。"这四句写自然景物的诗也以雄浑有力、境界阔大见长。殷璠对这些诗句是极为欣赏的。当他推重高適、崔颢、薛据、王昌龄的诗具有风骨时,并未言及兴象;而对于他以为风骨不够的诗人,则在评语中表示不满和惋惜。如评刘昚虚云:"昚虚诗情幽兴远,思苦语奇,忽有所得,便惊众听。顷东南高唱者数人,然声律宛态,无出其右。唯气骨不逮诸公。自永明已还,可杰立江表。"这就是说,刘昚虚诗兴致幽远,成就颇高,但缺少气骨,因此只能算是齐永明以来的佼佼者,还不能方驾晋宋。又如评綦毋潜诗云:"借使若人加气质,减雕饰,则高视三百年以外也。"①也是说他因缺少风骨,所以不能与晋宋以上作者并驱。总之,殷璠认为缺少风骨的作者,即使具有兴象(如刘昚虚),也还不能跻于第一流诗人之列。

殷璠之所以在风骨、兴象二者之间更重视风骨,大约有以下两方面的原因:首先,盛唐诗人在诗歌发展方面所面临的首要任务,就是用自己的创作去造成明朗刚健的一代诗风,以进一步廓清弥漫齐梁、及于初唐的柔靡不振之风。初唐四杰已对当时的风气表示不满,例如杨炯《王勃集序》说,王勃"尝以龙朔初载,文场变体,争构纤微,竞为雕刻,糅以金玉龙凤,乱之朱紫青黄,影带以徇其功,假对以称其美,骨气都尽,刚健不闻,思革其弊,用光志业"。陈子昂更旗帜鲜明地提倡汉魏风骨,并以创作实绩实践了自己的主张,对唐代诗人产生了非常深刻巨大的影响。盛唐诗人正是沿着子昂以复古为革新的道

① 此数语不见于明刻本《河岳英灵集》,此据《唐诗纪事》卷二〇。

路前进的，因此，提倡风骨，学习建安，是他们中许多人的自觉要求和最致力的所在。而做到具有兴象、情景交融，虽然对于提高诗歌的艺术感染力有着十分重要的作用，盛唐诗人也在这方面作了许多努力，取得了较大成就，但是就改变齐梁颓风这一时代性的突出任务来说，究竟不如提倡风骨来得重要。其次，所谓兴象，主要是就以自然风景为题材的抒情诗而言，不能用它来要求和概括多种题材的作品。而风骨，要求思想感情明朗，语言精炼有力而不过分雕饰，则是对多种题材、主题、风格的作品的语言风貌的总要求。以从军、边塞、游侠等为题材的作品，抒发壮志、倾吐不平之气的篇章，固然最容易表现得明朗有力；而山水田园之作，同样也可以写得较为阔大浑成，风清骨峻。谢灵运、孟浩然的诗被认为具有风骨（见上文所述），就是一个证明。这也是殷璠更多地提到风骨，用具备风骨来概括盛唐诗坛面貌的一个原因。

除提倡风骨和兴象外，殷璠对于诗歌创作中立意构思的新颖、语言的独创也很重视。例如评张谓云："谓《代北州老翁答》及《湖中对酒行》，在物情之外，但众人未曾说耳。亦何必历遐远探古迹，然后始为冥搜。"这是称赞张谓能从平常习见的事物之中体会到新意，抒发不同于众的新鲜感受。又如评常建："建诗似初发通庄，却寻野径，百里之外，方归大道，所以其旨远，其兴僻，佳句辄来，唯论意表。"这是说常建对于山水景物具有独特的感受，他的诗能给人出乎意想之外的感觉。又如评王维诗"意新理惬"，"一句一字，皆出常境"；评岑参诗"语奇体峻，意亦造奇"；评储光羲诗"削尽常言"；评王季友诗"爱奇务险，远出常情之外"，"甚有新意"：都强调立意和用语的独创性。对于李白《蜀道难》等篇，殷璠更赞美它们"可谓奇之又奇"，"自骚人以还，鲜有此体调也"。殷璠的这些评述，说明了盛唐时代人们诗歌鉴赏水平的提高，也从一个侧面反映了当时诗歌创作的发展。

三

以下再从体裁方面对《河岳英灵集》所选诗歌作一些分析。

《河岳英灵集·集论》说所选诸家"既闲新声,复晓古体"。所谓新声,指当时已基本成熟定型的律诗,即后来所谓近体诗。这是从齐梁永明体发展而来的新体诗歌,在平仄、对仗、用韵方面都有严格的规定。殷璠对这种新体诗是肯定的,但他更重视的乃是古体诗。

殷璠反对过分讲究声律,反对轻视古体诗的错误倾向。他在序中说:"至如曹、刘诗多直语,少切对,或五字并侧,或十字俱平,而逸驾终存。"又《集论》云:"夫能文者,匪谓四声尽要流美,八病咸须避之。纵不拈缀,未为深缺。即'罗衣何飘飘,长裾随风还'(按此为曹植《美女篇》诗句),雅调仍在,况其他句乎?"这就是说,古体诗虽没有严格的对偶,不讲究平仄,但这并不影响其优秀作品的价值。不过殷璠也不是不讲声律。《集论》中说:"故词有刚柔,调有高下,但令词与调合,首末相称,中间不败,便是知音。而沈生虽怪曹、王'曾无先觉',隐侯言之更远。"[①]这是说只需做到词句的刚柔与声调的高低相称即可;沈约提倡四声八病,实际上是反而远离了对音律的合理要求。这种观点,与鍾嵘《诗品序》"但令清浊通流,口吻调利,斯为足矣"的说法相近。

殷璠的重视古体,从《河岳英灵集》所选古近体诗歌的数量即可以看出。有的入选诗人近体诗写得很好,数量也多,但入选很少。如王维擅长五律,他流传下来的作品中五律有一百馀首,与五古数量约略相当,但殷璠只选两首,而五古则选了七首(《入山寄城中故人》一

① "言"字《文镜秘府论·南卷》引作"去"。

首，有的选本列入五律，但平仄严重不调，实是五古）。又如王昌龄和李白的七绝，后人评价极高，称为“有唐绝唱”（王世贞《艺苑卮言》）、“绝伦逸群”（宋荦《漫堂说诗》）。二人流传下来的作品中，李白七绝有七十馀首，约占全部诗作的十分之一；王昌龄也有七十馀首，约占全部作品的十分之四，比五古的数量还略多一些。但殷璠选李白诗十三首，全是古体，七绝一首未选（有七言四句《答俗人问》一首，亦可算作七绝，但平仄严重不调）。选王昌龄诗十六首，七绝仅三首，五古则有十二首。李白的五律写得也好，但也一首未选。若将《河岳英灵集》所选二十四位诗人流传至今的诗作总数作一统计，则古体诗总数只比近体诗总数稍多一些（据《全唐诗》）。而《河岳英灵集》所选二百二十八首诗中，古体诗约一百七十首，近体诗五十馀首①，前者为后者的三倍以上。这个对比可以作为一个依据，说明殷璠对古体诗的重视。还有，殷璠评论诗人时摘引出来加以称赞的诗句，绝大多数是古体诗。王昌龄评语中引诗最多，共四十多句，全是古体，王维、崔颢、薛据评语中引诗也较多，也全是古体。这些诗人并非没有近体佳作，但殷璠均未摘引，可见其旨趣所在。

殷璠为什么比较重视古体诗，多选古体诗呢？开元、天宝间近体诗刚刚成熟，就总体来说，其数量、质量可能都还未超过古体诗，这是原因之一。但更重要的，是因为他推崇风骨。一般地说，古体诗写起来比较自由，容易写得明朗有力；而近体诗束缚较多，表情达意不如古体诗来得自由，容易把作者的注意力引向雕琢字句，因而较容易缺少风骨。所以元稹说“律体卑痹，格力不扬”（《上令狐相公诗启》），又说“律切则骨格不存”（《唐故工部员外郎杜君墓系铭序》），顾陶《唐诗

① 《河岳英灵集序》所云收录诗人数及作品首数，明刻本、《文苑英华》卷七一二、《文镜秘府论·南卷》引皆不同（《全唐文》卷四三六与《文苑英华》同）。此据明刻本实收数。

类选序》(见《文苑英华》卷七一四、《全唐文》卷七六五,此处引文据《全唐文》)也说明了其中关系:

> 晋、宋诗人不失雅正,直言无避,颇遵汉魏之风。逮齐、梁、陈、隋,德祚浅薄,无能激切于事,皆以浮艳相夸,风雅大变,不随流俗者无几。……国朝以来,人多反古,德泽广被。诗之作者继出,则有杜、李挺生于时,群才莫得而并。其亚则(王)昌龄、(陈)伯玉、(孟)云卿、(沈)千运、(韦)应物、(李)益、(高)適、(常)建、(顾)况、(于)鹄、(畅)当、(储)光羲、(孟)郊、(韩)愈、(张)籍、(姚)合十数子,挺然颓波间,得苏、李、刘、谢之风骨,多为清德之所讽览,乃能抑退浮伪流艳之辞,宜矣。爰有律体,祖尚清巧,以切语对为工,以绝声病为能,则有沈(佺期)、宋(之问)、燕公(张说)、(张)九龄、严(维)、刘(长卿)、钱(起)、孟(浩然)、司空曙、李端、二皇甫(曾、冉)之流,实繁其数,皆妙于新韵,播名当时,亦可谓守章句之范,不失其正者矣。

顾陶也是从风骨、声律二者出发来分析唐代诗歌的。他将"得苏、李、刘、谢之风骨"的诸位作者与擅长律体的作者并提,说明在他看来,具备风骨的作者同时也以其古诗著称。当然,说古体易有风骨,近体易没有风骨,只是大体而言。好的近体诗,可兼备风骨与声律二者。不过在唐人观念中,往往将风骨与古体联系在一起。这是因为初、盛唐时人强调风骨是与提倡复古并举的,而所谓复古,主要是指追步汉魏,有时也包括晋宋,汉魏晋宋的诗歌正是没有声律限制的古体诗。总之,从殷璠的重视古体,可以窥见他对于风骨的重视。重视风骨,正是《河岳英灵集》多选古体诗的重要原因。我们可以将《河岳英灵集》与芮挺章所编《国秀集》比较一下。据《国秀集》序,该集收诗"自开元以来,维天宝三载"。但其编选、成书年代当在天宝末,与《河岳英灵集》大致同时①。其编录宗旨是“可被管弦者都为一集”(《国秀集序》),注重声律色泽,故所选绝大部分是律诗。这与殷璠的重视风骨,多选古体诗是大异其趣的。北宋曾彦和《国秀集跋》云:“然挺章编选,非璠之比,览者自得之。”认为《国秀集》不如《河岳英灵集》。这看法是正确的,因为《国秀集》没有能全面反映盛唐诗歌的崭新风貌。

总起来说,殷璠的《河岳英灵集》强调风骨,重视兴象,是一部较能反映开元、天宝时代诗歌创作风貌的选集。入选的诗歌题材比较广泛,颇有一些能够反映现实、具有较高认识意义的篇章。其中如李白《战城南》、《远别离》、《行路难》、《梦游天姥山别东鲁诸公》、《将进酒》、《乌栖曲》,高適《燕歌行》、《邯郸少年行》、《封丘作》,王维《陇头吟》等等都是艺术上十分成功,又有较高思想意义的名篇佳制。由于重视风骨,殷璠对那些柔靡轻艳的作品一首也不选。他评崔颢云:“颢年少为诗,名陷轻薄。”有批评之意。这也是高于《国秀集》之处。《国秀集》所选梁锽《观美人卧》、张谔《岐王美人》、刘希夷《晚春》都是有宫体诗气息的作品。但是总的说来,殷璠在重视内容方面是很不够的。他所强调的风骨,兴象,都是关于作品风格、艺术表现方面的

① 据《国秀集序》,该集系芮挺章奉秘书监陈公、国子司业苏公之命所撰。按苏公当是苏源明。又按北宋曾彦和跋,芮挺章乃国子生。则该集之撰,正当苏源明为国子司业时。按苏源明有《小洞庭洄源亭宴四郡太守诗》并序,系天宝十二载七月所作,时为东平太守。又有《秋夜小洞庭离宴诗》,其序云:“源明从东平太守征国子司业。”又欧阳棐《集古录目》(《宝刻丛编》卷十引)著录《唐赠文部郎中薛悌碑》,云:“国子司业苏预(即苏源明)撰。”赵明诚《金石录》卷七著录此碑,云:“天宝十三载二月。”(雅雨堂本《金石录》云此碑为苏颂撰,结一庐朱氏《剩馀丛书》本《金石录》云苏预撰。“颂”字当误,缪荃荪《金石录札记》已言之。)是知源明十三载二月已为国子司业。故源明去东平必在天宝十二载秋,随即入为国子司业。《新唐书·苏源明传》云:“出为东平太守。……召源明为国子司业。安禄山陷京师,源明以病不受伪署。肃宗复西京,擢考功郎中知制诰。”则源明之为国子司业,在天宝十三载至十五载京师陷之前,《国秀集》当撰于十三四载间。

概念，对于诗歌的思想内容方面，他在序、《集论》、评语中都很少论及。他虽选了一些思想性较强的作品，但着眼点并不在于它们的内容，而在于它们艺术上的成功。这一倾向，也是我们必须注意的。

（原载《唐代文学论丛》第 1 辑，陕西人民出版社 1982 年出版）

略谈李白的文学思想

李白是一位伟大的积极浪漫主义诗人，不是一位文学批评家。但他的少数作品也发表了对文学的主张和批评，值得我们重视。弄清楚这些主张和批评的思想实质，有助于我们理解李白诗歌创作的思想倾向和艺术特色。

表现李白文学思想最突出的篇章是《古风》其一，诗云：

> 《大雅》久不作，吾衰竟谁陈？《王风》委蔓草，战国多荆榛。龙虎相啖食，兵戈逮狂秦。正声何微茫，哀怨起骚人；扬马激颓波，开流荡无垠。废兴虽万变，宪章亦已沦。自从建安来，绮丽不足珍。圣代复元古，垂衣贵清真。群才属休明，乘运共跃鳞。文质相炳焕，众星罗秋旻。我志在删述，垂辉映千春。希圣如有立，绝笔于获麟。

篇中评述了《诗经》以来历代诗歌的发展。竭力推崇《诗经》的风雅是正声；其后楚辞、汉赋，已经差一些了；建安以后的诗歌，更是徒有绮丽的形式，不足珍贵；到了唐代，文风重趋清真自然，才有一个很大的变化。

李白竭力推崇《诗经》的风雅，除掉其形式、风格比较清真自然，与六朝绮靡诗风悬殊外，更重要的还在于风雅中的许多诗篇，关心国事民生，对不良的政治社会现象敢于揭露和批评，可供统治者作施政的参考，对政治能产生积极作用。前人所谓风雅比兴的传统，就是这个意思。李白重视《诗经》的风雅比兴传统，在《古风》其一篇中表面看去讲得不很明显，但我们如能结合唐人的一些记载、评论来比照参证，那是可以把问题说清楚的。李白族叔李阳冰《草堂集序》称李白"凡所著述，言多讽兴"。晚唐诗人吴融《禅月集序》也说："国朝能为歌诗者不少，独李太白为称首，盖气骨高举，不失颂美风刺之道。"都指出李白诗歌内容重视美刺比兴。唐孟棨《本事诗・高逸》载："（李白）尝言兴寄深微，五言不如四言，七言又其靡也，况使束于声调俳优哉！"所谓"兴寄"，是指运用比兴手法对政治社会现象进行美刺，也就是美刺比兴。"五言不如四言"云云，是浪漫主义诗人一时夸张之语，事实上李白所作四言诗不多，他集子中绝大部分还是五、七言诗，成就也远在其四言诗之上。李白强调四言诗兴寄深微，其主旨还在于推崇《诗经》的风雅比兴传统。

《古风》其一末尾云："我志在删述，垂辉映千春。希圣如有立，绝笔于获麟。"读者可能会疑问：李白以进行诗歌革新为志业，他以此与孔子作《春秋》、修史书相比，有些不伦不类。原来《诗经》以诗歌进行美刺，《春秋》通过史笔（所谓"春秋笔法"）进行褒贬，尽管诗歌与历史体裁和表现方法都不相同，但美刺和褒贬在对政治和政治人物分别美恶、进行评价这一点上却是共通的。孟子曾说："王者之迹熄而《诗》（《诗经》）亡，《诗》亡然后《春秋》作。"（《孟子・离娄下》）已经指出了二者在这方面的相通之处。李白在《古风》其一中表示仰慕孔子作《春秋》的事业，实际还是要继承《诗经》的风雅比兴的传统。这层意思，李阳冰了解得比较清楚，他的《草堂集序》除指出李白诗歌"言多讽兴"外，还说："论《关雎》之义，始愧卜商；明《春秋》之辞，终惭杜预。"李阳冰当时做宣州当涂县令，李白晚年在当涂依靠李阳冰，临终之际，把手稿交给李阳冰，托他编订并作序。阳冰在序中谦称自己没有卜商（即子夏）和杜预的才能，不能探究《诗经・关雎》和《春秋》的深意，把李白的诗歌同《诗经》、《春秋》相比，是同李白自己的创作主张相符合的。

《古风》其一竭力推崇《诗经》，认为后代诗歌每况愈下，还追慕孔子修《春秋》，这些都表现了李白受儒家传统思想束缚的局限性。但全篇的主要精神，还在于强调《诗经》的风雅比兴传统，要求诗歌创作关心国事民生，联系当前政治现实进行揭露和批评，反对六朝诗歌缺乏政治内容、片面追求华美形式的不良倾向，这在当时历史条件下是具有进步意义的。这是李白文学思想的一个重要方面。

李白一生一直关心政治，关心国事民生。他要求自己在政治上有所建树，对国家有所贡献，然后逍遥林泉，隐居湖海，这就是他作品中屡屡提及的“功成身退”。功成是前提，功成后才能安心退隐，所以积极入世是李白一生思想的主导方面。李白诗歌创作的鲜明进步倾向，正反映了他积极入世的精神。他的《古风》五十九首，多用比兴手法，对政治社会现象广泛地进行了揭露和批判。他的乐府诗和各种题材的古近体诗，也有很大一部分表现了进步的思想倾向。这是有目共睹的事实。李白诗歌中也有部分消极出世、没落颓废的内容，但不是他诗歌的主流。过去有些封建文人和资产阶级学者把这些东西说成是李白诗歌的主要倾向，这是对伟大诗人李白的歪曲和污蔑。现在，我们弄清楚了关心政治、要求诗歌继承《诗经》风雅比兴的传统是李白文学思想的一个重要内容，那么，对于进步倾向构成了他诗歌创作的主流这一点，就更加容易理解了。

为了反对六朝时代绮靡柔弱的文风，盛唐诗人多提倡“建安风骨”或“汉魏风骨”。李白的名篇《宣州谢朓楼饯别校书叔云》诗中即有“蓬莱文章建安骨”之句，表现了他对建安风骨的向往。皮日休《郢州孟亭记》说：“明皇世，章句之风，大得建安体，论者推李翰林、杜工部为之尤。”就是赞美李白诗歌恢复了建安风骨的优良传统。关于“风骨”一词的意义，学术界尚有不同看法。我认为当据《文心雕龙·

风骨》篇所说："结言端直，则文骨成焉；意气骏爽，则文风清焉。""若能确乎正式，使文明以健；则风清骨峻，篇体光华。"所谓"风骨"，是指文风清明爽朗，语言劲峭刚健，就是明朗刚健的风格，它同六朝时代堆砌华辞丽藻、绮靡柔弱的文风是鲜明的对立面。范温《诗眼》说："建安诗辩而不华，质而不俚，风调高雅，格力遒壮，其言直致而少对偶，指事情而绮丽，得风雅骚人之气骨，最为近古者也。"（《苕溪渔隐丛话》前集卷一引）对建安风骨刚健质朴的特色作了比较中肯而具体的解释。

在诗歌的形式方面，李白主张语言风格应当清新自然、明朗刚健，反对雕章琢句。《古风》其三十五比较集中地表现了李白提倡清新自然的主张，诗云：

> 丑女来效颦，还家惊四邻。寿陵失本步，笑杀邯郸人。一曲斐然子，雕虫丧天真。棘刺造沐猴，三年费精神。功成无所用，楚楚且华身。《大雅》思文王，《颂》声久崩沦。安得郢中质，一挥成风斤？

前面十句，用了好几个典故，讥讽当时那些以诗赋为手段猎取功名利禄的士人，在当时绮靡文风的影响下，所写作品雕章琢句，刻意追求华辞丽句，缺乏天真自然之美。后边追怀《诗经》中的《大雅》和《颂》，主旨也是以复古为革新，使文风返归质朴刚健。他赞美友人韦良宰的诗云："清水出芙蓉，天然去雕饰。"（《经乱离后天恩流夜郎忆旧游书怀赠江夏韦太守良宰》）更以生动的比喻表现了他对诗歌的自然风格的要求。这种主张，在反对当时仍有相当势力的六朝绮靡文风、推动诗歌革新方面，无疑具有鲜明的进步作用。

由上可见，李白推崇《诗经》和建安风骨，一方面是提倡《诗经》关心国事民生的内容，另一方面则在于提倡清新自然、明朗刚健的文风，用以反对六朝那种绮靡柔弱的文风。李白的诗歌创作，实践了他的主张，在清新自然、明朗刚健方面，达到了很高的造诣。

诗歌的清新自然，并不与语言的精炼性相矛盾；反之，许多优美的篇章，二者常常结合得很好，它们经过诗人的反复推敲，千锤百炼，而表达得又是异常清新自然，不露斧凿的痕迹。李白的许多佳篇，也具有这样的特色。他的一部分诗篇，古诗如《子夜吴歌》、《经下邳圯桥怀张子房》、《灞陵行送别》等，绝句如《望庐山瀑布》、《望天门山》、《早发白帝城》、《赠汪伦》等，语言通俗浅近，接近口语，念去如行云流水，非常自然活泼；但又是语言精心锤炼，音调铿锵悦耳，经得起读者吟味和寻绎，达到了很高的艺术境界。《古风》其三十五末尾云："安得郢中质，一挥成风斤？"这里用了一个典故。《庄子·徐无鬼》载："郢人垩（白色的泥土）漫其鼻端，若蝇翼，使匠石斫（削）之。匠石运斤（斧）成风，听而斫之，尽垩而鼻不伤，郢人立不失容。"表面看去，匠石很轻易地把郢人鼻端的垩削去了；但他这种高超的技艺，实际乃是经过长期操作，积累丰富经验，因而达到运斤成风、得心应手的成熟的境界。李白追慕匠石，他的诗歌艺术，可说也已经达到匠石那样的圆熟境地。

对于我国历代的诗歌，李白除推崇《诗经》和建安风骨外，对屈原、鲍照、谢朓、陈子昂等作家也给予很高的评价，值得我们重视。

李白《江上吟》说："屈平词赋悬日月，楚王台榭空山丘。"运用对比手法，对屈原作品的价值作了崇高的估价。李白和屈原都是我国古代卓越的积极浪漫主义诗人。他的诗歌，在各方面都受到屈原辞赋的深刻启发和影响。对祖国命运的关心，对进步理想的追求，对黑暗腐朽势力的憎恨，对理想不能实现的悲愤，这些都是两人作品在思想内容上的共通之处。感情热烈，想象丰富，比喻生动，体裁自由，语言奔放，又是两人作品在艺术上的共同特色。李白擅长七言歌行，其中一些著名篇什，如像《蜀道难》、《梦游天姥吟留别》、《远别离》、《宣州谢朓楼饯别校书叔云》等，设想奇异，色彩绚烂，句法长短错落，形成极为雄奇奔放的风格，同屈赋的艺术特色非常接近，为后代开辟了浪漫主义诗歌艺术的新境界。殷璠《河岳英灵集》称赞《蜀道难》等篇章"奇之又奇，自骚人以还，鲜有此体调也"，相当中肯地指出了李白的这类篇章对屈赋在艺术上的继承关系。

在六朝诗人中，鲍照对李白的影响最大。鲍照在当时门阀制度统治下蹭蹬不得志，在诗篇中倾泻着悒郁不平的情绪，使李白在思想上产生了共鸣。鲍照擅长乐府诗，他的七言歌行《拟行路难》(组诗)等，打破了过去七言诗每句用韵的常规，改为两句一韵，句式更为灵活解放，增强了表现力。他的七言歌行写得感情热烈奔放，语句纵横驰骋，很具特色，对李白的诗风产生明显的影响。杜甫用"俊逸鲍参军"(《春日忆李白》)的诗句来称道李白的诗歌，可说早已看出了此中的消息。

陈子昂是唐代诗文革新的先驱者。他的《感遇诗》(组诗)比较广泛地揭露和批评了当时政治、社会的一些不良现象，表现了理想不能实现的苦闷，语言质朴，风格刚健，尽洗六朝诗歌浮靡之风，为唐诗的发展开辟了康庄大道。李白的组诗《古风》，即是继承了阮籍《咏怀诗》、陈子昂《感遇诗》的传统，多用比兴寄托的手法来表现他的进步理想和对时政的批评。李白的《赠僧行融》诗有云："梁有汤惠休，常从鲍照游。峨眉史怀一，独映陈公出。卓绝二道人，结交凤与麟。"把鲍、陈誉为凤凰、麒麟，评价是极高的。李白与陈子昂都是蜀地人，诗歌创作上的共同趋向更增加了他对这位乡先辈的崇敬之情。《本事诗·高逸》载："白才逸气高，与陈拾遗齐名，先后合德。其论诗云：'梁陈以来，艳薄斯极，沈休文又尚以声律。将复古道，非我而谁与？'故陈、李二集，律诗殊少。"指出了李白继陈子昂之后，以复古为手段来进行诗歌革新，就是所谓"先后合德"。

六朝诗人中，李白除对鲍照给予很高评价外，还常常提到谢朓。

如云:“蓬莱文章建安骨,中间小谢又清发。”(《宣州谢朓楼饯别校书叔云》)“解道澄江静如练,令人长忆谢玄晖。”(《金陵城西楼月下吟》)“我吟谢朓诗上语,朔风飒飒吹飞雨。”(《酬殷明佐见赠五云裘歌》)还有其他一些诗句。李白在诗篇中常常提到谢朓,一是因为谢朓的诗风“清发”,符合于李白所提倡的清新自然的原则。二是因为李白所常游的金陵、宣城两地,同谢朓的活动和诗作关系密切,因而容易触景生情,联想起谢朓的佳句。李白提到谢朓的次数虽多,但评价不见得比鲍照高。清代王士禛认为李白最钦佩谢朓。“一生低首谢宣城”(《论诗绝句》),这种见解是片面的。此外,李白还多次赞美谢灵运《登池上楼》中“池塘生春草”的佳句,也是由于它写得特别清新自然,为李白所喜爱。

李白说:“自从建安来,绮丽不足珍。”对建安以后两晋南北朝的诗歌总的倾向采取否定的态度。但李白对这时期中某些作家作品(特别像鲍照、谢朓)还是评价颇高的,并且从他们的作品中吸收了不少养料。这种区别对待、不笼统否定的态度是合理的。李白的气质和性格都富于浪漫主义特色,他感情热烈,语言夸张,讲话常常不免有点过头,表现文学思想的语句也有这种现象。他认为《诗经》的四言体是最好的正声,建安后、唐以前的诗歌“绮丽不足珍”,都失之片面夸张,而且同他自己的创作实践(长于五、七言诗,推重鲍照、谢朓等)互相矛盾。我认为,对这类话,我们不应机械地完全按照字面来理解,而要体会其精神实质在于针对六朝不良的浮靡诗风,强调以复古为手段来进行革新。一位浪漫主义诗人在摇旗呐喊、英勇地向旧传统挑战时,激情满腔,某些话说得有点过头,也是不难理解的了。

(原载《语文学习丛刊》第 6 期,1978 年 11 月出版,
原题为《从李白的文学思想看他的诗歌创作》)

李白为什么景仰谢朓

在对待前代作家方面，李白对南齐诗人谢朓的态度是很突出的，在诗篇中屡屡致其景仰之情。例如：

蓬莱文章建安骨，中间小谢又清发。

（《宣州谢朓楼饯别校书叔云》）

解道澄江静如练，令人长忆谢玄晖。

（《金陵城西楼月下吟》）

我吟谢朓诗上语，朔风飒飒吹飞雨。

（《酬殷明佐见赠五云裘歌》）

我家敬亭下，辄继谢公作。相去数百年，风期宛如昨。

（《游敬亭寄崔侍御》）

独酌板桥浦，古人谁可征？玄晖难再得，洒酒气填膺。

（《秋夜板桥浦泛月独酌怀谢朓》）

李白在诗篇中所表现的对前代诗人的敬意，其次数之多和程度之浓，可说没有第二人堪与谢朓相比拟了。无怪清代王士禛在《论诗绝句三十五首》中说："白纻青山魂魄在，一生低首谢宣城。"

于此，我们不免要产生两点疑问。其一，李白在《古风》其一中说："自从建安来，绮丽不足珍。"他对建安以后的文学否定很厉害，而在其他不少场合又对谢朓表示突出的敬意，这种现象不是互相矛盾吗？其二，即在建安以后的诗人中，李白接受影响的也不止谢朓，如谢灵运、鲍照都给他颇大的影响，为什么李白在诗篇中只对谢朓表现出突出的景仰心情呢？底下试就这两个问题略述浅见。

关于第一个问题，我想应该从唐代中期诗歌的发展形势和李白本人的性格来理解。李白继陈子昂之后，大力反对南朝以来以迄唐初的浮艳诗风，追求汉魏风骨，他把这种扭转诗风的重任放在自己肩上。《古风》其一正是提倡诗歌复古（实际是革新）的宣言和檄文，对建安以后诗歌创作的总的不健康的倾向，当然要尽情斥责，才显得复古运动的必要性。在这种场合，话自然会说得激昂慷慨，以至过了点儿头。至于对南朝少数具体作家的长处，自不妨进行具体分析，吸取其优点。孟棨《本事诗·高逸》篇有一段关于李白文学主张的记载：

> 白才逸气高，与陈拾遗（子昂）齐名，先后合德。其论诗云："梁陈以来，艳薄斯极，沈休文又尚以声律。将复古道，非我而谁与？"故陈、李二集，律诗殊少。尝言兴寄深微，五言不如四言，七言又其靡也，况使束于声调俳优哉！

这里也鲜明地表现了李白力图扭转诗风的愿望，但话也说得不免过头。李白集中律诗少是事实（七律很少，五律已不算很少），但他认为七言诗不及五言诗古雅，五言诗又不及四言诗古雅，最好回复到《诗三百篇》的形式，这种主张不能不说是很片面的。事实上，李白写四言诗很少，他写得最好的是气势奔放、语言流畅的七言歌行。可见对这段话，我们不应机械地理解，而应当抓住它的主要精神——以复古来进行革新。

一个作家或批评家在提倡一种事物、反对另一种事物的时候，语意和语气容易有所偏重一边，所谓有激而然，这种情况在其他人身上也是有的。例如白居易在《与元九书》中大力提倡讽谕诗，反对梁陈间“嘲风雪、弄花草”的篇什，有一段话说：

> 然则“馀霞散成绮，澄江静如练”（谢朓诗句）、“离花先委露，别叶乍辞风”（鲍照诗句）之什，丽则丽矣，吾不知其所讽焉。故仆所谓嘲风雪、弄花草而已。

这也是流于偏激之论。当然，作为一种倾向讲，南朝诗歌的内容不很健康充实；山水写景诗的社会意义不及讽谕诗大：这都是事实。但不应该由此把一切优美的山水写景诗的思想、艺术价值都给否定了。事实上，白居易自己的创作也并不是如此，他写了不少优美的风景诗，《钱塘湖春行》就是大家常常念到的一首，我们只有从白居易《与元九书》的主要精神来体会，才可以理解他这种理论与创作似乎互相矛盾的现象。

在这个问题上，李白的性格和讲话作风也值得我们结合考虑。李白是一个才气横溢、热情奔放的浪漫主义诗人，喜欢讲豪言壮语，往往容易夸张过度。他自己在诗中说：“时人见我恒殊调，见余大言皆冷笑。”（《上李邕》）他作品中讲话夸张过度、甚至自相矛盾的现象是不算太少的；这不是他故意说谎欺骗，而是出于浪漫主义诗人的气质。碰到这种情况，我们绝不能把某一段话孤立起来，对诗人形成片面的理解，而应当结合其他方面仔细考察。举一例说明。他的《古风》其一末尾说：“我志在删述，垂辉映千春。希圣如有立，绝笔于获麟。”表明自己将以著作垂名不朽，追踪孔子。《江上吟》说：“屈平词赋悬日月，楚王台榭空山丘。”宣述了文学创作的不朽意义。但《将进酒》却说：“古来圣贤皆寂寞，惟有饮者留其名。”《庐山谣寄卢侍御虚舟》又说：“我本楚狂人，凤歌笑孔丘。”对圣贤事业和孔子都有不屑一顾之意。原来《将进酒》主题在强调痛饮，《庐山谣》主题在表现游山求仙之乐，两诗夸张了饮酒、求仙的方面，同时就贬低了儒家入世有为的方面。这类诗句，我们就不应该孤立地机械地去解释。对“自从建安来，绮丽不足珍”两句话，我想也应该如此。

再谈第二个问题。

我们考察李白的诗作，发现建安以后的诗人如阮籍、左思、谢灵运、鲍照都给李白以颇大影响，有的不在谢朓之下，为什么李白诗中对谢朓突出地表示景仰呢？大概李白诗中直接提到过去诗人的名姓及其佳句的，都是山水写景诗一类。他在游览登临时，或目击前人古迹（如宣州谢朓楼），或背诵古人佳句（如谢朓的“澄江静如练”），很自然地就形诸吟咏。至于其他题材的诗篇，就很少这种情况。他的诗中提到二谢（谢灵运、谢朓）的地方最多，就是这个缘故。

李白的《古风》有五十九首，内容现实性较强。其中一部分托游仙以咏怀，假史事以鞭挞当前的黑暗现实，深受阮籍《咏怀诗》、左思《咏史诗》的影响。但这种影响都在主题题材的选择、结构的安排、语句的熔铸等方面表现出来，一般都不直接提到阮、左的名姓和原句。李白受鲍照的影响是非常大的，他的不少气势奔放、语言流畅的七言歌行是在鲍照乐府歌行《拟行路难》的基础上发展变化而来的，此点前人早已认识到。杜甫《春日忆李白》诗有“俊逸鲍参军”之句，又在《苏端薛复筵简薛华醉歌》中说：“近来海内为长句（指七言歌行），汝（指薛华）与山东李白好。何刘沈谢力未工，才兼鲍照愁绝倒。”李白的这部分七言歌行是李白全部创作中的一个突出部分；可以说，鲍照对李白的影响决不在谢朓之下。但李白接受鲍照的影响，也都表现在诗歌主题题材的选择、结构安排、语句熔铸等方面，难得直接提出鲍照的名字而加以赞美。李白诗中提到鲍照名字的次数较少，曾云：“梁有汤惠休，常从鲍照游。峨眉史怀一，独映陈公（子昂）出。卓绝二道人，结交凤与麟。”（《赠僧行融》）比鲍照为凤与麟，估价是极高的。

我以为，李白在诗篇中屡屡对谢朓表示出高度的景仰之情，一方面固然是由于谢朓的诗写得好，特别是他的山水写景诗风格清新，语言精炼，给李白以很大的启发。但另一方面，由于李白本人也喜欢游山玩水，他所常到的金陵、宣城两地，又跟谢朓的活动和诗作关系密切（谢朓曾为宣城太守），因此李白诗中就更多地提到谢朓。其他诗人如阮籍、左思、鲍照在以上这方面跟李白的联系少，因此就很少在诗中直提他们的名字。这只能说明李白尊敬谢朓、受他的影响颇大，不能因此证明李白尊敬谢朓并受其影响超过其他作家，至少可以说不超过鲍照。李白在《宣州谢朓楼饯别校书叔云》中说："蓬莱文章建安骨，中间小谢又清发。"要考虑到这句话是在宣州谢朓楼说的，并不能说明李白对建安以后的作家首先推崇的只是谢朓。

以上算是把这两个问题说过了。最后不禁还有一点感想。我们的古典文学理论批评遗产是很丰富的，但其中的不少部分，其表现形式常常是零碎片段、不成系统的，作者常常没有想到要把自己的文学主张全面而周到地表达出来，只是因境触绪而发，由于具体条件不同，意见常有偏至之处。特别是像李白这样一位浪漫主义诗人，一时兴致所到，喜发豪言壮语，情况就更为复杂了。我们现在对这类比较零碎而不成系统的文学理论批评进行分析和估价，应该非常细致和谨慎，否则就容易犯"断章取义"、偏而不全的毛病。

（原载 1962 年 7 月 28 日《文汇报》）

杜甫的文学思想

——纪念杜甫诞生 1250 周年

一

杜甫是我国古代最伟大的现实主义诗人,他的创作像精金美玉一样,永远焕发着光焰夺目的异彩。杜甫的名字,已经列入世界第一流作家的行列;中国人民以此感到光荣和骄傲!

早在唐代中期,杰出的诗人元稹,对杜甫诗歌的伟大成就,已经做出了比较全面而深入的估价:

> 唐兴,官学大振,历世之文,能者互出。而又沈、宋之流,研练精切,稳顺声势,谓之为律诗。由是而后,文变之体极焉。然而莫不好古者遗近,务华者去实。效齐梁则不逮于魏晋,工乐府则力屈于五言;律切则骨格不存,闲暇则纤秾莫备。至于子美,盖所谓上薄《风》、《骚》,下该沈、宋,言夺苏、李,气吞曹、刘,掩颜、谢之孤高,杂徐、庾之流丽,尽得古今之体势,而兼人人之所独专矣。使仲尼考锻其旨要,尚不知贵其多乎哉?苟以为能所不能,无可不可,则诗人以来,未有如子美者!(《唐故工部员外郎杜君墓系铭序》)

元稹指出，唐代许多诗人在创作上表现颇不相同，在体制上有工近体、古体、乐府、五言的区别，在风格和语言上有华美、朴实、重声律和重气骨的差异，在取法对象上有效齐梁和效魏晋的不同；虽然各有所长，难免偏美之憾。杜甫却是博大精深，兼众家之所独专，因此在艺术上能够做到吸取《诗经》、《楚辞》、苏武、李陵、曹植、刘桢、颜延之、谢灵运、徐陵、庾信以至沈佺期、宋之问等历代著名作家作品的长处，融会贯通，各体兼擅，众美毕具，成为诗歌艺术的集大成者。元稹对于杜甫创作的评价是相当确切的，所以以后《新唐书》的《杜甫传赞》即沿袭了这一论断。

杜甫诗歌获得如此伟大的成就，是跟他认真地多方面地向文学遗产和当代诗友进行学习和借鉴分不开的。他这种认真地多方面地学习和借鉴的精神，不但体现在他许多诗歌创作里，而且也反映在一部分以诗歌形式写作的理论批评中。对杜甫的文学理论批评进行探索和分析，可以帮助我们更好地理解杜甫的创作思想基础。

二

杜甫在《戏为六绝句》中说："不薄今人爱古人，清词丽句必为邻。"（其五）"别裁伪体亲《风》《雅》，转益多师是汝师。"（其六）向古代诗人进行多方面的学习，撷取其长，别裁伪体，转益多师，这是杜甫文学理论批评的立足点和总原则。

杜甫非常重视诗歌的思想内容，要求它有益于国家人民；非常重视《诗经》、《楚辞》以来我国进步诗歌密切联系现实的优良传统。除掉在诗中常常赞美《国风》、楚骚以外，这一思想最突出地表现在对陈子昂和元结的评价中间。评陈子昂云：

有才继《骚》《雅》，哲匠不比肩。公生扬马后，名与日月悬。……终古立忠义,《感遇》有遗篇。

(《陈拾遗故宅》)

陈子昂是唐代诗歌革新运动的有力的先驱者;他的代表作品《感遇》诗深刻地表现了当时政治社会的弊端,反映了诗人忧国伤时的思想感情,为唐代进步诗歌的发展树立了典范。杜甫对陈子昂的为人和作品都给予极高的评价,认为他的诗歌可上继具有怨恻特色的《骚》、《雅》,表现了对国家的一片忠义之心,可以永垂不朽。

杜甫的《同元使君舂陵行》一诗,对他的朋友元结在道州刺史任上爱护人民的政治活动和所写的两首人民性很强的诗篇《舂陵行》、《贼退示官吏》,作了高度的颂扬:

粲粲元道州,前圣畏后生。观乎《舂陵》作,欻见俊哲情;复览《贼退》篇,结也实国桢。贾谊昔流恸,匡衡常引经。道州忧黎庶,词气浩纵横。两章对秋月,一字偕华星。

杜甫认为元结这两首诗可与星月争光,因为它们具有热爱人民(“忧黎庶”)的内容,辞情慷慨(“词气浩纵横”)的风格特色。这篇诗的小序中更赞美元结的诗具有“比兴体制,微婉顿挫之词”,指出它们继承了《诗经》紧密联系现实、婉而多讽的优良传统。

元结的《舂陵行》是用新乐府体来写作的,《贼退示官吏》虽非乐府体,风格也颇相近。杜甫自己是唐代新乐府诗体的杰出的开路人,他的名作《兵车行》、《丽人行》、《悲陈陶》、《悲青坂》、“三吏”、“三别”以至暮年的《岁晏行》、《蚕谷行》等等,在体制上都属于新乐府。以后元稹、白居易等诗人继承这一传统,大力提倡和创作这一体制,形成了中唐诗歌的一个创作高潮。杜甫对于元结《舂陵行》的高度赞扬,反映了他对于这类诗体的特殊重视,也反映了他写作“三吏”、“三别”

等诗篇的指导思想。元稹、白居易不但在新乐府的创作上继承了杜甫的传统，而且在理论上也受到杜甫的启发。白居易的《读张籍古乐府诗》赞美张籍云："为诗意如何？六义互铺陈。风雅比兴外，未尝著空文。读君《学仙》诗，可讽放佚君；读君《董公》诗，可诲贪暴臣；读君《商女》诗，可感悍妇仁；读君《勤齐》诗，可劝薄夫淳。"在以诗的社会内容为标准来进行评价方面，在列举具体作品来论证方面，都可以看出受到《同元使君舂陵行》的明显影响。"读君《学仙》诗"以下八句，连句法也是学习杜甫"观乎《舂陵作》"以下四句的。元稹在《叙诗寄乐天书》、白居易在《与元九书》中，都具体地谈到他们大力写作讽谕诗和新乐府，是继承了陈子昂和杜甫的创作传统。我们把杜甫对于陈子昂、元结的评价和元、白的这番理论联系起来考察，再上溯陈子昂的《修竹篇序》，就可以看出唐代以反映国事民生为首要任务的进步诗歌理论的一条鲜明线索。

三

杜甫对于诗歌的形式和技巧也是非常重视的。他的一些常常为人们所提到的诗句，表现了他极其注意诗歌语言的精雕细琢：

> 赋诗新句稳，不觉自长吟。
>
> （《长吟》）
>
> 为人性僻耽佳句，语不惊人死不休。
>
> （《江上值水如海势聊短述》）
>
> 陶冶性灵存底物，新诗改罢自长吟。孰知二谢将能事，颇学阴何苦用心。
>
> （《解闷》其七）
>
> 晚节渐于诗律细。
>
> （《遣闷戏呈路十九曹长》）

杜甫非常重视诗歌的用词造句，不但自己写作要求做到"语不惊人死不休"，而且对于朋辈的诗作，也往往赞美他们的佳句。例如评李白说："李侯有佳句，往往似阴铿。"（《与李十二白同寻范十隐居》）评高適说："美名人不及，佳句法如何？"（《寄高三十五书记》）评孟浩然云："清诗句句尽堪传。"（《解闷》其六）评王维云："最传秀句寰区满。"（《解闷》其八）杜甫非常重视诗歌的格律，除掉传诵的"晚节渐于诗律细"外，还说过"遣辞必中律"（《桥陵诗三十韵》）、"觅句新知律"（《又示宗武》）、"思飘云物动，律中鬼神惊"（《敬赠郑谏议十韵》）。这些话虽然都是称道别人，但却反映出对于诗律的注意。

杜甫不像陈子昂、李白那样，对南朝文学猛烈攻击和否定，而却是常常对一些具体作家表示推重之意。这主要是由于杜甫重视诗歌的艺术技巧的缘故。南朝诗歌就它内容的现实性和风格的质朴刚健来说，固然远逊于《诗》、《骚》和汉魏古诗，但在语言的华美和表现手法的细致丰富方面，则比过去有了很大的创造和发展，为古典抒情诗的艺术技巧积累了很多经验。应当承认，唐代诗歌（特别是近体诗）的许多优美动人的表现手段，渊源于南朝诗歌。南朝诗歌的艺术发展过程经历了几个阶段。刘宋初期谢灵运、鲍照的作品，推翻东晋玄言诗的统治：写景状物，色彩鲜明；用词造句，趋向精雕细琢。这是一变。到南齐永明时代，谢朓、沈约出来，提倡四声八病，诗的音律更趋谐和，产生新体诗。又是一变。到梁陈的何逊、阴铿，诗律更严，而造语清新，成为唐人五律有力的前驱者。又是一变。讲究诗句格律、擅长写作近体诗的杜甫，对于这些在近体诗形成过程中分别做出不同贡献的南朝诗人，往往从肯定的角度加以提及，是我们可以理解的。除掉上面所举《解闷》（其七）和《与李十二白同寻范十隐居》赞美了谢灵运、谢朓、阴铿、何逊外，还可以举出一些例子：

赋诗何必多，往往凌鲍谢。

（《遣兴五首》其五，忆孟浩然）

流传江（江淹）鲍体。

（《赠毕曜》）

清新庾开府（庾信），俊逸鲍参军（鲍照）。

（《春日忆李白》）

高岑殊缓步，沈（沈约）鲍得同行。

（《寄彭州高三十五使君適虢州岑二十七长史参三十韵》）

谢朓每篇堪讽诵。

（《寄岑嘉州》）

绮丽玄晖（谢朓）拥，笺诔任昉骋。

（《八哀·故右仆射相国张公九龄》）

阴何尚清省，沈宋欻连翩。

（《秋日夔府咏怀奉寄郑监李宾客一百韵》）

这些诗句都是赠送或回忆友朋的，并不是直接评论南朝诗人；但杜甫以南朝诗人为比来赞美友朋，也间接表现了他对这些南朝诗人的肯定态度。杜甫在《宗武生日》诗中告诫他的儿子说："诗是吾家事，人传世上情。熟精《文选》理，休觅彩衣轻。"要宗武熟习"选诗"，也反映了对于南朝诗歌的重视。

南朝骈体诗文和辞赋发展到庾信，形式格律的完整，登峰造极。徐（陵）庾体诗文辞赋成了唐代前期许多文人写作的楷模。初唐诗人作家著称的有王勃、杨炯、卢照邻、骆宾王四杰，作品风格华艳，基本上沿袭着陈隋遗风。到唐代中期展开诗文复古（实际是革新）运动时，人们对庾信、四杰攻击得比较厉害。在此种风气影响之下，有些人对庾信、四杰抱着轻蔑嘲讽、全盘否定的态度。杜甫不能同意这种看法：

庾信生平最萧瑟，暮年诗赋动江关。

（《咏怀古迹》其一）

庾信文章老更成，凌云健笔意纵横。今人嗤点流传赋，不觉前贤畏后生。

（《戏为六绝句》其一）

王杨卢骆当时体，轻薄为文哂未休。尔曹身与名俱灭，不废江河万古流。

（同上其二）

纵使卢王操翰墨，劣于汉魏近《风》《骚》。龙文虎脊皆君驭，历块过都见尔曹。

（同上其三）

杜甫认为四杰的诗作尽管不及汉魏之诗古雅而接近《风》、《骚》，但它们毕竟词采富丽，“龙文虎脊皆君驭”，在艺术上有其不可抹杀的成就。至于庾信就更不同了，他暮年的作品一洗前期宫体之风，变化为“凌云健笔意纵横”了。杜甫对于庾信和四杰的评价，可以说是比较全面而公允的。

对于唐代反齐梁、复汉魏的诗歌革新运动，杜甫还是赞同的。陈子昂、元结都是复古运动中的重要人物，杜甫对于两人古朴的《感遇》诗、《舂陵行》等作品给予了极高的评价。杜甫自己的一部分诗歌和散文写得也很古朴。对于擅长古体诗的《箧中集》诗人孟云卿，杜甫也表示了很大的敬意：“李陵苏武是吾师，孟子论文更不疑。一饭未曾留俗客，数篇今见古人诗。”（《解闷》其二）但是杜甫不能同意对六朝以至初唐诗人采取一笔抹杀的态度。陈子昂、李白为了大力提倡诗歌革命，对六朝的作家作品批判否定很多，虽然有的话说得不免过头一些，但在和旧传统决裂的时候，也确实需要这样猛烈的火力和英勇的战斗精神。至于对六朝文学进行实事求是的估价，那杜甫的意见毋宁要更为全面客观一些。

杜甫对于文学作品风格的多样性认识也是比较客观的，他不像某些人那样强调自己所喜爱的某一风格，而贬低其馀的不同风格。他一方面赞美“鲸鱼碧海”的宏伟气魄，另一方面又重视“清词丽句”（见《戏为六绝句》）；一方面钦佩李白的“笔落惊风雨，诗成泣鬼神”（《寄李十二白二十韵》）的豪迈气概，一方面也赞叹孟浩然、王维的“清诗”和“秀句”（见《解闷》）。对于李白的诗歌，杜甫的认识是非常深刻的。李白诗歌的最大特色是豪迈奔放，富有浪漫主义精神。杜甫一则说：“白也诗无敌，飘然思不群。清新庾开府，俊逸鲍参军。”（《春日忆李白》）再则说：“近来海内为长句（指七言歌行），汝（指薛华）与山东李白好。何刘沈谢力未工，才兼鲍照愁绝倒。”（《苏端薛复筵简薛华醉歌》）指出李白诗歌雄俊飘逸、擅长七言歌行，受到鲍照乐府歌行的很大影响。但杜甫又认为李诗清新之处似庾信，佳句似阴铿，指出了李白诗歌风格的另一个比较次要的方面。这种认识也是比较全面的。

四

综上所述，可见杜甫在诗歌理论批评方面，一方面强调思想内容，另一方面又注意艺术表现；一方面推重古体，另一方面又注意近体；一方面要求风格、语言的雄浑古朴，另一方面又重视清丽华美。这种眼界开阔、注意到艺术创作各个方面的特色，就构成了杜甫“不薄今人爱古人”和“转益多师”的理论原则。正是在这种思想指导之下，杜甫能够比较全面地认识到各个历史时期的作家作品都有自己的特色和成就，不能笼统否定。这种认识在他晚年所作的《偶题》诗中表述得最为明确：

文章千古事，得失寸心知。作者皆殊列，名声岂浪垂。骚人嗟不见,汉道盛于斯。前辈飞腾入,馀波绮丽为。后贤兼旧制,历代各清规。……

这段话在杜甫对于唐以前历代诗歌发展的认识上是带有总结性的,所以明代王嗣奭《杜臆》评之云:"此篇乃一部杜诗总序。"

唐代殷璠在《河岳英灵集·集论》中谈他选集盛唐诗的标准时说:"璠今所集,颇异诸家:既闲新声,复晓古体;文质半取,风骚两挟;言气骨则建安为俦,论宫商则太康不逮。"这段话确切地表明了盛唐的优秀诗歌很好地继承了汉魏古诗和六朝新体两个方面的传统。盛唐诗歌一方面风骨遒劲,力追汉魏,所以能与建安作者为俦;另一方面又继承了六朝以至初唐时代长期形成起来的严密的格律,达到声调谐美,所以论宫商则非太康诗人所逮。盛唐诗歌兼揽汉魏与六朝诗歌之长的特色,不但在杜甫的创作中获得了最完美的体现(《河岳英灵集》因选定于唐玄宗天宝十二载,为时较早,故不及选杜甫诗),而且在杜甫的文学理论批评中有着鲜明的反映。

杜甫的文学思想对后代产生了深远影响。他的强调风雅比兴传统和重视新乐府诗体的意见对中唐元稹、白居易等有直接的启发,已如上述。他那种"语不惊人死不休"的认真的创作态度和在艺术上刻意锻炼的精神,成为后代无数诗人学习的榜样。他的《戏为六绝句》、《解闷》等诗以短小精悍的七绝体裁来评述作家作品,在中国文学批评史上提供了一种新的形式;后人模仿的很多,比较著名的有金代元好问的《论诗绝句》三十首、清代王士禛的《戏仿元遗山论诗绝句》三十首等。杜甫晚年在艺术形式和技巧上刻意琢磨的创作态度和实践,被后代一些脱离现实的诗人片面地理解和强调,形成了不健康的诗风;那是他们不善于学习杜甫的缘故,并不是杜甫的过失。

(原载1962年4月11日《文汇报》)

说盛唐气象

盛唐气象是宋代以来诗论中的一个术语，指盛唐时代诗歌的风貌特征。现代有的唐诗研究者，运用这个概念来指盛唐诗歌（有的同志更扩大到书法、绘画等其他艺术领域）中所反映的盛唐的时代特征，主要是国势强大、社会安定、人们意气昂扬等等。盛唐诗的风貌特征和盛唐时代的风貌特征这两个概念，虽然彼此有联系，但内涵毕竟不同（此点下文再加分析）。本文所论，以盛唐诗的气象为主；至于盛唐时代的风貌特征，则不拟作全面说明，仅就它与盛唐诗歌气象的关系略作分析。

一

气象意为气貌、风貌。我国古代诗歌，作家作品众多，其气象或风貌是多种多样的。明代胡应麟《诗薮》论诗，喜言气象，其书中用以形容气象的词语，即有雄奥、雍容、促迫、庄严、闳丽、轩举等等。气象的多种多样，是诗苑中百花齐放的必然结果。问题是盛唐气象或盛唐诗的风貌特征究竟是什么。首先提出盛唐气象这个名称并加以说明的，是宋代的严羽，因此，我们先得考察一下严羽在这方面的言论。

严羽论诗，很重气象。《沧浪诗话·诗辩》云："诗之法有五：曰体制，曰格力，曰气象，曰兴趣，曰音节。"他认为考察和评论诗歌有五个重要方面，气象即是其中之一。这五个方面，角度不同，气象指风貌，兴趣指诗的形象性、抒情性艺术特征，格力指运用语言所产生的骨力，音节指音调，体制则指综合诸种艺术特征的体貌风格。五者既有区别，又有联系。气象既指风貌，涵义实与体制相接近。《沧浪诗话·考证》评晁文元家所藏陶集《问来使》一篇云："其体制气象，与渊明不类。"体制、气象两词连用，当即由于二者涵义接近之故。

关于盛唐诗歌的风貌特征，严羽在《答出继叔临安吴景仙书》中有较为明白的说明：

> 又谓盛唐之诗"雄深雅健"，仆谓此四字但可评文，于诗则用"健"字不得，不若《诗辨》"雄浑悲壮"之语为得诗之体也。毫厘之差，不可不辨。坡、谷诸公之诗，如米元章之字，虽笔力劲健，终有子路未事夫子时气象。盛唐诸公之诗，如颜鲁公书，既笔力雄壮，又气象浑厚，其不同如此。只此一字，便见我叔脚跟未点地处也。

细绎此段专论盛唐诗歌风貌的文字，可见严羽认为盛唐诗的风貌特征有二：其一是浑厚，他直接用"气象浑厚"来加以说明。其二是雄壮，直接指的是笔力，但由此笔力所产生的风貌特征，自也可以归入气象范围。他认为米芾的书法虽然笔力劲健，但毕竟像粗暴的子路未跟随孔子时那样，不脱剑拔弩张的气象。米芾这种不浑厚的气象，即由其笔力劲健而来，苏轼、黄庭坚诗的风貌也是如此，可见诗歌的气象与笔力密切相关。盛唐诗歌把雄壮与浑厚统一起来，没有剑拔弩张之态，所以难能可贵。这就是盛唐诗歌的风貌特征或盛唐气象。当然，盛唐诗歌的雄壮笔力与五法中的格力、音节二者也有紧密联系，即格力遒壮与笔力雄壮涵义相近，音节响亮是构成笔力雄壮的一个重要因素。因此，雄浑的气象与雄壮的格调有密切关系，故而后代重视格调的诗论者往往推崇盛唐气象。

严羽非常重视诗歌的气象浑厚。所谓浑厚，是指诗歌风貌浑成自然，意味深厚而不浅露。《诗评》评汉魏六朝诗有云：

> 汉魏古诗，气象混沌，难以句摘。晋以还方有佳句，如渊明“采菊东篱下，悠然见南山”、谢灵运“池塘生春草”之类。谢所以不及陶者，康乐之诗精工，渊明之诗质而自然耳。
>
> 建安之作，全在气象，不可寻枝摘叶。灵运之诗，已是彻首尾成对句矣，是以不及建安也。

他赞美汉魏古诗和建安诗作，因为它们写得通篇气象浑成，不追求局部字句的精巧。他比较贬抑谢灵运的诗作，因为谢诗讲求对偶，字句精工，缺少质朴自然的风貌。这里实际上是在提倡浑朴天然的风格，反对雕琢字句，露斧凿痕迹。这种主张同他在提倡兴趣时强调“无迹可求”的意见是一致的。《诗评》又云：“汉魏之诗，词理意兴，无迹可求。”也是赞美汉魏古诗和建安作品浑然天成的意思。

在汉魏之诗以后，严羽最推崇盛唐诗的气象浑厚。除上引《答吴景仙书》外，《沧浪诗话》中也屡屡言及。《诗评》云：“唐人与本朝人诗，未论工拙，直是气象不同。”这里所谓唐人诗，实际是指盛唐诗歌；所谓气象不同，是说宋诗缺乏盛唐诗那种浑厚的气象。《诗评》又云：“盛唐人有似粗而非粗处，有似拙而非拙处。”盛唐诗这种“似粗非粗”、“似拙非拙”的妙处，正是由于气象的浑成。清代陶明濬《诗说杂记》卷十释严氏此评云：“粗之反面曰清，拙之反面曰工。……拙则近于古朴，粗则合于自然。”意见颇为中肯。严羽认为陶渊明胜于谢灵运，即因陶诗古朴自然而谢诗精工。《诗评》又云：“唐人七言律诗，当以崔颢《黄鹤楼》为第一。”崔颢的《黄鹤楼》诗，不严格讲究对偶和声律，语句浑成自然，所以获得严羽的激赏。《考证》云：“‘迎旦东风骑蹇驴'绝句，决非盛唐人气象，只似白乐天言语。"这首绝句比较浅俗，不浑成含蓄，风格接近白居易诗，所以严羽认为决非盛唐人气象。

严羽推崇汉魏和盛唐诗歌气象浑厚的言论，对明清文人影响颇大。王世贞说《诗三百篇》、《古诗十九首》"无阶级可寻"(《艺苑卮言》卷一)，就是赞美它们浑成而无迹可寻之意。胡应麟推崇汉人诗"浑然天成，绝无痕迹，所以冠绝古今"(《诗薮》内编卷二)，说得更为明显。谢榛《四溟诗话》主张诗句应拙，反对过分追求工巧，并赞美盛唐诗歌浑成无迹：

> 《鹤林玉露》曰："诗惟拙句最难。至于拙，则浑然天成，工巧不足言矣。"(《四溟诗话》卷一)
>
> 务新奇则太工，辞不流动，气乏浑厚。(同上卷三)
>
> 七言绝句……作者当以盛唐为法。盛唐人突然而起，以韵为主，意到辞工，不假雕饰，或命意得句，以韵发端，浑成无迹，此所以为盛唐也。(同上卷一)

王世懋《艺圃撷馀》也指出盛唐七绝，由于受乐府民歌影响，写得浑成自然，所以成就卓越；晚唐绝句太刻露，所以不及盛唐：

> 绝句之源，出于乐府，贵有风人之致。其声可歌，其趣在有意无意之间，使人莫可捉着。盛唐惟青莲(李白)、龙标(王昌龄)二家诣极。李更自然，故居王上。晚唐快心露骨，便非本色。

所谓"其趣在有意无意之间，使人莫可捉着"，就是浑成自然、无迹可求的意思。在胡应麟《诗薮》、清潘德舆《养一斋诗话》中，我们更可看到他们以李白、王昌龄的七绝与中晚唐作品相比较，指出盛唐诗歌的浑厚特色：

> “明月自来还自去，更无人倚玉栏干。”“解释东风无限恨，沉香亭北倚栏干。”崔鲁、李白同咏玉环事，崔则意极精工，李则语由信笔，然不堪并论者，直是气象不同。(《诗薮》内编卷六)
>
> 龙标：“大漠风尘日色昏，红旗半卷出辕门。前军夜战洮河北，已报生禽吐谷浑。”曩只爱其雄健，不知其用意深至，殊不易测，盖讥主将于日昏之时始出辕门，而前锋已夜战而禽大敌也。较中唐人“死是征人死，功是将军功”二语，浑成多矣。(《养一斋诗话》卷二)
>
> 龙标《青楼曲》：“白马金鞍从武皇，旌旗十万宿长杨。楼头小妇鸣筝坐，遥见飞尘入建章。”“驰道杨花满御沟，新妆漫绾上青楼。金章紫绶千馀骑，夫婿朝回初拜侯。”予初不甚惬意。读之数周，抚几叹曰：“此《国风》之遗也。‘彼其之子，三百赤芾’，其此之谓欤！”客曰：“何以知之？”曰：“此诗二首，极写富贵景色，绝无贬词，而均从楼头小妇眼中看出，则一种佻达之状，跃跃纸上；而彼时奢淫之失、武事之轻、田猎之荒、爵赏之滥，无不一一从言外会得，真绝调也。”第二首起句云：“驰道杨花满御沟。”此即“南山荟蔚”景象，写来恰极天然无迹。昌黎诗云：“杨花榆荚无才思，惟解漫天作雪飞。”便嚼破无全味矣。(同上)

胡应麟认为李白《清平调》词比崔鲁《华清宫》诗写得自然而不工巧，所以气象浑厚。潘德舆仔细解析了王昌龄的《从军行》、《青楼曲》诗，备加赞美，认为中唐人所不逮。不但指出它们浑然无迹，还肯定其意味深长，耐人咀嚼，对浑成深厚的特点作了较为细致的阐发。

盛唐诗风浑厚，当然不止绝句，其他样式也是如此。胡应麟曾指出，七言律诗，“盛唐气象浑成”(《诗薮》内编卷五)。胡氏又谓盛唐律诗具有浑涵的特色，到杜甫有了一些变化：

> 盛唐句法浑涵，如两汉之诗，不可以一字求。至老杜而后，句中有奇字为眼，才有此，句法便不浑涵。昔人谓石之有眼为研之一病，余亦谓句中有眼为诗之一病。如“地坼江帆隐，天清木叶闻”，故不如“地卑荒野大，天远暮江迟”也。(《诗薮》内编卷五)

这里所谓浑涵，即浑成自然之意。胡氏认为盛唐诗绝大多数是浑成自然的，杜甫讲求雕琢字句，引起了以后诗风的转变(从主导倾向言，杜诗还是浑成的)。胡氏批评杜甫一部分近体诗喜用奇字，破坏了浑成之美，其精神与严羽批评谢灵运诗讲求句法精工是相通的。清毛先舒论盛唐七古云：

> 盛唐歌行，高適、岑参、李颀、崔颢四家略同。然岑、李奇杰，有骨有态，高纯雄劲，崔稍妍琢。其高苍浑朴之气，则同乎为盛唐之音也。(《诗辩坻》卷三)

所谓“高苍浑朴之气”，即是赞美盛唐七言歌行气象浑成古朴。

由上可见，盛唐的绝句、律诗和古体诗都具有浑成的特色。这里必须指出，盛唐诗歌的浑成，不是对汉魏古诗浑成的简单回归。它们虽然力追汉魏古诗的浑成，但毕竟经历了六朝诗歌注意语言美的长期浸润，因此比起汉魏古诗来，大抵语句比较工致，音韵更为和谐流畅，在浑成中往往包含着精工的因素。至于律诗，那精工的特色就更为鲜明了。

二

盛唐诗歌的另一个风格特征是雄壮。这在当时一些大家作品中表现得也很鲜明突出。严羽《沧浪诗话·诗评》云：

> 李、杜数公，如金鳷擘海，香象渡河，下视郊、岛辈，直虫吟草间耳。

按旧《华严经》："金翅鸟王飞行虚空……奋勇猛力，以左右翅搏开海水，悉令两辟。"又《传灯录》："兔马象三兽渡河，兔渡则浮，马渡及半，象彻底截流。"（参考郭绍虞《沧浪诗话校释》）可见"金鳷"两句是形容诗歌雄伟有力的风貌。这种风貌特征，严羽认为在李白、杜甫以及其他一些盛唐作家诗作中都表现了出来，故此处称为"数公"。按中唐张碧"自序其诗云：……览李太白词，天与俱高，青且无际，鹏触巨海，澜涛怒翻"（《唐诗纪事》卷四五引），竭力赞美李白歌辞雄伟壮阔的风貌。严羽用"金鳷擘海"形容李、杜等人的诗风，当是受到张碧言论的启发。《诗评》又云：

> 高、岑之诗悲壮，读之使人感慨；孟郊之诗刻苦，读之使人不欢。

高適、岑参的边塞诗篇，多述边陲从军的艰苦，故其风格悲壮。值得注意的是，上引两则言论，均以盛唐雄伟壮阔的诗风与中唐孟郊、贾岛辈的清苦局促的诗风比较，显示出严羽崇盛唐诗、不满中晚唐诗的一贯主张。

雄伟与浑厚结合，就形成雄浑的诗风。盛唐诗风的雄壮、雄浑特征，明清诗论言及者甚多，以下略举少数例子以见一斑。

《四溟诗话》卷二云："韩退之称贾岛'鸟宿池边树，僧敲月下门'为佳句；未若'秋风吹渭水，落叶满长安'，气象雄浑，大类盛唐。"这里虽然直接是评论贾岛诗句，但从侧面说明，谢榛认为，气象雄浑是盛唐诗歌的风格特征。

胡应麟论五律作法时指出，唐初与晚唐诗作，往往失之繁杂或轻狷，“俱非正体”，“惟沈（沈佺期）、宋（宋之问）、李（李白）、王（王维）诸子，格调庄严，气象闳丽，最为可法”（《诗薮》内编卷四）。闳，大也，此处即指雄伟壮阔的风貌。胡氏又云：“（杜）审言‘楚山横地出，汉水接天回’、‘飞霜遥度海，残月迥临边’等句，闳逸浑雄，少陵家法婉然。”（同上）以上两则，说明胡应麟认为，李白、杜甫、王维等大家的五律，都具有雄浑闳丽的特色；而前此的沈佺期、宋之问、杜审言诸人，则是其良好的先驱者。胡氏评杜甫五律“今夜鄜州月”、“带甲满天地”等篇什时，赞美它们“皆雄深浑朴，意味无穷”；评杜甫七律《紫宸殿退朝》、《九日》、《登高》、《秋兴八首》等篇什时，赞美它们“气象雄盖宇宙，法律细入毫芒”（均见《诗薮》内编卷五），也是以雄壮浑厚的气象来形容杜甫律诗的风格特征。胡氏尽管批评杜甫某些律诗追求奇字，有损浑成之美，但从整体看，杜甫的律诗毕竟最充分地体现了盛唐诗气象雄浑的特色。

明许学夷《诗源辩体》论诗重视气象风格，推尊盛唐诗歌。他认为唐诗以气象风格为本根，而盛唐诗气象风格最为优胜，其说云：

唐人之诗，以气象风格为本。根本不厚，则枝叶虽荣而弗王耳。（《诗源辩体》卷二十）

学者……苟能于此熟读涵泳，得其气格（指气象风格），则于初、盛、中、晚唐，高下自别矣。（同上卷十三）

四子（指王勃等初唐四杰）才力既大，风气复还，故虽律体（指五律）未成，绮靡未革，而中多雄伟之语，唐人之气象风格始见。（同上卷十二）

五言（指五律）自王、杨、卢、骆又进而为沈、宋二公。沈、宋才力既大，造诣始纯，故其体尽整栗，语多雄丽，而气象风格大备，为律诗正宗。（同上卷十三）

盛唐律诗，本未可以句摘。……高適如“功名万里外，心事一杯中。虏障燕支北,秦城太白东”……祖咏如“万里寒光生积雪,三边曙色动危旌。沙场烽火侵胡月,海畔云山拥蓟城”等句,皆浑圆活泼,而气象风格自在。盖初唐气格甚胜,而机未圆活;大历过于流婉,而气格顿衰;盛唐浑圆活泼,而气象风格自在,此所以为诣极也。(同上卷十七)

许氏所谓气象风格好,实指气象雄伟、格力刚健而言。他认为初唐四杰、沈、宋等诗人才力大,语多雄伟,开始显示出唐诗气象雄伟、格力刚健的特色。这一特色到盛唐诗歌达到高峰,盛唐诗不但雄伟刚健,而且浑成圆熟活泼,所以造诣最高,为初唐和中唐诗所不及。胡应麟、许学夷论盛唐气象,更着重推崇其雄伟风貌,而不强调浑厚一面;这大概是由于他们受前后七子影响,注意气象、格调并提,特别重视律诗要写得雄壮阔大的缘故。胡应麟论明后七子等学习杜甫七律诗时有云:“嘉、隆一洗此类并诸拗涩变体,而独取其雄壮阔大句语为法,而后杜之骨力风格始见,真善学下惠者。”(《诗薮》内编卷五)可以窥见此中消息。清翁方纲《石洲诗话》卷一有云:“盛唐诸公之妙,自在气体醇厚,兴象超远。然但讲格调,则必以临摹字句为主,无惑乎一为李、何,再为王、李矣。”翁氏特别指出盛唐诗的气体醇厚(其涵义大致与气象浑厚同),即在纠正明前后七子一味强调格调的片面性。

或许有人会提出疑问:盛唐时代,李白、杜甫的诗作,高、岑一派多描写边塞风光的诗,固然气象雄壮;至于王、孟一派描写田园山水的诗篇,则风貌大抵清远幽雅,怎能说是气象雄壮呢?这话固然有理,但也不尽然。王、孟派诗人也有一部分气象雄壮之作。王维、孟浩然两人的诗作便是如此。王维有一部分乐府歌行和有关边塞题材的诗篇,风格都颇雄壮。他的五律《送刘司直赴安西》、《送平澹然判官》、七绝《少年行》等都是很好的例子。他的“大漠孤烟直,长河落日圆”(《使至塞上》)景象壮阔,风格雄浑,更为历来所传诵。他的某些山水写景诗像《终南山》(“太乙近天都”篇)、《汉江临泛》(“楚塞三江接”篇)、《晓行巴峡》都颇为雄壮。他的七律《和贾至舍人早朝大明宫之作》的“九天阊阖开宫殿,万国衣冠拜冕旒”句,刻画唐朝宫廷宏伟面貌,也为后代诗人所推许。此外,像《观猎》、《送秘书晁监还日本》等篇也是属于这一类型的作品。总的说来,王维诗集中气象雄浑之作还不在少数,只是在全集中比起风格清远幽雅的篇什来,毕竟占次要地位。孟浩然雄壮的诗篇数量较少,但也有一些。五律《临洞庭上张丞相》、《与颜钱塘登樟亭望潮作》是比较突出的例子。五古《彭蠡湖中望庐山》、《早发渔浦潭》都写得虎虎有气势,被潘德舆誉为“精力浑健,俯视一切,正不可徒以清言目之”(《养一斋诗话》卷八)。此外,像王、孟一派中的祖咏,其七律《望蓟门》也以雄伟著称。总之,王、孟一派诗人中风格雄壮的诗篇也占有一定数量。

从盛唐诗人诗作的实际情况看,盛唐诗歌的绝大多数是浑成自然、意味深长的;大量诗篇是雄壮的;有的诗篇,浑厚、雄壮二者结合得好一些,有的则偏于浑厚或偏于雄壮。严羽以至明清诗论家推尊盛唐气象,把盛唐诗歌的风貌特征归结为浑厚雄壮(或雄浑),应当说是相当中肯合理的。

盛唐诗歌的风貌,的确与初唐和中晚唐诗歌风貌,呈现出不同的时代特征。初唐诗沿袭陈、隋遗风,诗风一般比较绮靡柔弱,缺少雄浑气象。四杰、沈、宋、杜审言的一部分诗篇(主要是五律)相当雄浑,成为盛唐诗的有力的前奏曲,但数量毕竟不多,造诣也不及盛唐。中唐前期,以钱起、刘长卿为代表的大历诗人,发展了盛唐王、孟一派的清雅诗风,明清诗论多讥其气格卑弱,当然缺乏雄浑气象。中唐后期元和时代,元、白一派诗风平易浅露,与雄浑气象大相径庭,上引严羽《考证》语,即把白乐天言语与盛唐人气象作为两种截然不同的对立风格。至于韩、孟一派特别是韩愈的诗,的确气魄宏伟,但喜用奇字僻字,雕章琢句,斧凿之痕明显,缺乏浑成之美。到得晚唐,姚、贾一派的诗清雅，风格接近大历诗人；温、李一派的诗华艳，风格又接近六朝初唐，都缺少雄浑气象。当然，中晚唐少数诗人（像李益、刘禹锡、杜牧）的某些诗篇，还保持着盛唐诗的风貌特征，但毕竟只占少数，不能形成一个时代诗风的主要倾向。因此可以说，浑厚雄壮的气象，的确是盛唐诗区别于初唐诗和中晚唐诗的风貌特征。

严羽提倡盛唐气象，提倡浑厚雄壮的诗风，是针对宋代诗坛的情况有为而发。他对宋代苏、黄和江西诗派，对南宋的四灵诗派，都深表不满。苏、黄和江西派诗，如严羽所批评，以文字、才学、议论为诗，不但缺少兴趣，而且缺少浑成的气象。刘熙载云："杜诗雄健而兼虚浑，宋西江名家学杜，几于瘦硬通神，然于水深林茂之气象则远矣。"（《艺概·诗概》）中肯地指出了江西派诗号为学杜，实际丧失了杜诗浑成深厚的风貌特征。至于南宋四灵派诗人，严羽指出他们"独喜贾岛、姚合之诗，稍稍复就清苦之风……不知止入声闻、辟支之果，岂盛唐诸公大乘正法眼者哉"（《诗辨》），明显地缺乏雄壮的风貌。《诗评》讥笑"郊、岛辈，直虫吟草间"，声调凄婉而不雄壮，也可说是对四灵诗派的间接批评，老师不行，徒弟当然更不足数了。王维、孟浩然诗，有兴趣，气象浑厚，但雄壮不足。严羽最推尊李、杜，他自己写的诗也以学李、杜为主，不是没有理由的；因为在他看来，李、杜诗最充分全面地体现了盛唐气象。清代王士禛以来的一些评论家，认为严羽最推重王、孟，这种看法是不对的、缺乏事实根据的①。

三

上面我们着重分析了盛唐气象这个概念的涵义和特征，下面准备再讨论两个问题：一是盛唐气象形成的原因，它与盛唐时代的社

① 参考拙作《全面地认识和评价〈沧浪诗话〉》。编者按：此文收入《中国古代文论管窥》上编。

会、政治、文化等的关系怎样；一是盛唐气象的美学意义怎样，我们今天可以从中吸取什么样的历史经验。

关于盛唐气象形成的原因，概括说来，我认为主要是两个方面：一是盛唐时代所孕育的人们特定的心理状态和精神面貌，一是前代优秀诗歌遗产的继承与发扬。

唐朝从建国到玄宗时代，社会长期比较安定，经济发展，国势强大，形成了空前的大帝国。政治上也比较开明，实行科举制度，使大批中小地主阶级出身的士人获得较为方便的进身之路。除朝廷设科取士外，各处地方长官也注意招纳贤才。在这种环境中，许多有才能的士人往往在政治上怀抱宏愿，对前途充满积极乐观的情绪，相信自己的才能必有施展机会。他们有的直接参加科举考试；有的漫游各地，干谒长官；有的从军边塞，做边将的幕僚；有的暂隐终南，培养声价——他们企图通过各种途径来达到获取官位、建功立业的目的。李白要求做辅弼大臣，由布衣直致卿相；杜甫也有“窃比稷与契”、“致君尧舜上”的宏伟抱负。这些虽不免带上若干诗人的夸张和幻想，但的确反映了那个时代有才能的士人的雄心壮志。唐帝国的规模，不但在中国历史上是空前的，而且在当时世界上也是首屈一指的。当时唐朝疆域辽阔，中外经济文化交流频繁，西域文明源源流入中国，被吸取为养料，充实更新了原有的文明。长安、洛阳、扬州、广州、益州（成都）等大城市，商业发达，经济繁荣，外商云集。士人们观光京城，漫游各地，有的还亲历边塞，接触到许多事物，看到祖国辽阔广大，繁荣昌盛，眼界异常开阔，并萌发出了一种大唐人民的自豪感。以上这些因素综合起来，便形成了盛唐士人们（包括不少诗人）情绪积极、抱负宏大、气魄豪迈、胸襟开阔这么一种特定的心理状态和精神面貌。在这种心理状态的支配下，诗人们落笔时，往往喜欢选取雄伟的景象、壮阔的境界作题材，如边塞奇险的风光、沙场紧张的战斗、祖国壮丽的山川等等，因为通过这些题材，便于抒发他们的豪情壮志，寄托他们的开阔胸怀。他们还喜欢运用“百年”、“万里”这类广阔的时空概念来抒发怀抱。在这种心理状态的支配下，他们在文学上的审美标准自然会与南朝多数文人迥然不同，他们不喜欢那种绮靡柔弱、雕章琢句的文风，而向往和追求那种清新自然、雄浑刚健的优良风格。

再说对前代优秀诗歌遗产的继承与发扬。这主要表现在对汉魏六朝乐府诗和建安诗歌的学习方面。盛唐时代，诗风趋向质朴，扫除南朝浮靡风气，注意向古乐府学习。古乐府中多民间作品，前代一部分文人乐府诗，因受乐府民歌影响，也具有较浓的民歌气息。这类古乐府诗风格大抵或质朴刚健，或清新活泼。盛唐著名诗人王昌龄、王维、崔颢、高適、岑参、李颀、崔国辅、李白、杜甫等等，都喜欢写作乐府诗。他们用古体写的乐府诗，大抵受汉魏古乐府影响较深，以刚健流畅见长；用绝句写的乐府小诗，则受六朝乐府影响较深，以清新婉转取胜。他们吸取了乐府民歌质朴自然的优长，在此基础上再加上锤炼工夫，使诗的意境更深，韵味更美。我们看《李太白集》，诗歌共计二十四卷，乐府诗和接近乐府体的歌行占了六卷，其比重是多么大！其他盛唐诗人的乐府诗数量虽不及李白多，但都占有相当比重。除乐府诗外，盛唐诗人还注意向建安诗人学习。以三曹、王粲、刘桢等为代表的建安诗人，作品富有风骨，历史上称为建安风骨。盛唐诗人自觉地以恢复建安风骨为己任。李白赞美“蓬莱文章建安骨”（《宣州谢朓楼饯别校书叔云》），高適赞美友人的诗为“纵横建安作”（《淇上酬薛三据兼寄郭少府》）。殷璠的《河岳英灵集·集论》赞美盛唐诗歌“言气骨（即风骨）则建安为俦”，集子中还用“有气骨”、“风骨凛然”等语赞美高適、崔颢等诗人。这些都是明显的例证。建安文人的诗歌，抒情鲜明爽朗，用语刚健有力；所谓建安风骨，即指建安诗歌那种明朗刚健的艺术风貌①。建安文人喜欢写作乐府诗，三曹、王粲等都写

① 参考拙作《从〈文心雕龙·风骨〉谈到建安风骨》。

了不少乐府诗。他们写的乐府诗，深受汉代乐府诗影响，语言虽颇有文采，但仍保存着许多乐府民歌的质朴自然的特色，诚如黄侃《诗品讲疏》所云，“文采缤纷，而不能离闾巷歌谣之质”（范文澜《文心雕龙注》引）。建安诗歌风清骨峻、明朗刚健的艺术风貌，实际上可说是清新刚健的汉乐府民歌优良诗风的继承与发展。因此，盛唐诗人们学习古乐府，学习建安诗歌，二者在精神上是一致的，其目的都是为了建立自己时代的浑厚雄壮的诗风。

风格是作品思想、艺术的综合表现，作为风格特征的盛唐气象也是这样。它是由盛唐诗人的胸襟抱负，他们所喜爱描写的外界事物和景象，他们运用语言的特色这些因素共同组合而形成的。

这里还需要说明一点，即盛唐诗歌浑厚雄壮的气象，虽然如上所述，反映了唐帝国强盛时期人们特定的心理状态和精神面貌；但就内容题材而论，则不一定反映唐帝国的繁荣昌盛现象。它可以反映繁荣昌盛的现象，也可以反映黑暗腐败的现象。这后一方面的现象即便在封建社会的盛世也是相当多的，至于唐朝在安史乱后这一阶段，就更不用说了。总之，盛唐气象作为诗歌的一种艺术特征，它既与繁荣昌盛的盛唐时代有联系，但又不能对二者的联系做出简单的机械的理解。

李白、杜甫两位伟大诗人，成就在盛唐诗人中最为卓越，其作品向来被认为是体现盛唐气象的代表，下面即就李、杜的诗歌略作举例分析。

李白有许多作品写于安史乱前，反映了当时国势强大和社会安定，风格雄浑豪迈，像《渡荆门送别》、《赠孟浩然》、《大堤曲》、《子夜吴歌》、《塞下曲》、《蜀道难》等等，固然都体现了盛唐气象。他的另一些诗篇，像《行路难》、《梁甫吟》、《梁园吟》、《宣州谢朓楼饯别校书叔云》等等，着重抨击权佞当道，抒发报国无门的苦闷，着重反映了玄宗后期唐朝政治的黑暗和腐败，而不是其繁荣昌盛一面；但这些诗篇的风格仍是雄浑豪迈，显示了诗人的雄伟气魄和开阔胸襟，因而也仍然富有盛唐气象。李白的《关山月》诗，以“明月出天山，苍茫云海间。长风几万里，吹度玉门关”等句领起全篇，境界壮阔，风格雄浑，反映了唐帝国的强大和守边征人的辛苦等等，情调较为开朗，是体现盛唐气象的有代表性的篇什 。他的《北风行》，着重刻画划幽州思妇因丈夫战死沙场而生的剧烈悲痛，气氛愁惨；但全诗采用乐府歌行体，又有“北风号怒天上来”、“燕山雪花大如席”等等雄伟景象，全篇风格雄浑豪迈，也仍然是体现盛唐气象的诗篇。这两首诗同写边塞题材，但所反映的社会景象颇不相同，气氛情调也颇不相同；由于它们都具有浑厚雄壮的风貌，因此也都体现了盛唐气象。李白的《古风》第三十四“羽檄如流星”篇，描写天宝后期唐军攻打南诏失败、兵士死亡惨重的历史现象，但风格依然雄浑，也仍旧具有盛唐气象。李白在安史乱后也写了不少诗篇，有的反映了安史乱后的政治社会面貌，如《北上行》、《扶风豪士歌》、《南奔书怀》等等，有的则依然像过去那样纵情于山水美酒，如《陪族叔刑部侍郎晔及中书贾舍人至游洞庭五首》、《陪侍郎叔游洞庭醉后三首》、《庐山谣寄卢侍御虚舟》等等。这些诗篇，固然其内容、情绪有哀伤、愉快之分，但风格大体雄浑豪迈，都在不同程度上体现出盛唐气象。

再看杜甫的诗歌。在安史乱前，他的《望岳》、《登兖州城楼》、《房兵曹胡马》、《春日忆李白》等诗篇，气势雄迈，语句浑成，表现了诗人的豪情壮志，较为充分地体现了盛唐气象。他的另一些名篇，像《兵车行》、《前出塞》九首、《后出塞》五首等等，反映了玄宗末年的社会矛盾，表明了太平盛世即将结束，写得也浑成雄壮，因而也体现了盛唐气象。安史之乱爆发前夕，他写下了长篇古诗《自京赴奉先县咏怀五百字》，它与稍后的长篇《北征》，内容着重写唐朝当时不稳定的政治局面和个人的悲惨遭遇，两诗均以巨笔挥洒，元气淋漓，富有盛唐气象。杜甫陷在长安城中所写的名篇《春望》，情绪悲痛，风格却是非常雄浑。他后期看到唐皇朝一蹶不振，目击心伤，飘泊西南，生活又不安定，因此更多忧国忧民、自伤身世之作。但他的许多诗篇，特别是律诗，写得常常浑厚雄壮，突出地表现出盛唐诗的气象。五律如《秦州杂诗》二十首、《有感》五首、《江汉》、《旅夜书怀》、《登岳阳楼》等篇，七律如《蜀相》、《闻官军收河南河北》、《登高》、《阁夜》、《秋兴》八首、《咏怀古迹》五首等篇，都是富有代表性的作品。孟浩然的《临洞庭上张丞相》和杜甫的《登岳阳楼》都是描绘洞庭湖的名篇，孟诗表现了升平年代诗人的求仕心情，杜诗表现了安史乱后诗人伤时并自伤的情绪，气氛颇不相同，但二者都表现了雄伟的自然景象和诗人的开阔胸襟，都具有浑厚雄壮的特色，因而也都富有盛唐气象。《登高》一篇得到后代评论者的激赏，被认为是杜甫七律以至唐代七律中的压卷之作。该诗表现了杜甫晚年穷愁潦倒生活和悲哀，显然不是盛世景象；但它描绘的景色雄伟，境界阔大，诗人的胸襟也很开阔，因此它突出地体现了盛唐诗的雄浑气象。

通过上面对李、杜诗的分析，可见两大诗人的作品，不管是反映承平现象抑衰乱现象，都富有浑厚雄壮的盛唐诗的艺术特征，即盛唐气象。作为艺术特征的盛唐气象，其内涵是并不排斥反映时代的衰乱现象的。上文曾经指出，盛唐气象形成的一个重要原因，是由于盛唐时代所孕育的人们特定的心理状态和精神面貌，具体表现为情绪积极、抱负宏大、气魄豪迈、胸襟开阔等等。这种心理状态和精神面貌，当诗人们反映盛世的黑暗现象以至反映从盛世走向衰世的社会现象(安史乱后情状)时，是不会全部消失的。当然，他们的情绪不会像描绘升平景象时那么乐观愉快；但其抱负、气魄、胸襟，仍然可以保持宏大、豪迈、开阔的特色；而且还会因为身经丧乱，目击时艰，企图乘时建功立业，迸发昂扬奋发的精神。这在李白《永王东巡歌》十一首等一类作品中是表现得相当鲜明的，建安文人的不少诗篇也具有此种特色。至于形成盛唐气象的另一个重要原因，即继承和发扬古乐府和建安诗歌的优秀传统，当然更不会因反映的题材不同而起变化；相反，古乐府和建安诗歌中，倒有不少关心国事民生、反映社会矛盾的优秀作品。总之，我们既要看到，作为艺术特征的盛唐气象，在产生原因方面的确与繁荣昌盛的盛唐时代的政治、社会、经济等现象有着密切的联系；但又要看到，体现了盛唐气象的盛唐诗歌的内容，又是相当宽泛的，它不仅表现了盛唐的升平景象，也表现了黑暗腐败景象以及由盛趋衰的历史转折期的不少景象；还应当指出，有一些诗篇，如描写山水等自然风景者，往往与时代的盛衰没有什么明显联系。如果无视后面这类情况，那么，对于盛唐时代不少反映非盛世景象的诗篇，特别是李、杜的大量诗篇何以具有盛唐气象，对于李、杜两大家何以是盛唐气象的杰出代表人物，就不可能做出合理的解释。

下面再简单谈谈盛唐气象的美学意义和历史经验。

盛唐气象概括了盛唐诗歌的浑厚雄壮的艺术特征或艺术风格。这种艺术风格是优秀的，盛唐诗歌长期以来得到了人们的推崇和爱好，一个重要原因便是这种艺术风格所产生的强大的艺术魅力。我们在艺术上主张百花齐放，提倡艺术风格应当多种多样。我们爱唐诗，也不菲薄宋诗；爱盛唐诗，也不菲薄中晚唐诗。严羽和明代前后七子，一味推崇盛唐诗，排斥中晚唐诗和宋诗，这种对待借鉴遗产的态度、主张，是狭隘的、片面的，今天应当避免。但同时又要看到，盛唐诗的成就的确最高，艺术魅力也最强，这是经过长期历史考验，大家所公认的。这是什么原因？我想，盛唐诗具有这种优秀的艺术风格，是其主要原因。盛唐诗浑成自然而无雕琢痕迹，意蕴深厚而不发露无馀，真正做到了深入浅出，使读者百读不厌，回味无穷，获得最大的艺术享受。它风貌雄壮，意境开阔，正如严羽所谓“如金鸡擘海，香象渡河”，使读者读后为之意气昂扬，精神奋发，向往壮美的事物和境界，迸发积极有为的情绪，这种艺术感染力量又是很深邃的。可以说，盛唐诗的艺术风格具有非常突出和巨大的美学意义。我们既主张诗歌风格的多样化，但又得承认，各种风格并不都是并驾齐驱的，它们有时存在着高低之分，在艺术感染力上存在着强弱之分，而盛唐气象则可以说是我国古典诗歌中的最佳风格，它在今天也富有借鉴启发意义。

建安和盛唐是我国诗史上的两个黄金时代。建安诗歌以风骨著称，其特征是思想感情表现得鲜明爽朗，语言刚健有力，形成风清骨峻的风貌。盛唐诗歌的特征是浑成深厚和雄壮阔大，形成所谓的盛唐气象。建安风骨与盛唐气象这两个概念内涵是比较接近的，它们都具有清新刚健的特色，都倾向于壮美。建安诗歌因受汉代乐府古诗影响颇深，也较浑成自然，此点严羽即已指出（见前引文）。盛唐诗表现思想感情也是鲜明爽朗的。建安诗的刚健与盛唐诗的雄壮，内涵也较为相近。盛唐诗人自觉地学习建安风骨，获得显著成绩，使盛唐诗也具有风清骨峻的特色。唐代殷璠就常用具有风骨赞美高適等某些诗人，严羽使用了盛唐风骨这一名称①，后来明清诗论家也继续使用这个名称。盛唐风骨与盛唐气象这两个名称的内涵也是相当接近的。当然，随着时代的发展变化，盛唐诗歌比起建安作品来又有明显的进展，它的雄伟壮阔风貌相当突出，为建安诗歌所不及。它的近体诗除继承乐府民歌、建安作品浑成刚健的特色外，还继承了南朝文人新体诗属对精致、声韵和谐的特色，把精工融化到浑成之中，做到精工而使人不觉斧凿痕，这在艺术上是一种很大的创造。

建安、盛唐这两个诗歌黄金时代作品风格特征的接近，盛唐诗歌对于建安风骨的继承与发展，是由于两个时代诗人具有着颇为接近的思想感情基础。首先是人生观的相近。尽管建安作家生于乱世，盛唐诗人大多数在盛世进行创作，处境有所不同，但他们多数人具有积极向上的人生观。他们在政治上都有抱负和期望，关心国事民生，

① 《沧浪诗话·诗评》："顾况诗多在元、白之上，稍有盛唐风骨处。"

企图建功立业，有所作为。他们都具有积极奋发的精神；或意气风发，情怀慷慨；或气度豪迈，胸襟开阔。发为诗歌，便形成思想感情表现得鲜明爽朗、雄壮开阔的特色。其次是艺术上审美观的相近。由于他们有积极奋发的精神，他们在诗歌创作上都倾向于富有气势的、雄壮有力的美，爱好明朗刚健的风格。建安作家"慷慨以任气，磊落以使才"；他们重视学习汉代古乐府，在语言运用上"不求纤密之巧"，"唯取昭晰之能"（均见《文心雕龙·明诗》）。盛唐诗人则重视学习汉魏六朝乐府和建安诗作。重视直抒胸臆，不假雕饰，重视向清新刚健的乐府民歌学习，成为这两个时代诗歌创作的共同特色。建安和盛唐诗歌之所以获得辉煌成就，是由于诗人们多数具有积极的人生观和健康的艺术观。这是很宝贵的历史经验，值得我们好好领会和吸取。

（原载《上海社会科学院学术季刊》1986年第3期）

全面地认识和评价《沧浪诗话》

在宋代的诗话中，对后代影响最大的是严羽的《沧浪诗话》。关于它的评价，明清两代就产生了很分歧的意见。解放以来，学术界对《沧浪诗话》也很重视，曾发表过专著和不少单篇论文进行探讨，或贬或扬，主张也颇不相同。我认为要比较全面确切地评价《沧浪诗话》，必须注意以下三点：其一，《沧浪诗话·诗辨》云："诗之法有五：曰体制，曰格力，曰气象，曰兴趣，曰音节。"这是书中提出的评价诗歌艺术成就的五项标准，严羽对它们都是很重视的。分析他的诗论，如果只注意"兴趣"一项而忽视其他，就容易产生片面的论断。其二，《沧浪诗话》全书分《诗辨》、《诗体》、《诗法》、《诗评》、《考证》五章。《诗辨》提出基本主张，固然最为重要。但《诗体》、《诗法》、《诗评》三章，分别谈诗的体制、写作方法以及评论历代诗人及其作品，也有不少重要意见。《考证》一章，虽多枝节问题的考订，但少数条目，也可取以参证。结合这些篇章中发表的对许多具体问题的议论，特别是对许多具体作家作品的评论，就更容易看出严羽诗论的精神实质。如果仅就《诗辨》一章考察，就使人感到他的议论很玄虚，不可捉摸。这点在研究方法上也是值得注意的。其三，严羽诗论矛头所指，重点固在苏、黄诗和江西诗派，但同时也抨击了当时流行的永嘉四灵诗派。南宋后期，四灵诗派兴起，刻意摹仿晚唐贾岛、姚合的作品，诗风纤弱不振。严羽对此颇不满，他说："近世赵紫芝、翁灵舒辈，独喜贾岛、姚合之诗，稍稍复就清苦之风。江湖诗人多效其体，一时自谓之唐宗；不知止入声闻、辟支之果，岂盛唐诸公大乘正法眼者哉！”他提出五项标准，与反对四灵诗风也有紧密联系。这又是在考察严羽诗论的文学历史背景时必须注意的。根据上面的认识，以下试从兴趣、气象、格力、音节、体制五个方面分别进行考察，看看《沧浪诗话》各章发表过哪些言论，力求对他的诗论获得比较全面的了解，然后在此基础上给予历史评价。

一 兴 趣

严羽在书中大力抨击了江西诗派“以文字为诗、以才学为诗、以议论为诗”的弊病，同时强调诗歌必须有兴趣，企图藉以纠正不良诗风。所谓兴趣（书中有时称为“兴致”或“意兴”），是指抒情诗所以具有感染力量的艺术特征。具体说来，这里面大致包含着三个要素。一是抒情，所谓“诗者，吟咏情性也”。严羽并不排斥诗中之理，但他要求“不涉理路”，即不直接说理，理应该藏在情性的后面，让读者自己体会，所以他称赞“唐朝人尚意兴而理在其中”。这种主张，正是针对苏、黄诗风而发。因为以文字、才学、议论为诗，势必淹没性情。刘克庄《后村诗话》批评黄山谷一派诗“锻炼精而性情远”，是一针见血之谈。二是要有真实感受和具体形象。严羽强调兴，兴是诗人对外界事物有所感触而发生出来的，所谓感物起兴。如杜甫诗云：“云山已发兴。”（《陪李北海宴历下亭》）“东阁观梅动诗兴。”（《和裴迪登蜀州东亭见寄》）这里包含着作者的真实感受，也必然接触到外界的具体事物，跟专以才学、议论为诗的作风是不同的。三是要含蓄和自然浑成。所谓“不落言筌”、“羚羊挂角，无迹可求”，意在譬喻诗歌要写得自然浑成，不露斧凿痕迹。《诗评》评王安石《胡笳十八拍集句》云：“浑然天成，绝无痕迹。”其说可以参照。所谓“透彻玲珑，不可凑泊，如空中之音，相中之色，水中之月，镜中之象”，意在譬喻说明诗歌要写得语言精炼含蓄，意味深长，有“言有尽而意无穷”的妙处。《诗法》云：“语忌直，意忌浅，脉忌露，味忌短。”也是要求写得含蓄不露，意味深长，其议论可以互相参照。

严羽论诗，针对江西诗派流弊，强调诗歌要有兴趣，实际就是要求它具有抒情诗的艺术特征和感染力量。诗歌具有这种艺术特征，就是所谓“当行本色”；从它区别于其他文体而言，就是所谓“别材别趣”。“当行本色”和“别材别趣”实际指的是一回事。

严羽提倡兴趣，提倡抒情诗的艺术特征的意见，可以明显地看出受到过去诗论家鍾嵘、殷璠、释皎然、司空图、姜夔等人的影响。鍾嵘《诗品》论诗强调滋味，他认为“五言居文词之要，是众作之有滋味者”。他反对晋代的玄言诗专门谈玄说理，结果“理过其辞，淡乎寡味”。反对刘宋颜延之、谢庄一派的诗喜欢用事用典，结果“文章殆同书钞”，“句无虚语，语无虚字，拘挛补衲，蠹文已甚”；认为诗歌“吟咏情性，亦何贵于用事”(均见《诗品序》)。可以看出，严羽提倡兴趣，反对以文字、才学、议论为诗，正是继承了鍾嵘的这些论点。鍾嵘又说：“文已尽而意有馀，兴也。”这种关于“兴”的解释对严羽的提倡兴趣和“言有尽而意无穷”，显然也有启发作用。盛唐殷璠在其《河岳英灵集》评语中常以“兴”或“兴象”赞美诸家。如评常建云：“其旨远，其兴僻，佳句辄来，唯论意表。”评刘昚虚云：“情幽兴远，思苦语奇。”评陶翰云：“既多兴象，复备风骨。”评孟浩然云：“至如‘众山遥对酒，孤屿共题诗’，无论兴象，兼复故实。”评贺兰进明云：“又《行路难》五首，并多新兴。”可见殷璠对诗的兴或兴象的重视。严羽推崇盛唐诗，在这方面当然受到专选盛唐诗的《河岳英灵集》的影响。稍后释皎然《诗式》有云：“两重意已上，皆文外之旨。若遇高手如康乐公，览而察之，但见情性，不睹文字，盖诣道之极也。”(卷一“重意诗例”条)这种议论大约对严羽的“不落言筌”说也有启发。唐末司空图的诗论则强调韵味。司空图《与李生论诗书》认为诗歌应有一种醇美之味，在酸咸之外。诗歌要做到“近而不浮，远而不尽，然后可以言韵外之致耳”。这里强调诗歌的含蓄不尽和意味深长，显然也给了严羽不小的启发。严羽的前辈姜夔也很重视含蓄不露和意味深长。《白石道人诗说》云：“《三百篇》美刺箴怨皆无迹，当以心会心。”似为严羽“无迹可求”论的先导。又云：“语贵含蓄。东坡云‘言有尽而意无穷’者，天下之至言也。山谷尤谨于此。清庙之瑟，一唱三叹，远矣哉！……句中有馀味，篇中有馀意，善之善者也。”这里对苏黄的看法与严羽不尽相同，但他强调含蓄和意味深长的议论，则显然为严羽所承袭。

殷璠提倡的兴，多数是作家从自然景物中感发而来的。他所赞美的常建、刘眘虚、孟浩然诸家，都擅长山水田园之作，司空图更是大力赞美王维、韦应物的作品。严羽既然在提倡兴趣方面受到殷璠、司空图的影响，是否证明严羽也是提倡王孟一派田园山水诗的呢？过去有些评论者在这方面都作了肯定的答案。黄宗羲《张心友诗序》说：“沧浪论唐，虽归宗李杜，乃其禅喻，谓‘诗有别材，非关书也，诗有别趣，非关理也’，亦是王孟家数，与李杜之海涵地负无与。”《四库提要》评《沧浪集》时也有“羽则专主于妙远”的看法。后来许印芳在《沧浪诗话跋》中更明确地说：“严氏……名为学盛唐，准李杜，实则偏嗜王孟冲淡空灵一派。”今人评论严羽常常接受这种看法。我认为这种看法实际是难以成立的，理由是：

第一，从理论上看，严羽并没有像司空图那样提倡歌咏隐逸的生活和情趣。诗家之兴，虽常从自然景物感触而来，但不限于自然景物。殷璠评贺兰进明的《行路难》有“新兴”，即是一例。严羽说：“盛唐诸人，惟在兴趣。”又说：“唐人好诗，多是征戍、迁谪、行旅、离别之作。”这里透露着唐诗作者的感兴常常是从社会生活中得来的。严羽提倡兴趣，是提倡抒情诗的艺术特征；这种艺术特征，严羽认为盛唐许多诗人都具有，不限于田园山水一派。事实也确是这样。“空中之音、相中之色、水中之月、镜中之象”云云，说得的确比较玄虚，仿佛在宣传表现方外之情和禅理，其实不然，它的本意不过在以禅喻诗，用它们来说明诗在艺术上的“言有尽而意无穷”的高超境界而已。综览《沧浪诗话》全书，严羽只是以禅喻诗，他并不要求以禅理入诗，像皎然《诗式》那样。再在诗的风格方面，严羽是颇重视雄壮一路的（此点下节再详谈），假如他最重王孟一派悠闲的田园山水诗，就不会这样。

第二，从对具体作家的评价看。严羽最推重的是李白、杜甫，认为两家之诗已达极致，臻于“入神”之境，“至矣尽矣，蔑以加矣”。书中没有一处赞美王维。于韦应物，只有在赞美权德舆时说他“或有似韦苏州、刘长卿处”（《诗评》）。对孟浩然诗有好评，《诗辨》云：“孟襄阳学力下韩退之远甚，而其诗独出退之之上者，一味妙悟故也。”这里赞美孟浩然懂得抒情诗的艺术特点，尽管学力不及韩愈，诗反而写得好。苏轼曾批评孟浩然诗“韵高而才短，如造内法酒手，而无材料耳”（见《后山诗话》）。苏黄诗是师法韩愈的，韩诗喜欢逞才学，发议论，严羽强调孟襄阳诗在韩退之之上，正是针对苏黄“以才学为诗”的倾向而发。所以这里赞美孟浩然，主要意图是在抨击苏黄一派不懂得抒情诗的艺术特色，并不见得对孟浩然的诗特别推重。在《诗评》中，严羽固然赞美了陶渊明、谢灵运、柳宗元的诗，但也赞美了阮籍、左思的古诗和张籍、王建的乐府，并不能说他最推重田园山水一派的作家作品。严羽对这些作家的赞美，大抵是从风格立论，而不是从思想内容和题材立论（对其他诗人的褒贬也常常如此）。

第三，从严羽本人的诗歌创作看。一个作者的理论和创作可以有距离，但基本倾向一般说来总是一致的。司空图推崇王维、韦应物，他的诗作确实走的王韦一路。严羽推崇李杜，他的诗主要学习李杜，理论与创作倾向也是一致的①。严羽是理论家，他的创作可以赶

① 参考拙作《严羽和他的诗歌创作》。编者按：此文收入《中国古代文论管窥》上编。

不上理论，但二者不可能背道而驰。如果事情真像不少评论者那样认为严羽阳尊李杜、阴奉王孟，那么对《沧浪吟卷》中许多学习李杜的作品（它们构成《沧浪吟卷》的主要倾向）将如何解释呢？难道可以说沧浪为了使人相信他阳尊李杜的议论，才写了这么许多学习李杜的作品吗？

由此可见，对于严羽诗论的这种颇为流行的看法是并不中肯的。

二　气象、格力、音节

严羽标举"诗之法有五"，除兴趣之外，他对于体制、格力、气象、音节各项都是很重视的。本节拟谈气象、格力和音节三者。南宋吴子良在理宗淳祐三年所作的《石屏诗后集序》云："盖尝论诗之意义贵雅正，气象贵和平，标韵贵高逸，趣味贵深远，才力贵雄浑，音节贵婉畅。若石屏者，庶乎兼之矣。"这里所说的"趣味"相当于严羽的"兴趣"，所说的"才力"接近于严羽的"格力"。由此可见，从气象、兴趣、格力、音节等几个方面来品评诗歌，在当时不是严羽一人的主张。

严羽诗很重视气象。诗的气象是呈露于外的诗的精神面貌，不同的诗有不同的气象。吴子良认为"气象贵和平"，严羽不然，他要求的是浑成、浑厚的气象。《诗评》云：

> 汉魏古诗，气象混沌，难以句摘。晋以还方有佳句，如渊明"采菊东篱下，悠然见南山"、谢灵运"池塘生春草"之类。谢所以不及陶者，康乐之诗精工，渊明之诗质而自然耳。
>
> 建安之作，全在气象，不可寻枝摘叶。灵运之诗，已是彻首尾成对句矣，是以不及建安也。

严羽推许汉魏古诗和建安作品，由于它们气象浑成，不在字句上雕琢以表现精巧，通篇无斧凿痕迹①。这里实际上是在提倡浑朴天然的风格。这种主张跟他在提倡兴趣时强调"无迹可求"的意见是相通的。《诗评》说："汉魏之诗，词理意兴，无迹可求。"也是赞美汉魏古诗浑然天成的意思。《白石道人诗说》云："气象欲其浑厚。"严羽在这方面大约受到姜夔的影响。

严羽对唐诗(实际是盛唐诗)的气象也很加赞美。《诗评》云："唐人与本朝人诗，未论工拙，直是气象不同。"唐诗气象的特色何在呢？《答吴景仙书》认为"盛唐诸公之诗，如颜鲁公书，既笔力雄壮，又气象浑厚"，所以好。苏黄之诗，"虽笔力劲健"，但有子路剑拔弩张的气象，不浑厚，所以不好。他反对提倡用"健"字评诗，因为它容易使诗的面目剑拔弩张而失去浑厚。《诗评》又云："盛唐人有似粗而非粗处，有似拙而非拙处。"盛唐诗这种"似粗非粗"、"似拙非拙"的妙处，正是在于气象的浑成。近代陶明濬《诗说杂记》卷十解释沧浪这段话时有云："粗之反面曰精，拙之反面曰工。……拙则近于古朴，粗则合于自然。"这意见是很中肯的。严羽认为陶渊明胜于谢灵运，就是由于陶诗古朴自然而谢诗精工。

《诗评》中提到苏武诗"幸有弦歌曲"等十句，严羽认为"今人观之，必以为一篇重复之甚"，但他认为"古诗正不当以此论之也"。又提到古诗"青青河畔草"等，"一连六句，皆用叠字。今人必以为句法重复之甚"，但他认为"古诗正不当以此论之也"。这两则评语说明严羽认为汉魏古诗由于浑朴自然，不像后人讲求字句工巧，所以不避重复。《诗评》又云："唐人七言律诗，当以崔颢《黄鹤楼》为第一。"崔颢的《黄鹤楼》诗，不严格讲究对偶和声律，语句比较浑成自然，所以获得严羽的激赏。《考证》云："'迎旦东风骑蹇驴'绝句，决非盛唐人气象，只似白乐天言语。"因为这首绝句的语言比较浅俗，不浑成含蓄，

① 实际建安时代的一部分作品已经颇讲求字句的工巧，与汉代古诗不同。

所以严羽认为决非盛唐人气象。《考证》又认为柳宗元《渔翁》一诗删去最后两句就更好,谢朓"洞庭张乐地"诗如删去中间"广平听方籍"两句,全诗只留下八句,"方为浑然"。这也是从诗的浑成含蓄的艺术效果说的。

严羽提倡气象浑成或浑厚,实际是要求诗歌具有浑朴天然的风格;他反对刻画字句,呈露痕迹。这种主张一方面针对苏黄诗派好逞才、爱发议论、诗歌缺乏含蕴之风而发,另一方面也是针对四灵诗派等学晚唐浅露之风而发的。

清代潘德舆《养一斋诗话》很推重严羽,不少议论深受沧浪影响。他也非常重视诗的浑成和浑厚。书中赞美王昌龄《从军行》"大漠风尘日色昏"一首写得"用意深至","盖讥主将于日昏之时始出辕门,而前锋已夜战而禽大敌也。较中唐人'死是征人死,功是将军功'二语,浑成多矣"。又说:"龙标'玉颜不及寒鸦色,犹带昭阳日影来',与晚唐人'自恨身轻不如燕,春来犹绕御帘飞',似一副言语,而厚薄远近,大有殊观。"又说:"龙标《朝来曲》云:'日昃鸣珂动,花连绣户春。盘龙玉台镜,唯待画眉人。'看似细写娇丽之景,不知用意全在'日昃'二字,此所谓'俾昼作夜'者也。玩渠运意,何其浑然,岂中晚人所能窥见?"(均见卷二)这种推重盛唐诗的浑厚而贬低中晚唐诗的言论,可说是严羽论点的发挥。

严羽在诗法五项中标举格力。他在具体评论中没有运用这一名词,而用了与此相近的一个词——风骨。诗歌的格力主要是指语言说的,指它的雄壮有力的特色。严羽在诗论中颇重视风骨。《诗评》云:"黄初之后,惟阮籍《咏怀》之作,极为高古,有建安风骨。"又云:"顾况诗多在元、白之上,稍有盛唐风骨处。"①《诗评》又推重左思云:"晋人舍陶渊明、阮嗣宗(案阮是魏人)外,惟左太冲高出一时。"案左思

① 此条通行本《沧浪诗话》脱去,此据《诗人玉屑》卷二引文。

的诗,风骨遒劲,锺嵘《诗品》认为其源出于"贞骨凌霜,高风跨俗"的刘桢,又说陶渊明诗"协左思风力"。《诗评》此条次序即在赞美阮籍《咏怀》高古有建安风骨之后,用意在赞美左思诗有风骨,是无可怀疑的。关于风骨这个概念的涵义,我认为是指思想感情表现得鲜明爽朗,语言遒劲有力所形成的明朗刚健的风格①。目前学术界对风骨涵义还没有一致的看法,但它含有风格雄壮有力这一点,却是一般所同意的。所以,从严羽推重风骨的话,可以看出他要求"笔力雄壮"的主张。《答吴景仙书》赞美盛唐诗"笔力雄壮",大致也就是这个意思。

严羽对元稹、白居易诗颇不满意。他认为元白诗不及顾况有风骨。元白的诗歌,语言比较繁冗,有好尽之累(此点白居易在《和答诗十首序》中作过自我批评),而缺乏雄壮有力的风格。沈德潜《说诗晬语》云:"大历十子后,刘梦得骨干气魄,似又高于随州。人与乐天并称,缘刘、白有《倡和集》耳。白之浅易,未可同日语也。"所谓"骨干气魄",即骨气或气骨,也就是风骨。这是说白居易诗缺少风骨,不及刘禹锡。严羽《答吴景仙书》说:"柳子厚五言古诗,尚在韦苏州之上,岂元白同时诸公所可望耶?"在严羽看来,柳宗元的五言高古似陶潜,非元白诗的作风浅俗所可比拟。他是很反对浅俗的,《诗评》曾讥"薛逢最浅俗"。元白的诗歌,语言繁而浅,比较缺乏风骨和"一唱三叹"的韵味,所以招来严羽的不满。有人认为严羽批评元白,是轻视诗歌的思想内容,这是误解。《诗评》云:"大历后,刘梦得之绝句,张籍、王建之乐府,吾所深取耳。"张王乐府诗语言比较简练含蓄,不似元白的发露,所以获得严羽的赞美。假如严羽反对元白讽谕诗的思想内容,为什么又要赞美思想倾向与元白讽谕诗一致的张王乐府呢?为什么又要赞美杜甫的《兵车行》、《垂老别》呢?严羽并不提倡新乐府和讽谕

---

① 参考拙作《〈文心雕龙〉风骨论诠释》。编者按:此文收入《文心雕龙探索》上编。

诗一类作品，但也没有笼统贬抑。

关于音节，严羽发表了一些具体看法。《诗法》说："下字贵响。"又说："音韵忌散缓，亦忌迫促。"他要求音节响亮悠扬。《诗评》说："孟浩然之诗，讽咏之久，有金石宫商之声。"宫声是最响亮的音调，明代最重声调的诗人李东阳在《怀麓堂诗话》中讲到有人说李白、杜甫的诗是宫声，其友人潘桢赞美他的诗得宫声，他由此很自负。孟浩然有一部分诗篇，的确写得气象开阔，音节响亮。如《晚泊浔阳望香炉峰》有云："挂席几千里，名山都未逢。泊舟浔阳郭，始见香炉峰。"《临洞庭上张丞相》有云："八月湖水平，涵虚混太清。气蒸云梦泽，波撼岳阳城。"都是其例。值得注意的是，在《诗评》这一条的上一条中，严羽批评孟郊诗道："孟郊之诗，憔悴枯槁，其气局促不伸，退之许之如此，何耶？诗道本正大，孟郊自为之艰阻耳。"孟郊的诗，语言比较艰涩枯窘，音节缺乏响亮悠扬之美；严羽说孟诗"憔悴枯槁，其气局促不伸"，虽然主要是批评他气象局促，但也是含有对音节上缺点的不满之意的。音节响亮跟风骨也有联系。《文心雕龙・风骨》篇曾说："捶字坚而难移，结响凝而不滞，此风骨之力也。"[①]诗歌的格力雄浑和音节响亮二者是常常联系着的，明清诗论家把二者结合起来谈，遂形成了格调说，其理论实滥觞于严羽。

根据上面对气象、格力、音节的意见，可知严羽要求诗歌气象浑厚、笔力雄壮、音节响亮，具有遒劲的风骨。他喜爱风格偏于壮美一类的诗歌，这跟他本人诗歌的风格也是一致的。这个标准在严羽的诗论中很重要。他特别推崇李杜的作品，后来明代前后七子推重严羽的诗论，都跟它有密切的联系。《诗评》说："李杜数公，如金鳷擘海，香象渡河，下视郊岛辈，直虫吟草间耳。"李白、杜甫的诗壮美[②]，孟郊、贾岛的诗则反

① "结响凝而不滞"句，黄侃《文心雕龙札记》释为"声律畅调"。

② 郭绍虞《沧浪诗话校释》说："金鳷擘海"是"喻笔力雄壮"，"香象渡河"是"喻气象浑厚"。

是，严羽在这方面表现了明显的褒贬态度。严羽提倡气象浑厚，笔力雄壮，音节响亮，其矛头同时指向江西诗派和四灵诗派。江西派雕琢字句，破坏浑厚气象，讲究拗句，使音节不能响亮悠扬，这是严羽所不满的。四灵诗派在这方面的问题也很大。他们专门刻意学习贾岛、姚合的五律，规模局促，语言风格柔弱纤巧，真是所谓"虫吟草间"。严羽对贾岛的讥评，实际上间接反映了对四灵诗派的批判。

从严羽格力、音节方面的标准，可以帮助理解严羽不会大力推重王孟一派田园隐逸的诗歌，因为它们的风格大抵偏于阴柔而不是阳刚。从严羽对四灵诗派的不满，更可以理解严羽不会特别推重王维。四灵的祖师是晚唐的贾岛和姚合。姚合编有《极玄集》，专选王维、祖咏和大历才子一派的诗。集中首列王维，并说所选各家诗都是"诗家射雕手"。四灵诗派喜以五律描写山水和隐逸情趣，溯其远源，还从王维来。严羽既然大力批评四灵诗派的柔弱纤巧之风，假如同时又大力推重王维，不是要使人感到在打自己的嘴巴吗？

王孟一派的田园山水诗以至四灵派的作品，从兴趣这一项标准说来，还是不差的。它们重抒情、有兴致、讲含蓄，具有抒情诗的艺术特点。但它们在格力、音节的壮美方面，却往往存在很大的弱点，使严羽不能满意。在强调兴趣时，严羽会说孟浩然的诗胜过韩愈；在提倡格力时，他又会说贾岛之诗远逊于李杜。由此可见，单纯从兴趣这个标准来看严羽的诗论，是非常不全面的。清代王渔洋赞美严羽，实际只撷取严羽提倡兴趣的一面，来为自己的神韵说作理论根据，而没有注意到严羽要求壮美风格的意见。我们今天不能仅仅根据王渔洋的看法来理解和评价严羽，而应该根据严羽原来的面目来进行评价。

三 体 制

严羽论诗非常重视体制。他提出的五项诗法中第一就是体制。

《沧浪诗话》第二章为《诗体》。专门区分并说明历代诗歌的各种体制。《答吴景仙书》对辨明体制的重要性更有具体的说明：

> 作诗正须辨尽诸家体制，然后不为旁门所惑。今人作诗差入门户者，正以体制莫辨也。世之技艺，犹各有家数，市缣帛者，必分道地，然后知优劣，况文章乎？仆于作诗不敢自负，至识则自谓有一日之长，于古今体制，若辨苍素，甚者望而知之。

《诗法》也说："辨家数如辨苍白，方可言诗。"所谓"家数"，是指各个作家的不同体制，所以本条下严羽自注云："荆公评文章，先体制而后文之工拙。"这些意见，都说明严羽把辨别体制和家数放在非常重要的地位。

严羽所说的体制，不仅指作品的体裁、样式，而且是指体貌，犹如《文心雕龙·体性》篇所说的体，相当于今天所谓风格。它标志着作家作品在艺术表现上的总的特色。我国古代文论中常常用"体"字来指作家作品的艺术特色。如沈约《宋书·谢灵运传论》说："自汉至魏，四百馀年，辞人才子，文体三变。相如工为形似之言，二班长于情理之说，子建、仲宣以气质为体，并标能擅美，独映当时。"萧子显《南齐书·文学传论》把当时的诗歌分为三体，对它们的艺术风格都作了具体说明，并指出这三体分别发源于谢灵运、鲍照等诗人。到锺嵘《诗品》，更根据体制来系统探讨作家的继承关系及其流派。如评谢灵运云："其源出于陈思。杂有景阳之体。"意思是说：谢灵运诗的体制出于曹植，又受到张协的影响。由此可见，体或体制标志着作家作品在艺术表现上的总的特色，大作家的体制产生深远影响，形成文学史上的流派，所以它是很重要的①。严羽所提倡的兴趣、气象、格力、

---

① 参考拙作《中国古代文论中的"体"》。编者按：此文收入《中国古代文论管窥》上编。

音节诸种艺术因素，都可以包含在体制之内；因为体制既然标志着作家作品艺术表现上的总的特色，它就是由诸种艺术因素构成的统一体。从这里可以了解严羽所以非常重视体制的道理。

《沧浪诗话》中《诗体》一章，专论诗的体制和体裁样式。其中头上两类是按时代区分和按名家区分的体（后者即所谓家数）。这两类体制最重要，在文学史上影响最大。严羽重视体制，主要是就这两类而言。关于时代的体制，严羽最推重汉魏晋（实际下延到宋初谢灵运）和盛唐的诗。《诗辨》章中以禅为喻，指出汉魏晋与盛唐之诗是最上乘，是第一义，应该作为学习的对象。但由于汉魏晋只有古体诗没有近体诗，为体不备，所以他又特别推尊盛唐。

汉魏晋与盛唐之诗为什么最好呢？就是由于它们在兴趣、气象、格力、音节诸方面符合严羽的标准。“汉魏之诗，词理意兴，无迹可求。”“气象混沌，难以句摘。”（《诗评》）在意兴、气象上都臻上乘。“阮籍《咏怀》之作，极为高古，有建安风骨。”“陶渊明之诗，质而自然。”（《诗评》）这两位魏晋名家在格力、气象上有很高造诣。晋以后，南朝人追求艳丽词藻，雕琢柔靡，气象、格力都不行，所以说：“汉魏、晋宋、齐梁之诗，其品第相去，高下悬绝。”（《答吴景仙书》）至于盛唐之诗，与汉魏晋诗有同样的好处，“盛唐诸人，惟在兴趣，羚羊挂角，无迹可求”（《诗辨》），“盛唐诸公之诗，如颜鲁公书，既笔力雄壮，又气象浑厚”（《答吴景仙书》），兴趣、格力、气象等诸方面都很出色。

严羽把唐诗按时代区分为五体：唐初体、盛唐体、大历体、元和体、晚唐体（见《诗体》）。后来关于唐诗分为初盛中晚四期的主张，实滥觞于此，其影响是很深远的。严羽对于盛唐与中晚唐诗，辨别颇为严格。《诗评》云：“大历以前，分明别是一副言语，晚唐分明别是一副言语。”又云：“大历之诗，高者尚未失盛唐，下者渐入晚唐矣。晚唐之下者，亦堕野狐外道鬼窟中。”他看轻中晚唐体，跟反对四灵派有关，因为中晚唐诗是四灵的祖宗。中晚唐诗，除韩愈这样个别作家喜欢炫才学、发议论因而缺乏兴趣外，一般诗人的作品还是有兴趣的，不像宋代许多诗人"尚理而病于意兴"，但它们大抵气象不浑厚，格调不雄壮，所以为严羽所不取。

在盛唐诸家中，严羽最推尊李杜。他说："诗之极致有一，曰入神。诗而入神，至矣，尽矣，蔑以加矣，惟李杜得之，他人得之盖寡也。"(《诗辨》)《诗辨》认为诗的风格"大概有二：曰优游不迫，曰沉着痛快"，这两大类型或许就是从李杜诗的基本风格概括出来的。宋人论诗，多喜推尊李杜。严羽的推尊李杜，并不是人云亦云，作门面语，而是出自衷心，成为他整个诗论中的一个重要部分。因为从家数讲，李杜的诗，比较最全面地符合于他所提出的兴趣、气象、格力、音节各项标准，严羽自己的诗歌着重学李杜，更是一个有力的旁证。后来明代前后七子一派诗人推尊李杜，提倡格调，就是严羽这方面理论的一脉相承。

宋人论诗，喜欢借用佛家禅宗的术语和理论，用"悟"及"妙悟"言诗，这种风气开始于北宋，到南宋很流行。严羽在提倡学习汉魏晋与盛唐诗时，也借禅为喻，提倡妙悟。什么是妙悟或透彻之悟呢？这是指作者在创作上下过工夫后所得到的洞晓诗歌创作诀窍的认识。有了这种认识，便能写出好诗，而且写作时有得心应手、左右自如的乐趣。严羽认为汉魏古诗是天籁之音，自然生成，所以根本"不假悟"；谢灵运和盛唐诸家，已经讲究形式技巧，但他们懂得兴趣，掌握了抒情诗的艺术特征，不至于以文字、才学、议论为诗，所以是"透彻之悟"。孟浩然诗胜过韩愈，其理也在于此，汉魏的"不假悟"是无法学习的，所以严羽提倡透彻之悟。他认为透彻之悟必须建立在熟读古代优秀作品的基础上，这些古代优秀作品主要是指《楚辞》、汉魏古诗和李、杜两集。所以，要达到透彻之悟，必须首先辨别体制家数，明确取法对象。从这里更可以看出他非常重视体制家数的道理所在。

四 严羽诗论的评价

上面三节，我们就严羽的诗论作了考察，介绍了它的主要内容，并且作了一些必要的辨正，企图澄清一些片面的认识，使严羽诗论的原来面目，能够为我们确切地理解。这里不妨把上面的意见再扼要地掇述一下。

严羽提出了衡量诗歌的五项标准，那就是体制、格力、气象、兴趣、音节。他要求诗歌格力雄壮，气象浑厚，兴趣深远，音节响亮；他所推重的体制是在这些方面做得有成就的艺术风格。

根据这些标准，严羽推重汉魏晋和盛唐的诗，特别推重各种体裁样式比较完备的盛唐诗。于盛唐诗中，又最推重李白、杜甫两家。

他认为要写出好诗，必须熟读汉魏和盛唐的诗，参透其中的诀窍，懂得抒情诗的艺术特征和优美风格，就是所谓妙悟。

严羽的诗论，是针对当时流行的苏黄诗风、江西诗派和四灵诗派而发的。前者以文字、才学、议论为诗，破坏了诗的兴趣，气象也不浑厚。后者格调柔弱纤巧，缺乏浑厚雄壮的风格。

我们应该怎样来评价严羽诗论的历史功过呢？

严羽诗论的成就，我认为主要有以下三点：

第一，它比较中肯地指摘了苏黄诗风、江西诗派和四灵诗派的弊病。苏黄和江西派的许多诗歌，卖弄才学，雕琢字句，弊病很突出。至于四灵诗派，专学中晚唐贾岛、姚合，作风纤弱。这两个诗派，在宋诗的历史发展上都是落后的流派，不但思想内容在基本倾向上脱离现实，而且艺术上流弊也很大。严羽对它们作了尖锐的抨击，是具有针砭时弊的意义的。

第二，它比较细致地探讨了抒情诗的艺术特征和风格，其中包含了若干合理的意见。它指出诗歌应该具有与文章不同的别材别趣，诗人应该多读书多穷理,但表现时应该"不涉理路","尚意兴而理在其中",即通过具体感性的形象来打动人。它要求诗歌注意含蓄,兴趣深长。这些意见,在阐发抒情诗的艺术特征上都包含着合理的成分;它继承总结了过去鍾嵘、殷璠、司空图以至姜夔各家的意见,说理更为透彻和有系统,不能不说是一个贡献。它提倡气象浑厚、格调雄壮的诗风,在纠正江西派、四灵派的流弊方面,也具有一定的意义。

第三,它较有系统地探讨了历代诗歌的风格特色和艺术成就,把诗歌的历史研究推向前进。严羽论诗,最重体制和家数的辨别。《诗体》一章,综合前人意见,对各代诗歌和名家体制,作了详细的分类。《诗评》一章,对楚骚、汉魏古诗以至唐诗的特色与成就,作了较有系统的评述。其中有不少中肯意见,对我们研究古典诗歌有参考价值。对前代诗歌做出这样很有系统的评述,范围又比较广,这在鍾嵘《诗品》以后是首屈一指的。宋代许多诗话的内容一般都比较琐碎,《沧浪诗话》的出现,为诗话内容可以作有系统的论述树立了一个榜样。明代王世贞《艺苑卮言》、胡应麟《诗薮》、许学夷《诗源辩体》、胡震亨《唐音癸签》这些较有系统的诗话著作,显然都在这方面受到《沧浪诗话》的深刻影响。

《沧浪诗话》具有重要的历史地位和较大的价值,它的某些论点,在今天也还值得我们借鉴,这些都是我们应该肯定的。然而,同时更应该指出,它在理论上存在着根本的缺陷和错误,绝对不容忽视。这种缺陷和错误主要有下列三点:

首先,严羽论诗,只重艺术形式和风格,不注意进步的思想内容。他虽也说"诗有词理意兴",但只是说明诗中有理,并不表明提倡什么理,并以此作为评价作家作品的标准。他衡量作家作品的体制、格力等五项标准,都是从艺术形式和风格着眼的。他推重汉魏晋的古诗和盛唐诗,就是因为它们在兴趣、气象、格力等方面表现得好。他虽推重建安诗歌的风骨和气象,但并没有指出它们的思想意义。他虽也赞美杜甫的《北征》、《兵车行》、《垂老别》等现实性很强烈的诗篇，但他赞美杜甫的仍是“入神”、“沉郁”、“集大成”等艺术上的成就。他不满元白诗的浅俗显露，但又赞美张王乐府的蕴藉含蓄。由此可见，严羽并不排斥某些现实性强烈的诗篇，但他肯定它们，首先由于它们的艺术成就。他中肯地指责了江西派、四灵派诗在艺术上的缺陷，但没有能指出它们思想内容的贫乏。他评价诗歌，经常是把艺术性放在首要地位来考虑的。我国古代文论具有悠久的重视思想内容的传统。唐代进步诗人陈子昂、杜甫、元结等都提倡风雅比兴，要求诗歌关心现实。到白居易提倡“惟歌生民病”，在当时更富有进步意义（当然，白居易诗论的最终目的还是在于巩固封建统治，其阶级局限性也是很明显的）。严羽提倡唐诗，他的诗歌创作学习杜甫，表现了一定的爱国思想，在理论上却不能吸收唐代诗人进步的创作主张。南宋初年张戒的《岁寒堂诗话》，也很重视诗的思想内容，他强调诗的兴、观、群、怨作用，大力赞美杜甫诗的思想意义，严羽在这方面的见解显然落在张戒的后面。

其次，严羽错误地把前人遗产当作诗歌创作的源泉，并强调机械摹仿前人。毛泽东同志指出：只有人民生活是文学艺术唯一的源泉，前人的遗产只能起借鉴作用。严羽论诗不能注意到社会现实生活对作家产生的巨大作用。他评论历代作家作品，一般都没有谈到社会现实的影响。《诗评》中有一则云：“唐人好诗，多是征戍、迁谪、行旅、离别之作，往往能感动激发人意。”算是接触到了现实生活，但仅此一例，而且寥寥数语，没有具体发挥。相反，在《诗辩》中，他却强调要熟读《楚辞》、汉魏古诗、李杜二集，“博取盛唐名家，酝酿胸中，久之自然悟入”。把学习遗产当作创作的首要条件和源泉，这在理论上就陷入唯心主义。实际上《楚辞》、汉魏古诗、李杜诗等所以卓越，首先来源于丰富的生活和进步的思想。严羽赞美汉魏古诗浑然天成，正是由于其作者在生活中“感于哀乐”，直抒胸臆的结果，而不是刻意学习、模仿遗产。严羽推崇《楚辞》、汉魏古诗、李杜诗等是对的，但他不明白这类作品所以卓越的原因,对如何能创作出继承这类优秀遗产的好作品,却指错了道路。南宋的著名诗人杨万里、陆游都谈到悟。杨万里从自然景物中有所悟(见《诚斋荆溪集序》),陆游从南郑的军伍生活中悟得“诗家三昧”(见《九月一日夜读诗稿有感走笔作歌》)。两家都从客观外界获得悟,不像严羽那样只从遗产悟入,其主张显然要进步得多。特别是陆游,懂得了从火热的斗争生活中汲取创作源泉,更是难能可贵。陆游诗歌所以具有充实的思想内容,跟这种认识有着紧密的联系。在这个问题上,严羽的见解是瞠乎其后了。严羽不但把前人遗产当作创作的源泉,而且强调机械摹仿前人。《诗法》云:“诗之是非不必争,试以己诗置之古人诗中,与识者观之而不能辨,其真古人矣。”这真是很荒谬的复古主义。严羽自己的一部分诗作,就是与古人面目不分的假古董。明代前后七子一派诗人的复古主义,就是这种理论的恶性发展。严羽标举汉魏晋和盛唐诗来反对江西派的形式主义,结果自己又走到另一种形式主义的道路上去。

第三,严羽探讨抒情诗艺术特征的意见,尽管很有价值,但也表现出一定的片面性和神秘色彩,产生不良影响。严羽探讨抒情诗艺术特征的意见,比较细致,包含较多合理的因素,已如上述,但另一方面应该看到,在这些尽管是较有价值的意见中也包含着很大的片面性。严羽反对诗歌说理、发议论,当然,抒情诗一般不宜于直接发议论,但也不能绝对化地看问题。诗中的有些议论,如果饱含着作者的感情,不但不会破坏诗的形象性,而且可以加强它的感染力量。何况诗的领域很广阔,优秀的哲理诗也是具有艺术生命力的。宋诗(特别是苏东坡诗)好言理,固然常常带来概念化的毛病,但也有说理说得好的,表现出与唐诗不同的明快机智的特色,不能笼统否定。严羽推重杜甫,杜诗事实上很爱发议论,严羽所称道过的《北征》,其中即包含了不少议论的成分。在反对发议论的同时,严羽提倡诗要含蓄不露,反对“叫噪怒张”的作风,这也具有一定的片面性。钱谦益《唐诗英华序》提到了《诗经》中的“胡不遄死”、“投畀有北”、“赫赫宗周，褒姒灭之”等例子，驳斥严羽反对发露指陈的意见，是颇为中肯的。严羽的这种理论，要求诗歌的风格束缚在委婉含蓄、温柔敦厚的圈子里，势必大大削弱诗歌的暴露功能和批判作用。严羽提倡气象浑厚，推重高古的风格，也容易把诗歌带向摹仿古人的道路。严羽大力提倡兴趣深长，要求诗歌含蓄不露，已经限制了诗歌的风格，他的某些话更说得很玄妙，如什么“不落言筌”、“无迹可求”、“透彻玲珑，不可凑泊，如空中之音、相中之色、水中之月、镜中之象”等等，带有浓厚的神秘色彩，很容易被人误解为要求诗歌超脱现实追求纯艺术美的境界。尽管严羽推重李杜，并不提倡王孟的田园山水流派，但他的这些带有很大片面性和浓厚神秘色彩的议论，仿佛与司空图的主张如出一辙，使人产生阳尊李杜、阴奉王孟的看法。清代王渔洋吸取严羽的意见来宣传他的神韵说，他对于严羽诗论的认识和发挥固然是片面的，所谓“各取所需”；但严羽诗论本身的片面性和模糊影响，也不能辞其咎。当然，针对江西诗派的弊病，严羽强调抒情诗的艺术特征，在这方面其功绩还是主要的。

综上所述，可见严羽《沧浪诗话》虽然在抨击当时不良诗风、探讨抒情诗的艺术特征、系统评述历代作家作品方面做出了较大的理论贡献，但它在内容与形式的关系、文学和现实的关系这些问题上所呈现出来的缺陷和错误，却也是很严重的。把严羽跟南宋张戒、杨万里、陆游诸家的主张相比，更可看出严羽诗论在这些重要问题上的落后性，并且不能用什么历史条件的限制来为他辩护。严羽诗论在明清两代产生了深刻影响，明代前后七子和清代王渔洋都非常推尊严羽，但他们的创作倾向基本上都是不健康的。产生这种现象的一个原因，即在于严羽理论本身存在缺陷和错误。

（原载《古典文学论丛》第 2 辑，齐鲁书社 1981 年出版）

附　录

严羽和他的诗歌创作

在宋代的诗话中，严羽的《沧浪诗话》是比较重要的一种，它对明清两代的诗歌理论和创作，产生了深远的影响。关于严羽的诗论，近年来曾发表过专著和不少篇文章进行探讨，还存在着不同的看法。前些时候阅读严羽的诗集《沧浪先生吟卷》及一些有关材料，发现他的诗歌创作，有一些颇足注意的地方，可以帮助我们分析、了解他的诗歌理论。因此草述本文，略谈严羽的生平、性格和他的诗歌创作特色，供研究严羽文学思想的同志们作参考。

严羽，邵武(今福建邵武)人。生年不可考，卒年也不能确定。集中有《送赵立道赴阙仍试春官即事感兴因成五十韵》一首长诗，其中说到老皇帝去世、新皇帝登位及当时时事，当是指理宗之死和度宗之立(详见下文)。这样，他至少活到度宗咸淳元年(1265)。他一生主要活动时间是在理宗皇朝时期(1225—1264)。

关于严羽的生年，前人记述的材料很少。最早的当推宋末元初的黄公绍为严羽诗集《沧浪吟》所作的序文[1]。文长不能全录，录其

---

① 黄公绍的序末尾自称“咸淳四年进士同郡后学”，据明徐𤊹的《沧浪诗集序》“至元(元世祖年号)庚寅(公元 1290 年)，邑人黄公绍始叙而传”云云，知公绍是宋末元初人。他中进士在度宗初，为严羽诗集作序在元初。

较重要的一段：

> 沧浪名羽，字丹丘，一字仪卿。粹温中有奇气。尝问学于克堂包公(包扬)。为诗宗盛唐。自风骚而下，讲究精到。石屏戴复古，深所推敬。自号沧浪逋客。江湖诗友目为三严，与参、仁同时，皆家莒溪之上。

后来明代徐㶿在《沧浪诗集序》中说：

> 先生高隐樵郡之莒溪。群从九人俱能诗，时称九严①。其地曰严坊，沧浪之水出焉，因自号沧浪逋客。九严诗俱轶，独先生遗稿，仅存什一于千百。同时天台石屏戴式之客游樵川，与交莫逆。郡太史王子文与先生论诗不合，式之作十绝解之。(丁丙《善本书室藏书志》引)

后来清代朱霞为严羽所作的传②，其内容也颇简略，大抵即根据以上两则材料。至于一般所引陈衍等编的《福建通志》的材料，也是后出的。

严羽一生不事科举，也没有做过官。当时许多文人喜欢奔走四方，投谒达官贵人，求取赠遗，形成风气。所谓江湖派诗人就是。刘过、戴复古都是此派中著名诗人。严羽对戴复古颇倾倒，很可能受到当时此种风气的影响。从他的诗歌中可以看出，严羽一生除隐居家乡外，有不少时间流浪于江湖间，其中除避家乡的战乱外，大约也是在干投谒一类的事。严羽一生际遇是不大得意的。他的《促刺行》

① 据清光绪年间刻本《樵川二家诗》，九严除严羽外，其他八人是：严肃、严参、严岳、严必振、严必大、严奇、严子野、严仁。

② 见光绪刻本《樵川二家诗》卷首。

云:“促刺复促刺,男儿蹭蹬真可惜。三年走南复走北,岁暮归来空四壁。邻翁为我长叹息,人生四十未为老,我已白头色枯槁。”《有感》其四云:“残生江海去,老作一渔翁。”看来这是相当真实的自白。严羽诗集中有好多篇作品表现了怀才不遇的感慨,《剑歌行》、《登豫章城》以及楚辞体的《悯时命》都是诉说牢愁的篇章。

严羽的性格、作风是相当豪迈的。这从他下列的诗句中可以清楚地看到:

> 椎牛酾酒且高会,酣歌击筑焉能悲。百年快意当若此,迂儒拳局徒尔为。我亦摧藏江海客,重气轻生无所惜。
>
> (《剑歌行赠吴会卿》)
>
> 与君高会日挥金,击剑谈玄复弄琴。
>
> (《相逢行》)
>
> 忽忆当年快意时,与君笑傲长相期。大杯倒瓮作牛饮,脱巾袒跣惟嫌迟。
>
> (《促刺行》)
>
> 座中然诺两相许,一饮不觉连百觞。
>
> (《惜别行赠冯熙之东归》)
>
> 少小尚奇节,无意缚珪组。
>
> (《梦中作》)

从这些诗句可见严羽重然诺,轻爵禄,喜欢剧饮,颇有壮士之风。严羽的歌行喜欢模仿李白,以上诗句可能由于受到李白影响,多豪言壮语,但不可能全是门面话。严羽的《登天皇山》有句云:“独立一世外,所思千古前。”表现广阔的胸襟和不平凡的抱负,这种口吻使人想起《沧浪诗话·诗辨》中一些很自信的话,也使人想起《答出继叔临安吴景仙书》中的话:“仆之《诗辨》,乃断千百年公案,诚惊世绝俗之谈,至当归一之论。……李杜复生，不易吾言矣。”从这些高自期许的话中，也可以窥见严羽豪迈的性格特色。戴复古《祝二严》诗中描写严羽有云：“羽也天姿高，不肯事科举。风雅与骚些，历历在肺腑。持论伤太高，与世或龃龉。长歌激古风，自立一门户。”这里直接说的是严羽的才能与文学成就，也间接反映了他性格作风的一些特色，和严氏诗歌中所透露的大致相符合。对严羽的这一性格作风特色的认识，我认为在理解他的诗歌创作和诗歌理论上是有帮助的。

严羽的诗集名《沧浪先生吟卷》，一名《沧浪吟》。共两卷，存诗一百二十一题，一百四十六首。这里不拟作详细的全面的介绍，只提出若干值得注意的现象来说明一下。

在思想内容方面，严羽的诗歌多数还是日常生活的抒情写景和朋友赠答，但其中也有一部分诗篇表现出关心政治和现实。古体诗中的《雷斧歌》、《北伐行》、《四方行》，近体诗中的《舟中苦热》、《有感六首》、《送赵立道赴阙仍试春官即事感兴因成五十韵》等都是比较显著的例子。《雷斧歌》说雷斧是“比干之心、朱云之舌”一片忠愤之气蟠郁而成，篇末表示自己要上天庭乞借雷斧，来打击“大弓宝玉争窃取”的群奸，表现了对朝廷中当权奸臣的愤恨。《北伐行》、《四方行》歌咏了当时重大的历史事件，更值得注意：

王师北伐何仓卒，六郡丁男亳州骨。空见朝陵奉使回，群盗翻来旧京阙。襄阳兵马天下雄，尚书兄弟才杰同。偏裨入救嗟已晚，万国此恨何时终！

（《北伐行》）

四方群盗苦未平，况闻中原多甲兵。百年仇耻幸已雪，何意复失东西京。呜呼机事难适至，成败君看岂天意。战骨连营漫不归，空流烈士中宵泪。

（《四方行》）

这两首诗写的是理宗端平元年(1234)至三年(1236)的事。端平元年,宋朝与蒙古合攻金,金亡。宋师乘机收复东京汴梁(今河南开封)、西京洛阳。不久蒙古兵南下,宋师即放弃汴梁和洛阳。端平三年,襄阳守将王旻、李伯渊叛变,以城降蒙古。宋朝在灭金时虽一度获得胜利,洗雪了百年来的耻辱,但不久即在蒙古的军事压力下节节失利,甚至北方军事重镇襄阳都失陷了。严羽的这两首诗,反映了宋师的惨败和作者的沉痛心情。

《有感》六首也是这时候的作品。第一首写灭金后又与蒙古发生战争,襄阳失陷;第二首写因襄阳失陷,襄汉淮蜀一带战争频仍,理宗下诏罪己;第三首写蒙古派使者来议和;第四首泛写灾异时见,国家多难;第五首为理宗无子、东宫未定而担忧;第六首指斥投降蒙古的叛将,都反映了当时比较重大的政治事件(封建社会中立皇太子也是要事)。

误喜残胡灭,那知患更长。黄云新战路,白骨旧沙场。巴蜀连年哭,江淮几郡疮。襄阳根本地,回首一悲伤。

(《有感》其一)

传闻降北将,犹未悔狂图。忍召豺狼入,甘先矢石驱。圣朝何负汝,天意属亡胡。试看山东寇,如今更有无?

(《有感》其六)

《送赵立道赴阙仍试春官即事感兴因成五十韵》是集中唯一的一首五言排律,其中也表现了严羽的爱国思想。诗中说到老皇帝去世、新皇帝登位,当指理宗之死和度宗之立。诗有云:“复说京西乱,愁连蜀道危。仓皇分队伍,指点护藩篱。狙诈终劳驭,游魂不足羁。几年腥战血,今日痛疮痍。宗社神灵在,邦家德泽遗。会闻淝水捷,可复雁门踦。”前面“复说”两句,是说理宗末年蒙古攻占江西、两湖、四川等地的事；后面“会闻”两句，运用汉晋的故事，认为将来南宋在对外战争上可以获得胜利，报仇雪耻，表现了对前途的信心。又《送吴会卿再往淮南》有云：“春草萋萋路入秦，长安北望空愁人。荆楚奇材多剑客，感慨相逢思报国。”表现了对北方失土的关怀。《剑歌行赠吴会卿》有云：“去年从君杀强虏，举鞭直解扬州围。”大约是赞美吴会卿于理宗绍定四年(1231)参加赵范、赵葵的部队大败山东叛将李全于扬州城下一事。这也间接反映了严羽的爱国思想。

严羽在《舟中苦热》诗中说：“蝗旱三千里，江淮儿女嗟。”说明他对人民的生活也有所关心。但他作为地主阶级知识分子的一员，对农民起义是痛恨的。集中四言长篇《平寇上王使君》赞美邵武地方官王埜镇压当地农民暴动，就表现出地主阶级的狰狞面目。另一长篇《庚寅纪乱》(五古)记载福建地方少数民族的暴动，着重写叛乱带给汉族人民的灾祸，没有发掘叛乱的根源，对少数民族笼统地怀抱敌意，也表现出很大的思想局限。这两个长篇尽管思想内容很有问题，但也都表现出对时事的关心①。

《四库提要》评严羽诗云：“独任性灵，扫除美刺。”(《沧浪集》提要)后来陈衍等编的《福建通志》袭用其说。我认为这个评语并不符合事实。上面介绍的这些诗篇，说明严羽的一部分诗作反映了时事(而且有些是重大事件)，其中有赞美有讽刺(尽管其所美所刺并不都值得肯定)，怎么能说是“独任性灵，扫除美刺”呢？从数量看，上面这类以写时事为内容主体的诗篇共十馀首(表现怀才不遇的诗不计在内)，在全集中约占十分之一的比例，数量不能算多，但唐宋人诗集中，一般最多的是描写日常景物情思之作，因此这个比例数也不算很

① 徐㶿的《沧浪诗集序》：“集中有《平寇四言上王潜斋使君》，按《宋史》，理宗端平元年，权邵武军王埜平建寇有功，与先生诗意相符。潜斋即子文。集中有《庚寅纪乱》之作，按《宋史》，绍定三年，建昌蛮獠窃发，经扰郡县，宁化鲁氏寡妇御寇有功，亦与先生诗意相符。”

少的。再说,《平寇上王使君》、《庚寅纪乱》、《送赵立道赴阙》都是长篇巨制,《有感》六首是全集中五律首数最多的一组诗(他题都是一首或两首)。这些作品在全集中分量都是相当突出的,虽然不能说可以代表严羽创作的主要倾向,但决不是无足轻重的作品。从另一方面看,严羽诗集中也有少数歌颂隐逸生活的作品,但它们并没有把隐逸看得高于一切之上,而倒是时常流露出由于宦游无成或者时局混乱没奈何只能隐逸的思想。这一现象也值得我们注意。总之,从严羽的创作看,我认为严羽不是一个脱离政治、逃避现实的诗人,相反,他倒是相当关心政治和时事的①。钱鍾书先生《宋诗选注》评严羽诗说:“作品里倒还有现实感,并非对世事不见不闻。”又说:“他很爱国。”这样估价还是符合实际情况的。

严羽的诗集共两卷,古体、近体各占一卷。当时诗人多喜作近体,四灵派诗人更是这样。严羽古体诗的数量是相当突出的,怪不得戴复古说他“长歌激古风,自立一门户”。他的古体诗中,以七言歌行写得风格最为豪放雄壮,显示出他的性格特色。像《雷斧歌》、《剑歌行赠吴会卿》、《放歌行》、《送吴会卿再往淮南》、《促刺行》、《北伐行》、《四方行》、《送戴式之归天台歌》等,无论在思想上、艺术上都不失为较好的作品。他的七言歌行最喜欢模仿李白,有些地方显得亦步亦趋,给人矫揉造作的印象,但一般说来,这些诗篇仍然表达了作者自己的思想感情。他的《北伐行》则可以看出受到杜甫的影响,《平寇上王使君》受韩愈《元和圣德诗》影响,《庚寅纪乱》某些地方有点像蔡琰

---

① 朱霞《严羽传》:“初天台戴式之客樵川,纳交先生。时郡守王子文与先生论诗不合,式之作十绝解之。有云:‘飘零忧国杜陵老,感遇伤时陈子昂。近日不闻秋鹤唳,乱蝉无数噪斜阳。’是先生之在当时,矫然鹤立鸡群矣。”朱霞认为戴复古对严羽估价很高,比之于陈子昂、杜甫。但这种看法不见于戴复古原诗的序和徐㶿的《沧浪诗集序》,不知朱霞之说何所根据。如朱说可靠,那宋代已有人认为严羽很关心国事了。

《悲愤诗》。这些作品虽然都留有模仿痕迹，但内容却结合时事，不是毫无新意的假古董。最无味的是《我友远言迈》、《悠悠我行迈》、《朝日临高台》、《昔游东海上》、《秋风入我户》等篇什，它们模拟汉魏古诗，不但题目词句全是陈旧的一套，内容也了无新意，是古体中最失败的作品。

严羽的近体诗共一卷，其中以五律为最多。他的五律，风格雄浑的还是居多数。像《出塞行》、《关山月》、《有怀阆风山人》、《怀南昌旧游》、《望西山》、《樟树镇醉后题》等作，风格都近似李白。像《送张季远入京》、《寻宁山人所居》、《寄山中同志》等篇什，不严格拘守对偶，语言天然，如行云流水，更有些像李白的《夜泊牛渚怀古》一类作品。孟浩然也有这种五律，《沧浪诗话·诗体》篇有"律诗彻首尾不对者"一条，即是指这一类作品，沧浪原注中并举了孟、李的诗例，可见沧浪是很喜欢这类诗的。《有感》六首是刻意学习杜甫的，不但题材、词句像杜，连题目都从杜集得来。其他像《避乱途中》、《舟中苦热》、《江上泊舟》、《逢戴式之往南方》、《遇周子陵自行在还言石屏消息》等作，风格也都接近杜甫。他的七律和五、七言绝句数量都较少，风格大致同于五律（七律格较弱），不再具体分析了。他的近体诗作中也有少数机械仿古、缺乏新鲜内容的作品，如五律的《从军行》二首、《出塞行》、《关山月》等，七绝中的《羽林郎》、《塞下曲》六首等。

严羽诗集中也有歌咏隐逸生活、风格又很幽婉，近似王维、孟浩然、韦应物诸家田园山水诗一路的篇什，但为数很少，不过几首。它们是：《山居即事》（五古）、《访益上人兰若》、《喜友人相访拟韦苏州作》（以上五律）、《送友归山效韦体》、《空斋》（以上五绝），这些作品，显然并不构成他创作的主要倾向。上面提到他的某些五律不拘格律似李白、孟浩然，也只是学孟诗的飘逸风格，而不是喜爱提倡孟诗的隐遁情趣。

总的说来，严羽诗歌的体制和风格特色是：七言歌行和五律写得较多,也较好。他的歌行多数学习李白,风格豪放。五律喜欢学习李白、杜甫,风格也较雄壮。他喜欢模仿古人,模仿汉魏六朝的诗作一般缺乏新意,学习李、杜的作品,却能结合现实,在思想艺术上都还有一定价值。《四库提要》评严羽诗说:"羽则专主于妙远。故其所自为诗,独任性灵,扫除美刺;清音独远,切响遂稀。五言如'一径入松雪,数峰生暮寒',七言如'空林木落长疑雨,别浦风多欲上潮'、'洞庭旅雁春归尽,瓜步寒潮夜落迟',皆志在天宝以前,而格实不能超大历之上。由其持'诗有别才,不关于学;诗有别趣,不关于理'之说,故止能摹王孟之馀响,不能追李杜之巨观也。"我认为这种评价,不但在思想内容方面不符合事实,就是在艺术形式方面也是很主观片面的。严羽的诗歌,刻意学李、杜,尽管成就不高,但怎能说"止能摹王孟之馀响"呢？看来《提要》作者有一成见横在胸中,根本没有仔细考察严羽的全部作品。陈衍《宋诗精华录》选了严羽的《访益上人兰若》、《和上官伟长芜城晚眺》两首诗,评为"专宗王孟",大约即是沿袭《四库提要》的片面看法。

严羽诗歌的价值,当然不能跟他的诗论相比,但也不失为一家。吴之振等的《宋诗钞》,其卷首百家目录上有严羽的《沧浪吟》,但不及入选。后来管廷芬《宋诗钞补》选录了沧浪诗四十五首。明代李东阳说严羽:"(诗话)反覆譬说,未尝有失。顾其所自为作,徒得唐人体面,而亦少超拔警策之处。予尝谓识得十分,只做得八九分,其一二分乃拘于才力,其沧浪之谓乎!"(《怀麓堂诗话》)胡应麟说:"仪卿识最高卓,而才不足称。"(《诗薮》内编卷二)都指出了严氏的创作成就不及理论。至于王世贞说严羽的诗"仅具声响,全乏才情"(《弇州山人四部稿》卷一四七),又不免贬抑过甚。大抵前后七子一派作者对严氏诗论推崇太过,相形之下,就转觉他的创作大为逊色,容易产生不满情绪了。

严羽集中还有长短句两首,一为《满江红》,一为《沁园春》,写得都颇豪放，属于苏辛一派，其风格跟他诗歌风格的主要倾向相一致。这也值得我们注意。兹录一首示例：

> 日近觚棱，秋渐满，蓬莱双阙。正钱塘江上，潮头如雪。把酒送君天上去，琼琚玉佩鹓鸿列。丈夫儿富贵等浮云，看名节。　天下事，吾能说。今老矣，空凝绝。对西风慷慨，唾壶歌缺。不洒世间儿女泪，难堪亲友中年别。问相思他日镜中看，萧萧发。（《满江红·送廖叔仁赴阙》）

根据上面的介绍，可见严羽的性格和作风相当豪迈。他的诗歌创作，以学习李杜为主，风格的主导倾向是豪放雄壮，和他的性格作风相吻合。他的长短句虽然只留存两首，也属于豪放一派。这些现象很值得研究严羽文学思想的同志们注意。自清代以来，不少评论者往往强调指出，严羽的诗论上承司空图，下开王士禛，提倡兴趣妙悟，偏嗜王维、孟浩然、韦应物一派冲淡高雅的田园山水诗，导致人们脱离现实。他们认为这是严羽诗论的主要倾向。这种看法固然不无一定理由，但实际是很片面的。如上所述，严羽一生固然有不少时间在乡间隐居，但他不是王维、司空图一类心境和平宁静的山中隐士。他对时事很关心，集中有不少篇章表现出明显的爱国思想。诗歌风格偏于豪放雄壮，学王、孟、韦一派冲淡诗风的作品只占很少数。假如评论者的意见很中肯，那末将如何解释严羽的诗歌创作与理论二者间的矛盾现象呢？严羽见识较高，创作才力却较弱，他的创作跟不上理论是可能的，但二者总不可能背道而驰吧？我认为，严羽在《沧浪诗话》中大力推崇李白、杜甫，却并没有一句赞美王维，结合他自己的诗歌看，应当说这是真心话而不是门面话。严羽提倡兴趣、妙悟，只是就诗歌的艺术特征以及领会这个特征而言，并不能由此得出什么“专主于妙远”（《四库提要》），“名为学盛唐、准李杜，实则偏嗜王孟冲淡空灵一派”(清许印芳《沧浪诗话跋》)一类的结论。在严羽看来,盛唐许多名家的诗都有兴趣,王维、孟浩然的诗固然有兴趣,李白、杜甫的诗何尝没有兴趣?强调王孟一派冲淡的诗最有诗趣,那是清代王士禛的看法,不应套到严羽头上。当然,说严羽推崇李杜不是虚假现象,并不等于说他的诗论就是很进步的;因为不同的人可以从不同的角度和要求来推崇李杜。这些问题,本文不能详论,容别为文分析之。

(原载 1965 年 8 月 15 日《光明日报》的《文学遗产》副刊第 520 期)

下　　编

古文论研究应当重视作家作品的评价

中国古代的文学理论批评，包括两个主要方面，一是就某些文学现象、文学问题提出的理论原则、理论概括，二是对作家作品的评价，二者往往互相印证，相辅相成，均颇重要。遗憾的是，过去的中国古文论研究著作，包括不少中国文学批评史以及许多专题论著、论文，往往重视理论主张部分，忽视作家作品的评价。如论述《文心雕龙》，往往重视前五篇总纲中提出的原则以及论风格、通变、批评原理等篇章，忽视书中大量的作家作品评价。研究鍾嵘《诗品》，重视其序言中提出的理论主张，而对分三品评论作家的部分，反而不甚注意。研究者们可能认为，理论主张概括性强，比较重要；而作家作品评价则显得繁杂不成系统。我认为，研究中国古代文论，应当充分重视作家作品的评价。许多古代文论著作，理论表述往往分量很少，而且谈得很简括，而大量的却是对作家作品的具体评价。这类评价体现了文论家的批评标准和理论主张、文学思想倾向；对它们有了具体的了解，才能准确深入地掌握文论家的文学观念。再说，不少文学理论主张，由于表述比较简括，意思不甚明确，如果不结合作家作品评价来考察，很容易形成片面的错觉，使研究者得出不确切的论断，这就很不好了。下面试举一些例子加以说明。

《文心雕龙》对楚辞以后日益注意语言华美新奇的文风常有指责，说什么“楚艳汉侈，流弊不还”(《宗经》)；“楚汉侈而艳，魏晋浅而绮，宋初讹而新”（《通变》）；“辞人赋颂，为文而造情。……为文者淫丽而烦滥”（《情采》）等等。如果局限在这些简约的理论概括去分析，就会认为刘勰一概反对汉魏六朝崇尚形式美的文学创作。实际不然，从《明诗》以下至《书记》二十篇，以及《时序》、《才略》等篇，我们看到刘勰对许多汉魏六朝时代的重要作家作品，在不同程度上给予肯定和赞美。在《体性》篇中，他更列举了两汉魏晋的十二位大家作为各时代的代表作家来论列，其中即有十分注意辞采的司马相如、王粲、潘岳、陆机等人。准确地说，刘勰对汉魏六朝昌盛的骈体文学创作（包括诗赋各体文章）是在基本肯定的前提下对其弊病进行抨击，企图予以改良。通过讨论，这一认识，现在已为不少《文心雕龙》研究者所接受。

关于风骨的涵义，是《文心雕龙》研究中一个分歧较大的问题。据《风骨》篇，风的特点是清、明，骨的特点是精、健，风骨实指明朗、精要、刚健的文风。这一问题，结合《风骨》篇所举两个实例来看，也较易理解。《风骨》篇认为司马相如的《大人赋》风好，潘勖的《册魏公九锡文》骨好。按《大人赋》文辞较为简练（不似《子虚赋》、《上林赋》文辞繁富艳丽），风貌清明爽朗，有飞动之致，故刘勰认为风好。《册魏公九锡文》竭力规仿《尚书》典诰之文，词语质朴刚健，故刘勰认为骨好。《大人赋》讲游仙之事，《册魏公九锡文》歌颂曹操功德，从思想内容的政治社会意义看，并不足取①。南朝、唐代文人往往赞美建安诗歌具有风骨，称为建安风骨，建安文人诗充分吸收了汉代乐府民歌和无名氏古诗的长处，具有语言风格明朗刚健的特征，所以具有风骨。有的研究者认为建安风骨是指那些具有社会内容的作品，像曹操的《薤露行》、《蒿里行》，陈琳的《饮马长城窟行》等，这是一种误会。南朝评论家对这类作品评价不高，在《诗品序》中称道“建安风力”的锺

① 参考拙作《〈文心雕龙·风骨〉笺释》，收入拙著《文心雕龙探索》。

嵘，置曹操于下品，不提陈琳。《文选》也很少选这类诗[①]。建安诗人中刘桢最以风骨著称。《文选》选其诗五题十首，其中除《赠从弟》三首歌颂刚正不阿的品格较有进步内容外，其他《公宴诗》、《赠五官中郎将》四首、《赠徐幹》等诗，其内容都是“怜风月，狎池苑，述恩荣，叙酣宴”（《文心雕龙·明诗》）一类，但语言比较质朴刚健，风格爽朗，代表了建安风骨的特征。盛唐诗人大力提倡建安风骨，正是企图以这种风格特征来改革南朝以迄初唐时代柔靡不振的诗风。严羽《沧浪诗话·诗评》认为元稹、白居易诗不及顾况诗歌“稍有盛唐风骨处”。元、白诗大抵叙述周详，语言缺乏精要刚健的特色，所以严羽认为不具有盛唐风骨之美。若论诗的社会内容，那元、白的讽谕诗是十分突出的。《文心雕龙》全书用工致的骈体文写成，重视词语的变换和句式的匀称，往往表述不够明确，并易使读者产生误解，对《风骨》篇的理解更是如此。我认为，关于风骨的涵义，如果我们注意结合作家作品的评价来考察分析，当能有助于取得共识。

再如唐代高仲武《中兴间气集》的选诗标准。《中兴间气集序》曰：“著王政之盛衰，表国风之善否。”又曰：“体状风雅，理致清新。”从这些话看，似乎高仲武很重视诗的政治社会内容，其说与白居易《与元九书》提倡风雅比兴相近。实际不然。该集专选大历诗人作品，内容大多数描写日常生活和诗人的感受，反映社会现实、思想性强的作品，像孟云卿的《伤时》、刘湾《云南曲》、苏涣《变格律诗》等篇章，在全书中仅占很小比重。高仲武最推重钱起、郎士元的作品，把它们分别置于上下两卷之首，并认为钱、郎是王维以后最杰出的诗人。从这些具体评价可以看出，高氏的选诗标准，实际偏重在王维一派的雍容闲雅风格。其序言中所谓“体状风雅”，指的是诗的语言风格。

---

① 参考拙作《从〈文心雕龙·风骨〉谈到建安风骨》，收入拙著《文心雕龙探索》。

再说严羽的《沧浪诗话》。该书的特点是以禅喻诗，而不是要求以禅理入诗。严氏强调兴趣，是要求诗歌具有抒情性、形象性等诗的艺术特征。他所谓"不落言筌"，"羚羊挂角，无迹可求"，是主张诗应写得含蓄和自然浑成，不露斧凿痕迹，用以挽救宋代苏、黄与江西诗派以文字、议论为诗之弊。清代王渔洋等认为严羽推崇王维、孟浩然一派表现田园山水和闲逸趣味的诗，实是一种误会。严羽于唐代诗人，最推崇李白、杜甫，赞美两人之诗雄伟深厚，具有"金鸩擘海、香象渡河"的雄壮气象。他并不赞美王、孟一派的田园山水诗。《沧浪诗话》中没有一处提及王维。有两处提及孟浩然，一是赞美孟浩然作诗懂得妙悟，能领会掌握抒情诗的艺术特征，不像韩愈诗在学问文字上下工夫(见《诗辨》)；另一处是赞美孟浩然有些诗音节响亮，"有金石宫商之声"(《诗评》)，都不是肯定孟诗中怡情于田园山水的闲逸之趣。对于着重表现隐逸情趣、接近王维诗风的贾岛之诗，严羽讥为气局狭小，与李、杜的雄浑诗风相比，有如"虫吟草间"。对于严羽的诗论，长期存在着一种片面的认识。我想，如果我们注意严羽对不少作家作品的评价言论来考察分析，就会获得比较客观准确的理解①。

以上略举数例，说明研究中国古代文论，应当重视批评家对作家作品的评价。此外，批评家本人的创作，也值得重视，这方面也可以帮助说明一些问题。例如刘勰是一位骈文家，其《文心雕龙》全书用工致的骈文写成，不少篇章文笔很优美。这和他肯定汉魏六朝的许多骈体文学名家是合拍的。《文心雕龙·史传》称司马迁有"博雅弘辩之才"，特别称道班固《汉书》"赞序弘丽"，《文选》史论类选《汉书》而不选《史记》。这是因为《汉书》的赞序富有辞藻，句式整齐，为东汉骈文的先驱。又如唐代元结选《箧中集》，提倡风格高古的五言古诗。

① 参考拙作《全面地认识和评价〈沧浪诗话〉》。编者按：此文收入《中国古代文论管窥》上编。

元结自己的诗,《全唐诗》著录两卷,约近百首,绝大部分是古体诗,有四言、五言、楚辞体歌行,五言最多。其中有少数五、七言绝句,也往往平仄不调。可见他的创作倾向和主张相一致。再说严羽,他的《沧浪先生吟卷》存诗一百多首,其中大部分是学习李白、杜甫,风格比较雄壮豪放,有一部分篇章表现他很关心国事。他诗歌风格接近王维、孟浩然、韦应物田园山水一路的只有五首左右,为数很少,不能构成创作的明显倾向。《四库提要》、陈衍《宋诗精华录》说严羽属王、孟一派,是不符合实际情况的偏见①。

要透彻了解批评家对作家作品的评价,必须具有丰富的文学史知识;至于批评家本人的创作,更是属于文学史范围,这就要求我们结合中国文学史来研究中国文学批评史。文学创作和文学理论批评二者关系密切,批评是对创作现象的总结和评论,又回过来影响创作,把二者联系起来考察分析,可以相得益彰。我们前一辈的优秀学者在这方面做出了良好成绩。例如黄侃、范文澜、刘永济诸家研究《文心雕龙》,都重视联系汉魏六朝文学创作、联系《文选》选篇,往往有精辟的见解。而刘师培的《中国中古文学史》,则又着重搜集、排比许多重要的文学批评资料来阐述魏晋南朝的文学史,成为中国文学史著作中的一颗硕果。我希望我们能够继承前辈学人的这一优良传统,重视把文学史和文学批评史联系起来考察分析,促使这两个学科的研究更加发展和深入。

(原载《江海学刊》1998 年第 1 期)

① 参考拙作《严羽和他的诗歌创作》。编者按:此文收入《中国古代文论管窥》上编。

魏晋南北朝和唐代文学批评中的文质论

我国古代文论中经常谈到的文和质的问题，往往关系到批评家对评论和创作中一些重要问题的看法，涉及对于作家、作品和一定时代文学风气的评价，所以是一个颇为重要的问题。文和质有的时候可以理解为是指形式和内容；但在大多数场合，文是指语言风格的华美，质可以理解为指语言风格的质朴，都属于艺术方面，都是就作品的外部风貌而言的。我们应该仔细地加以分辨，力求作出符合古人原意的解释。

文质并提的说法，可以追溯到《论语》一书。《雍也》云："子曰：质胜文则野，文胜质则史。文质彬彬，然后君子。"何晏《集解》："包(咸)曰：野，如野人，言鄙略也。史者，文多而质少。彬彬，文质相半之貌。"邢昺疏："此章明君子也。……文质彬彬然后君子者，彬彬，文质相半之貌，言文华、质朴相半彬彬然，然后可为君子也。"包咸、何晏、邢昺都把文质理解为文华和质朴，文和质应该都是就一个人的文化修养、礼仪节文、言谈举止等而言的。《韩非子·难言》论言说之难，有"捷敏辩给，繁于文采，则见以为史；殊释文学，以质性言，则见以为鄙"的话，可能是本诸《论语》，也是就修辞而言的，"质性"即质朴无文之意①。萧梁时皇侃的

① 梁启雄《韩子浅解》："《荀子·礼论》：'性者，本始材朴也。'又《正名》：'生之所然者谓之性。'可见性有粗朴之意。质性即质朴无文之意。"又"质性"一作"质信"，陈奇猷《韩非子集释》释为"质朴而忠信"。按"以质信言"与"繁于文采"相对，仍是按事物本来面貌质直而言、不加文饰之意。

《论语义疏》则曰:“质,实也。胜,多也。文,华也。言若实多而文饰少,则如野人。野人鄙略,大朴也。”又曰:“史,记书史也。史书多虚华无实,妄语欺诈。言人若为事多饰少实,则如书史也。”皇侃把“质”与真实、质实联系起来,不过他仍认为“质”有质朴的意思,并认为《论语》这里所说的是“行礼及言语之仪”,而不是在讲道德修养。到了宋代,理学家们则向修身立诚的方面发挥。朱熹《论语集注》说:“史掌文书,多闻习事,而诚或不足也。”并引杨氏曰:“文胜而至于灭质,则其本亡矣;虽有文,将安施乎?然则与其史也宁野。”这就把“质”理解为“诚”一类内在的道德,把“文”理解为文化知识一类外在的东西了。张栻也说:“彬彬者,内外相济之意。……夫有质而后有文,质者本也。”(《癸巳论语解》)同样强调质与文的本末内外关系,也把质理解为内在的道德。

《论语·颜渊》也提到文质:“棘子成曰:‘君子质而已矣,何以文为?’子贡曰:‘……文犹质也,质犹文也:虎豹之鞟犹犬羊之鞟。’”何晏《集解》:“孔(安国)曰:……虎豹与犬羊别,正以毛文异耳。今使文、质同者,何以别虎豹与犬羊邪?”邢疏:“此章贵尚文章也。……此子贡举喻,言文章不可去也。……言君子、野人异者,质、文不同故也。……今若文犹质,质犹文,使文质同者,则君子与鄙夫何以别乎?”按孔安国、何晏、邢昺的解释,是说君子、野人之别,正在于野人质木无文,而君子则有文华。如果像棘子成那样把文与质看作一回事,即认为有没有文都无所谓,那将失去君子、野人之别了。显然,孔安国等在此仍是把质、文都理解为就文化修养和言谈举止而言的。朱熹则仍将质理解为道德,所以说:“夫棘子成矫当时之弊(按指重文太过),固失之过;而子贡矫子成之弊,又无本末轻重之差:胥失之矣。”

按“质”字的意义,凡事物未经雕饰即谓之质,犹如器具的毛坯、绘画的底子①。因此,它有质朴、朴素的意义,又有内在本体的意义,还可引申为诚朴、诚实的意义。上引朱熹对《论语》的解释就是按“诚”的意义理解的。而后代文论用“质”、“文质彬彬”这些语词评论诗文,“质”字在大多数情况下是指作品语言未经雕饰的质朴风格的。

让我们对魏晋南朝至唐代的一些重要文论进行考察和研究。

曹植《前录序》有“君子之作也……质素也如秋蓬,摛藻也如春葩”的话,显然说的是质朴和华美这两种不同的语言风格;但并未展开论述。陆机《文赋》在讲到十种文体的风格特点时说:“碑披文以相质。”李善注:“碑以叙德,故文质相半。”这是说碑文的语言应做到文质彬彬,既须润饰,又不可过分。这里的“质”,今人《文赋》注释也有释作实质内容的,但李善则认为披文相质是指作品的风格。《文赋》又云:“理扶质以立干,文垂条而结繁。”这里上句指作品的思想内容,下句指其文辞。不过上句的“质”并非与下句的“文”相对,而是与“条”相对,指树木的本根(吕延济注:“质犹本根也。”)。“理”方与“文”相对而言,指作品所体现的理,属于内容方面。二句意谓文中之理犹如沿着本根树立主干;而文词纷披,犹如树木枝叶茂盛。

刘宋时檀道鸾《续晋阳秋》云:“逮乎西朝之末,潘陆之徒,虽时有质文,而宗归不异也。”(《世说新语・文学》注引)是说潘岳、陆机等人的作品,有的质朴,有的华丽,但都学习《诗经》、《楚辞》,其宗尚是一致的。质文都是指语言风格。

沈约《宋书・谢灵运传论》,对于刘宋以前的文学发展作了概括

① 段玉裁《说文解字注》说“质”的意义“为朴也,地也,如有质有文是”。《说文解字》:“朴,木素也。”段注:“素犹质也。以木为质,未雕饰,如瓦器之坯然。”又《仪礼・乡射礼》:“凡侯:天子熊侯白质,诸侯麋侯赤质。”据郑玄注,“白质、赤质,皆谓采其地”,即白色底子、赤色底子;而后分别画熊、麋之头象于其上。《乡射礼》又云:“凡画者丹质。”郑注:“皆画云气于侧以为饰,必先以丹采其地。”此处“画”指画云气,“丹质”谓丹色的底子。可参考清人张行孚《说文解字发疑》内《释质》、《射侯考》二文。

的叙述。其中论建安文学一段很值得注意。文云:“至于建安,曹氏基命。二祖陈王,咸蓄盛藻,甫乃以情纬文,以文被质。”这几句话扼要地指出了建安文学的重要特征。

所谓“以情纬文”,是说作者根据感情来组织文辞,“情”属于内容方面,“文”指文辞,属于形式方面。建安时代的五言诗和辞赋,抒情占据了主导地位,一部分散文(主要是书笺一类作品)也具有浓厚的抒情气息,这是建安文学不同于前代的一个显著特点,“以情纬文”正指明了这一特点。所谓“以文被质”,是说写作时运用华美的辞藻文采,犹如制作器具时在毛坯上加以雕画涂饰一样。建安作品发展了先秦两汉辞赋和东汉散文追求辞藻和骈偶语句的风气,比起前代作品来,更讲究文采。“以文被质”正是指明了建安文学的又一个特点。所以黄侃《诗品讲疏》解释沈约的话道:“言自此(指建安时代)以上,质盛于文也。”(范文澜《文心雕龙注》引)建安文学的这一特点,在曹植作品中表现尤为明显,胡应麟说:“子建《名都》、《白马》、《美女》诸篇,辞极赡丽。然句颇尚工,语多致饰,视东、西京乐府天然古质,殊自不同。”(《诗薮》内编卷二)鍾嵘评曹植诗“词采华茂”、“体被文质”(《诗品》上),鲜明地指出了曹植诗歌的这个特点。

建安作品虽然语言华美,但并不过分,比起后代过于绮靡的文风来,仍显得质朴刚健。《诗品序》曾说齐、梁的“轻薄之徒,笑曹(植)、刘(桢)为古拙”。唐代独孤及也说:“当汉、魏之间,虽以朴散为器,作者犹质有馀而文不足,以今揆昔,则有朱弦疏越、大羹遗味之叹。”(《左补阙安定皇甫公集序》)胡应麟既指出曹植《名都》、《白马》等篇“辞极赡丽”,同时又说它们“文犹与质错也”(《诗薮》外编卷二)。关于这一点,黄侃的《诗品讲疏》云:“(建安作品)文采缤纷,而不能离闾里歌谣之质。故其称景物则不尚雕镂,叙胸情则唯求诚恳,而又缘以雅词,振其英响。斯所以兼笼前美,作范后来者也。”指出建安作品由于在语言运用上文质彬彬,虽然讲究文采,但仍然保持汉代乐府民歌的质朴气息，因此不论状物抒情，都能恰到好处；并指出建安文学对后代起了示范作用。

这里我们要简单地谈一下在中国文学史和文学批评史上非常著名的“风骨”和“建安风骨”的问题，因为“风骨”是与作品语言风格的质朴性具有密切联系的。

究竟什么是“风骨”呢？《文心雕龙・风骨》云：

> 结言端直，则文骨成焉；意气骏爽，则文风清焉。
>
> 故练于骨者，析辞必精；深乎风者，述情必显。
>
> 若能确乎正式，使文明以健；则风清骨峻，篇体光华。

根据这些文句，可以看出，风是指作品的思想感情表现得鲜明爽朗，骨是指语言精要而劲健有力，都是指作品的艺术表现而言。风骨就是指一种骏爽明朗、刚健有力的优良文风。而建安风骨，即指建安时代诗文所突出具有的明朗刚健的风格。黄侃说建安作品“称景物则不尚雕镂，叙胸情则唯求诚恳”，与《文心雕龙・明诗》所说建安诗歌“造怀指事，不求纤密之巧；驱辞逐貌，唯取昭晰之能”意思相近，都指明了建安作品的这种优良风格。

作品之是否具有风骨，从艺术表现来说，关键在于语言的运用，而又与语言的质朴有密切关系。“骨”是指语言精要劲健，这就要求语言比较质朴。因为如果过分追求文辞的华艳，堆砌词藻和典故，过于追求骈偶文句，那就很容易造成“辞务索广”，“而不制繁”（《文心雕龙・才略》）的毛病，损害文骨。语言运用上的繁芜之病，常常是与淫丽并存的。而文骨弗存，语言靡丽繁冗，必然影响思想感情表达的明朗性，使文风暗昧不清。《风骨》篇云：“若风骨乏采，则鸷集翰林；采乏风骨，则雉窜文囿。”将风骨与采丽对举，也可以使我们体会到风骨对语言的基本要求，是要求它比较质朴。

明白了这一点，则我们就可知道《宋书·谢灵运传论》所说“子建、仲宣，以气质为体”中的“气质”一语，其实与“风骨”密切相关。“气”即《风骨》篇“意气骏爽，则文风清焉”、“翰飞戾天，骨劲而气猛”之气；而质即相当于骨：质犹如素朴的毛坯，文采涂饰于其上，正如同肌肉附着于骨骼之上一样。“以气质为体”即直抒胸臆，不过分涂饰，以骏爽的意气和质素的语言构成作品的风格，亦即作品具有风骨之意。

在沈约、刘勰、锺嵘的时代，文风越来越绮靡柔弱。刘勰《文心雕龙》作于南齐末年，锺嵘《诗品》作于梁天监中，都有针砭时弊的用意。《文心雕龙·通变》云：“黄歌‘断竹’，质之至也；唐歌‘在昔’，则广于黄世；虞歌《卿云》，则文于唐时；夏歌‘雕墙’，缛于虞代；商周篇什，丽于夏年。”又说：

> 榷而论之，则黄唐淳而质，虞夏质而辨，商周丽而雅，楚汉侈而艳，魏晋浅而绮，宋初讹而新。从质及讹，弥近弥澹。何则？竞今疏古，风味（一作末）气衰也。

这就从文学历史发展的角度，批评了近代文人追求绮丽新奇，越来越缺少质朴之风，因而作品缺少风骨。“风味”，范文澜《文心雕龙注》云疑作“风昧”，风昧与风清相对，即思想感情表达得暗昧不明朗之意；若作“风末”，则是风力寡少之意。总之，“风昧（末）气衰”即风骨不振的意思。《养气》篇也指出从战国、汉代以来，文章日益绮丽，“故淳言以比浇辞，文质悬乎千载”。刘勰对近世文章过分追求华艳的文采，以致缺少风骨，是非常不满的。

为了矫正这种不健康的文风，刘勰提出向经书比较质朴的语言风格学习。在《宗经》篇中，他说若“文能宗经”，则可以使作品既有正确的思想内容，又有良好的艺术形式。以经书作为一切作品的典范，这当然表现了他崇儒保守的思想局限，但在艺术形式上，他并不是要求生硬地照搬经书的语言。他的意思其实是要求既学习古代质朴的语言风格，又恰当地施以文采，以形成文质彬彬的优良风格。在《宗经》篇中，他提出了三项艺术标准，即“风清而不杂”、“体约而不芜”、“文丽而不淫”。第一项是要求思想感情表达得鲜明爽朗，第二项是要求作品简约精当，第三项是要求语言既有文采，又不过分，合起来就是要求具备风骨，并且和文采相结合。当然，由于当时文坛的现实情况是靡丽之风太盛，为了矫正时弊，所以刘勰在说“斟酌乎质文之间”（《通变》）的时候，首先强调的是质；在风骨与文采之间，他首先强调的是风骨：“能鉴斯要（指风骨），可以定文；兹术或违，无务繁采。”（《风骨》）

刘勰对文风总的要求是文质彬彬，而对于各种不同的文体，其要求当然会有所偏重。

《颂赞》云：“马融之《广成》、《上林》，雅而似赋，何弄文而失质乎！”按此语出挚虞《文章流别论》：“若马融《广成》、《上林》之属，纯为今赋之体，而谓之颂，失之远矣。”（《太平御览》卷五八八引）刘勰认为赋、颂的特点不同：赋在不妨碍内容表达的前提下，应该文辞华丽，“写物图貌，蔚似雕画”（《诠赋》）。颂则应求典雅，“敷写似赋，而不入华侈之区”（《颂赞》），虽然也如赋一样用敷陈的写法，但不应该华艳夸张。而马融的《广成》、《上林》颂，却像赋一样华艳，所以受到刘勰的批评。“弄文而失质”是说文采太盛，以至失去了颂要求语言风格质朴这一体制上的特点，并不是文采淹没了内容之意。

《史传》云：“陈寿三志，文质辨洽，荀（勖）、张（华）比之于迁、固，非妄誉也。”“文质”亦指文辞而言。《史记》、《汉书》的语言正有文质彬彬的优点。班彪于《史记》的思想内容，颇有微词；而盛称其“善述序事理，辩而不华，质而不俚，文质相称，盖良史之才也”（见《后汉书·班彪传》）。刘勰称《汉书》“赞序弘丽，儒雅彬彬，信有遗味”。说

《三国志》可与《史》、《汉》相比，当包含其语言风格也有《史》、《汉》之长的意思。《晋书·陈寿传》载寿殁后，范颙等上表曰："昔汉武帝诏曰：'司马相如病甚，可遣悉取其书。'使者得其遗书，言封禅事，天子异焉。臣等按：故治书侍御史陈寿作《三国志》，辞多劝诫，明乎得失，有益风化。虽文艳不若相如，而质直过之，愿垂采录。"这里"辞多劝诫"云云，系评价其内容；"文艳"、"质直"显系指其文辞。史传文字当然不应如司马相如《封禅书》等作品那样华艳；所谓"文艳不若相如，而质直过之"，其实就是称美《三国志》的语言以质素见长。范颙的话也可帮助我们理解刘勰对《三国志》的评价。

《书记》云："观此众条①，并书记所总：或事本相通，而文意各异；或全任质素，或杂用文绮：随事立体，贵乎精要。"这是说谱籍簿录等二十四种应用文体，有的宜于纯用质素的语言，有的应杂以文采，总之以精约简要为贵。

此外，《原道》云"逮及商周，文胜其质，雅颂所被，英华日新"；《诸子》云"墨翟、随巢，意显而语质"；《奏启》云王绾之奏"辞质而义近"；《议对》云吾丘寿王、韩安国、贾捐之、刘歆之议，"虽质文不同，得事要矣"；《才略》云荀况赋"文质相称"；《知音》云"篇章杂沓，质文交加，知多偏好，人莫圆该"：质、文均指语言风格而言。

《情采》篇的情况稍复杂一些。本篇言及文质凡四处。开头一段说：

> 夫水性虚而沦漪结，木体实而花萼振，文附质也。虎豹无文，则鞟同犬羊；犀兕有皮，而色资丹漆，质待文也。

这里"质"比喻作者的情性，"文"比喻文辞。情性属于内容，文辞是形

① "众"字原作"四"，据杨明照《文心雕龙校注》、刘永济《文心雕龙校释》改。

式，所以这里“质”、“文”应理解为作品的内容和形式。又篇末要求作品“文不灭质，博不溺心”，即文辞虽然富丽，但不致淹没内容，“文”、“质”也是分指形式和内容的。

至于另外两处，“文”、“质”仍然是指语言的文华和质朴：

> 《孝经》垂典，丧言不文，故知君子常言，未尝质也；老子疾伪，故称美言不信，而五千精妙，则非弃美矣。
>
> 研味《孝》《老》，则知文质附乎性情。

这是说，君子居丧期间的谈吐，应该不加文饰，但平时说话则并非质木无文。老子虽称漂亮话便不真实，但那是出于疾恨作伪、崇尚自然的心情，其实《道德经》五千言并不弃绝文华。因此，研究体会《孝经》和《老子》，就知道语言的华美、质朴是依附于人们的性情的。所谓“文质附乎性情”，刘勰本意是说文华附着于性情，即性情发露必然成为文辞，亦即上文“五性[①]发而为辞章，神理之数也”之意，句中“文”字是作者用意所在，“质”字只是连类而及。刘勰绝不轻视文采，他只是反对文饰太过而已。

综观上引《文心雕龙》诸例，可知刘勰在论及作品的文与质时，基本上都是就语言风格而言的；只有在个别情况下，才是指作品的形式和内容。

下面再略谈鍾嵘的《诗品》。

鍾嵘对诗歌创作在艺术上的要求，与刘勰相近。《诗品序》提出诗歌创作应“干之以风力，润之以丹采”，“风力”意同“风骨”，鍾嵘要求以明朗刚健的语言风格为基干，再用华美的文采加以润饰。这与刘勰要

① “五性”原作“五情”，据范文澜《文心雕龙注》改。

求风骨与文采相结合是一致的。《诗品》对建安诗歌非常推崇，在《序》中提出了“建安风力”这个名称，说当时的诗歌作品“彬彬之盛，大备于时矣”，即赞美它们文质兼备。对于具体作家的评价，也贯彻了这一标准。如评曹植诗云：“骨气奇高，词采华茂，情兼雅怨，体被文质，粲溢今古，卓尔不群。”给以极崇高的评价。所谓“情兼雅怨”，指思想内容而言；“骨气”二句则指其艺术性。骨气即气骨，亦即风骨；“骨气奇高”，即《文心雕龙·风骨》中“骨劲气猛”、风清骨峻之意，属于质一方面。“词采华茂”则属于文一方面。二者结合，亦即“体被文质”的意思，与《宋书·谢灵运传论》“以文被质”意同。鍾嵘认为曹植诗是“干之以风力，润之以丹采”亦即文质彬彬风格的最杰出的代表。

在建安作家中，鍾嵘认为“陈思已下，(刘)桢称独步”，但觉得他在文采方面有所不足。其评云：“仗气爱奇，动多振绝。真骨凌霜，高风跨俗。但气过其文，雕润恨少。”这就是说他风骨很高，而文采不够，也就是质多而文嫌不足。对于王粲，说他“文秀而质羸”，这与曹丕《与吴质书》评王粲作品所说的“惜其体弱，不足起其文”意思相近，即文辞虽秀美而风格柔弱之意，也就是批评他比较地缺少风骨。“文秀而质羸”的“质”即《宋书·谢灵运传论》中“以气质为体”的“质”，仍是与语言风格的质朴有力相联系的；它不是指内容，王粲诗文较能反映社会动乱，并抒发了要求建立功业的思想感情，内容是充实的。胡应麟说王粲“肉胜骨”(《诗薮》内编卷二)也正是说他的作品文辞富丽，但质朴有力则不足。对于王粲作品的评价，刘勰与鍾嵘略有不同。刘勰认为王粲“文多兼善，辞少瑕累，摘其诗赋，则七子之冠冕乎”(《才略》)，但是刘、鍾二人都把文质彬彬、风骨与文采相结合作为评价作品的艺术标准，这一点是共同的。

鍾嵘对刘桢、王粲虽有所不满，但均列之于上品；对曹操诗则评为“古直”，置于下品，对曹丕诗也说“百许篇率皆鄙质如偶语”，列置中品。后人对鍾嵘列曹操于下品多有不满，那是因为评价标准不同之故。明人许学夷说:“(鍾)嵘《诗品》以丕处中品,曹公(指曹操)及叡居下品。今或推曹公而劣子桓兄弟(丕、植)者,盖鍾嵘兼文质,而后人专气格也。”(《诗源辩体》卷四)说得很中肯。曹操诗虽激昂慷慨,富于风骨,但在鍾嵘看来,过于质直,缺少文采,所以列于下品。

由于同样的原因,鍾嵘虽认为左思诗出于刘桢,颇有风力(《诗品》评陶潜诗“又协左思风力”),但仍批评他“野于陆机”。“野”即《论语·雍也》“质胜文则野”之意,谓文采不足。又评陶渊明云“世叹其质直”,置于中品,这也颇为后人所诟病。其实不重视渊明诗,是当时的普遍现象,如《文心雕龙》全书竟无一处提到渊明;萧统虽自称“爱嗜其文,不能释手”(《陶渊明集序》),且编定陶集,但他编《文选》,所选渊明作品也不过诗八首、《归去来》辞一首而已。可见在崇尚文华的时代风气之中,即使刘勰、鍾嵘那样见识卓越者也不会不受影响。唐、宋以后,随着文学创作风气的变化,于是才由苏轼指出了陶诗“质而实绮,癯而实腴”(《与苏辙书》)的风格特点。

萧梁时代,总的倾向是文风日益绮靡。但萧统、萧纲、萧绎在理论上仍然提倡文质彬彬。萧统《答湘东王求文集及〈诗苑英华〉书》云:“夫文典则累野,丽亦伤浮。能丽而不浮,典而不野,文质彬彬,有君子之致,吾尝欲为之,但恨未逮耳。”“典”的意义与“质”有相通之处;“野”仍是“文胜质则野”之“野”;“文质彬彬,有君子之致”,用《论语》语,仍指文辞的华丽与质朴而言。又萧绎(曾封湘东王)《内典碑铭集林序》云:“夫世代亟改,论文之理非一。……能使艳而不华,质而不野,博而不繁,省而不率,文而有质,约而能润,事随意转,理逐言深,所谓菁华,无以间也。”其说法与萧统略同。“文而有质”,仍是指文辞言;“意”、“理”才是指内容而言。

萧纲有《与湘东王书》,批评当时人“《阳春》高而不和,妙声绝而不寻,竟不精讨锱铢,核量文质”。从表面看来,他也主张文质彬彬,但其实并非如刘勰、鍾嵘那样不满于文风的淫丽,而是不满一部分人学习当代裴子野的文风，过于质野。他说："裴氏乃是良史之才，了无篇什之美。""裴亦质不可慕。"嫌子野文章过于质朴。按《梁书·裴子野传》："子野为文典而速，不尚丽靡之辞，其制作多法古，与今文体异。当时多有诋诃者，及其末，皆翕然重之。"裴氏有《雕虫论》，批评刘宋大明以来，"淫文破典，斐尔为功"。他强调六艺、章句之学，把《诗经》以后的作者，包括屈原在内，都说成是"思存枝叶，繁华蕴藻"，没有给文学作品以应有的地位，表现了重经史轻文学的片面性。于是萧纲便以文学作品应与经史有所区别为名，为当时已经过分绮靡的文风张目。萧纲、萧绎都是宫体诗的提倡者。他们虽然也说"核量文质"、"文而有质"，实际上正是他们把淫丽轻靡的文风推到了极致。

萧梁时王僧孺《詹事徐府君集序》云："泛游群籍，菁华无弃；搦札含毫，必弘靡丽；摛绮縠之思，郁风霞之情；质不伤文，丽而有体。"质、文也是指语言风格而言。

当时南方的绮靡文风也影响到北方，庾信、王褒等文人入北周后，对北方文风影响尤深，颇激起一些人的不满。到了唐初，就有人主张用北方原来比较质朴的文风来矫正梁陈之风。《周书·王褒庾信传论》称赞北方文人的作品"宏丽"、"清典"、"声实俱茂，词义典正"，而批评庾信为"词赋之罪人"；但也知道像西魏时苏绰作《大诰》那样，模仿古奥的《尚书》，虽然是"务存质朴"，"属词有师古之美"，但未免矫枉过正，难以实行。于是提出了"文质因其宜，繁约适其变；权衡轻重，斟酌古今；和而能壮，丽而能典"的原则。文、质、繁、约，指文辞的华美、质朴、繁富、简约，都是就文章的语言运用方面而说的。所谓"斟酌古今"，与《文心雕龙·通变》所要求的"望今制奇，参古定法"同意，也就是"斟酌乎质文之间，而檃括乎雅俗之际"的意思。

《隋书·文学传序》说：

> 然彼此好尚，互有异同；江左宫商发越，贵于清绮；河朔词义

> 贞刚，重乎气质。气质则理胜其词，清绮则文过其意。理深者便于时用，文华者宜于咏歌。此其南北词人得失之大较也。若能掇彼清音，简兹累句，各去所短，合其两长，则文质斌斌，尽善尽美矣。

这里指出南朝文学音韵和谐，文风绮丽，北朝文学则义贞词刚，文风质朴，二者若能很好地结合，弃短取长，便可达到文质彬彬的境地。文中“气质”一语，与“清绮”对称，都用来形容文风，它与《宋书·谢灵运传论》“子建、仲宣以气质为体”的“气质”含义相同，也就是指风骨。气质与清绮相结合，就是风骨与文采相结合。“气质则理胜其词，清绮则文过其意”，是说文风爽朗质朴者往往能有充实的内容，而文辞过于绮丽者容易掩没其内容。“理”、“意”指思想内容，“气质”、“清绮”都指语言风格。

关于南北朝文风的不同，刘师培《南北文学不同论》曾说：

> 梁陈以降，文体日靡。惟北朝文人，舍文尚质：崔浩、高允之文，咸硗确自雄；温子昇长于碑版，叙事简直，得张、蔡之遗规；卢思道长于歌词，发音刚劲，嗣建安之佚响；子才（邢邵）、伯起（魏收），亦工记事之文。岂非北方文体，固与南方文体不同哉！

此说较为具体，可供我们读初唐史家文论时参考；其中说到卢思道诗歌“嗣建安之佚响”，更说明了建安风骨与质朴文风之间的关系。初唐史家对于文风的要求，正是继承了刘勰风骨与文采相结合、鍾嵘“干之以风力，润之以丹彩”的主张，是针对梁陈馀风弥漫文坛的现实情况而发的。

《周书》、《隋书》所论，均就整个文坛状况而言。刘知幾《史通·叙事》，则专就史传叙事文字的风格提出了要求。他说：“至若书功过，记善恶，文而不丽，质而非野，使人味其滋旨，怀其德音，三复忘疲，百遍无斁，自非作者曰圣，其孰能与于此乎?”一方面，他认为“昔夫子有云：‘文胜质则史。’故知史之为务，必藉于文”，即史家必须讲究文辞；而另一方面，又认为必须反对“或虚加练饰，轻事雕彩；或体兼赋颂，词类俳优”的作风。篇中主张史传文字要简约精炼，比附得实，不夸张妄饰，这基本上都是从修辞的角度说的。当然语言形式会影响到内容，如果夸饰太过，或乱用典故，就会影响内容的真实性；但语言形式与内容毕竟不是一回事。刘知幾这里所谓“文而不丽，质而非野”云云，还是指语言而说的。又《言语》篇批评史家记录人物的口语失实，“怯书今语，勇效昔言”，“已古者即谓其文，犹今者乃惊其质”。这就是说，不应把古代人的口语奉为文雅，把现代人的口语目为质野。这儿“文”、“质”当然也是指语言风格。

初唐时陈子昂的诗歌理论和创作实践，对于唐代诗歌革新运动起了非常重要的作用。他强调“风骨”(爽朗刚健的风格)，同时强调“兴寄”、“风雅”(美刺比兴的思想内容)。他的一些作品，不但在艺术上削尽浮靡，而且关心国事民生，具有充实的社会政治内容。所以他的朋友卢藏用在《陈子昂文集序》中说他“卓立千古，横制颓波，天下翕然，质文一变。……故其谏诤之辞，则为政之先也；昭夷之碣，则议论之当也；《国殇》之文，则大雅之怨也；徐君之议，则刑礼之中也。至于感激顿挫，微显阐幽，庶几见变化之朕，以接乎天人之际者，则《感遇》之篇存焉”。从“故其谏诤之辞”以下，主要说子昂诗文的思想内容；而“质文一变”，则是说以他为首革除了齐梁以来的绮靡文风。

盛唐天宝间殷璠编次《河岳英灵集》，对于质文问题也发表了重要的见解。其《集论》说明了选录标准：

> 璠今所集，颇异诸家：既闲新声，复晓古体；文质半取，风骚两挟；言气骨则建安为俦，论宫商则太康不逮。

这就是说，他是风骨、声律并取的。“闲新声”，“论宫商则太康不逮”，是说声律调谐；“晓古体”，“言气骨则建安为俦”，是说像汉魏（包括建安）诗歌那样风骨高举。前者属于“文”的方面，后者与“质”有密切联系，二者结合，也就是“文质半取”。

殷璠在《河岳英灵集序》中还说：“曹（植）、刘（桢）诗多直致，语少切对，或五字并侧，或十字俱平”，以至于后代轻薄之徒责备他们“不辨宫商，词句质素”；但他认为他们“逸价终存”。这说明殷璠对语言比较质朴而风骨高举的建安诗歌是非常推崇的。崇尚建安风骨，从陈子昂的《与东方左史虬修竹篇序》，到盛唐诗人、评论者的言论，都有鲜明的反映。在这一点上，他们也是继承了南朝批评家刘勰、锺嵘的优良传统的。

《河岳英灵集序》云：“开元十五年后，声律风骨始备矣。”杜确的《岑嘉州集序》称美开元时作者“凡十数辈，颇能以雅参丽，以古杂今，彬彬然，粲粲然，近建安之遗范矣”。所谓“以雅参丽，以古杂今”，与殷璠“既闲新声，复晓古体”意思大体一致；所谓“彬彬然”，也就是“文质半取”之意。可见文质兼备，既有建安风骨，又声律调谐，文辞华美，这确是盛唐诗歌在艺术形式上的突出优点。皮日休《郢州孟亭记》也说：“明皇世，章句之风，大得建安体。”盛唐诗歌是我国文学史上的骄傲，它在一个崭新的高度重现了建安诗歌所具有的“以文被质”、文质彬彬的动人风貌。对于文过于质的南朝诗歌，它也不是简单地否定，而是在经过批判之后，充分地吸取了其中有益的东西。从建安到盛唐，文学走过了漫长而曲折的发展道路。在这一过程中，人们就文质问题所进行的讨论、探索，对于诗歌的发展无疑是起了推动作用的。

从以上的观察分析，可见我国魏晋到唐代文论中谈到文与质的时候，具体含义可能会有所不同，需要仔细辨别；但一般都是指语言风格的华美和质朴，而不是指作品的形式和内容。语言风格当然与内容有密切的关联。在文学史上，提倡质朴的语言风格者往往同时强调内容的充实和真实；而醉心于华艳的文辞，常常是为了掩盖内容的空虚苍白。但是，语言风格是作品的外部风貌，它与作品的思想内容毕竟是不同的概念，如果把二者混淆起来，则可能对许多问题产生似是而非的理解。而在某些研究《文心雕龙》的论著中，正是把“文”和“质”解释为作品的形式和内容的。通过讨论，在这个问题上得到正确的认识，对于文学批评史的研究工作，不会是没有好处的。

古人在说到文与质的时候，除了就人们的文化修养和诗文的语言风格等而言外，还有一种情况，即偏重于从政治角度来谈。对此略作分析，也有助于正确理解文论中所说的质文的含义。

据《礼记·表记》载，孔子曾说过：“虞、夏之质，殷、周之文，至矣！虞、夏之文，不胜其质；殷、周之质，不胜其文。”到汉代儒家，有所谓“三统说”，其中包含质文互变的思想。如《尚书大传》云：“王者一质一文，据天地之道。”（《白虎通德论·三正》引）董仲舒《春秋繁露·三代改制质文》云：“王者以制，一商一夏，一质一文。商、质者主天，夏、文者主地。……主天法商而王，其道佚阳，亲亲而多仁朴；……主地法夏而王，其道进阴，尊尊而多义节；……主天法质而王，其道佚阳，亲亲而多质爱……主地法文而王，其道进阴，尊尊而多礼文；……故四法如四时然，终而复始，穷则反本。”董仲舒把商、质归为一类，效法商、质而王者，偏于仁爱质朴；把夏、文归为一类，效法夏、文而王者，偏于礼仪节文。他说虞舜、夏禹、商汤、周文王就是分别法商、法夏、法质、法文而王的，也就是按质—文—质—文的顺序嬗变的。刘向《说苑·修文》、班固《白虎通德论·三正》等均有质文互变的议论。值得我们注意的是这些说法中质、文的具体含义。董仲舒的说法，是为不同朝代所采取的某些政治措施、礼仪节文上的差异寻找根据。他认为“质”强调的是上下和同，仁爱质朴；“文”强调的是尊卑有序，礼仪节文。《公羊传》桓公十一年何休《解诂》也有“天道本下，亲亲而质省；地道敬上，尊尊而文烦”的说法。与“三统说”相联系的是所谓忠、敬、文“三教”说。这在《史记·高祖本纪》的“太史公曰”、《汉书·董仲舒传》所载董氏对策、《礼记·表记》、《说苑·修文》、《白虎通德论·三教》等篇籍中均有记载。《史记·高祖本纪》云：“夏之政忠。忠之敝，小人以野，故殷人承之以敬。敬之敝，小人以鬼，故周人承之以文。文之敝，小人以僿，故救僿莫若以忠。三王之道若循环，终而复始。”《集解》引郑玄曰：“忠，质厚也。野，少礼节也。文，尊卑之差也。”张守节《正义》：“僿，犹细碎也。言周末世，文细碎鄙陋薄恶，小人之甚。”可见忠即质朴淳厚，不大讲究礼法；而文是强调尊卑之别，讲究礼法。这与董仲舒的说法大致相同。司马迁又云：“周秦之间，可谓文敝矣。秦政不改，反酷刑法，岂不缪乎？故汉兴，承敝易变，使人不倦，得天统矣。”《正义》：“汉人承秦苛法，约法三章，反其忠政，使民不倦，得天统矣。”也说明法令烦苛属于文之敝，而忠、质就是要法令简易。总之，汉代儒家所谓政治上的质文互变，“质”的意思主要是质朴自然、较少礼节法令制度，“文”则是多设人为的礼法制度，这从《说苑》的《修文》、《反质》两篇中可以看得比较具体。

建安时代，阮瑀、应玚有《文质论》，系辩难之作（均见《艺文类聚》卷二二人部“质文类”）。阮瑀尚质抑文，应玚则加以驳难。他们两人所说的“质”，是指统治者“守成法”，行无为之治，使政不烦而物不扰，重用厚重少文之士；而所谓“文”，是指拨乱反正，制礼作乐，阐扬儒教，任用具备各种才能的人。唐代李华也有《质文论》，认为“先王质文相变，以济天下”，主张统治者“质而有制，制而不烦”，特别强调应“以简质易繁文”。他说“易知易从，莫尚乎质”，而把礼仪刑赏、经史百家之言都归入文的范围。阮瑀、应玚、李华对文质的解释与汉儒大体一致：都把为政简易、风俗质朴称为质，把礼乐刑赏、文化学术称为文。总之，质是质朴自然，保持事物原貌；文是进行人为的加工。这与文论中以质指语言的质朴少雕绘，以文指语言的藻饰，不是有某种相通之处吗？李华此篇《质文论》,《唐文粹》将它与吕温《人文化成论》和李德裕《文章论》一同收入“论”的“文质”门中。《人文化成论》强调统治者须调节好家庭、君臣、官司、刑政、教化的各种内部关系,反对统治者设置繁文缛礼和沉溺于章句翰墨、以吟咏为务。它着重谈论政治、教化,兼及于文学。《文章论》则专论文章,反对琢刻藻绘、拘于声律。《唐文粹》将讨论政治上的质文关系与文章中的质文关系的论文合为一门,说明古人认为二者有密切联系。《文心雕龙·序志》将应玚《文质论》与曹丕《典论·论文》、陆机《文赋》等文论并提,也说明了这一点①。

文论中谈质文问题,其措辞用语也受到政论的影响。《文心雕龙·时序》云:“时运交移,质文代变。”又云:“质文沿时。”苏绰《大诰》云:“天地之道,一阴一阳;礼俗之变,一文一质。”(《周书·苏绰传》)《周书·王褒庾信传论》云:“时运推移,质文屡变。”杨炯《王勃集序》云:“历年滋久,递为文质。”《史通·叙事》云:“今来古往,质文之屡变。”卢藏用《陈子昂文集序》云:“天下翕然,质文一变。”都是借用政论中用语来指时代风气的变化,其中包含着创作风气的变化。胡应麟更把政治上的“质文”与诗歌语言风格的“质文”直接联系起来。他说:“周尚文,故《国风》、《雅》、《颂》皆文;然自是三代之文,非后世之文。汉尚质,故古诗、乐府多质;然自是两汉之质,非后世之质。”又说:“文质彬彬,周也,两汉以质胜,六朝以文胜。魏稍文,所以逊两汉也;唐稍质,所以过六朝也。”(《诗薮》内编卷一)他认为“文章关世运”,所以把诗歌语言风格的质文变化,说成与政治上的

① 《序志》云:“应玚文论。”黄叔琳注以为即《文质论》。黄侃《文心雕龙札记》以为应氏此文“泛论文质之宜,似非文论”。范文澜《文心雕龙注》亦云:“此论无关于文。”按应玚《文质论》虽非专门论文之作,但其所谓“文”包括文化学术,比之为“和氏之明璧,轻縠之袿裳,必将游玩于左右,振饰于宫房”,当亦包含文学在内,故刘勰论及之。黄叔琳注不误。

所谓质文互变完全一致，这当然是片面的；不过，这却是一个鲜明的例子，表明文论中"质"、"文"的含义，与政论中"质"、"文"的含义，有着怎样密切的联系。

（原载《文艺理论研究》1980 年第 2 期）

文质论与中国中古文学批评

一　文质论是中国中古时期的核心问题

中国中古时代阶段，南朝以至唐前期的文学理论批评，经常使用文与质这一对概念来探讨文学问题，评论作家作品，不但刘勰、鍾嵘谈得很多，其他不少文论家也多有述及。文质论几乎成了南朝以至唐前期文论中的一个核心问题。此点迄今尚未引起古文论研究界的充分重视。

文、质并提，最早见于《论语》一书。《论语·雍也》曰："子曰：质胜文则野，文胜质则史。文质彬彬，然后君子。"何晏《集解》："包（咸）曰：野，如野人，言鄙略也。史者，文多而质少。彬彬，文质相半之貌。"邢昺疏："彬彬，文质相半之貌，言文华、质朴相半彬彬然，然后可为君子也。"包咸、何晏、邢昺都把文、质理解为文华和质朴，文与质都是指一个人的文化修养、礼仪节文、言谈举止等而言。孔子认为一个人如果缺少文化修养，言辞朴拙，不讲礼仪，便如同草野之人；相反，如果过分地文饰言辞，讲究繁文缛礼，就如同那些掌文辞礼仪的官（史），多虚华不实之语。文与质相半，不过分偏向一方，那才是既有文化修养、又不虚浮不实的君子。后来魏晋南北朝以至唐代的文论，经常借用《论语》的这段话，用来评论文学，指文学作品的文华与质朴，指以语言为基础的文与质两种不同文学风貌以及作家的总体风貌特征。文与质，均指文学的艺术风貌特征，至于以质指作品的思想内容的，那只是个别场合①。

近人马其昶在其《诗毛氏学》自序中引友人之说，论及作品语言之质与文，颇有启发性，其言曰：

> 亡友郑杲东父尝论言语之体有二，一质一文。质言如《书》辞达而已。文言如《诗》一言可毕，而故引申之，直言易达，而故含茹之。于是有比兴之旨，有反复之辞，有韵节之和，有言外之思，有缠绵悱恻之情，有温柔敦厚之致，其为用也巽而易入，所以救质言之穷。②

郑杲认为，古代经书中，《书经》的语言质朴，而《诗经》则多文采，其文采通过比兴、复叠、押韵、含蓄等手段表现出来，对读者富有感染力，这些意见是颇中肯的。现代学者常常把以骈体为主的诗、赋、文章的文采归纳为对偶、辞藻、声韵、用典四个方面。《文心雕龙》下半部《声律》以下八篇集中讨论文采（修辞手段），其中《丽辞》篇讲对偶，《声律》篇讲声韵，《事类》篇讲用典，此外《比兴》、《夸饰》、《练字》、《隐秀》诸篇则大致上是讲辞藻。它们都是讨论语言之美，其中《声律》是讲语言的声音之美，而其他篇章则都是讲语言的形态色泽之美。

汉魏六朝唐代骈体文学盛行，其体裁则主要是诗、赋、各体文章三类。《文选》选录作品即分以上三部分，首为赋，次为诗，再次为各体文章。从作品的艺术特征而言，则大致是抒情性、形象性、语言之美三点。抒情性，主要表现于诗歌与一部分抒情赋。《文心雕龙·辨

---

①　本文是拙作《魏晋南北朝和唐代文学批评中的文质论》一文的发展与补充，尽量避免与前文不必要的重复。

②　马其昶《诗毛氏学》卷首，1916 年京师第一监狱代印。

骚》评屈、宋辞赋有曰:“叙情怨则郁伊而易感,述离居则怆怏而难怀。”就是赞美屈、宋作品抒情真挚动人。但抒情的艺术效果,还得依赖于运用语言手段。《文心雕龙·比兴》指出,《诗经》篇章长于抒情,或“蓄愤以斥言”,或“环譬以托讽”;但这种抒情,常通过比兴手法表现出来。鍾嵘《诗品》强调诗歌“吟咏情性”,特别重视抒写怨情。但《诗品序》又指出,诗的情感,须通过赋、比、兴三种方法表现出来。再说形象性,我国中古时代的文论不重视人物形象,像《史记》、《汉书》等史书中一些优秀传记篇章不受青睐,当时人们认为它们不具有骈文文章之美。范晔《狱中与诸甥侄书》自诩其《后汉书》一部分传记后的论赞,而不称道该书的人物传记部分。《文心雕龙·史传》也不称道《史》、《汉》的人物传记,而赞美《汉书》“赞序弘丽”。《文选》不选史书中的人物传记,但认为史书中的一部分赞论序述,有“综缉辞采”、“错比文华”的语言之美,故选了《汉书》、《晋纪》、《后汉书》、《宋书》等的部分赞论序述①。当时人们所重视的文学形象,一是山水风景。南朝自谢灵运以来,山水文学(以诗赋为主)十分发达,不少文人作品重视对山水风景的刻画描绘。《文心雕龙·物色》评山水作品曰:“自近代以来,文贵形似,窥情风景之上,钻貌草木之中。……体物为妙,功在密附。故巧言切状,如印之印泥,不加雕削,而曲写毫芥。故能瞻言而见貌,即字而知时也。”对山水作品的描写细致逼真指陈得颇为具体。这类山水作品的艺术效果,也有赖于文学语言的成功运用,故《文心雕龙·明诗》评刘宋山水文学有曰:“俪采百字之偶,争价一句之奇。……辞必穷力而追新。”指出其语言特色富丽新奇。除山水风景自然景观外,尚有一部分人文景观,如辞赋中描写的大城市、宫殿、苑囿等。《文心雕龙·夸饰》有曰:“至如气貌山海,体势宫殿,嵯

① 参考拙作《从〈文选〉选录史书的赞论序述谈起》。编者按:此文收入《中国古代文论管窥》上编。

峨揭业、熠燿焜煌之状,光采炜炜而欲然,声貌岌岌其将动矣。莫不因夸以成状,沿饰而得奇也。”就涉及宫殿描写的壮伟,而其动人艺术效果,则有赖于夸张手段的运用。要之,文学作品的抒情性、形象性,主要表现于诗歌、辞赋之中,而其艺术效果,又依赖于语言运用,依赖于比兴、含蓄、夸张等多种修辞手段。

至于各体文章,则它们大部分不重视抒情性、形象性。各体文章中,只有哀诔、祭文、部分书札重视抒情,比重很小;至于像《史》、《汉》等史书以及志怪、志人等笔记小说,有时描绘人物相当生动,还有像《水经注》等一类山水记、地理志写景有时也颇生动,但在当时文人看来,它们都是不具有骈文语言美的无韵之笔,因而缺少文学价值。各体文章的大多数门类作品,它们的艺术性,主要表现在语言的形态色泽和声韵之美方面。再则如上所述,诗、赋等的抒情性、形象性特征,也是依赖于诸种修辞手段的运用。因此,从总体来看,作品的文采(对偶、辞藻、用典、声韵)运用情况如何,就成为衡量作品文学性的普遍标准了。

自东汉以来,骈体文学逐步发展,至南朝趋于鼎盛,文人们绝大多数重视骈文文采的运用,有不少作品在这方面追求过甚,以至形成繁采寡情、丽藻纷披而缺乏刚健清新之美的弊病,由此引起一部分文人的不满,要求加以改变。因此南朝一些重要批评家往往提出文质彬彬的标准并加以强调,企图借此来补偏救弊。一些批评者尽管更重视文采,但也认为文质彬彬是文学风貌的理想境界。

二　南朝的文质论

南朝大批评家刘勰的《文心雕龙》一书,可以说就是以文质论为中心来展开的。在刘勰以前,已有少数文人用文质论来衡量、赞美作家作品。东汉班彪称《史记》“辩而不华,质而不俚,文质相称,盖良史之才也”(《后汉书·班彪传》),即赞美《史记》文章文辩而不华艳,质朴而不俚俗，文质相称，也就是文质彬彬之意。稍前于刘勰的沈约，在其《宋书·谢灵运传论》中称道建安文学“以文被质”，指它们能在质朴的基础上施加文采，即它们具有文质彬彬之美。近人黄侃《诗品讲疏》称建安诗歌“文采缤纷，而不能离闾里歌谣之质”，也是此意。

《文心雕龙》论文章，最重文、质二者兼备。《征圣》篇曰：“然则圣文之雅丽，固衔华而佩实者也。”概括指出圣人的经书文华、质实二者兼备，既雅且丽，是文章的典范。《辨骚》篇指出，以诗赋为重点的作品，应该倚靠《诗经》，驾驭楚辞，做到“酌奇而不失其贞（正），玩华而不坠其实”，即既能酌取《楚辞》文采的奇丽文华，而又不丧失《诗经》雅正朴实的风格，这样才能达到文质彬彬的境地。《序志》篇批评当时文风有曰：“辞人爱奇，言贵浮诡，饰羽尚画，文绣鞶帨，离本弥甚，将遂讹滥。”即是不满当时不少作品文有馀而质不足，因而刘勰提倡作文应宗法经书，雅丽而不浮诡，以矫正时弊。

在《通变》篇中，刘勰从文学的历史发展角度，指出历代文学由质趋文的发展概况，文曰：

> 黄歌“断竹”，质之至也；唐歌“在昔”，则广于黄世；虞歌《卿云》，则文于唐时；夏歌“雕墙”，缛于虞代；商周篇什，丽于复年。……榷而论之，则黄唐淳而质，虞夏质而辨，商周丽而雅，楚汉侈而艳，魏晋浅而绮，宋初讹而新。从质及讹，弥近弥澹。何则？竞今疏古，风末气衰也。

《时序》篇称“时运交移，质文代变”，也认为各时期文章有时趋文，有时趋质，《通变》此处则概括地通论历代文学的文质变化情况，指出自上古以来，文学总的发展趋势是由质趋文。其中商周时代的文章（也就是经书之文章）最为理想，既丽且雅，就是文质彬彬，也与《宗经》篇的提法相一致。商周以前的文章偏质，商周以后的文章偏文，都有缺点。偏文的缺点始于楚辞、汉赋，此后魏晋的浅绮、刘宋的讹新，其偏文的缺点，都是沿着楚辞、汉赋的缺点发展下来的，所以《宗经》篇慨叹“楚艳汉侈，流弊不还”。《宗经》指出，作文如能宗法经书，就能做到“风清而不杂”，“体约而不芜”，“文丽而不淫”，文章既美丽而不芜杂靡丽，达到雅丽或文质彬彬的境地。《通变》在论矫正文弊时曰：“故练青濯绛，必归蓝蒨；矫讹翻浅，还宗经诰。斯斟酌乎质文之间，而檃括乎雅俗之际，可与言通变矣。”这里认为，如能学习经书雅丽而又具有质朴刚健风格的文章，就能兼质文、雅俗（俗指时下流行的艳丽文风）之美，这与《辨骚》的倚靠《诗经》、驾驭《楚辞》的观点也是相通的。

为了以质救文，刘勰大力提倡风骨，有《风骨》专篇加以论述。风骨是指文风明朗刚健，所谓“文明以健”，“风清骨峻”，偏于质朴刚健一面。刘勰认为理想的文风应是文质彬彬，风骨与文采相结合，也就是质文结合得好。《风骨》指出，有文采而缺乏风骨的作品，有如雉鸟，羽毛虽美而不能高飞，反之，有风骨而缺乏文采的作品，有如苍鹰，能高飞而羽毛不美。理想的作品应如凤鸟那样，羽毛光耀而又能高翔，风骨与文采兼备。上引《通变》认为魏晋以来文章“风末气衰”，也就是风骨不振，缺乏质朴刚健之力。经书中《尚书》里《尧典》、《大诰》等一类文章，更以质朴刚健见长，故《通变》提出作文应“还宗经诰”，这样容易达到以质救文的目的。《风骨》篇称道汉末潘勖的《册魏公九锡文》骨力好，又《诏策》篇赞美潘文“典雅逸群”，即因潘文刻意模仿《尚书》典诰之文，笔力特别刚健有力①。刘勰还对文辞繁富而缺少风骨的作家作品加以批评，如《议时》篇评陆机曰：“陆机断议，亦有锋颖，而腴辞弗剪，颇累文骨。”指出陆机的断议文辞繁富而缺乏骨力。总之，刘勰大力提倡风骨，就是为了矫正当时文章“风末气衰”

① 参考拙作《〈文心雕龙·风骨〉笺释》一文，收入拙著《文心雕龙探索》。

之弊，达到文质彬彬。

南朝思想界较为自由开放，儒、道、佛三家同时流行，其间虽有斗争，但总体上是互容互存。不少士人兼习三家或二家之学。刘勰也是如此，兼通三家。《文心雕龙》虽以儒家思想为指导，但也不排斥其他两家。《论说》篇对王弼、何晏等的玄学论文给予好评，全书中还运用了若干佛学术语，篇中对佛教的“般若绝境”大加赞美，都是其证。因此当时文人的思想分歧，更多的表现在艺术方面。从《序志》批评当时文风的弊病为“文体解散，辞人爱奇，言贵浮诡”诸语看，其批评重点还是在艺术形式方面。我认为，《文心雕龙》着重讨论的是各种文章体式的规范问题和文风的文质，而其艺术思想核心则是要求文章文质彬彬，以经书雅正、雅丽的文风来挽救时弊。

值得注意的是，南朝另一大批评家鍾嵘的《诗品》，其评论也以文质论为核心而展开。《诗品序》赞美建安时期的诗歌“彬彬之盛，大备于时”，即肯定其文质兼备。后面又指出，作诗应“干之以风力(即风骨)，润之以丹采”，即主张风骨与文采相结合，这与《文心雕龙·风骨》的观点相一致。《诗品》正文评论诗家，更是鲜明地表现出要求文质兼备的主张。《诗品》认为曹植诗成就最高，评曰：“骨气奇高，词采华茂，情兼雅怨，体被文质。”上两句指出曹植诗骨气(即气骨、风骨)、词采二者均属上乘，因而其诗体具有文质兼备之美。《诗品》认为曹植是诗中之圣，成就最为理想，而对文质二者某方面有所逊色者则予以批评。他认为刘桢诗风骨极高，“真骨凌霜，高风跨俗”，可惜“气过其文，雕润恨少”，文采嫌不足。王粲则“文秀而质羸”，文采秀美而风骨不足(“质羸”)。要之，从文质兼备标准看，刘、王两人诗虽均隶上品，但不及曹植完美。他评班固《咏史》诗“质木无文”、曹操诗“古直”，均置于下品，评陶潜诗“世叹其质直”，置于中品，不满三人诗过质而少文。评张华诗“其体华艳”、“务为妍冶”，置于中品，则不满张华诗多文而少质。对风骨、文采二者，《诗品》有时更强调风骨，对刘桢、王粲两人，更加赞美刘桢，这是矫正当时诗风趋向靡丽、风力不振的缘故。这与刘勰的观点一致。汉魏以来诗人的渊源，《诗品》分为“国风”、“小雅”、楚辞三系，《诗品》评价最高的各时期诗人曹植、陆机、谢灵运三人均源出于“国风”，在锺嵘看来，“国风”雅正而楚辞华艳，楚辞系作家文采好而风力不足，故他最推重源出《诗经》的诗人，这也与刘勰重雅丽倚靠《诗经》、驾驭楚辞的思想相通。总之，锺嵘要求作品文质兼备，风力与文采结合，以此为评价的主要标准，在这方面可说与刘勰的议论是桴鼓相应的。

南朝梁代萧统、萧纲、萧绎兄弟三人均有要求文章文质彬彬的言论。萧统《答湘东王求文集及〈诗苑英华〉书》有曰：“夫文典则累野，丽亦伤浮。能丽而不浮，典而不野，文质彬彬，有君子之致，吾尝欲为之，但恨未逮耳。”他要求文章丽而能典，也就是刘勰提倡的雅丽文风。萧绎《内典碑铭集林序》有曰：“能使艳而不华，质而不野。”“文而有质。”议论与萧统大致相同。萧纲也主张文质彬彬，《与湘东王书》提出应“核量文质”。该文称谢灵运诗“巧不可阶”，裴子野诗“了无篇什之美”，“质不宜慕”。即是认为谢诗文采新丽，而裴诗则过于质朴少文，缺乏艺术美。大致说来，萧统他们不像刘勰、锺嵘两人大力提倡风骨以矫正时弊，而更重视文学作品的艺术特点和由质趋文的必然趋势；刘、锺对宋、齐两代华美文风批评较多，三萧则较多地肯定宋、齐的作家作品①。但三萧从文学的语言风貌着眼，以文质彬彬作为衡量作家作品的主要标准，则是与刘、锺共同的。

由上可见，南朝一些重要批评家，都以文质彬彬为主要标准来衡量文学和作家作品，并用以指导创作实践，文质论在该时期的文学批评史中占有十分重要的地位。

---

① 参考王运熙、杨明《魏晋南北朝文学批评史》第二编第二章第五节论述三萧各小段，上海古籍出版社 1996 年出版。

三　初唐盛唐时期的文质论

初盛唐时期的不少批评者，对文学也是强调应文质兼备，文质彬彬。唐初史家的一些言论，于此已有明显表现。《隋书·文学传序》指出：在南北朝阶段，南方文学以诗歌见长，以清绮文华胜；北方则长于应用性文章，以理致气质（即风力）胜，它要求“各去所短，合其两长，则文质斌斌，尽善尽美矣”。《周书·王褒庾信传论》也提出：“文质因其宜，繁约适其变，权衡轻重，斟酌古今，和而能壮，丽而能典。”都要求文章文质兼备。至陈子昂开始大力提倡汉魏风骨和建安诗歌，其《与东方左史虬修竹篇序》中慨叹“文章（此处主要指诗歌）道弊五百年矣，汉魏风骨，晋宋莫传”。同时赞美东方虬的《咏孤桐篇》诗“骨气端翔，音情顿挫，光英朗练，有金石声”，认为“可使建安作者相视而笑”。陈子昂赞美东方虬诗明朗刚健，富有风骨，可以上接建安诗歌。《隋书·文学传序》主张融合南北文风以达到文质彬彬，是就文学总体而言，若论诗歌，则北朝诗歌成就不大，不少北方著名诗人还刻意学习、模仿南方名家。北方的《鼓角横吹曲》歌辞固然刚健，但它们不但数量少，而且文辞过于简质，不受文人重视。因此，陈子昂大力提倡汉魏风骨和建安诗歌，的确为此后的唐诗发展指出了一条康庄大道。陈子昂的言论特别是其诗歌创作业绩，为其友人卢藏用赞美为“卓立千古，横制颓波，天下翕然，质文一变”，正确指出了陈子昂以质朴刚健之风挽救了前此文胜而质不足之弊的前驱功绩。

盛唐不少诗人，都步陈子昂之后，推崇建安诗人（特别推崇富有风骨的曹植、刘桢），并以此为学习对象。李白有“蓬莱文章建安骨”（《宣州谢朓楼饯别校书叔云》）之句。杜甫赞美高適诗“方驾曹刘不啻过”（《奉寄高常侍》），并自诩其诗“赋诗时或如曹刘”（《秋述》）。高適有“逸气刘公幹（刘桢字）”（《奉酬睢阳路太守见赠之作》）句。盛唐诗人在这方面的努力取得了巨大成就。李阳冰《草堂集序》在肯定卢藏用对陈子昂的赞词后，接着说："至今朝诗体，尚有梁陈宫掖之风，至公(指李白)大变，扫地并尽。"杜确《岑嘉州集序》说："其时(指开元年间)作者凡十数辈，颇能以雅参丽，以古杂今，彬彬然，粲粲然，近建安之遗范矣。南阳岑公(岑参)声称尤著。"皮日休《郢州孟亭记》说："明皇世，章句之风，大得建安体，论者推李翰林、杜工部为之尤。介其间能不愧者，唯吾乡之孟先生(孟浩然)也。"以上都是唐人对盛唐诗歌特色、成就的评论，他们指出了李白、杜甫、孟浩然、高適、岑参等诗人，都注意追踪建安诗歌，扭转南朝至唐初过于靡丽的诗风，以雅参丽，达到文质彬彬。

还有些言论，则更为直接指出了盛唐诗歌注意崇尚质朴，以质救文，因而成就卓越。李白《古风》其一在指责魏晋南朝诗"绮丽不足珍"之后，接着云："圣代复元古，垂衣贵清真。群才属休明，乘运共跃鳞。文质相炳焕，众星罗秋旻。"称颂唐玄宗时代朝廷提倡古朴清真之风，许多诗人作风丕变，放射出"文质相炳焕"的耀目光采。殷璠《河岳英灵集·集论》曰：

> 璠今所集，颇异诸家：既闲新声(指律体诗)，复晓古体，文质半取，风骚两挟，言气骨则建安为俦，论宫商则太康不逮。

这里殷璠说明他所编的《河岳英灵集》，兼收古体诗、律体诗，他认为古体诗偏于质朴，风格接近雅正的"国风"；律体诗偏于文华，风格接近艳丽的楚辞。这样分体讲固然也有理，但从总体讲，盛唐诗整体上文质兼备，一部分古体诗也颇有文采(如李白、岑参的歌行)，不少律体诗也风清骨峻(如杜甫的不少律诗)。殷璠更指出，盛唐诗论风清骨峻上可与建安诗歌匹敌，论宫商声律之完满，为西晋太康年间崇尚文采的陆机、潘岳等诗人所不及。唐代律体诗在南朝永明声律论基础上进一步发展,更趋完满,自然超越太康诗人。殷璠从律体诗角度立论,故独标举声律,《河岳英灵集序》也有"开元十五年后,声律风骨始备矣"之语。殷璠独标声律,实际上可视为以局部代全体,以声律代指文采。声律风骨始备,也就是文采风骨兼备之意。过去刘勰提出风骨与文采应兼备,鍾嵘提出"干之以风力,润之以丹采",都是文质彬彬要求的具体化。殷璠的声律风骨始备的看法,正是刘勰、鍾嵘这种主张的一线发展,它反映了盛唐诗歌取得了巨大的成就,实现了前人热烈企求着的文质彬彬的理想。

由上可见,盛唐诗歌注意兼采建安与南朝诗歌之长,达到了文质兼备、风骨与文采结合的境界。这在理论批评中也有鲜明的反映。综观初盛唐文学批评,它们继承了南朝文论家的传统,都把文质彬彬作为衡量文学总体风貌的主要标准。当然,它们对南朝靡丽文风的批评有时更严厉一些。

中晚唐时代,诗歌评论者不再像过去那样多谈文质彬彬,提倡风骨。原来矫正南朝以至初唐靡丽诗风、追求文质彬彬的任务,已由盛唐诗人圆满地完成。中唐诗界的创作风尚有了新的变化。以钱起、刘长卿为代表的大历诗人,追求诗风的清雅、工致,与盛唐的雄浑诗风已经大异其趣。中唐后期,元稹、白居易的"元和体"诗,李贺诡丽的篇什,以至晚唐温庭筠、李商隐的作品,内容多写男女之情与闺房之事,风格艳丽,又与南朝后期以至唐初诗风接近,因而不会再去提倡以质救文了。又中晚唐时期,产生了贾岛、姚合等不少着重写隐逸生活的篇章,宗尚王维的隐逸诗篇,多写五律,风格与大历诗人相近。这些现象在主体上走着与盛唐诗不同的道路。只有韩愈、孟郊一派诗歌,作风雄健,但尚奇险,偏于质而少文。诗歌创作风气的变化,或偏于文,或偏于质,诗论者不再标榜文质彬彬了。

在文章方面,唐代骈文在社会、政治界一直占据优势。骈文崇尚藻采。唐中叶一些古文运动先驱者萧颖士、独孤及等提倡古文,其作品偏质而少文。其后韩愈、柳宗元广泛吸取经史百家之长，其文章能做到文质兼备。但他们在理论上大抵提倡儒道，提倡古文，反对时文（骈文），很少提文质彬彬一类词语，这里就略而不谈了。

（原载《文学遗产》2002年第5期）

李白《古风》其一篇中的两个问题

李白《古风》第一首“大雅久不作”是他的一个重要篇章，表述了他对《诗经》以下历代诗赋的评价，对唐代诗歌繁荣的赞美。其中“自从建安来，绮丽不足珍”两句，前人和今人都有不同理解；“希圣如有立，绝笔于获麟”两句，也容易产生歧义。本文参考诸家之说，试加辨析，期望对这几个句子的意义获得确切的认识。为便于参照，先录原文于下：

《大雅》久不作，吾衰竟谁陈？《王风》委蔓草，战国多荆榛。龙虎相啖食，兵戈逮狂秦。正声何微茫，哀怨起骚人。扬马激颓波，开流荡无垠。废兴虽万变，宪章亦已沦。自从建安来，绮丽不足珍。圣代复元古，垂衣贵清真。群才属休明，乘运共跃鳞。文质相炳焕，众星罗秋旻。我志在删述，垂辉映千春。希圣如有立，绝笔于获麟。

一 释“自从建安来，绮丽不足珍”

这两句意义的分歧点在于“绮丽不足珍”的评语，是否包括建安诗歌在内。对此前人即有不同说法。宋杨齐贤释此诗有云：“建安诸子夸尚绮靡，摘章绣句，竞为新奇，雄健之气，由此萎苶。至于唐，八代极矣。”(《分类补注李太白诗》卷二)明许学夷也说:“李太白诗‘自从建安来,绮丽不足珍’,盖伤大雅不作,正声微茫,故遂言建安以来辞赋绮丽,已不足珍,犹韩退之《石鼓歌》云‘羲之俗书趁姿媚’是也。此皆豪士放言耳。”(《诗源辩体》)杨、许两人都认为“绮丽不足珍”包括建安诗歌在内。另一种说法则认为“绮丽不足珍”评语不包括建安诗歌。清沈德潜云:“不足珍,谓建安以后也。《谢朓楼饯别》云‘蓬莱文章建安骨’一语可证。”(《唐诗别裁集》卷二)最近徐仁甫先生《李太白诗别解》一文,更从“来”字语义角度来解释说:“‘来’非来去之来,‘来’字当训‘后’,谓自从建安后,乃绮丽不足珍。建安不在‘绮丽不足珍’之中,读者不可不辨!”(见《唐代文学论丛》第八辑)徐文并引证《汉书·南越传》、乐府《子夜歌》、李白《寻雍尊师隐居》等例作证,此处不能详列。

乍看起来,后面一说似乎更合理一些。因为建安诗歌富有峻爽刚健的风貌,世称建安风骨,此种诗风与南朝的专尚绮靡者不同。又盛唐人对建安风骨是很推崇的,除李白《宣州谢朓楼饯别校书叔云》诗有“蓬莱文章建安骨”句外,高適诗歌、殷璠《河岳英灵集》评语称誉建安风骨语,更是不一而足。按照一般理解,李白、高適等既然盛赞建安风骨,李白又以“绮丽不足珍”语贬斥建安诗歌,不是明显的自相矛盾吗?因此,今人注释李白此诗者多采用后一说。经过反复的思考体察,我觉得还是前一说准确,符合于李白的原意。

理由之一,是建安诗歌确具有绮丽的一面。建安诗歌固然以风清骨峻、风貌爽朗刚健著称,但同时又是绮丽的。《宋书·谢灵运传论》说曹魏时“二祖(曹操、曹丕)陈王(曹植)咸蓄盛藻,甫乃以情纬文,以文被质”,指出三曹诗富有文采辞藻之美。建安代表作家,后世常称曹(植)、王(粲)。鍾嵘《诗品》评曹植诗为“词采华茂”,评王粲诗为“文秀”,都指出其富有文采。曹丕《典论·论文》云:“诗赋欲丽。”认为诗赋应写得绮丽。隋代李谔《上隋高祖书》中也指出曹魏三祖崇尚文词，造成了后来竞骋文华的风俗。这些例证，我想足以说明建安诗歌确有绮丽的一面。还须说明的是，汉魏六朝诗歌的绮丽，有一个发展过程。比起南朝诗歌来，建安诗歌除曹植的一部分篇章外，大部分还是以爽朗刚健的风骨显得更为突出；但它们比起辞语质朴的大多数乐府民歌和汉代班固《咏史诗》、赵壹《疾邪诗》等篇章来，却又是相当绮丽的。《诗品》评汉代无名氏《古诗》为“文温以丽”，《文心雕龙·明诗》亦称“《古诗》佳丽”，以“丽”字评《古诗》，看来也是从这种比较得来的看法。

理由之二，是从全诗内容看，前一说比较顺理成章。该诗上半篇叙述评价从《诗经》到六朝诗赋的发展变化，认为像《诗经·大雅》那样的和平中正之音，春秋时代已不能继续。战国混乱，楚骚以哀怨为特色，已非正声。汉代司马相如、扬雄的辞赋，文词侈靡，激扬颓波，更属下乘。从此《诗经》的宪章法度，沦替而不能恢复。建安以迄南朝诗赋，均属绮丽，不足珍视。总的看法是以《诗经·大雅》为准绳，后代诗赋脱离了正声的轨道，有每况愈下之势。这样讲是顺理成章的。如果前批汉赋后贬六朝文学，中间独独对建安诗歌持保留态度，则反而令人有突兀不顺之感。

理由之三，是李白在其他场合也有推崇《诗经》、贬低后代的诗歌的言论。孟棨《本事诗·高逸》载李白“尝言兴寄深微，五言不如四言，七言又其靡也，况使束于声调俳优哉”。《本事诗》虽属小说家言，所记不尽可信，但这几句话却是反映了李白文学思想的某一侧面，与“大雅久不作”篇的内容互相沟通。

李白这种独尊《诗经》、贬抑后代诗赋的言论，同他的创作实践和其他不少议论存在着明显的矛盾。他的诗歌，以五言诗、七言诗占绝大多数，七言歌行和七言绝句尤其写得好。对《诗经》以后的一些著名诗人，多所推崇，并注意向他们学习。他的诗歌创作，受屈原、曹植、阮籍、左思、谢灵运、鲍照、谢朓等名家的影响均颇明显。他宣称

“屈平词赋悬日月”(《江上吟》),对谢朓的缅怀赞美之词,更是常常流露出来,他也写过几首四言诗,但数量很少,而且成就也不高。如果他真的刻板学习《诗经》,大量写作四言诗,不写或少写五、七言诗,那他肯定不能成为一位伟大的诗人。

怎样来理解存在于李白身上的这种矛盾现象呢?我认为可以从以下几方面进行分析和解释。

首先,那是受制于诗人的气质和性格特征。我们知道,李白是一位性格狂放、讲话常常夸张过分的浪漫诗人。他的诗作,经常运用着夸张的笔墨来表现他那狂放不羁、有如天马行空的思想和感情。他自称:“时人见我恒殊调,见余大言皆冷笑。”(《上李邕》)这诗句反映了他经常爱说大话、引起时人不满的现象。在作品中,他有时为了强调和突出某一种事物,相对就压低另外一些事物,表现明显的片面夸张。他的《将进酒》诗有句云:“古来圣贤皆寂寞,惟有饮者留其名。”认为酒徒比圣贤更能留名后世,当然不合事实,这只是他在与朋友痛饮时的大话罢了。李白固然热爱美酒,但从垂名不朽的角度,他还是希望学习圣贤豪杰,在政治和文学上有所建树,此点在他的作品中是屡有表述的。即如本诗,他不是也要求“希圣如有立”吗?许学夷《诗源辩体》指出此诗贬抑建安及其以后诗,犹如韩愈《石鼓歌》因赞美《石鼓文》而贬抑王羲之书法,都属豪士放言,这意见是颇为中肯的。

其次,应当考虑到这是李白在特殊情况下讲的话,根据具体需要,因而突出了诗歌思想艺术的某些方面。李白的《古风》五十九首采用五言古体,风格接近汉魏古诗。从思想内容看,《古风》注意反映社会现实,讽刺时政,抒发诗人的感慨,受过去阮籍《咏怀诗》、左思《咏史诗》、郭璞《游仙诗》、陈子昂《感遇诗》的影响为深;但从远源说,则又是继承了《诗经》风雅美刺比兴的传统。从艺术方面说,李白主张作诗应崇尚自然,他赞美“清水出芙蓉,天然去雕饰”(《赠韦太守良宰》)的诗风。他在《古风》其三十五“丑女来效颦”篇中,一边指责“雕虫丧天真”的诗风,一边慨叹:“《大雅》思文王,颂声久崩沦。”他竭力推崇《诗经》雅颂,就是因为它们自然朴素,不讲雕饰。由此可见,李白写作《古风》数十篇,主张诗歌内容应关心国事民生,有所讽谕,语言风格应自然天真,因此竭力推崇《诗经》作为诗歌的典型;同时贬抑了重视藻采的汉赋和建安以来的诗风,笔锋带有片面性。在封建社会中,《诗经》相传是经过孔子手订的“六经”之一,地位极其崇高。因此,尽管李白《古风》是五言诗而不是四言诗,还蒙受阮籍以至陈子昂等五言诗的深刻的影响;但他为了使自己的言论更加显得冠冕堂皇,更具有号召力,还是举起了《诗经》这面古老的大旗。这不禁使我们想起白居易的诗歌理论。白居易在《与元九书》中,为了强调写作讽谕诗,推尊《诗经》的“六义”(即风雅比兴)为极则,而贬抑后代的诗歌。对楚骚,他认为内容“归于怨思”,不及《诗经》广阔,因而“六义始缺”。他贬抑晋宋的田园山水诗,讥刺梁陈的抒情写景诗。甚至对李白、杜甫两家,也惋惜诗作合于风雅比兴者不多。这种言论,不但与白居易其他场合的不少意见抵牾,而且也与他写作大量闲适诗、感伤诗的实践相矛盾,只能认为是白氏一时偏激之言。拿白居易的《与元九书》与李白《古风》其一相比较,其议论的偏激性和片面性,是多么惊人的相似啊!

再次,在唐代文学界长期存在着一股推崇“五经”、贬抑后代文学的复古思潮。唐代不少文人在批判齐梁靡丽文风的时候,往往上溯到楚辞,对屈原也表示不满。请看下面的例子:

王勃《上吏部裴侍郎启》:“自微言既绝,斯文不振,屈、宋导浇源于前,枚、马扬淫风于后。”

李华《赠礼部尚书清河孝公崔沔集序》:“屈平、宋玉,哀而伤，靡而不返，六经之道遁矣。”

《宋书·谢灵运传论》有云：“屈平、宋玉，导清源于前，贾谊、相如，振芳尘于后。”表现了对楚辞、汉赋的赞美。上引王勃的话词语本于《宋书》，但他贬抑辞赋，把“导清源”改为“导浇源”，“振芳尘”改为“扬淫风”，评价就完全不同了。李白《古风》说：“正声何微茫，哀怨起骚人。”对楚辞的贬意还不明显。李华也指出屈宋作品具有哀伤的特色，但加上“靡而不返”二句，贬意就鲜明了。

再看下面的例子：

贾至《工部侍郎李公集序》：“仲尼删《诗》述《易》作《春秋》而叙帝王之书，三代文章，炳然可观。洎骚人怨靡，扬、马诡丽，班、张、崔、蔡、曹、王、潘、陆，扬波扇飙，大变风雅。宋、齐、梁、隋，荡而不返。”

独孤及《唐故殿中侍御史赠考功员外郎中萧府君文章集录序》：“尝谓扬、马言大而迂，屈、宋词侈而怨。沿其流者，或文质交丧，雅郑相夺，盍为之中道乎？”

这种贬抑楚辞、汉赋及楚汉以后文学的看法，与李白《古风》的议论是相通的。上引四人，王勃早于李白，而李华、贾至、独孤及都和李白同时，并与李白有交往，见于李白的作品。由此可见，在初盛唐文坛，的确有那么一股推崇“五经”、贬抑后代文学的复古思潮存在着。李白生当此际，受前辈和友朋的影响，耳濡目染，发为《古风》其一那样的放言高论，说明不但出自他的性格特征，而且还接受了时代风气的感染。在李白以后的中唐时代，这种言论也时有出现，除上引白居易的言论外，柳冕、权德舆等人都发表过此类意见，这里就不详述了。

唐人这种批判南朝靡丽文风、并上溯到楚辞、汉赋的言论，南朝评论家实为之先驱。裴子野《雕虫论》有云：

> 若悱恻芳芬，楚骚为之祖；靡漫容与，相如扣其音。由是随声逐影之俦，弃指归而无执。赋诗歌颂，百帙五车。蔡邕等之俳优，扬雄悔为童子。圣人不作，雅郑谁分？

两相比较，不难理解唐代文人笼统批判楚辞、汉赋以至南朝文学的言论，和裴子野的看法有着明显的继承关系。他们都主张文学应当紧密地为政治教化服务，鄙薄不能在这方面发挥积极作用的作品；同时轻视华美的辞采，忽略了文学作品的艺术特征。南朝文人尊《诗经》、抑楚辞的倾向，在大批评家刘勰、锺嵘身上也有所表现。刘勰固然对屈赋的奇辞异采评价很高，但他不满南朝浮艳新巧的文风，认为它导源于楚辞、汉赋，慨叹"楚艳汉侈，流弊不还"(《文心雕龙·宗经》)，并认为"诗人什篇(指《诗三百篇》)为情而造文，辞人赋颂为文而造情"(《情采》篇)。因此，他大力提倡宗经，主张作文应以"五经"为楷模，同时酌取楚辞的文采，"倚《雅》《颂》"，"驭楚篇"(《辨骚》篇)，要分个主次。锺嵘《诗品》对晋宋以来偏于华艳的诗风也表示不满。他论述汉魏六朝五言诗的渊源，认为出于"国风"、"小雅"、楚辞三者。曹植、刘桢、陆机、谢灵运等诗人，他评价最高，认为诗风最正，他们均源出"国风"。而像王粲、潘岳、张华、谢朓，诗风偏于华艳，源出楚辞，则评价稍低。这里面也寓有崇《诗经》、抑楚辞的意思。不过刘勰、锺嵘并没有笼统批判楚辞、汉赋以至南朝文学，他们只是稍抑楚辞，批判汉赋以至南朝文学的一部分弊端，企图通过提倡经书雅正的文风来扭转南朝的文风，其文学主张要比裴子野细致合理得多。

上面提到推崇"五经"、贬抑后代文学的唐代文人，表面看来其言论大体相同，但他们实际分成两个类型。一类是王勃、李白、白居易等人，他们批评、贬低经书以后的文学只是在一定场合中的放言高论，在创作实践中他们还是认真吸取后代文学的营养，并在其他场合对后代文学作过种种肯定。另一类是贾至、独孤及、柳冕等人，他们大抵是唐代古文运动的前驱者。他们一味推尊经史的质朴文风，强调文章为政教服务，并把这种主张贯彻在创作中，理论和创作实践比较一致。他们忽视文学内容的广阔性和艺术特征，其作品大抵枯燥而缺乏动人的形式美，故成就不大。一直到韩愈、柳宗元出来，才打破了这种局限，广泛吸取文学遗产的各种养料。如韩愈对汉赋也注意学习吸取，声称“子云相如，同工异曲”（《进学解》）。韩、柳散文取得巨大成功，这是一个非常重要的因素。《雕虫论》的作者裴子野是一位史学家，他站在史学家的立场推崇经史，轻视文学，因此持论片面。唐代古文运动的那些前驱者，大抵提倡经世致用的文章，轻视文学，其立场态度和裴子野是很接近的。

在对待文学遗产方面，杜甫的态度显得更加客观冷静。杜甫对屈原、宋玉以至庾信等前代名作家，都作出了不同程度的赞美和肯定，并且提出了“转益多师”的合理主张。正确对待遗产，是文学创作能否取得高水平的一个非常重要的因素。唐代文学的高峰，体现在李白、杜甫、白居易、韩愈、柳宗元等人身上，而古文运动的先驱者则成就不大，这是值得人们深长思之的。

二　释“我志在删述，垂辉映千春。希圣如有立，绝笔于获麟”

这四句的意思是李白表示要追踪孔子，有所述作，以期垂名不朽。其分歧点在于李白要像孔子删诗那样编一本诗歌选集，还是像孔子作《春秋》那样编一本记载唐代大事的史书？从字面上讲，这两说都有一定道理。相传古诗有三千多篇，曾经孔子选择，成为《诗经》，与“我志在删述”句意相合。孔子作《春秋》，迄鲁哀公十四年获麟而止，与“绝笔于获麟”句意相合。

杨齐贤、萧士赟、王琦几家旧注对此点都没有说明。胡震亨《李诗通》云：“统论前古诗源，志在删诗垂后，以此发端，自负不浅。”认为是指编选诗集。《唐宋诗醇》云：“指归大雅，志在删述，上溯风骚，俯观六代。”也是释为删述诗歌。乔象钟同志在《李白的诗论及其艺术实践》一文中也认为李白拟“对他这一代诗歌作一些删述之功，以希盛唐之音垂辉千古”（文载《唐代文学论丛》第一期）。这一说的漏洞是删述、编选诗歌和获麟挂不起钩来。俞平伯先生在五十年代写有《李白〈古风〉第一首解析》一文[①]，执著“绝笔于获麟”句，认为李白旨在作史。他引《孟子·离娄》的话“王者之迹熄而《诗》亡，《诗》亡然后《春秋》作”句为证，认为“《诗》有美刺，《春秋》有褒贬，都针对着当时的社会政治的现实，有所反映批判”。认为李白企图通过作史以显褒贬，来继承《诗经》的美刺传统。对“获麟”一语俞先生也有所解释。他征引《史记·太史公自序》“于是卒述陶唐以来至于麟止”句，认为：“同样的获麟，在鲁哀公时虽是衰世之事，而到了汉武帝时便愣说它是祥瑞。司马迁已这样说过，李白就承用了。”俞先生的说法乍看起来很有道理，细按之恐不足信。

除《古风》其一外，李白其他作品和有关载籍中，都没有李白要删诗或修史的记录，实际上李白一生也没有删诗修史的活动。因为缺乏旁证，关于这四句诗的解释，的确容易产生分歧。但仔细考察全诗，恐怕仍以删述、编选诗歌的一说为妥。诗的下半篇赞美唐代诗坛人才迭出，成就光辉灿烂，犹如秋夜群星闪耀。接下说自己打算编选一部诗集，正是顺理成章的事；如果说是修史，就显得突兀，不易理解了。《孟子》“《诗》亡然后《春秋》作”，是说孔子当时因看不到《诗三百篇》那样的好诗歌，因此作《春秋》。李白则说唐诗非常昌盛，唐诗不

---

① 该文原载《文学遗产增刊》第七辑，后收入其所著《论诗词曲杂著》。

亡,他为什么要修史呢?如果说李白慨叹《诗经》以后的诗歌都不够雅正,因此拟作史以上继《诗经》;那末他修的将是庞大的通史,上起春秋时代,中经战国、秦、汉、魏、晋、南北朝各个朝代,其内容将与《春秋》、《左传》、《史记》、《汉书》等历史名著有许多重复。这种写作计划,恐怕更是离奇而难以使人相信了。

如上所述,“获麟”这一典故,原用以指修撰史书的下限,似乎与编选诗歌没有多少联系。我想,这里的“获麟”,恐怕泛指一般文学活动(包括删诗、修史等等)而言。考卢照邻《南阳公集序》有云:

> 自获麟绝笔,一千三四百年。游、夏之门,时有荀卿、孟子;屈、宋之后,直至贾谊、相如。两班叙事,得丘明之风骨;二陆裁诗,含公幹之奇伟。邺中新体,共许音韵天成;江左诸人,咸好瑰姿艳发。精博爽丽,颜延之急病于江、鲍之间;疏散风流,谢宣城缓步于向、刘之上。北方重浊,独卢黄门往往高飞;南国轻清,惟庾中丞时时不坠。

这里的“获麟绝笔”,也含有孔子文学活动终止之意,不仅指作《春秋》停止。下文列举历代文学作家,虽也提到左丘明、班彪、班固作史,也提及孟轲、荀卿的子书,而更多的则是论述历代诗赋创作,包括楚辞、汉赋和魏晋南北朝的不少名家,即是一种证明。李白《古风》其一中的“绝笔于获麟”句,和卢照邻文中的“获麟绝笔”句很相像(或许即是受到卢文的影响),也是泛指文学活动,无非用以说明诗选要有一个下限罢了。

自晋代总集兴起以后,历代文人对编选诗文集子,往往颇为重视,因为它们体现了编选者在文学创作和欣赏方面的旨趣和要求,起着推尊风雅、树立典范的作用。因此不少总集的编撰,往往出自名家之手。在西晋六朝时代,除现存的萧统《文选》、徐陵《玉台新咏》外,失传的如挚虞《文章流别集》、谢灵运《诗英》、沈约《集钞》、萧统《古今诗苑英华》等等，编集者都是著名文人。在唐代，前于李白的有徐坚《文府》，稍后则有元结《箧中集》，编者也均是名人。此外名位稍低的像殷璠编《河岳英录集》等，数量就更多了。在这种风气下，李白打算编选一部诗集来体现他的文学主张，也是不难理解的。遗憾的是，他并没有实现这一愿望。

（原载《天府新论》1988 年第 1 期）

李白文学思想的复古色彩

李白发表他文学思想的篇章不多，而且大抵比较零碎。其中一个显著特色是呈现出鲜明的复古色彩，这一特色主要表现在两段话中。其一是《古风》其一，有云：

> 《大雅》久不作，吾衰竟谁陈？《王风》委蔓草，战国多荆榛。龙虎相啖食，兵戈逮狂秦。正声何微茫，哀怨起骚人。扬马激颓波，开流荡无垠。废兴虽万变，宪章亦已沦。自从建安来，绮丽不足珍。圣代复元古，垂衣贵清真。群才属休明，乘运共跃鳞。文质相炳焕，众星罗秋旻。……

这段话的主旨是推尊《诗经》，贬抑其后的诗赋创作。他称颂《诗经》的风、雅是正声，足为典范。屈原等的骚赋，特多哀怨，与正声已有距离。汉代司马相如、扬雄等的辞赋，着重铺采摛文，在诗赋史上激起一股浊流，一发而不可收拾。此后文风屡经变化，但《诗经》正声的传统宪章法度，沦丧不能复振。建安以来的作品，大抵追求文辞绮丽，不足珍视。直至唐代注意复古，文风得到转变。总之，李白认为战国以来，诗赋的发展背离了《诗经》正声的传统，每况愈下。关于"绮丽不足珍"的批评，有的论者认为仅指建安以后的作品，不包括建安诗歌。其主要根据是因为盛唐诗人往往推崇建安诗歌，有时称为建安风骨（以其具有风清骨峻的风貌），李白也有"蓬莱文章建安骨"（《宣州谢朓楼饯别校书叔云》)之句。诚然,盛唐不少诗人包括李白都曾称道过建安诗歌,但此处“绮丽不足珍”句实包括建安作品在内。理由是:建安诗的确具有爽朗刚健的风貌,但也有文辞绮丽的一面。锺嵘《诗品》评曹植诗“词采华茂”,评王粲诗“文秀”,指出其文辞华美或秀丽。再从《古风》其一上下文看,在称颂《诗经》后对楚辞已有微词,司马相如等的汉赋,文辞侈靡,更属下乘,建安以来的诗作,追求绮丽,也不足珍视。对《诗经》以后的诗赋,取笼统贬斥态度,如中间独独肯定建安文学,于文理不顺。此点我在《李白〈古风〉其一篇中的两个问题》一文中有详细论述,此处不赘。

李白的另一则文学复古言论见于孟棨《本事诗·高逸》篇的记载:

> 白才逸气高,与陈拾遗(指陈子昂)齐名,先后合德。其论诗云:“梁陈以来,艳薄斯极,沈休文又尚以声律,将复古道,非我而谁与?”故陈、李二集,律诗殊少。尝言:“兴寄深微,五言不如四言,七言又其靡也,况使束于声调俳优哉!”

《本事诗》虽是小说家言,但记载尚较严谨,其自序称:“其有出诸异传怪录,疑非事实者,则略之。拙俗鄙俚,亦所不取。”上面这段记载与《古风》其一精神相合,当属可信。这段记载说明两点:一是李白认为南朝后期的诗歌风貌绮艳轻薄,达于极点,沈约等又提倡四声八病,写作永明新体,加剧了诗风的艳薄,因此自己有责任来恢复诗歌创作的古道。二是李白认为诗歌内容应有深微的比兴寄托,关心政治社会,这方面后起的五言诗不及《诗经》的四言体,七言诗更是不行,提倡四声八病,则又束缚了诗歌的表现力。

上面两则言论精神相通,都表现了李白文学思想浓厚的复古色彩。他认为只有《诗经》是正声,兴寄深微,四言体雅正,内容形式都好,堪为典范。其后的骚、赋、五七言诗、新体诗、律体诗都不行。这里实际上表现了李白在强调复古时的一时偏激之论，并不反映他对文学（主要是诗）创作的全部看法。从他其他场合的言论和创作实践看，均与此种片面性看法互相矛盾。从言论看，他曾说过“屈平词赋悬日月”（《江上吟》），对屈赋推崇之至。上引“蓬莱文章建安骨”句，见出他对建安时代文人五言诗的充分肯定，对谢朓的五言诗也常给予赞美。对擅长七言歌行的鲍照，认为与陈子昂一样是诗人中的“凤与麟”（见《赠僧行融》诗）。从李白创作来看，绝大部分是五、七言诗，七言诗写得尤其精彩。他写过像《雪谗诗赠友人》等很少量四言诗，成就不及五、七言诗。他的那些富有兴寄内容的篇章，如《古风》组诗中的一部分，是五言诗，如《远别离》、《北风行》、《梁甫吟》等是七言歌行，可见五、七言诗在这方面的表现能力还超过四言诗。实际上自陶渊明以后，四言诗已很少有杰出作品，唐诗也是如此。再从古体、律体看，李白写律体固然较少，但也有不少，五律、七绝尤多，其中有一部分属杰出之作。四句的绝句，唐人认为是律诗的一种（因为它们也讲究平仄和粘缀），称为小律诗。李白的大部分律体诗都是平仄调谐、粘缀贴切的，可见他并不全然反对声律。诚然，从表现政治社会现象、抒发作者比兴寄托之情意而言，律体诗容量小、限制严，不及古体诗可写得挥洒自如。总之，上述李白的两则言论，带有很大的片面性，与李白其他场合的言论和创作实践不相吻合。

李白上述复合色彩浓厚的言论，带有很大的片面性，究其产生原因，主要有两方面。

一、这是李白在特定场合中发表的言论。他的《古风》五十九首采用五言古体，风格接近汉魏古诗。其内容注意反映社会现实，讽刺时政，抒发感慨。上受阮籍《咏怀》、左思《咏史》、郭璞《游仙》、陈子昂《感遇》等诗章影响；从远源讲，则是继承了《诗经》风雅的美刺比兴传统。《古风》其一开宗明义，阐明这组诗“言多讽兴”的写作宗旨，因此竭力推崇《诗经》风雅，贬抑后代缺少讽兴内容、追求文辞绮丽的作品。《本事诗·高逸》的那段话，更明显地表明他要用质朴自然的古体来写“寄兴深微”的诗章。所以说，这是李白在特定场合下发表的一时偏激之论。白居易的《与元九书》为了突出讽谕诗的价值，竭力称道自己的讽谕诗，对其杂律诗则贬抑过甚，也是一时偏激之论，与白氏其他场合的言论和创作实践相矛盾。再说李白性格狂放，好说大话，一时兴到，说话很容易过头。如说五、七言诗的表现力不及四言体，就是一例。

二、是受当时政治措施、社会思潮的影响。唐玄宗登位后，注意改革南朝以至初唐时期浮靡的学风和文风，在宰臣张说的协助下，采取了一系列措施，取得了很大效果。殷璠《河岳英灵集序》指出，唐诗至开元后期，风貌大变，声律、风骨两者兼备，其原因是由于“主上(指玄宗)恶华好朴，去伪从真，使海内词场，翕然尊古，南风周雅，称阐今日”。指出该时诗风大变，追及了《诗经》真朴的传统。这也与《古风》其一后边“圣代复元古，垂衣贵清真”等意思吻合。《河岳英灵集·集论》又指出，当时唐诗“言气骨则建安为俦，论宫商则太康不逮”，认为唐诗风骨遒劲，可与建安诗歌匹敌；又继承了六朝以至初唐时代长期琢磨形成的严密声律，所以为西晋太康年间陆机、潘岳等诗人所不逮。这比较全面地阐明了盛唐诗的特色与传承，不似《古风》其一那样笼统贬抑《诗经》以后的诗赋作品。又《新唐书·文艺传》曰：“玄宗好经术，群臣稍厌雕琢，索理致，崇雅黜浮，气益雄浑。”看法大致相同①。在封建朝代，中央朝廷的政令与措施，往往对士人的政治出路、社会地位以至学风、文风等产生严重影响。唐玄宗前期的一系列措施对唐诗风貌的改变，情况亦复如此。在朝廷的提倡下，当时文人中涌现出一股复古思潮，在文学上推崇《诗经》风雅，贬抑后代的创作。李华、贾至、独孤及等均有此类言论。如贾至的《工部侍郎李公集序》在赞美三代经书之后说：

---

① 参考拙作《释〈河岳英灵集序〉论盛唐诗歌》，收入拙著《汉魏六朝唐代文学论丛》上编。

“洎骚人怨靡，扬（雄）、马（司马相如）诡丽，班（固）、张（衡）、崔（骃）、蔡（邕）、曹（植）、王（粲）、潘（岳）、陆（机），扬波扇飙，大变风雅。宋、齐、梁、隋，荡而不返。”（也贬抑以曹、王为代表的建安文学。）其论与《古风》其一十分近似。可见《古风》其一中的偏激之论，不是一种孤立的存在，而是当时一部分文人复古合奏曲中的一支而已①。

最后还要谈一下李白对汉魏六朝乐府诗的态度。李白爱写乐府诗，他注意向汉魏六朝的古乐府学习，并加以发展创新，写出了许多优秀篇章。今传李白集子中乐府诗达四卷。据《唐诗纪事》（卷四八）记载，李白欣赏少年诗人韦渠牟的创作才气，“因授以古乐府之学”。但李白没有发表过称道古乐府的言论。值得注意的是其他诗人也有类似现象。如杜甫自己写过《兵车行》、《丽人行》等新乐府篇章，还称颂元结《舂陵行》乐府体诗具有“比兴体制”，但也没有赞许古乐府的言论。元结写了颇受汉魏古乐府影响的《系乐府》十二首，其组诗序文也不提古乐府。白居易《新乐府》组诗更深受古乐府沾溉，其序文也不提古乐府，却提到学习《诗经》。其《与元九书》论历代诗作，强调《诗经》的风雅比兴原则，也不提汉魏古乐府反映民生疾苦的特色。只有元稹的《乐府古题序》，方始对古乐府作了稍具体的论述与肯定。看来，唐中期不少诗人，尽管在实践上已写了不少乐府诗篇，其接受影响程度甚至超过《诗经》，但在观念上还是认为许多无名氏的古乐府文辞俚俗，不很高雅，在理论表述上不及标举《诗经》冠冕堂皇，具有号召力。这里充分说明，作为封建社会统治思想载体的儒家经典，特别是在当时朝廷提倡儒学的氛围中，对大多数文人的影响是多么严重。

（原载《沈阳师范大学学报》2003 年第 2 期）

① 参考王运熙、杨明《隋唐五代文学批评史》第二编论李白一节，上海古籍出版社，1994 年。

李白推重谢朓诗

李白十分推重南齐著名诗人谢朓，在其诗篇中屡屡言及。李白作品提到谢朓的，有些是泛言对谢朓的怀念，如“谁念北楼上，临风怀谢公”（《秋登宣城谢朓北楼》），是因涉及有关谢朓的古迹而怀念谢朓。李白诗中言及谢朓诗歌特点和谢朓诗句值得重视者，则有以下数处：

蓬莱文章建安骨，中间小谢又清发。（《宣州谢朓楼饯别校书叔云》）

诗传谢朓清。（《送储邕之武昌》）

解道澄江静如练，令人长忆谢玄晖。（《金陵城西楼月下吟》）

我吟谢朓诗上语，朔风飒飒吹飞雨。（《酬殷明佐见赠五云裘歌》）

上面第一例中的“小谢”，指谢朓。“清发”，清新秀发，即清秀、清丽之意。《南齐书·谢朓传》已称谢朓“文章清丽”。从上引第一、第二例，可见李白着重赞赏谢朓诗的清新秀发。第三例中“澄江静如练”五字，是谢朓《晚登三山还望京邑》诗中原句。第四例“朔风飒飒吹飞雨”句，化用谢朓《观朝雨》“朔风吹飞雨，萧条江上来”两句而成。以上谢诗两例，可以作为谢诗清新秀发的恰当例证。谢朓长于写景，李白推重谢朓诗，着重处也在写景方面。

杜甫论诗，也很重视清、清新。他评阴铿、何逊云："阴何尚清省。""清省"，清新省约，省约指文辞简练不繁冗。西晋陆云在其与兄陆机书信等文中，主张作诗文应注意清省、清约。杜甫评庾信云："清新庾开府。"(《春日忆李白》)赞美孟浩然云："清诗句句尽堪传。"(《解闷》)赞美严武云："清诗句句好。"(《赠严武》)李白、杜甫推重诗歌的清新风貌，反映了盛唐诗人较为普遍的审美要求。我们知道，南朝诗风日趋绮艳，追求华辞丽藻，缺少清新爽朗的风貌；至后期宫体诗流行，诗风更为浓腻。其风气一直沿袭到初唐时代。盛唐诗人为了扭转这种诗风，所以重视提倡清新的诗歌风格。谢朓、阴铿、何逊的不少写景抒情篇章，还有庾信后期的一些作品，都具有清新爽朗的特色，所以受到李白、杜甫的推重。

盛唐诗人特别重视学习建安诗歌的风骨。上引李白《宣州谢朓楼饯别校书叔云》诗即有"蓬莱文章建安骨"之句，"建安骨"即指建安诗之风骨。同时高適也有"纵横建安作"(《淇上酬薛据兼寄郭微》)之句。杜甫诗篇常常赞美以风骨著称的建安诗人曹植、刘桢。专门选录盛唐诗人篇什的《河岳英灵集》，更常以富有风骨或气骨的词语赞美盛唐作者。按照《文心雕龙·风骨》篇的阐释，风骨指作品写得"风清骨峻"，即风貌清新爽朗、语言遒劲精炼，形成一种明朗刚健的文风。李白在同一诗篇中称道建安诗和谢朓诗，就清新爽朗而言，二者是共通的。但建安诗清刚，偏于壮美，谢朓诗清秀，偏于柔美，二者又有所不同。提倡建安风骨，提倡清新，都反映了盛唐诗人反对南朝后期至初唐时期诗风靡丽不振的倾向，反映了他们追求健康诗风的要求。

杜甫《春日忆李白》诗云："清新庾开府，俊逸鲍参军。"这里以南朝杰出诗人比拟李白，认为李白诗清新处像庾信，俊逸处像鲍照。李白诗歌，的确既有清新秀发的一面，又有俊逸豪放的一面。前者以一部分五古和五言小诗为代表，后者则以大部分七言歌行和七言绝句为代表。杜甫评李白诗又云："李侯有佳句，往往似阴铿。"(《与李十二白同寻范十隐居》)又认为李白的某些佳句像阴铿。的确，李白的一部分写景抒情诗，风格清新秀发，接近谢朓、阴铿、庾信等人的诗。其实李白受谢朓影响最深，杜甫"清新庾开府"句提庾信而不提谢朓，可能是由于以"庾开府"对"鲍参军"，对仗更见工稳。李白诗又有俊逸豪放的一面，这方面确实接受鲍照诗的深刻影响。他的不少七言歌行，气势奔放，笔墨酣畅淋漓，充分显示出他豪迈不羁的性格，成为他全部作品中非常突出的一部分。这部分篇章，明显地受到鲍照七言诗(特别是其《拟行路难》组诗)的启迪和沾溉。杜甫《苏端薛复筵简薛华醉歌》有云："近来海内为长句(指七言诗)，汝(指薛华)与山东李白好。何刘沈谢力未工，才兼鲍照愁绝倒。"这里直接是赞美薛华的七言诗写得好，但指出李白擅长七言诗，指出鲍照的七言诗善于抒发潦倒不遇的愁情，都颇中肯，这里也间接反映了李白的七言歌行深受鲍照诗的影响。李白诗深受鲍照影响，后代评论家往往加以指出。清代刘熙载《艺概》评李白诗和南朝诗人的继承关系说："明远之驱迈，玄晖之奇秀，亦各有所取。"并举鲍照、谢朓两家，是很有见地的言论。

李白诗中提及鲍照的地方颇少，但他对鲍照是很推崇的。他的《赠僧行融》诗有云："梁有汤惠休，常从鲍照游。峨眉史怀一，独映陈公(指陈子昂)出。卓绝二道人，结交凤与麟。"把鲍照和开唐代诗文革新风气的陈子昂相提并论，把鲍、陈两人比喻为凤凰、麒麟，评价极高。李白对前代文学遗产，自《诗经》、楚辞以后，接受了多方面的营养。南朝诗人对他影响最大的则是谢灵运、鲍照、谢朓三人。但李白诗中常常提到二谢的名字或诗句，而很少提到鲍照，这是为什么呢？原来李白诗篇直接提到过去诗人名姓及其佳句的，大抵是山水写景诗一类。二谢以山水写景诗著名。李白在游览登临时，或目击前人遗迹，或联想前人佳句，就很容易形诸笔墨。以谢朓而论，其诗写金陵、宣城两地的景色颇多，因为金陵是南朝帝都，宣城郡是谢朓为太守之地。李白也常到金陵、宣城两地，触景生情，常常提及谢朓及其诗句，自不难理解。鲍照的山水写景诗不多，也不突出，因而李白的山水写景诗无缘提及他。李白的《宣州谢朓楼》诗句“中间小谢又清发”句，表面看去，似乎他对南朝诗人最重谢朓。但应当看到，这首诗是在宣州谢朓楼饯别族叔时写的，独举谢朓，也是题内应有之义。如果胶柱鼓瑟地进行理解，那我们也可根据上引《赠僧行融》诗，说李白于南朝诗人最重鲍照。清代王士禛《论诗绝句》认为李白“一生低首谢宣城”，看来是带有片面性的评论。

（原载《谢朓与李白研究》，人民文学出版社 1995 年出版）

李白诗歌的两种思想倾向和后人评价

李白一生怀有宏大的政治抱负，希冀建功立业，报效国家，垂名史册。另一方面，他在日常生活中常常痛饮求欢，放诞不羁，周游名山，求仙访道，表现出遗弃世俗的倾向。李白为人的这两种不同倾向，在其诗歌中均有鲜明的表现。历代李诗评论者，虽然多数人都看到这两种不同倾向，但有的人在评论时不免强调某一面而忽视其他一面，因而产生了若干片面的言论。本文拟概述李白思想入世、出世的两重性，然后围绕这一问题选择一些有代表性的看法进行考察和分析。

一　李白诗歌的两种不同思想倾向

李白在青年时期即怀抱建功立业的志向。他在二十多岁时离开故乡蜀地，仗剑东游，即是为了谋求政治出路。在寓居安陆时，他申述自己的政治抱负有曰："申管、晏之谈，谋帝王之术，奋其智能，愿为辅弼。使寰区大定，海县清一，事君之道成，荣亲之义毕。"（《代寿山答孟少府移文书》）天宝初年，他被唐玄宗征入长安，供奉翰林，不久即受谗言诋毁，被放出京。在前后不满三年的时间里，李白认识了朝廷政治的黑暗，并痛感到自己怀才未遇的不幸遭遇。其《古风》中的"咸阳二三月"、"燕昭延郭隗"、"大车扬飞尘"、"登高望四海"诸篇和乐府歌行《行路难》、《梁甫吟》等都是这方面的代表作品。“大车扬飞尘”篇痛斥玄宗手下的一些宦官以善于斗鸡而得宠幸。“燕昭延郭隗”篇云:“珠玉买歌笑,糟糠养贤才。”“登高望四海”篇云:“梧桐巢燕雀,枳棘栖鸳鸾。”都是当时政治黑暗、佞人得志、贤才遭受排挤打击现象的真实写照。《行路难》三首,更是长歌当哭,淋漓尽致地抒发了他怀才不遇的悲愤。离开长安后,李白继续漫游各地,对于天宝后期的政治腐败,国运垂危,耳濡目染,有进一步的认识,并形诸吟咏。如《古风》中的“胡关饶风沙”、“羽檄如流星”两篇,对扩张战争中唐朝军士的无谓牺牲,特别是天宝十载攻南诏大败,唐军死亡六万,表示强烈不满。又如《远别离》、《答王十二寒夜独酌有怀》等篇,则对当时佞臣擅权、贤能之士遭受谗毁迫害、唐朝国运危殆等现象进行了讽刺和控诉。

安史之乱爆发,李白认为是一次建功立业的良好机会,欣然接受永王李璘的邀请,入其幕府。他痛恨叛军对中原地区的严重破坏,“流血涂野草,豺狼尽冠缨”(《古风》“西上莲花山”)。他自负能在李璘部队中发挥决策作用,戡定叛乱,“但用东山谢安石,为君谈笑静胡沙”(《永王东巡歌》其二)。他希冀李璘部队能长驱告捷,荡平敌寇,收复京城,“南风一扫胡尘静,西入长安到日边”(同上其十一)。不料唐王朝统治阶层发生内部矛盾,李璘部队被肃宗派兵消灭,李白也因此获罪。在奔亡以至被囚阶段,李白写了若干陈诉衷情、继续关心国事的诗篇,如《南奔书怀》、《赠张相镐二首》等。流放归来后,仍然关怀国计民生。肃宗上元元年(760),他写了《豫章行》,表现了对豫章郡(今江西南昌市一带)人民应征入伍抗击安史叛军的深切同情。上元二年,唐太尉李光弼率大军出镇临淮(今安徽省泗县一带),追击史朝义。李白当时在金陵、宣城一带,闻讯后准备从军,半路因病折回,因此写了《闻李太尉大举秦兵百万出征东南懦夫请缨冀申一割之用半道病还留别金陵崔侍御十九韵》一诗以纪其事,可见他报国之志至老不衰。次年，他逝世于当涂。

表现积极用世、关怀国计民生的篇章，在李白诗集中有好几十首，在全集中占有一定比重，上面列举的篇章只是其中的一部分。

另一方面，李白一生喜欢求仙问道，其诗歌也常表现出超尘出世之志，他少年时在蜀地所写的《登峨眉山》诗末尾云："傥逢骑羊子，携手凌白日。"即有升空出世之想。其后出蜀东游，有《游泰山》诗六首，更具体地表现了他的求仙意向。长安从政失败以后，他进一步信仰道教，亲自接受道箓。李阳冰《草堂集序》说李白当时"遂就从祖陈留采访大使彦允，请北海高天师授道箓于齐州紫极宫。将东归蓬莱，仍羽人驾丹丘耳"。直至暮年流放归来，李白求仙之志不变。该时所作的《庐山谣寄卢侍御虚舟》诗有云："五岳寻仙不辞远，一生好入名山游。"表现了他一生游名山求神仙的行为和意向。该诗末尾更说他服食丹药，修炼功夫颇深，仿佛已看到仙人在飞翔，他准备追踪遨游太空。李白这类直接描写求仙学道的诗篇也有相当数量。此外，他还有一些不直接写神仙丹药、只是写山中隐居乐趣的篇章，也流露出超脱尘俗之志意。如《答俗人问》绝句云："问余何事栖碧山，笑而不答心自闲。桃花流水窅然去，别有天地非人间。"

李白一生十分喜爱喝酒，常常痛饮以至大醉。大醉之后，就什么也不顾了。他在长安时和贺知章、张旭等结为酒友，号称八仙，杜甫《饮中八仙歌》称他："李白斗酒诗百篇，长安市上酒家眠，天子呼来不上船，自称臣是酒中仙。"可以想见其风概。他有不少诗作歌咏饮酒之乐，《将进酒》、《襄阳歌》、《月下独酌》（四首）更是这方面的名篇。在痛饮中，李白时常表现遗弃世俗之意，如云："钟鼓馔玉不足贵，但愿长醉不复醒。古来圣贤皆寂寞，惟有饮者留其名。"（《将进酒》）

李白集子中还有许多酬赠亲友、抒写日常情景、描写山水风景的作品，不涉及从政或隐遁避世。就其鲜明地表示生活理想和态度方面说，主要是上述建功立业和求仙饮酒遗弃世俗这两种倾向。这两种倾向在李白身上都相当强烈，从青年时期即已形成，并且贯穿他一生。刘全白《唐故翰林学士李君碣记》曰："浪迹天下，以诗酒自适。又志尚道术，谓神仙可致。不求小官，以当世之务自负。"指出李白既追求饮酒取乐和神仙，又企慕登高位建立显赫功业，是相当中肯的。范传正《唐左拾遗翰林学士李公新墓碑序》则曰："饮酒非嗜其酣乐，取其昏以自富。……好神仙非慕其轻举，将不可求之事求之，欲耗壮心、遣馀年也。"认为李白纵酒求仙，完全是长安从政失败以后发泄苦闷的举动，则失之片面。如上所述，他在长安从政失败以前，即已纵酒求仙。我们只能说，在长安从政失败以后，他的纵酒求仙的活动，在程度上有所加强而已。

唐代一部分士人有一种风气，即是隐居山林，培养身价，邀得统治者的赏识，藉以获取政治出路，把隐居作为一种手段，作为仕宦的终南捷径。李白早年也曾有这种意向。但对爱好逍遥自在生活的李白来说，仕宦和隐逸毕竟是一对矛盾。他解决这一矛盾的原则是功成身退，即是先建立功业，垂名史册，然后功成不居，退隐山林江湖。这在他的诗篇中常有表述，如《从驾温泉赠杨山人》云："待吾尽节报明主，然后相携卧白云。"《赠韦秘书子春》云："终与安社稷，功成去五湖。"其例颇多，不烦列举（参考赵翼《瓯北诗话》卷一）。在这对矛盾中，李白把立功放在第一位，即是首先要立功，然后才甘心隐退，如他自己所说，"铭鼎傥云遂，扁舟方渺然"（《金门答苏秀才》）。李白一生两次从政。入长安待诏翰林前，他正在江南越中一带隐居，参加永王李璘幕府之前，他正在庐山一带隐居，两次征聘，他都欣然出山，说明他先要立功的强烈愿望。两次从政都失败了，他还不甘心，垂暮之年，还打算投身李光弼的大军。

正因为李白十分重视建功立业，报效国家，因此他在诗歌创作方面，重视诗的政治功能。他大力推崇《诗经》，认为诗歌应当继承《诗经》美刺比兴的传统。《古风》其一云："《大雅》久不作，吾衰竟谁陈？"

运用《礼记·王制》"命太师陈诗以观民风"的史实，表现出他认为诗歌应当反映社会现实，有裨于政教。《古风》其三十五云："《大雅》思文王，颂声久崩沦。"也是追慕《诗经》雅颂之音。其《泽畔吟序》赞美友人崔成甫"忠愤义烈，形于清辞"，主张诗歌应关心政治，表现悲愤内容。孟棨《本事诗·高逸》载李白认为"寄兴深微，五言不如四言"，也是说明他推崇《诗经》，提倡比兴传统。他的诗歌理论和建功立业的愿望是吻合的。

二 对李诗思想倾向的不同评价

我们看到，唐代评价者对于李白诗歌，相当注重其关心政治社会现实的一面。李阳冰《草堂集序》曰："凡所著述，言多讽兴。"即是说李白诗歌内容，针对现实，富于讽刺和比兴。这评价和李白自己"寄兴深微"的主张相吻合。后来李商隐在《献侍郎钜鹿公启》中有曰："推李杜则怨刺居多，效沈宋则绮靡为甚。"也是认为李白诗对时弊富于怨刺内容，并在这方面把李白诗和杜甫诗相提并论。李商隐《漫成》其二诗云："李杜操持事略齐，三才万象共端倪。集仙殿与金銮殿，可是苍蝇惑曙鸡。"李商隐在这里指出李、杜两人在诗歌创作方面表现大体相似，两人诗歌牢笼万象，内容丰富，境界阔大，这里也包含着对政治社会现实的关心和怨刺。唐末吴融在为释贯休所作的《禅月集序》中说："国朝能为歌诗者不少，独李太白为称首。盖气骨高举，不失颂美风刺之道焉。厥后白乐天讽谏五十篇，亦一时之奇逸极言。"吴融也肯定李白诗富有美刺内容。因为贯休长于七言歌诗，所以吴融就七言歌诗立论。李白七言歌诗写得多，部分篇章如《远别离》、《梁甫吟》等的确富有怨刺内容，因而吴融特别加以称道。所谓"白乐天讽谏五十篇"，指白氏《新乐府》五十首（后世亦称《白氏讽谏》），也是七言歌诗。白氏还有《秦中吟》等不少讽谕诗，因是五言古体，所以这里不提。杜甫有许多富于美刺内容的作品，因为大多数是五言体，七言歌诗体颇少，所以这里也没有提。

和上述李阳冰、李商隐、吴融诸人大力肯定李白诗富于美刺比兴内容有所不同，白居易在这方面对李白诗有所不满。他的《与元九书》评论李白诗曰："李之作，才矣奇矣，人不逮矣；索其风雅比兴，十无一焉。"认为李白诗歌能继承《诗经》风雅传统、具有比兴内容的篇章太少。白居易写《与元九书》，主旨在大力提倡讽谕诗，因而不满李白这类篇章数量太少。在这方面，白居易评杜甫诗，虽认为杜甫有一部分很突出的篇章，但数量也不多。这种意见，只是代表白居易在其中年强调讽谕诗时的一时偏重之论。因此，总的看来，可以说唐代评论者大抵对李白诗关心政治、社会现实、注意讽刺这种倾向是相当重视并加以肯定的。

和唐代不同，宋代有的批评者对李诗的思想内容加以指责，评价颇低。这方面可以王安石、苏辙、黄彻为代表。《钟山语录》载王安石曰："(李)白诗近俗，人易悦故也。白识见污下，十首九说妇人与酒。然其才豪俊，亦可取也。"(《苕溪渔隐丛话》前集卷六引)又惠洪《冷斋夜话》载："公(王安石)曰：太白词语迅快，然十句九句言妇人、酒耳。"(《诗人玉屑》卷十二引)王安石认为李白诗歌识见污下，作品十有九篇涉及妇人和酒，这种批评是片面的和错误的。实际李诗内容涉及妇女与酒的，其比重远没有达到全部作品的十之八九。再说，李白诗歌写妇女，言及狎妓而流于庸俗者究属少数，它们或写少女天真姿态和诚挚爱情，如《越女词》、《长干行》等，或写妇女忆念征夫，如《子夜吴歌》、《北风行》等，都很优美动人。其歌咏饮酒的诗，有一部分明显是借酒浇愁，表现了怀才不遇的悲愤，间接反映了当时政治的腐败，如《行路难》、《宣州谢朓楼饯别校书叔云》等。笼统地指责李白诗歌大多数沉湎于酒色、识见污下是不公平的。唐人诗歌，接受南朝乐府清商曲辞和宫体诗的影响，较多描写妇女和男女之情。到北宋，诗的这一功能逐渐为词(长短句)所替代,诗体进一步雅化。王安石生活在婉约词风隆盛的北宋,却不喜写艳词,无怪乎对李白诗的内容要加以贬抑了。

苏辙指责李白不识义理。其言曰:

> 李白诗类其为人,俊发豪放,华而不实,好事喜名,不知义理之所在也。语用兵则先登陷阵,不以为难;语游侠则白昼杀人,不以为非,此岂其诚能也?白始以诗酒奉事明皇,遇谗而去,所至不改其旧。永王将据江淮,白起而从之不疑,遂以放死。今观其诗固然。唐诗人李、杜称首,今其诗皆在。杜甫有好义之心,白所不及也。……白诗反之(指汉高祖的《大风歌》)曰:"但歌大风云飞扬,安用猛士守四方。"其不识理如此。(《苕溪渔隐丛话》前集卷五引)

苏辙认为李白为人不识义理,其诗亦然,并认为杜甫重视义理,为李白所不及。以后黄彻的《䂬溪诗话》指责李白及其诗,见解和苏辙很相近,其说曰:

> 愚观唐宗(玄宗),渠于白岂真乐道下贤者哉?其意急得艳词媟语,以悦妇人耳。白之论撰,亦不过为玉楼、金殿、鸳鸯、翡翠等语,社稷苍生何赖?……历考全集,爱国忧民之心如子美语,一何鲜也!……自退之为"蚍蜉撼大木"之喻,遂使后学吞声。余窃谓如论其文章豪逸,真一代伟人;如论其心术事业,可施廊庙,李杜齐名,真忝窃也。(《诗人玉屑》卷十四引)

苏辙、黄彻指责李白及其诗歌,其言论具有明显的片面性。李白参加李璘幕府,是为了乘时建功立业,报效国家,此点前人、近人多有辩证，这里不须细说。李白狂放，的确有悖理之处，如苏辙所举反汉高祖《大风歌》之诗句，但这类诗句在李集中毕竟很少，不能以偏概全。如说李白缺乏杜甫那种“好义之心”，那就不符合事实了。黄彻所谓“玉楼、金殿、鸳鸯、翡翠”，见李白《宫中行乐词》八首其二：“玉楼巢翡翠，珠殿锁鸳鸯。”李白《宫中行乐词》八首、《清平调词》三首，固是歌颂唐玄宗宫廷行乐生活的奉旨之作，但黄彻执著于此，看不到李白在长安时期及以后，以《古风》为代表，也写了不少爱国忧民的作品，指责李白缺乏这类诗篇，立论就显得很片面了。宋代讥评李诗者不止上述三家，此外如赵次公曰：“白之诗，多在风月草木之间，神仙虚无之说，亦何补于教化哉！”（《杜工部草堂记》）罗大经指责李白在安史乱后所作诗歌，“不过豪侠使气，狂醉于花月之间耳。社稷苍生，曾不系其心胸”（《鹤林玉露》丙编卷六）。看法与王安石、黄彻相似，其片面性也是很明显的。

对李白诗的思想内容，王安石指责为识见污下，苏辙、黄彻指责为缺乏好义之心和爱国忧民之心，这和唐代批评者肯定李诗富于讽兴和美刺是大相径庭的。宋人在诗的政治社会内容方面，何以对李白诗如此不满，评价如此之低呢？我想，这可以从两方面来分析说明。从李白诗歌本身看，他爱国忧民的篇章数量不但较杜诗要少些，而且表现得不及杜诗明朗而容易引起读者的深刻印象。杜诗咏时事，往往直陈其事，鲜明具体，故被后人称为“诗史”。李诗则往往运用比兴手法，意旨微茫，令人难以指实。如《古风》中的不少篇章，讥刺玄宗后期政治弊端，但“其间多隐约时事”（这种写法大约受到阮籍《咏怀诗》的影响），主旨不明朗，因此像“蟾蜍薄太清”等篇章，究竟针对什么史实，后世注释、评论者多所猜测，看法不一。他的乐府诗《远别离》也是如此。由于表现不大鲜明突出，读起来印象就不及杜诗之深而容易被忽视。再则，李白的一部分篇章，如上面所提到，如《行路难》、《梦游天姥吟留别》、《宣州谢朓楼饯别校书叔云》等，表现了他长安从政失败后的失意和悲愤，曲折地反映了黑暗现实对贤能之士的压抑和摧残，也具有进步的政治倾向性。但这类诗篇，伴随着悲愤的是纵酒和求仙，从表面看去，很容易只注意其纵情酒、仙的消极一面，而忽视其控诉不合理现象的积极内容。

另一方面，也是更重要的，宋代士风、学风的转变。北宋统治阶层，鉴于唐代士人缺少名节和廉耻，大力提倡儒学。理学在北宋得到发展并产生重大影响。在这种环境和氛围中，宋代批评者往往用纯正的儒学标准来衡量和评价许多事物，包括历史人物在内。李白的思想内涵比较复杂，除儒家外，兼有道家、道教、纵横家、游侠等多方面的思想因素，在宋人看来显得驳杂不纯。再加上李白性格狂放，爱说大话，出语夸张。苏辙指责李白"华而不实"，"语游侠则白昼杀人，不以为非"，就是从纯正的儒学标准来估价的。杜诗、韩文在宋代获得高度评价，被奉为圭臬，其中一个很重要原因，即因杜甫、韩愈两人的儒家思想浓厚，符合于宋人口味。明代许学夷《诗源辩体》卷十八在引用苏辙批评李白的那段话后加按语说："宋儒议论，往往皆然。"这里所谓宋儒议论，大约指的即是以纯正的儒学标准来衡量、评价许多事物（许学夷还针对王安石指责李白识见污下，评为"尤俗儒之见"）。宋人讥评李诗的思想内容，成为一时风气，也是从纯正的儒学标准出发。

元明清时代，言及李白诗的批评者繁多，他们绝大多数人均对李白及其诗的思想内容给予肯定和赞美，而不接受王安石、黄彻等的贬斥意见。像萧士赟《分类补注李太白诗》、清陈沆《诗比兴笺》等，注意通过笺注方式来阐发李诗一部分篇章的政治社会内容（其诠释也有失之穿凿附会之处）；评论著作如方东树《昭昧詹言》、潘德舆《养一斋诗话》、刘熙载《艺概》等都对李诗的讽刺内容加以指陈和肯定，他们的认识，可说与上述唐人的批评意见相接近。他们中有的人，如明许学夷，清吴乔、潘德舆等，还对王安石、苏辙贬抑李诗的见解给予驳斥。他们对李白诗歌的认识，往往显得较为全面合理，如潘德舆论李白求仙学道有曰：

太白一生笃好仙术，尝与陈子昂、司马承祯、贺知章为仙宗十友，又请北海高天师授道箓于齐州紫极宫，亦惑之至矣。必谓其诗中“凌倒景”、“游八极”、“折若木”、“飡金光”等语尽如骚人之寓言而为之讳，诚属多事。然亦由其志大运穷，如少陵赠诗所谓“才高心不展，志屈道无邻”者，乃愤而为此轻世肆志之言。观其对当时宰相称海上钓鳌客，且谓以天下无义丈夫为饵，则知其愤激不平、舌唾一世之大意。譬如刘伶、阮籍之遁于酒，不可谓其纯正，亦不能笑其荒湎者也。……夫太白咏仙咏佛，虽云游戏神通，终属瑕疵，不得曲护。后人于李集旁涉异教之作，学其寓言讽世者，而弃其惑溺不明者，斯为善学太白者耳。（《养一斋李杜诗话》卷一）

指出李白相信神仙之术，在政治失意后这方面行为有所加剧，其中言及神仙之事，有惑溺不明者，也有寓言讽世者，分析比较客观全面。我认为不但对求仙，对李白诗中的纵酒内容，大致也可以作这样的分析和评价。潘德舆又说：“吴子华（吴融）所谓太白诗气骨高举，不失颂咏风刺之遗者，即其安身立命处矣。”（《养一斋李杜诗话》卷一）肯定唐代吴融的评论，认为颂咏讽刺是李白诗歌思想内容的主要方面，也是很有见地的。

又如陈沆《诗比兴笺》认为李白诗多用比兴手法，有曰：“《古风》五十九首，今笺其半，彬彬乎可以兴、可以观焉。”又在论杜甫诗时说：“世推杜陵诗史，止知其显陈时事耳。甚谓源出变雅，而风人之义或缺；体多直赋，而比兴之义罕闻。然乎哉！然乎哉！……《丽人行》虢、秦、丞相、炙手可热，语太直露。太白乐府必不尔也。”刘熙载《艺概》也说："李诗凿空而道，归趣难穷，由风多于雅，兴多于赋也。"指出李白诗多用比兴手法，与"国风"相近，杜甫诗多用赋体，与"小雅"相近，也是能看出李、杜两家诗在艺术表现方面的不同特色的。

三　诗仙的不同涵义和评价

在后世文人评价李白及其诗歌时，常常以仙、仙才、诗仙等称道李白及其诗歌的显著特征。细加分析，以仙称李白，实具有三种不同涵义。一是就其容貌举止和文才而言，是说李白其人看上去像仙人，并具有超凡的文学才能；二是就其诗歌风貌而言，谓其诗歌飘逸奔放，如仙人之摆脱拘束；三是就其诗歌的思想内容而言，谓其诗歌内容多描写神仙和仙境，有超尘出世之想。第一项是说人，第二、第三项是说诗，二、三两项都可说是第一项仙才的具体表现。以上三者固有联系，但毕竟有区别，第三项和李白诗的隐逸出世思想关系最为密切。下面对以上三项分别予以说明和分析。

说李白容貌举止有如仙人，是李白同时代人目击诗人后的评价。李白《大鹏赋序》曰："余昔在江陵，见天台司马承祯，谓余有仙风道骨，可与神游八极之表。因著《大鹏遇希有鸟赋》以自广。"这里的"仙风道骨"，指李白的姿容和举止谈吐。又李白《对酒忆贺监二首序》有曰："太子宾客贺公（知章）于长安紫极宫一见余，呼余为谪仙人。"此处"谪仙人"，主要当亦指李白的容貌举止，同时兼及李白的文才。魏颢《李翰林集序》曰："故宾客贺公奇白风骨，呼为谪仙子。由是朝廷作歌数百篇。"范传正《唐左拾遗翰林学士李公新墓碑序》也曰："时人又以公及贺监、汝阳王、崔宗之、裴周南等八人为酒中八仙，朝列赋谪仙歌百馀首。"可见贺知章呼李白为谪仙人后，影响颇大，当时朝中文人竞相写作谪仙歌，惜均不传。李白自述也有"青莲居士谪仙人"（《答湖州迦叶司马》）之语。孟棨《本事诗·高逸》载李白初见贺知章,“出《蜀道难》以示之,读未竟,称叹者数四,号为谪仙”。则是指其超凡的诗才。李白《冬日于龙门送从弟京兆参军令问之淮南觐省序》载李令问尝对李白说:“兄心肝五藏皆锦绣耶?不然,何开口成文,挥翰雾散?”实际也是说李白具有非凡的仙才。

称道李白诗歌风貌宛若天仙,当代人已有这种看法。李阳冰《草堂集序》曰:“不读非圣之书,耻为郑卫之作。故其言多似天仙之辞。凡所著述,言多讽兴。”这里说李白诗歌文辞宛似天仙,当然是指诗歌风貌而非指其描述神仙出世的思想内容。这种诗歌风貌,系从形式、语言立论,与诗的政治社会内容并不抵触,故李阳冰接着就说李白诗言多讽兴。魏颢《李翰林集序》称李白诗:“三字九言,鬼出神入,瞠若乎后耳。”殷璠《河岳英灵集》评李白诗:“故其为文章,率皆纵逸。至如《蜀道难》等篇,可谓奇之又奇。然自骚人以还,鲜有此体调也。”魏颢称李诗超越鬼神,殷璠称李诗奇之又奇,虽然没有直接称李白诗风如仙,却可说是对李阳冰“天仙之辞”的较为具体的说明。裴敬《翰林学士李公墓碑》曰:“故为诗格高旨远,若在天上物外,神仙会集,云行鹤驾,想见飘然之状。视尘中屑屑米粒、虫睫纷扰、菌蠢羁绊蹂躏之比。”此处“若在天上物外”,也是泛指李诗风貌若天仙,“神仙会集”以下数句,则又兼指李诗一部分描写仙人、仙境、藐视尘世的思想内容。又皮日休《刘枣强碑》称李诗曰:“言出天地外,思出鬼神表。……磊磊落落,真非世间语。”是兼指其诗歌风貌和思想内容而言。

宋代以降,称道李白诗歌风貌如天仙者络绎不绝。有的虽不直接点出仙字,但在指陈李诗风貌特征时,如上引魏颢、殷璠的话那样,都是突出其宛若天仙之辞的特色。这方面的评论很多,这里只举若干有代表性的例子:

> 王安石:“白之歌诗,豪放飘逸,人固莫及,然其格止于此而已,不知变也。”(《苕溪渔隐丛话》前集卷六引《遁斋闲览》)

黄庭坚:"余评李白诗,如黄帝张乐于洞庭之野,无首无尾,不主故常,非墨工槧人所可拟议。"(《苕溪渔隐丛话》前集卷五引)

严羽:"人言太白仙才,长吉鬼才。不然,太白天仙之词,长吉鬼仙之词耳。"(《沧浪诗话·诗评》)

高棅:"太白天仙之词,语多率然而成者。"(《唐诗品汇·七言古诗叙目》)

胡应麟:"太白《蜀道难》、《远别离》、《天姥吟》、《尧祠歌》等,无首无尾,变幻错综,窈冥昏默。非其才力学之,立见颠踣。"(《诗薮》内编卷三)又:"太白五言绝自是天仙口语,右丞却入禅宗。"(同上卷六)

王士禛:"尝戏论唐人诗,王维佛语,孟浩然菩萨语……李白、常建飞仙语,杜甫圣语……"(《居易录》)

沈德潜:"太白(歌行)想落天外,局自变生,大江无风,涛浪自涌,白云卷舒,从风变灭。此殆天授,非人力也。"(《说诗晬语》卷上)

赵翼:"神识超迈,飘然而来,忽然而去,不屑屑于雕章琢句,亦不劳劳于镂心刻骨,自有天马行空不可羁勒之势。……然以杜(甫)、韩(愈)与之比较,一则用力而不免痕迹,一则不用力而触手生春,此仙与人之别也。"(《瓯北诗话》卷一)

方东树:"发想超旷,落笔天纵,章法承接,变化无端,不可以寻常胸臆摸测。如列子御风而行,如龙跳天门,虎卧凤阁,威凤九苞,祥麟独角,日五采,月重华,瑶台绛阙,有非寻常地上凡民所能梦想及者。"(《昭昧詹言》卷十二)

以上不少评论,或称李诗为仙语,或具体形容李诗纵逸如天仙的风貌特征。这种特征,主要是指构思设想、章法结构、语言运用而言,表现为诗的形式和风格。沈德潜说李诗风貌殆出“天授”，则又指出其天仙语出自仙才。前人往往把李诗和《庄子》、屈赋相比，主要也是从这方面立论。这种特征，用我们今天的话来说，就是浪漫主义诗歌的艺术特征。这种艺术特征，固然适宜于表现歌咏神仙、仙境的内容，如《梦游天姥吟留别》；但也可以表现讽刺兴寄的现实内容，如《远别离》。因此，前人在称李白为诗仙的同时，也不忽视一部分李诗的社会现实内容。如王士禛，既称李白诗为“飞仙语”，其《古诗选》五言选钞卷十六中，也选了不少富有比兴讽刺精神的《古风》。又如方东树《昭昧詹言》，既着重描写李诗艺术的超凡特色，同时又指陈《古风》若干篇章的讽时感事内容（见该书卷七）。

李白写了不少表现神仙和仙境的诗篇。这类游仙诗，少数也有比兴寄托，但大多数则是表现他追求神仙、超尘出世的人生理想。在评论李诗的特色时，前人也有就其部分写仙人仙境篇章立论的，如：

> 蔡絛《西清诗话》：“太白仙去后，人有见其诗，略云：‘断崖如削瓜，岚光破崖绿。……攝身凌青霄，松风吹我足。’又云：‘举袖露条脱，招我饭胡麻。’真云烟中语也。”（《苕溪渔隐丛话》前集卷五引）
>
> 吴乔：“太白诗如厉乡、漆园（指老子、庄子），世外高人，非有关于生民之大者也。”（《围炉诗话》卷四）
>
> 李调元：“太白诗根柢风骚，驰驱汉魏，以遗世独立之才汗漫自适，志气宏放，故其言纵恣傲岸，飘飘然有凌云驭风之意，以视乎循规蹈矩、含宫咀商者，真尘饭土羹矣。盖其仙风道骨，实能不食人间烟火，故世之负尸载肉而行者，望之张目咋舌，譬如天马行空，不施鞚勒，其能绝尘而追者几人哉！”（《重刻太白全集序》）

以上蔡絛的评论，仅就李白的个别篇章而言，称之为“云烟中语”。吴乔认为李白诗内容如老庄出世之言，不关民生，也仅就部分作品而言。吴乔对李白诗的社会政治内容是颇加肯定的。《围炉诗话》卷二有曰："太白歌行祖述骚雅……讽刺沉切，自古未有也。"又曰："《上之回》，刺学仙也。《妾薄命》，刺武惠妃之专宠也。"李调元固然称道李白"飘飘然有凌云驭风之意"，"实能不食人间烟火"，强调李白及其诗的超尘出世一面，但从其"根柢风骚"、"其言纵恣傲岸"诸语全面考察，他强调李白的仙才，恐怕主要还是从李诗的风貌立论，只是比较突出了李诗的遗弃世务一面而已。

据上所述，可见在三种称李白及其诗为天仙的言论中，以第二种最为广泛。这是有道理的，因为李白诗歌区别于其他诗人作品的最大特色，的确在于风貌飘逸奔放，如天仙之来去无踪，不受拘束。他的描写神仙、仙境以及部分醉酒狂歌的诗篇，表现这种风貌固然十分突出；但也有部分不表现这类题材的诗篇，也具有这种风貌特色，如乐府《乌栖曲》、《北风行》，绝句《早发白帝城》等。反之，他有的虽写求仙学道的篇章，但风貌比较平实，却缺少"天仙之辞"的特色，如《古风》中部分咏仙道的篇章。

"五四"以后，在一部分古代文学研究论著中，出现了强调李诗出世倾向的评论。胡適的《白话文学史》是其代表。他说：

> 然而李白究竟是一个山林隐士。他是个出世之士，贺知章所谓"天上谪仙人"。这是我们读李白诗的人不可忘记的。他的高傲，他的狂放，他的飘逸的想像，他的游山玩水，他的隐居修道，他的迷信符箓，处处都表现出他的出世的态度。在他的应酬赠答的诗里，有时候他也会说："苟无济代心，独善亦何益？"有时他竟说："余亦草间人，颇怀拯物情。"但他始终是个世外的道士："我本楚狂人，凤歌笑孔丘。手持绿玉杖，朝别黄鹤楼。五岳寻仙不辞远，一生好入名山游。……早服还丹无世情，琴心三叠道初成。遥见仙

人彩云里,手把芙蓉朝玉京。”这才是真正的李白。这种态度与人间生活相距太远了。所以我们读他的诗,总觉得他好像在天空中遨游自得,与我们不发生交涉。他尽管说他有济世、拯物的心肠,我们总觉得酒肆高歌、五岳寻仙是他的本分生涯,济世、拯物未免污染了他的芙蓉绿玉杖。(《白话文学史》第十二章)

胡適强调李诗歌咏醉酒寻仙、隐逸出世的一面,认为这是李诗思想内容的主流。这显然是片面的。他举李诗“凤歌笑孔丘”句作例,以示李诗蔑弃入世的儒学,却回避了李白也说过:“希圣如有立,绝笔于获麟。”(《古风》其一)“仲尼亡兮谁为出涕?”(《临终歌》)像胡適一类强调李诗出世思想的一面的评论,在“五四”以后二十、三十年代的论著中不是个别的。如曾毅《中国文学史》“李杜二家之比较”一节说:

李受南方感化,杜受北方感化。李之品如仙,杜之品如圣。李出世,杜入世。李理想派也,杜实际派也。李受道家之影响,杜本儒教之见地。……彼海阔天空而乐自然,此每饭不忘于泣时事。(见该书第四篇第六章。该书1930年上海泰东图书局发行)

到四十年代末建国以后,李诗的关心国计民生、积极入世的一面,又得到不少论著的重视和阐述,这里不赘。

把表现游仙纵酒、遗弃世俗内容的诗作为李白诗歌的主要倾向,这种看法,在明清时代已见端倪,在“五四”以后一段时间内则较为流行。这种看法的形成,除掉评论者思想方法的主观片面以外,也有其客观原因,那便是李白诗歌中最具有艺术特色和感染力的作品,多数是表现求仙纵酒、遗弃世俗内容的那些篇章。

大家知道,李白诗歌艺术成就最为突出、最能打动读者的,是他的七言古诗(包括以七言为主的杂言诗)和五、七言绝句。这一点,明清两代评论家屡屡指出，几乎已成为定评。下面举一些代表性的议论：

高棅："今观其《远别离》、《长相思》、《乌栖曲》、《鸣皋歌》、《梁园吟》、《天姥吟》、《庐山谣》等作，长篇短韵，驱驾气势，殆与南山秋色争高可也。"(《唐诗品汇·七言古诗叙目》)

王世贞："其歌行之妙，咏之使人飘扬欲仙者，太白也。……五、七言绝，太白神矣，七言歌行圣矣，五言次之。"(《艺苑卮言》卷四)

胡应麟："太白《蜀道难》、《远别离》、《天姥吟》、《尧祠歌》等，无首无尾，变幻错综，窈冥昏默。"(《诗薮》内编卷三)又："太白笔力变化，极于歌行。""太白……绝句超然自得，冠古绝今。"(同上卷四)又："太白五、七言绝，字字神境，篇篇神物。""太白七言绝，如'杨花落尽子规啼'、'朝辞白帝彩云间'、'谁家玉笛暗飞声'、'天门中断楚江开'等作，读之真有挥斥八极、凌属九霄意。贺监谓为谪仙，良不虚也。""太白诸绝句，信口而成，所谓无意于工而无不工者。""太白五言绝自是天仙口语。"(同上卷六)

沈德潜："五言绝句，右丞之自然，太白之高妙，苏州之古澹，并入化机。""七言绝句，以语近情遥、含吐不露为主。只眼前景、口头语，而有弦外音、味外味，使人神远，太白有焉。"(《说诗晬语》卷上)又："七言绝句，贵言微旨远，语浅情深，如清庙之瑟，一倡而三叹，有遗音者矣。开元之时，龙标(王昌龄)、供奉(李白)，允称神品。"(《唐诗别裁集·凡例》)

以上诸家，都是高度赞美李白七古、五七言绝句的艺术成就。在七言古诗方面，高棅举了《远别离》等七篇作品，胡应麟举了四篇(其中两篇与高棅所举重复），这些确是李白七古的代表作品。在这些作品中，《远别离》、《梦游天姥吟留别》、《庐山谣寄卢侍御虚舟》三篇都涉及神仙，后两篇更是写游仙的名篇。《梁园吟》、《鲁郡尧祠送窦明府薄华还西京》则是描写纵酒以求解脱，《鸣皋歌送岑征君》写企羡隐逸山林之思。这六篇作品都在不同程度上表现出遗弃世俗的思想感情。此外，像《襄阳歌》、《行路难》、《将进酒》等名篇，也着重表现纵酒求欢的情绪。在以上这些脍炙人口的篇章中，有的也反映了李白怀才不遇、苦闷无聊的幽愤之情。但这种幽愤之情，或表现的语句较少，或写得不够明显，容易被表层的醉酒游仙的描写所遮掩，因而不能引起读者的充分注意。李白也有内容关注国运民生、艺术成就也较高的七古，如《答王十二寒夜独酌有怀》、《远别离》、《北风行》，但这类篇章数量毕竟太少，有的艺术成就也不很突出，因此反而不像上举那些篇章受人注意。总之，从流传广泛、影响深入方面看，李白的七古名篇，诗人首先留给读者的是一个醉酒寻仙、遗弃世俗的形象。胡適说："我们总觉得酒肆高歌、五岳寻仙是他的本分生涯。"立论虽属片面，但客观上也的确容易引起这种错觉。

除七古外，李白作品最受人欣赏赞美的是他的绝句，特别是七绝。李白的七绝，大部分描写自身的日常生活和情绪、山水风光以及对朋友的情谊。上引胡应麟举的《闻王昌龄左迁龙标遥有此寄》、《早发白帝城》、《春夜洛阳闻笛》、《望天门山》四篇即是如此。其他佳篇如《送孟浩然之广陵》、《峨眉山月歌》、《横江词》、《客中作》、《赠汪伦》等也是如此，后两篇还与醉酒有关。其《永王东巡歌》、《上皇西巡南京歌》表现了安史乱后诗人对国运的关怀，但艺术魅力不及上举那些篇章强烈，因而一般选本较少选录。他的五绝佳作，如《静夜思》、《独坐敬亭山》也是写自己的日常生活和情绪，《玉阶怨》、《越女词》、《巴女词》等则是描写妇女的日常生活和情绪。李白的绝句佳篇，由于内容方面的上述特点，加上语言清俊、风格飘逸，也容易给人以遗弃世俗、飘飘欲仙的感觉。此外,李白少数脍炙人口的五古、五律名篇,如《长干行》、《送友人》等,情调风貌,也往往与其绝句相近。

李白关怀国运兴衰、民生疾苦的诗歌,在形式上多数为五古,《古风》组诗中尤多。他的《古风》,继阮籍《咏怀诗》、陈子昂《感遇诗》之后,较多关心并表现社会现实,其中也不乏思想性、艺术性都较好的篇章,但比起他的七古和绝句,却缺少那种蹊径独辟的艺术创造性和摇撼人心的艺术魅力。我们看历来不少分量较小的选本,对这类篇章选得很少甚至不选,其原因恐怕即在于此。明末鍾惺评《古风》有曰:"此题六十首(按实为五十九首),太白长处殊不在此,而未免以六十首故得名,名之所在,非诗之所在也。"(《唐诗归》卷十五"凤飞九千仞"篇评语)即是认为《古风》并不是李白最优秀的作品。鍾氏评诗,注意艺术性,因而有这样的议论。

上面分析说明李白最受人称道的作品,多数在样式上是七古和绝句,其中突出的名篇佳作,或表现醉酒求仙、遗弃世俗的思想行为,或着重表现日常生活和情绪等,很少触及政治黑暗、社会动乱、人民痛苦等题材,因而在一般读者特别是只读选本、不读全集的读者的脑海中,李白是一位飘飘若仙、不关心世务的诗人,至少认为遗弃世俗是李白思想及其诗歌的主要方面。

历史上许多著名诗人,大抵拥有一部分最优秀、最脍炙人口的篇章,这部分作品为许多选本所选录以至广泛流传,这是很自然和合理的。但应当看到,这部分篇章在其全部作品中往往仅占不大甚至很小比重,也往往不能反映其思想感情的全貌。我们如要对某一诗人的思想感情全貌获得准确的认识,就必须对其全部作品进行全面的考察和分析。

(原载《文学遗产》1997 年第 1 期)

杜甫诗论的时代精神

杜甫生活在唐帝国由盛转衰的转折时期。他前中期处于盛唐时代,当时唐帝国国势强大,社会安定;杜甫后期,唐朝政治腐败,爆发了安史之乱,战祸绵延,生灵涂炭,唐朝国势一蹶不振,社会长期动荡。在两个不同的时代中,文人们的心理状态和诗歌创作的主要倾向,显示出颇不相同的特色。这种不同特色,在杜甫的诗论中也有着鲜明的表现。

杜甫赞扬诗歌雄壮刚健的风格,体现了盛唐文人的精神状态和美学追求。

杜甫《戏为六绝句》其四云:

> 才力应难跨数公,凡今谁是出群雄?或看翡翠兰苕上,未掣鲸鱼碧海中。

这里表明,杜甫对翡翠戏兰苕的纤巧诗风有所不满,他更赞美、向往鲸鱼游碧海的雄伟气象。《戏为六绝句》其一有云:"庾信文章老更成,凌云健笔意纵横。"特别称道庾信的"凌云健笔",与赞扬"鲸鱼碧海"意思相通。严羽《沧浪诗话·诗评》曰:

> 李、杜数公,如金鳷擘海,香象渡河,下视郊、岛辈,直虫吟草间耳。

"金鸡擘海"二句借用佛典,形容诗歌雄伟有力的风貌,与杜甫"鲸鱼碧海"之喻意思相通,或即受杜诗启发。《沧浪诗话·诗评》又曰:"高、岑之诗悲壮,读之使人感慨。"盛唐诗人追求雄壮刚健的诗风,在李、杜、高(適)、岑(参)诸家身上体现得尤为鲜明突出。所以说,杜甫赞扬"鲸鱼碧海"和"凌云健笔",体现了盛唐不少文人的精神状态和美学追求。

为了扭转南朝以迄初唐的浮靡诗风,盛唐诗人大力提倡学习汉魏诗歌特别是建安风骨。建安诗歌风清骨峻,即思想感情表现得鲜明爽朗,语言刚健有力,成为盛唐诗追摹的对象。李白诗有云:"蓬莱文章建安骨。"(《宣州谢朓楼饯别校书叔云》)高適赞美薛据诗有云:"纵横建安作。"(《淇上酬薛据兼寄郭微》)即指建安风骨和建安诗作。皮日休《郢州孟亭记》曰:"明皇世,章句之风,大得建安体,论者推李翰林、杜工部为之尤。"指出了唐玄宗时代不少诗人的作品继承、发扬了建安诗的优秀传统。盛唐殷璠编《河岳英灵集》,专选同时代人诗作,其评语中往往以风骨、气骨等赞美各家诗作。如评高適曰:"適诗多胸臆语,兼有气骨。"评薛据曰:"据为人骨鲠有气魄,其文亦尔。"评崔颢曰:"晚节忽变常体,风骨凛然。"评陶翰曰:"既多兴象,复备风骨。"《河岳英灵集·集论》更概括指出其所选作品,"言气骨则建安为俦",即可与建安诗的风骨比美。由此可见,盛唐诗歌力追建安,富有风骨,既是当时不少诗人的自觉追求,也是同时代和后来评论者的一致看法。

杜甫对建安诗歌也是十分推崇。他对曹植评价甚高,诗中屡屡提及,如"文章曹植波澜阔"(《追酬故高蜀州人日见寄》),"子建文笔壮"(《别李义》),并自诩"诗看子建亲"(《奉赠韦左丞丈二十二韵》)。他在诗中往往并提曹植、刘桢,如"曹刘不待薛郎中"(《解闷》其四),"方驾曹刘不啻过"(《奉寄高常侍》),以薛据、高適诗比曹、刘。又如"目短曹刘墙"(《壮游》),"赋诗时或似曹刘"(《秋述》),则自比曹、刘。

在建安诗人中，曹、刘两人之作风骨尤见特出。鍾嵘《诗品》评曹植有曰："骨气奇高。"评刘桢有曰："仗气爱奇，动多振绝。贞骨凌霜，高风跨俗。"杜甫将薛据、高適和自己的作品与曹植、刘桢相比，既是对建安风骨的推崇，也显示了盛唐诗人力追建安诗体的审美趋向。杜甫《偶题》诗论及建安诗有云：

> 骚人嗟不见，汉道盛于斯。前辈飞腾入，馀波绮丽为。……永怀江左逸，多谢邺中奇。

"前辈"主要指建安诗人。杨伦《杜诗镜诠》曰："前辈如建安、黄初诸公。""邺中"，指邺下文人，即建安诗人（邺下从地区言，建安从时代言）。杜甫以"飞腾"、"奇"形容建安诗，都是说它们富有气势、气骨。"飞腾"，有如《文心雕龙·风骨》形容具有风骨的作品，如同鸷鸟高翔，"翰飞戾天，骨劲而气猛"。"奇"，如同《诗品》评曹植诗所谓"骨气奇高"。这样看来，杜甫对建安风骨确实是很推崇的。

杜甫对同时代的诗人，颇多赞扬语句。他最赞美推重的是李白。有句云："白也诗无敌，飘然思不群。"（《春日忆李白》）"笔落惊风雨，诗成泣鬼神。"（《寄李十二白二十韵》）道出了李白诗想像丰富开阔、语言奔放恣肆的特色。又指出李白诗风豪俊纵逸像鲍照，有"俊逸鲍参军"（《春日忆李白》）之句。这些诗句，都揭示了李白诗的壮美特征，也正是鲸鱼碧海的境界。杜甫还赞美李白诗有清新如阴铿、庾信的一面，但他着重称道的则是李白诗的豪俊纵逸一面，这不但符合于李白诗歌创作的主要倾向，也反映了杜甫最崇尚爱好的诗歌风格。李白以外，杜甫常常称道的是高適。他赞美高適诗可以方驾曹、刘，已见上文。又云："当代论才子，如公复几人？骅骝开道路，鹰隼出风尘。"（《奉简高三十五使君》）以骏马猛禽比喻高適诗，也是肯定它的壮美特征。杜甫还同时赞美高適、岑参诗"意惬关飞动，篇终接混茫"

(《寄高适岑参三十韵》),也是赞美高、岑诗风清骨峻,有飞动之致;气象雄浑,与混茫的宇宙相接。高、岑诗都长于豪放,杜甫这种评价是恰当的。

杜甫对汉魏六朝以至唐代不同流派、不同风格的诗人、诗作,都曾作过肯定性评价和赞美。他也爱好清丽诗风,说过"清词丽句必为邻"(《戏为六绝句》其五)。他对南朝谢灵运、谢朓、阴铿、何逊诗的绮丽都曾予赞美。他称道王维"最传秀句寰区满"(《解闷》其五),孟浩然"清诗句句尽堪传"(《解闷》其三)。但他最为欣赏、倾倒的则是建安时代曹植、刘桢等以气骨著称的诗家,在唐代则是以豪放见长的李白、高适等人。这是从他全部诗论中得出的结论。杜甫的这种审美趣味和标准,反映了盛唐不少文人所共有的心理状态。由于他们身处盛世,眼界扩大,心胸开阔,精神奋发,亟思有所作为、有所创造。在诗歌创作方面,自然不满足于南朝以来的绮丽纤巧作风,而要借鉴、学习风清骨峻的建安诗歌,开创出唐诗的新风貌、新境界。尽管杜甫的看法比较冷静全面,他不像李白那样宣称"自从建安来,绮丽不足珍"(《古风》其一),而是对魏晋南北朝诗人有较多的肯定。但他毕竟大部分时间生活在盛唐时代,接受时代潮流和风气的影响,因而在多方面肯定不同流派、不同风格的诗人、诗作时,着重称道的还是在雄壮刚健的那一个方面。

杜甫提倡比兴体制,要求诗歌积极关心时政,对古代圣君、暴君加以歌颂、批判。元结同时还写了《二风诗论》,阐明自己写该组诗的主旨是"欲极帝王理乱之道,系古人规讽之流",提出了"规讽"的创作原则。天宝年间,元结还写了《系乐府》十二首,分别反映各种社会现象,注意表现人民痛苦。他在《系乐府序》中认为,这类诗歌"可以上感于上,下化于下",即规讽在上者和教化人民。他在《舂陵行》末尾云:"何人采国风,吾欲献此辞。"这些都反映了他自觉要求诗歌联系现实,继承、发扬《诗三百篇》美刺比兴的精神。早在初唐时代,陈子昂在《修竹篇序》中，已经提出诗歌应有“汉魏风骨”和“兴寄”，即具有爽朗刚健的风貌和联系现实、有比兴寄托的思想内容。在盛唐时代，由于国势强大和社会比较安定，诗人们所着重注意的是力追汉魏风骨和建安体制，扫荡梁陈以来的浮靡诗风。至天宝年间以至安史乱后，由于国势骤衰和社会动荡、民生凋敝，诗人们的注意力遂转移到比兴寄托或美刺比兴这一方面，企图使诗歌对国事民生产生直接的裨益作用。杜甫、元结两人的言论是这方面的杰出代表。

在中唐前期的代宗大历年间，诗人不少，其作品少数也涉及当时社会的残破现象，但注意不够，大量的是饯送唱酬、模山范水之作。直至宪宗元和年间白居易、元稹、张籍、王建等诗人出来，上述杜甫、元结诗歌创作和理论的优良传统，方才得到了有力的继承和发展。他们都擅长以古体诗和乐府诗体来写作讽谕诗，反映时政和社会现象，关心民生疾苦。白居易、元稹两人更在理论上于此有具体鲜明的表述。白居易宣称自己写作讽谕诗的目的和原则是“惟歌生民病，愿得天子知”(《寄唐生》)；“为君、为臣、为民、为物、为事而作”(《新乐府序》)。元稹在《叙诗寄乐天书》中，更指出了从陈子昂、杜甫到他自己写作讽谕诗的前后继承关系：

> 适有人以陈子昂《感遇》诗相示，吟玩激烈，即日为《寄思玄子》诗二十首。……又久之，得杜甫诗数百首，爱其浩荡津涯，处处臻到，始病沈、宋之不存寄兴，而讶子昂之未暇旁备矣。

在《乐府古题序》中，元稹更说明他们特别爱好、推重杜甫的新乐府诗(《悲陈陶》、《哀江头》、《兵车行》、《丽人行》等)，认为它们具有“即事名篇，无复依傍”的特点，更便于表现时事，因而与友人白居易、李绅等注意学习仿效，使新乐府体成为讽谕诗的一种重要样式。元稹、白居易等大量讽谕诗的创作及其理论表述，使唐代中期杜甫、元结所提倡的诗歌要有比兴体制和规讽作用的主张，获得了更加充分的体现。

杜甫处身于唐王朝由盛转衰的时代。他的诗歌理论批评，既反映了盛唐诗人追求壮美风格、赞扬建安风骨的心态；又反映了中唐诗人关心时弊、提倡美刺比兴的要求，体现了两个不同时代的时代精神和诗歌的主要创作倾向。在盛唐诗人中，杜甫是一位年轻人，在当时李白、高適、殷璠等人提倡建安风骨的合唱声中，杜甫只是作为一位后起的同道者出现，地位显得不那么特出。在中唐诗人中，杜甫则是一位老将。他和元结都是写作、提倡讽谕诗的有力的先驱者。杜甫在创作上更以其优异成绩压倒元结，因而在中唐后期，杜甫成为元、白等诗家写作讽谕诗的典范。杜甫这方面的创作和理论批评，在唐诗发展过程中产生了更为重大深远的影响。

（原载《杜甫研究学刊》1992 年第 2 期）

白居易诗歌与诗论的几个问题

一 分 类

白居易诗歌流传至今者近三千首，是唐代诗人中作品数量最多的一位。

白居易的作品，在唐穆宗长庆年间由好友元稹协助，编成《白氏长庆集》五十卷。当时白居易将他的诗歌分为讽谕诗、闲适诗、感伤诗、杂律诗四类。前三类都是古体诗，其中，讽谕诗注意反映种种政治社会问题，向帝王和当权大臣进行讽谏；闲适诗表现暂离政务休闲在家时的悠闲恬适心情；感伤诗表现亲朋聚散丧亡等使人悲悼之事。第四类杂律诗即律诗，它重视声律，讲究平仄声调协调，声调比古体诗更和谐动听。它滥觞于齐梁时代，至唐代成熟，所以又叫今体诗或近体诗。白居易的律诗，体式多样，从句式分，有五言、七言的；从篇幅长短分，有十韵以至百韵的长律，有四韵八句的流行律诗，有二韵四句的绝句（又叫小律诗）。“杂律诗”意思是说律诗的样式较为繁杂。乍看起来，白居易把其诗分为四类，前三类按内容题材分，最后一类按体式分，使人感到分类标准不统一。实际上他是先把诗作分为古体诗、近体诗两大类，然后再把古体诗大类按内容分为三类。白居易最重视讽谕诗，他把古体诗划分为三类，把讽谕诗四卷列在集子最前面，以突出其地位。白居易在唐宪宗元和年间写作许多讽谕诗，即遭权贵痛恨，以后贬官江州司马，据说也与写讽谕诗有关。从此他接受教训，担心再受打击，不再写讽谕诗。他晚年续编集子，诗歌完全按体式分为格诗（即五言古诗）、歌行（即七言古诗）、律诗等类，不再在卷目标出内容题材的区别了。他晚年还写了不少表现闲适、感伤情绪的诗，这两类题材，古体诗、律诗中均有不少，他没有必要再按题材把古体诗加以区分了。

陈寅恪在《冯友兰中国哲学史上册审查报告》一文中曾说："对于古人之学说，应具了解之同情。……所谓真了解者，必神游冥想，与立说之古人，处于同一境界，而对于其持论所以不得不如是之苦心孤诣，表一种之同情，始能批评其学说之是非得失，而无隔阂肤廓之论。"[①]陈氏之论针对古代哲学思想而言，但其精神实质，可通于古代文学、历史等诸种现象。司马迁《史记·五帝本纪赞》指出，撰述古代历史，参考旧籍，必须做到"好学深思，心知其意"。我一直十分佩服这两句话，作为指导研究工作的座右铭，上述陈氏的那段议论，不妨看作是对司马迁这两句话的具体阐释与发挥。唐代诗歌体式，大体可分古体、今体两大类，这可说是一种常识。白居易在长庆年间编《白氏长庆集》时，为了突出讽谕诗的地位，先列古体，古体中又以讽谕诗居首，以体现他诗歌首先要有裨于政治教化的主张，这正是他当时的苦心孤诣。对此我们应对他具有一种"了解之同情"。为了避免烦琐，白居易没有用"古体讽谕诗"、"古体闲适诗"等标题，因而容易引起后人误会。

二 自我评价

白居易在写给元稹的《与元九书》中，系统发表了他对诗歌的看法。

① 陈寅恪《冯友兰中国哲学史上册审查报告》，载《金明馆丛稿二编》，三联书店，2001 年，第 279 页。

他认为自己的诗作，讽谕、闲适两类最重要，因为它们分别体现了儒家“达则兼济天下”、“穷则独善其身”的立身处世原则。又说他的许多杂律诗，是基于“一时一物”的感触而发，只能在亲朋聚散时供“释恨佐欢”之用，价值不大，以后别人为他编集子时可以把它们删去。这是他在强调讽谕诗价值时的片面性言论，并不代表其完整看法。即在《与元九书》后面，他叙说自己与元稹等友人过去在长安城南游览，一路上吟诵所作“新艳小律(绝句)”，十分愉快，有如“诗仙”，言下洋溢着自我欣赏之意。他对元稹、刘禹锡的某些律诗，也是十分赞赏。他赞美元稹的律诗有云：“清楚音谐律，精微思入玄。收将白雪丽，夺尽碧云妍。寸截金为句，双雕玉作联。八风凄间发，五彩烂相宣。冰扣声声冷，珠排字字圆。”(《江楼夜吟元九律诗成三十韵》)可谓赞美备至。他赞美刘禹锡“雪里高山头白早”、“沉舟侧畔千帆过”等律句“真谓神妙”(见《刘白唱和集解》)。他暮年编订《白氏长庆集》七十五卷，令人缮抄五部，分藏各处，杂律诗不但没有删去，而且在诗作中比重最大。至于感伤诗中的名篇《长恨歌》、《琵琶行》，他更是屡屡流露出自我赞许的态度。我们须知，白居易作为一个诗人，他既关心国事民生并具有兼济天下的志愿，因而在理论上大力提倡讽谕诗；同时，在日常生活中又具有丰富真挚的感情，热爱各种自然美和艺术美，因而从内心深处喜爱长于抒情、文词美丽、声律和谐的律诗。

《与元九书》是白居易评论诗歌的重要长文，但该文(特别前面大部分)主旨在提倡讽谕诗，因而强调《诗经》的风雅比兴原则，要求诗歌对政治社会弊端产生改革匡救作用，对其他题材的作品往往贬抑太多。如批评陶渊明诗“偏放于田园”。又指斥南朝梁陈间诗作“率不过嘲风雪，弄花草”，认为像谢朓那样“馀霞散成绮，澄江静如练”等写景名句，“丽则丽矣，吾不知其所讽焉”。又指责李白、杜甫两大家有讽谕内容的篇章太少，说李白诗“索其风雅比兴，十无一焉”。这些议论都具有片面性。社会生活、人生境遇十分广泛，诗歌应当允许反映各方面的题材，它们可以从各方面给人启发和享受。如描绘山水风景的优秀作品，给人以美的享受，也是很有价值的。白居易自己在这方面即有不少好诗，如《钱塘湖春行》，有“几处早莺争暖树，谁家新燕啄春泥”等佳句，恐怕连白氏自己都是十分欣赏的。因此可以说，上述白居易对陶渊明、南朝诗以至李、杜等的批评，只是在强调讽谕诗时的一时偏激之言；《与元九书》虽是他的一篇重要论文，但并不足以代表他的全部看法和主张。

这种文学批评方面的一时偏激之论，在唐代其他作家中也有其例。李白就是如此。我们知道，盛唐诗人为了改革南朝以至初唐诗的浮靡之风，往往推重建安诗歌或建安风骨，即爽朗刚健的诗风，李白就有“蓬莱文章建安骨”（《宣州谢朓楼饯别校书叔云》）之句。但李白也注意向南朝部分优秀诗人学习。他推崇鲍照，其七言歌行淋漓奔放，深受鲍照沾溉；李白诗还常常提到谢朓，上述《宣州谢朓楼》诗中即有“中间小谢又清发”之句，其诗清新处确也逼近谢朓。可是李白在《古风》其一中却云：“自从建安来，绮丽不足珍。”对建安以来的诗歌采取笼统否定的态度①，与上引言论态度截然相反。原来李白在诗歌方面以复古为己任，《古风》其一开宗明义，强调《诗经》的风雅正声为诗歌创作的楷模。篇中对楚辞已有微辞，汉赋以下更是等而下之，建安以下自不足齿数。这是李白强调复古、竭力推尊《诗经》时的一时偏激之论，不能代表他对前代诗歌遗产的全面看法。在复古的旗帜下，推崇《诗经》，贬低其后的诗作，倒是李白、白居易两人的共同倾向。

我国古代不少作家，在其文章中往往发表自己的文学批评主张，这种文章，由于受到特定场合的限制，往往发为偏激之论，而不是冷

① “自从建安来”二句，实际还包括建安时期诗作在内，拙作《李白〈古风〉其一篇中的两个问题》（编者按：此文收入《中国古代文论管窥》下编）于此有具体分析。

静地阐述对文学的全面看法与主张。白居易的《与元九书》就是明显的一例。因此，我们在评述古代作家的文论时，一定要注意全面考察，了解其言论在何种条件(包括境遇、时间等)下所发，其前后思想有何发展与变化等等，切忌抓住一点，不及其馀，以免以偏概全，不能正确全面地把握他们的文学主张。

三　传　播

白居易的诗歌流传极为广泛。据元稹《白氏长庆集序》说，当时禁省、道观、佛寺、邮候的墙壁上都抄写白氏诗作，知识缺少的妇女、仆隶也会吟唱其诗。全国各地都有人抄写白氏诗在市上出售或者用以支付茶酒费。他的诗还传播到域外邻国。该文认为，“自篇章以来，未有如是流传之广者”。白居易在《与元九书》中也自称，他从长安贬官到江州(今江西九江)，数千里旅途中也目击自己诗作风行于社会各阶层。白居易最风行的诗歌是哪一类作品呢？他的古体诗大概只有《长恨歌》、《琵琶行》两篇风行，其他则否。据元稹介绍，白氏的《秦中吟》、《贺雨》等讽谕诗，“时人罕能知者”。他最流行的是那些篇幅短小的律诗(包括绝句)，上述各处墙壁上书写的、社会下层人物吟唱的大抵是这类诗。元稹说白氏的短篇律诗“长于情”，白居易这类诗描写婉转，文词流美明白，声调铿锵悦耳，富于感染力与观赏性，因而赢得了最广大的读者群。白居易还写了不少二十句以上的长律，这类诗大抵辞藻富美，对偶精细，又多用典，显示出雕琢之风，不像短律浅显明白，这类诗可以显示文人的才学，为当时不少年轻的人士所喜爱和仿效，流传亦广，但不及短律普及于社会下层①。

① 参考元稹《上令狐相公诗启》；陈寅恪《元白诗笺证稿》中附论《元和体诗》一节，三联书店，2001年。

白居易以短篇律诗为主的诗作在当时流行最为广泛，究其原因，一为其语言明白通畅，具有传说中老妪能解的特点，再加上文辞流美，音韵和谐，便于吟唱记忆；二是长于抒写日常生活中悲欢离合之情，容易引起社会广大阶层的共鸣。其部分诗还长于抒写男女之情，如《长恨歌》、《和梦游春一百韵》等。元稹所写艳情诗尤多。唐代社会风气比较开放，男女关系也比较开放，故元、白的这类艳情诗也受到许多读者的爱好。白居易部分诗歌创作浅俗华艳，还受到当时传奇小说、变文等的影响。总之，白居易的不少诗歌表现出一种较鲜明的俚俗化、市民化倾向，因此受到社会广大阶层的爱好。杜牧在《唐故平卢军节度巡官陇西李府君墓志铭》一文中，借李戡之口，抨击元、白诗"纤艳不逞，非庄士雅人，多为其所破坏。流于民间，疏于屏壁。……淫言媟语，冬寒夏热，入人肌骨，不可除去"。矛头所指，主要针对元、白那类表现艳情的近体诗。其实，杜牧自己也写了若干风情不浅的狎妓诗，但表现简约含蓄，不像元、白艳情诗那样露骨猥亵，风格接近传奇小说。杜牧此处针对元、白的抨击，不是反对诗歌描写男女之情，而是反对诗歌特别是艳情诗的俚俗化、市民化倾向①。

元、白诗在晚唐五代的广泛流行，为大诗人李白、杜甫所不及。五代末叶王赞的《玄英先生诗集序》有曰："杜甫雄鸣于至德、大历间，而诗人或不尚之。呜呼，子美之诗，可谓无声无臭者矣！"（《全唐文》卷八六五）慨叹当时不少诗人不崇尚杜甫诗，以至它们"无声无臭"。王赞没有说明当时人们不尚杜诗的原因，推想起来，杜甫虽擅长律诗，但他的一部分律诗（特别是晚年所写者），语言追求古雅奥峭（其文章风格亦是如此），与当时所崇尚语言流美、声律和谐的诗风相背，

---

① 参考王运熙、杨明《隋唐五代文学批评史》第三编第二节"杜牧"部分，上海古籍出版社，1994 年。

因而为当时不少诗人所不喜。

白居易的文章，在当时也广泛流传。唐代礼部以五言律诗、律赋考进士，吏部以判文（用骈体写作）选拔士人为官。白居易在《与元九书》中言及当时吏部、礼部选拔人才，多以他的赋、判作为准的。元稹《白氏长庆集序》说，白居易中拔萃科后，他的应试之作《性习相近远》等赋、百节判（即百道判）等，“新进士竞相传于京师”。这些文章，还有《策林》七十馀篇等，均用骈体写作，对偶工致，语言晓畅，音节谐和，风格与其诗接近。白居易的这类文章，以当时流行的骈体文为基调，但又注意稍稍古雅一些，在思想内容、用字造语方面均接受经书沾溉，表现出折中今古、文质的倾向，因而在当时取得了“贤不肖皆赏其文（包括诗文）”（《旧唐书·元白传论》）的效果。唐代诗文体制，沿袭六朝传统，一直崇尚骈体，加上考试规定的诗、赋、判文均用骈文，政府公文亦用骈体，因此骈体在唐代一直占据主导地位。韩愈、柳宗元及其先驱者提倡的古文，并不能取代骈文的主导地位。总的说来，白居易是当时占主导地位的骈文文风的改良者，而韩愈则是当时文风的改革者。他们两人在诗文创作的基本倾向上，走的是不同的路子（韩愈文章在当时也不及白居易文章流传广泛）。

四　评价的历史变迁

白居易的诗歌，在晚唐五代不但流传广泛，而且评价极高（包括元稹亦是如此），在一部分人眼中，其地位甚至高出李、杜，但至北宋中期，白诗评价下跌，其间经历着一段历史变迁。

李、杜大概在中唐时代已被许多人公认为两大诗豪，白居易《与元九书》称为“诗之豪者，世称李、杜”。其后元、白诗又被许多人公认为李、杜后的两大家。黄滔《答陈磻隐论诗书》曰：“大唐前有李、杜，后有元、白，信若沧溟无际，华岳干天。”韦縠《才调集序》曰：“暇日因阅李杜集、元白诗，其间天海混茫，风流挺特。”均认为四人是唐诗人中的巨擘。

对李、杜与元、白诗的优劣，究竟哪两位成就、地位更高，唐五代诗人大抵有两种不同的估价。一种推尊李、杜，有的还贬斥元、白。中唐韩愈开始竭力推尊李、杜，有“勃兴得李杜，万类困陵暴”（《荐士》）、“李杜文章在，光焰万丈长”（《调张籍》）等诗句。其后如杜牧《冬至日寄小侄阿宜诗》有云：“李杜泛浩浩，韩柳摩苍苍。”又《雪晴访赵嘏街西所居三韵》有云：“少陵鲸海动，翰苑鹤天寒。”均称道李、杜诗境的博大开阔。其后司空图在《与王驾评诗书》中有曰：“杰出于江宁，宏肆于李、杜，极矣！”杜牧、司空图对元、白均颇不满。杜牧抨击元、白之论，已见上引。司空图同上文则曰：“元、白力勍而气孱，乃都市豪估耳。”韩愈、杜牧、司空图等的言论，代表了上层文人崇尚高雅的诗风、反对俚俗轻艳的倾向。

另一种意见则推尊元、白，对元、白的评价高过李、杜。这方面的代表是编撰于五代后晋时期的《旧唐书》，它出自史臣张昭远、贾纬、赵熙等人之手。该书卷一六六为元、白两人合列一传，传末有一段较长的评论，纵论先秦至唐代文学，最后归结到元、白。这种写法规仿沈约《宋书·谢灵运传论》。谢灵运是刘宋最杰出的作家，因此沈约在该传论中联系传主纵论历代文学。《旧唐书》于元、白传后纵论历代文学，实际上即是承认元、白两人是唐代最杰出的作家。这一看法，在评论中也表现得十分鲜明。传论认为，文章（主要是诗歌）的昌盛期，前有建安时代、南齐永明时代，各以曹植、刘桢与沈约、谢朓为代表作家；唐诗最昌盛期是在元和年间，以元稹、白居易为盟主。后面赞语更云：“文章新体，建安、永明。沈、谢既往，元、白挺生。”其所谓三个时期的新体，主要是指建安文人五言诗、讲求声律的永明新体诗、讲求语言声调流美的元、白律体诗（包括短律、长律）。元、白擅长写长篇排律，数量颇多，文辞华美流转，成为元和新体的一个重要部分。《旧唐书》编者对这类长律十分欣赏，在《元稹传》中说元、白两人分任通州司马和江州司马时，往来赠答的长律颇多，“有自三十、五十韵乃至百韵者，江南人士，传道讽诵，流闻阙下，里巷相传，为之纸贵。观其流离放逐之意，靡不凄婉”。于叙述中充满赞赏之情。过去杜甫也写过不少长律，深得元稹好评(见《唐故工部员外郎杜君墓系铭并序》)，但杜句时见古质，在文辞的华美流转方面，元、白又远胜之。从律体诗的文辞华美、声律谐和讲，元、白诗确实登上了新的高峰。《旧唐书》史臣完全支持唐代诗文的律体化倾向，该书《文苑传序》认为文章应重视文采，随时发展，“是古非今，未为通论”，因此他们对元、白以律体为主的诗文评价最高。史臣的评价，代表了晚唐五代盛行、并占主导地位的骈体文风赞同者的看法。

还有五代后蜀韦縠《才调集》的选诗情况，也值得注意。该书选白居易诗共二十七首，选元稹诗五十七首，数量尤多。其选篇侧重点有二：一是艳体诗，二是长律。所选如白居易的《江南喜逢萧九彻因话长安旧游戏赠五十韵》、《杨柳枝二十韵》，元稹的《梦游春七十韵》、《会真诗三十韵》等篇，以长律写艳情，二者结合。还选了元稹的不少艳体诗，选了白居易的《代书诗一百韵寄微之》、《东南行一百韵》等长律。韦縠在《才调集》序文中提出，好诗应“韵高”、“词丽”，该书多选近体诗，多选长律，看来编者认为它们符合韵高词丽的标准。又序文中虽以“李杜集、元白诗”并提，但不选杜甫诗，选李白诗二十八首，但大多数是写男女之情的作品，如《长干行》、《长相思》等。看来，韦縠的文学观与《旧唐书》史臣近似，支持当时流行的律体诗，更欣赏元、白诗。还有晚唐张为的《诗人主客图》，把白居易称为“广大教化主”，推尊也十分高。

由上可见，在晚唐五代，白居易诗不但流传最为广泛，而且某些人对元、白的评价还在李、杜之上。直至北宋初年，学习白诗的人还是颇多，包括徐铉、李昉、王禹偁、魏野等。但他们除律诗外，还注意学习白诗的古体闲适诗，甚至讽谕诗，诗风渐趋清淡[①]。北宋中期，欧阳修领导的第二次古文运动开展，情况才起了明显的变化。欧阳修、宋祁修撰的《新唐书》，对元、白的评价就与《旧唐书》很不相同。《新唐书·文艺传序》曰："言诗则杜甫、李白、元稹、白居易、刘禹锡。"虽然仍列元、白于唐诗五大家中，但在具体评价中则有不少贬辞。《新唐书·白居易传赞》在引述白氏《与元九书》前面的自我评价，重古体的讽谕、闲适诗，轻杂律诗之后，肯定这种看法。同书《白居易传》末段述其诗曰："初，颇以规讽得失，及其多，更下偶俗好，至数千篇，当时士人争传。"语气中也是肯定讽谕诗，而对大量为广大士人传播的律诗则有微词，认为它们取悦世俗的爱好，品格不高。《旧唐书》史臣竭力褒赞元、白的律体诗，欧阳修、宋祁则对之加以贬抑，这里充分显示出北宋古文家与五代骈文支持者大相径庭的态度。对杜牧借李戡之口抨击元、白诗为"淫言媟语"，《新唐书·白居易传赞》也表示赞同，认为"盖救所失，不得不云"。稍后苏轼又有"元轻白俗"的讥评。由此可见，北宋古文家对元、白律体诗的俚俗化、市民化倾向，进行了严厉的批判。《新唐书·白居易传赞》又曰："最长于诗，它文未能称是也。"对白居易的文章评价也不高。北宋古文运动取得胜利，从此古文取代了骈文自魏晋以来长期的统治地位。宋代统治阶层有鉴于唐代社会士人风气的放荡，大力提倡儒学与道义名节。文人们从此更注意维护诗体的尊严，把表现男女私情的内容，尽量让给长短句(词)去表现。即使是长短句，写男女之情，也要求写得含蓄蕴藉。像柳永那样俚俗化浓厚的词作，受到不少文人的轻视与批评。政治、社会、文化的大环境在北宋起了很大变化，其影响直至元明清时代。从此元、白的律体诗，丧失了过去曾经有过的好评与地位。

---

① 参考梁崑《宋诗派别论》，商务印书馆，1938年；王水照主编《宋代文学通论》"体派篇"第一章，河南大学出版社，1997年。

中国文学史和文学批评史上常有这样的现象，由于政治措施、社会风气、学术思想等条件改变，人们的文学观念和审美标准发生变化时，对历史上若干作家作品的评价，就会相应地发生变化。两晋以至唐代，骈文文学昌盛时期，人们依据骈体文学的审美标准来衡量诗歌，对魏晋以来的五言诗人，评价最高的是“粲溢今古”（鍾嵘《诗品》）的曹植，甚至力誉为诗中的圣人；而当北宋中期以后文风大变时代，质朴平淡、原来评价不大高的陶渊明诗，声价陡增，其地位居于曹植之上，就是一个明显的例子。白居易诗歌从晚唐五代的高峰到北宋中期以来趋向下跌，也是值得注意的一个明证。

（原载《学术研究》2003 年第 5 期，原题为《白居易诗歌的几个问题》）

元稹李杜优劣论和当时创作风尚

李白、杜甫被并称为两大诗人，始自唐代中期。白居易在元和年间写的《与元九书》有曰："诗之豪者，世称李、杜。"说明李、杜在当时已被世人公认为两大诗豪。即在同时，白居易的好友元稹，却发表了扬杜抑李的言论。元和八年，元稹应杜甫后裔之请，写了一篇《唐故工部员外郎杜君墓系铭》。该文对杜甫的诗歌，称道备至，认为它们奄有古今诗家之长，接着就发表了一段扬杜抑李的言论，文曰：

> 时山东人李白，亦以奇文取称，时人谓之李、杜。予观其壮浪纵恣，摆去拘束，模写物象，及乐府歌诗，诚亦差肩于子美矣。至若铺陈终始，排比声韵，大或千言，次犹数百，词气豪迈而风调清深，属对律切而脱弃凡近，则李尚不能历其藩翰，况堂奥乎！

这段议论开了李杜优劣论的先河，后代继续扬杜抑李者有之，反过来扬李抑杜者亦有之。本文于此不拟详述，只就元稹从是否擅长写作长篇律诗角度扬杜抑李及其和唐代中后期创作风尚的关系作一些分析。

元稹认为，李白诗写得奔放恣肆，擅长乐府歌行，从这方面讲可与杜甫诗比肩。但在以"铺陈终始，排比声韵"为特色的五言长律方面，则其成就远逊于杜甫，所谓尚不能进入藩翰，何况登堂入室。大家知道，李白性格豪放，作诗不喜多受拘束，因此古诗、绝句写得多，律诗写得少。杜甫则喜欢推敲格律，律诗写得很多，成就也很突出。明初高棅的《唐诗品汇》，是一部很有影响的唐诗选本，书中设立五言排律一类，凡五言律诗超过四韵八句者即归入排律。排律中又设长篇一小类，凡五言排律到达三十韵及以上者属之。沈德潜《唐诗别裁集》则统称为五言长律，其所选均属三十韵以下的篇章。高、沈二氏对杜甫的排律、长律评价都很高。杜甫擅长写长篇五律，二十韵一首的颇多，还写了《夔府书怀四十韵》、《秋日夔府咏怀一百韵》、《寄刘伯华使君四十韵》等巨制，开了后来特长律体的先河。元稹所谓“大或千言，次犹数百”，“千言”指五言百韵律诗，“数百”则至少是指二十韵、三十韵的五言律。律诗讲求对仗工整、声韵和谐，长律于此更见工力。故元稹称杜诗具有“铺陈终始，排比声韵”等特色。要之，元稹是从是否擅长写长律这方面来扬杜抑李的。

排律、长律，实际上不是唐诗中的精品。八句的律诗，大抵中间两联对仗，首尾两联不对，工致与错综配合，因而显得较为灵活。排律句子多，对仗连续、重叠，就容易显得呆板。许多排律，往往倾向于辞藻、对仗、声韵的雕琢，而缺少真挚深刻的情意和自然生动的语言，因而缺少艺术感染力。杜甫的排律，特别是那几首长篇，也存在这种弊病。元好问《论诗绝句》曾讥评元稹云：“排比铺张特一途，藩篱如此亦区区。少陵自有连城璧，争奈微之识碔砆。”把排律说成是杜诗中的碔砆(外表像玉的石块)，未免太过分，但批评元稹从长律方面肯定杜诗的不当，还是中肯的。后世选本选杜甫长律也不多，《唐诗品汇》选杜甫长律三首，三十韵的两首，五十韵的一首；《唐诗别裁集》则三十韵以上的杜律一首也不入选。一些小型的唐诗选本大抵不选长律。这说明长律对广大读者缺少艺术魅力。但在唐代中后期，在杜甫长律的影响下，不少文人喜爱、重视写作长律，却形成一种风气。

先说元稹、白居易的长篇五律。元、白两人都喜欢并擅长写长篇五律，而且以此自负。今存元稹集子中有长律四卷，百韵律诗有《代书诗》、《东南行》、《代曲江老人》三首，此外自二十韵至六十韵者尚有二十多篇。白居易长律数量也不少，突出者除《代书诗》、《东南行》俱百韵外，尚有《和梦游春诗一百韵》、《渭村退居寄礼部崔侍郎翰林钱舍人诗一百韵》、《江州赴忠州至江陵已来舟中示舍弟五十韵》、《新昌新居书事四十韵》等。元稹对自己和白居易的长律十分重视，其《上令狐相公诗启》有曰：

> 某又与同门生白居易友善。居易雅能为诗，就中爱驱驾文字，穷极声韵，或为千言，或为五百言律诗以相投寄。小生自审不能有以过之，往往戏排旧韵，别创新词，名为次韵相酬，盖欲以难相挑耳。江、湘间为诗者复相仿效，力或不足，则至于颠倒语言，重复首尾，韵同意等，不异前篇，亦目为"元和诗体"。

这里表明元稹对他和白居易互相酬答的长律(指《代书诗》、《东南行》等篇章)非常重视和欣赏，同时还说明这类长律在当时江、湘地区引起不少士人的摹仿。在《上令狐相公诗启》中，元稹还说到自己写作律体诗的目标是："思深语近，韵律调新，属对无差，而风情自远。"拿《上令狐相公诗启》和上引《杜工部墓系铭》相比照，不难发现在谈论长律方面，遣词用意互相类似或沟通。此处的"韵律调新，属对无差"二句和《杜墓铭》中"风调清深，属对律切"二句相近，此处的"风情自远"句意和《杜墓铭》中"脱弃凡近"句意相通。而此处的"驱驾文字，穷极声韵"二句则与《杜墓铭》中的"铺陈终始，排比声韵"二句意思也很相近。由此可见，元稹对于杜甫长律的颂扬赞美，即是自己写作律体诗的追求目标，无怪乎他在这方面给予杜甫以高度的评价了。白居易在理论上对长律虽没有发表过直接的评论，但他的《与元九书》评杜诗有曰："至于贯穿今古，覶缕格律，尽工尽善，又过于李。"这里也间接反映了白氏对长律的重视。白居易认为杜甫的律诗成就超过李白，所谓“又过于李”，下语比较有分寸，不像元稹那样肆意扬杜抑李。

和元、白同时代的一些文人，也喜欢写作长律。举其著者，如权德舆有《奉和许阁老酬淮南崔十七端公见寄》三十韵，刘禹锡有《武陵书怀五十韵》、《历阳书事七十韵》，前者是受到杜甫《夔府书怀四十韵》的影响，柳宗元有《同刘二十八院长寄澧州张使君八十韵》、《献弘农公五十韵》、《游南亭夜怀叙志七十韵》，韩愈有《咏雪赠张籍》三十韵、《和侯协律咏笋》二十六韵，张籍有《赠殷山人三十韵》，李绅有《趋翰苑遭诬构四十六韵》、《到宣武三十韵》，杨巨源有《上刘侍郎》四十韵，李贺有《恼公五十韵》等。凡此可见当时文人爱写长律的风气。在刘禹锡集子中，有《奉和中书崔舍人八月十五日夜玩月二十韵》、《浙西李大夫示述梦四十韵并浙东元相公酬和斐然继声》（元相公即元稹）两诗，再上文提到柳宗元有《同刘十八院长寄澧州张使君八十韵》诗，可见当时除元稹、白居易外，其他文人间也流行着以长律互相唱酬的风气。

中唐时代，为什么文人写作长律，蔚然成风呢？推究起来，其原因约有数端。一、唐代诗人，承南朝诗人崇尚骈偶、声韵的遗风，本来重视律体诗，故律体诗在初唐趋于定型。加上唐朝考试进士规定用五言六韵律诗，士人们为进身需要，平时养成了写作排律的习尚。《唐诗品汇》选初、盛唐五言排律，初唐、盛唐各有三卷（其中杜甫占一卷），可见作者、作品已不少。只是其时排律篇幅大抵较短，一般不超过二十韵。二、唐代中期，格律诗进一步发展，作家作品繁多。至元和时期，诗人们在盛唐诗歌获得巨大成就之后，更思另辟蹊径，有所变化创新。排律（特别是其中的长篇）运用大量律句，能较充分地表现出用词琢句、运用对偶典故、排比声韵的功力，显示出作者的才学，因此不少文人倾心于此。翁方纲《石洲诗话》曰：“诗家之难，转不难于妙悟，而实难于铺陈终始，排比声韵。”翁氏提倡肌理说，作诗重学问工夫，故有此论。三、整个唐代，处于从魏晋南北朝骈体文学昌盛向以后散体文学转换的变化过渡阶段。唐代虽有一部分文人提倡写古调诗、古文，但骈体诗文在创作界、社会上一直占据优势。唐代不但骈文、律诗发展，作品繁富，还产生了许多律赋(唐代试进士也用律赋)。长篇排律铺陈终始，排比声韵，其文学性质近似律赋。或许可以说，律赋和长篇五律，是骈体文学昌盛时期唐代韵文界的一对双胞胎。上文提到，唐代的古文名家刘禹锡、柳宗元、韩愈都写有二十韵以上的排律，刘、柳二家更写了长篇排律。如果认识到唐代文学的大形势，对于这种现象，也就不难理解了。

重视长律之风，至晚唐五代未变。在理论批评方面，则《旧唐书》的评述颇为明显。《旧唐书·元稹传》在述及元、白两人当分别为通州司马、江州司马互相酬答的长律时说：“凡所为诗，有自三十、五十韵乃至百韵者。江南人士，传道讽诵，流闻阙下，里巷相传，为之纸贵。观其流离放逐之意，靡不凄惋。”于叙述中备见赞美之情。《旧唐书》对元、白两人的文学评价极高，认为两人是元和时期文坛的盟主，可以上比建安时代的曹植、刘桢，永明时代的沈约、谢朓(见《元稹白居易传论》)。评价如此崇高，一个重要原因即是因为元、白擅长律体诗(包括长律)。《旧唐书》在《文苑·杜甫传》后部，引录了元稹《杜工部墓系铭》评价杜诗的大段文字，包括扬杜抑李的那段话，接着加按语说：“自后属文者以稹论为是。”肯定了元稹从是否擅长写作长律角度来扬杜抑李的看法。可以说，《旧唐书》史臣对长律的重视、赞美，和元稹的见解是一致的。此外，后蜀韦縠编选《才调集》，也颇重视排律，特别重视元、白的长律。他选了白居易的《代书诗一百韵》、《东南行一百韵》、《江南喜逢萧九彻因话长安旧游戏赠五十韵》，元稹的《梦游春七十韵》、《会真诗三十韵》，还把白居易的两篇百韵长律冠于全书之首。这种编选、排列也反映了五代文人对长律的重视情况。

综上所述，我认为，元稹从长律角度扬杜抑李的见解，是片面的、不公平的。然而元稹这一见解的产生，除掉出于他个人的偏好外，还有它特定的文学历史原因，此点我们也应当有所了解。

（原载《上海文化》1994 年第 1 期）

元白诗在晚唐五代的反响

白居易、元稹两人的诗歌，在唐中后期和五代流传广泛，影响巨大，其名声之盛，亦仅次于李白、杜甫。元、白两人的诗作情况比较复杂。他们写了不少比较雅正的讽谕诗，被认为有益于政治教化；同时写了许多流易浅俗的近体诗（当时号为元和体），其内容多涉男女风情，更有部分艳体诗内容流于猥亵。这种复杂情况引起了晚唐五代人的不同评价，有抨击者，也有称誉而为之辩护者。本文拟把这些评论分为称道维护和贬责批判两派，分别作一些归纳和介绍。

一

先说贬责批判的一派。

较早对元、白诗进行攻击的是李戡和杜牧。杜牧的《唐故平卢节度巡官陇西李府君墓志铭》有一段文字，叙述李戡（又叫李飞）痛斥元、白诗道：

> 所著文数百篇，外于仁义，一不关笔。尝曰："诗者，可以歌，可以流于竹，鼓于丝；妇人小儿，皆欲讽诵。国俗薄厚，扇之于诗，如风之疾速。尝痛自元和以来有元、白诗者，纤艳不逞，非庄士雅人，多为其所破坏。流于民间，疏于屏壁，子父女母，交口教授，淫言媟语，冬寒夏热，入人肌骨，不可除去。吾无位，不得用

> 法以治之。”欲使后代知有发愤者，因集国朝以来类于古诗得若干首，编为三卷，目为《唐诗》，为序以导其志。

李戡所编《唐诗》三卷及其序文，今均不传。杜牧的介绍，说他为文注意提倡仁义，选唐诗求其类似古诗，可知他是一位热切要求诗文有裨于政治教化的文人。李戡痛斥元、白诗“纤艳不逞”，伤风败俗，当然不是指两人的讽谕、闲适等类题材的诗，而是指抒写男女风情和风云物色、文词艳丽的近体诗。这种近体诗中，有四句、八句等短篇，也有十韵、二十韵以上的长律。元、白这类诗篇当时被士人竞相仿效，号为元和体诗，风行遐迩，“禁省、观寺、邮候墙壁之上无不书，王公、妾妇、牛童、马走之口无不道”（元稹《白氏长庆集序》）。如白居易在长安初及第时赠妓人阿软的一首七言绝句，即被人题写在通州壁上（关于元、白元和体诗及其在当时的流行情状，陈寅恪氏在《元白诗笺证稿》一书附论《元和体诗》一节中有具体论述，读者可以参考）。李戡认为这类诗在当时社会上流传广泛，有伤风化，和他所提倡的诗教观念冲突，因而痛加斥责。

杜牧《李府君墓志铭》一文，用钦佩、肯定的语气介绍李戡；因此可以认为，李戡痛斥元、白的这段话，杜牧在一定程度上也是同意的。然而，杜牧自己不但喜欢狎妓，而且写了若干狎妓、赠妓的诗篇（今存约十多首）。如“春风十里扬州路，卷上珠帘总不如”（《赠别》）、“十年一觉扬州梦，占得青楼薄幸名”（《遣怀》）等诗句，还为许多读者所熟悉。此外，他还有《见刘秀才与池州妓别》、《不饮赠官妓》、《宣州留赠》、《留赠》等一些涉及妓女的诗。杜牧自己的创作情况如此，而去肯定李戡痛斥元、白诗“纤艳不逞”，似乎是一种矛盾的现象。此点引起了后人的一些非议。如宋刘克庄《后村诗话》后集卷二曰：“杜牧罪元、白诗歌传播，使子父女母交口诲淫。……牧风情不浅，如《杜秋娘》、《张好好》诸篇（按上二诗非述艳情，后村举例不妥），青楼薄幸之句，街吏平安之报，未知去元、白几何？以燕伐燕，元、白岂肯心服？”明杨慎《升庵诗话》亦曰：“牧之诗淫媟者，与元、白等尔，岂所谓睫在眼前犹不见乎？”后来《四库总目提要》介绍《樊川文集》时也同意这种看法。这种批评都是指责杜牧缺乏自知之明。

杜牧攻击元稹、白居易诗的原因，过去有一些说法，认为杜牧和白居易之间有一些个人恩怨。例如白居易《秦中吟》中有一首《不致仕》，有人认为是讽刺杜佑年老不肯致仕。杜佑是杜牧的祖父，杜牧因此借机攻击元、白，以泄私愤（见汪立名《白香山诗集》卷二）。这种个人恩怨，固然不能完全排除，但问题主要还应当从文学观念方面寻找原因。我认为杜牧攻击元、白诗，不在于它们表现了男女艳情，而在于如何表现上面。唐代社会风气比较开放，文人狎妓之风颇盛，诗歌中描写男女艳情、涉及狎妓的内容也颇不少，不算什么不光彩的事。元、白艳情诗的一个特色，是往往写得具体直露，带有庸俗猥亵的成分。如元稹《杂忆》其五有云：“忆得双文衫子薄，钿头云映褪红酥。”又《襄阳为卢窦纪事》其二有云：“依稀似觉双鬟动，潜被萧郎卸玉钗。”白居易《杨柳枝二十韵》有云：“身轻委回雪，罗薄透凝脂。”在元、白的长律中，如元稹的《梦游春七十韵》、《会真诗》，白居易的《和梦游春一百韵》、《江南喜逢萧九彻因话长安旧游戏赠五十韵》诸篇，对男女欢合更有具体的描绘，其中元稹的《会真诗》尤为猥亵（参考吴在庆《杜牧论稿》第五章中《杜牧与元、白的公案》一节）。清代王夫之对这类诗非常不满，曾批评道：“迨元、白起，而后将身化作妖冶女子，备述衾裯间丑态；杜牧之恶其蛊人心、败风俗，欲施以典刑（按此实为李戡之语），非已甚也。”（《夕堂永日绪论》内编）王夫之所谓“备述衾裯间丑态”，即指描写男女欢合时的具体猥亵情状。当然，这类露骨的描写，在元、白诗中毕竟只占少数。但元、白许多表现男女之情、声色歌舞的篇章中，也往往存在着比较庸俗的成分。反观杜牧的一些涉及男女艳情的诗，则大抵写得简括含蓄，不津津乐道男女欢合的情节,因而没有元、白诗的那种明显的庸俗气氛。可以说,杜牧和元、白虽然都写作风情诗,但在表现风貌上是颇有距离的。

元、白这种对男女之情的具体露骨的描写,系受当时通俗性文学传奇小说、变文等的影响,因而趋向俚俗化。上述元稹的《会真诗》,即是作为传奇文《会真记》的一部分而出现的。白居易配合陈鸿传奇文《长恨传》所作之《长恨歌》,其中描写杨妃沐浴华清池情节,有云:“春寒赐浴华清池,温泉水滑洗凝脂。侍儿扶起娇无力,始是新承恩泽时。”也有肉感化倾向。故宋代张戒《岁寒堂诗话》卷上评《长恨歌》有曰:“其叙杨妃进见专宠行乐事,皆秽亵之语。”以上两例可说是元、白写艳情诗受到当时通俗性文学影响的明证。元、白涉及艳情的诗歌数量很多,其中不少流于庸俗、猥亵,流传广泛,不但影响到世道人心(如李戡所指斥的),而且影响到诗体的风雅和尊严。杜牧斥责元、白诗“纤艳不逞”,恐怕主要是为了维护诗体的风雅和尊严,反对诗歌从士大夫阶层向市民化、俚俗化方向发展。

比起白居易来,元稹艳体诗写得更多。其《叙诗寄乐天书》自称:“近世妇人晕淡眉目,绾约头鬟,衣服修广之度,及匹配色泽,尤剧怪艳,因为艳诗百馀首。”这百馀首艳诗没有流传下来。李肇《国史补》提到元和文坛中元稹诗的特征为淫靡,淫靡似兼指内容、文辞而言。元稹诗歌的这一特征,当和他写作大量艳体诗紧密相关。从元稹的自述,可知其艳诗内容着重描绘妇女的外貌和服饰,题材和南朝宫体诗颇为接近。唐人对梁、陈宫体诗往往施以攻击,杜牧即有“商女不知亡国恨,隔江犹唱《后庭花》”(《泊秦淮》)之句。他抨击元、白诗,当亦与此有关。

和杜牧同时代的顾陶,于宣宗大中年间编了一部《唐诗类选》二十卷,选诗一千多首,规模相当大,可惜书已亡佚。其《唐诗类选序》、《唐诗类选后序》两文,被保存于《文苑英华》(卷七一四)中,使后人得以窥见其选诗宗旨和范围。《类选》选诗,大致自唐初迄元和时代,自沈佺期、宋之问、陈子昂以至孟郊、韩愈、张籍等等，选录面颇广。他不选元、白诗，并在《后序》中加以说明道：

> 若元相国稹、白尚书居易，擅名一时，天下称为“元白”，学者翕然，号“元和诗”。其家集浩大，不可雕摘，今共无所取，盖微志存焉。

顾陶不选元、白诗的“微志”是什么呢？值得探究。顾陶论诗，颇重视其政治教化作用。《类选序》开头即指出：自周代以至汉魏之诗，“莫不由政治以讽谕，系国家之盛衰，作之者有犯而无讳，闻之者伤惧而鉴诫，宁同嘲戏风月，取欢流俗而已哉！”他在提到李白、杜甫两大诗人时，把杜甫放在李白前面，说“杜、李挺生于时，群材莫得而并”，可能是由于从有裨于政治教化讲，杜诗更有意义。序文中提到，他也选了一些“词多郑卫”、“音涉巴歈”有关男女之情的篇章，但又要求它们“不亏六义之要”。而元、白的不少元和体诗，如上文所述，内容往往流于庸俗甚至猥亵，与顾陶的论诗标准相背。顾陶不选元、白诗的微志，大约即在于此。但元、白的讽谕诗，他也不加选录，未免因噎废食。可能他觉得只选元、白的讽谕诗而不选当时盛行的元和体诗，反而会引起某些人的不满，因此索性全部不选，并用“家集浩大，不可雕摘”的话来加以掩饰。

唐代末叶，司空图论诗，对元、白也表示不满和轻蔑。他在《与王驾评诗书》中论唐代诗人有曰：

> 国初，上好文章，雅风特盛。沈、宋、始兴之后，杰出于江宁，宏肆于李、杜，极矣！右丞、苏州，趣味澄夐，若清沇之贯达。大历十数公，抑又其次。元、白力勍而气孱，乃都市豪估耳。刘公梦得、杨公巨源，亦各有胜会。浪仙、无可、刘得仁辈，时得佳致，

亦足涤烦,厥后所闻,徒褊浅矣。

司空图在此处列举了初、盛、中唐的一批诗人,各有不同程度的肯定,独于元、白两人加以贬责。“力勍而气孱”,是说元、白诗表面看去似乎颇有力,实际气格卑弱,着眼点在艺术风格和表达方面。司空图论诗,提倡“韵外之致”、“味外之旨”(《与李生论诗书》),要求含蓄不露,饶有馀味。他特别欣赏王维、韦应物的诗篇,认为它们“澄澹精致,格在其中”(《与李生论诗书》)。“趣味澄敻,若清沇之贯达”,即谓王、韦诗风貌清雅,语言精致,趣味深远,诗格高尚,这是他最推崇的诗歌境界。而元、白的诗歌,却是大抵写得浅显通俗,而且表述周详,如白居易自评那样,“理太周则辞繁,意太切则言激”(《和答诗十首序》)。这样,元、白诗就缺乏韵味深长、意在言外的艺术性,因而不为司空图所赞许。在司空图看来,元、白诗虽然写得具体周详,表面好像有力,但气格却卑弱不高,正像都市中的豪商大估,资力虽雄富,但品格庸俗而不高雅。

司空图批评元、白诗“力勍而气孱”,矛头恐怕主要是针对两人的元和体诗而言。据元稹《上令狐相公诗启》所述,元、白当时流行最广、号称元和体的篇什,都是律体诗,其中有大量短篇(包括绝句),还有相当数量的五言长律,有的长达五十韵、七十韵、一百韵。如白居易的《代书诗一百韵寄微之》、《东南行一百韵》,元稹对此两诗的和作,就是这方面的代表作品。元稹写了不少五言长律。他对此颇为自负,称为“驱驾文字,穷极声韵”。他在《杜工部墓系铭序》中,也赞美长律具有“铺陈终始,排比声韵”的特点,因为李白不擅长写长律,据此扬杜抑李。律体诗讲求对偶、声韵、辞藻之类,更容易显示出作家的才学,长律更是如此;但也容易形成元稹所说的“律体卑痹,格力不扬”之弊,使诗篇缺乏清新高雅的气格。元、白对其元和体诗(特别是长律)颇为欣赏自负,司空图针对这种情况,讥刺它们貌似力勍,实则气孱，对于流传广泛的元、白元和体诗，可说是当头一棒。

由上所述，可见司空图指责元、白诗，主要是从风格、艺术表现立论，这和司空图论诗重风格的倾向也是一致的。有的研究者因为司空图后半生长期隐居，喜欢写闲雅恬淡的田园写景诗，因而认为司空图"力勍而气孱"的讥刺，是在批评元、白的讽谕诗。这恐怕是一种误解。司空图《与李生论诗书》有曰："诗贯六义，则讽谕、抑扬、渟蓄、温雅，皆在其间矣。"可见他也肯定诗的讽谕内容，只是更重视渟蓄、温雅的艺术性罢了。司空图很关心政治、社会和国家命运。他的《乱后三首》诗有云："空将忧国泪，犹拟洒丹墀。"唐哀帝被朱全忠所杀，他忧愤而死，为唐王朝的灭亡而殉节。宣宗时有进士卢献卿遭诽谤被斥，作《愍征赋》(今佚)抒发怨愤，司空图写了《注〈愍征赋〉述》、《注〈愍征赋〉后述》两文，对之大加称赏，可见他对才士遭谤的社会不合理现象也是很痛恨的。诚然，他的《白菊三首》有句云："诗中有虑犹须戒，莫向诗中著不平。"表示他不主张在诗中对现实政治表示不满。但那是在唐朝末叶军阀跋扈、正直之士岌岌可危的形势下发出的痛苦的声音，目的是为了逃避残酷的迫害。他不会对元、白在元和时期所写的讽谕诗内容，都要加以反对。

二

晚唐五代赞美、肯定元、白诗歌的人，更多一些。

先说皮日休。皮日休对白居易十分推崇。他有《七爱诗》六篇，分别赞美唐代政治、军事、文学等诸种类型的杰出人物，其人为房玄龄、杜如晦二相国，李晟，卢鸿，元德秀，李白，白居易。最后一篇《白太傅》歌咏白居易。《七爱诗序》有曰："为名臣者必有真才，以白太傅为真才焉。"《白太傅》篇内容着重歌咏白居易在朝能直谏、贬谪后能怡然处之的风概，评论其文学有云：

> 吾爱白乐天，逸才生自然。谁谓辞翰器，乃是经纶贤。欻从浮艳诗，作得典诰篇。立身百行足，为文六艺全。

上四句称道白居易不但擅长辞翰，而且是经国大才。“欻从”二句是说白氏能运用乐府体写出如《尚书》中典、诰那样雅正的篇章（主要指讽谕诗）。“立身”二句同时竭力赞美其为人和文章。唐代社会上流行的乐府诗，大抵用于宴席，取便娱乐，内容多抒写日常情景，无关政教，文辞注意辞藻、声律之美，样式多为近体诗。元结《箧中集序》曾批评它们说：“以流易为辞，不知丧于雅正”，“与歌儿舞女生污惑之声于私室”。这也就是皮日休所谓“浮艳诗”的意思。皮日休非常关心现实政治，主张文学创作应对时政有所裨益。他写《正乐府》十首，内容注意反映现实，其序文强调诗的美刺作用，同时批评后代的乐府诗，魏、晋侈丽，梁、陈浮艳，丧失《诗三百篇》的美刺精神。白居易能够运用、借鉴一般人写得浮艳的乐府诗体，写出许多风格雅正、具有美刺精神的讽谕诗，因此皮日休十分推崇。

对于元、白诗遭到李戡、杜牧等人的攻击，皮日休曾为之辩解道：

> 余尝谓文章之难，在发源之难也。元、白之心，本乎立教，乃寓意于乐府雍容宛转之词，谓之“讽谕”，谓之“闲适”。既持是取大名，时士翕然从之，师其词，失其旨，凡言之浮靡艳丽者，谓之元白体。二子规规攘臂解辩，而习俗既深，牢不可破。非二子之心也，所以发源者非也。可不戒哉！（《论白居易荐徐凝屈张祜》）

皮日休认为元、白作诗的宗旨在于立教，这种看法是片面的。元、白的诗歌，实际上有两种倾向：一是讽谕、闲适等类诗（大多数是古体），以有益于政治教化或独善其身为宗旨；另一种是杂律诗，是风格比较华艳的近体诗，以娱乐遣怀为宗旨。这两种倾向，白居易在《与元九书》中说得很明白。对杂律诗,《与元九书》称为“亲朋合散之际,取其释恨佐欢”,其中包括了不少歌咏男女艳情之作。元、白诗在当时流行广泛,影响巨大,被称为“元和体”者,大抵是这类近体诗。皮日休说当时人士仿效元、白诗,“师其词,失其旨”,这是不适当地为元、白辩解。元、白的元和体诗,本身有淫靡艳丽一面,又缺乏“立教”内容,仿效者正是跟着这种倾向走的。皮日休还认为,元、白诗所以形成淫靡艳丽的倾向,是由于学习南朝以至唐代流行的乐府诗体,取法其“雍容宛转之词”。这种看法也不见得对。元、白的许多诗篇,写得具体曲折,生动感人,有雍容宛转之美,这是应该肯定的。雍容宛转和淫靡艳丽没有必然的因果关系。皮日休写的《正乐府》十首,学习元结的《系乐府》(十二首),文词力矫浮靡,固然不雍容宛转,但显得古质枯燥,缺少生动的艺术性和感染力量,倒不免有矫枉过正的弊病。但总的说来,皮日休上述看法尽管失之片面,但他不因为元、白部分诗歌存在淫靡之病而大肆攻击,态度还是比较客观公正的。

唐末黄滔,对元、白诗十分推崇,并为他们的艳情诗有所辩护。他的《答陈磻隐论诗书》有曰:

> 大唐前有李、杜,后有元、白,信若沧溟无际,华岳干天。然自李飞(即李戡)数贤,多以粉黛为乐天之罪。殊不谓三百五篇多乎女子,盖在所指说如何耳。至如《长恨歌》云:“遂令天下父母心,不重生男重生女。”此刺以男女不常,阴阳失伦,其意险而奇,其文平而易。所谓言之者无罪,闻之者足以自戒哉!

黄滔认为李、杜以后,元、白是唐代最伟大的诗人,对元、白诗评价极高。关于诗歌写男女之情,黄滔指出问题不在于写男女之情,而在于怎样写(它表现出作者的思想倾向),这是很合理的见解。但他回避元、白的许多带有庸俗情趣的艳诗不提,只举《长恨歌》中两句具有讽刺意味的诗句来为元、白辩解，是缺乏说服力的。黄滔针对李戡等人对元、白的攻击，想为元、白辩护，但不能正视问题的症结所在，因此议论缺乏说服力。这方面他和皮日休有些近似。

唐末诗人张为，著《诗人主客图》，把唐代诗人分为六个流派，分别以白居易、孟云卿、李益、鲍溶、孟郊、武元衡为主将，下面分列上入室、入室、升堂、及门等诗人。首列白居易为广大教化主，说明他承认白居易在诗坛地位高而影响大，元稹则列在白居易下面的入室栏中。从所引诗歌例子看，白居易名下，先是引了五言古体《读史诗》、《秦中吟·重赋》、《寓意诗》(二首)，共四篇，都是讽谕诗。其次摘引了四个诗例(各二句)，内容偏于归隐、叹老等思想情感。最后引了一首七绝《与薛涛》，则涉及男女之情。元稹诗引了《感兴》、《逢白公》等三个诗例，其中两例内容都是述朋友之情，只有“儿歌杨柳叶，妾拂石榴花”稍涉男女之情。从所录诗例看，张为对元、白诗，重视的还是讽谕、写朋友之情的题材方面，而不是其艳体诗一类。

五代后蜀韦縠编选《才调集》十卷，对元、白诗甚为重视。《才调集序》有曰：“暇日因阅李杜集、元白诗，其间天海混茫，风流挺特。”把元、白和李、杜相提并论。《才调集》第一卷开头即选白居易诗十九首，把它们放在全书之首，卷五又选白诗八首，连前合计选二十七首，数量也颇多。卷五选元稹诗五十七首，数量更多。书中选了白居易的《秦中吟》十首，给人以重视讽谕诗的印象。实际此类诗篇在全书中所选很少，选篇绝大多数还是抒写日常生活情景之作。编者喜爱描写男女之情和妇女生活的篇章，喜欢艳体诗。这一特点在元、白诗选篇中也显得颇为鲜明突出。如白居易，选了《江南喜逢萧九彻因话长安旧游戏赠五十韵》、《杨柳枝二十韵》；所选元稹诗中，大多数是艳体诗一类，有《梦游春七十韵》、《梦昔时》、《赠双文》、《代九九》、《春晓》、《所思》、《离思》、《杂忆》、《襄阳为卢窦纪事》、《会真诗三十韵》等等。编者选元稹诗特别多，选元诗又以艳诗居多，可以明显看出其选诗倾向。在样式上,《才调集》兼采古体、近体、杂歌诗,而以近体诗为多。《才调集序》称赞好诗“韵高”、“词丽”之美,故所选以音韵和谐流便、文词美艳的近体诗为多。编者还喜爱长篇律体诗,书中所选,如白居易的《代书诗一百韵寄微之》、《东南行一百韵》、《江南喜逢萧九彻因话长安旧游戏赠五十韵》,元稹的《梦游春七十韵》、《会真诗三十韵》,还有温庭筠的《过华清宫二十二韵》、《洞户二十二韵》等等,都是五言长律。这些长律,还大抵置于所选各家作品的前面,可见他对长律的重视。大约在编者看来,这类长律最能体现韵高词丽的特色吧?由上可见,和张为不同,《才调集》编者对元、白诗,偏重于表现男女之情的艳体诗一类,在形式上偏重近体诗,爱好长律,因此韦縠可说是元、白元和体诗的一位爱好者和支持者。

最后说到《旧唐书》对元、白的评价。《旧唐书》署名刘昫撰(刘昫时居后晋相位),实际系出史臣张昭远、贾纬、赵熙等人之手(参考赵翼《廿二史劄记》卷十六“《旧唐书》源委”条)。《旧唐书》于唐代文人,就总体而言,评价最高的是元、白两人。该书卷一六六为两人合立专传,传末有一段较长的评论,先是概论文学创作,联系先秦至南北朝文学(以诗赋为主)的若干名家名作,接着论唐代文学,最后归结到元、白。这样写法是规仿沈约的《宋书·谢灵运传论》。谢灵运是刘宋最杰出的作家,因此沈约在该传论中联系传主纵论历代文学发展。《旧唐书》于元、白传后纵论文学,实际上即是承认元、白两人是唐代最杰出的作家。传论后面论元、白有曰:

> 若品调律度,扬榷古今,贤不肖皆赏其文,未如元、白之盛也。昔建安才子,始定霸于曹、刘;永明辞宗,先让功于沈、谢;元和主盟,微之、乐天而已。臣观元之制策、白之奏议,极文章之壸奥,尽治乱之根荄,非徒谣颂之片言,盘盂之小说。……
>
> 赞曰:文章新体,建安、永明。沈、谢既往,元、白挺生。但留

金石，长有《茎》、《英》。不习孙、吴，焉知用兵。

此处纵论历代文学（实际以诗歌为主）发展，提出三个时代，认为曹植、刘桢是建安时代的代表，沈约、谢朓是永明时代的代表，而元稹、白居易则是元和时代的盟主。于唐诗，史臣不提李、杜而举元、白，对元、白的评价真可谓高极了。

《旧唐书》史臣对元、白的诗文是全面肯定的，传论中提出并肯定了元稹的制策、白居易的奏议，这表明了史家对政治性文章的重视。但史臣大力赞扬元、白，主要还是从诗歌着眼。因为如上所述，史臣以元、白和过去的曹植、刘桢等人相比，而曹、刘、沈、谢四人的主要成就均为诗歌，联系到元、白，当然主要也是指两人之诗。而从诗歌讲，则主要又是指那些近体诗，即那些号称为“元和体”的诗。这是因为史臣十分重视诗体的新变。传赞中肯定“文章新体，建安、永明”。建安时代是文人五言诗开始成熟繁荣的阶段，永明时代是沈约、谢朓运用声律说写作新体诗的阶段，故史臣均誉为“文章新体”。史臣在《旧唐书·文苑传序》中也肯定沈约提倡声律和论述文学新变之说，并指出“是古非今，未为通论”。元、白的讽谕、闲适类诗，写得大抵比较质朴，不尚声律，白居易自称为“古调诗”，当然不是新体。元、白的近体诗，写得明白流便，音韵和谐，才是新体。特别是五言长律，虽发端于杜甫，但元、白写得不但数量更多，而且在文词华美、音律和谐方面，又超过杜甫。史臣对长律是十分重视的。李白写律诗少，更少长律，元稹在《杜工部墓系铭序》中因李白不擅长写长律，抑李扬杜；《旧唐书·文苑·杜甫传》中，引了元稹的这段话，加以肯定。又在《元稹传》中说：

俄而白居易亦贬江州司马，稹量移通州司马。虽通、江悬邈，而二人来往赠答，凡所为诗，有自三十、五十韵乃至百韵者。

江南人士,传道讽诵,流闻阙下,里巷相传,为之纸贵。观其流离放逐之意,靡不凄惋。

对元、白二人来往赠答的五言长律,作了如此具体的叙述和高度赞美,可见史臣对元和体诗中的长律是多么爱好和肯定。这种看法和《才调集》重视选长律的情况也是相通的。再则,史臣在《元白传论》中盛赞二人诗流传广泛,说什么“贤不肖皆赏其文,未如元、白之盛也”。从元、白的自我介绍看,二人作品中流传最广泛的篇章,除《长恨歌》、《琵琶行》为歌行外,大抵也是号称元和体的近体诗。正因为史臣着重从近体诗衡量作家,因而认为元、白诗是唐代诗歌的最高峰,成就超过李、杜。因为李白不太擅长律诗,杜甫虽擅长律体,但在文词明白美艳、音调和谐流利方面不及元、白,因而不能取得“贤不肖皆赏其文”的成就。

上面分别介绍了李戡、杜牧、顾陶、司空图、皮日休、黄滔、张为、韦縠、《旧唐书》史臣八位批评者对元、白诗的评价。下面拟再综合起来,概括地谈三个问题。

一、元、白诗在晚唐五代的盛行及其原因。元、白诗在两人活着时即已风行遐迩,两人死后,盛况不减。张为称白居易为广大教化主,意思即是说白居易诗影响广泛巨大。《旧唐书》史臣所谓“贤不肖皆赏其文,未如元、白之盛”,意谓两人诗雅俗共赏,盛况空前,这话反映了元、白诗自其生时直至五代风行遐迩的实际情况。元、白二人诗不但流行广泛,而且在诗坛的地位也很崇高。黄滔说“大唐前有李、杜,后有元、白”,韦縠也以“元白诗”和“李杜集”并称。到《旧唐书》史臣则更把元、白诗的地位放到李、杜之上,认为是南朝永明体以后唐诗成就的最高峰。

元、白诗为什么流传如此广泛、影响如此广大呢?清赵翼《瓯北诗话》卷四曾赞美元、白诗有曰:“坦易者多触景生情,因事起意,眼前景，口头语，自能沁人心脾，耐人咀嚼。”这几句话中肯地指出元、白诗长于抒写日常生活情景，语言明白生动，因而能引起广大读者的喜爱。必须指出，唐代文学，尽管有少数人提倡古体诗、古文，但一直以骈体文、近体诗占据优势。自朝廷应用的制诰、臣僚的奏议、考试进士采用律诗、律赋，以至社会上流行的诗文，都是如此。这类骈体诗文，大多写得比较明白晓畅，不尚奥僻。白居易除元和体近体诗风行外，还擅长律赋，其文如《策林》七十五道、《百道判》等都是明白流畅的骈文，为当时士人所传诵。他还写了不少骈体和骈散相兼的文章。总的说来，白居易的诗文风格，属于当时流行的骈体一派，接近流俗，而又稍加雅化，故“贤不肖皆赏其文”。元稹文风大体和白居易相近，但成就稍逊，故张为《诗人主客图》列元为白的入室弟子。北宋末叶董逌《广川书跋》卷八批评唐文有曰：“尝闻八代文敝，至唐极矣。……其留于今者，碑刻书疏，读之令人羞汗，浮浅如俳优谇语，鄙俗如村野讼谍，无所校者也。”这是北宋古文在文坛占优势后文人对唐代流行骈体文的评价。其实许多唐诗（特别是唐后期到五代的近体诗），也存在着唐文那种浮浅鄙俗的风格。《新唐书·白居易传》末段述其诗有曰：“初，颇以规讽得失。及其多，更下偶俗好，至数千篇，当时士人争传。”对白诗迎合俗尚予以批评，矛头主要针对当时流行的元和体诗。苏轼亦有“元轻白俗”之讥。可以说，《旧唐书》对元、白的崇高评价，反映了晚唐五代骈体诗文盛行时代人们对元、白作品的爱好和赞赏；而《新唐书》史臣对白居易诗歌有所贬抑，则反映了骈俪文风削弱时代人们对元、白作品的新的估价。

二、对元、白艳体诗的不同评价。李戡对元、白的艳体诗进行猛烈抨击，认为是“淫言媟语”，伤风败俗。杜牧称引了李戡的话，大致表示赞同。结合杜牧自己的诗歌看，杜牧实际并不反对诗歌表现男女艳情，只是反对写得具体露骨，流于庸俗猥亵，实际是反对艳体诗的俚俗化、市民化倾向。顾陶《唐诗类选》不选元、白诗，其意见说得不大明白，可能和杜牧相近。为元稹、白居易辩护者有皮日休、黄滔。皮日休认为元、白诗的主旨在乎进行教化，因其歌词取法过去乐府“雍容宛转之词”，易流于淫靡，而被许多仿效者扩大其不好影响。黄滔则举《长恨歌》为例，认为元、白写男女之情的诗也具有讽谏意味。上述诸人，不管抨击者也好，维护者也好，有一个相同的前提，即诗歌应当有益于教化，有益于世道人心。由此可见诗教传统势力强大，不少文人均以此为尺度对元、白艳体诗进行评价。

韦縠《才调集》的选诗标准，不同于上述诸家。如上所述，韦縠很重视元、白诗，选篇很多，其中选了许多艳体诗，包括一部分内容流于庸俗猥亵的篇章。这类选篇，除元、白之作，还有不少。多选艳体诗，是《才调集》不同于其他唐人选唐诗的一个特色。《才调集序》自述选诗情况有曰：“或闲窗展卷，或月榭行吟，韵高而桂魄争光，词丽而春色斗美。但贵自乐所好，岂敢垂诸后昆。”说明他选诗的标准是闲窗下、月榭中获得欣赏和娱乐，享受韵高词丽的艺术美，而不在于垂示教化。晚唐五代，艳体诗词颇为发展。黄滔《答陈磻隐论诗书》有曰：“咸通，乾符之际，斯道隙明，郑卫之声鼎沸，号之曰今体才调歌诗。”这里“郑卫之声”，当即指艳体诗。当时作者把这类诗称为“今体才调歌诗”。《才调集》多选艳体诗和近体诗，书以“才调”为名，寓意上与黄滔所述唐末作者风尚，恐有相通之处。到五代，文人歌咏男女之情的词（长短句）大为发展。西蜀赵崇祚编选了一部《花间集》，欧阳炯为之作序，声称所选作品文词美艳，它们继承了南朝清商曲辞、宫体诗的传统，多述艳情，供筵席上歌女歌唱，用以取欢佐乐。又明胡震亨《唐音癸签》卷三一载，“蜀后主王衍集艳诗二百篇，五卷”，名《烟花集》（今不传）。《才调集》多选元、白和其他作者的艳体诗，正是此种风气下的现象。

三、司空图对元、白诗的批评。司空图对元、白的批评别具一格。司空图论诗，常从表现特征、风格着眼，他批评元、白诗“力勍而气孱”，也是如此。他评诗特别重视要有“味外之旨”、“韵外之致”，即含蕴不尽的韵味。从《答李生论诗书》、《与王驾评诗书》两文看，他对唐代诗人，是推崇王维、韦应物，其次则是大历诸诗人（指钱起、刘长卿等）、刘禹锡、杨巨源、贾岛、僧无可、刘得仁等。从主要倾向看，他对诗歌，内容方面最喜爱表现闲逸、宁静的生活情趣；形式方面则喜爱采用精致语言的五言律体（不是长律）。在《与李生论诗书》中，他列举了自己所自负的二十多个例句，绝大多数符合于上述标准。这种艺术爱好和标准，和他后半生长期的隐居生活密切相关。从艺术传统讲，他推崇王维，肯定大历诸诗人、贾岛等，倾向上实与高仲武选《中兴间气集》、姚合选《极玄集》为近。《中兴间气集》选大历时代诗歌，推重钱起、郎士元、皇甫冉等；以王维为宗师，声称钱起是王维的有力继承人。《极玄集》也着重选大历时代诗，选录对象和重点与《中兴间气集》接近。大历前仅选了王维、祖咏二家诗，也寓有王、祖二家系大历诗人宗师之意。《间气集》所选大多数是五言近体，《极玄集》几乎全部是五言律体。王维、大历诗人这一派诗，在中晚唐颇有影响，表现在不少喜欢写隐逸生活、像司空图那样的诗人身上。姚合《极玄集》往往得到晚唐作者的重视和好评。僧人贯休《览姚合〈极玄集〉》诗誉该书为“至鉴如日月”。这派诗歌的特点是风格清雅，语言精练，它和元、白诗风的通俗、周详相较，真是大异其趣（白居易的闲适诗固然也表现闲逸情趣，但多为质朴的五言古体，风格仍与该派不同）。司空图既然倾向于王维、大历诗人一派，当然要不满意元、白诗风，并批评其气格卑弱了。

（原载《文学研究》第 5 辑，南京大学出版社 1997 年出版）

读司空图《注〈愍征赋〉述》、《注〈愍征赋〉后述》

司空图是晚唐时代的一位著名诗人，同时又是一位重要的诗歌理论批评家。他的《二十四诗品》对后世产生深远影响。其《与李生论诗书》、《与王驾评诗书》、《与极浦书》等文，宣传诗歌要有“味外之旨”、“象外之象”等主张，也为人们所注意。他文集中另有《注〈愍征赋〉述》、《注〈愍征赋〉后述》二文，对卢献卿的《愍征赋》发表看法，也颇值得重视。这两篇文章，过去一直未被研究司空图文学思想的学者所注意，实际它们不但本身具有值得珍视的内容，而且与其诗论有相通之处，对理解他的诗论颇有帮助。

《愍征赋》作者卢献卿，字著明，“会昌（武宗年号）中进士”（《注〈愍征赋〉述》），遭诽谤被斥，作《愍征赋》以抒其怨愤，司空图称其“以谗摈，致愤于累千百言”（《注〈愍征赋〉后述》）。这篇赋在当时颇为著名，故后来司空图为之作注。可惜赋文与司空图注均已亡佚。《新唐书·艺文志四》著录有“卢献卿《愍征赋》一卷”，可见北宋时尚存。关于卢献卿的记载很少，两《唐书》均没有他的传记。晚唐孟棨《本事诗·征咎》载其事一则，文如下：

范阳卢献卿，大中（宣宗年号）中举进士，词藻为同流所推。作《愍征赋》数千言，时人以为庾子山《哀江南》之亚。今谏议大夫司空图为注之。连不中第，薄游衡、湘。至郴而病，梦人赠诗曰："卜筑郊原古，青山唯四邻。扶疏绕台榭，寂寞独归人。"后旬日而殁。郴守为葬之近郊，果以夏初窆，皆符所梦。

由此可知卢献卿籍贯范阳，连不中第，宦游途中殁于郴州。其长赋《愍征赋》被人与庾信《哀江南赋》相比，可见评价甚高。司空图说卢献卿为"会昌中进士"，当也是举进士之意，卢献卿遭谗被斥，故未中第。《本事诗》说卢献卿大中年间举进士，"大中"当是"会昌"之误。司空图既注《愍征赋》，这方面的记载应当更为确切。当时著名诗人李商隐也与卢献卿相识，卢献卿死讯传来，李商隐有《闻著明凶问哭寄飞卿》一诗，哭之甚哀，诗云：

昔叹谗销骨，今伤泪满膺。空馀双玉剑，无复一壶冰。江势翻银汉，天文露玉绳。何因携庾信，同去哭徐陵。

诗的首句也谈到卢献卿遭谗毁，末二句则以徐陵比卢献卿，而以庾信比温庭筠。从此诗，可见李商隐对卢献卿的不幸遭遇和文学才华，也是满怀着同情和钦佩心情的。

《注〈愍征赋〉述》前面赞美卢献卿的文学才华和《愍征赋》的写作背景，今据《四部丛刊》影印涵芬楼藏旧钞本《司空表圣文集》，录其文如下：

《愍征》则会昌中进士卢献卿著明所作。华胄间生，冠五百年高视；灵玑在握，照十二乘非珍。驭纵壑以涛惊，竦驱崦而电轶。恳超言象，特映古今。而妒沮扬蛾，妖轻笑凤。惜岁华之易晚，嗟魄桂之僽期。旧国蝉催，萦盈别怨；芳时雁度，浩荡羁愁。愍去郢以抽毫，怅征秦而寓旨。锵洋在听，梗概可陈。

司空图认为卢献卿的才华，为五百年文士之冠，可谓推崇备至。又赞美《憨征赋》寓意深远，“悬超言象”，则和他所强调诗歌应表现“味外之旨”、“象外之象”的主张相合，是对《憨征赋》的艺术成就给予很高评价。“妒沮扬蛾”二句，指卢献卿遭到谗毁；“憨去郢”二句，则指卢献卿写作《憨征赋》抒发愁怨。

这里值得注意的是，司空图对《憨征赋》中表现的郁愤哀怨、不满现实的不平之鸣加以肯定。《注〈憨征赋〉后述》有曰：“又尝著《擢英引》①以雪词人之愤，其旨亦属于卢君（献卿）。”可见他对“词人之愤”怀抱满腔同情，对表现“词人之愤”的作品深怀好感，亟思表而出之。他为《憨征赋》作注，即是一个明证。在一般人心目中，司空图是一位消极隐遁、不关心政治斗争的诗人。他的《与李生论诗书》等文，大力推崇王维、韦应物等表现隐逸情趣的诗歌，《二十四诗品》经常流露出老庄哲学的处世态度，其《白菊》诗更是明白宣称“莫向诗中著不平”，这些综合起来，构成了司空图超脱现实的形象。但司空图还有关心现实的一面。司空图前期本有志于用世，在僖宗、昭宗两朝历任朝臣，官礼部郎中、中书舍人等职；朱全忠篡唐，杀哀帝，他忧愤不食而卒。司空图晚年，因看到朝政混乱，藩镇跋扈，深知国事已无可为，为官徒招祸患，遂长期托病不出，隐居中条山王官谷，在诗文中经常流露出隐逸情趣。《注〈憨征赋〉述》、《后述》二文的一个可贵之处，就是表现了他对于不平之鸣的重视，表现出他文学思想的另一个侧面。他的文集中另外也不乏关心现实的作品，如《容成侯传》对朝廷中奸邪之臣表示憎恶，即是一例。

《注〈憨征赋〉述》中间大段文字，盛赞《憨征赋》卓越的艺术成就，为了阅读方便，分小段钞录于下：

① 司空图曾编有作品选《擢英集》，今不传。其文集中仅存《擢英集述》一文，没有谈到卢献卿，与《擢英引》当不是一篇。

观其才情之旖旎也，有若霞阵叠鲜，金缕晴天；鸳塘匣碧，芙蓉曙折；浓艳思芳，琼楼诧妆；烟霏晚媚，鲛绡拂翠。

其雅调之清越也，有若缥缈鸾虹（《全唐文卷八〇九作"鸿"），嚶嚶臬空；瑶簧凄戾，羽磬玲珑；幽人啸月，杂珮敲风。

其道逸之壮冠（《全唐文》卷八〇九作"壮丽"）也，则若云鹏回举，势踏天宇；鳌抃沧溟，蓬瀛倒舞；百万交锋，雄棱一鼓。

其寓词之哀怨也，复若血凝蜀魄，猿断巫峰；咽水警夜，冤郁（"郁"字原阙，据《全唐文》补）霭空；日魂惨澹，鬼哭荒丛。

其变态之无穷也，则若月吊边秋，旅恨悠悠；湘南地古，清辉处处；花映秦人，玉洞扃春；澄流练直，森然目极。

斯盖缘情纷状，触兴冥搜，回景物之盛衰，制人臣之哀乐，穷微尽美，□（原阙）古排今。

这一大段文字，便用了大量比喻，就才情旖旎、雅调清越、遒逸壮冠、寓词哀怨、变态无穷五个方面来尽情赞赏《愍征赋》的艺术成就和特色，最后一小段是小结。《注〈愍征赋〉后述》有曰："愚前述虽已愆道其遒壮凄艳矣。"则只是用"遒壮凄艳"四个字概括其艺术特色，相当于"前述"五个方面中的才情旖旎、遒逸壮冠、寓词哀怨三方面。如果拿这几小段文字和《二十四诗品》相比，便会发现二者有惊人的相似之处，即二者都使用了大量的比喻和四言韵语来描绘作品的艺术风貌。《注〈愍征赋〉述》的一小段相当于《二十四诗品》的一则，旖旎、清越、遒逸、哀怨、变态实际是指五种风貌或风格特色。只是《注〈愍征赋〉述》是讲一篇作品，而《二十四诗品》则概括了众多作品，因而分品更多。再有，《注〈愍征赋〉述》五小段描绘性语句，有两节为四言八句，三节为四言六句，不及《二十四诗品》每则均为四言十二句，形式更为整齐。孟棨《本事诗》说"今谏议大夫司空图"为《愍征赋》作注。考《旧唐书·司空图传》，司空图被征为谏议大夫，在昭宗景福年间

(892—893年),时在昭宗初期,下距唐亡(907)尚有十多年。司空图写《注〈愍征赋〉述》大约即在景福年间或稍前;而《二十四诗品》的写作,当更在其后,其时司空图思想更为消沉,而在《二十四诗品》的形式上,每则一律四言十二句,显得更为完整了。

司空图还有一篇《诗赋》(题名是以赋体论诗之意),全文为四言韵语,中间有一段形容诗歌风格云:

> 河浑沇清,放恣纵横。涛怒霆蹴,掀鳌倒鲸。镵空擢壁,峥冰掷戟。鼓煦呵春,霞溶露滴。

这里前六句是形容雄浑壮美的风格,后二句是形容和平柔美的风格。可见运用大量比喻、以四言韵语来描绘文学作品(诗赋)的风格,是司空图的常用手法。

中国古代的文学批评,往往围绕着风格进行。而在风格批评中,运用诸种具体生动的比喻,来表述、形容作家作品的风格,是一个较为古老的传统。这种批评方法,在汉魏之际,较早使用于人物品评中间,如《世说新语·德行》载汉末名士郭泰评黄宪(字叔度)曰:"叔度汪汪如万顷之陂,澄之不清,扰之不浊,其器深广,难测量也。"同书《赏誉》篇又载:"世目李元礼(李膺)谡谡如劲松下风。"其例甚多,不备举。此种品评方法,到东晋、南朝,被广泛运用到文学和书法、绘画等评论中间。在文学方面,如东晋孙绰评潘岳文"烂若披锦,无处不善";陆机文"若排沙简金,往往见宝"(《世说新语·文学》)。又如刘宋汤惠休评谢灵运诗"如芙蓉出水",颜延之诗"如错彩镂金"(见鍾嵘《诗品》)。均是其例。鍾嵘《诗品》也喜欢运用这种批评方法,例如:

> 评谢灵运诗:"譬犹青松之拔灌木,白玉之映尘沙,未足贬其高洁也。"

评范云、丘迟诗："范诗清便宛转，如流风回雪；丘诗点缀映媚，如落花依草。"

这种批评，通过具体的比喻和象征手法来表述、形容比较抽象的作品风格，能使读者获得鲜明深刻的感受和印象，从而加深了对作品艺术特征的认识。同时，由于比喻、象征手法的生动灵活，使这种批评本身也具有文学性，给人以美感。《世说新语》注意记载魏晋士人的美妙辞令，它大量记录这类比喻批评，其中一个重要原因，就是因为它们本身具有言辞之美。

到唐代，这种批评方法继续流行。《旧唐书·杨炯传》载张说与徐坚论近代文士曰：

李峤、崔融、薛稷、宋之问之文，如良金美玉，无施不可。富嘉谟之文，如孤峰绝岸，壁立万仞，浓云郁兴，震雷俱发，诚可畏也；若施于廊庙，则骇矣。阎朝隐之文，如丽服靓妆，燕歌赵舞，观者忘疲；若类之风雅，则罪人矣。

接着又分别论后进词人韩休、许景先、张九龄、王翰等人文章之优劣，也是同样运用比喻，多数用四言句，文繁不录。后来中唐皇甫湜《谕业》一文，自称继承张说之后，评论张说以来的著名文人（都是散文家）十馀人，今节录部分如下：

燕公（张说）之文，如楩木楠枝，缔构大厦，上栋下宇，孕育气象；可以燮阴阳而阅寒暑，坐天子而朝群后。许公（苏颋）之文，如应钟鼙鼓，笙簧錞磬，崇牙树羽，考以宫县，可以奉神明，享宗庙。……权文公（权德舆）之文，如朱门大第，而气势宏敞，廊庑廪厩，户牖悉周；然而不能有新规胜概，令人竦观。韩吏部（韩愈)之文,如长江秋注,千里一道,冲飙激浪,瀚流不滞;然而施于灌溉,或爽于用。

以上张说、皇甫湜所评均为唐代著名文章家,张说所评为初唐、盛唐文章家,皇甫湜所评为盛唐、中唐文章家。其中除李峤、崔融等四人合评外,其他均每人分评。评论内容有的纯为赞语,有的则有褒有贬,但大抵都注意运用比喻。

在诗论方面,也早有所表现。如李白嘲笑那些雕琢词句的诗人云:“一曲斐然子,雕虫丧天真。棘刺造沐猴,三年费精神。”(《古风》其三十五)杜甫以不同的动物及其环境来形容诗的雄伟、纤巧两种不同的风格和境界:“或看翡翠兰苕上,未掣鲸鱼碧海中。”(《戏为六绝句》其四)杜甫友人任华在其《杂言寄杜拾遗》诗中形容杜诗有云:“势攫虎豹,气腾蛟螭,沧海无风似鼓荡,华岳平地欲奔驰。”中唐皎然《诗式》卷一“品藻”条指出三种诗歌风貌特色,并加以形容道:

其华艳,如百叶芙蓉,菡萏照水。其体裁,如龙行虎步,气逸情高。脱若思来景遏,其势中断,亦须如寒松病枝,风摆半折。

三种风貌都用四言句描绘,较之张说、皇甫湜的评论句式更为整齐,看来司空图的《注〈愍征赋〉述》、《二十四诗品》当直接受其影响(司空图诗论在不少方面深受《诗式》影响)。

到晚唐时代,这种品评方法有进一步的发展,在比喻方面显得更加具体细致,而且围绕着单个作家进行。杜牧、李商隐的文章是其代表。杜牧的《李贺集序》一连用了九个比喻来描摹李贺诗歌的艺术特色,文曰:

云烟绵联,不足为其态也;水之迢迢,不足为其情也;春之盎

> 盎，不足为其和也；秋之明洁，不足为其格也；风樯阵马，不足为其勇也；瓦棺篆鼎，不足为其古也；时花美女，不足为其色也；荒国陊殿，梗莽丘垅，不足为其恨怨悲愁也；鲸呿鳌掷，牛鬼蛇神，不足为其虚荒诞幻也。

把李贺诗歌的奇诡特色，形容得淋漓尽致。杜牧不说李贺诗态胜似云烟绵联等等，而曰“云烟绵联，不足为其态也”等等，显得比过去评论者多用“如”字的写法有变化。

李商隐的《唐容州经略使元结文集后序》对元结的作品（包括文、诗）作了更为具体细致的比喻性描绘。全文除简短的开头、结尾外，中间绝大部分篇幅，从“绵远长大”等六个方面来进行描绘、赞颂，文颇长，录其前三小段如下：

> 次山之作，其绵远长大，以自然为祖，元气为根，变化移易之。太虚无状，大贲无色，寒暑攸出，鬼神有职。南斗北斗，东龙西虎，方向物色，欻何从生？哑钟复鸣，黄雉变雄。山相朝捧，水信潮汐。若大压然，不觉其兴；若大醉然，不觉其醒。
>
> 其疾怒急击，快利劲果，出行万里，不见其敌。高歌酣颜，入饮于朝，断章摘句，如娠始生。狼子豽孙，竞于跳走，剪馀斩残，程露血脉。
>
> 其详缓柔润，压抑趋儒，如以一国，买人一笑；如以万世，换人一朝。重屋深宫，但见其脊，牵绋长河，不知其载。死而更生，夜而更明，衣裳钟石，雅在宫藏。

李文的特点是比喻丰富，每小节中包含好几个比喻；其句式则大致为整齐的四言句。下面还有“其正听严毅”、“其碎细分擘”、“其总旨会源”三小段，就从略了。司空图的《注〈愍征赋〉述》，也是分小段对《愍征赋》作了具体细致的比喻性描绘，和李商隐此文在写法上最为接近，当是受到李文的深刻影响。上文提到，李商隐有哭卢献卿诗，司空图对卢献卿的同情、赞赏，或许也受到李商隐的启发。

与司空图同时的诗人吴融，有一篇《奠陆龟蒙文》，着重赞美陆龟蒙诗文的艺术特征，也运用比喻描述方法，文曰：

大风吹海，海波沦涟，涵为子文，无隅无边。长松倚雪，枯枝半折，挺为子文，直上巅绝。风下霜晴，寒钟自声，发为子文，铿锵杳清。武陵深阒，川长昼白，间为子文，渺茫岑寂。豕突禽狂，其来莫当；云沉鸟没，其去倏忽。腻若凝脂，软于无骨。霏漠漠，澹涓涓；春融冶，秋鲜妍。触即碎，潭下月；拭不灭，玉上烟。

这篇奠文连用了十多个比喻来形容陆龟蒙作品的艺术风貌特征，结构颇有变化，描绘颇为生动。因为是祭奠文，用的是韵文体。此点和司空图《注〈愍征赋〉述》、《诗品》相同。

从以上的叙述可以看出，运用比喻、象征的方法来指陈作品风貌，在中国文学批评史上可谓源远流长。从六朝到中唐的皇甫湜，比喻语句还比较简括，而且往往同时评论几个作家。到晚唐时代，则比喻语句发展得更为丰富具体，而且集中评论一个作家，杜牧、李商隐、吴融都是如此。司空图的《注〈愍征赋〉述》，运用这种方法专门评论卢献卿的一篇作品，和杜牧、李商隐、吴融等同声相应，正反映了晚唐文学批评中运用此种方法的特色。

从句式看，这种批评一直以四言句为主，上引六朝时代孙绰评潘岳、陆机，汤惠休评谢灵运、颜延之，锺嵘评范云、丘迟，以至唐代张说、皇甫湜评唐代散文家，都是如此。杜牧的《李贺集序》虽然穿插了若干“不足为其某也”一类长句，但其比喻性语句“云烟绵联”、“水之迢迢”等仍均为四言句。至于李商隐、司空图两文，则是更纯粹地运用四言句了。吴融文除末尾数句用三言外，绝大部分也用四言句。原来此种比喻象征性语句，描写得颇为具体以至铺张，采用的是赋体，接受了楚辞(《招魂》、《大招》等)、宋玉赋、汉赋的写法和句式，因此一般多运用四言句。

司空图的《二十四诗品》在这方面又是一种新的发展。它共分二十四则，每则四言十二句韵文，规模较大而又整齐。它不是用来描绘一位作家、一篇作品的风貌，而是分别指陈二十多种不同的诗歌风貌。它大量运用比喻、象征手法，多数是结合司空图本人的隐居生活，描绘出一幅幅幽人的生活图景，来展示出一种境界，用以比喻、象征诗歌的各种风貌。试举一例：

> 玉壶买春，赏雨茅屋。坐中佳士，左右修竹。白云初晴，幽鸟相逐。眠琴绿荫，上有飞瀑。落花无言，人淡如菊。书之岁华，其曰可读。(《典雅》)

《二十四诗品》达到了运用比喻、象征方法批评文学的高峰。它内容丰富，比喻、象征具体生动，语言优美，本身好像是一组动人的诗。从总体上说，成就超过了前此运用这一方法的批评文字，它引起后人广泛的爱好和摹仿，显然不是偶然的。话回到本题，《注〈愍征赋〉述》好像是《二十四诗品》的一个前奏曲或一位弟妹，虽然相对比较幼小，也显示出司空图运用这种方法从事文学批评的艺术才华。当我们研究《二十四诗品》时，似乎不应当忘记《注〈愍征赋〉述》这篇文章和由杜牧、李商隐、吴融等人共同表现出来的文学批评风尚。这种风尚源远流长，显示出中国古代文学风格理论的表现特征，和古代许多文人的审美情趣，是值得我们重视和探讨的(唐以后用此种方法进行评论的还有不少，明朱权《太和正音谱》评元明戏曲家，即是一例)。

《注〈愍征赋〉后述》是司空图为补充《注〈愍征赋〉述》意犹未足而

写的。其中有一段话颇足注意。文曰：

> 卢君尚以谗摈，致愤于累千百言。亦犹虎之饵毒，蛟之饮镞，其作也，虽震邱林，鼓溟涨，不能快其咆怒之气。且科爵之设，是多于彼而丧于此，侈其虚而歉其实。彼或充然自喜，而又以拱默相持，曾不知日月设于晷刻之间，蝇翔而萤腐耳。然则著明幸于弃黜，而能以《愍征》争勍于千载之下；吾知后之作者，有呕血不能逮之者矣，其所得何如于彼哉？

这里前面“虎之饵毒”几句，也是通过比喻说明卢献卿遭遇不幸，因而发为不平之鸣，写作了《愍征赋》。后面指出卢献卿虽遭际坎坷，却能在文学上有杰出成就，“争勍于千载之下”；不像某些达官贵人，纵然仕途得意，但无所建树，死后默默无闻，如“蝇翔而萤腐”。其持论大约受到韩愈的影响。韩愈在《柳子厚墓志铭》中，认为柳宗元在政治上遭到挫折后，致力于文学创作，因而获得卓越成就，其所得胜于所失。司空图对卢献卿也持这种看法。这里反映了古代某些士人轻荣华富贵、重文学创造的高尚思想，它提出了人生价值究竟何在的问题，发人深思。

（原载《中国文化》第 8 期，1993 年出版）

附记：关于《二十四诗品》，本文尚沿袭旧说，认为系司空图作品。后见陈尚君、汪涌豪两同志所作《司空图〈二十四诗品〉辨伪》一文（载上海古籍出版社《中国古籍研究》第一辑），我认为该文所提证据较硬，倾向于同意《二十四诗品》非司空图所作。本文系旧作，不再改动。

《二十四诗品》真伪问题我见

陈尚君、汪涌豪两同志的《司空图〈二十四诗品〉辨伪》一文，提出了中国文学批评史上的一个重要问题。全文长达数万字，我尚未寓目，只看到该文节要。陈、汪《辨伪》一文，提出许多《二十四诗品》非司空图所作的证据，相当翔实，其中有两条证据我感到特别有力。

一条是指出苏轼没有提及《二十四诗品》。苏轼《书黄子思诗集后》曾曰："(司空图)盖自列其诗之有得于文字之表者二十四韵，恨当时不识其妙。"此处所谓"二十四韵"，过去人们往往误以为即指《二十四诗品》。《辨伪》说："唐宋人习称近体诗中一联为一韵，不以一首为一韵。"指出一韵是指一联，不是一首，并论证所谓"二十四韵"是指司空图《与李生论诗书》所摘举的自己诗作二十四联，这是很有说服力的。唐人习惯上把两句押一韵者称一韵，它不但广泛用于近体诗，也用于古体。以杜甫诗为例，如《上韦左相二十韵》是五言排律，共四十句，押二十韵；《白水崔少府十九翁高斋三十韵》则是五言古体，共六十句，押三十韵。这种例子在唐人诗集中很多，不烦枚举。苏轼所谓"二十四韵"，肯定是说司空图摘引了他自己的两句一韵的二十四个例子。《二十四诗品》每品十二句六韵，把一品称为一韵，是绝不可能的。所以我认为《辨伪》指出苏轼没有提及《二十四诗品》，证据是有力的。苏轼读书很广博，又特别欣赏司空图的诗论，苏轼没有提及《二十四诗品》，的确令人奇怪。

另一条证据是引用了明代许学夷《诗源辩体》卷三十五中议论

《二十四诗品》的一则评论。《诗源辩体》该则有曰:"《诗家一指》,出于元人。中有十科、四则、二十四品。……二十四品,以典雅归揭曼硕,绮丽归赵松雪,洗炼、清奇归范德机,其卑浅不足言矣。"许氏明确指出包含了《二十四诗品》的《诗家一指》出于元人之手,《一指》本《二十四诗品》的一部分品目下面,列举了某些诗人名字,意谓某诗人擅长某种诗品,其中有元代诗人揭曼硕、赵松雪等,许氏讥为"卑浅"。按许学夷对司空图的诗论很推崇,《诗源辩体》卷三十五有曰:"司空图论诗,有'梅止于酸'二十四字,得唐人精髓。其论王摩诘、韩退之、元、白正变,各得其当,远胜皎然《诗式》,东坡、元瑞(胡应麟)皆称服之。"许学夷在诗歌创作和理论批评方面,阅读广博,研究深入,他不可能把司空图的著作误为出自元人;他对司空图十分推崇,他不可能把司空图的著作斥为"卑浅"。所以,我认为《诗源辩体》这一条证据也十分有力。

我在前数年和杨明同志合编了一部《隋唐五代文学批评史》(1994年上海古籍出版社出版)。其中司空图一节由我执笔。该节又分三小节,第三小节专论《诗品》。在分析《诗品》的体制时,我列举了不少材料,说明运用象征、比喻手法来形容诗歌风貌,是唐人论诗文的一种风气。在唐代中期,我举了张说、李白、杜甫、任华、皎然、皇甫湜等人的例子。到晚唐时代,又有杜牧《李贺集序》、李商隐《元结文集后序》、吴融《奠陆龟蒙文》等例。李商隐、吴融两文,还用了许多四言韵语。司空图自己的《诗赋》、《注〈愍征赋〉述》两文,也运用了许多比喻和四言韵语。我以上述例子作为文化学术背景,说明《诗品》的体制特色,是当时历史条件下的产物。现在看来,这种事例,毕竟不是很硬,只能说明《诗品》在当时产生的可能性,而不是必然性。比较起来,上述陈、汪《辨伪》一文中的两条证据,却相当过硬。因此,我现在也倾向于《二十四诗品》非司空图所作的说法。今后,如果其他同志提不出强有力的反证,我准备放弃《二十四诗品》为司空图所作的传统说法。至于《二十四诗品》究竟出于何人之手，目前很难下结论，尚须继续探讨。

有的同志说，如果《二十四诗品》非司空图所作，是否会严重影响司空图在中国文学批评史上的重要地位？我认为固有影响，但不严重。我认为司空图诗论最重要的贡献，是提出了"韵外之致"、"味外之旨"、"象外之象，景外之景"、"思与境偕"等言论，它们在前人基础上进一步总结了诗歌的艺术规律，推动了意境说的发展。这些言论均见于他的单篇论文。《二十四诗品》经清代王士禛大力赞扬和袁枚续作后，影响甚广。清代即产生了若干注释本和不少论诗、论词、论文的摹仿之作（参考郭绍虞《诗品集解》）。现代又出现了若干注释本和研究著作。我认为，《诗品》的理论价值实际并不比《与李生论诗书》等单篇论文高，它的特受后人重视，一个重要原因是它运用韵语写作，运用大量比喻，本身是富有文学意趣的诗歌。它以其独特的艺术魅力吸引了许多文人。这种情况和杜甫的诗论有些相似。杜甫的《戏为六绝句》用七言绝句体论诗，这一形式吸引了后世许多文人，从此写论诗绝句者纷纷不绝。但我们不能因此说杜甫最重要的诗论作品就是《戏为六绝句》。即如他的《同元使君舂陵行》一篇，提出了"比兴体制"说，表述了他主张写作关心国计民生诗歌的主张，其重要性恐怕还在《戏为六绝句》之上。总之，一篇或一部作品影响很广泛深远，对其原因也要作具体分析，不能笼统地认为即是其内容特别深刻和卓越。

（原载《中国诗学》第5辑，南京大学出版社1997年出版）

读司空图《与李生论诗书》

司空图是唐代末叶的一位著名诗人和文学批评家。他有文学批评文章若干篇，其中以《与李生论诗书》篇幅稍长，也最重要。

该文前面提出诗歌应写得含蓄蕴藉，具有文字以外的韵味。他以饮食为喻，认为味道不应止于酸、咸，而应有酸、咸以外之味，耐人体会，才称醇美。诗歌也是如此，应该写得饶有馀味，做到“近而不浮，远而不尽”，具有“韵外之致”、“味外之旨”，才算全美。刘勰《文心雕龙·宗经》曾赞美好作品有“馀味日新”之美。唐中叶皎然认为好诗应“情在言外”，有“文外之旨”（见《诗式》卷二“池塘生春草”条、卷一“重意诗例”条）。司空图于此进一步作了具体发挥，对后来诗论的影响也就更大。

《与李生论诗书》前面，结合提倡诗歌应有味外之味，还评论了唐代的若干诗人。他最推重王维、韦应物两人之诗，有曰：

> 王右丞、韦苏州澄澹精致，格在其中，岂妨于遒举哉？贾浪仙（岛）诚有警句，视其全篇，意思殊馁。

按皎然《诗式》用了大量篇幅分五格评诗，以诗的情、格二者品第诗人诗句之高下，司空图赞美王、韦两家诗“格在其中”，立论似也受皎然影响。司空图《与王驾评诗书》也有一段文字评论唐代诗人，其论可与《与李生论诗书》互相参照，录于下：

> 沈(佺期)、宋(之问)、始兴(张九龄,封始兴伯)之后,杰出于江宁(王昌龄),宏肆于李、杜,极矣!右丞、苏州,趣味澄敻,若清沇(沇,山西省水名)之贯达。大历十数公,抑又其次。元、白力勍而气孱,乃都市豪估耳。刘公梦得、杨公巨源,亦各有胜会。浪仙、无可、刘得仁辈,时得佳致,亦足涤烦。厥后所闻,徒褊浅矣。

此处在笼统推崇王昌龄、李白、杜甫之后,也是具体赞美王维、韦应物。“趣味澄敻”,和《与李生书》的“澄澹精致”,意思大致相同。王、韦之后,推重刘禹锡、杨巨源、贾岛、僧无可、刘得仁等人。

《与李生论诗书》后部,司空图摘举自己比较满意的诗句二十多例(每例二句一韵)来说明前面的主张。据其自述,这些诗例涉及的题材,有早春、山中、江南、塞下、丧乱、道宫、夏景、佛寺、郊园、乐府(此项属体制,不属题材)、寂寥、惬适等多项,其例句均从五言律诗中割取而来。自称这些诗句“庶几不滨于浅涸”,也即自诩具有深远的韵味。其下又举七言律句三例、非律句一例、五言非律句一例。最后以“以全美为工,即知味外之旨矣”呼应上文,结束全篇。司空图的佳句,描写自然景物细致生动,如写早春景物云:“草嫩侵沙短,冰轻著雨销。”又云:“人家寒食月,花影午时天。”又长于写静谧的环境,如写道宫云:“棋声花院闭,幡影石幢幽。”即使写塞下、丧乱那类题材,也显得从容和雅,含蓄不露,如写丧乱云:“骅骝思故第,鹦鹉失佳人。”司空图喜欢也擅长描写清幽的景色和自己宁静的心境,这与他晚年生活密切相关。他晚年目睹军阀专横跋扈,朝政紊乱,长期隐居山林,《旧唐书》卷一九〇下《司空图传》说:“图有先人别墅在中条山之王官谷,泉石林亭,颇称幽栖之趣。自考槃高卧,日与名僧高士游咏其中。”他的诗篇有不少是这种生活的写照。《与李生论诗书》在引述各类例句时,常有提句,如“得于早春”、“得于山中”、“得于江南”等等，其意是说从某一题材获得具有味外之味的佳句。《与李生书》上文有曰："直致所得，以格自奇。"《与王驾评诗书》有曰："时得佳致。""得"字也指获得表现了逸韵高格的佳句。

司空图最推重王维、韦应物诗，王、韦两人均喜欢隐居，并参禅学佛。他在文学思想上接受皎然影响。皎然是一位著名诗僧。在生活、思想方面，司空图均有与他们相通之处。在诗体方面，司空图最长五言八句的律诗，《与李生书》中引述五言律句最多。他称道王维、大历诗人、贾岛等，与这些诗人擅长五律当有关系。王维最长五律，他的不少表现隐逸生活与情趣的诗篇都是五律。王维以后，大历时代十才子等诗人也擅长五律。当时高仲武编了一本《中兴间气集》，专收大历诗人作品，也以五律居多，于各家评语中也多采五言律句。高仲武在大历诗人中最推重钱起、郎士元两人，他评钱起曰："文宗右丞（王维），许以高格。右丞没后，员外（指钱起）为雄。"评郎士元云："右丞以往，与钱（起）更长。"可见大历诗人中的杰出代表者主要继承了王维诗的体制风格。中晚唐之际，姚合编选《极玄集》，也着重选大历诗人作品，蹊径与《中兴间气集》相近。《极玄集》几乎全部选五言律诗，大历前仅选了王维、祖咏二家诗，寓有王、祖二家是大历诗人宗师之意。王维、大历诗人这一派诗作，在中晚唐颇有影响，主要表现在喜欢描写隐逸生活、情趣的诗人身上。贾岛、僧无可、姚合以至司空图，都属这一派。《极玄集》在晚唐很受人重视，僧贯休《览姚合〈极玄集〉》诗誉该书"至鉴如日月"，竭力称道其选择之精。司空图的《与李生论诗书》、《与王驾评诗书》二文，可说是这派诗人创作经验、创作思想的总结。

苏轼《书黄子思诗集后》一文，中间有一段文字评论司空图的诗歌创作与诗论，文曰：

唐末司空图，崎岖兵乱之间，而诗文高雅，犹有承平之遗风。

> 其论诗曰:“梅止于酸,盐止于咸,饮食不可无盐梅,而其美常在咸酸之外。”盖自列其诗之有得于文字之表者二十四韵,恨当时不识其妙。予三复其言而悲之。

这段文字实际是就司空图《与李生论诗书》发论。“梅止于酸”四句,是概括《与李生书》首段议论而成,已非原文。“盖自列其诗之有得于文字之表者二十四韵”,二十四韵指该书中所举己作二十四例,每例二句一韵,故称二十四韵。唐人习惯上把两句一韵诗句称作一韵,如杜甫《上韦左相二十韵》,共四十句,押二十韵;《白水崔少府十九翁高斋三十韵》共六十句,押三十韵。又如白居易《和梦游春诗一百韵》为二百句,押一百韵;《新昌新居书事四十韵》为八十句,押四十韵。其例甚多,不枚举。虽然唐人诗题中的多少韵,是就一篇而言,苏轼此处所谓二十四韵,是就散见于各篇的二十四联而言;但一韵指二句押一韵,则是共通的。陈尚君、汪涌豪两同志《司空图〈二十四诗品〉辨伪》一文(载《中国古籍研究》第一辑),指出苏轼所谓二十四韵是指《与李生书》中的二十四联诗例,颇为合理。《四部丛刊》影印旧抄本《司空表圣文集》所收《与李生书》所引诗例,恰为二十四例。《文苑英华》、《唐文粹》所录《与李生书》,文字略有出入,少则二十三联,多则二十五、二十六联。陈、汪《辨伪》文认为苏轼所见《与李生书》当为二十四联,也可信。

在《二十四诗品》真伪问题的讨论中,有的同志认为苏轼文中的二十四韵即指《二十四诗品》。这不可能。《二十四诗品》共二十四则,每则十二句六韵,不可能称为二十四韵。一首诗押若干韵而称为一韵,唐人集中似无此种例子。苏轼在提二十四韵之前,有形容语曰“自列其诗之有得于文字之表者”,这应当注意。“有得于”,即指《与李生书》中之“得于早春”、“得于山中”云云,“文字之表”,即指文字以外的馀味。司空图列举己作佳句二十四例,自诩具有味外之旨,所以苏轼这样解说。《二十四诗品》文词固然也写得相当美，但说它们均具有味外之旨，也不妥当。唐代流行诗体，均为五言、七言诗，四言诗已很少有人写作，诗歌摘佳句评论中也很难发现举四言佳作者。擅长五言律诗的司空图，独举其四言诗为例来说明其诗有得于文字之表，岂非怪事？

苏轼文中“恨当时不识其妙”句，是说司空图叹恨当时人不能认识己作之佳妙。《与李生书》中有“亦未废作者之讥诃也”句，是说当时作者也有讥诃司空图诗作的。又《与李生书》开头说“文之难而诗之尤难”，末尾又说作诗“岂容易哉”，二者结合起来看，似寓有诗道神妙、不易为常人言说和被他们理解的意思。司空图诗写得很好，仍受到当时有的作者的讥诃，苏轼于此深深同情司空图，故段末有“予三复其言而悲之”的感叹。总之，苏轼此文是就《与李生书》发论，不能据此文说苏轼看到《二十四诗品》。

苏轼《书黄子思诗集后》在上引一段评论司空图文字之前，尚有几句赞美韦应物、柳宗元诗作的话，文曰：

> 独韦应物、柳宗元，发纤秾于简古，寄至味于澹泊，非馀子所及也。

韦应物、柳宗元均长于五言古体，风格简古澹泊。苏轼后期喜欢写五言古诗，特别推崇陶渊明，以至篇篇和陶诗，还推重韦、柳。司空图则擅长五律，属于王维、大历诗人一路。苏轼推崇司空图诗作诗论，但在诗体偏好上则有所区别。

（原载《学林漫录》第14集，中华书局1999年出版）

唐代诗文古今体之争和《旧唐书》的文学观

唐代诗歌、散文有古今体之分。诗的古今体，指古体诗和今体诗（即近体诗，包括律诗、绝句），前者体式沿袭前代，后者从齐梁新体诗发展而来，讲究声律，律诗更重视对偶。文的古今体，指古文和时文，前者主张学习先秦西汉时期古朴的文风，后者是当时社会上流行的骈文，讲究对偶、声韵之美，体式沿袭魏晋南北朝骈文而更趋整齐。诗文的古今两体，在唐代长期并存，占优势的一直是近体诗和骈文。但一部分文人，要求文学对政治、教化有所裨益，提倡朴实的古体诗和古文，对讲求辞藻、声律的近体诗、骈文进行攻击，也形成流派，产生不同程度的影响，但毕竟不能压倒近体诗和骈文。到晚唐五代，近体诗、骈文更占有明显优势。编纂于后晋时的《旧唐书》，史臣们受时代风气影响，在对唐代文学和文人进行评价时，显示出偏袒近体诗和骈文的态度。下面试就诗文二者古今之争和《旧唐书》的评价分别进行分析。

一

唐代以诗赋取士，考进士必须写五言律体诗，加上近体诗大多数篇幅短小，具有辞藻华美、声韵和谐的语言美，便于吟诵的特点，因而近体诗在唐代更受人们喜爱，作品数量也更多。从现存几种唐人选唐诗来看,其中《御览诗》、《极玄集》专选近体;《国秀集》、《中兴间气集》、《又玄集》、《才调集》等,选篇都是近体大大多于古体;只有《箧中集》专选古体,《河岳英灵集》选古体比近体多。于此可见唐代近体诗更为发达的一斑。但古体诗容量较大,不拘声律对偶,便于叙事言志,在反映社会现实、表现作家的政治社会观点等方面,确实较为方便有效。白居易在《与元九书》中曾指出,他所作的古体讽谕诗、闲适诗,表现了他的"兼济之志"、"独善之义",表现了他的道义和志尚;至于他那些近体的杂律诗,只是写"亲朋合散之际"的悲欢之情,不是他所重视的。白居易的这番话,在反映唐代一部分文人所以大力提倡古体诗的原因方面,是具有代表性的。

在唐代,首先提倡写古体诗的是陈子昂。在《与东方左史虬修竹篇序》中,他说明自己在诗歌方面所崇尚的是《诗经》的风雅,是"汉魏风骨"和"正始之音";他批评晋、宋诗风骨不振,至"齐梁间诗,采丽竞繁,而兴寄都绝"。陈子昂的代表作《感遇诗》数十首,风格古朴,的确近似建安诗歌和正始时代阮籍的诗。陈子昂也写近体诗,只是风格较为雄浑朴实,不像齐梁以至初唐许多诗篇那样靡丽。李白继陈子昂轨迹提倡古体诗。他宣称建安以来的诗歌"绮丽不足珍"(《古风》其一),要求恢复《诗经》风雅传统。他还讥嘲那些追逐华辞丽藻的作品是"雕虫丧天真"(《古风》其三十五)。李白的《古风》五十馀首,实践了他的复古主张,这组诗风格也和陈子昂《感遇诗》颇为接近。李白也写近体,只是数量较少,他的一部分五律和绝句还写得很精彩。孟棨《本事诗·高逸》载:

> (李)白才逸气高,与陈拾遗(子昂)齐名,先后合德。其论诗云:"梁陈以来,艳薄斯极,沈休文(约)又尚以声律;将复古道,非我而谁与?"故陈、李二集,律诗殊少。尝言:"兴寄深微,五言不如四言,七言又其靡也,况使束于声调俳优哉!"

这里指出李白继陈子昂之后提倡写古体诗，要求诗歌有兴寄内容，反对声律的拘束；因而陈、李两人均多写古体少写律体，这是事实。但载李白认为表现兴寄内容，四言诗最好，这不免是夸张之说；实际李白本人四言诗写得很少，还是多写五言和七言古体。结合创作来看，陈子昂、李白两人都提倡写作五言古体诗，要求诗歌关怀国事民生，表现诗人出处旨趣；反对声律的过于束缚，但仍然写作一部分近体诗，其矛头所指，主要是南朝后期以至初唐的崇尚绮艳、缺乏兴寄的诗歌。

和李白同时代的殷璠，编集《河岳英灵集》，专收盛唐诗人篇章。该集兼收古今体诗，所谓"既闲新声，复晓古体"（《集论》），但编者更重视古体，选古体也较多。《集序》批评前此不少诗人"但贵轻艳"，南朝萧梁以后尤甚，同时赞美唐玄宗提倡质朴之风，"使海内词人，翕然尊古"。盛唐诗人颇多向往建安诗歌，赞美建安风骨（风骨指俊爽刚健的风貌）。殷璠评诗也很重视风骨。一般来说，比较古朴的古体比重视声律的近体诗更容易具有风骨，因此，提倡风骨和提倡古体诗互相联系着。殷璠的诗论，反映了不少盛唐诗人反对轻艳、崇尚朴实刚健的共同追求；他更重视古体诗，也和陈子昂、李白的主张相合。

肃宗乾元年间，元结编选《箧中集》，比陈子昂、李白、殷璠等更进一步，不但提倡古体诗，而且排斥近体诗。《箧中集》编集了元结朋友沈千运、王季友、于逖、孟云卿、张彪、赵微明和他从弟元季川的诗二十四首，风格均颇质朴，《四库提要》卷一八六称为"淳古淡泊，绝去雕饰，与当时作者，门径迥殊"。这七位作者的诗歌，除见于《箧中集》者外，其他只有孟云卿有两首五律（内一首失粘），此外均为古体诗，可见他们是崇尚写作古体诗的一群作者。沈千运是这一群作者的领袖。元结《箧中集》有曰："吴兴沈千运独挺于流俗之中，强攘于已溺之后，穷老不惑，五十馀年，凡所为文（此处指诗），皆与时异。故朋友后生，稍见师效，能似类者有五六人。"即赞美其能写高古的五言古体，不同流俗，并且赢得一些朋友后生的学习仿效，形成流派。《唐才子传》卷二称沈千运“工旧体诗（指五言古体），气格高古，当时士流皆敬慕之，号为沈四山人”。沈千运以外，孟云卿是这派重要人物。他在当时名声很大。杜甫《解闷》其五有云：“李陵苏武是吾师，孟子论文更不疑。”称道孟云卿作诗以相传为李陵、苏武所作古诗为指归，即崇尚汉代五言古诗。韦应物《广陵遇孟九云卿》诗有云：“高文激颓波，四海靡不传。”所谓“高文”，当也指其高古的五言古诗。高仲武在《中兴间气集》孟云卿评语中指出，他因孟云卿“平生好古”，因而写了《格律异门论》及《谱》二篇来说明孟氏的意见。高仲武的这两篇文章没有传下来，但由其篇名，可知孟云卿认为格诗（古体诗）和律诗门径不同，不能混淆。张为《诗人主客图》列孟云卿为“高古奥逸主”，其上入室一人为擅长五古的韦应物。以上这些材料，都说明孟云卿是一位竭力提倡并写作五言古体的诗人。

元结不但提倡写五古体，而且还批评当时流行的近体诗。《箧中集序》有曰：

> 近世作者，更相沿袭，拘限声病，喜尚形似，且以流易为词，不知丧于雅正，然哉！彼则指咏时物，会谐丝竹，与歌儿舞女生污惑之声于私室可矣。若令方直之士、大雅君子听而诵之，则未见其可矣。

“拘限声病”，指近体诗讲究声律。“形似”，指描写外界物状具体细致，这种描写特点较早在楚辞、汉赋中发展，后来南朝以至唐代的许多诗歌中也常见，而在汉魏古诗中则少见。“流易为词”，指文词流畅平易。“会谐丝竹”云云，指诗歌配乐演唱。考唐人入乐歌辞，大多数为五、七言近体诗。如李白的《清平调词》三首为七绝，《宫中行乐词》八首为五律；王维《渭城曲》为七绝；《集异记》载高適、王昌龄、王之涣三人在旗亭饮酒，歌妓唱他们的诗篇，都是绝句。元结攻击拘限声病、文词流易的近体诗，厌恶那些配乐演唱的近体诗，认为是"污惑之声"。元结处身唐朝由盛转衰时期，特别重视诗歌的政治教化作用，主张诗歌应感上化下（见《系乐府序》），同时对那些无裨于政治教化的诗歌，往往采取批判态度。陈子昂、李白、殷璠所攻击的，是南朝后期至初唐的轻艳诗歌，元结则更进一步，攻击包括许多盛唐诗歌在内的近体诗。元结自己的诗歌创作也力求高古。他的诗现存的近百首，绝大部分是古体诗，有四言、五言、楚辞体等，五言最多。其中有少数五、七言绝句，但往往平仄不调。他在诗歌创作上和《箧中集》诗人实属同一路子①。元结和《箧中集》一派诗人，在提倡并写作古体诗方面，态度显得相当坚决。

皎然的《诗式》是唐代中期一本颇有分量的诗学著作。皎然在创作上既写古体、又写近体，在理论批评上，既推重汉魏古诗、建安作者以至六朝陶潜、谢灵运等作者，又对沈佺期、宋之问的律诗评价颇高。《诗式》卷五"复古通变体"条指出作者应处理好复与变的关系：

> 作者须知复、变之道。反古曰复，不滞曰变。若惟复不变，则陷于相似之格，其状如驽骥同厩，非造父不能辨。能知复、变之手，亦诗人之造父也。

这种看法是颇有见地的。该条中指出："陈子昂复多而变少，沈、宋复少而变多。"皎然比较更倾向于变，因此《诗式》对沈、宋的评价比陈子昂要高。在《诗式》卷三"论卢藏用《陈子昂集序》"条中，皎然还批评卢藏用对陈子昂评价太高。皎然对元结、沈千运等人的诗没有直接

① 以上关于元结和《箧中集》一派诗人的论述，参考拙作《元结〈箧中集〉和唐代中期诗歌的复古潮流》一文。

的批评，但即在《诗式》卷五“复古通变体”条后面，皎然举了沈千运《古歌》、《汝坟示弟妹》两首诗，举了孟云卿《古挽歌》的诗句，均属于“情格俱下”的第五格。在前面的一至四格中，却没有举沈、孟等人诗句。这就意味着皎然认为沈、孟的诗复古太过，所谓“惟复不变，则陷于相似之格”，因而评价很低。的确，沈千运、孟云卿竭力规仿汉魏古诗而缺少创新变化，因而成就和影响都不大。皎然《诗式》对这派诗人的评价，可以说反映了唐代大多数重视创新的作者的态度。

孟郊是继元结、孟云卿等人之后重视写作五言古体的诗人。孟郊诗现存四百多首，绝大部分是五言古体；他也有少数近体诗，但常常不讲究对偶，不调平仄，接近古体。其诗语言大抵古朴平淡，风格和元结一派为近。他有《吊元鲁山》诗十首，对元结从兄、元结思想上的引导者元德秀的道德文章，给予高度评价。又有《哀孟云卿嵩阳荒居》，对孟云卿深致悼念和追慕。从这些可以看出孟郊和元结一派诗人的师承关系。韩愈对孟郊很推重，自己也重视写古体诗（也写少数近体），常和孟郊一起联句唱和。韩愈称道孟郊诗“高出魏晋，不懈而及于古，其他浸淫乎汉氏矣”（《送孟东野序》），是赞美孟诗高古，逼近汉代古诗。韩愈《荐士》诗论述历代诗歌，抨击齐梁陈隋诗“众作等蝉噪”，到唐代陈子昂诗开始“高蹈”，至李、杜而成就卓越，下面接着称誉孟郊“受材实雄骜”，“横空盘硬语，妥帖力排奡”。不但赞美孟诗成就突出，也反映了他崇尚古体诗雄奇一路风格的思想。韩、孟两人的古体，由于用思刻深，语言奇峭，力求有所创新变化，在学习古人方面也取径较宽，不限于汉代古诗，因而特色鲜明，后世称为韩孟诗派。其成就和影响，都较元结、沈千运一派为大。韩愈以文为诗，对宋诗影响尤为深远。

与韩愈同时的白居易，兼长古体和近体诗，对二者均颇重视。如上所述，白居易在《与元九书》中，从表现道义角度，曾肯定其讽谕诗、闲适诗，而对杂律诗则比较轻视。但实际上他很欣赏自己所作的杂律诗。即在《与元九书》尾部，他叙述自己和诗友们同游长安城南时，和元稹“马上相戏，因各诵新艳小律”，其愉快有如登临蓬瀛仙境。他对元稹、刘禹锡的近体诗，也曾倍加赞美。从白氏作品数量看，也是近体诗多于古体诗。白居易和元稹的近体诗歌，在当时社会上流传最广、影响最大，号为“元和体”。据元稹《上令狐相公诗启》所述，元、白两人的近体诗有两类：其一为小碎篇章，即绝句、八句律诗及其他短篇律诗；其二为“驱驾文字，穷极声韵”的长篇五言律诗，自二十韵以上，有多至百韵者[①]。白居易的古体诗、近体诗，都写得浅切明白，容易为广大读者所接受。他的五言古诗，如许学夷《诗源辩体》卷二八所说，“用语流便”，“中复间用律句”，实际已接受了唐代中后期近体诗语言流利特色的影响；因而和元结、孟郊的五言古体力求高古、反对“以流易为词”的风格，走的是两条不同的路子。

在晚唐时代，也尚有个别人提倡古体诗。李戡可说是代表人物。杜牧《唐故平卢军节度巡官陇西李府君墓志铭》载，李戡十分重视文学的政治教化作用，“所著文数百篇，外于仁义，一不关笔”。他对元稹、白居易流传广泛的元和体律诗，因为多写男女之情，非常不满，认为是“淫言媟语”，“纤艳不逞，非庄士雅人，多为其所破坏”。该文又载，李戡“欲使后代知有发愤者，因集国朝以来类于古诗得若干首，编为三卷，目为《唐诗》，为序以导其志”。李戡所编的《唐诗》没有流传下来，其选取标准为“类于古诗”者，当为古体。此外，唐末有皮日休，重视文章裨补时政，所著《皮子文薮》十卷，取法元结《文编》，其中所收的一卷诗均为古体，风格也与元结相近。但皮日休另外写了许多近体诗，并不像元结那样鄙弃近体。

由上可见，唐代提倡古体诗者，前有陈子昂、李白等，中有元结、沈千运、孟云卿等，后有李戡。其中一部分作者如陈子昂、李白、韩

① 参考陈寅恪《元白诗笺证稿》附论(丁)《元和体诗》。

愈，虽然提倡古体，但也写近体，他们的古体也较有创造性。另外一部分人如元结、沈千运等专写古体，风格力求高古，缺少创造变化，因而成就、影响都不大。

晚唐时代，近体诗进一步流行，其地位影响远远超过古体诗。如杜荀鹤，顾云《唐风集序》称述其诗具有陈子昂诗的体制风貌，“可以润国风，广王泽”。但杜荀鹤所写的都是近体诗。他的反映民生疾苦之作《山中寡妇》、《乱后逢村叟》是七律，《再经胡城县》是七绝。又《山中寡妇》、《乱后逢村叟》两篇，题下均注：“一作《时世行》。”意谓这两首七律的内容相当于长于反映社会现实的乐府歌诗（《时世行》是乐府诗题）。用律诗写时事，反映民生疾苦，始于杜甫，到晚唐有了进一步的发展。杜荀鹤的例子，说明过去几乎为古体所专擅的表现国事民生的题材内容，到晚唐时已经部分地被近体诗所替代了。这是唐代后期近体诗势力远远超过古体诗的一个明证。

二

在整个唐代，骈文一直占据着统治地位，但一部分古文家及前驱者，也屡屡对骈文开展攻击，同时重视提倡古文，形成流派。

在唐代前期，一部分史家在评论前代文风时，往往对过去（特别是南朝后期）靡丽的诗文辞赋进行批评，但他们只是批评前朝过于淫丽的文风，并不反对文词的骈俪。刘知幾《史通·杂说下》曾批评沈约等的声病说给史书文辞带来不良影响，所谓“平头上尾，尤忌于时；对语俪辞，盛行于俗”，也只是从史书记事应崇尚朴实角度立论，并不是反对骈文。事实上，唐初一些史书中的论赞、刘知幾《史通》，都还运用骈文写作。

初唐陈子昂倡言复古，其文章也比较朴实古雅，被后来古文家奉为唐代古文的前驱者。但陈子昂没有留下提倡古文的言论。到盛唐时代，出现了萧颖士、李华、独孤及等古文家，方始在理论批评上有所反映。萧颖士在《赠韦司业书》中自述其文章特色曰："仆平生属文，格不近俗，凡所拟议，必希古人。魏晋以来，未尝留意。"明显地表明他取法古文、反对魏晋以来日益发展的骈文的态度。他所谓"俗"，即指世俗流行的骈文。李华、贾至论文，都推崇六经，反对后代的华靡风气。独孤及则更明白地攻击南朝后期崇尚声律对偶之文，有曰："及其大坏也，俪偶章句，使枝对叶比，以八病四声为梏拲，拳拳守之，如奉法令。"（《检校尚书吏部员外郎赵郡李公中集序》）

到韩愈，更是明确地提倡"古文"。韩愈在文章中，屡屡表述自己要恢复古代尧、舜以至孔、孟之道，他写作古文，为的是表现古道。他在《题欧阳生哀辞后》中道："愈之为古文，岂独取其句读不类于今者耶？思古人而不得见，学古道则欲兼通其辞，通其辞者，本志乎古道者也。"另一方面，韩愈对骈文展开攻击。当时朝廷以律体诗赋等考试士人，所谓"试之以绣绘雕琢之文，考之以声势之逆顺、章句之短长"（韩愈《上宰相书》）。韩愈对自己为了参加考试写作这类文章感到很惭愧，并认为是"俳优者之辞"（《答崔立之书》）。在《与冯宿论文书》中，他还谈到："时时应事作俗下文字（指骈体文），下笔令人惭；及示人，则人以为好矣。"说明他写作古文和当时时俗风气大相径庭。姚铉《唐文粹序》称韩愈"凭陵轥轹，首唱古文"，的确，韩愈是唐代散文家中第一个大力提倡"古文"的人。学古文师法前代哪些作者作品呢？韩愈《答李翊书》统称为"先秦两汉之书"，在《进学解》中，更指明为《尚书》、《春秋经》、《左传》、《周易》、《诗经》、《庄子》、《离骚》、《史记》、扬雄、司马相如等作家作品，不及东汉，大约因是东汉骈文开始抬头，为魏晋以下的骈文导夫先路。

柳宗元和韩愈并肩提倡并写作古文。在《答韦中立论师道书》中，他指出作文的取法对象，首列《书》、《诗》、《礼》、《春秋》、《易》五经，其后是《春秋穀梁传》、《孟子》、《荀子》、《庄子》、《老子》、《国语》、

《离骚》、《史记》等书，也是到西汉为止，不及东汉。柳宗元从弟柳宗直编了一部《西汉文类》，柳宗元为之作序，有曰："文之近古而尤壮丽，莫若汉之西京。……汉氏之东，则既衰矣。"明白指出东汉文章趋向衰弱。韩愈、柳宗元都大力推重司马迁《史记》。韩愈《进学解》、《答崔立之书》、《答刘正夫书》都提到宜学习司马迁之文。柳宗元《答韦中立论师道书》说"参之《太史公》以著其洁"，其《报袁君陈秀才避师名书》又说"《穀梁子》、《太史公》甚峻洁"，都突出《太史公书》(即《史记》)文辞的简洁。《史记》行文多用奇句单笔，比较多用偶句复笔的骈文确实简洁。班固《汉书》句式较整齐，多四字句，多复笔，其中议论部分文字更多偶句，趋向骈文化。故萧统《文选》，选《汉书》的论、赞而不取《史记》。在南朝、隋、唐初，骈文盛行，《汉书》较《史记》更受人们重视。古文运动的一些前驱者，也还重视班固文章(班固的辞赋和单篇文章较《汉书》骈文气更重)。梁肃在《常州刺史独孤及集后序》、《补阙李君前集序》中，都提到班固，把他和贾谊、司马迁等并列，说明独孤及、梁肃都肯定班固的文章。韩愈、柳宗元只赞扬司马迁而不及班固，说明古文家反骈偶倾向在进一步深化。

韩愈同时的古文家李翱，对韩愈十分推崇，《与陆傪书》道："我友韩愈，非兹世之文，古之文也；非兹世之人，古之人也。"他在《祭吏部韩侍郎文》中，除竭力赞美韩愈的成就外，还批判东汉以下的文风道："建武(东汉光武帝年号)以还，文卑质丧。气萎体败，剽剥不让。俪花斗叶，颠倒相上。"持论和韩、柳互相呼应。

韩愈、柳宗元等提倡学习先秦西汉的古文，反对东汉以至南朝、隋代的骈文(后世称为八代文)，反对注重骈偶声律，这破坏了人们长期以来的行文习惯，因而引起了反对意见。裴度《寄李翱书》有曰：

观弟(指李翱)近日制作，大旨常以时世之文，多偶对俪句，属缀风云，羁束声韵，为文之病甚矣。故以雄词远志，一以矫之，则是以文字为意也。……故文人之异，在气格之高下，思致之浅深，不在其磔裂章句，隳废声韵也。

大抵古文运动先驱者的文章，句式还较整齐，多四字句，气格尚接近东汉文章。韩愈、柳宗元、李翱等反对东汉以来的骈文，竭力反对对偶声韵，写作时故意多用奇句，语句长短错落，重视学习司马迁文章的雄奇，句式参差多变，又不重视平仄的对称协调，这在很大程度上破坏了长期以来流行的骈文语言注重对称和声韵的传统，即裴度所谓"磔裂章句，隳废声韵"。在《寄李翱书》中，裴度对先秦、西汉的文章也很推重，说了不少好话，但他对韩愈、李翱等故意破坏骈文语言的传统，却不赞成。裴度的意见，代表了唐代很大一部分文人对古文家用词造句违背长期以来习惯的不满。

唐代有一些古文家，为了矫正八代骈文的华丽风气，故意把文章写得质朴古雅，摒弃文学作品中具体生动的描绘。柳冕的一段话在这方面可为代表。他在《谢杜相公论房杜二相书》中批评楚辞、汉赋以来的文风道：

于是风雅之文，变为形似；比兴之体，变为飞动；礼义之情，变为物色。诗之六义尽矣。何则？屈、宋唱之，两汉扇之，魏、晋、江左，随波而不反矣。

这里批评作品崇尚形似、飞动、物色，这些都是魏晋南北朝文学以至初唐文学所擅长者。"形似"，指描写事物的具体细致，形状逼肖。"飞动"，指能描绘事物的流动状态。日本僧人遍照金刚《文镜秘府论》地卷引唐《崔氏新定诗体》，谓诗有十体，其中即有形似体、飞动体，可以参看。"物色"，指自然景色，《文心雕龙》有《物色》篇。以"形似"这一表现特点而论，它原在楚辞、汉赋中多见，至六朝时代，则在一部分诗歌、散文中也颇显著。上引柳冕的话，就诗赋立论，但就表现特点言，也部分地概括着散文（包括骈文）。上文提到，元结在《箧中集序》中曾批评近世作者“拘限声病，喜尚形似”，柳冕此论与之相通。这说明唐代提倡诗文复古的一部分人士在批判过去的靡丽文风时走得过远，连文学作品的表现特征、文学作品长期来所积累的表现技巧，都加以排斥了。幸好这种偏激之见，只为元结、柳冕等少数作家所持有，像陈子昂、李白、韩愈、柳宗元等大作家都不具有这种缺点；有时他们尽管在理论上笼统反对东汉以后的文学，但在他们的创作实践中却不是这样，例如他们仍然写作一部分近体诗，在用词造句和表现技巧方面仍然多方面地向八代文学吸取营养。这种有分析的态度是合理的。

白居易在中唐时代，不但所作诗歌广泛流传，其文也受到人们重视。白居易擅长骈体文，也写作一部分散体文。元稹《白氏长庆集序》有曰：“贞元末，进士尚驰竞，不尚文，就中六籍尤摈落。礼部侍郎高郢始用经艺为进退。乐天一举擢上第。明年，中拔萃甲科。由是《性习相近远》、《求玄珠》、《斩白蛇剑》等赋，及百道判，新进士竞相传于京师。”按唐代礼部考进士用律赋，吏部选人看判文，均为骈文。白居易运用当时流行的骈文体，又能在内容和用词造语上参以“六艺经学”，使靡丽的骈文体显得较为质朴高雅一些，因此受到高郢的赏识，并得到广泛流传。从这方面看，白氏实是当时骈文的改良者。白氏的系列骈文，除百节判外，还有《策林》七十多篇，风格相近。白集中除骈文外，还有一部分碑、墓志铭、记、序等文章，奇句较多，那是因为以记叙为主的文章不宜多用骈句，这即使在骈文盛行的八代也是如此。他的那部分骈散相兼或奇句较多的文章，气格也往往与骈文为近，与韩愈等的古文不同。高彦休《唐阙史》载，裴度修福先佛寺，拟请白居易为碑文，古文家皇甫湜听了发怒，斥白氏之文为“桑间濮上之音”，这里反映了古文家对白氏文风的不满。白居易和韩愈在政治上都希望振兴唐王朝，并主张文学应有裨于政治教化，但在文风趋向上走的是不同路子：白居易是骈文的改良者，韩愈是骈文的反对者。

韩愈提倡古文，以其杰出的创作成就，在当时颇有影响。故李汉《昌黎先生集序》曰："时人始而惊，中而笑且排……终而翕然随以定。"但至晚唐五代，古文又趋衰落。李商隐初时写古文，后来改学骈文，擅长四六。他的《上崔华州书》道："夫所谓道，岂古所谓周公、孔子者独能耶？"立论与韩愈《原道》相对立。唐末黄滔的《与王雄书》，称赞王雄的文章具有元结、韩愈的风格。但他在《答陈磻隐论诗书》中，又盛赞元稹、白居易诗，认为"大唐前有李、杜，后有元、白"，并且称赞《长恨歌》立意险奇而行文平易。黄滔自己的创作也偏长律体。他的《明皇回驾经马嵬赋》等篇，当时传诵人口，风格也与白居易作品相近。他还写了许多近体诗。北宋后期董逌《广川书跋》（卷八）批评唐文有曰："其留于今者，碑刻书疏，读之令人羞汗，浮浅如俳优谇语，鄙俗如村野讼谍。"接着赞美韩愈提倡儒学和古文，又惋惜不能转变时俗的风气。董逌的言论，代表了北宋欧、苏等古文运动取得胜利后文人对唐代流行的明白通俗的骈文文风的鄙视。古文家往往讥嘲骈文矫揉做作，如俳优演戏一般。清代姜宸英《唐贤三昧集序》有曰："古文自韩、柳始变而未尽，其徒从之者亦寡。历五代之乱，几没不传。宋初柳、穆阐明之于前，尹、欧诸人继之于后，然后其学大行。"董逌、姜宸英的话，都说明了晚唐五代古文不振、骈文盛行的情况。

三

从上面的介绍，可见晚唐五代是今体诗文即骈体诗文占压倒优势的时代，当时写古体诗者少，古文派衰落不振。《旧唐书》成于五代后晋朝，编撰出于众手。据赵翼《廿二史劄记》卷十六"《旧唐书》源委"条考证，其书之成，"监修则赵莹之功居多，纂修则张昭远、贾纬、赵熙之功居多”;只因该书完成时,刘昫居相位监修国史,遂由他具名奏上朝廷。《旧唐书》受当时风气影响,其行文运用当时流行的骈文体,各篇末的史臣评语全用骈体,某些传序亦然。记叙文字句式亦多整齐,文辞较浅显,气格接近骈体。《新唐书》编者是北宋古文家欧阳修、宋祁,对《旧唐书》的文风很不满,认为其编者是“衰世之士,气力卑弱,言浅意陋,不足以起其文”(曾公亮《进〈唐书〉表》)。古文家常常用“气力卑弱”一类话讥讽骈文。《旧唐书》在对唐代作家作品进行评价时,明显地推重今体诗文,不赞成复古。

《旧唐书·文苑传序》论文学曰:

> 昔仲尼演三代之《易》,删诸国之诗,非求胜于昔贤,要取名于今代。实以淳朴之时伤质,民俗之语不经,故饰以《文言》,考之弦诵,然后致远不泥,永代作程。即知是古非今,未为通论。
>
> ……近代唯沈隐侯(约)斟酌二《南》,剖陈三变,摅云、渊之抑郁,振潘、陆之风徽,俾律吕和谐,宫商辑洽,不独子建总建安之霸,客儿(谢灵运)擅江左之雄。
>
> 爰及我朝,挺生贤俊。文皇帝解戎衣而开学校,饰贲帛而礼儒生。门罗吐凤之才,人擅握蛇之价。靡不发言为论,下笔成文,足以纬俗经邦,岂止雕章缛句。韵谐金奏,词炳丹青,故贞观之风,同乎三代。高宗、天后,尤重详延。天子赋横汾之诗,臣下继柏梁之奏,巍巍济济,辉烁古今。如燕、许之润色王言,吴、陆之铺扬鸿业,元稹、刘蕡之对策,王维、杜甫之雕虫,并非肄业使然,自是天机秀绝。

这段文字首先以孔子为准则,指出他演《易》时写了有文采的《文言》(《文心雕龙·丽辞》曾赞美《文言》多偶句),“致远不泥”句化用孔子

“言之无文,行而不远”(《左传·襄公二十五年》)语意,都是肯定孔子重视文采,从而批评了“是古非今”的论调,实际是为今体诗文张目。史臣接着从作品音律和谐角度大力推崇沈约,是肯定沈约的声律论。史臣并以沈约上比曹植、谢灵运。魏晋以来,诗赋等文学作品辞藻、对偶之美,首推曹植、陆机、谢灵运诸人(参见鍾嵘《诗品序》),至沈约则进一步重视声律。史臣大力推崇沈约,并把他上比曹、谢,即是肯定魏晋南北朝注意辞藻、对偶、声律美的骈体作品(它们是唐代今体诗文的先驱)。沈约的《宋书·谢灵运传论》,评论历代文学(以诗赋为主),指出汉魏文体有“三变”,后面阐发其声律理论,史臣明显地加以肯定。唐代玄宗朝以前的文学,大抵较多沿袭南朝风气,《新唐书·文艺传序》称为“绨句绘章,揣合低昂”,即注意辞藻、声律等因素,颇有微词。史臣却誉为“韵谐金奏,词炳丹青”、“辉烁古今”,完全采取赞美态度。史臣后面列举唐代杰出的作家作品,于文举张说、苏颋、吴少微、陆贽以至元稹、刘蕡之对策,这些作者的文章,大抵是骈体或骈散相兼之体(唐代流行的政治性文章一般均是如此),史臣举他们而不举韩愈、柳宗元,见出对古文的不重视。于诗,举王维、杜甫而不举李白,则是因为王、杜均长律诗而李白则否。

在晚唐五代,李、杜并称已为许多人所公认。《旧唐书》却因李白不长于律诗而加以贬抑。这在《文苑传》正文中更有所表现。该传中王维、李白、杜甫三传相接,从篇幅看,李传最短,已寓有轩轾之意。更值得注意的是,《杜甫传》后引用了元稹的《杜工部墓系铭序》一大段话,其中论及李、杜二人诗歌优劣,特别称道杜甫长律的成就为李白所远不逮,曰:“至若铺陈终始,排比声韵,大或千言,次犹数百,词气豪迈而风调清深,属对律切而脱弃凡近,则李尚不能历其藩翰,况堂奥乎!”史臣在引录元稹的大段评论后,加按语曰:“自后属文者以稹论为是。”肯定了元稹从是否擅长长律来扬杜抑李的见解。按李白实际也能写律诗,他的一部分五言八句律诗写得很好;只是他不爱多写律诗，数十韵以上的长律更是不写。但杜甫诗的艺术成就不在长律，《旧唐书》史臣在这方面附和元稹的诗论，反映了他们过分重视近体诗的偏见。据孟棨《本事诗・高逸》载，李白于诗有反对声律束缚的言论（见上引），而《旧唐书》史臣论文学，却是大力推崇沈约，提倡今体，他们从长律方面贬抑李白，就无怪其然了。

史臣对韩愈的古文，评价也不高。《旧唐书》卷一六〇《韩愈传》有曰：

> 常以为自魏晋已还，为文者多拘偶对，而经诰之指归，迁、雄之气格，不复振起矣。故愈所为文，务反近体，抒意立言，自成一家新语。后学之士，取为师法，当时作者甚众，无以过之，故世称韩文焉。然时有恃才肆意，亦有盭孔、孟之旨。若南人妄以柳宗元为罗池神，而愈撰碑以实之；李贺父名晋，不应进士，而愈为贺作《讳辨》，令举进士；又为《毛颖传》，讥戏不近人情：此文章之甚纰缪者。时谓愈有史笔，及撰《顺宗实录》，繁简不当，叙事拙于取舍，颇为当代所非。穆宗、文宗尝诏史臣添改。时愈婿李汉、蒋系在显位，诸公难之。而韦处厚竟别撰《顺宗实录》三卷。

这里前面介绍韩愈提倡先秦、西汉的古文，反对近体文（骈文），在当时众多古文作者中最为杰出，为后学所师法，其作品被称为“韩文”。对韩愈散文的特色、成就和影响，也有所肯定。对韩文仅称为“自成一家新语”，没有指出韩文在散文发展史上的重要作用和地位，评价很不足，反映了史臣修史时骈文盛行、古文不振的客观现实。引文后面更是着重指摘韩文的缺点。认为《柳州罗池庙碑》等三篇文章有背于孔孟的思想，“此文章之甚纰缪者”。韩愈以弘扬孔孟之道自居，史臣举例批评他违背“孔孟之旨”，态度很不客气。引文最后批评韩愈的《顺宗实录》，叙事行文，繁简取舍不当。古人很重视修史，认为这是表现文章才能的一条重要途径。史臣批评韩愈《顺宗实录》有繁简不当等缺点，是从一个侧面指摘其文章疵病。总观上面引文，指摘篇幅分量超过肯定性词句，而肯定又不大高，可见史臣对这位“务反近体”的古文家是不大尊重的了。《旧唐书》卷一六〇是韩愈、李翱等一群文人合传，传末论韩愈、李翱曰：

> 韩、李二文公，于陵迟之末，遑遑仁义，有志于持世范，欲以人文化成，而道未果也。至若抑杨墨，排释老，虽于道未弘，亦端士之用心也。

对韩、李二人提倡儒学，称为“有志于持世范”、“亦端士之用心”，对其动机有所肯定；但又指出其“道未果”、“于道未弘”，成就不大。也是有褒有贬，评价不大高。

史臣于唐代文人，就总体而言，评价最高的是元稹、白居易。《旧唐书》卷一六六为元、白两人合设一传，传末有一段较长的评论，先是概论文学创作，联系先秦至南北朝文学（以诗赋为主）的若干作家作品，接着论唐代文学，最后结归到元、白。这样写法是规仿沈约《宋书·谢灵运传论》。谢灵运是刘宋最杰出的作家，因此沈约在该传论中联系传主纵论历代文学发展。史臣于《元白传论》中纵论文学，实际就是承认元、白两人是唐代最杰出的作家。在《元白传论》论及汉魏六朝文学时，所举作家有班彪、班固、建安七子、潘岳、陆机、鲍照、谢灵运、徐陵、庾信等人，可见史臣所赞美的是那些骈体文学名家及其前驱者（二班等），其重视骈体文学的观点和上引《文苑传序》相通。于唐代前期文学，史臣提出了虞世南、许敬宗、苏味道、李峤四人。这四人除能诗赋外，还擅长政治性的公文，而且官位颇高，和元、白两人情况相类，简言之，他们都是擅长朝廷大手笔的高级文人。这和《文苑传序》中列举张说、苏颋、陆贽等人的文章性质相类。这些都表现了史臣重视政治性文章、要求文章有裨于朝政的观点。

史臣对元、白作品评价最高的还是诗歌。传论及赞语有曰：

> 若品调律度，扬榷古今，贤不肖皆赏其文，未如元、白之盛也。昔建安才子，始定霸于曹、刘；永明辞宗，先让功于沈、谢；元和主盟，微之、乐天而已。臣观元之制策、白之奏议，极文章之壸奥，尽治乱之根荄，非徒谣颂之片言，盘盂之小说。……
>
> 赞曰：文章新体，建安、永明。沈、谢既往，元、白挺生。但留金石，长有《茎》、《英》。不习孙、吴，焉知用兵。

这里对元、白的文章也颇为赞美，称道元稹的制策、白居易的奏议深通政治。所谓“贤不肖皆赏其文”，自也包括文章在内，上文曾提到，白居易的律赋、判文等当时为士子竞相传写。但史臣着重称道的还是元、白之诗。史臣纵论历代文学，说元、白是元和文坛的盟主，可与建安时代的曹植、刘桢、永明时代的沈约、谢朓相比，给予元、白诗歌以崇高的历史地位。在史臣看来，建安是文人五言诗开始繁荣时代，曹植、刘桢诗（特别曹植诗）对此后崇尚辞藻、对偶的文人五言诗产生巨大影响；沈约、谢朓是永明新体诗（唐代近体诗的前驱）的倡导者和代表作家；元、白则是唐代近体诗极盛阶段最杰出的作家，两人不但是元和诗坛的盟主，而且代表了唐代诗歌的最高成就。《宋书·谢灵运传论》论前代文学，提出了文体三变之说，西汉司马相如为一变，东汉班彪、班固为二变，建安曹植、王粲为三变。史臣着重论历代诗歌发展，标举建安、永明、元和三个时代，实际也是三变。于此也可见这篇传论在构思、写法上深受《宋书·谢灵运传论》的影响。

《元白传赞》重视“文章新体”，和《文苑传序》反对“是古非今”的宗旨相合。上文提到，元、白两人之诗，当时流传最广、影响最大、号为“元和体”的，乃是他们的近体诗，其中有短篇律体（包括绝句）和数十韵以至百韵的长篇五言排律。这类诗篇内容大抵描叙亲朋间的情谊交往，个人的日常生活和感受，以及男女艳情，结合流连光景，抒发悲欢之感，而与讽谕很少联系。元、白这类诗往往写得感情真切动人，语言明白晓畅，音调和谐流美，因而受到广大人群的喜爱，风行遐迩。唐代中后期到五代，近体诗进一步发展，风靡于全社会，其中元、白诗流传最广，影响巨大，故晚唐张为《诗人主客图》称誉白居易为广大教化主。五言长篇排律，其前杜甫已有数十韵到百韵巨制，但数量还少，元、白两人写了许多长律诗，七十韵、百韵的也有多篇，而且写得明白流畅，音调和谐，在“属对律切”、“风调清深”、词藻富赡方面，又超过了杜甫。《旧唐书》史臣从“文章新体”角度赞扬元、白诗，主要是肯定他们的元和新体诗。在史臣看来，曹、刘诗对偶、辞藻趋向工丽是一变；沈、谢声律更趋细密，是二变；元、白近体诗对偶辞藻更富赡、音调更和谐流畅，达到了唐代近体诗形式的高峰，是三变。他们完全是从近体诗形式的发展进程来提到三个代表性时代，并大力赞扬元、白诗的。《旧唐书·元稹传》有曰：

> 俄而白居易亦贬江州司马，稹量移通州司马。虽通、江悬邈，而二人来往赠答，凡所为诗，有自三十、五十韵乃至百韵者。江南人士，传道讽诵，流闻阙下，里巷相传，为之纸贵。观其流离放逐之意，靡不凄惋。

这里通过具体叙述赞美了元、白的长篇律诗。上文提到，史臣对元稹批评李白不能写长律的言论加以引用并肯定。结合以上二例，更充分显示出史臣偏爱长律的态度。我们看五代后蜀韦縠所编《才调集》，也很重视长律，其第一卷首录白居易诗，一开头就是《代书诗一百韵寄微之》、《东南行一百韵》、《江南喜逢萧九彻因话长安旧游戏赠五十韵》等长律，又卷五首录元稹诗，选了《梦游春七十韵》、《会真诗》

三十韵等长律。可见《旧唐书》史臣偏爱长律，实际恐怕反映了当时一种较为流行的审美趣味和审美标准。

上面分析说明《旧唐书》史臣站在肯定骈体文、近体诗的立场，因而大力颂扬元稹、白居易，对李白、韩愈评价不大高，还有贬辞。这种评价，到北宋第二次古文运动胜利、骈体文学长期占优势的地位被推倒以后，情况发生了很大变化。古文家欧阳修、宋祁所纂修的《新唐书》就是明证。《新唐书·文艺·杜甫传》后有赞语，末尾引用韩愈"李杜文章在，光焰万丈长"诗句，称为"诚可信云"，不同意抑李扬杜。《韩愈传赞》竭力推崇韩文成就，誉为"学者仰之如泰山北斗"；并称道韩文"粹然一出于正"，"要之无抵牾圣人者"，和《旧唐书》对韩文的批评针锋相对。《新唐书》对元、白文学也加肯定，但没有《旧唐书》那样高。《新唐书·白居易传赞》称道白居易与元稹"最长于诗，它文未能称是也"，只肯定诗而不肯定文章。《新唐书》肯定白居易诗，但也有贬辞。《白居易传》有曰："初，颇以规讽得失，及其多，更下偶俗好，至数千篇，当时士人争传。"即是批评白诗写得太多太滥，"下偶俗好"，是不满其诗迎合世俗好尚，写得俗、艳而有欠雅正。两《唐书》对唐代这些名家的不同评价，反映了晚唐五代和北宋两个时代文学创作风气和批评标准的巨大变化。

（原载《文学遗产》1993年第5期）

两《唐书》对李白的不同评价

《旧唐书》编成于五代后晋，由宰臣刘昫领衔主编。至北宋中期，欧阳修、宋祁又奉诏重修《新唐书》。两书编纂年代相隔不久，但评价却颇不相同，这是值得注意的现象。

《旧唐书·文苑传下》有李白传，其前为王维，其后为杜甫，三大诗人的传排列在一起，其中李白传篇幅最短，王、杜两人传则较长。《旧唐书·文苑传序》在列举唐代各体文章的代表作家时有云："王维、杜甫之雕虫（此处"雕虫"指诗歌）。"举王、杜而不及李白。更足注意的是《杜甫传》后面节录了元稹《杜工部墓系铭序》的大段文字，引文前以"词人元稹论李、杜之优劣曰"起句，引文后以"自后属文者以稹论为是"作结，肯定了元稹的看法。《旧唐书》所引元稹文字，前面叙述历代诗歌演变，中间竭力赞美杜甫诗歌成就，认为"尽得古今之体势，而兼人人之所独专"，"诗人已来，未有如子美者"。最后一小段论李杜优劣，文曰：

> 是时山东人李白，亦以文奇取称，时人谓之李、杜。予观其壮浪纵恣，摆去拘束，模写物象，及乐府歌诗，诚亦差肩于子美矣。至若铺陈终始，排比声韵，大或千言，次犹数百，词气豪迈而风调清深，属对律切而脱弃凡近，则李尚不能历其藩翰，况堂奥乎！

所谓"铺陈终始，排比声韵"云云，是指五言排律（一称五言长律）而言。杜甫的《秋日夔府咏怀奉寄郑监李宾客一百韵》,即是一篇长达千字的长篇排律。杜甫的《奉赠韦左丞丈二十二韵》是二百二十字的五言排律,《寄李十二白二十韵》是两百字的五言排律。杜甫五言排律叙述详赡,具有“铺陈终始”的特色;又其集子中五言排律数量颇多,也有部分佳作。五言排律篇幅较长,往往对偶工致,声调和谐,具有“排比声韵”的特色。元稹认为李白诗成就不及杜甫,在五言排律方面差距很大;《旧唐书》编者肯定元稹的这种看法,表现出扬杜抑李的鲜明倾向。

《新唐书》编者并不扬杜抑李,而是李、杜并称。《新唐书·文艺传序》总论唐代文学、文人时有曰:“言诗则杜甫、李白、元稹、白居易、刘禹锡。”并列李、杜,只是李白名在杜甫下面,或许认为李诗稍逊于杜甫。《新唐书·文艺传》中列有两人传记,篇幅差不多。《李白传》末曰:“文宗时,诏以白歌诗、裴旻剑舞、张旭草书为‘三绝’。”以此结尾,显然寓有褒美之意。上引元稹文中曾赞美李白诗“壮浪纵恣,摆去拘束”,《新传》引用唐文宗诏命,把李白诗和张旭草书等并称,也是对李白诗歌纵恣奔放的特色作了高度肯定。《新唐书·杜甫传》后面附有史臣赞语,表明对杜诗的特殊重视。赞语中赞美杜诗“浑涵汪茫,千汇万状,兼古今而有之”,还引用了元稹“诗人以来,未有如子美者”的评语。赞语又曰:“甫又善陈时事,律切精深,至千言不少衰,世号‘诗史’。”对杜甫的五言长律也有所肯定。赞语末尾曰:

> 昌黎韩愈于文章慎许可,至歌诗,独推曰:“李杜文章在,光焰万丈长。”诚可信云。

明显地表现出李、杜并称,不应扬此抑彼的看法。这种看法同元稹、《旧唐书》史臣的主张,可说是针锋相对,对元稹、《旧唐书》扬杜抑李之论,寓有针砭的意义。

《旧唐书》对李白的评价何以不高呢?《旧唐书》署刘昫撰,实际出自赵莹、张昭远、贾纬、赵熙等史臣之手(参考赵翼《廿二史劄记》卷十六“《旧唐书》源委”条)。编纂时代为五代后晋。其时虽经历唐代中后期韩愈、柳宗元等一些古文家提倡古文,但影响不很大,在文坛以至社会上广泛流行的仍是骈体作品(包括骈文、骈赋、律体诗等),骈体文学较之古文占着明显的优势。《旧唐书》编者崇尚骈体诗文,该书每篇末尾史臣的论赞,常用骈文体;其纪传的叙事部分,句式、气格也与古文不同。《新唐书》编者对《旧唐书》的文风很不满,认为其编者是“衰世之士,气力卑弱,言浅意陋,不足以起其文”(曾公亮《进〈唐书〉表》)。古文家贬低骈文时,常常使用“气力卑弱”一类话。《旧唐书》由于崇尚骈体文学,于诗歌就推重律体诗(包括篇幅有长有短的律诗、平仄调协的绝句),因而对擅长古体诗和乐府歌行、不爱多写律诗的李白,就评价不高。上文所述《旧唐书》编者同意元稹说李白在五言排律方面远逊杜甫的话,就是一个明证。

《旧唐书·文苑传序》有一段话,明显地表现出编者崇尚骈体诗文的态度,文曰:

> 昔仲尼演三代之《易》,删诸国之诗,非求胜于昔贤,要取名于今代。实以淳朴之时伤质,民俗之语不经,故饰以文言,考之弦诵,然后致远不泥,永代作程。即知是古非今,未为通论。……近代唯沈隐侯斟酌二《南》,剖陈三变,摅云、渊之抑郁,振潘、陆之风徽,俾律吕和谐,宫商辑洽,不独子建总建安之霸,客儿擅江左之雄。

在这段文字中,编者在讨论文质问题时,肯定文,反对是古非今,这实际上是肯定汉魏以来骈体文学的发展。又“饰以文言”句中之“文言”,似即指相传孔子所作《易传》中的《文言》,篇中颇多偶句。《文心雕龙·丽辞》有曰:"《易》之《文》(《文言》)、《系》(《系辞》),圣人之妙思也。序《乾》四德,则句句相衔;龙虎类感,则字字相俪。"即指出《文言》中多骈偶成分。在下面,《旧唐书》编者又特别对沈约加以称颂。沈约提倡区分四声,提倡写作新体诗,是把古体诗引向格律化的有力倡导者;他们所写的新体诗,是唐代律体诗或近体诗的前驱。沈约的《宋书·谢灵运传论》叙述历代文章(以诗赋为主)发展,指出汉魏文风经历了三次变化,又大力主张区分四声,使作品音韵和谐。《旧唐书》编者肯定这些主张,并且赞美沈约的制作能继承汉代扬雄(子云)、王褒(子渊),魏曹植,西晋潘岳、陆机,刘宋谢灵运等辞赋、诗文名家重视文采骈俪的传统,并有新的发展,成为一代文豪。由此看来,《旧唐书》编者对待文学的基本态度是反对是古非今,充分肯定后代文学的新变和发展,肯定汉魏六朝的骈体文学。他们十分推崇沈约,因为沈约的理论和创作,为唐代近体诗的定型和发展奠定了基础,开启了先路。

如众所知,李白在理论上鄙薄魏晋以来追求词采华美的诗歌,曾经宣称:"自从建安来,绮丽不足珍。"(《古风》其一)又据孟棨《本事诗·高逸》载:

> 白才逸气高,与陈拾遗齐名,先后合德。其论诗云:"梁陈以来,艳薄斯极,沈休文又尚以声律。将复古道,非我而谁与?"故陈、李二集,律诗殊少。尝言:"兴寄深微,五言不如四言,七言又其靡也,况使束于声调俳优哉!"

李白的这类话不免有些片面夸张。实际,他写了大量的五、七言诗,七言诗成就尤为杰出,四言诗却写得很少。对建安以来以迄梁陈的各代名家,他还是向他们多方面地吸取营养。然而这类话毕竟反映了李白鄙薄南朝绮靡文风,要求诗歌恢复古代雅正刚健传统的思想倾向。李白也的确不愿多受声律束缚,故律诗写得颇少。李白鄙薄魏晋以来的华美诗歌,鄙薄沈约所提倡的声律论和声律论指导下的诗歌创作;《旧唐书》编者却是大力肯定汉魏六朝的骈体文学,推崇沈约的理论和创作。李白的诗歌,律体颇少。这样看来,《旧唐书》对李白诗评价不大高,也是很自然的了。

《旧唐书》肯定骈体文、律体诗的态度,还鲜明地表现在对元稹、白居易的评价中。《旧唐书》卷一六六为元稹、白居易传。传末有一段较长的议论,模仿沈约《宋书·谢灵运传论》体例,综论历代文学,然后归结到传主。这样处理,就说明《旧唐书》编者对元、白评价甚高,认为元、白代表了唐代文学的最高成就,其地位犹如刘宋的谢灵运那样。传论中评论元、白有曰:

> 若品调律度,扬榷古今,贤不肖皆赏其文,未如元、白之盛也。昔建安才子,始定霸于曹、刘;永明辞宗,先让功于沈、谢;元和主盟,微之、乐天而已。

《旧唐书》对李白评价不很高,它不可能把李白、杜甫两人并列作为唐代诗歌的最高代表,于是找到了元、白。传论纵览历代诗歌发展,突出了三个时期和六位诗人:一是建安时期的曹植、刘桢,标志着文人五言诗的成熟;二是永明时期的沈约、谢朓,标志着新体诗的产生和格律诗的滥觞;三是元和时期的元稹、白居易,标志着唐代近体诗的进一步发展和繁荣。《旧唐书》对元、白诗的评价,可说是高极了。

元稹、白居易两人兼长古体诗、近体诗。两人的讽谕古体很有名。但在当时社会上流行最广、影响最大的,除《长恨歌》、《琵琶行》等少数歌行外,还有近体诗。其近体诗,有流连"杯酒光景"的短章,也有"驱驾文字,穷极声韵"的长篇排律,当时风行遐迩,被人广泛仿效,号为元和诗体(见元稹《上令狐相公诗启》,参考陈寅恪《元白诗笺证稿》附论《元和体诗》节)。《旧唐书》赞美元、白诗为广大人士所喜爱,流播之盛,迈越前贤,又把两人与沈约、谢朓相提并论,显然也是着重从近体诗成就的角度来评论的。李白以不长于律诗被抑,元、白以擅长近体见扬,可见《旧唐书》编者推重律体诗的立场是很鲜明的。

《新唐书》纂修者欧阳修、宋祁都是古文名家,他们站在古文派的立场评价文学,提倡古文,反对骈体文;对律体诗虽不排斥,但也不像《旧唐书》编者那么重视。上面提到,《新唐书》编者对《旧唐书》的骈俪文风很不满,认为"气力卑弱"。《旧唐书》传记中多引用当日骈体文字,《新唐书》编者甚至对此也不满而加以删除。赵翼《廿二史劄记》曰:"欧、宋二公不喜骈体,故凡遇诏、诰、章、疏四六行文者,必尽删之。"(卷十八"新书尽删骈体旧文"条)可见其厌恶骈体文的程度。对于律诗,古文家较为宽容,不但不排斥,自己也参与写作,只是文词尚清淡而不尚浓丽。但长篇排律,特别重视排比铺陈,其体格与四六文颇为接近,故古文家也并不欣赏。上文提到,元稹推重五言排律,因此扬杜抑李,《新唐书》不表赞同,即是明证。《新唐书》也肯定元稹、白居易的诗歌,但不像《旧唐书》那样高。《新唐书·文艺传序》有曰:"言诗则杜甫、李白、元稹、白居易、刘禹锡。"元、白位置在杜甫、李白下面。又《新唐书·白居易传赞》引用白居易《与元九书》的自叙,分其诗为讽谕、闲适等四类,接着说:"又讥'世人所爱惟杂律诗,彼所重,我所轻。至讽谕意激而言质,闲适思澹而辞迂,以质合迂,宜人之不爱也'。今视其文,信然。"可见《新唐书》编者主要肯定白居易的讽谕、闲适两类诗,而不是肯定其律诗。因此,在《新唐书》编者看来,李白的律诗写得少,成绩也较差,是不影响他在诗坛的崇高地位的。

李白、杜甫两人作为唐代两大诗豪,在元和时代已得到很多人的公认。除上引韩愈"李杜文章在,光焰万丈长"诗句外,在白居易的作品中也有明白的反映。白居易《与元九书》有曰:"诗之豪者,世称李、杜。"说明当时大多数人并称李、杜为两大诗豪。白居易《与元九书》

中在大力提倡讽谕诗时，虽对李白讽谕诗写得太少有所不满，但在其他场合就不同了。他的《李白墓》诗有云："可怜荒陇穷泉骨，曾有惊天动地文。"对李白诗评价极高。他的《读李杜诗集因题卷后》一诗，对李、杜两家同致赞美，相提并论，誉为"吟咏流千古，声名动四夷"，无所轩轾。白居易虽也爱写五言长律，其《与元九书》称赞杜甫诗"贯穿今古，覙缕格律，尽工尽善，又过于李"。也含有杜甫律诗成就超过李白之意，但说得较有分寸，并没有从长律方面过分贬抑李白，态度比元稹通达。

与元、白同时的韩愈，推尊李、杜之语不少，除上引"李杜文章在"两句外，其他如"勃兴得李杜，万类困陵暴"（《荐士》）、"昔年因读李白杜甫诗，长恨二人不相从"（《醉留东野》），都是显例。晚唐五代，文士同时推尊李、杜之例也常见，这里略举一二。如杜牧云："李杜泛浩浩，韩柳摩苍苍。"（《冬至日寄小侄阿宜诗》）李商隐云："李杜操持事略齐，三才万象共端倪。"（《漫成五章》其二）黄滔《答陈磻隐论诗书》曰："大唐前有李杜，后有元白，信若沧溟无际，华岳干天。"此外，司空图《与王驾评诗书》、顾陶《唐诗类选序》、韦縠《才调集序》都对李、杜备致推崇。可见自元和以来至五代，大部分文人已公认李、杜为唐代最伟大的诗人。元稹、《旧唐书》编者对李白的贬抑，只是在唐五代骈文、律诗盛行时期，少数一部分文人对李白诗歌的偏见。

（原载《中国李白研究》1991 年集，
江苏古籍出版社 1993 年出版）

《旧唐书·元稹白居易传论》、《新唐书·白居易传赞》笺释

《旧唐书·元稹白居易传论》对元、白两人的文学成就评价极高，推为元和时期文坛的盟主。《新唐书·白居易传赞》只肯定白居易的一部分诗歌，对其馀作品不但评价不高，且颇有微词。《新唐书·元稹传》没有评其文学，其基本态度当与对白居易的相同。元、白两人文风近似，白氏成就高于元氏，对白居易的评价，在一定程度上可以概括元稹。《旧唐书》、《新唐书》对元、白文学评价的差异，主要是由于两书编者站在不同文派的立场上。《旧唐书》编成于五代后晋，署名刘昫撰，实际出自赵莹、张昭远、贾纬、赵熙等人之手（参考赵翼《廿二史劄记》卷十六"《旧唐书》源委"条）。其时骈体诗文在文坛仍占主导地位，故史家从骈文派立场对元、白文学进行评价。《新唐书》则由古文家欧阳修、宋祁编撰（列传部分由宋祁负责），故站在古文派立场评价元、白。本文拟分别对上述两篇稍加笺释，藉以考见由于史家文学立场的不同，对同一作家会产生迥然不同的评价，同时还可看出五代、北宋两个时期文学审美标准的巨大变化。

一

先说《旧唐书·元稹白居易传论》（见《旧唐书》卷一六六）。唐代中后期，出现了不少古文家，并有韩愈大力提倡古文，但影响还不很

大,在文坛占主导地位的仍属骈体诗文。参与《旧唐书》编撰的史臣,仍属骈文派,此篇《元白传论》亦用骈文写成。《新唐书》编者对《旧唐书》的文风很不满,认为其编者是“衰世之士,气力卑弱,言浅意陋,不足以起其文”(曾公亮《进〈唐书〉表》)。“气力卑弱”这类话,常常是古文家对骈文的讥评。陈寅恪《元白诗笺证稿》第四章论及《旧唐书·元白传论》时有云:“《旧唐书》之议论,乃代表通常意见。”陈氏所谓“通常意见”,即唐五代时流行的骈体文学风气的意见。下面试将《旧唐书》此篇分段加以笺释。

> 史臣曰:举才选士之法尚矣。自汉策贤良,隋加诗赋,罢中正之法,委铨举之司。由是争务雕虫,罕趋函丈。矫首皆希于屈、宋,驾肩并拟于《风》、《骚》。或侔箴阙之篇,或效补亡之句。咸欲锱铢《采葛》,糠秕《怀沙》,较丽藻于碧鸡,斗新奇于白凤。暨编之简牍,播在管弦,未逃季绪之诋诃,孰望子虚之称赏?

按《旧唐书》此篇,规仿沈约《宋书·谢灵运传论》体例,在评论传主之前,先概述历代文章源流演变,论述对象以诗赋为主;本篇亦然。本段前面指出,自隋代考试加诗赋,于是士人竞务写作诗赋,冷落儒学。“雕虫”,指诗赋。汉代扬雄晚年自悔作赋,讥作赋为雕虫篆刻(见《汉书·扬雄传》),后因以雕虫指称诗赋。“函丈”,原指古人讲学问道时席间容丈之地,以便指画(见《礼记·曲礼》),后世用作弟子对老师的敬称。古代《诗》、《书》等经典,均有专家传授,重视师法,故此处函丈实指经师。“争务雕虫”二句,与裴子野《雕虫论》的“摈落六艺(即六经)”、“吟咏情性”二句意思相同。惟本篇仅以雕虫代称诗赋,实际对诗赋并无贬义。

本段下面指出,许多文人希冀、规仿《诗》、《骚》等古作,自视甚高,争奇斗艳,甚至欲凌跨《诗经》、《楚辞》的某些篇章。然而其作品实多疵病，遭人讥议。“箴阙之篇”，指《虞箴》。《左传·襄公四年》载，魏绛对晋侯曰：“昔周辛甲之为大史也，命百官官箴王阙。于虞人之箴曰：芒芒禹迹，画为九州。……兽臣司原，敢告仆夫。”“补亡”，指晋束皙《补亡诗》六首，见萧统《文选》。“《采葛》”，《诗经·王风》篇名。“《怀沙》”，《楚辞·九章》篇名。“碧鸡”，神名。《汉书·郊祀志》：“（宣帝时）或言益州有金马碧鸡之神。……于是遣谏议大夫王褒使持节而求之。”“白凤”，鸟名。旧题汉郭宪《洞冥记》载：“（武）帝既耽于灵怪，尝得丹豹之髓，白凤之膏，磨青锡为屑，以酥油和之，照于神坛，夜暴雨，光不灭。”“较丽藻”二句，言文人爱奇，作诗赋喜欢采用碧鸡、白凤一类神怪传说。按白居易《赋赋》有云：“掩黄绢之丽藻，吐白凤之奇姿。”此处二句遣辞，可能即受到白氏赋文之启发。“季绪”，刘季绪，汉末刘表之子。曹植《与杨德祖书》：“刘季绪才不能逮于作者，而好诋诃文章，掎摭利病。”“子虚”，司马相如赋中人物名。据相如《子虚赋》载，子虚为楚国使者，出使齐国，在齐盛夸楚国云梦泽之广、楚王田猎之乐，齐王惭而无以应。

迨今千载，不乏辞人，统论六义之源，较其三变之体，如二班者盖寡，类七子者几何？至潘、陆情致之文，鲍、谢清便之作，迨于徐、庾，踵丽增华，纂组成而耀以珠玑，瑶台构而间之金碧。

此段撮举汉魏六朝重要作家。“六义”，即风、雅、颂、赋、比、兴，此处借指诗赋的体式和写作方法。“三变”，指文学经历三度变化。《宋书·谢灵运传论》：“自汉至魏，四百馀年，辞人才子，文体三变。相如巧为形似之言，二班长于情理之说，子建、仲宣以气质为体，并标能擅美，独映当时。”“二班”，指班彪、班固父子。《宋书·谢灵运传论》论诗赋发展，故此处二班作品，指班彪的《北征赋》，班固《两都赋》、《幽通赋》等。潘岳、陆机，诗赋长于抒情，故称“情致之文”。鲍照、谢灵运，长于写景，故称“清便之作”。徐陵、庾信两人作品，在辞藻、对偶、声律诸方面益加华美、完密，又善用典故，达到南北朝骈体文学的高峰，故史臣形容其作品如装饰珠玑的锦绣，镶嵌金碧之瑶台。徐、庾二人除诗赋外特长骈文，此处所论，恐亦兼指骈文而言。按除二班外，七子中的王粲、潘岳、陆机、谢灵运诸人，《宋书·谢灵运传论》亦均列举为各时期代表作家。

国初开文馆，高宗礼茂才，虞、许擅价于前，苏、李驰声于后。或位升台鼎，学际天人，润色之文，咸布编集。

“国初”二句，谓唐太宗、唐高宗均重视文学，礼遇贤才，因而带来文学的发达。“开文馆”，指开创弘文馆。《唐会要》卷六四载：“武德四年正月，于门下省置修文馆。至九年三月，改为弘文馆。至其年九月，太宗初即位，大阐文教，于弘文殿聚四部群书二十馀万卷，于殿侧置弘文馆，精选天下贤良文学之士虞世南、褚亮、姚思廉、欧阳询、蔡允恭、萧德言等，以本官兼学士，令更宿直。听朝之隙，引入内殿，讲论文义，商量政事。”高宗继位，亦重文学，并注意选拔有真才实学之士。永隆二年八月，诏曰：“学者立身之本，文者经国之资，岂可假以虚名，必须征其实效。如闻明经射策，不读正经，钞撮义条，才有数卷。进士不寻史传，惟诵旧策，共相模拟，本无实才。……自今已后，考功试人，明经试帖，取十帖得六已上者，进士试杂文两首，识文律者，然后并令试策。仍严加捉搦，必材艺灼然，合升高第者，并即依令。”所谓“杂文两首”，指箴、铭、论、表一类文章，开元年间杂文始用诗、赋（参考徐松《登科记考》卷二）。此例可见高宗重视茂才。进士考试试杂文，对唐代文学的发展亦具有推动作用。《旧唐书·文苑传序》有曰：“文皇帝（太宗）解戎衣而开学校，饰贲帛而礼儒生。……韵谐金奏，词炳丹青，故贞观之风，同乎三代。高宗、天后，尤重详延。……巍巍济济，辉烁古今。"与此处论点吻合。

"虞、许"，指虞世南、许敬宗。"苏、李"，指苏味道、李峤。虞世南，太宗时历官弘文馆学士、秘书监。许敬宗，高宗时历官侍中、中书令、右相。苏味道，武后时官凤阁侍郎同凤阁鸾台三品。李峤，武后时官鸾台侍郎、知政事，封赵国公。中宗时以特进守兵部尚书同中书门下三品。许、苏、李三人均位登宰辅，即史臣所谓"位升台鼎"。诸人学问赡博，虞世南卒后，太宗称其德行、忠直、博学、文词、书翰为五绝。又据《新唐书·艺文志》"类书"门，虞世南有《北堂书钞》一百七十三卷，许敬宗主持编撰《瑶山玉彩》五百卷、《累璧》四百卷。故史臣称为"学际天人"。又诸人除能诗赋外，均擅长朝廷应用文字。武后时，朝廷每有大手笔，皆命李峤为之。李峤与苏味道均以此类文字扬名(以上参照两《唐书》诸人列传)。"润色之文"，指铺扬帝王功业的文章。按元、白两人均登高位，博学，擅长应用性公文；史臣列举虞、许、苏、李四人，因其政治地位、文学才能，均与元、白两家相近，故举以为比。元稹曾官工部侍郎、同中书门下平章事。白居易曾官太子少傅分司东都，以刑部尚书致仕。元稹曾为祠部郎中、知制诰，白居易曾为中书舍人、知制诰，两人均擅长制诰等公文。据《新唐书·艺文志》"类书"门，元稹有《元氏类集》三百卷，白居易有《白氏经史事类》(一名《六帖》)三十卷。

按本篇论述前代文学，所举潘岳、陆机、鲍照、谢灵运、徐陵、庾信诸人，均为擅长骈体诗文之名家，其肯定骈体诗文之立场与《宋书·谢灵运传论》一致，列举代表作家亦与该《论》相近。此处所举虞、许、苏、李诸人，亦均擅长骈体诗文，沿袭了南朝徐、庾等人的传统，于此可见史臣对初唐骈俪文风持肯定态度。《新唐书》编者对初唐文风则加以鄙薄，有曰："高祖、太宗，大难始夷，沿江左馀风，絺句绘章，揣合低昂，故王(勃)、杨(炯)为之伯。"(《新唐书·文艺传序》)与《旧唐书》的评价大相径庭。

> 然而向古者伤于太僻，徇华者或至不经，龌龊者局于宫商，放纵者流于郑卫。若品调律度，扬榷古今，贤不肖皆赏其文，未如元、白之盛也。

此段前面指出，唐代许多文人的作品（以诗为主），往往有偏至。有的崇尚高古，则易流于僻涩（如元结、孟郊）；有的追求华丽，崇尚今体，则又易流于艳而不雅（如温庭筠）。指出许多文人的不足，为下文肯定元、白作衬托。按元稹《唐故工部员外郎杜君墓系铭序》在赞美杜诗的高度成就前有曰："然而莫不好古者遗近，务华者去实；效齐梁则不逮于魏晋，工乐府则力屈于五言；律切则骨格不存，闲暇则纤秾莫备。"亦是批评许多诗人之不足，为大力肯定杜甫作陪衬。史臣此处文字盖受元稹文的启发。《旧唐书》编者站在骈文派立场，对魏晋南朝以至初唐的不少骈体文学名家予以充分肯定，他们在对待文风的古与今、质朴与文华这方面也是着重肯定今体与文华。《旧唐书·文苑传序》有曰："昔仲尼演三代之《易》，删诸国之诗，非求胜于昔贤，要取名于今代。实以淳朴之时伤质，民俗之语不经，故饰以文言，考之弦诵，然后致远不泥，永代作程。即知是古非今，未为通论。"他们反对是古非今，重视今体与文华，实质上即是肯定魏晋以来盛行的骈体文风。

《旧唐书·文苑·杜甫传》于传末引录了元稹《杜工部墓系铭序》的一长段话。文中大力肯定杜甫的长篇排律，并认为李白在这方面"尚不能历其藩翰，况堂奥乎"，从而贬抑李白。《旧唐书》在引用此文后加按语说："自后属文者以稹论为是。"可见它对元稹崇尚排律的意见也加以肯定。唐代长篇排律，始盛于杜甫，极盛于元、白。它诚如元稹所说，"铺陈终始，排比声韵"，"属对律切"，标志着唐代今体诗（近体诗）的新发展和新成就。《旧唐书》对此加以肯定，是它肯定今体诗风的一个重要例证。《新唐书·文艺·杜甫传》没有引用元稹大力肯定杜甫长篇排律的议论，于传赞中只引了元稹“诗人以来未有如子美者”语；没有因李白不长于排律而加以贬抑，而引用了韩愈“李杜文章在，光焰万丈长”的诗句，评价与《旧唐书》大不相同。

“贤不肖皆赏其文”二句，指出元、白诗歌流传广泛，受到社会各阶层人士的欣赏和喜爱。关于此点，元、白作品中有着具体的叙述。白居易《与元九书》有曰：“日者又闻亲友间说，礼、吏部举选人，多以仆私试赋、判，传为准的；其馀诗句，亦往往在人口中。……自长安抵江西三四千里，凡乡校、佛寺、逆旅、行舟之中，往往有题仆诗者；士庶、僧徒、孀妇、处女之口，每每有咏仆诗者。”元稹《白氏长庆集序》有曰：“然而二十年间，禁省、观寺、邮候墙壁之上无不书，王公、妾妇、牛童、马走之口无不道。至于缮写模勒、衒卖于市井，或持之以交酒茗者，处处皆是。其甚者有至于盗窃名姓，苟求自售，杂乱间厕，无可奈何。予尝于平水市中，见村校诸童，竞习歌咏。召而问之，皆对曰：‘先生教我乐天、微之诗。’固亦不知予为微之也。又鸡林贾人求市颇切，自云：‘本国宰相每以一金换一篇，其甚伪者宰相辄能辨别之。’自篇章以来，未有如是流传之广者。”白居易死后，唐宣宗《吊白居易》诗有云：“童子解吟《长恨曲》，胡儿能唱《琵琶篇》。”又张为《诗人主客图》，首列白居易为广大教化主，其上入室、入室等弟子共达十七人，亦可见其对诗坛影响之深广。以上诸例，都说明元、白篇章流传之广泛，影响之巨大。

元、白的诗歌，受到社会各阶层广大人众的喜爱，自有其原因。赵翼《瓯北诗话》卷四论元、白诗有曰：“元、白尚坦易，务言人所共欲言。试平心论之，诗本性情，当以性情为主。……坦易者多触景生情，因事起意，眼前景，口头语，自能沁人心脾，耐人咀嚼。”这段话说得很中肯，能指出元、白所以获得广大读者的因由。李肇《国史补》说白居易诗风“浅切”、元稹诗风“淫靡”，实际上元诗亦较浅切，白居易亦有部分篇章淫靡，两人诗都具有浅近切至、文辞靡丽的特色，只是在数量、程度上各有所偏而已。这种浅切淫靡，正与当时社会上流行的诗风相吻合。元、白诗歌在当时社会上流传最广的，除白居易《长恨歌》、《琵琶行》为歌行外，其他则大体为近体诗。元稹《上令狐相公诗启》有曰："唯杯酒光景间屡为小碎篇章，以自吟畅。……江湖间多新进小生，不知天下文有宗主，妄相放效，而又从而失之，遂至于支离褊浅之辞，皆目为元和诗体。稹与同门生白居易友善。居易雅能为诗，就中爱驱驾文字，穷极声韵，或为千言，或为五百言律诗，以相投寄。小生自审不能有以过之，往往戏排旧韵，别创新词，名为次韵相酬，盖欲以难相挑。江湖间为诗者，复相放效，力或不足，则至于颠倒语言，重复首尾，韵同意等，不异前篇，亦目为元和诗体。"可见元、白两人在当时社会上传播广泛、效者纷纷的所谓元和体诗，系为近体诗，其中一部分为绝句、八句律诗等小碎篇章，另一则为长篇排律（参考陈寅恪《元白诗笺证稿》中附论《元和体诗》一节）。估计其中短篇的读者面尤为广泛，长篇排律则为喜逞才学的文士所崇尚。元稹《白氏长庆集序》赞美白居易诗有曰："五字律诗百言而上长于赡，五字、七字百言而下长于情。"长于赡者为喜逞才学者所喜爱，长于情者为更广泛的人士所喜爱。

元、白作品在当时社会广泛传播，不特诗歌为然，其他文体也是如此。白居易《与元九书》言及当时礼部、吏部选拔人材，多以他的赋、判作为文章标准（见上引）。元稹《白氏长庆集序》有曰："贞元末，进士尚驰竞，不尚文，就中六籍尤摈落。礼部侍郎高郢始用经艺为进退。乐天一举擢上第。明年，中拔萃甲科。由是《性习相近远》、《玄珠》、《斩白蛇剑》等赋，及百道判，新进士竞相传于京师。"更具体叙述了白氏赋、判广泛流传、被人模仿的情状。赋和判，系当时考试必考的文体，白居易的赋、判，运用当时流行的骈文写作，又能参以六艺经学（在思想内容、用词遣语上均受经书影响），具有折中今古、文质的倾向，故为当时主持选举的试官所重视，同时也是史臣所谓"贤不肖皆赏其文"的一个重要原因。

南北朝骈文发达，风靡社会，这种风气一直持续到唐代。唐代礼部以五言律诗、律赋考进士，吏部以判（亦用骈体写作）选拔士人①，这种制度更助长了骈体诗文的发展。因此，重视对偶工整、音调和谐的骈体诗文在文坛以至社会上长期占据主导地位。不少标榜学古、复古的文人，在创作上仍然受到骈体文风的影响。陈子昂的散文尚多骈句。李白的散文骈文气息更浓，其古诗中也多骈句。唐代通俗讲唱文学变文，更是大量运用骈体。唐代文人中作品在社会上流行最广、甚至远播国外的，除白居易外，尚有徐寅，他们均擅长骈体的诗赋或文，文辞比较通俗②。陆贽的制诰、奏议等公文，深受广大人士爱好，也用明白的骈体写成。因此说，在唐代社会上骈体诗文一直占据着主导地位，而其中文辞明白通俗的骈体诗文，流传更为广泛。从文学理论批评方面看，绝大多数人也对骈体诗文持肯定态度。唐初魏徵、令狐德棻等史家，虽然反对南朝的浮靡文风，但不反对骈体，他们的文章常用骈体。他们的态度，大致上和《文心雕龙》的作者刘勰相似，只是要求把骈体诗文写得雅正一些。韩愈、李翱等人提倡古文，故意把文句写得参差错落，破坏了骈文语句整齐、声调和谐的常规。当时裴度即不以为然，批评他们的古文"磔裂章句，隳废声韵"（《寄李翱书》）。裴度的言论，代表了当时大多数士人肯定骈体诗文的态度。

元稹、白居易的作品，从总体上看，属于骈文一派。这里就白居易的作品稍作说明。他的诗歌，有大量是近体诗，其许多古体诗中也多用偶句，注意声调和谐。如《秦中吟·歌舞》有云："贵有风云兴，富

① 《旧唐书》卷四三《职官志》："吏部……择人以四才。"注："四才谓身、言、书、判。"

② 参考拙作《韩愈散文的风格特征和他的文学好尚》。编者按：此文收入《汉魏六朝唐代文学论丛》上编。

无饥寒忧。所营唯第宅,所务在追游。朱轮车马客,红烛歌舞楼。欢酣促密坐,醉暖脱重裘。秋官为主人,廷尉居上头。日中为一乐,夜半不能休。"此种例子颇多,不烦悉举。其长诗《长恨歌》、《琵琶行》不但文辞华美,音韵响亮,也多骈句,故其艺术美深为当时广大读者喜爱。他的赋,大致为应试所作的律赋,为当时士人所传诵,已见上述。他的文章,其中著名的系列作品《策林》、百节判等都是工致的骈文。其他也多骈文。他的碑、墓志铭、记、序等一部分文章,奇句较多,那是因为以记叙为主的散文不宜多用骈句,这即使在骈文盛行的八代,也是如此。他的一部分骈散相兼或奇句较多的文章,气格也仍与骈文为近,与韩愈等的古文不同。白居易的作品,所以在当时风行遐迩,受到社会各阶层人士的重视、喜爱,就是因为它们运用了比较明白浅显的骈文体写作,迎合了时代风尚。诚然,白居易曾经大力提倡《诗经》六义之旨,强调写作讽谕诗,那主要是学习《诗三百篇》关心政治、注意美刺比兴的精神。至于他作品的语言风格,则主要是属于时文一派,不是复古。这是需要细心分辨清楚的。

> 昔建安才子,始定霸于曹、刘;永明辞宗,先让功于沈、谢;元和主盟,微之、乐天而已。

按"曹、刘"指曹植、刘桢。建安诗人,后代评价大抵以曹、刘两人为最高。鍾嵘《诗品序》有曰:"昔曹、刘殆文章之圣。"后人常曹、刘并称,此处不赘。"沈、谢",指沈约、谢朓,为南齐永明时代最杰出的诗人。萧纲《与湘东王书》有曰:"至如近世谢朓、沈约之诗,任昉、陆倕之笔,斯实文章之冠冕,述作之楷模。"《旧唐书·文苑传序》有曰:"近代唯沈隐侯斟酌二《南》,剖陈三变,摅云、渊之抑郁,振潘、陆之风徽。俾律吕和谐,宫商辑洽,不独子建总建安之霸,客儿擅江左之雄。"对沈约评价甚高,于其提倡声律论尤致推重,与此处推许沈、谢可以互相参照。

《旧唐书》把元、白两人合传，传论规仿《宋书·谢灵运传论》体例，综论历代文学，把元、白当作唐代文学的杰出代表人物，其地位犹如刘宋的谢灵运那样。这里纵观历代诗歌发展，说元、白是元和诗坛的盟主，可以与建安时曹、刘，永明时沈、谢相比，给予崇高的历史地位。《旧唐书》史臣崇尚骈体文学，崇尚近体诗。在他们看来，建安是文人五言诗的开始繁荣时期，曹植、刘桢（特别是曹植）对后来崇尚辞藻、对偶的文人诗发生巨大影响。沈、谢是永明新体诗（近体诗的前驱）的倡导者和代表作家。元、白则是唐代近体诗极盛阶段的杰出作家，两人不但是元和诗坛的盟主，而且代表了唐代诗歌（着重近体诗）的最高成就。

在《旧唐书》史臣看来，元、白的诗歌成就超过李白、杜甫。元和时代，虽然已有不少人承认李、杜为两大诗人。如白居易《与元九书》曰："诗之豪者，世称李、杜。"韩愈《调张籍》更有"李杜文章在，光焰万丈长"之句。但在唐代中后期和五代，李、杜为唐代最大诗人，还没有得到人们一致的公认。元稹即认为李白在长篇排律方面还不能历杜甫的藩翰。在此以前，皎然《诗式》品第唐诗，最推崇的是宋之问、沈佺期两人（参见《诗式》"律诗"条）。李白不长于律诗，故《旧唐书》评价不甚高。史臣于《杜甫传》同意元稹讥李白不长排律之论，已见上文。《旧唐书·文苑传序》有曰："王维、杜甫之雕虫。"举工于律体的王、杜而不及李白，亦是一证。杜甫虽工律体，但其诗在语言明白晓畅、音调和谐流美方面，则不及元、白。从唐五代通行的审美标准看，元、白的诗歌成就更在杜甫之上。这样看来，《旧唐书》把元、白作为元和诗坛以至整个唐代的代表作家对待，也就不难理解了。

臣观元之制策，白之奏议，极文章之壸奥，尽治乱之根荄，非徒谣颂之片言，盘盂之小说。

按这小段谓元、白有关朝政的文章，其内容深究治乱之道，是有裨于政治的宏文，非短小的谣、颂，若盘、盂般浅小的议论所可比拟。古代谣、颂(亦作“诵”)常用以对政治现象进行美刺。白居易《元公(稹)墓志铭序》有曰：“观其述作编纂之旨，岂止于文章刀笔哉？实有心在于安人活国，致君尧舜，致身伊皋耳。”元稹《白氏长庆集序》赞美白氏文章有曰：“赋赞箴戒之类长于当，碑记叙事制诰长于实，启表奏状长于直，书檄词册剖判长于尽。”对两家文章之特色有所说明，可供参考。

就文观行，居易为优，放心于自得之场，置器于必安之地，优游卒岁，不亦贤乎！

按这小段主要赞美白居易晚年能退出政治斗争漩涡，全身远害。对元稹的政治操守，过去史家和评论者多有批评。因其与文学评价无关，此处不再论述。

赞曰：文章新体，建安、永明。沈、谢既往，元、白挺生。但留金石，长有《茎》、《英》。不习孙、吴，焉知用兵。

按此处强调“新体”，仍是重视骈体文学、重视近体诗的立场，与上引《旧唐书·文苑传序》之“是古非今，未为通论”之说相吻合。“《茎》”，《六茎》，相传为古帝颛顼乐曲名。“《英》”，《六英》，相传为古帝帝喾乐曲名。“孙、吴”，指古代著名兵法家孙武、吴起。

二

《新唐书》对元稹、白居易的文学评价，明显地没有《旧唐书》那么高。《新唐书》卷一一九把白居易与武平一、李乂、贾曾等人同传，这些人大抵敢于直言谏诤，有的还担任过知制诰，长于朝廷应用文字。又卷一七四把元稹与李逢吉、牛僧孺、李宗闵、杨嗣复等同传，把他归入牛李党争一类人物。《新唐书》为元稹、白居易立传，首先从两人的政治表现着眼，不似《旧唐书》那样将元、白合传，把两人评为元和文坛的盟主，主要从文学成就考虑。下面对《新唐书·白居易传赞》分段稍加笺释。

赞曰：居易在元和、长庆时，与元稹俱有名，最长于诗，它文未能称是也。

按《新唐书·白居易传》末段也说："居易于文章精切，然最工诗。"同样肯定其诗，对其他赋、判、制诰、奏议等文体均未予肯定，这与《旧唐书》和中唐时许多文人对白氏文章评价甚高是大相径庭的。上文指出，白居易的文风，主要属于唐五代流行的骈文体文风，故不为属古文派的《新唐书》编者所喜爱。古文家不废律诗，对诗歌中的骈俪成分较为容忍，对散文中的骈俪语句则力加排斥，故此处对白诗评价较高，于散文则低。赵翼《廿二史劄记》卷十八"新书尽删骈体旧文"条曰："欧、宋二公不喜骈体，故凡遇诏、诰、章、疏四六行文者，必尽删之。"下面举了不少例子。欧阳修、宋祁如此厌恶骈文，当然对白居易文章评价不会高了。

多至数千篇，唐以来所未有。其自叙言："关美刺者，谓之讽谕；咏性情者，谓之闲适；触事而发，谓之感伤；其它为杂律。"又讥"世人所爱惟杂律诗，彼所重，我所轻。至讽谕意激而言质，闲适思澹而辞迂，以质合迂，宜人之不爱也"。今视其文，信然。

按《新唐书·白居易传》末段述其诗有曰："初，颇以规讽得失，及其多，更下偶俗好，至数千篇，当时士人争传。”与此处所论意思相通，惟此处用“下偶俗好”语，贬意较为明显。陆机《文赋》：“或奔放以谐合，务嘈嘈而妖冶。徒悦目而偶俗，故声高而曲下。寤《防露》与《桑间》，又虽悲而不雅。”此处盖讥白居易作品繁多，其中一部分投合世俗好尚，艳而不雅。白居易写作大量杂律诗，其在社会上流行最广、被称为元和体者，亦为律体诗，已详上文。《新唐书》对此类诗加以批评，显示出与《旧唐书》迥然不同的态度。

“其自叙言”云云，均见白居易《与元九书》。《新唐书》着重肯定白居易的讽谕诗、闲适诗，因其思想内容有益于政治教化和道德修养，在文辞上则因其比较质朴，符合于古文派的要求。白居易在《与元九书》上面部分中，固然推重讽谕、闲适两类诗，贬抑感伤、杂律诗，但这仅是一时片面的夸张说法，实际他对感伤、杂律诗还是喜爱和重视的。《与元九书》尾部叙述与元稹游长安城南，道上各诵新艳小诗、其乐无比一段，即是一例。他不但自己创作大量律体诗，而且盛赞元稹、刘禹锡的律体诗。赞美元稹律体诗云：“声声丽曲敲寒玉，句句妍辞缀色丝。”(《酬微之》)赞美刘禹锡的“雪里高山头白早”等律句“真谓神妙”(《刘白唱和集解》)。《新唐书》独独肯定白居易推重其讽谕、闲适诗的言论，表明了史臣审美标准的倾向性。

《新唐书·文艺传序》有曰：“言诗则杜甫、李白、元稹、白居易、刘禹锡。”举了五位大家，可见它对元稹、白居易诗歌总的评价还是很高的，只是把元、白两人列在李、杜之下，这也与《旧唐书》把元、白视为最杰出的代表诗人不同。

而杜牧谓：“纤艳不逞，非庄士雅人所为。流传人间，子父女母交口教授，淫言媟语入人肌骨不可去。”盖救所失，不得不云。

按杜牧《唐故平卢军节度巡官陇西李府君(戡)墓志铭》述李戡之

论曰："尝痛自元和已来，有元、白诗者，纤艳不逞，非庄士雅人，多为其所破坏。流于民间，疏于屏壁，子父女母，交口教授，淫言媟语，冬寒夏热，入人肌骨，不可除去。吾无位，不得用法以治之。"此处盖节引其语。元、白的一部分诗歌（主要为杂律诗），的确比较纤艳，少数诗篇，如元稹的《梦游春七十韵》、《会真诗》，白居易的《和梦游春一百韵》、《江南喜逢萧九彻因话长安旧游戏赠五十韵》等诗更详述男女床笫间事（王夫之《薑斋诗话》讥为"备述衾裯中丑态"），有类传奇小说，为"庄士雅人"所憎恶。张戒《岁寒堂诗话》评《长恨歌》有曰："其叙杨妃进见专宠行乐事，皆秽亵之语。……又云：'君王掩面救不得，回看血泪相和流。'此固无礼之甚。'侍儿扶起娇无力，始是新承恩泽时。'此下云云，殆可掩耳也。"也是不满《长恨歌》写男女之情和杨妃体态，过尽过露，形成李戡所谓"淫言媟语"。皮日休曰："元、白之心，本乎立教，乃寓意于乐府雍容宛转之词，谓之讽谕，谓之闲适。既持是取大名，时士翕然从之，师其词，失其旨。凡言之浮靡艳丽者，谓之元白体。二子规规攘臂解辩，而习俗既深，牢不可破，非二子之心也，所以发源者非也。可不戒哉！"（《论白居易荐徐凝屈张祜》）指出元、白诗有有功教化的一面，又有文辞艳丽、影响不好的一面，看法较为全面。《新唐书》对元、白诗总的评价很高，但又称引李戡的话，指出其弊病，持论大致和皮日休相近。

杜牧于《李府君墓志铭》中引述李戡斥责元、白的言论，自己的看法也是倾向于李戡。按杜牧集子中也有若干有关男女艳情（包括狎妓）的诗作，如"十年一觉扬州梦，赢得青楼薄幸名"（《遣怀》）之句便是。明代杨慎批评杜牧说："牧之诗淫媟者与元、白等耳，岂所谓睫在目前犹不见乎？"（《升庵全集》，据陈友琴《白居易诗评述汇编》转引）按杜牧诗写男女艳情，语句常简练含蓄，不像元、白诗那样有具体露骨的描写，二者风格颇不相同；因此杜牧诗虽然也写男女艳情，在某些文人包括杜牧自己看来，还比较风雅，可以不算淫言媟语了。

考高彦休《唐阙史》载，裴度重修福先佛寺，打算请白居易写纪念碑文。皇甫湜当时在裴府，听了发怒曰："近舍某而远征白，信获戾于门下矣。且某之文，方白之作，自谓瑶琴宝瑟，而比之桑间濮上之音也。"皇甫湜是古文名家，他把白居易作品詈为桑间濮上之音，固然由于白居易确有部分轻绮的艳情诗，同时也反映了当时韩愈一派古文家对白居易骈俪文风的不满。

> 观居易始以直道奋，在天子前争安危，冀以立功。虽中被斥，晚益不衰。当宗闵时，权势震赫，终不附离为进取计，完节自高。而稹中道徼险得宰相，名望漼然。呜呼，居易其贤哉！

按此段赞美白居易的政治表现，并以元稹的晚节不终作比。以其与文学评价无关，不再阐释。

综上所述，可见两《唐书》对元稹、白居易两人文学成就的评价颇不相同。《旧唐书》编者对元、白的各体作品都甚为赞美，对两人的诗歌（特别律体诗）尤为推重，认为是继南齐沈约、谢朓之后诗歌创作的又一个高峰，代表了唐代诗歌的最高成就。《新唐书》编者对元、白作品，只是推重其诗歌，特别是风格比较质朴的讽谕、闲适诗；对律体诗颇有微词，对其他文体不加肯定。《新唐书》也肯定元、白在唐代诗人中的重要地位，但认为成就次于李白、杜甫。唐五代时，骈体文风盛行，《旧唐书》编者按照当时流行的观点来评价元、白的律体诗和骈体文，因而高度推崇。北宋中期，古文派在文坛取得优势，《新唐书》编者欧阳修、宋祁又是古文名家，他们站在古文派立场来评价元、白，因而主要肯定讽谕、闲适等类古体诗，而对律体诗、骈体文则有不满之辞。

对古文派领袖韩愈的评价，两《唐书》也颇不相同，《旧唐》低而

《新唐》高。《旧唐书》卷一六〇《韩愈传》评其文章曰："愈所为文，务反近体，抒意立言，自成一家新语。后学之士，取为师法，当时作者甚众，无以过之，故世称韩文焉。"肯定韩文"自成一家新语"，评价不甚高。接着举《柳州罗池庙碑》、《讳辨》二例，认为是"文章之甚纰缪者"。又批评韩愈所撰《顺宗实录》"繁简不当，叙事拙于取舍"。对韩愈文章评价是毁誉参半。《新唐书》卷一七六《韩愈传赞》有曰："至贞元、元和间，愈遂以六经之文为诸儒倡，障隄末流，反刓以朴，刬伪以真。……当其所得，粹然一出于正，刊落陈言，横骛别驱，汪洋大肆，要之无抵牾圣人者。……自愈没，其言大行，学者仰之如泰山、北斗云。"堪称推崇备至。《新唐书·文艺传序》评述唐文历史发展，认为："大历、贞元间，美才辈出，擩哜道真，涵泳圣涯，于是韩愈倡之，柳宗元、李翱、皇甫湜等和之，排逐百家，法度森严，抵轹晋魏，上轧汉周，唐之文完然为一王法，此其极也。"对于以韩愈为首的古文派给予极高评价。在唐代文人中，《旧唐书》评价最高的是元稹、白居易，对韩愈有所贬抑；《新唐书》评价最高的是韩愈，对元、白有所贬抑。两相比较参照，两《唐书》编者的不同文派立场，就更加看得清楚了。

（原载《中国语言文学研究的现代思考》
论文集，复旦大学出版社 1991 年出版）

王渔洋论唐代乐府诗

——读渔洋《论诗绝句》其九札记

王渔洋《戏仿元遗山论诗绝句三十二首》其九论唐代乐府诗，云："草堂乐府擅惊奇，杜老哀时托兴微。元白张王皆古意，不曾辛苦道妃豨。"称道唐代李白、杜甫、元稹、白居易、张籍、王建乐府诗都写得好，具有古意，而不是机械模仿古乐府。其言颇为简括中肯。

王氏此论，在其诗话中有较具体的阐述，可供读者参证。王氏门人何世璂《然镫记闻》(《清诗话》本)第十九条述王渔洋论乐府诗有曰：

> 古乐府原有句有音。在当日句必大书，音必细注。后人相沿之久，并其细注之音而误认为句。附会穿凿，至于摹拟剽窃，毫无意义，而自命为乐府，使人见之欲呕。如南中某公作乐府，有"妃呼豨，豨知之"之语。夫"妃呼豨"三字皆音也，今乃认妃作女，认豨作豕，一似豕真有知，岂非笑谈？唐人乐府，惟有太白《蜀道难》、《乌夜啼》，子美《无家别》、《垂老别》以及元、白、张、王诸作，不袭前人乐府之貌，而能得其神者，乃真乐府也。后人拟古诸篇，总是赝物。

这段话可说是对上引《论诗绝句》的最佳解释。这里称道唐代李、杜、元、白、张、王诸家所写乐府，能得到古乐府的神理，即《论诗绝句》所谓具有古意。所记南中某公把古乐府“妃呼狶”三个记音字实解为女呼狶，视为笑谈，即《论诗绝句》末句所讥嘲之对象。按汉乐府铙歌中之《有所思》篇有云：“妃呼狶，秋风肃肃晨风飔，东方须臾高知之。”“妃呼狶”实为表声的字。汉铙歌十八首中特多表声的字。故宋刻本《宋书·乐志四》末尾馆臣校语有曰：“汉鼓吹铙歌十八篇，按《古今乐录》，皆声、辞、艳相杂，不复可分。”王渔洋《古夫于亭杂录》有曰：“沈约云：乐人以音声相传，训诂不复可解。凡古乐录，大字是辞，细字是声，声辞合写，故致然尔。此言甚明白。故今人强拟汉铙歌等篇，必不可也。”（《带经堂诗话》卷一引）可见他对汉乐府中声辞相杂的情况颇为注意。上引《然镫记闻》中前面数句，指出古乐府声辞相杂现象，即本诸沈约的言论。（王渔洋所引沈约数语，见《乐府诗集》卷十九宋鼓吹铙歌三首题解，今本《宋书·乐志》不载。）渔洋认为应当理解汉乐府体制，区别音声和文辞，不应机械模仿，这意见是中肯的。

王渔洋《池北偶谈》又有论乐府一则，亦可资参证。文太长，节录如下：

> 郑渔仲曰：继三代之作者，乐府也。乐府之作，宛同风雅。……后世文士如李太白，则沿其目（指题目，即沿用乐府古题）而革其词，杜子美、白乐天之伦，则创为意而不袭其目（指制作新题乐府），皆卓然作者，后世有述焉。近乃有拟古乐府者，遂专以拟名。其说但取汉魏所传之词，句模而字合之。中间岂无陶阴之误，夏五之脱，悉所不较。或假借以附益，或因文而增损，跼蹐床屋之下，探胠滕箧之间，乃艺林之根蠹，学人之路阱矣。以此语于作者之门，不亦恧乎！夫才有长短，学有通塞，取古今之人一一强同，则千里之谬，不容秋毫；肖貌之形，难为觌面。若曰乐府，则乐府矣，尽人而能为乐府也。若曰必此为古乐府，使

与古人同曹而并奏之，其何以自容哉！李于鳞曰："拟议以成其变化。"[1]噫，拟议将以变化也，不能变化而拟议，奚取焉？予知其不可而不能不为也，第命曰古乐府，而不敢以"拟"称云。

右蒙阴公文介公孝与（原注：公鼐字孝与，谥文介）乐府自序也。虞山钱牧翁尝亟取东阿于文定公论乐府之说，不知文介此论与文定若合符节。予尝见一江南士人拟古乐府，有"妃来呼豨豨知之"之句，盖乐府"妃呼豨"皆声而无字，今误以妃为女，呼为唤，豨为豕，凑泊成句，是何文理？因于《论诗绝句》著其说云："草堂乐府……"亦于、公二公之绪论也。（《带经堂诗话》卷一引）

这里前面引录了公鼐论乐府之说，肯定唐代李白、杜甫、白居易的古题、新题乐府诗，批评明代中期以来拟古乐府的弊端。接着王渔洋对此深表赞同，又一次提到江南士人误会"妃呼豨"的可笑现象，并说明了他写作《论诗绝句》其九的由来。由此可见，王渔洋对乐府诗的看法，系受到公鼐的启发。

郎廷槐编《师友诗传录》，有一则记渔洋论唐以来乐府诗流变，也值得重视。节录于下：

故乐府者，继《三百篇》而起者也。唐人惟韩（愈）之《琴操》，最为高古。李之《远别离》、《蜀道难》、《乌夜啼》，杜之《新婚》、《无家》诸别，《石壕》、《新安》诸吏，《哀江头》、《兵车行》诸篇，皆乐府之变也。降而元、白、张、王，变极矣。元次山、皮袭美补古乐章，志则高矣，顾其离合，未可知也。唐人绝句，如"渭城朝

① 李攀龙所作古乐府小引末尾曰："《易》曰：'拟议以成其变化。''日新之谓盛德。'不可与言诗乎哉！"（《沧溟先生集》卷一页 1，上海古籍出版社 1992 年 12 月第 1 版）

雨”、“黄河远上”诸作，多被乐府，止得风之一体耳。元杨廉夫、明李宾之各成一家，又变之变也。李沧溟（攀龙）诗名冠代，只以乐府摹拟割裂，遂生后人诋毁。则乐府宁为其变，而不可以字句比拟也亦明矣。

这里王渔洋指出，唐代李、杜、元、白、张、王诸家，以至元代杨维桢、明代李东阳诸家，写作乐府诗，都有发展变化和创新，故能成就卓越。他不满意唐代元结、皮日休所作之补古乐章，当是由于它们机械模仿《雅》、《颂》，缺乏创新变化。他不满意李攀龙的拟古乐府，因为它们对古乐府是机械摹仿，以割裂古辞字句为能事。渔洋论唐代及以后的乐府诗，肯定创新变化，反对机械摹仿，其见解是可取的。从上引诸条和《论诗绝句》其九结合起来看，可见他屡屡肯定唐代李、杜、元、白、张、王诸家的作品，正是从这一原则出发的。

关于《论诗绝句》其九，尚有两点须说明一下。一是首句所谓“草堂乐府”，究竟是指何人的作品，二是关于“辛苦道妃豨”的历史背景。至于第二句赞美杜甫“三吏”、“三别”等篇感时伤事，托兴深微，第三句赞美元、白、张、王乐府注意反映民生疾苦，具有汉乐府“感于哀乐，缘事而发”的古意，意思都颇明白，无烦细说。

首句“草堂”借指何人，旧注有两说。惠栋《渔洋精华录训纂》以为指李白。注曰：“《唐书·艺文志》有李白《草堂集》二十卷，李阳冰录。首载乐府。”金荣《渔洋精华录笺注》则以为指杜甫，注曰：“胡宗愈《成都草堂先生诗碑序》：草堂先生，谓子美也。草堂，子美之故居，因其所居，而号之曰草堂先生。”按惠注是，金注非。首先，句中以“惊奇”称道草堂乐府，此乃李白乐府诗之最大特色。考孟棨《本事诗·高逸》载：“李太白初自蜀至京师，舍于逆旅。贺监知章闻其名，首访之。既奇其姿，复请所为文。出《蜀道难》以示之。读未竟，称叹者数四，号为谪仙。解金龟换酒，与倾尽醉。期不间日。由是称誉光赫。

贺又见其《乌栖曲》，叹赏苦吟，曰：此诗可以泣鬼神矣。故杜子美赠诗及焉。……或言是《乌夜啼》，二篇未知孰是。”所称杜甫赠诗，指其《寄李十二白二十韵》诗，有句云：“昔年有狂客（贺知章自称四明狂客），号尔谪仙人。笔落惊风雨，诗成泣鬼神。声名从此大，汩没一朝伸。”又殷璠《河岳英灵集》评李白诗有曰：“至如《蜀道难》等篇，可谓奇之又奇。”后代诗家论李白乐府、歌行，也常从惊奇角度指陈其特色。如胡应麟《诗薮》（内编卷三）评曰：“太白《蜀道难》、《远别离》、《天姥吟》、《尧祠歌》等，无首无尾，变幻错综，窈冥昏默。”渔洋诗中“惊奇”二字，正从杜诗、殷璠评语概括而来。又上引渔洋诗话言及李白乐府，总是提到《蜀道难》、《乌夜啼》，正与《本事诗》所记贺知章所叹赏篇章相合。渔洋利用前人评语，以“惊奇”二字称道李白乐府，可谓得其要领。再则，从上引渔洋诗话，可见渔洋论唐代乐府，总是李、杜、白等诸人并提，此诗不会独遗李白。再从全诗结构、行文看，前三句每句说唐代一人或数人，假如第一、二句均说杜甫，于文理亦不顺。因此可以肯定地说，首句“草堂乐府”是指李白作品。李阳冰为李白编录《草堂集》，并为作序，其本不传。后来所编的李白集，改称《李翰林集》、《李太白集》等名称，《草堂集》一名遂不再受人注意，而杜甫成都草堂为人们所熟悉，因而在这方面易滋误会了。

王渔洋讥讽江南一士人摹仿汉乐府铙歌《有所思》，把记声字“妃呼豨”误解为女唤豕。这虽出自个别士人之手，实际反映了明代中期以来部分诗人机械摹拟汉乐府、割裂字句、生吞活剥的流弊。在这方面，李攀龙起了不好的带头作用。他写了百馀篇古乐府，对汉乐府铙歌、相和曲、杂曲歌、南朝吴声歌曲和西曲歌、北朝鼓角横吹曲等，一一加以摹拟，大抵因袭古辞字句，略加变化，缺乏新意（见《沧溟先生文集》卷一、卷二）。李攀龙是后七子的领袖，因而对诗坛产生明显影响，形成了一种机械摹拟古乐府的风气，流弊滋深。渔洋讥讽江南一士人辛辛苦苦摹仿汉乐府，误“妃呼豨”为“女呼豕”的笑话，乃是这种拟古创作风气中的一个突出例子。对于李攀龙的带头摹拟古乐府，后人包括王渔洋多有訾议。上引《池北偶谈》一则，公鼐抨击李攀龙“拟议以成其变化”之说。据《师友诗传录》所记，则渔洋更是直接批评李攀龙“只以乐府摹拟割裂，遂生后人诋毁”。《池北偶谈》又曰：“乐府古诗不必轻拟，沧溟诸贤病正坐此。”说“诸贤”，可见机械摹仿古乐府者不止一二人，由于李攀龙是这方面的领袖人物，所以只是提他的名。与渔洋同时的冯班，对这种现象也多所指摘：

近代李于鳞取晋、宋、齐、隋《乐志》所载，章截而句摘之，生吞活剥，曰拟乐府，至于宗子相之乐府，全不可通。今松江陈子龙辈效之，使人读之笑来。（《钝吟杂录·古今乐府论》）

酷拟之风，起于近代。李于鳞取魏晋乐府古异难通者，句摘而字效之，学者始以艰涩遒壮者为乐府，而以平典者为诗。吠声哗然，殆不可止。（《钝吟杂录·论乐府与钱颐仲》）

乐工采歌谣以配声，文多不可通。铙歌声词混填，不可复解是也。李于鳞之流，便谓乐府当如此作。今之词人，多造诡异不可通之语，题为乐府；集中无此辈语，则以为阙。《乐志》所载五言、四言，自有雅则可诵者，岂未之读耶？（《钝吟杂录·正俗》）

这里冯班除着重批评李攀龙外，还指责了宗子相（宗臣）、陈子龙等明代复古派文人。冯班还指出汉乐府“铙歌声词混填，不可复解”，而李攀龙等偏偏喜爱摹拟这类不可通的语句，以此求奇，其风气至清代初期不绝。所以说，王渔洋所讥嘲的某江南士人误“妃呼豨”为“女唤豕”的可笑现象，正是当时不少文人刻意摹拟古乐府的创作风气中的产物。

综上所述，可见王渔洋《论诗绝句》其九论乐府诗，主旨有二：一是肯定唐代李、杜、元、白、张、王的乐府诗写得好，他们学习古乐府，但能变化创新，获得古乐府的精神；二是通过对“妃呼豨”三字误解的例子，批评明代中后期以至清初乐府创作方面机械摹拟古乐府的不良倾向。

最后，要补充说明一下王渔洋对唐代乐府新歌的评价。唐人所作乐府诗，大致可分为三类：一是古题乐府，其题目自古乐府鼓吹曲、横吹曲、相和歌、清商曲，杂舞曲、杂曲歌等沿袭而来，但内容往往能有所变化创造，推陈出新。二是新题乐府，体式和古题乐府相近，但根据所反映的内容，自制新题。李白擅长古题乐府，白居易专写新题乐府，杜甫、元稹、张籍、王建诸人，则古题、新题都写。这两类乐府诗，在体式、技巧上都蒙受古乐府的深刻影响，在当时为文人案头之作，大抵不合乐。三是乐府新歌，则为配乐（燕乐）演唱的歌词，《乐府诗集》称为近代曲辞。其歌词一般篇幅短小，多用绝句（七绝尤多）。这类歌词在当时大抵在宴席上歌唱，其内容多为日常抒情送别一类，不似前两类歌词多反映社会现实。王渔洋对这类乐府中的佳作也颇加肯定，其《唐人万首绝句选序》有曰：

> 考之开元、天宝已来，宫掖所传，梨园弟子所歌，旗亭所唱，边将所进，率当时名士所为绝句尔。故王之涣“黄河远上”、王昌龄“昭阳日影”之句，至今艳称之。而右丞“渭城朝雨”，流传尤众，好事者至谱为阳关三叠。他如刘禹锡、张祜诸篇，尤难指数。由是言之，唐三百年以绝句擅场，即唐三百年之乐府也。

王渔洋编选《唐人万首绝句选》，在很大程度上即表现了对这类乐府新歌的赞赏和肯定。在该书凡例中，渔洋又把上述王之涣、王昌龄、王维三绝句和李白的《早发白帝城》四篇推为唐人七绝压卷之作，更可看出他对这类新歌的崇高评价。唐代元结从狭隘的教化观念出发，对这类乐府新歌颇为不满，在《箧中集序》中指责道："彼则指咏时物，会谐丝竹，与歌儿舞女生污惑之声于私室可矣；若令方直之士、大雅君子听而诵之，则未见其可矣。"在《师友诗传录》中，郎廷槐曾举元结的这几句话征询王渔洋的看法，渔洋回答道：

> 风化所起，《关雎》托始于房中；《乐录》（当指释智匠《古今乐录》）所载，清商亦存乎西曲。小伎容参法部，双鬟亦奏旗亭。周郎之顾，识者艳之；凉州之歌，君子所采。唯其无伤于雅道，或亦不见鄙于通人。

这里所谓"凉州之歌"，指王之涣《凉州词》（"黄河远上白云间"篇）。据薛用弱《集异记》记载，王昌龄、高適、王之涣三人某日在旗亭饮酒，诸女妓所唱绝句，均为王、高等三人作品，一双鬟女妓歌王之涣《凉州词》。此处王渔洋又一次肯定了《凉州词》等唐人乐府新歌。他不但不像元结那样鄙薄那些乐府新歌，而且认为那些多涉男女风情、由女妓歌唱的乐府诗，滥觞于《诗经》，"无伤于雅道"，其见解是相当通达的。

（原载《上海大学学报》1995年第5期）

中国文学批评史学科的重要奠基石

——郭绍虞两卷本《中国文学批评史》重印前言

郭绍虞先生的两卷本《中国文学批评史》是他有关中国古代文学理论批评著作中最重要的一部，也是本世纪三四十年代出版的中国文学批评史专著中最重要的一部。

郭绍虞先生(1893—1984)，名希汾，字绍虞，江苏苏州人。“五四”时期，即积极参与提倡新文化、新文学，参加新潮社，并与茅盾、郑振铎等共同发起组织文学研究会。二十年代起，长期在各高等学校执教，先后在协和大学、燕京大学、同济大学等校讲授中国语言文学。建国以后，一直在复旦大学中文系执教，并兼任上海文学艺术界联合会副主席、中国古代文学理论学会第一届会长等职。一生著述甚多，除有关中国古代文学理论批评外，兼及中国古代文学、汉语语法修辞等方面，其中以中国古代文学理论批评方面的著作数量最多，成就也最为卓越，成为这方面的权威学者。

中国古代文学批评遗产十分丰富，单诗话一类著作数量就颇惊人。但在旧时代，诗文评论常被人们视为谈艺小道，地位不高；在目录学领域，诗文评被置于集部之末，没有人对古代文学批评进行系统的历史的论述。“五四”以后，由于外来思潮的影响，文学批评受到学界重视，中国文学批评史学科的建立也被提到议事日程上来。1927年陈中凡先生的《中国文学批评史》问世，这是国内学者有关这一学科的第一部著作。陈著分量小，内容简单，而且大都来自书目提要、正史文苑传论等常见材料，发掘不多，但创始之功不可没。郭绍虞先生从陈著很受启发。他原来打算编撰一部中国文学史，但感到它领域太广，不易写出佳著，遂决心缩小范围，编撰中国文学批评史，并以它为中心，从事于大量的资料发掘、整理工作。从二十年代起，郭先生几乎全身心地投入这方面的研究工作，这部两卷本的《中国文学批评史》上册于 1934 年问世，下册（又分两分册）于 1947 年问世（上下册均由商务印书馆印行），从他全力从事这方面的研究工作到此书的完成出版，前后经历了二十来年。

本书材料丰富扎实，显示著者在这一领域辛勤耕耘、开拓园地的业绩。如他对于数量众多的宋代诗话，较早就进行了全面的整理考订，其数十万字的《宋诗话辑佚》1939 年即由哈佛燕京学社印行出版。本书中关于宋代诗话、诗论的翔实叙述与细致分析，即建立在这种扎实的资料工作上面。郭先生对文学批评史中的不少重要对象，都下过深入的考订诠释功夫，如杜甫、元好问的论诗绝句，严羽的《沧浪诗话》等，建国后均有笺注问世，但其工作则大抵开始于二三十年代。对于每一个批评家，他不满足于引用一些习见的材料，而是认真检阅其全部著作，搜找出有关篇章，这种披沙拣金的工作，不但需要耗费大量的时间、精力，还需要不怕艰难枯燥的毅力来支持。对于每一个批评家，他在通读大量材料，获得了较全面深入的认识以后才下笔，一个批评家的重要观点是什么，哪些文字表现了重要观点，他都经过慎重考虑，然后进行论述，因而显示出在运用、分析材料方面具有很深厚的功力。在这方面，郭先生可说是继承、发扬了清代学者黄宗羲、全祖望认真编撰《明儒学案》、《宋元学案》的精神。

本书在史的叙述与论断方面，也很有识见和特色。本书自序指出，著者对于古人的文学理论，注意客观地“说明他的主张和所以致此的缘故”。努力探求事物真相及其形成原因，是历史研究工作者所应具有的基本原则和科学态度，郭著在这方面是一个良好榜样。著者在论述一些批评现象时，往往在纵向上注意前后的继承发展关系，在横向上注意同时代文论的相互影响关系，在涉及背景时又注意说明文论与文学创作、哲学思想的关系，凡此等等，使读者获得鲜明的历史线索和图景，而不仅是按时代先后排列的代表性文论的辑录。著者认为，中国古代文学批评可以分为三个时期。一是自周秦至南北朝，为文学观念的演进期，此期文学观念由含混趋向明晰(即人们逐步注意把文学作品与应用文、学术文区别开来)，重视文学的新变。二是隋唐北宋时期，文学观念由明晰趋向含混(即不重视文学作品与应用文、学术文的区别)，重视文学的复古，但在复古中仍有变化发展。三是南宋到清代，此期特点是在前此两期的批评基础上加以发挥、补充、调和融合，新见较少，但谈得较有系统，名之曰文学批评的完成期(参见本书自序)。这是对中国古代长时期文学批评的宏观概括，显示出著者在理论探索上的勇气。这一概括固然不能说完全恰当，但著者以古代的文论(包括赋论)、诗论为概括对象，也自有其合理性。于前两个时期，著者对一些重要的文学批评问题，特别是一些重要的概念术语，如文、文学、文章、文笔、音律、神、气、道等，注意细致的辨析，以显示文学观念的演进与反复；于第三时期，由于这些概念术语所显示的文学观念已无大变化，而批评家及其著作则数量众多，因而把论述重点放在批评家及其流派方面(参见本书下册第一篇总论)。这种做法，也有其独到之处。

本书下册出版于 1947 年，在四十年代还出现了其他两部有系统的同类著作，一是罗根泽先生的《中国文学批评史》，一是朱东润先生的《中国文学批评史大纲》。罗著搜集材料之广博，归纳问题的新颖，均达到很高水平，惜仅写到晚唐五代为止(六十年代出版的宋代部分，是其尚未完全竣工的遗著)。朱著简明扼要，时有精到的见解，但毕竟比较简略，未遑深入开展论述。还有三十年代出版的方孝岳先生的《中国文学批评》，也有一些精彩的独到见解，但内容比朱著更简，尚未能构成史的系统。在中国文学批评史著作取得重大成就的三四十年代，本书无疑是最有系统、最深入的一部，因而成为本学科最重要的奠基石。

本书在内容上也存在着一些不足之处，最明显的是仅就文论、诗论进行分析，词论仅个别地方捎带提及，对戏曲、小说批评一概置而不论。二是对晚清文学批评谈得很简略，只论及少数几人。清末民初，戏曲、小说批评大为发展，所以这一点与上一点不足有密切关系。这种不足有其历史原因。在“五四”运动以前，戏曲、小说等通俗文学尽管已长期流行，但受许多正统派人士轻视，地位不能与诗文相比。这种偏见使不少文人不去创作、评论通俗文学，甚至在二十至四十年代的中国文学史、中国文学批评史著作中还有所反映。如谢无量《中国大文学史》、曾毅《中国文学史》、朱东润《中国文学批评史大纲》，对戏曲、小说或其批评，都谈得颇简略。郭著的上述两点不足，在近二十年来问世的中国文学批评史著作中已经得到了改正。

在五十年代，郭绍虞先生曾经把本书加以改写，删繁就简，编成了一卷本的《中国文学批评史》，作为大学文科教材，较便初学，同时也受到当时重视政治标准思潮的影响。由于不少翔实的材料、细密的考订分析被删削，旧著的许多长处失落了，从总体质量看，修改本较旧著逊色。五十年代末，郭先生又编成新著《中国古典文学理论批评史》上册(写至唐代)问世，在“左”倾思潮影响下，用现实主义与反现实主义为线索来贯串文学批评史的发展；他后来大约也觉得这样做不是实事求是，因而不再写下去了。

本书上下卷初印于三四十年代，后来没有再版，已颇难得。现在百花文艺出版社征得郭先生家属同意，予以重印。这对于中国文学批评史学科的研究者、爱好者来说，都是值得高兴的事。

(原载百花文艺出版社 1999 年重印郭绍虞两卷本《中国文学批评史》卷首)

我与中国古代文论研究

我长期以来在复旦大学中文系教书和从事中国古典文学的研究工作。从四十年代后期到五十年代，一直着重做文学史教学和研究工作，重点放在汉魏六朝、隋唐五代阶段。六十年代初，开始教“中国文学批评史”课程，同时参加高校文科教材《中国文学批评史》的编写，从此工作重点转移到古代文论方面来了。当时《中国文学批评史》教材只出了上册（先秦到隋唐五代），尚未编完，后因“文革”而中断。“文革”以后，我们继续编写这部教材。因原主编刘大杰先生病逝，由我和顾易生同志负责主编，中、下册于八十年代前中期出版。这项任务完成后，我和易生同志又主编了七卷本的“中国文学批评通史”丛书，该丛书已出版《先秦两汉文学批评史》、《魏晋南北朝文学批评史》、《明代文学批评史》、《近代文学批评史》四卷，其他《隋唐五代》、《宋金元》、《清代》三卷今后将陆续出版。其中《魏晋南北朝》、《隋唐五代》是由我和杨明同志分工编写的。除编写上述批评史外，我还就古文论的某些作家、专著、专题，写了数十篇论文，已经结集出版的，有《文心雕龙探索》、《中国古代文论管窥》两书。两书中大多数的文章，是近十馀年来写的。

我研究中国古代文学，不论是属于文学史范围的还是属于文学批评史范围的，都注意把研究对象放在一定的历史背景中，联系有关的文学、学术、文化、政治、社会等有关情况，阐明研究对象原来的真实面貌，必要时在此基础上作出适当的评价。这是我治学的基本原则和方法。

下面拟谈几点在研究古代文论中的主要体会：

一 对研究对象进行全面考察

古代文论家的思想言论常常是复杂的，他们往往从不同方面、多种角度发表诸种不同言论。他们的言论，既有主要的方面，又有次要的其他方面。在某种场合下，为了某种需要，他们会强调某种主张，而在另一种场合下就会有所变化。我们研究他们的文学观，就应当掌握诸种情况，求得全面的认识，而不应以偏概全。

例如李白，他曾经大言道："自从建安来，绮丽不足珍。"（《古风》其一）对魏晋南北朝诗赋采取了笼统否定的态度。在唐代中期，有一股文学思潮，竭力反对南朝以至唐初的华靡文风，要求恢复雅正的文风，使文学创作关心政治、社会现实，具有比兴寄托。这种思想在当时李华、贾至、独孤及等文人的言论中都有鲜明的表现。李白处身在这一文学思潮中，他写《古风》诗数十首，目的也是为了用五言古体诗样式来表现对政治、社会的关心，他讲话又容易夸张，因此遂有"自从建安来，绮丽不足珍"的片面言论了。而在另一方面，我们可以看到，李白对南朝诗人谢灵运、鲍照、江淹、谢朓等都曾加以推崇，对谢朓更是屡屡称道，有"蓬莱文章建安骨，中间小谢又清发"（《宣州谢朓楼饯别校书叔云》）的诗句。这表明了李白文学批评的另一重要方面，说明他除掉要求诗歌关心政治社会现实外，还认为它们可以表现广泛的思想内容（其中表现日常生活、抒情写景题材占了很大比重），还表明他重视诗歌的艺术美，向南朝诗人吸取优秀的艺术技巧。看来，只有把恢复风雅传统和向魏晋南北朝文人学习这两个方面结合起来，才能比较全面地认识李白的文学观。

再如白居易，大家知道他大力提倡讽谕诗。他曾把自己的诗歌分为讽谕、闲适、感伤、杂律四类。在《与元九书》中，他称道自己的讽谕、闲适两类诗，认为二者分别表现了自己的“兼济之志”和“独善之义”，表现了出处之道。他对杂律诗则比较轻视，认为它们是“或诱于一时一物，发于一笑一吟，率然成章，非平生所尚者，但以亲朋合散之际，取其释恨佐欢”。然而白居易对杂律诗实际上是很喜爱的。即在《与元九书》后部，他叙述自己某年春日和元稹同游长安城南时，于马上各自吟诵“新艳小律”，“迭吟递唱”，其乐有如登仙。还认为在“偶同人，当美景，或花时宴罢，或月夜酒酣”之际，吟咏律诗，使人“不知老之将至”，其乐趣虽游仙境者也无以过之。在其他场合，他还对元稹、刘禹锡的律体诗大加赞美。他屡屡赞赏元稹的律诗，有“声声丽曲敲寒玉，句句妍辞缀色丝”（《酬微之》）等句。他对刘禹锡《金陵五题》等律体诗也十分赞赏。由此看来，当白居易作为一个政治活动家、企图使诗歌创作对政治社会有所裨益时，他就大力创作并提倡讽谕诗；当他作为一个具有丰富感情和爱好艺术美的诗人，在亲朋聚散等日常生活活动中，就大量写作新艳律体诗，并对它们表现出深深的爱好。只有综合上述不同情况，才能较为全面地认识白居易的诗论。

再如晚唐诗人吴融，在为僧人贯休所作的《禅月集序》中，指出诗歌所贵者在于“善善则颂美之，恶恶则风刺之”，如果缺乏颂美、风刺之道，那诗歌“犹土木偶不主于气血，何所尚哉”！他强调诗歌应具有美刺，否则不足称道。但他在《赠方干处士歌》中，又大力赞美方干的隐逸生涯和作风，并称誉其诗云：“把笔尽为诗，何人敌夫子？句满天下口，名聒天下耳。”方干的那些表现隐逸生活和情趣的诗，当然无关美刺。由此可见，吴融《禅月集序》的那段话，只是一时夸张之论。中国古代许多文人，受儒家思想影响，往往把济时行道作为第一义，因而在谈诗歌创作时，常是强调美刺讽谕，有时流于片面夸张。我们研究他们的文学观，要注意不受此类言论的限制，要进行全面的考察。

二 重视对作家作品的评价

研究古代文论家的理论批评，除应注意他提出的理论原则以外，还应重视他对作家作品的评价。理论原则往往是在作家作品评价的基础上提出来的，二者的关系十分密切。例如严羽《沧浪诗话》大力提倡兴趣，就是针对江西诗派着重以文字、才学、议论为诗而发。此点为大家所熟悉。再则，理论原则比较笼统抽象，结合对作家作品的评价来考察，就容易掌握其精神实质。有时候，古文论家受到传统的束缚，在理论原则上不免说一些冠冕堂皇的话，而在作家作品的评价方面，却真正显示出他的爱好所在。因此，我们研究古代文论，必须重视对作家作品的评价，并且通过对它们的分析来认识理论原则的真正内涵。

鍾嵘在《诗品序》中大力主张诗歌应写得自然。他举出前人的一些佳句，都是写即目所见一类，不用典故；他同时批评了南朝宋、齐时代颜延之、任昉等若干大量用典的诗歌。他提出了诗歌应有“自然英旨”。由于《诗品序》所举的“思君如流水”、“高台多悲风”等四个佳句，都是以平易的语言写目前的景物、情事，容易使读者误会，鍾嵘所谓“自然英旨”，仅是指这类诗句。实际不然。鍾嵘提倡自然，主要是反对大量用典的诗风。至于魏晋南北朝文人作诗重视辞藻、对偶的风气，他并不反对。《诗品》评价很高的曹植、陆机、谢灵运三位诗人，鍾嵘认为他们分别是建安、太康、元嘉三个时代的诗坛领袖，而三人的诗歌都是大量运用辞藻、对偶的。在南朝文人看来，文学作品的文学美，主要表现在语言的辞藻、对偶的运用和声韵和谐方面，它们是并不违反自然的。《文心雕龙·情采》有曰：“辩丽本乎情性。”即是说重视辞藻是出自人的情性自然。《文心雕龙·丽辞》又指出，文章之骈偶，犹如人的“支体必双”，即具有双手双足，也是自然。南朝时代，骈体文学盛行，因而人们普遍认为注意辞藻、对偶的语言美是合乎自然的。到唐宋时代，古文运动开展并逐步取得胜利，骈文势力削弱，人们才认为骈文注意辞藻、对偶是不自然的。谢灵运的诗，南朝鲍照评为“如初发芙蓉，自然可爱”（见《南史·颜延之传》），而《沧浪诗话·诗评》却说：“康乐之诗精工，渊明之诗质而自然耳。”认为谢诗不及陶诗自然。反映了两个不同历史时期文人对“自然”一词内涵认识的不同。由此可见，对鍾嵘所提倡的“自然英旨”的主张，应当结合他对作家作品的评价，并把问题放在一定的文学历史背景中来考察，才能获得确切全面的理解。

要理解文论家对作家作品的评价，必须熟悉文学史。研究中国古代文论，要求得深入，应当有较扎实的中国文学史基础。郭绍虞先生致力于中国文学批评史研究，他生前有一次和我谈起用一段时间学习文学史，然后学习文学批评史，这样更容易学好。他的意思也是学文学批评史应以文学史为基础。老一辈的学者，对汉魏六朝文学，往往主张要同时学习萧统《文选》和《文心雕龙》两部书。因为《文选》着重选录汉、魏、两晋、宋、齐、梁各代的诗、赋和各体文章，而《文心雕龙》评论作家作品，也以汉、魏、晋、宋为主；《文心雕龙》肯定的作品，常见于《文选》；两书的文学观有不少相通之处。《文选》中的作品熟悉了，就会给理解《文心雕龙》带来很多方便；反过来，《文心雕龙》熟悉了，也会对理解《文选》中作品大有裨益。这一例子，说明研究古代文论，和多读有关古代文学作品结合起来，可收相得益彰的效果。我自己在四十、五十年代着重研究汉魏六朝、隋唐五代文学史，也花功夫学了《文选》，以后研究魏晋至唐五代的文学批评史，研究《文心雕龙》，就感到方便得多。当然，要学好中国古代文论，熟悉作家作品，熟悉文学史，只是一个重要条件，还有其他条件，例如文艺理论、中国思想史、中国文化史的修养等，都是不可缺少的。

三 抓关键性的问题

研究古代文论，要注意抓住一些关键性的问题。它们仿佛是一把钥匙，把它们抓住了，一些疑难问题就容易说明，甚至可以迎刃而解。

这里以锺嵘《诗品》对陶渊明诗的评价为例。陶渊明是魏晋南北朝时期最杰出的诗人，《诗品》却把他列入中品。这引起了后代许多人的非议，认为陶潜屈居中品，《诗品》评价不公。这个问题其实不难解释。《诗品》评价作品的一条主要标准是“干之以风力（即风骨），润之以丹采”，即要求作品在艺术上以爽朗刚健的风骨为基干，再以美丽的文采润色之。《诗品》对曹植诗评价最高，认为他犹如诗人中的周公、孔子（即诗圣），《诗品》称誉曹植诗“骨气（即气骨、风骨）奇高，词采华茂”，即风骨、词采二者均臻上乘，达到了极高水平。而陶潜的诗，《诗品》认为，风骨还较好，能“协左思风力”；但“笃意真古”，“世叹其质直”，文采却很不足。《诗品》举出陶诗少数诗句，认为它们“风华清靡，岂直为田家语”，这从侧面反映了陶诗大部分语言鄙质如农家日常话语。北齐阳休之《陶集序录》也说陶诗“辞采未优”。因此，从锺嵘《诗品》的评价标准看，陶潜不可能列入上品。《文心雕龙》评价作品，也主张风骨与文采二者兼备（见《风骨》篇），《文心》全书中没有一处提及并肯定陶诗，当亦是由于其文采较差。《诗品》还把曹操列入下品，认为其诗“古直”，也是贬其缺少文采。这一评价也引起后代文人的指责。《诗品》对陶潜、曹操的评价，在骈体文学盛行，崇尚辞藻、对偶等语言美的时代，实际代表了大多数文人的看法。唐宋以后，文风有了巨大变化，大多数文人不再崇尚艳丽的辞藻，因而对陶潜、曹操的评价也产生了巨大的变化。

再说《诗品》对陶潜诗渊源的看法。《诗品》认为陶诗源出曹魏诗人应璩，应璩诗艺术成就不高，远逊于陶诗，《诗品》这一看法引起了后来不少人的疑难和猜测。对于这个问题，我认为首先应弄清楚《诗品》所谓某家之诗源出某家，是根据什么标准立论。《诗品》一开头评《古诗》曰："其体源出于《国风》。"之后评张协曰："其源出于王粲，文体华净，少病累，又巧构形似之言。"评谢灵运曰："其源出于陈思，杂有景阳（张协）之体，故尚巧似，而逸荡过之。"由此可见，《诗品》分析诗人间的渊源关系，是从文体着眼，体，指作品的体貌、风格，如华净、尚形似、逸荡等等，而不是指内容题材而言。《诗品》评应璩诗有曰："祖袭魏文，善为古语。"古语指语言古朴，正与陶诗的"真古"、"质直"相同，所以说陶诗出于应璩。《诗品》评魏文帝有曰："百许篇率皆鄙质如偶语（偶语是指俚俗的对话）。"认为曹丕大部分诗歌语言风貌鄙俚质朴。《诗品》说陶潜诗源出应璩，应诗祖袭曹丕，这三家诗歌，其体貌特征都是质朴而缺少文采，故均列入中品。从体貌角度来说明三家诗的渊源关系，从《诗品》全书的义例来说，是完全讲得通的。诚然，对诗人的渊源关系，《诗品》有时候不免说得过于简单化，往往仅说某家出于某一家，实际一个诗人的创作风貌常从多方面接受影响，但我们不能因此否定《诗品》这方面言论的合理内容。

在南朝，创作界和评论界都很重视作品的体貌。作家学习前人诗，往往标明学某某体。例如鲍照有《学刘公幹体》五首，模仿刘桢诗；又有《学陶彭泽体》一首，模仿陶潜诗。江淹有《杂体诗》三十首，分别学习汉代至刘宋各家之诗，他所谓"杂体"，是指被模仿的对象广泛复杂而言。在评论界，沈约《宋书・谢灵运传论》评论历代文学，指出汉魏四百馀年中，"文体三变"，也是就诗赋等作品的体貌立论。萧子显《南齐书・文学传论》把南齐时代的文章分为三体，指陈其体貌风格特色，并认为这三体分别由前代谢灵运、鲍照等名家所开创，和锺嵘同样具有流派观念。在南朝文人广泛重视文学体貌的氛围中，《诗品》具体指陈了汉魏以至南朝许多诗人的渊源继承关系，归纳出源出“国风”、源出“小雅”、源出楚辞三个诗歌流派，其论述的广度和深度远非萧子显所及。《诗品》这方面的论述，为中国古代的文学流派论奠定了基础，是中国文学批评史上的一个重要贡献。而对“体”的认识和掌握，则是理解《诗品》这方面论述（包括对陶潜的评价）的一把钥匙。

四 注意民族特色

世界各个民族，由于生活环境、心理状态等等条件不同，其文化往往各具特色。中国古代文论也具有它的特色，我们研究时须细心加以整理归纳，阐明其特色所在，而不宜移用西方的文学理论框架、术语等加以比附。

这里举一个例子。中国古代的诗文理论，在讨论作品的艺术性时，首先注意的常是作品的语言之美。这在魏晋南北朝时代尤为显著。《文心雕龙》在这方面谈得很多，指出语言之美表现在形态色采和声韵两个方面。《附会》篇说，文章必以“辞采为肌肤，宫商为声气”，意思即是说文辞色采和宫商声韵是作品艺术形式的主体，犹如人体表现于外部的肌肤、声气那样。《文心雕龙》下半部有不少篇章专门研讨语言的运用，《声律》篇专论声韵，《丽辞》、《比兴》、《夸饰》、《事类》、《练字》、《隐秀》诸篇，分别论述骈偶、比喻、夸张、用典、字形、含蓄和警句等修辞手段，都属于形态色采范围。于此可见刘勰对语言的高度重视。上文提到，刘勰、锺嵘评价作品，都强调风骨和文采相结合，这虽是从作品整体风貌上提出要求，但仍以语言为基础。因为风骨是指以质朴劲健语言为基干的爽朗刚健的风格，文采则指美丽和谐的语言色采和声韵。萧统《文选序》指出《文选》选录史书中的一些赞、论、序、述，是由于它们富有“辞采”、“文华”、“翰藻”，也即是富有语言之美，这实际是《文选》考虑作品艺术性的首要标准。到唐宋古文兴盛而骈文势力渐衰，文人虽然不像过去那样强调语言的对偶和艳丽，但仍然从不同角度重视语言之美。例如韩愈说："愈之志在古道，又甚好其言辞。"（《答陈生书》）柳宗元说："言道讲古穷文辞以为师，则固吾属事。"（《答严厚舆秀才论为师道书》）也是从言辞、文辞着眼立论。直到清代古文家姚鼐编选《古文辞类纂》，提出衡量文章艺术性的八个字"神、理、气、味、声、色、格、律"，主要也是从风格、语言着眼。

在魏晋南北朝时代，文论家对作品的艺术性首先注意的是语言之美。此外，他们也重视抒情的真挚深入，写景状物的具体生动。到唐宋时代，论诗者更进一步要求情、景二者的配合交融问题。值得注意的是古代诗文批评长期来不重视人物形象的描绘问题。先秦两汉时代的某些史传文学作品，像《左传》、《史记》、《汉书》中的一部分篇章，刻画人物形象颇为生动突出。魏晋南北朝时期，志怪志人小说颇为流行，其中也包含不少生动的人物描写。可是，南朝文论家大抵把史传、小说归入无韵之笔，认为它们缺乏骈体文学所崇尚的语言之美和诗赋等韵文所具有的抒情性，因而缺乏文学作品的艺术美。范晔写作《后汉书》，其中有的人物传记描绘也颇生动，可是他在《狱中与诸甥侄书》中，自诩传记前后的序、论、赞等写得好，而只字不提传记。后来《文选》于史书即仅选赞、论、序、述而不选传记，并在序言中提出"综缉辞采"等重视骈体文学语言美的选录标准。《文心雕龙》论述作品，于诗，《乐府》篇不提以叙事写人见长的汉乐府《陌上桑》、《焦仲卿妻》、《东门行》等篇章；于文，《史传》篇不提《左传》、《史记》等书描绘人物的成就，它赞美《汉书》"赞序弘丽"，与范晔、萧统的观点相通。对志怪志人等小说，《文心雕龙》全书也是只字不提。《文心》下半部《镕裁》以下十来篇，评论写作方法和技巧，偏重在用辞造句、结构剪裁方面；《比兴》、《夸饰》、《物色》诸篇，谈到自然景色和宫殿等外界事物的刻画，仍然没有涉及人物描写。只有徐陵《玉台新咏》，选录了少量描写人物的乐府民歌和许多描写妇女体态的宫体诗,但这种选诗倾向,基本上没有体现到当时的理论批评中来。到了唐代,文人爱写新乐府诗反映社会现实,重视学习《史记》写人物传记,二者都注意到人物描绘,但在理论批评中间仍没有获得鲜明的反映。

如上所述,中国古代的诗文理论批评,在谈论作品的艺术性时,长期来着重点在于语言之美和情景交融等方面,而不重视人物形象描写,直到明清时代戏曲、小说创作大量涌现,过去长期不重视人物形象的理论批评,才产生了明显的变化。这可说是中国古代文论的一个重要特色。因此,我们今天研究、总结古代文论,就要从实际出发,着重总结这类特色,而不宜生硬地搬用外来的文学理论框架。同时,对某些古代文学作品(例如论说文),也要结合当时文人对文学特征的认识和品评标准,注意从语言美的角度来理解它们的艺术成就,而不宜因为它们缺少形象特别是人物形象,把它们摈斥于文学作品之外。

以上略述我学习、研究中国古代文论的几点主要体会,供同道们参考。如有谬误不妥之处,请批评指正。

(原载《古典文学知识》1994 年第 1 期)

陆机、陶潜评价的历史变迁

陆机与陶潜同是晋代杰出的作家，一处西晋，一处东晋末年。自东晋、南朝以至唐代，人们对陆机的评价一直非常高，认为标志着魏晋南北朝文学的最高成就。但自宋代以至明清时代，陆机受到的评价骤然下降，还遭到某些文人的贬责。陶潜评价的历史变迁正好与陆机相反。在南朝以至唐代，对陶潜的评价一直不是很高，处于中档；而在宋代却是声誉日隆，在魏晋南北朝作家群中荣登首位，凌驾于曹植、陆机、谢灵运诸家之上。这种现象是值得人们重视并深思的。这种巨大的评价变化，主要原因是由于文人们的审美观念发生了转折性的巨大变化。

一

萧统《文选》一书，选录自先秦至南朝作家作品，而以汉魏两晋南朝前期作品为重点，历来被认为是选录汉魏六朝骈体文学（包括诗、赋、各体文章）的模板。值得注意的是，《文选》选录陆机作品特别多，共有二十八题六十一首（据骆鸿凯《文选学·撰人第五》，《演连珠》五十首作一首计），数量居全书之冠。《文选》选曹植、潘岳、谢灵运、颜延之、谢朓、任昉、沈约的作品亦颇多，但数量均在陆机之下。不错，陆机兼长诗、赋和各体文章，因而被采撷的机会增多；但曹植、潘岳亦兼长各体。应当说，《文选》选录陆机作品特别多，代表着南朝文人认为陆机的作品多而且好，标志着魏晋南北朝骈体文学的最高成就。

陆机的文学作品，在晋代即已获得崇高评价。《世说新语·文学》载：东晋著名作家孙绰评潘岳、陆机二家文有曰："潘文烂若披锦，无处不善；陆文若排沙简金，往往见宝。"又曰："潘文浅而净，陆文深而芜。"孙绰对潘、陆两家文章的优劣比较是否得当，这里姑且不论，但从对其评论，可证两家文在东晋已被视为西晋文学的代表。南朝沈约《宋书·谢灵运传论》纵论历代文学，于西晋一代文学曰：

> 降及元康，潘、陆特秀，律异班、贾，体变曹、王，缛旨星稠，繁文绮合，缀平台之逸响，采南皮之高韵。遗风馀烈，事极江右。

指出西晋元康(晋惠帝年号)时代，在涌现的一批作家中，潘、陆两人最为突出。"缛旨"二句是说他们作品的辞采更为富丽。当时著名文人除潘岳、陆机外，还有张华、张载、张协、左思、陆云、潘尼等人。比起前此的汉魏文学，元康文学的显著特色确是辞采更为富丽，其中陆机的作品在这方面尤为突出。

刘勰也认为陆机是西晋时代最重要的作家。《文心雕龙·明诗》曰："晋世群才，稍入轻绮，张(华)、潘(岳)、左(思)、陆(机)，比肩诗衢。"《文心·体性》篇标举汉魏西晋的十二位作家，他们是：贾谊、司马相如、扬雄、刘向、班固、张衡、王粲、刘桢、阮籍、嵇康、潘岳、陆机，西晋时代标举的仍是潘岳、陆机两人。刘勰对陆机作品繁芜之病较多批评。《议对》篇说他"腴辞弗翦，颇累文骨"；《镕裁》篇说他"才优而缀辞尤繁"；《才略》篇说他"思能入巧而不制繁"，均是其例。刘勰不满陆机作品繁芜，有两方面的原因。一是陆机作品文辞的确存在文辞过于繁富之病。晋初张华赞赏陆机文章，但"患太多"(《世说新语·文学》刘注引《文章传》)，上引孙绰批评"陆文深而芜"。陆机之弟陆云批评陆机文章有"然犹皆欲微多"的现象。二是刘勰认为汉魏以至南朝的作品(主要是诗赋),一个突出的弊病是文辞过于繁富以至形成淫丽之病。《物色》篇指责司马相如等人的辞赋是"辞人丽淫而繁句",《明诗》篇语带贬意地指出刘宋山水诗"俪采百字之偶",与锺嵘《诗品》说谢灵运诗"颇以繁芜为累"的评语正相吻合。为了矫正当时文学作品文辞繁芜、缺乏明健清新之病,刘勰大力提倡风骨,要求文章做到"文明以健"、"风清骨峻"。正是在这一审美标准方面,刘勰对有繁芜之病的陆机,作出了较多的批评。尽管如此,刘勰仍然认为陆机、潘岳是西晋时期最重要的作家。这表明,陆机,潘岳是西晋文学的高峰,乃是东晋南朝文人们的共识。

锺嵘《诗品》上品除汉无名氏古诗外,共列十一家。其中西晋有陆机、潘岳、张协、左思,陆机居于首位。《诗品序》更明确指出:

> 故知陈思为建安之杰,公幹、仲宣为辅;陆机为太康之英,安仁、景阳为辅;谢客为元嘉之雄,颜延年为辅。斯皆五言之冠冕,文词之命世也。

认为陆机是西晋诗坛的领军人物,潘岳、张协是其辅佐。至于世俗一般常称"潘陆",潘在陆前,那是因为"潘"是平声字,"陆"是仄声字,从声调讲称"潘陆"比较顺口,犹如后世称史家司马迁、班固为"班马",赋家司马相如、扬雄为"扬马"。

南朝批评者除上述沈约、刘勰、锺嵘、萧统诸人外,尚有裴子野、萧子显、萧纲等亦均推重陆机。裴子野《雕虫论》论五言诗有曰:"其五言为家,则苏、李自出,曹、刘伟其风力,潘、陆固其枝叶,爰及江左,称彼颜、谢。"其看法与上述《诗品序》相吻合。萧子显《南齐书·文学传论》有曰:"建安一体,《典论》短长互出;潘、陆齐名,机、岳之文永异。"萧纲《与湘东王书》有曰:"但以当世之作,历方古之才人,远则扬、马、曹、王,近则潘、陆、颜、谢,而观其遣辞用心,了不相似。"他们论及两晋文学，总是以潘、陆两人为代表，所以说认为潘、陆两人为西晋文学的最高峰，乃是晋代以至南朝文人们的共识。

到了唐代，人们对陆机的评价仍然很高。相传为唐太宗亲自撰写的《晋书·陆机传论》，对陆机的文学成就推崇到了极点，有曰：

> 观夫陆机、陆云，实荆衡之杞梓。挺珪璋于秀实，驰英华于早年。风鉴澄爽，神情俊迈。文藻宏丽，独步当时；言论慷慨，冠乎终古。高词迥映，如朗月之悬光；迭意回舒，若重岩之积秀。千条析理，则电坼霜开；一绪连文，则珠流璧合。其词深而雅，其义博而显。故足远超枚、马，高蹑王、刘，百代文宗，一人而已。

传论认为陆机不但是西晋文人的冠冕，而且成就超越汉魏的枚乘、司马相如、王粲、刘桢等人，评价之高真是登峰造极。这种崇高评介与《文选》选录陆机文章分量最多的现象是吻合的。传论不但赞美陆机的文学成就，还肯定他才能不凡，足以建功立业，但“智不逮言”，不能全身远害。“奋力危邦，竭心庸主”，结果惨遭杀害。

唐中期释皎然所著《诗式》，共有五卷，是唐代分量最大的一部论诗专著。《诗式》对前代诗人及其作品，分五格加以品评。第一、第二格最高，第三、第四格次之，第五格最下。所举陆机诗例，均在前面三格中，可见对陆机的评价颇高。在魏晋南朝诗人中，皎然最欣赏的是王粲、谢灵运、江淹诸家，但陆机仍然属于评价较高的一位。

唐代中期出现了一批古文家，他们提倡古文，反对骈文，还涌现了创作成就卓越的古文大家韩愈和柳宗元。但古文在唐代中后期以至五代，势力一直未能压倒骈文而占据主导地位。朝廷科举考试、官府文书以至社会上流行的都是骈文，因而陆机作为骈体文学的大家，在唐代一直未受到贬抑和讥评。北宋时代，古文运动进一步开展，终于获得胜利，取代了骈文长时期来在政治、社会、文学各领域的主导地位。此后文人们对汉魏六朝以至唐代的骈体文学作家作品,评价也发生了明显的变化。

作为北宋古文创作的中坚人物苏轼,曾对《文选》及其编者萧统有过批评,又称道韩愈"文起八代之衰"(《潮州韩文公庙碑》),其言论鲜明地代表宋代古文家对汉魏六朝骈体文学的攻击。南宋古文家叶適,则更把矛头直接指向陆机,其《习学记言》(卷三十)有曰:

> 自魏至隋唐,曹植、陆机为文士之冠。植虽波澜阔而工不逮机。但植犹有汉馀体,机则格卑气弱,虽杼轴自成,遂与古人隔绝,至使笔墨道废数百年,可叹也!

这可以说是古文大家对陆机作品最尖锐的批评。叶適比较了魏晋至隋唐时期两大骈体文学作家曹植与陆机,认为曹植作品还保存汉代文章的流风馀韵,而陆机文章则气格卑弱,魏晋以前文章古朴之风荡然无存。这里问题的关键是陆机文章使骈体作品进一步工整富丽,但辞句更趋板滞,而缺少古文家所崇尚的飞扬流动之气,因而被目为气格卑弱。现代学者骆鸿凯论骈体文章发展过程有曰:

> 自王子渊(王褒)出而骈始多,曹子建出而骈始工,陆士衡出而四六始昌,颜延年出而代语始繁,沈约、王融诸人声律论出而用字始避拘忌,骈文之体于焉成立。(《文选学·读选导言六》)

骈文讲究对偶、辞藻、用典、声律等修辞手段,陆机文章(各体骈文)在骈文的基本手段对偶方面,更加工致富丽,四六句增多,开了后来四六文的先河,是骈文发展史上的一件大事,因而深得后来骈文家的重视,但骈体诗文堆砌板滞之病也更为显著,因而也遭到宋代以后不少文人的批评。(宋代四六文也流行,但宋四六趋向散文化,多用虚字,文气比较流畅，故古文家也多写四六文。它与魏晋至唐代四六文风格迥异。）

陆机作品对偶增多而且工整，不但其各体骈文如此，其诗歌亦然。此点也遭到不少文人的非议。如许学夷《诗源辩体》卷五评曰："士衡五言，俳偶雕刻，渐失浑成之气。"又曰："士衡乐府五言，体制声调与子建相类，而俳偶雕刻，愈失其体。"又评其乐府《从军行》、《饮马长城窟行》、《门有车马客行》、《苦寒行》、《前缓声歌》、《齐讴行》等篇曰："体皆敷叙，语皆构结，而更入于俳偶雕刻矣。"均指出陆机的五言诗（包括五言乐府）主要弊病为"俳偶雕刻"，即骈句太多而又工整雕琢，缺乏自然浑成之气。许学夷说陆机五言乐府较曹植诗更多"俳偶雕刻，愈失其体"，是指陆氏乐府丧失了汉代乐府诗朴素自然之美。这种看法也与上引叶適认为曹植文章"犹有汉馀体"而陆机文章则"遂与古人隔绝"的观点互相沟通。清代沈德潜对陆机诗歌展开了更为猛烈的抨击：

> 士衡诗亦推大家，然意欲逞博，而胸少慧珠，笔又不足以举之，遂开出排偶一家。西京以来空灵矫健之气，不复存矣。降自梁、陈，专工队仗，边幅复狭，令阅者白日欲卧，未必非士衡为之滥觞也。（《古诗源》卷七）

这里指出陆机诗排偶过多，丧失了西汉以来诗歌的"空灵矫健之气"，也与叶適"与古人隔绝"、许学夷"愈失其体"的评论互相沟通。又认为陆机诗"开出排偶一家"，对南朝后期诗影响颇大，道出了陆机诗风的重大开导作用。沈氏《说诗晬语》对陆机诗的评语，大致与《古诗源》相同，中有语曰："通赡自足，而绚彩无力。"比较概括地点出了陆机文采过甚而气骨不足的弊病。

明代王世贞《艺苑卮言》（卷三）在评论陆机作品时，不同意过去孙绰等指责陆机文章“病在多而芜”的看法，认为其病“不在多而在模拟，寡自然之致”。陆机一部分诗文往往刻意模仿古人，显得创新不足。清陈祚明《采菽堂古诗选》（卷十）说：“士衡诗束身奉古，亦步亦趋。”这种浓厚的模仿性也是陆机作品遭到后人诟病的一个原因。

综上所述，可见陆机作品对偶工整，文辞富丽，代表了魏晋南北朝隋唐时期骈文发展的主流趋向，因而自晋至唐，一直获得崇高的评价和地位。而在宋代古文运动取得胜利、古文代替骈文取得主导地位以后，陆机作品的评价便明显下降。他的文辞繁芜的弊病，唐以前批评者虽已有所指出，但不影响对他的崇高的整体评价，而在宋代以后，便成为不少文人抨击的重要现象。宋元明清时代，古文一直在文坛占据主导地位，骈文往往受到指责和排斥。骈文的一个主要艺术特色是文辞华美，但缺少刚健流动之力，即文采富丽而气骨（即风骨）不足。陆机作品在文采富丽而气骨不足方面，在唐前骈文家中表现得最为突出，因而后代遭致较多的非议和抨击。

二

与陆机相反，陶潜在魏晋南北朝时期评价一直不高；而自北宋以来，却是声誉日隆，被目为该时期最伟大的诗人。

陶潜在魏晋南北朝时期，一直没有人把他视为第一流诗人，其地位处于中等。南朝初期颜延之有《陶征士诔》，内容十分推崇陶潜的品德，序文称其有“宽乐令终之美，好廉克己之操”，诔辞赞辞尤多，有“蔑彼名级”、“廉深简洁”等语。对其作品仅曰“文取指达”一语，说明它们具有表现思想感情朴素明朗的特色。其后江淹有《杂体诗》三十首，规仿自汉代古诗至刘宋时期各名家诗作，中有《陶征君田居》一首，内容模仿陶潜田园诗题材，其前则有模仿孙绰、许询、殷仲文、谢混等的篇章。《杂体诗》共有三十首，模仿对象较为宽广，他模仿陶潜，不能说明他把陶视为一流作家。值得注意的是《文心雕龙》全书竟无只字提及陶潜。《明诗》篇于东晋诗歌，提到袁宏、孙绰的玄言诗，郭璞的游仙诗，宋初流行的山水诗，但未提陶潜别具风味的田园诗。这说明陶潜的田园诗在当时尚未受到广泛重视。又《才略》篇提到东晋时代自郭璞至谢混等九位作家，也没有提及陶潜，足见陶潜在刘勰心目中地位不高。

鍾嵘《诗品》把陶潜列入中品，有较具体的评语，其言曰：

> 其源出于应璩，又协左思风力。文体省净，殆无长语。笃意真古，辞兴婉惬。每观其文，想其人德。世叹其质直。至如"欢言酌春酒"、"日暮天无云"，风华清靡，岂直为田家语耶！古今隐逸诗人之宗也。

《诗品》指出，陶诗最明显的风格特色是质朴古淡，所谓"真古"、"质直"。又认为陶诗源出应璩，而应诗的特色是"善为古语"；应璩诗源出魏文帝曹丕，而魏文诗"百许篇，率皆鄙质如偶语"。在骈体文学盛行、诗风华靡的南朝，陶诗被不少人视为有如田家农夫的话语。《诗品》虽指出陶诗也有"风华清靡"、具有文采的佳句，但毕竟是少数。

南朝文人评价诗歌，大抵要求文采与风力(即风骨)二者兼备。《诗品序》所谓"干之以风力，润之以丹采"，《文心雕龙·风骨》指出文章应风骨与文采二者兼具，即既有明朗刚健的风骨，又有鲜艳光耀的文采，犹如禽鸟中的凤凰，既羽毛"藻耀"，又有"高翔"之力。此二者中文采尤属首要。我们看到，《诗品序》提到的建安、太康、元嘉三时代八位杰出诗人(曹植、刘桢、王粲、陆机、潘岳、张协、谢灵运、颜延之)中，只有刘桢一人风骨遒劲而文采稍逊(也不是质直)，其他七人均富于文采。陆机诗文因辞采过繁而风骨稍逊，曾受到刘勰批评，但不影响他成为太康时代的文坛领袖。反观陶潜诗歌，虽受左思影响，具有一定风力，但文辞过于质朴平淡，有不少篇章甚至质直如田家语，因此，《诗品》只能把他列入中品了。

南朝后期，萧统对陶潜的评价特别高。其论见于《陶渊明集序》一文。该文对陶潜作品的思想内容十分推崇，有曰："尝谓有能观渊明之文者，驰竞之情遣，鄙吝之意祛，贪夫可以廉，懦夫可以立，岂止仁义可蹈，抑乃爵禄可辞。"同时对陶潜作品的文采也非常赞美，有曰："其文章不群，辞采精拔，跌宕昭彰，独超众类；抑扬爽朗，莫之与京。横素波而傍流，干青云而直上。"而同时的北齐阳休之的《陶潜集序录》一文，虽颇赞赏陶潜作品，但仍认为"辞采未优"。萧统特别推崇陶潜作品，一方面大约是由于他平时好读书，喜爱平静的生活；另一方面则可能是因为南朝后期沈约、谢朓的诗风，趋向清新平易，与前期元嘉时代谢灵运、颜延之、鲍照诸大家所追求的富丽雕琢之风有所不同，萧统受到此种创作风尚的影响。尽管萧统《陶渊明集序》对陶潜评价甚高，但《文选》选陶诗七题八首（另有《归去来辞》一篇），比起选曹植诗十六题二十五首，陆机诗十九题五十二首，谢灵运诗三十二题三十九首，颜延之诗十五首，谢朓诗二十一首，陶诗选篇，均瞠乎在诸家之后。准确地说，《陶渊明集序》表现的是萧统个人的爱好，而《文选》的选篇数量，则体现了当时大多数文人的共识。

唐代，骈体诗文在社会上仍占主导地位，但唐代文人注意改革南朝柔靡之弊，因而诗文风貌有所转变，文风初步趋向朴实雄健，到唐中后期，古文运动也告兴起并初步开展。在此种风气影响下，唐人对陶渊明的评价比过去也有所提高，最明显的例子是杜甫、白居易的言论。

杜甫诗中屡屡提到陶潜，对其人其诗给予肯定。他把陶潜与谢灵运并称为"陶谢"。如云："宽心应是酒，遣兴莫过诗。此意陶潜解，吾生后汝期。"（《可惜》）"陶谢不枝梧。"（《夜听许十损诵诗爱而有作》）"优游谢康乐，放浪陶彭泽。"（《石柜阁》）"焉得思如陶谢手，令渠述作与同游。”(《江上值水如海势聊短述》)杜甫屡屡提及陶潜,有其个人生活上的原因。他后期长期在蜀中过着闲散的日子,生活与心态均与陶潜接近,因而与之产生共鸣。南朝人谈及刘宋诗歌,常常颜(延之)、谢(灵运)并称。锺嵘《诗品序》明确宣称:“谢客为元嘉之雄,颜延年为辅。”唐代田园诗歌有新的发展,储光羲、王维的一部分诗篇,都明显受到朴素平淡的陶诗的影响,因而对陶诗的评价逐渐超过颜延之,杜甫不是颜、谢并提而是陶、谢并提,正代表了当时诗人对陶诗价值的新认识。

白居易十分佩服陶潜及其作品。他在早年一度退居下邽渭村时,即写了《效陶潜体诗》十六首组诗,充分表达了他对陶潜的为人与作品的喜爱。到了后期,由于他长期过着半官半隐生活,着重创作闲适诗,对陶潜的向往更是增强,对其作品的模拟更增多。如《自戏三绝句》学习陶潜的《形影神》三首,其《醉吟先生》规仿陶潜的《五柳先生传》。白居易对陶潜有特殊的好感,主要是佩服陶潜不慕荣利的高尚情操与旷达胸怀。《效陶潜体诗》即有“人间荣与利,摆落如泥尘”的赞美陶潜的诗句。白居易对陶诗的艺术特点与成就评论很少。他的《题浔阳楼》诗有云:“常爱陶彭泽,文思何高玄。”赞美陶诗思想风格高古玄远,实际此种风格即是陶潜的高尚情操与旷达胸怀的体现。

尽管杜甫、白居易对陶潜有较高评价,但对陶诗突出的艺术成就均未涉及。我想其中一个重要原因是由于陶潜只擅长写朴素平淡的五言古诗,而大部分唐代文人更倾心于律体诗。唐代虽然古诗、近体诗都很发达,产生了不少佳作,但声律和谐、文辞精美的近体诗(包括律诗、绝句)更受大多数人士的喜爱。(这里也有当时科举制度考律体诗的影响。)近体诗注重文辞的精美,着意锤炼,这与陶诗平淡自然的语言风格距离颇大。我们看到,现存十来种唐人选唐诗,除《河岳英灵集》、《箧中集》重视古体诗外,其他多种都更重视近体诗,尤其重视五言律诗。对诗人,往往最推崇王维。高仲武《中兴间气集》专选大历诗人篇章。集中最推重钱起、郎士元两家。在钱起评语中指出："文宗右丞(王维),许以高格。右丞没后,员外(钱起)为雄。"认为王维是诗坛宗主。姚合的《极玄集》选诗家二十一人,以王维居首,以下除祖咏外也都是大历诗人。姚合与贾岛均擅长写清雅的五律,宗法王维,在晚唐诗坛有重大影响。王维的田园山水诗,有一小部分运用五言古体,风格受到陶潜影响,但成就最高、最受人们推重的乃是五言八句律诗。孟浩然也是如此。总之,唐代最受人们重视的是近体诗或律体诗,而在中晚唐时代,以王维为宗师的五言律诗,更受到许多文人的重视并致力创作。再看白居易《与元九书》中,声称自己最重视讽谕诗、闲适诗两类,杂律诗则"非平生所尚者"。然而社会上大多数人却喜爱其杂律诗,因而慨叹"时之所重,仆之所轻"。这一介绍也反映了当时社会上大多数人最喜爱律体诗。因此我认为唐人对陶诗的评价虽已有明显变化,但仍不很高,乃是因为大多数人最喜爱的是律体诗(特别是五言八句律诗),古雅闲淡的五言古诗,欣赏者毕竟是少数。尽管白居易酷爱陶渊明,但在这方面不可能完全摆脱这种时代风气的约束。(白居易实际上也喜欢杂律诗。他一生写了大量杂律诗,晚年编集子时还把它们全部收入其中。)

唐代是陶潜评价初步转变时期,到了宋代,他的声誉日隆,达到了高峰。宋人对他的赞誉与重视,突出地表现在数量之众多。宋代文人的诗文、笔记、诗话,大量出现对陶的评论。我们看胡仔编的《苕溪渔隐丛话》专门纂集宋人笔记、诗话等数据,其前集"国风汉魏六朝"共二卷,而陶潜一人也有二卷;后集"楚汉魏六朝"二卷,陶潜一人一卷。评论陶潜的言论数量,超过了《国风》、《楚辞》和汉魏六朝的任何一位诗人(包括曹植)。可见陶诗已成为宋人评论前代诗歌的热点,也反映出当时许多文人喜爱陶诗的普遍现象。宋代还出现了陶集的注本,如汤汉的注、李公焕的笺注,同样反映了宋人对陶诗的重视。

宋人对陶潜的评论,有不少是赞美他的人格美,主要是他的不慕荣利，不贪恋官职，不向权势低头。林逋《省心录》曰："陶渊明无功德以及人，而名节与功臣、义士等。"梅尧臣《送永叔归乾德》有云："渊明节本高，曾不为吏屈。斗酒从故人，篮舆傲华绂。"宋人此类言论颇多。尽管唐人也有赞美陶潜高尚人格的言论，但宋人这方面的言论，数量大增，程度上也更加深入。唐代士人一般重视建功立业，追求功名富贵，因而对陶潜这方面的节操较少共鸣。宋代情况就不同了。宋代统治者为了纠正晚唐五代士人不重名节、贪图利禄的风气，大力提倡士人注意廉耻和名誉节操，提倡这方面的儒家伦理道德观念。重视伦理道德修养的理学也在北宋时代形成并发展。在此种形势下，陶潜不慕荣利等的高尚节操受到前所未有的重视，显然不是偶然的。

对陶诗艺术特色和成就的重视与高度评价，体现了宋代文人对陶诗价值的新的认识。上文指出，唐代部分诗人虽然也器重陶诗，但对它的艺术价值还缺少充分的认识。宋人则不然，他们揭示了陶诗朴素平淡的外表下面所蕴藏的艺术美。苏轼有曰："其诗质而实绮，臞而实腴，自曹、刘、鲍、谢、李、杜诸人，皆莫及也。"(《与苏辙书》)认为陶诗所蕴藏的艺术美，超过了过去曹植、刘桢、鲍照、谢灵运、李白、杜甫这些划时代的大家，其评价之高，可说达到了空前的程度。与苏轼同时的文同有诗句云："文章简要惟华衮，滋味醇醲是太羹。"(《读渊明集》)稍后曾纮亦曰："余尝评陶公诗语造平淡而寓意深远，外若枯槁，中实敷腴，真诗人之冠冕也。"(李公焕《笺注陶渊明集》卷四引)对陶诗价值的认识和高度评价，与苏轼的言论如出一辙，可证这种评论已是宋代不少文人的共识。陶诗语句自然率真，黄庭坚指出，这种自然率真，表面看似不经意，却是"所谓不烦绳削而自合者"。追求锻炼者不满陶诗存在拙、放之病，黄氏却认其拙与放为人所不及(《豫章黄先生文集》卷二六《题意可诗后》)。释惠洪《冷斋夜话》卷一亦曰："(陶诗)大率才高意远，则所寓得其妙，造语精到之至，遂能如此。似大匠运斤，不见斧凿之痕。”黄庭坚、释惠洪的话表现了对陶诗语句造诣的一种新的认识。苏轼、曾纮指出，陶诗外表虽平淡枯槁，意蕴却绮丽丰腴。黄庭坚、惠洪则进一步认为，陶诗语句虽外表看似拙、放，实际乃是如大匠运斤，不见斧凿之痕，其造诣在刻意锻炼工夫之上。这样就从意蕴、语言两方面把陶诗的艺术造诣与魅力推到了最高峰，甚至把陶诗在诗歌的地位置于曹植、李白、杜甫等大家之上。唐人陶谢并称，已经把陶诗的声价提高许多；严羽《沧浪诗话》却声称：“谢所以不及陶者，康乐之诗精工，渊明之诗质而自然耳。”

陶诗艺术成就评价提高的原因，除掉上述统治阶级提倡儒学、提倡名节外，在文艺方面则是第二次古文运动的胜利。北宋时代，在欧阳修、苏轼等大家的倡导下，第二次古文运动终于推倒了魏晋以来骈体文学长期的统治，取得了在文坛的主导地位。从此各体诗文不再崇尚华辞丽藻，出现了清朗平易的风格。尽管骈文仍有部分流行，但其语言也是清朗平易的四六体，实际上已是经过古文洗礼的文章。律体诗虽然仍盛行，但摆脱了宋初西昆体的华丽风貌。在此种风气的影响下，平淡自然的陶诗，自会受到当时许多文人的高度重视与赞赏。

必须看到，陶诗尽管受到北宋以来人们的高度评价，但由于题材内容比较狭窄，绝大多数局限于田园风光和农村日常生活，体式上也限于五言古诗，因而在后人对前代大诗人的学习取法方面，还是李白、杜甫等家的影响更为深远。

在中国文学史上，对一些著名作家及其作品的评价，由于各时代政治形势、学术思想、文学创作风尚和审美批评标准的不同，其评价也会有所变化。从文学创作风尚和审美批评标准看，北宋古文运动推倒长期盛行的骈文优势、取得重大胜利是一大关键。陆机、陶潜两人评价的历史变迁即是一个明显并令人深长思之的例子。

（原载《东方丛刊》2008 年第 2 期）

中国中古文人对俚俗文学与时俗文学的态度

中国中古文人对俚俗文学与时俗文学的评价，是一个值得注意的问题。俚俗文学（或通俗文学）与时俗文学，虽然同用“俗”字，但其意义与性质颇不相同。俚俗意为鄙俚粗俗，作品缺少文采，意思与文雅相对立。时俗意为时髦、趋时、追求时尚，作品大抵重视文采，意思与古雅相对立。俚俗文学与时俗文学二者虽然均不雅，但其对立面一为文雅，一为古雅，因而意义与性质颇不相同。俚俗文学初期常受上流社会鄙视，但逐渐被接受，并对文人作品产生很大影响。时俗文学在风行一段时期后，因其弊端明显，后来也受到批评和改革。

一

俚俗文学大抵是源出于民间下层的民间文学和风格与之接近的文人所作的通俗文学。在中古时期主要是汉魏的相和歌辞和六朝的以吴声歌曲、西曲歌为主的清商曲辞。在南朝文论发展繁盛时期，由于当时骈文发达，文人创作普遍重视对偶、辞藻等骈文文采，因而对缺少文采的俚俗文学往往抱轻蔑态度。《文心雕龙·乐府》评论魏无名氏乐府古辞曰：“艳歌婉娈，怨志诀绝，淫辞在曲，正响焉生。”又贬之为“诗声俱郑”。“艳歌”，当指相和歌辞中的《艳歌何尝行》、《艳歌行》，两篇题名艳歌，又表现了男女间的深厚情意，所以刘勰称为“艳歌婉娈”。“怨志诀绝”，当指相和歌辞中的《白头吟》。《白头吟》有句云：“闻君有两意，故来相诀绝。”刘勰把《艳歌行》、《白头吟》等篇斥为淫辞，认为其歌辞、乐曲均属郑卫之音，对汉乐府古辞的内容、形式都加以贬斥。《后汉书·蔡邕传》载：东汉灵帝时，侍中祭酒乐松、贾护等在宫廷鸿都门下招集一批文人写作辞赋，多叙“方俗闾里小事”，灵帝十分爱好。蔡邕上书攻击，说这类作品“连偶俗语，有类俳优”。《文心雕龙·时序》论述东汉文学时，指斥“乐松之徒，招集浅陋”，同意蔡邕的看法。汉乐府古辞中有不少篇章，表现民间下层生活，也就是“方俗闾里小事”，除已提到的《艳歌行》、《白头吟》外，还有《东门行》、《孤儿行》、《妇病行》等等。这类歌辞语言通俗，由黄门乐人（俳优）演唱。鸿都门文人的作品虽已亡佚，但由蔡邕的话看，其内容文辞与汉乐府古辞相似，所以也为刘勰所鄙薄。《文心雕龙》的《谐讔》篇，论述滑稽性的通俗文学谐词、隐语，虽然承认它们部分篇章有“颇益讽诫”的积极作用，但又指出这类作品“本体不雅”，即不满其俚俗。刘勰还不满民间的谚语，《书记》篇有曰：“文辞鄙俚，莫过于谚。”

鍾嵘《诗品》对汉代无名氏《古诗》评价极高，有云：“文温以丽，意悲而远。惊心动魄，可谓几乎一字千金。”但《诗品》对汉乐府无名氏古辞却不加品题，只字未提。《诗品》盛赞《古诗》“文温以丽”，而乐府古辞却是质直俚俗，缺少温丽。《诗品》评谢惠连诗有曰：“又工为绮丽歌谣，风人第一。”鍾嵘鄙薄俚俗的歌谣，但谢惠连的歌谣写得绮丽，因而予以赞赏。《诗品》评魏文帝诗有曰：“新歌百许篇，率皆鄙直如偶语。”[①]“新歌”，指曹丕模拟汉乐府古辞的篇章文辞鄙俚质直，缺少华美的文采。《诗品》评应璩诗有曰：“祖袭魏文，善为古语。”“古语”，指古朴的语言。《诗品》因应璩诗语言质朴，以为源出曹丕，但又

① 此处引用词句各本有歧异，此据曹旭：《诗品集注》，上海：上海古籍出版社，1994 年。

指出像“济济今日所”那样的诗句,却是“华靡可讽味”的。《诗品》认为陶潜诗“源出应璩”,“文体省净,殆无长语。笃意真古,辞兴婉惬。……世叹其质直”。指出陶诗语言简净古朴,世人认为质朴率直,因而认为源出于善为古语的应璩。但《诗品》又指出陶潜像“欢言酌春酒”、“日暮天无云”等诗句,却是“风华清靡”即华美的,不是质直的“田家语”(农民质朴的日常用语)。应璩、陶潜诗语言,就其质朴率直讲,与乐府古民歌相同,但乐府民歌多写下层男女情爱,常被文人斥为郑卫之音,应、陶诗在这方面与民歌不同,《诗品》以“古语”称之,表示同样质朴的语言,又有鄙俚与古朴的区别。

南朝文人写作文章,大抵均重视文采。当时骈文盛行,文章的文采,是指对偶、辞藻、声韵、用典等修辞手段。《文心雕龙·风骨》提出,文章应兼有“风骨”与“采”,即明朗刚健的风貌与华美的文采二者兼备。《诗品序》也认为作诗应“干之以风力(即风骨),润之以丹采(即文采)”。可见刘勰、锺嵘两人对文采都是很重视的。我们翻阅《乐府诗集》,看到大量的南朝文人拟古乐府,他们拟汉乐府六题的篇章,如《陌上桑》、《从军行》等等,往往注重文采,骈偶句多,辞藻华美,即此可见大多数南朝文人的创作风尚与审美标准。在此种风气下,刘勰、锺嵘鄙薄汉乐府古辞的俚俗质朴,是无足怪的。

上面说的主要是南朝文论对汉乐府古辞的评价。至于对流行于六朝时代的吴声歌曲,文人也持鄙薄态度。梁元帝《金楼子·箴戒》载:“齐武帝有宠姬何美人死,帝深凄怆。后因射雉,登岩石以望其坟,乃命布席奏伎,呼工歌陈尚歌之,为吴声鄙曲。帝掩叹久之。”梁元帝把吴声呼为鄙曲,反映了当时文学修养较高的人们对吴声歌曲的态度。当时梁武帝、梁简文帝及其臣僚沈约等制作《江南弄》、《上云乐》等新乐,辞语文雅,即是对吴声、西曲等俚俗文学的一种改造工作。刘勰把《艳歌行》等汉乐府古辞目为郑卫之声,那么表现男女之情更为大胆的吴声歌曲,在他看来显然是更加鄙俚而不屑齿及了。

尽管南朝不少上层人士，上至帝王下至文臣武将，都深爱吴声、西曲，把它们当作娱乐生活的重要对象，然而某些崇尚高雅、正统的理论，对俚俗文学则持鄙薄态度。

然而，尽管崇尚高雅的文人鄙视出自民间的俚俗文学，但俚俗文学由于生动感人，一直受到许多贵族和不少文人的喜爱，满足他们日常生活追求消遣娱乐的需要。汉代宫廷使用的音乐，据《续汉书·礼仪志》注引蔡邕《礼乐志》记载，共分四类，其中天子享宴一类，主要即为较俚俗的相和歌、杂舞曲。《宋书·乐志》第三、四卷著录的相和歌辞、杂舞曲辞，大抵即为魏晋宫廷所演奏的①。其后南朝也沿袭演奏。刘宋张永《元嘉正声伎录》、南齐王僧虔《大明三年宴乐伎录》，于此均有具体叙述。陈释智匠《古今乐录》叙述尤详。以上三书虽已亡佚，但《乐府诗集》多有称引。《文心雕龙·乐府》在评述魏曹操、曹丕、曹叡三祖所作的相和歌辞时有曰："虽三调之正声，实韶夏之郑曲。""三调"，指平调曲、清调曲、瑟调曲，它们是相和歌的主要部分。相和歌在魏晋南朝时期，被称为宴乐中的正声，刘勰在这方面态度保守，斥之为"韶夏之郑曲"。

对于六朝时代新兴的俚俗歌曲《子夜歌》、《读曲歌》等，也受到正统观念较强的文人的鄙视，但由于其新鲜活泼，也逐渐获得不少贵族与文人的喜爱。其不少歌曲除被配乐演唱外，东晋著名文人孙绰作《碧玉歌》，王献之作《桃叶歌》，以后作者更多。除乐府诗外，南朝时代许多文人所作的五言四句抒情小诗，也常常蒙受其影响。我们看《玉台新咏》第十卷，前面所选为晋宋文人与无名氏所作的吴声、西曲歌，后面则为王融、谢朓、沈约等众多文人所写的五言四句小诗，即可明了此中的渊源关系。

到了唐代，文人们更加重视源出民间的乐府诗中的俚俗歌曲。

① 参考拙作《说黄门鼓吹乐》，收入拙著《乐府诗述论》。

这鲜明地表现在他们的创作中间。唐人以讽谕为内容的新乐府辞，自杜甫《兵车行》、《丽人行》等篇章开其端，至白居易的新乐府辞达到顶峰。这类歌辞，内容着重表现民众疾苦和政治、社会弊端，明显地表现出受到汉乐府古辞《东门行》、《平陵东》、《战城南》等篇的影响。

这类新乐府诗，其语言特色是比较质朴，较少文采。白居易自称其《新乐府》"其辞质而径"，"其言直而切"(《新乐府序》)；又称其讽谕诗"意激而言质"(《与元九书》)。汉代乐府古辞以至唐代杜甫、白居易的新乐府，往往形象鲜明，人物话语生动，今天看来它们的艺术性相当高。但唐代创作界、评论界的主流，仍沿袭南朝传统，以作品的辞采华美、音调流美为首要标准。所以白居易在《与元九书》中概叹说："今仆之诗，人所爱者，悉不过杂律诗与《长恨歌》已下耳。时之所重，仆之所轻。"同时慨叹其讽谕诗因"意激言质"而为"人之不爱"。

对于六朝的吴声、西曲等俚俗歌曲，唐代文人也注意学习吸收并予以提高。崔颢《长干曲》，李白《静夜思》、《越女词》、《巴女词》是以乐府体写的五言四句小诗，风格接近吴声、西曲歌辞。文人们更多的五言、七言绝句，以明朗自然的语言抒写日常生活的情怀，即是继承了六朝民歌与南朝文人五言小诗的传统。

唐代文人重视汉魏六朝的俚俗歌曲，也表现在理论方面。唐代前期，出现了几种乐府解题一类的著作，它们是：吴兢《乐府古题要解》、刘悚《乐府解题》、郗昂《乐府古今题解》(一作王昌龄撰)。郗书已亡佚，见《新唐书·艺文志》著录；刘书仅残存小部分，见陶珽本《说郛》卷一〇〇。吴、刘二书，均不叙述郊庙、燕射等雅乐歌辞，而以叙述相和、杂舞等通俗乐曲为主。吴书除详述相和各曲外，还介绍了《子夜歌》、《前溪歌》、《石城乐》等六种吴声、西曲歌曲，可见当时编撰者对于乐府诗中通俗乐曲的重视。其后《通典·乐典》、《旧唐书·音乐志》叙述通俗乐曲均较详细，即是沿袭南朝《古今乐录》与吴兢《乐府古题要解》的传统而来。又元稹的《乐府古题序》,特别提到《木兰诗》、《焦仲卿妻》两篇无名氏所作乐府古辞,并以之与文人名篇张衡《四愁诗》、王粲《七哀诗》相提并论,表现出唐人对汉魏六朝乐府古辞描写民间故事题材的重视。《汉书·艺文志》说从汉乐府古辞"可以观风俗,知厚薄",还只是从政治角度肯定其认识价值,而唐人则更能肯定它们朴素的艺术美。

唐代文人对汉魏六朝乐府诗中俚俗歌曲的重视,有其特定的政治社会原因。唐玄宗时代,朝廷大力提倡儒学与质朴文风,促使许多文人不再追求华辞丽藻,而容易喜欢前代乐府诗中那些比较质朴刚健的篇章。再则,在唐代贵族门阀势力大为削弱,唐代以科举取士,不少文人出身于下层社会,比较接近下层民众,了解并同情民众的疾苦,因而更容易注重并学习汉魏乐府古辞擅长表现民众哀乐的思想内容。

除写作新乐府辞外,唐代文人还喜欢写作新歌曲,即《乐府诗集》编录的近代曲辞,如《竹枝》、《杨柳枝》、《浪淘沙》、《忆江南》、《宫中调笑》等,刘禹锡、白居易、王建等人多有所作。它们成了后来长短句(词)的前驱者。其中有些曲调源出下层民间。刘禹锡《竹枝》即是其例。《乐府诗集》卷八一《竹枝》题解曰:"《竹枝》本出于巴渝。唐贞元中,刘禹锡在沅湘,以俚歌鄙陋,乃依骚人《九歌》作《竹枝》新辞九章,教里中儿歌之。由是盛于贞元、元和之间。"刘禹锡把巴渝地区(今四川东部)的鄙俚民歌加以改制,这是一个有代表性的事例,表明唐代的高层次文人思想比较开放,对当代的俚俗文学不是笼统鄙弃,而是加以改造提高。唐代文人还注意吸收当代的说话艺术和变文描写艺术,写出不少生动的传奇文,也表明唐代文人善于吸收、改造俚俗文学。

在中国文学史上,不少出自民间的俚俗文学,初期常常受到上层许多文人的鄙薄和排斥,但时间长了,它们终于被上层人们所接受,并加以改造提高，成为富有生命力的新体文学。在唐诗、唐五代宋词的发展过程中，都有种种明显的例子。

二

时俗文学是指迎合时尚、当代流行的新体文学。此种新体文学为一部分崇尚古雅的文人所鄙视，贬之为“俗”。

《文心雕龙》对时俗文学多有论及，认为其文风特点是新奇。《序志》篇批评近当代文风有曰：“去圣久远，文体解散，辞人爱奇，言贵浮诡，饰羽尚画，文绣鞶帨，离本弥甚，将遂讹滥。”所谓“浮诡”，指在用词造句方面好用浮华艳丽的辞藻与新奇的手法。《通变》篇论历代文风有曰：“魏晋浅而绮，宋初讹而新。”可知刘勰所不满的时俗文风，是在南朝刘宋初期流行起来的。《体性》篇认为，文章可分典雅、远奥、精约、显附、繁缛、壮丽、新奇、轻靡八体，其中新奇、轻靡两种，即是时俗文学的文风特征。《体性》诠释二体曰：“新奇者，摈古竞今，危侧趣诡者也。轻靡者，浮文弱植，缥缈附俗者也。”其中“竞今”、“附俗”，即迎合时俗爱好之意；“趣诡”、“浮文”，即《序志》“言贵浮诡”之意。《定势》篇指出，当时追求新奇的一种方法是颠倒文句。文曰：

> 自近代辞人，率好诡巧。原其为体，讹势所变，厌黩旧式，故穿凿取新。察其讹意，似难而实无他术也，反正而已。故文反正为乏，辞反正为奇。效奇之法，必颠倒文句，上字而抑下，中辞而出外，回互不常，则新色耳。……正文明白，而常务反言者，适俗故也。

指出这种故意颠倒文句、追求新奇的做法，是为了“适俗”，即适应时俗的爱好。这种颠倒文句的例子，孙德谦《六朝丽指》、范文澜《文心雕龙注》、刘永济《文心雕龙校释》等曾举出若干例子。如鲍照《石帆铭》“君子彼想”，正常语序应为“想彼君子”；江淹《恨赋》“孤臣危涕，孽子坠心”，正常语序应为“孤臣涕危，孽子心坠”；又其《别赋》“心折骨惊”，正常语序应为“骨折心惊”。可知此种颠倒文句的作风，鲍照开其端，江淹又有所发展，在南朝文坛是一种时髦的写作方法。

刘勰并不笼统反对新奇，他只是要求适度新奇，不要流于怪僻。在《辨骚》篇中，他一开始就赞《离骚》“奇文郁起”，下面分析楚辞各篇章的风格特色后，又赞美它们“惊采绝艳，难与并能矣”。但他又指出楚辞有部分逐奇失正的弊病，提出作文应倚靠《诗经》之《雅》《颂》，驾驭《楚辞》篇章，做到“酌奇而不失其贞，玩华而不坠其实”，即执正驭奇，这成为《文心雕龙》的基本思想。对《楚辞》以后各代具有奇辞异采的作品，他也采取这种态度。《明诗》篇对汉代《古诗》、建安、正始、太康诗歌以至刘宋初期的山水诗，均有所赞美；《诠赋》篇对自汉至晋枚乘、司马相如以至郭璞、袁宏的辞赋，亦各有所肯定，均是明证。《定势》篇明确指出，作文应“执正以驭奇”，不应“逐奇而失正”，这是对《辨骚》篇的明显回应。《通变》篇论及如何纠正近代讹变的文风，有曰：“矫讹翻浅，还宗经诰。斯斟酌乎质文之间，而檃括乎雅俗之际，可与言通变矣。”刘勰认为，出自圣人的经书，其特点是“雅丽”（《宗经》），既雅正又有文采，是典范之作。《楚辞》以后的作品，有逐奇失正之病，不够雅正，辞采过艳，趋于淫丽。因而矫正这类弊病，必须回过头来，“还宗经诰”，这又是对《宗经》篇的明显回应。“檃括乎雅俗之际”中的“俗”，指当时流行的时俗文风，这里表明，刘勰认为作文应兼综古今之长，而不是笼统地反对新变。《通变》篇赞语曰：“望今制奇，参古定法。”这是“执正驭奇”的另一种提法。

上文提到，鲍照诗文追求新奇，有时颠倒词句。让我们再来看《诗品》、《南齐书·文学传论》对他的评论。《诗品》评鲍诗有曰：“其源出于二张，善制形状写物之词，得景阳（张协）之諔诡，含茂先（张华）之靡嫚。……然贵尚巧似，不避危仄，颇伤清雅之调。故言险俗者，多以附照。”指出鲍照诗具有淑诡、靡嫚之风，又不避危仄（即险僻），因而为追求险俗的文人所宗奉。这里所谓“险俗”，指追求险僻奇诡的时俗风尚。《南齐书·文学传论》认为，当时诗赋有三派，第二派由鲍照开启。其特点是“发唱惊挺，操调险急，雕藻淫艳，倾炫心魂。亦犹五色之有朱紫，八音之有郑卫。斯鲍照之遗烈也”。所谓险急、淫艳，与《诗品》之淑诡、危仄、靡嫚，词意略同。鲍照此种奇诡靡丽的作品，为当时许多文人所宗尚，说明当时追求新奇的时俗文学创作风气的流行。南朝文人论诗，最重五言诗，《诗品》评诗，专评五言。《南齐书·文学传论》论鲍照诗，大抵亦指其五言。所谓鲍诗“发唱惊挺，操调险急”之风，当是指“羽檄起边亭，烽火入咸阳”（《代出自蓟北门行》）、“伤禽恶弦惊，倦客恶离声”（《代东门行》）、“直如朱丝绳，清如玉壶冰”（《代白头吟》）一类诗句。鲍照诗也有俚俗一面。他写有《吴歌》三首，词语风格，酷肖当时流行的吴声歌曲。又有《中兴歌》十首，也较为通俗，风格也接近吴歌。但这类作品在其集子中比重很小，不占主导地位，“险俗”当指其五言诗而言。

南朝时期流行的时俗文学，如上所述，是指词句华艳和手法新奇的作品，当时鲍照是一位最具有代表性的作家。到了唐代，科举制度确立，朝廷以科举考试取士，因而唐代流行的时俗文学，便与科举考试发生密切的联系。唐代科举科目中最热门的是进士科，考进士科的，规定要考律诗、律赋。律体诗赋，除讲求骈偶、词藻的语言外形色彩美外，还在接受南朝永明声律论与新体诗影响的基础上又向前迈进，重视平仄调协的声律美。进士考中后要做官，还得经吏部考试写作判文（政府机关的判决书）的能力，被认可后方能授予官职。判文也要用骈体写作。这种考试制度促使广大士人注重骈偶、辞藻、声律之美，努力学习并掌握律体诗文的写作技能，以谋求政治出路。因而，律体诗赋以至判文等就成为唐代的时俗或时尚文学。

白居易是唐代兼长各体时俗文学的一位大家。他擅长各体律诗,数量很多,《白氏长庆集》中把它们称为杂律诗,意即指其律诗有各种体式。其中短者为五、七言绝句,稍长者为五、七言八句律诗,还有不少八句以上的律诗以至二十句以上的长律。他和元稹互相唱和酬答,写了不少数十韵的长律,百韵的也各有若干首。他的律体短诗,长于抒情,语言晓畅。据白居易《与元九书》自述,其诗广泛流行于社会上,"自长安抵江西三四千里,凡乡校、佛寺、逆旅、行舟之中,往往有题仆诗者;士庶、僧徒、孀妇、处女之口,每每有咏仆诗者"。元稹《白氏长庆集序》也有类似记载。这类广泛流行的诗大抵是律体短诗。白居易、元稹的长律,以词句精工、才学富赡见长,被当时不少士人所崇拜,竞相传写模仿。元、白两人的律诗,包括短篇、长篇,在当时被称为"元和体",影响很大①。白居易的律赋、判文,在当时名气也很大,被视为典范。据《与元九书》自述说:"日者又闻亲友间说,礼、吏部举选人,多以仆私试赋、判,传为准的。"

白居易对他的律体诗文,也持欣赏、肯定的态度。上引《与元九书》中叙述其律体诗歌、律赋、判文受到社会上广泛欢迎的情状,即反映了他对其律体诗文的沾沾自喜。《与元九书》后面自述在长安城南与元稹春游时"各咏新艳小律",其欢愉犹如登仙,更流露出浓厚的自我欣赏心态。在《与元九书》中,当白居易强调诗歌的政治功能时,特别重视其讽谕诗,同时贬抑其杂律诗,甚至认为日后别人编他的集子时,可以不收杂律诗和感伤诗;至于讽谕诗、闲适诗,则因"言质"、"词迂",为人们所不爱。质、迂,是说讽谕、闲适两类诗词语质朴迂拙,缺少辞藻华美、声调流利的骈体诗歌之美。这说明了当时人们爱好诗歌的首要艺术标准即是否具有骈体文学的语言之美。

---

① 参考陈寅恪《元白诗笺证稿》附论《元和体诗》,上海古籍出版社,1978年。

元稹和白居易相同，也是十分欣赏、爱好律体诗。在《白氏长庆集序》中，他叙述了他与白居易两地往来酬答的不少律体诗，被人们广泛地传诵仿效，号称“元和诗”体。叙述中也是洋溢着自我欣赏情绪。元稹特别偏爱长律，互相酬答。在《唐故工部员外郎杜君墓系铭》中，元稹盛赞杜甫的长律写得好，“词气豪迈而风调清深，属对律切而脱弃凡近”，并认为李白在这方面的成就，比杜甫要差得很远。他是以长律为衡量标准发表李杜优劣论的。元、白两人的长律，正是在杜甫的先导下，写得更加富赡和精致，达到了唐代长律诗体的高峰。

《旧唐书·元稹白居易传》后面有一篇长论，纵论唐前至唐代文学，该论认为元、白两人是唐代最杰出的作家，并指出过去有三个文学发达的时代：建安时代以曹植、刘桢为霸主；永明时代以沈约、谢朓为宗主；元和时代以元稹、白居易为盟主。这里论文学作品，固然以诗歌为首要对象，也兼括赋、文。成书于五代后晋的《旧唐书》，其编者以始终盛行的骈文为正宗，鄙视初步发展的古文，因而对元、白的律体作品评价最高。唐人的律体诗，正是在南齐永明时代沈约等人倡导的声律论和新体诗基础上发展而来的。《旧唐书》对元、白的崇高评价，是以当时流行的时俗文学即律体文学为标准进行的。传论末尾更有赞，曰：“文章新体，建安永明。沈谢既往，元白挺生。”也是鲜明地表现了《旧唐书》编者拥护新体文学即律体文学的态度。

唐代中后期，古文运动逐步展开。古文家提倡写作词语质朴、风格较为刚健的古文，对诗歌则重视写古雅的古体诗。他们鄙视当时流行、风格华艳的律体诗文，并讥之为“俗”。萧颖士《赠韦司业书》自称：“平生属文，格不近俗。凡所拟议，必希古人。魏晋以来，未尝留意。”魏晋以来正是骈体文学逐步发达的时期，古风丧失，因而他不曾留意学习。《新唐书·文艺传》载：“颖士数称班彪、皇甫谧、张华、刘琨、潘尼能尚古，而混流俗不自振，曹植、陆机所不逮也。”萧颖士指出张华、刘琨等人的作品能宗法古人，但仍有混同于流俗（指骈俪文风）的一面。至于骈文大家曹植、陆机的作品，则更是不及张华等人了。另一古文家元结在其《箧中集序》中批评近世作者“拘限声病，喜尚形似”，喜欢写避免声律毛病、追求逼真描摹物象的近体诗，这类作品“且以流易为辞，不知丧于雅正”，即认为它们的风格很卑俗。元结一生提倡写作高雅的古体诗，不写他认为鄙俗的近体诗。

韩愈一生大力提倡古文，不满骈体诗文的弊病。他的《上宰相书》批评当时朝廷礼部、吏部，规定必须写讲求对偶、辞藻、声律的骈体作品，所谓“试之以绣绘雕琢之文，考之以声势之顺逆，章句之短长”，他认为这种考试不能真正选拔杰出的政治、军事人才。但是为了应对需要，韩愈也写作这类作品，其《与冯宿论文书》曰：“时时应事作俗下文字，下笔令人惭。及示人，则人以为好矣。小惭者亦蒙谓之小好，大惭者即必以为大好矣。不知古文直何用于今世也?”这里“俗下文字”即指当时时俗流行的骈体作品，韩愈于此表达了自己深刻的矛盾心情。

《新唐书·白居易传》末段评述白诗有曰：“初，颇以规讽得失，及其多，更下偶俗好，至数千篇，当时士人争传。”“下偶俗好”，指迎合世俗爱好。此处讥评白居易诗歌数量繁多，其中一部分作品迎合世俗爱好，华艳而不雅正。白居易一生写作了大量杂律诗，他在社会上流行最广、被称为元和体者，亦为杂律诗。《新唐书》编者欧阳修、宋祁均为古文家，因而对白居易律体诗的评价，与上引《旧唐书》的评价迥然不同。

由上可见，时俗文学是指某一时期在社会上广泛流行、受到大多数人爱好的文学作品。在南朝时期是指以鲍照为主要代表的新体诗赋，在唐代则是以白居易、元稹为代表的律体诗文。对于时俗文学的评价，应当一分为二，即有积极面和消极面。南朝鲍照的诗歌，诚如刘勰所指责，存在着不合理的故意颠倒字句的弊病，但他的雄健奔放的诗风，开创了诗歌创作的新局面，对唐诗的繁荣以至其后诗歌的发展都起了积极的推动作用，是不容忽视的历史现象。唐代的律体诗文，也应一分为二地进行评价。唐人创作了大量感情深挚、语言精美的八句律诗和四句的律体绝句，成为唐诗宝库的重要成份，这是大家所认同的。至于不少长律，往往长达数十句以至一百句，务在堆砌偶句，雕琢词采，风格板滞，读来使人生厌，则是唐代律体诗的消极部分，后代人也很少写作。唐代的律体赋、文，在不同程度上存在着与长律类似的弊病，因而不为大多数读者所喜爱，但也仍有少数佳作(如《滕王阁序》)值得肯定。

唐代律体诗文的显著艺术特色是注意、锤炼辞藻、声调的语言美。语言美是构成文学作品富涵艺术特征和感染力的重要因素，不容漠视。唐代许多优秀诗人，在注意培养明朗刚健的文风时，又重视吸收魏晋南北朝以来的骈体、律体诗文的语言美，做到了能够融会古今之长，像《文心雕龙·通变》所说的“斟酌乎质文之间，檃括乎雅俗之际”那样，因而创作出众多辉煌灿烂的作品。这方面杜甫的成就尤为伟大。他创作了许多格律严整而又感人至深的律体诗(特别是八句律诗)，成为后人学习的典范。唐代一些古文家竭力排斥律体诗文(即时俗文学)，致力于写古雅的文章，甚至一概排斥优美的语言。如元结，写古质的散文和古体诗，反对写近体诗，他的作品往往显得干枯。韩愈在大力提倡古文时，仍注意多方面吸取先秦两汉文章的语言美，因而成就突出。这些历史事实，是值得人们记取的。

宋代，古文运动取得胜利，文风大变，诗、赋、文的主导风貌均由华美趋向清雅。八句、四句的律体诗风貌虽有变化，但仍然流行，并重视格律和语言之美。只是很少有人写作长律了。唐人华丽雕琢的四六骈文也被清畅的宋四六取代。宋诗文对唐诗文，是既有继承，又有改革变化、发展创新，走出了一条新的路子。

(原载《中山大学学报》2009 年第 1 期)

南北朝文学批评绪论*

继魏晋之后，南北朝的文学批评又有很大发展，把中国古代文论推进到一个光辉灿烂的阶段。这时期的文学批评著作，除书信、序文和子、史书中的专篇外，还出现了不少文学批评的专门著作，其中尤以刘勰《文心雕龙》、鍾嵘《诗品》两书最有成就和著名。除刘、鍾两书外，据史传所载，专著尚有宋傅亮的《续文章志》、宋邱渊之的《文章录》、宋颜竣《诗例录》、梁沈约《宋世文章志》和《文苑》、梁任昉《文章始》、梁张率《文衡》、陈姚察《续文章始》等十馀种。惜除任昉《文章始》一种外，其馀均已亡佚(今存《文章始》后人亦颇疑其伪托)。诗文评著作数量之多，说明当时许多文人对文学批评怀有兴趣和重视，说明当时文学批评的发达。《文心雕龙》、《诗品》这两大杰作，正是在此种风气中诞生的。史书中有专门的文学传论，对文学历史发展和重要作家进行较有系统的评论，是从沈约的《宋书・谢灵运传论》开始的，稍后又有萧子显的《南齐书・文学传论》。这也可说是南北朝文论发达的一个标志。

南北朝的文学批评，较之过去，不但论述面更加广泛，而且更加有系统和深入了。它们所接触的问题，有的是过去没有接触到的；有的过去虽已发其端，但这时期的探讨进一步深入和系统化。例如，由

---

* 此篇原为王运熙、杨明著《魏晋南北朝文学批评史》第二编“南北朝文学批评”第一章，由王运熙执笔。

于对文学特征的重视,研讨文笔区别的议论就比较多;由于对诗文音韵美的进一步重视,声律论兴起。这二者都是过去未曾涉及的新课题。再如关于体制风格的探讨,魏晋偏重在作品体裁与风格关系这方面,这时期更扩展到作家个性与风格的关系方面,并对时代风格有所论列,使文学风格评论的内容大为丰富和具有系统。对作家作品,按照时代先后进行有系统的评述,也是本时期文学批评的一个特色。除《宋书·谢灵运传论》、《南齐书·文学传论》外,《文心雕龙》的《时序》、《才略》篇以及《明诗》以下二十篇的"原始以表末"、"选文以定篇"部分和整部《诗品》,都是很突出的。

《文心雕龙》和《诗品》是这时期两部文论杰作,都具有较完整的体系。《文心雕龙》以阐明各体文章作法为核心,论述广泛,除系统评述历代作家作品外,对文学风格、文学创作和修辞、文学与时代、文学批评等各方面的问题,都进行了系统的论述和总结。《诗品》评论汉魏以迄南朝齐梁诗人,显优劣,定品第;明特色,溯流别。从两书的体系的完整、议论的深入看,的确是前无古人,标志着古代诗文评达到了高峰。

一 历史背景

南北朝文学批评的繁荣昌盛,有着它特定的历史背景。

从政治社会情况讲,文学批评最为发达的南朝,虽然偏安江左,但南方地理条件良好,经济比较富裕,北方大批人才南下,与南方土著一起促进了各种文化的发展。作为文化一部分的文学(包括创作和评论),也有了很大的发展变化。南朝不少帝王,爱好并提倡文学。宋文帝时,立四个学馆,儒学、玄学、史学三馆外,还有文学馆。宋孝武帝爱好文学,对社会风气影响很大。宋明帝亲自编撰《晋江左文章志》。齐高帝、武帝也都崇尚文学。至于梁武帝、昭明太子、简文帝、梁元帝、陈后主等提倡文学，就更为大家所熟知。南朝宗室亲王，亦有不少人爱好并提倡文学。其特出者如宋临川王刘义庆、齐竟陵王萧子良、梁晋安王萧纲（即简文帝）等（参考刘师培《中国中古文学史》第五课）。在中国古代，帝王、贵族的提倡文学，是一种巨大的政治力量，使一批有才能的文人聚集在他们手下，互相酬赠研讨，促进了文学（包括文论）的发展。

南朝时代，思想界承袭东晋，儒、释、道三家同时流行，玄学在社会上仍颇有势力，不是儒学独尊，人们的思想比较解放活跃。儒学昌盛之际，人们容易强调文学要为政治教化服务，容易轻视有时甚至排斥文学的艺术美。南朝文学（包括创作和评论），不像汉代那样强调文学的政治教化作用，而注重日常生活中的抒情写景，注意文学技巧和追求语言之美，正是反映了儒家思想约束力的削弱。佛、老两家虽不直接提倡文学，但对文学的发展也时时发生作用。如南朝文学创作和评论，都重视表现个人情性，怡情山水风景，而不重视教化作用，显然受到老庄歌颂自然、蔑视礼法言论的启发。融会儒道的玄学在南朝依然流行。玄学大师王弼的《周易注》、《老子注》，何晏的《论语集解》等，是当时文人的必读书。玄学的言意之辨、自然与名教合一等思想都给文学批评带来影响。玄学论文和佛学典籍，或析理锋颖透辟，或体系完整周密，在方法上也给予文学批评以启发和沾溉。这些方面的影响，在《文心雕龙》一书中表现得相当明显。

南朝文学创作，较之魏晋有进一步的发展，其中尤以五言诗最为昌盛，成为上流社会普遍爱好、竞相吟咏的重要诗歌样式。《宋书·谢灵运传》载谢灵运在会稽，“每有一诗至都邑，贵贱莫不竞写，宿昔之间，士庶皆遍，远近钦慕，名动京师”。鍾嵘《诗品序》描写当时士人热爱五言诗，“才能胜衣，甫就小学，必甘心而驰骛焉”，“至使膏腴子弟，耻文不逮，终朝点缀，分夜呻吟”。于此可见当时五言诗盛行的景象。鍾嵘正是在这种风气下，痛感人们“喧议竞起，准的无依”，因此撰写专著以“辨彰清浊，掎摭利病”。吟咏情性的五言诗的盛行，影响及于其他文体。南朝的辞赋、骈文，往往着重抒情写景，篇幅短小而语句精炼，表现出明显的诗歌化倾向。

南朝诗文创作，继魏晋之后，又出现或发展了某些思想艺术特色。从思想内容看，一是山水写景文学的兴盛。谢灵运倡导并写作山水诗，成绩优异，取代了枯淡的玄言诗长期统治诗坛的局面，影响深远。以后又出现了谢朓、何逊等擅长写景的杰出诗人。辞赋、骈散文方面也有一部分写景佳作。二是艳情诗的发达。先是受乐府民歌吴声歌曲、西曲歌的启发，进行仿作，像谢灵运的《东阳溪中赠答》、鲍照的《吴歌》、宋孝武帝（刘骏）的《丁督护歌》等是其例。其后把这种题材贵族化、宫廷化，于是出现了宫体诗。以上两方面的内容都摆脱儒家传统的束缚，不注意文学的政治教化作用。从艺术形式看，则是承袭魏晋曹植、陆机等人的传统，重视辞藻美丽、对偶工致、音韵和谐等语言美，并有所发展，更加注意字句的雕琢。刘宋颜延之、谢庄，南齐任昉、王融等人的诗文，大量用典，矜才逞博，在当时影响巨大。齐梁时沈约、谢朓等提倡四声八病，写作新体诗，形成风气。用典和声律，都逐步成为骈体诗文的构成因素。南朝诗文创作的主要倾向是，内容上不大关心政治教化，形式上着重追求语言的华美，表现出文学较多地摆脱儒学传统束缚后的独立化倾向。这种倾向遭到重视儒学人们的不满和抨击。隋代李谔《上隋文帝请革文华书》批评南朝文人“唯务吟咏”，“竞一韵之奇，争一字之巧。连篇累牍，不出月露之形；积案盈箱，唯是风云之状”，在这方面是具有代表性的意见。北朝整个经济、文化落后，文学也不大发达，其后期在南朝文学影响下，也产生了若干知名文人。南朝文人谢灵运、颜延之、王融、任昉、沈约以及由南入北的庾信等，都为北朝文人所崇拜，成为他们学习模仿的对象。但由于环境的差异，南北方风俗不同，北朝的文风毕竟比较质朴刚健一些；缘情绮靡的诗赋，其成就远逊于南朝，文学批评也远不及南朝发达。以上种种创作上的主要倾向和特色，在文学理论批评上都有不同程度和不同立场的反映。

晋代挚虞《文章流别集》之后，由于作品数量门类日益繁多，形成了总集编纂的发展，南朝尤盛。据《隋书·经籍志》所载，即有《集林》一百八十一卷（刘义庆编）、《文海》五十卷（不署编者）、《赋集》九十二卷（谢灵运编）、《诗集》五十卷（谢灵运编）、《古今诗苑英华》三十卷（萧统编）、《古乐府》八卷（不署编者）等数十种。这些总集可惜大部分都已亡佚，今仅存萧统编《文选》三十卷、徐陵编《玉台新咏》十卷两书。总集中一部分是作品汇编，另一部分则是选本。后者择取精华，对读者阅读欣赏，用为作文的学习借鉴，最为方便，故《隋书·经籍志》有"属辞之士，以为覃奥而取则焉"的评语。选本作品，经过编者挑选，体现了编者的眼光和取舍标准，富有文学批评的意味。从《文选》可见萧统的文学思想，即是一证。选本的序文，就更是文学论文了。有的批评著作，附于总集以行。西晋挚虞的《文章流别志论》二卷，是附于其所编《文章流别集》四十一卷后的。刘宋颜竣有《诗例录》二卷，是附于其所编《诗集》百卷之后的，惜也已亡佚。由于总集和文学批评的关系密切，故《隋书·经籍志》把《文心雕龙》、《诗品》等文论专著均列入总集类。我们可以说，南朝总集编纂工作的发达，也是文学批评繁荣昌盛的一个重要条件。

汉末魏晋，人物品评风气很盛，延至南朝不绝，而且更扩大到绘画、书法等方面，与文学评论声气相通。梁阮孝绪著《高隐传》，"上自炎皇，终于天监末，斟酌分为三品"（《南史·阮孝绪传》）。这是人物品评。梁元帝为湘东王时，"常记录忠臣义士及文章之美者，笔有三品"（《玉海》卷五八艺文类）。这是兼及人物德行、文章的品评。画论有南齐谢赫的《古画品录》、梁姚最的《续画品》。《古画品录》分画家为六品，各家均缀以评语，对后来影响颇大。书论有梁庾肩吾《书品》、梁武帝《书评》、萧纶《书评》等。此外又有围棋品评，始于东晋，南朝更多,有《建元永明棋品》、《天监棋品》等等,今均不传。人物品评以人的德行、才能、风貌为对象,书画、围棋品评则以书画、围棋的名家能手为对象,实际上也是人物品评,只是由人的德、才、貌扩大到艺术造诣方面。南朝的艺术评论和文学评论几乎是同步进行的,它们互相影响,互相促进,共同形成了文艺评论的繁荣局面。鍾嵘《诗品》正是这种时代氛围中的杰出文论。其他不少文论著作,虽不像《诗品》那样有系统地专门品评作家,但也包含着或多或少的作家评论成份。

二 论范围和类别

南朝称文学作品为文或文章。一般说来,他们认为文章应当有文采,它主要表现在语言色彩和音调之美方面(此点下文再加分析)。这种文采,广泛地表现在诗、赋和各体骈散文中间;因此他们论述文学的范围比较宽广,体裁和类别相当众多。晋代挚虞的《文章流别志论》,就现存片段来看,其所论述的文体即有颂、赋、诗、七等十一类,估计原书论述的文体当有数十种,说明《文章流别集》是一部规模宏大的总集,反映了汉魏以来各种文体繁兴的实际情况。《文心雕龙》的文体分类也颇繁富。它上半部着重论述各种文体,在篇目中提到的文体,即有骚、诗、乐府、赋、颂、赞等三十三类。这还是比较大或重要的类别,在论述中又涉及不少比较小或次要的类别,数量就更多了。《文选》所收作品的体裁,有赋、诗、骚、七、诏、册等三十八类,数目和《文心雕龙》接近,主要类别的名称也大致相同。可见刘、萧两书的文章类别,反映了当时文章的实际情况。诗赋以外的骈散文如诏、册、表、启等等,往往是一些实用文体,不像诗赋那样富有文学形象和感情色彩,但它们往往具有语言的色彩和音调之美,因此仍是具有文采的文章。《文选》所收各种实用性文章,大体上都是这样。少数实用性文章也具有文学形象和感情色彩，如李密的《陈情表》便是其例。著述性的议论文（《文选》所收的史论、论等）的文学性，大致上也可以从这一角度去理解。在《文心雕龙·书记》尾部，刘勰列举了谱、籍、簿、录、方、术等二十四种文体，它们的确是缺乏文学性的应用文，看来刘勰把文章的范围放得太宽了。但他毕竟认为它们是“艺文之末品”。刘勰认为文章应当“绮丽”、“藻饰”（《情采》），对这些艺文末品，只是附带地提一下。如果他编一部总集，也不会选入这类文字。

在具有文采的作品中，诗、赋二者占据主要地位。先秦西汉时代，文学本以诗赋为主，故刘歆编《七略》，专列诗赋一略，成为文学目录之祖。东汉魏晋，各体骈散文日益增多，因此史书和目录书中才以文学替代诗赋。但在魏晋南北朝，诗赋在人们心目中仍占文学的主要地位（汉代辞赋最昌盛，魏晋以迄南朝，五言诗更盛，地位又驾临辞赋之上）。《宋书·谢灵运传论》、《南齐书·文学传论》的论述，均以诗赋重要作家为对象。《诗品》专评五言诗，不用说了。《文心雕龙》虽然论述多种文体，但仍以诗赋为主。《辨骚》提出以“倚《雅》《颂》，驭楚篇”指导写作的总原则，《情采》指出“为情造文”、“为文造情”两种创作倾向，都是根据诗赋创作来立论。《时序》论述历代文学与时世的关系，自先秦至东晋，其中除东汉外，其他各代均以评述诗赋作家作品为主。《体性》论述作家个性与作品风格的关系，列举了大作家贾谊、司马相如等十二人，代表了两汉、魏、晋四代文学的最高成就。其中除刘向一人外，其他都以诗赋名家（其中有的兼长散文或骈文）。全书上半部除《辨骚》、《明诗》、《乐府》、《诠赋》外，《哀吊》、《杂文》、《谐谵》三篇主要也论辞赋体作品；论诗赋的篇章占很大比重。《文选》选录各体文章，首列赋，次为诗、骚、七（枚乘《七发》一类赋体），再是各体骈散文。可见以诗赋为文学的主要样式，乃是当时大多数人的看法，反映了汉魏六朝文学创作的客观事实。刘勰尽管对辞赋颇有不满之辞，但也不能不尊重这个客观事实。

南朝文人又往往把繁多的文学体裁归纳为两大类，即文和笔，以有韵者（押韵脚的作品）为文，无韵者（不押韵脚的作品）为笔。这样，文就有广狭两义，狭义的指诗赋等有韵之文，广义的泛指有文采的文章，包括有韵之文和无韵之笔。南朝范晔、颜延之、刘勰、萧绎都谈到文笔，大致表现出更加重视有韵之文的倾向。范晔在他的《狱中与诸甥侄书》中谈到其所撰《后汉书》，于其传记篇章中有韵之赞和无韵之序论，都颇为自负，但又说："手笔差易，文（泛指文章）不拘韵故也。"认为笔不押韵，比押韵之文要容易写一些。颜延之又把笔区分为言、笔两类，言是质朴缺乏文采的作品，笔则具有文采（见《文心雕龙·总术》称引）。颜说反映了当时人们认为笔虽不押韵，但也应有文采。《文心雕龙》详论文笔各体文章，书中自《明诗》至《谐隐》十篇论述有韵之文，自《史传》至《书记》十篇论述无韵之笔，二者兼重。但如上所述，全书重点放在诗赋（有韵之文的主体）方面。萧绎则更表现出明显的重文轻笔倾向。其《金楼子·立言》有云："吟咏风谣，流连哀思者，谓之文。"又云："至如文者，惟须绮縠纷披，宫徵靡曼，唇吻遒会，情灵摇荡。"认为文须像民间歌谣那样表现情灵摇荡的哀思，在形式上须有绮縠纷披的色彩美和唇吻遒会的音韵美，这样文的特征就不仅是押韵脚了。他同时认为笔要容易得多，只是"神其巧惠，笔端而已"。萧绎这里所谓文，实际是指当时流行的抒情性很强、语言绮丽的诗赋；诗赋是有韵之文的主要体裁，所以他就以诗赋的特征来说明"文"。

五言诗在南朝盛行，是有韵之文中最受人喜爱和重视的一种样式，因此当时又有诗笔这一名称。如锺嵘《诗品》评任昉条有"世称沈（约）诗任（昉）笔"之语。萧纲《与湘东王书》亦以"谢朓、沈约之诗"与"任昉、陆倕之笔"对举。又刘孝绰因其三弟孝仪、六弟孝威擅长文体不同，称为"三笔六诗"（见《梁书·刘潜传》）。可见诗笔之称，梁代已颇为流行。萧绎正是在这种风气下以诗赋的特征来说明"文"。北朝后期受南朝风气影响，文士亦有重文轻笔的倾向。丘悦《三国典略》

载："齐魏收以温子昇、邢邵不作赋，乃云：会须作赋，始成大才。唯以章表自许，此同儿戏。"(《太平御览》卷五八七引)即是其例。

文笔的区分，原是因文体繁多，约为两大类，称引较便。有韵之文中的主体诗赋，不但音韵和谐流美，而且往往具有动人的语言美和抒情性，文学性更强。对文笔二者，南朝文人往往更重视文，甚至重文轻笔，这反映了当时诗赋(特别是五言诗)的盛行，反映了人们对文学特征的认识和重视。

三 论艺术特征、艺术标准

文学作品应当具有怎么样的艺术特征呢？重视文章形式的南朝文论家对这个问题是颇为重视的。

《文心雕龙》对文或文章的特点论述最多。刘勰认为文采之美广泛地表现于自然界万物身上，日月山川和各种动植物都有形态色泽之美，是为形文；风吹树林，泉水激石，发出美妙之音韵，是为声文(见《原道》)。人类制作或加工的事物的文采，主要也是表现在形状、声音两个方面，例如"五色杂而成黼黻，五音比而成《韶》《夏》"(《情采》)。文学作品也是这样。《附会》篇指出，作文"必以情志为神明，事义为骨髓，辞采为肌肤，宫商为声气"，"辞采"二句论文章的形式或艺术特征，故以人的肌肤、声气作比。辞采指形文，宫商指声文。《文心雕龙》下半部对二者作了具体剖析。《声律》篇专论声文。《丽辞》、《比兴》、《夸饰》、《事类》、《练字》、《隐秀》诸篇，分别论述骈偶、比喻、夸张、用典、字形、含蓄和警句等修辞手段，它们都是诉诸视觉的形文。不论形文、声文，都属于语言之美的范围。从这个角度看，像论说、檄移、章表等实用性文章，其中也有不少篇章在不同程度上具有形态色泽或声韵的语言美(如《文选》所选的作品)，因而具有文学性。魏晋南北朝是一个骈体文章发达，在文坛占统治地位的时代，骈文要求文章讲求对偶、辞藻(包括比兴、夸张、字形等等)、用典、声韵等语言美;南朝文人关于文章美的衡量标准,正是首先从这些方面着眼的。对于文章主要样式的诗赋,刘勰则更重视其抒情写景特征。《辨骚》指出并赞美了楚辞在这方面的成就:“叙情怨则郁伊而易感,述离居则怆怏而难怀,论山水则循声而得貌,言节候则披文而见时。”实际即是肯定楚辞为后世抒情写景文学树立了楷模。《物色》篇更是集中论述了作者触物(指自然景物)兴情并加以表现的问题。当然,作品的抒情写景,还是要通过具有色彩、声韵之美的语言来表现的。

南朝其他文论家对文章艺术特征的看法大致与刘勰相近。《诗品序》主张写诗要交错运用赋比兴三种方法,是就形文而言。鍾嵘虽反对永明声病说,但主张诗歌应“清浊通流,口吻调利,斯为足矣”(《诗品序》),可见仍重视声文。《诗品》赞美张协诗“词采葱蒨,音韵铿锵”,则是就形文、声文两方面说的。《诗品》也重视诗歌的抒情写景特征。《诗品序》中“若乃春风春鸟”至“凡斯种种,感荡心灵”一段话,更对抒情写景内容,作了很具体的举证。《诗品》评张协、谢灵运、颜延之诸家诗,都指出其作品长于形似,与《文心雕龙·物色》的“近代以来,文贵形似”的话相一致,形似均指逼真地描摹自然景物。萧统《文选序》指出诗赋和各体富有文采的骈散文,“譬陶匏异器,并为入耳之娱;黼黻不同,俱为悦目之玩”,使读者在听觉、视觉上产生美感,实际上也是说文章之美主要表现在声文、形文两方面。《文选序》还指出史书中纪传前后的赞论序述部分,“综缉辞采,错比文华,事出于沉思,义归乎翰藻”,认为它们具有辞采、文华、翰藻之美,也即是语言的色彩声韵之美,故它们被选录于《文选》。这一揭示艺术特征的选录标准,实际可说大致适用于全书。萧纲在《与湘东王书》中宣称吟咏情志的作品,不应当模拟《内则》、《酒诰》、《归藏》等一类儒家经传的叙述议论文体,因为它们缺乏文采和抒情内容。萧绎在《金楼子·立言》中认为,以诗赋为主的有韵之文,应当具有“绮縠纷披,宫徽靡曼”的语言色彩和声调之美，具有“流连哀思”的抒情内容，意见更为鲜明。在萧绎看来，诗赋是最富有艺术特征的文学作品。这种看法，实际上代表着当时多数文论家（包括刘勰、锺嵘、萧统、萧纲等）的意见。总之，南朝文论家认为文章应具有形文、声文的语言美，这一点普遍适用于各体文章，而诗赋则应更具有抒情写景的生动内容。

魏晋以迄南朝，骈体文学发达，以诗赋为主体的文学作品，日益重视语言形式之美（即语言的形文、声文），讲求对偶、辞藻、声韵等修辞手段。这一倾向，自曹魏的曹植、王粲开其端；至西晋初期的陆机、潘岳等人，文采更趋繁缛。中经枯燥平淡的玄言诗一度泛滥，到刘宋初元嘉年间谢灵运、颜延之等出来扭转局面，继承前此建安、太康两个时代的传统，文辞更为细致精巧，在注意描绘山水景物方面较前也有很大发展。南朝文论大抵把上述几位作家作为文学发展过程中杰出的代表人物。如沈约《宋书·谢灵运传论》举东汉魏晋刘宋名家为张（衡）、蔡（邕）、曹、王、潘、陆、颜、谢。《诗品序》云：“陈思为建安之杰，公幹、仲宣为辅；陆机为太康之英，安仁、景阳为辅；谢客为元嘉之雄，颜延年为辅。”萧纲《与湘东王书》称举文学才人，“远则扬（雄）、马（司马相如）、曹、王，近则潘、陆、颜、謝”。萧统《文选》也是选这几位作家的作品数量最多。连不赞成这种倾向的裴子野，所作《雕虫论》，列举的五言诗代表诗人也是曹、刘、潘、陆、颜、谢诸家。可见这种评价乃是当时的公论。在这方面，南朝文论反映了魏晋以来以诗赋为主的骈体文学的发展实况，文论和创作在主要倾向上步调是一致的。颜、谢之后，南齐永明年间，沈约、谢朓等提倡声律，创作新体诗歌。其后梁、陈时代又有庾信、徐陵，兼长诗、赋、骈文，刻意雕饰，把骈体文学推向高峰。这些作家代表着南朝中后期文学创作的主要倾向，因时间较晚，还来不及在南朝文论中获得较充分的评价。但如沈约在《宋书·谢灵运传论》中自诩提倡声律论是发前代名家未发之秘，当时人对于谢朓诗的激赏，《文选》选齐梁诗，以谢朓、沈约、江淹三人为最多,也可说略见端倪。

声文既是文章艺术特征的一个重要方面,重视形式美的南朝文论家,对此自然赋予很大的注意。刘宋时文人范晔、谢庄,已颇注意分辨四声。至南齐永明年间,周颙、王融、沈约等人出来,撰作专著,提出了有系统的声律论。声律论要求区别平、上、去、入四声,避免平头、上尾等八病,使文章音调更加和谐流美。它主要应用于五言诗,但也大致适用于辞赋和讲求文采的骈文。声律论不是沈约等少数几个人突然创造出来的,而是在魏晋以来音韵学逐步发展的条件下总结我国诗歌创作一贯重视音调之美的历史经验而形成的,使诗歌创作重视音调的传统进入一个更为自觉的阶段。它对后代诗歌特别是近体诗的形成,发生了很大的作用。声律论产生后,梁陈时代诗人就纷纷遵用,甚至影响及于北朝。刘勰对它也持赞同态度。但当它刚产生时,一些文人尚不能理解,同时由于运用声律论进行创作的新体诗,在创作过程中产生了"文多拘忌,伤其真美"(《诗品序》)的缺点,因此引起了鍾嵘的攻击。但声律论毕竟胜利了。永明体诗人沈约、谢朓和稍后的"转拘声韵,弥尚丽靡"(《梁书·庾肩吾传》)的庾信、徐陵等人,成为公认的南朝中后期的杰出代表作家。

一方面是对讲求形式美的作家作品的推崇和赞赏,另一方面则是对不符合这种潮流的作家作品的贬低和轻视。如对玄言诗,《宋书·谢灵运传论》不满它们缺乏"遒丽之辞",《诗品序》贬责它们"理过其辞,淡乎寡味"。玄言诗不但语言枯燥缺少文采,而且内容着重阐述玄理,缺乏诗的抒情内容,理应受到贬抑。南朝文论,对杰出诗人曹操、陶潜也往往评价不高。《诗品》置曹操下品、陶潜中品。《文心雕龙》全书不提陶潜,对曹操也不够重视。《文选》选两人作品也较少,数量远逊于曹植、陆机、谢灵运等人。《诗品》对曹操、陶潜的品第,屡遭宋代以来一些评论者的攻击。实际对曹、陶评价不高,乃是南朝大多数评论者的看法,不是鍾嵘一人的私见。从对偶精工、辞藻华美、音韵和谐等形文、声文角度看，曹操、陶潜作品的成就的确不及曹植、陆机等人。关键在于唐宋古文运动胜利以后，文人不重视骈体文学的语言形式，文论家的审美标准也发生了很大的变化，推崇朴素自然的美，因而对曹操、陶潜的评价就大大提高了。再如对汉魏六朝的乐府无名氏作品（其中包含不少民歌），南朝文论家也往往加以轻视。《文心雕龙·乐府》笼统斥为“淫辞”，《诗品》不加品第，《文选》不予选录；只有专选男女情爱和妇女题材诗篇的《玉台新咏》选录少量篇章。这类乐府诗遭受轻视的原因，除掉因内容从正统立场看来有违风化外，因语言比较俚俗，缺少骈体文学所崇尚的骈偶、辞藻、音韵之美，也是一个重要因素。

值得注意的是，南朝文论家对文章艺术特征的认识，竟然把人物形象的描绘摒诸视野之外。我国史传文学发展很早，《左传》、《史记》、《汉书》中有不少优秀的人物描写篇章。魏晋南北朝时期，志怪志人小说颇为流行，其中也包含不少生动的人物描写。可是，南朝文论家大抵把这部分篇章归入无韵之笔，认为它们缺乏骈体文学所崇尚的语言之美和抒情性，因而不具有文学性。范晔写作《后汉书》，其中有的人物传记也颇生动，可他在《狱中与诸甥侄书》中，自诩传记前后的序、论、赞写得好，却只字不提传记。后来《文选》于史书即仅选赞、论、序、述部分，不选传记，并且明确提出了“综缉辞采”等选录标准，实际即是骈体文学语言美的标准。《文心雕龙》论述作品，于诗，《乐府》不提以叙事写人见长的汉乐府民歌《陌上桑》、《焦仲卿妻》等篇章；于文，《史传》不提《左传》、《史记》等书描绘人物的成就，它赞美《汉书》“赞序弘丽”，与范晔、萧统的观点相通。对志怪志人等小说，它只字不提。《文心》下半部《镕裁》以下十来篇详论写作方法和技巧，重点放在语言的色彩美和音调美方面；《比兴》、《夸饰》、《物色》等篇，谈到自然景色和宫殿等外界事物的刻画，但仍无一语涉及人物描绘。对上述汉乐府中人物描写生动的篇章，《诗品》不品第，《文选》不选录;只有《玉台新咏》选录少量。南朝后期的宫体诗,开始注意描绘妇女体态之美,但视野窄小,而且基本上没有反映到文论上来。总的说来,南朝文论对人物描写是没有注意到的,民间叙事诗、史书传记、小说中关于人物的生动的白描,在他们看来都是缺乏文采、缺乏文学性的。这里反映出骈体文学发展时代文论家在艺术性方面的一个严重的认识局限。

作品的体制风格问题,也与艺术标准密切相关,下文再作论述。

四 论思想内容和功能

南朝文学作品,继承魏晋以来传统,内容多广泛的抒情写景,不像汉代那样强调教化和讽谏。这种创作特色,在文学批评中有着鲜明的反映。

和魏晋一样,南朝文论家对作品(以诗赋为主)所包含的悲哀情绪非常重视,认为它们最具有打动人的魅力。颜延之《庭诰》指出,传为李陵所作的诗歌,“至其善写,有足悲者”。王微也说:“文辞不怨思抑扬,则流澹无味。”(《宋书·王微传》)鍾嵘更是强调表现感荡心灵的情感。《诗品序》列举了“楚臣去境、汉妾辞宫”等七种抒情诗产生的背景,其中六种都属于怨恨之情。《诗品》正文品评作家,也往往重视其善写怨情,如“意悲而远”(评《古诗》)、“文多凄怆”(评李陵)、“怨深文绮”(评班姬)、“情兼雅怨”(评曹植)、“长于清怨”(评沈约),都是其例。在鍾嵘看来,这些诗人的作品所以取得重大成就,以至列入上品,善叙怨情是一个重要的因素。这种注意表现悲恨情绪的倾向,在南朝诗赋创作中表现颇为鲜明。先是像鲍照的《拟行路难》诗、《芜城赋》等都是。稍后有江淹的《恨赋》、《别赋》,以细致的笔调刻画种种生离死别的怨恨,哀感顽艳,使人惊心动魄。末期则庾信的《拟咏怀》诗、《哀江南赋》等也长于叙怨,庾信在《哀江南赋序》末尾还特意指出:“不无危苦之辞,惟以悲哀为主。”南朝文论重视表现悲哀情绪的言论,一方面是总结了过去诗赋成功的创作经验,还与该时期的创作携手齐进。

六朝乐府中的清商曲辞,多采民间歌谣,歌咏男女相思相恋之情,以管弦乐器伴奏,内容声调,往往哀怨动听。《子夜歌》声调哀苦,有鬼歌《子夜》的传说。《丁督护歌》模仿徐逵之妻哭其夫阵亡的哀切之声。其他如《阿子歌》、《长史变歌》、《懊侬歌》、《华山畿》、《乌夜啼》等曲,内容和声调都是比较哀怨的。对这类以哀怨为特色的通俗乐曲,南朝许多贵族文人非常爱好;欣赏并制作清商乐曲,成为他们日常文娱生活的一个重要部分。萧绎《金楼子·立言》提出有韵之文应当“吟咏风谣,流连哀思”,风谣主要指清商曲中的吴声歌曲和西曲歌。萧绎的言论,表明在乐府通俗歌曲的影响下,文人认为诗赋应当靠近风谣、着重表现哀思的认识,在理论上获得了反映。但对乐府中的哀怨之音,也有人持不同的看法。刘勰在《文心雕龙·乐府》中批评曹操《苦寒行》、曹丕《燕歌行》等“辞不离于哀思”,“实《韶》《夏》之郑曲”。又批评乐府相和、清商曲辞中歌咏男女之情的作品云:“艳歌婉娈,怨志诀绝,淫辞在曲,正响焉生!”刘勰站在维护周代雅乐传统的立场上来论述汉魏六朝乐府诗,因此态度显得保守。

萧纲等提倡宫体诗,在言论上也有所反映。新渝侯萧映写了和萧纲宫体的三首诗,内容表现妇女的容饰体貌,别愁宫怨,萧纲在《答新渝侯和诗书》中誉为“跨蹑曹、左,含超潘、陆”,“性情卓绝,新致英奇”。这种高度赞赏表现了他对宫体诗的自信和自负。徐陵的《玉台新咏》,专选有关男女之情的诗歌,其中有许多是宫体诗。《玉台新咏序》假托擅长写作的丽人,把艳歌中的“往世名篇,当今巧制”编为此集,也充分体现了对宫体诗的肯定。

上述鍾嵘、萧绎、萧纲等人的言论,说明南朝文论家对于诗赋吟咏性情的内容,先是强调表现各种哀怨之情,以后又发展到提倡表现艳情。

南朝山水写景文学发达，重视写景，重视写景和抒情的结合，在文论中也有较多的反映。山水诗大家谢灵运在其《山居赋》自注中自称其山水写景文学能“通神会性，以永终朝”，意谓能藉写景来寄托玄远的性情兴趣。但他的《山居赋序》又慨叹这种深意非言语所能充分表达：“意实言表，而书不尽。”言意之辨是魏晋玄学的一个重要命题。谢灵运的文论和他的一部分山水诗作，都明显地保留着玄学的印记。《文心雕龙》特列《物色》专篇，论述诗赋创作与自然风景的关系。它指出刘宋以来山水文学发达，“吟咏所发，志惟深远”，当是指作品中所表现的作家的玄远情趣，与谢灵运的言论相通。《物色》认为山水文学的艺术特色为追求形似，描摹物状逼真细致。它还仔细分析了节候、景物与作家情志、文辞的关系，指出“岁有其物，物有其容，情以物迁，辞以情发”。《物色》堪称为南朝发达的山水写景文学在理论上的总结。稍后，《诗品序》也指出“春风春鸟、秋月秋蝉”等节物是感召作者写诗的重要条件。《诗品》正文还分别指出张协、谢灵运等作家的写景诗追求形似的特色。在梁代，这种关于自然景物引起作者创作冲动的描述，屡见不鲜。如萧子显《自序》云：“若乃登高目极，临水送归，风动春朝，月明秋夜，早雁初莺，开花落叶，有来斯应，每不能已也。”此外如沈约《武帝集序》、萧统《答湘东王求文集及〈诗苑英华〉书》、萧纲《答张缵谢示集书》等都有类似的表述，说明感物兴情，写景寓情，已经成为这时期诗赋创作的普遍倾向。但梁代关于写景抒情的言论，不再有要求寄托作者玄远情趣的内容。梁代的这些作者，是更为世俗化的贵族文人，他们不要求栖隐避世，他们面对的不是幽寂的山林，而是精致的别墅和庭园，玄学也不再在这方面对他们的创作和文论发生影响。

六朝时代，士人摘诗中佳句品评之风颇盛，多见于典籍记载。所摘的佳句，涉及山水写景的不少，也可以说明南朝人对这种题材的爱好。谢灵运自诩其“池塘生春草”为得神助的警句（见《诗品》评谢惠连条）。宋孝武帝殷贵妃亡，丘灵鞠献挽歌三首，有云：“云横广阶暗，霜深高殿寒。”“帝摘句嗟赏”（《南史·丘灵鞠传》）。《诗品序》在批评用事诗时，所举“思君如流水”、“高台多悲风”、“清晨登陇首”、“明月照积雪”等古今胜语，都和景物描写有关。颜之推《颜氏家训·文章》载，梁王籍《入若耶溪》“蝉噪林逾静，鸟鸣山更幽”之句，得到南方士人的普遍激赏，但北方文人卢询祖、魏收却认为不好。该篇又载颜之推和其一二友人欣赏萧悫的“芙蓉露下落，杨柳月中疏”诗句，但卢思道等却不以为然。这里反映出北方山水风景不像南方那样秀美，文人游山玩水的风气不盛，同时也缺少南方文人那种长期在悠闲生活中薰陶出来的审美心胸，因此不少文人对山水写景诗的审美感觉和趣味，远不及南方文人的敏锐和浓厚（颜之推是由南入北的作家）。对于这种写景佳句的赞美，到后代便发展成为意境说。

对于这种陶醉于山水风景美的文风，南朝少数评论者提出了批评。刘勰《文心雕龙》一方面肯定山水写景文学的艺术成就，并写了《物色》专篇；同时又指出，汉魏以来“图状山川，影写云物”的诗赋，丧失了《诗经》、楚骚比兴讽谕的传统，缺乏政治内容，是“习小而弃大”（见《比兴》篇）。崇尚经世致用的裴子野则更为不满，抨击这种文学作品云：“深心主卉木，远致极风云。其兴浮，其志弱。巧而不要，隐而不深。”采取了笼统否定的态度。这种看法为后来隋李谔、唐白居易所继承。

值得注意的是，南朝文论不重视作品反映下层人民生活的内容。在南朝，贵族出身的文人统治着文坛，他们的视野很狭窄，生活上与广大人民距离很远，对作品反映下层人民生活根本不重视甚至轻视。他们的作品极少表现这方面的题材。乐府《从军行》等一类少数作品中，偶尔涉及战士痛苦，也是沿袭旧题的泛泛陈述，缺乏具体亲切的感受，其他就更罕见了。这一倾向在文论中也有着鲜明的反映。试看汉乐府民歌中《东门行》、《孤儿行》、《妇病行》、《焦仲卿妻》等篇章，表现人民痛苦最为深刻精彩，但《文心雕龙·乐府》没有称道，《诗品》不加品第，《文选》未予选录。陈琳的《饮马长城窟行》、傅玄的《豫章行·苦相篇》等文人写人民生活的佳篇，以上三书也均未齿及或登录。只有《玉台新咏》因专选有关男女艳情和妇女生活诗篇，才选录了汉乐府《双白鹄》、《焦仲卿妻》和陈琳、傅玄的诗篇。在南朝大部分文论家看来，这类表现人民痛苦的乐府，从内容到形式都是俚俗而不高雅的（这类诗篇以描绘人物和情节见长，此种艺术特色，从当时形文、声文的艺术标准衡量，也不受重视。此点已详上文）。南朝乐府民歌吴声歌曲、西曲歌中，有不少歌咏市民们爱情生活中的悲欢离合，南朝贵族文人喜爱它们，只是为了满足享乐的需要，而不是同情人民的痛苦；这种爱好只是促进宫体诗的产生，而不是去写上述陈琳、傅玄那样的诗篇。南朝文学创作和评论的这种对人民痛苦的漠视，反映了魏晋以来门阀制度昌盛时期文人们的严重阶级局限。这一现象，到唐代才有明显的改变。

南朝文论中有少数文句容易使人误认为重视人民生活，须稍加辨白。《宋书·谢灵运传论》提到若干历代传诵的名篇，《诗品》列举一些警策的五言诗，都有王粲的《七哀诗》。但当时人欣赏《七哀诗》，除它具有较高的艺术水平外，在思想内容上主要是喜爱诗中“南登霸陵岸，回首望长安”两句，因为它们表现了作者眷恋故国的思想感情，而不是像唐代高仲武那样重视其中“路有饥妇人，抱子弃草间”那写民不聊生的佳句（见《中兴间气集》评孟云卿条）。又《文心雕龙·祝盟》曰：“舜之祠田云：‘荷此长耜，耕彼南亩，四海俱有。’利民之志，颇形于言矣。”这是赞美古代圣君有利民的心愿，也不是主张作品应当反映人民痛苦。

与对作品的思想内容相联系，南朝文论在对待文学的功能作用上，也不像汉儒那样强调教化和美刺讽谕，而是侧重于抒发情性和陶冶性灵、赏心悦目等个人品德修养、感情抒发和美感享受等方面。上文提到，谢灵运认为山水写景文学可以“通神会性”。鍾嵘《诗品序》认为，人们产生了种种感荡心灵的强烈感情，非用诗歌宣泄不可。他主张诗歌应“吟咏情性”，是指广泛表现各种激荡之情，而不像《毛诗序》那样强调讽谕教化。他引用了《论语·阳货》孔子论诗的功用的话，仅提“诗可以群，可以怨”，不提“可以观(指观风俗之盛衰)”和“迩之事父，远之事君”，明显地摒落了儒家诗教所强调的成份。《诗品》评阮籍《咏怀诗》，着重指出它们具有“陶性灵，发幽思”，“使人忘其鄙近，自致远大”的陶冶品性作用，而不强调其美刺讽谕功能。《诗品》对左思、应璩等少数作家，也指出其诗有讽谕内容，但全书对这方面的作用一直未予强调。萧统《文选序》指出，各体好文章都给人以美的享受，“譬陶匏异器，并为入耳之娱；黼黻不同，俱为悦目之玩”。萧纲在《答张缵谢示集书》中，指责扬雄、曹植轻视辞赋的言论为“小言破道”，“小辩破言”，“论之科刑，罪在不赦”。这实际上是为南朝着重日常抒情写景的诗赋张目，认为它们即使不具有政治作用，但自有其重要价值和地位。萧统、萧纲也说过少量诗歌与政教攸关的话。如《文选序》云：“《关雎》、《麟趾》，正始之道著。”萧纲《昭明太子集序》云：“咏歌起，赋颂兴，成孝敬于人伦，移风俗于王政。”这些大抵均为述及《诗经》时沿袭传统的门面话，并不能代表他们言论的侧重点所在。

这方面也有少数持不同意见的言论。裴子野《雕虫论》赞美《诗经》中作品具有“劝美惩恶，王化本焉”的政治教化功能，批评颜延之、谢灵运诗歌徒然文辞华艳而缺少此种功能，“箴绣鞶帨，无取庙堂”。这种强调文学教化作用的观点，是和他对南朝文风的不满紧密相联系着的。刘勰也相当重视文学的政治教化功能，《文心雕龙·序志》指出文章具有重大的政治作用，“君臣所以炳焕，军国所以昭明”。《文心》论述面广泛，涉及许多实用性文体，势必于此加以重视。但即使对于诗赋,刘勰也比较重视其美刺讽谕作用。《明诗》提出诗歌须"持人情性",它除肯定《诗经》的四始六义、楚骚的讽怨外,从对夏代《五子之歌》、韦孟《讽谏诗》、应璩《百一诗》的赞美与肯定,都可以见出。《征圣》指出,文章在政化、事迹(指外交活动)、修身三方面产生积极作用,也是把政化放在首位。当然,刘勰的态度比较现实,他虽然提倡宗经和文学的政治教化功能,但不因此笼统鄙薄甚至否定魏晋以来着重日常抒情写景的诗赋,他还用许多篇幅去论述它们。在他看来,这类诗赋可以陶冶情性,也有益于修身;他只是提醒作家不要一味模写山川云物,而要注意美刺讽谏的政治功能。颜之推也重视文学的"敷显仁义,发明功德"的政治功能,但也肯定它"陶冶性灵"(《颜氏家训·文章》)的作用,意见与刘勰相近。

五 论体制风格

南朝文论对作品的体非常重视。体在多数场合不是指作品的体裁样式,而是指其体制(或体貌)风格。《文心雕龙·附会》云:"夫才童学文,宜正体制:必以情志为神明,事义为骨髓,辞采为肌肤,宫商为声气。"可见体制是作品思想内容和艺术形式的综合表现,相当于今天所谓风格。南朝文论经常从体制这一总体特色来考虑和评论作家作品。体制风格论大致可分为两大类,一是论作品体裁和体制的关系,二是论作家个性与体制的关系。至于流派风格和时代风格,则大致上是由后者发展出来的。

魏晋文论即已注意指出,某种文学体裁应具有何种风格。曹丕《典论·论文》提出"奏议宜雅,书论宜理"等主张,陆机《文赋》加以扩展,提出了"诗缘情而绮靡,赋体物而浏亮"等主张。到详论各种文体的《文心雕龙》,在这方面更有系统周到的陈述。《定势》篇专门论述这一问题,它把章表奏议、赋颂歌诗等二十多种体裁归纳为六类,提出了“准的乎典雅”、“羽仪乎清丽”等看法，可说是对这一问题进行了总结。刘勰还在《明诗》以至《书记》等篇的“敷理以举统”部分，更加具体细致地分别指出各体文章的体制特色和规格要求，如说四言诗以“雅润为本”，五言诗是“清丽居宗”（《明诗》），赋应当“义必明雅”、“词必巧丽”（《诠赋》）。刘勰对此很重视，认为这是写好各体文章必须遵循的基本规格要求。

南朝文论更多地研讨了作家的风格特色以及由此发展而来的流派风格、时代风格问题（过去曹丕《典论·论文》提出“文以气为主”，陆机《文赋》有“夸目者尚奢”诸语，都曾涉及这一问题，但很简略而未及开展）。《宋书·谢灵运传论》指出，汉魏文体有三变：“相如巧为形似之言，班固长于情理之说，子建、仲宣以气质为体。并标能擅美，独映当时。是以一世之士，各相慕习。”指出西汉、东汉、建安三个时期，杰出作家司马相如、班固等作品（主要是辞赋和诗）体貌各具鲜明特色，影响所及，形成一代文风。江淹作《杂体诗》三十首，分别模拟自汉至刘宋诸家五言诗体制，其序言有云：“楚谣汉风，既非一骨；魏制晋造，固亦二体。”涉及了作家与时代的不同风格。《体性》是《文心雕龙》中论述作家性格与作品体貌关系的专篇，它列举了两汉魏晋十二位代表作家来进行分析，指出“贾生俊发，故文洁而体清”等等，其结论是“才性异区，文体屡变”，认为作品体制的变化多端是由于作家才性的分歧。魏晋以来才性论流行，为这方面的分析探讨提供了理论基础。此外，《诠赋》、《才略》篇于作家个人风格，亦多有述及，其立论往往可与《体性》篇互相参照。如《诠赋》云：“相如《上林》，繁类以成艳。”《体性》云：“长卿傲诞，故理侈而辞溢。”《才略》云：“相如……洞入夸艳。”可见繁艳夸诞是司马相如辞赋的主要特征。《明诗》、《时序》两篇则多指陈各时期文学风貌特征。如《明诗》对建安文学、刘宋山水文学的评述，为读者所熟悉。又如《明诗》论西晋太康文学为“轻绮”，“采缛于正始，力柔于建安”，亦颇为精当，且可与《时序》的“结藻清英,流韵绮靡”相参照。又如《时序》指出东汉文学特色为“华实所附,斟酌经辞”,揭示了儒学兴盛对文风的影响。《时序》又评曹魏后期文学云:“于时正始馀风,篇体轻澹。”更是直接用“篇体”来指作品的风貌。《诗品》全书以体制风格为中心来探讨许多诗人的艺术特征及其继承关系。它一开头评《古诗》云:“其体源出于国风。”其后评张协云:“其源出于王粲,文体华净,少病累。又巧构形似之言。”评谢灵运云:“其源出于陈思,杂有景阳(张协)之体。故尚巧似,而逸荡过之。”即此数例就可明确看出它从体貌的类似来探讨前后作家间的继承关系。它根据体貌的辨认,指出汉魏以迄齐梁的五言诗作者,远源于“国风”、“小雅”、楚辞三者,汉魏作者中,则以《古诗》(无名氏)、李陵、曹植、王粲诸家影响最为深远。有渊源继承关系的作家作品,就在诗歌史上形成了流派。南朝文人作诗,喜欢仿效前代名家体制,鲍照的《学刘公幹体》、《学陶彭泽体》,江淹的《杂体诗》,都是这方面有代表性的作品。《诗品》按体探讨各家诗歌特征及其源流关系的做法,正是这种创作风气下的产物。萧子显《南齐书·文学传论》评述南齐诗歌,认为有三体,他指出了三体的创作特色,并认为它们分别源出于前代的谢灵运、应璩、傅咸、鲍照诸家。其评论方法与《诗品》相仿。萧子显的所谓三体,已是指许多诗人共同的创作特色,且溯其渊源,实际上已是流派。

作家作品的风格尽管多种多样,但南朝文论家认为,大别讲来,可分为雅正与华艳两大类型,前者偏于质,后者偏于文。他们认为,历代文学的主体诗赋,都远源于《诗经》、楚辞,所谓“莫不同祖风骚”(《宋书·谢灵运传论》)。《诗经》文风较为雅正朴实,楚辞文风较为奇丽华艳。刘勰提出,作文应当兼学诗骚,做到“凭轼以倚《雅》《颂》,悬辔以驭楚篇,酌奇而不失其贞(正),玩华而不坠其实”(《辨骚》),就是要做到奇正相参,华实兼具,使文风达到文质彬彬的优美境界。

南朝不少文论者都主张文章应当有文有质,文质彬彬,有的人为了矫正当时过于靡丽柔弱的文风,还强调和提倡质朴刚健的文风。《宋书·谢灵运传论》指出建安时三曹作品"以文被质",即文质兼备。它一方面肯定建安文学,一方面批评东晋玄言诗缺乏"遒丽之辞",都是要求作品应文质彬彬。刘勰关于作品应文质兼备的意见,除见于上述《辨骚》篇外,《文心》书中论述颇多,此处不必详述。刘勰大力提倡风骨,认为文章应当"风清骨峻"(《风骨》),即文章思想内容表现得鲜明爽朗,语言精要劲健,呈现出鲜明、生动、有力的风貌,具有强烈的艺术感染力。他主张风骨与采(文采)二者结合。风清骨峻,偏于质朴刚健。主张风骨与采结合,就是要求质文兼备。为了获得风骨,刘勰提出作文要向比较质朴刚健的经、史、诸子书学习,并特别赞扬刻意模仿《尚书》质朴文体的潘勖《册魏公九锡文》。刘勰还认为,文学在其历史发展过程中,风貌有时偏于质朴,有时偏于华艳,所谓"质文代变"(《时序》)。在《通变》篇中,他概括指出了历代文风的质文变化,认为商周之文(以"五经"为代表)丽而雅,即文质彬彬。在此以前黄、唐、虞、夏之文,偏于质朴;此后楚、汉、魏、晋、刘宋之文,偏于华艳新奇,都不够理想。为了矫正刘宋以来的浮靡文风,他大力提倡宗经,使文风达到"斟酌乎质文之间,而檃括乎雅俗之际"。他提出的文章随俗(采择时俗文章之绮丽一面)而不失雅正,与风骨与采相结合,都是要求文质彬彬的意见。

锺嵘在这方面的意见与刘勰颇为接近。他提出诗歌应当"干之以风力(即风骨),润之以丹采"(《诗品序》),也是要求风骨与文采相结合。他评价许多诗人的成就高下,主要就是根据这一标准。他认为曹植诗骨气(即气风、风骨)、词采都极好,"体被文质",所以堪称诗中之圣。其他不少名家则往往偏胜。刘桢诗风骨极高,但"气过其文,雕润恨少",质多文少;王粲"文秀而质羸",文多质少,因此总的成就都不及曹植。以后晋、宋、齐、梁诗人,分别渊源于曹、刘、王三家者,大致上也都有文质兼备或偏胜的情况。锺嵘对齐梁时代的浮艳诗风也颇为不满，他特别推崇以风骨见长的刘桢，认为刘桢诗成就仅次于曹植，位置在王粲之上，还批评当时轻薄之徒“笑曹、刘为古拙”。他认为南朝不少诗风柔弱的作家，大抵远源于王粲。《诗品》把诗歌的远祖分为“国风”、“小雅”、楚辞三者，认为曹植、刘桢两支均源出“国风”，王粲一支源出楚辞，即认为楚辞文风不及《诗经》雅正朴实。这种看法与刘勰“倚《雅》《颂》、驭楚篇”的主张互相沟通。此外，萧统、萧绎等人也发表了文质彬彬的言论。萧统《答湘东王求文集及〈诗苑英华〉书》主张文章应当“丽而不浮，典而不野，文质彬彬，有君子之致”。萧绎《内典碑铭集林序》提出作文应“艳而不华，质而不野”，“文而有质，约而能润”，也是文质彬彬的意思。萧子显《南齐书·文学传论》主张作诗应“不雅不俗，独中胸怀”，语意与《文心雕龙·通变》“檃括乎雅俗之际”句意相通，古雅近质而流俗尚文，要求不雅不俗，亦即兼具文质之意。此外，萧纲提出观赏作品要“精讨锱铢，核量文质”(《与湘东王书》)，也主张应从文质两方面考察作品。

文与质，就狭义言，指作品语言的文华和质朴，就广义言，则指以语言为手段表现出来的作品总的风貌，即体制。文学是语言的艺术，魏晋以迄南朝，文学创作特别重视语言的形态色泽和声调之美，因此，考察体制和文质，成为南朝文论衡量作家作品的一个主要标准。一般说来，质朴文风常和充实、实用的内容相联系，因此，重视内容的政治社会效果的人们总是提倡质朴的文风。文质彬彬是孔子提出来的，一般说来，在儒家思想始终占有优势的封建社会中，文人们总是同意至少不反对这一提法。至于他们是否真的主张文质并重，还是偏重文或质，还得全面考察他们的言论和创作，才能获得确切的认识，如萧绎、萧子显实际是偏重文的(详见下文)。

我国文学从先秦发展到南北朝，总的趋势是由质趋文，因此，古与质、今与文时常密切联系着。《文心雕龙·通变》于此有具体的分析。刘勰主张质文并重，同时要求斟酌古今，《通变》认为文章的体制规格必须遵循古式，而辞采则不妨多加新变，所谓“望今制奇，参古定法”。后来颜之推提出作文“宜以古之制裁为本，今之辞调为末，并须两存，不可偏弃”(《颜氏家训·文章》)，说得就更为明确了。大体说来，复古派强调质，趋时派强调文，折中派则兼重文质。

六 文论家的三种不同倾向

南北朝文论的内容相当丰富多样，但文论家的基本倾向，从他们对待当时创作界的发展趋势看，大致上可以分为三类。如上所述，南朝文学以诗赋为主体，其内容注意描写山水风景，抒发生活中各种激动人心的感情(包括爱情)，不重视教化和讽谏；在形式上承袭魏晋传统，注意骈偶、辞藻之美，并益趋工致，抒情状物益趋细腻，一部分作家还特别重视用典繁富和声律和谐。针对文学创作的这种趋势，文论家大体上可分为赞成新变、主张复古与折中三派。

先说复古派。这派以裴子野为代表。裴子野《雕虫论》主张文学应经世致用，他论诗强调《诗经》的劝美惩恶传统。刘宋后期以来，士人多务写诗，其内容不脱草木风云，摈弃经史。裴子野对此种风气很为不满，抨击这类作品为“非止乎礼义”，“巧而不要，隐而不深”，在内容和形式上都加以否定。裴子野是一位史学家，他的言论鲜明地表现了史学家崇尚教化实用、漠视文学的艺术特征的倾向。萧纲批评裴子野“乃是良史之才，了无篇什之美”，“裴亦质不宜慕”(《与湘东王书》)，可见其作品风貌与主张是一致的。裴子野的言论，与当时文学趋向自觉和独立的潮流背道而驰，因此尽管在当时对一部分人发生影响(学习其文体)，但毕竟不能持久。他的文章过于质朴，也缺少文学价值。后来北周苏绰帮助宇文泰实行文化复古政策，认为秦汉以来风气不淳朴，魏晋更是华诞，主张恢复西周淳厚之风俗文化，“捐厥华，即厥实；背厥伪，崇厥诚”(《大诰》)。其公文刻意模仿《尚书》古奥的文辞。这种复古主张和实践比裴子野走得更远，即使在实用性文章中也难以长期贯彻，因而并没有产生深远影响。复古派的特点是重质轻文，对魏晋以来以诗赋为主体的骈体文学，持轻视甚至否定的态度，主张写古朴的学术文章和公文。

新变派以沈约、萧纲、萧绎、萧子显等人为代表。沈约《宋书·谢灵运传论》叙述了汉魏以迄刘宋文学的历史发展过程，其中除批判东晋玄言诗缺乏“遒丽之辞”外，对其他各阶段文学都持肯定态度。《传论》赞美张衡“艳发”，三曹“咸蓄盛藻”，潘岳、陆机“繁文绮合”，见出他对文采的重视。《传论》后面部分阐发声律之说，为他们写作新体诗提供了扼要的理论表述，可见沈约不但大体上肯定了过去各时期文学的发展进程，而且认为文学今后还应当有新的变化与发展（主要体现在声调之美上）。萧纲在继承新体诗的基础上，又进一步提倡着重描绘艳情和妇女体态的宫体诗。他赞美萧映的宫体诗写得“性情卓绝，新致英奇”（《答新渝侯和诗书》）。萧纲批评扬雄、曹植轻视辞赋（《答张缵谢示集书》）；指出诗赋用于抒情写景，不应模拟《内则》、《酒诰》等经典文体，指出裴子野文章“了无篇什之美”，“质不宜慕”（《与湘东王书》）。这些言论表明萧纲注意到诗赋与实用性文章的性质不同，注意到文学作品与非文学作品的区别；也表明了他对诗赋创作新变趋向的肯定，表明他在文风上重文华而轻质朴。萧绎重视文笔的区别，重文轻笔，认为文“惟须绮縠纷披，宫徵靡曼，唇吻遒会，情灵摇荡”（《金楼子·立言》），其重视文学作品的艺术特征和重文轻质，倾向与萧纲一致。他在《内典碑铭集林序》中提出“文而有质，约而能润”之说，要求文质并重，那是因为碑、铭文体与诗赋不同，特别是碑文主要以无韵之笔记事；同时其用语又沿袭了陆机《文赋》“碑披文以相质”、“铭博约而温润”的提法。在诗赋创作方面，萧绎实际是重文轻质的。萧子显《南齐书·文学传论》非常重视文学的新变：“在乎文章，弥患凡旧；若无新变，不能代雄。”他对南朝宋齐文学基本上持肯定态度，对为颜延之所轻视的汤惠休、鲍照一派深受民歌影响的作品也予赞赏，“休、鲍后出，咸亦标世”，同时还指出作诗宜“杂以风谣”，这也与萧绎“吟咏风谣、流连哀思谓之文”（《金楼子·立言》）的说法互相沟通。萧子显、萧绎主张作诗应从着重表现男女爱情的民歌吸取养料，实际上可说是间接对深受乐府民歌吴声、西曲影响的宫体诗的肯定。再有，徐陵编《玉台新咏》，选录了大量宫体诗和其他爱情诗（包括一部分乐府民歌），可说是以选本的形式体现了萧纲、萧子显等人的主张。这一派的特点是肯定南朝文学的新变，提倡声律论和宫体诗，重视表现爱情的乐府民歌；在语言风格上重文轻质，特别重视富有美感的有韵之文（诗赋）。

折中派以颜延之、刘勰、锺嵘、萧统、颜之推等人为代表。颜延之很重视文采。他主张无韵的散文应分为言、笔两类，笔较言有文采，古代古质的经书是言而非笔（见《文心雕龙·总术》）。他自己的作品也讲究文采。《诗品》称其诗“尚巧似，体裁绮密”。又喜大量用典，对南朝文风影响很大。但他又崇尚雅正文风，对乐府民歌和受民歌影响的文人诗抱轻视态度，曾讥评当时汤惠休诗为“委巷中歌谣，方当误后事”（《南史·颜延之传》），还把鲍照视为汤惠休一类诗人。刘勰主张文风应当奇正相参，华实并茂，风骨与文采结合，做到有文有质，文质彬彬。他对魏晋以来日趋发展的骈体文学，基本上持肯定态度，对骈偶、辞藻、用典、声律等骈文语言诸要素都很重视，各有专篇予以论述，对曹植、王粲、陆机、潘岳等魏晋名家给予很高或较高评价。但他认为，魏晋以来的文风有重文轻质的趋势，南朝尤盛，片面追求绮艳新奇，违背雅正；因此他大力提倡宗经，提倡风骨，企图矫正当时柔靡文风，达到文质彬彬的境界。他还重视文学的政治教化作用，重视诗歌的讽谕内容。他对汉魏六朝乐府民歌内容偏重反映男女爱情、文辞通俗颇为不满，斥为淫辞。锺嵘论诗，强调质文兼备，风力与丹采结合，也重视雅正，主旨与刘勰相近。他对魏晋以来文人五言诗的发展基本上持肯定态度。他对曹魏、西晋的著名诗人评价甚高，有八人列入上品。但他对南朝诗歌追求绮丽新奇之风表示不满，对齐梁时代许多文人轻视曹植、刘桢，刻意学习鲍照、谢朓的风气加以抨击。他推尊曹、刘为诗中之圣，把鲍照、谢朓置于中品，即寓有矫正时弊之意。鍾嵘认为南朝靡丽诗风远源于楚辞，他特别推崇源出《诗经·国风》的曹、刘等人，而对源出楚辞的王粲、张华等人则评价稍低，寓有以《诗经》质朴刚健文风矫正时弊之意，与刘勰提倡宗经意趣也互相沟通。萧统也属于折中一派。他编集《文选》，重视“综缉辞采，错比文华”的篇章；《文选》所选作品，大抵都是汉魏以迄齐梁的诗赋骈文名篇，代表了这段历史时期骈体文学发展的最高成就。但他又重视雅正文风，不选南朝过于浮艳的作品，不选表现爱情的乐府民歌和深受民歌影响、比较通俗的文人诗，在这方面与《玉台新咏》大异其趣。对典丽的颜延之、任昉作品，选得颇多。鲍照、沈约的作品，所选也较多，但风格都较雅正，不选通俗浮艳之作。萧统主张文章应当“丽而不浮，典而不野，文质彬彬”（《答湘东王求文集及〈诗苑英华〉书》），《文选》选材是实践了这一主张的。这一派的后劲还有颜之推。颜之推的文论，多与刘勰相近，大约受刘勰影响。上文提到刘勰主张斟酌古今文体，颜之推也有此论，即是一例。他主张“以古之制裁为本，今之辞调为末”（《颜氏家训·文章》），与刘勰执正驭奇之说互相沟通。颜之推很重视南朝诗歌所达到的意境、文辞之美，欣赏王籍“蝉噪林逾静”、萧悫“芙蓉露下落”等一类写景佳句，说明他对文采和艺术技巧的注意和细致的感受。同时他又崇尚雅正，自诩其“家世文章，甚为典正，不从流俗”（《颜氏家训·文章》）。折中派的特点是兼重诗赋和实用性文章，基本上肯定魏晋以来骈体文学的发展，对作品的文采颇为重视。但他们强调文风应当华实相扶，文质彬彬，重视雅正，反对浮靡。他们对刘宋以来刻意追求艳丽新奇的文风，给以批评指责，认为它们文过于质。有的人更提出宗法古代经书质朴刚健的文风以矫正时弊。对着重表现爱情的乐府民歌,都抱鄙薄态度。

比较说来,折中派的主张显得更为合理一些。他们不像复古派那样为了强调文章的政治社会内容和质朴性,忽视甚至排斥文学的艺术特征;也不像新变派那样竭力追求文学的语言形式的华美,忽略了前代文学所具有的质朴刚健的优良传统和文学的社会功能。他们强调文质彬彬,要求文章的质朴刚健和文采缤纷互相结合,使作品既有动人的文采,又爽朗刚健,不陷于靡丽柔弱。这种看法比较合理全面一些。唐代文学的昌盛,可说就是在这种主张指导下发展的。唐初史家即已提出文章应兼重气质、清绮,做到"文质斌斌,尽善尽美"(《隋书·文学传序》)。以后殷璠赞美盛唐诗歌的成就道:"既闲新声,复晓古体;文质半取,风骚两挟;言气骨则建安为俦,论宫商则太康不逮。"(《河岳英灵集·集论》)中肯地指出了盛唐诗歌兼综古今、文质、风骨与文采的特色。历史证明,唐代文学的辉煌成就,和这种比较合理全面的主张有着紧密的联系。这是后话,这里不必多说了。

鍾嵘《诗品》*

第一节　鍾嵘的生平和《诗品》的写作

鍾嵘《诗品》是我国现存最早的一部诗论专著，它评论汉魏以迄齐梁的五言诗人，显其优劣，定其品第，论述很有系统，发表了不少精辟的见解，与《文心雕龙》可称为南朝两大文论专著。

鍾嵘（约公元 468——518），字仲伟，祖籍颍川长社（今河南长葛）。鍾氏为颍川望族，永嘉之乱时徙居江南。七世祖鍾雅，为东晋前期重臣，官至侍中。父鍾蹈，为南齐中军参军。南齐永明年间，鍾嵘进国学（太学）做国子生，因精通《周易》，为提倡儒学的国子祭酒王俭所器重。始官王国侍郎。南齐时历官抚军行参军、安国令、司徒行参军等职，梁时历官临川王行参军、衡阳王宁朔记室、西中郎晋安王记室，官位都不高。《梁书·文学·鍾嵘传》说他官晋安王记室不久即逝世。晋安王即简文帝萧纲。考《梁书·简文帝纪》，萧纲于梁武帝天监五年封为晋安王，天监十七年征为西中郎将，领石头戍军事，不久改官。因此，可以推断鍾嵘当卒于天监十七年（公元 518 年）。鍾嵘有兄鍾岏，弟鍾屿，都好学能文，有著述和文集（今均不传），可以

---

* 此篇原为王运熙、杨明著《魏晋南北朝文学批评史》第二编“南北朝文学批评”第四章，共五节，由王运熙执笔。

推知他家庭的文化教养是很好的。

《梁书·鍾嵘传》称此书为《诗评》。《隋书·经籍志》:“《诗评》三卷,鍾嵘撰,或曰《诗品》。”可见此书在隋唐时代已有两种名称,但至后代,只流行《诗品》一名了。《诗品》撰成年代,较《文心雕龙》略晚。《诗品序》称梁武帝为“方今皇帝”,可知它撰于梁武帝时。序文又云:“其人既往,其文克定,今所寓言,不录存者。”说明此书评述的都是已故的作家。《诗品》所评梁代作家,卒年可考的以沈约为最迟。沈约卒于天监十二年(公元513年),由此推知《诗品》的写定,当在天监十二年后鍾嵘晚年时期了。

《诗品》评论自汉到梁的五言诗作者一百多人,分为上中下三品,全书共三卷,每品一卷。三卷前各有序言,后人把它们合在一起,置于书首。序言指陈诗歌的性质、作用、思想艺术特色等问题,评述了五言诗的历史发展,说明了写作《诗品》的缘起和它的体例、特色等。可说是全书的总论,故今人有的注释本径题为总论。正文三卷,评述一百二十二位作者,其中上品十一人(另有无名氏《古诗》一组),中品三十九人,下品七十二人。评述内容,着重从诗的体制风格方面论其特色和优劣得失;对其中一部分作者还从体制风格上指出其渊源所自,就是所谓“溯流别”;少数作者条下带叙轶事。各条内容有详有略,大抵详于重要作家,略于次要作家。重要作家单叙,次要作家常常采用两人或两人以上合叙的形式。每卷中各作家的排列次序,大抵按照时代先后。《诗品序》称:“一品之中,略以世代为先后,不以优劣为诠次。”但对同一世代的作家,其先后仍往往寓有高下之意。如上品中建安诗人首列曹植,太康诗人首列陆机,即是其例。

《诗品》是在建安以来到齐梁时期五言诗繁荣昌盛的环境中产生的。五言诗起源于汉代民歌,到汉末建安年间,文人五言诗蓬勃发展,作者众多,名家辈出。据《诗品序》,当时聚集在曹操父子周围的作者即有百来人,所谓“彬彬之盛,大备于时矣”。以后经历魏、晋、宋、齐、梁各朝，五言诗继续不断发展，在社会上（特别是上层社会）形成普遍的创作风气。《诗品序》描写当时这种风气云：

> 今之士俗，斯风炽矣。才能胜衣，甫就小学，必甘心而驰骛焉。于是庸音杂体，人各为容。至使膏腴子弟，耻文不逮，终朝点缀，分夜呻吟。

当时裴子野《雕虫论》也指出，刘宋中期孝武帝大明年间以后，作诗风气更盛，“闾阎年少，贵游总角，罔不摈落六艺，吟咏情性”。史传中所载南朝各阶层人士爱好作诗（主要是五言诗）的事例，更是不胜枚举。

由于诗歌创作的繁荣昌盛，晋代以来，陆续出现了不少诗歌总集，据《隋书·经籍志》所载，有谢灵运编《诗集》五十卷，张敷、袁淑编《补谢灵运诗集》一百卷，颜峻编《诗集》百卷，宋明帝编《诗集》四十卷，江邃编《杂诗》七十九卷等等。这些总集均出自刘宋时人，今已亡佚，内容不详，但当以五言诗为主要编录对象。确知专选五言诗的总集，则有晋荀勖编《古今五言诗美文》五卷、梁萧统编《古今诗苑英华》十九卷，惜两书均告亡佚。今存徐陵编《玉台新咏》十卷，只有一卷为七言，其他九卷都是五言。萧统《文选》所选诗，也是五言占绝大多数。可见五言诗在当时创作界和选家心目中实占主要地位。《诗品》专评五言诗作者，即是反映了这种实际情况。

随着诗歌创作的繁荣昌盛，这方面的鉴赏评论风气也日趋开展。史籍中这方面的记载颇多。例如曹丕《与吴质书》评刘桢诗云：“五言诗之善者，妙绝时人。”李充《翰林论》评应璩五言诗云：“风规治道，盖有诗人之旨。”（《文选·百一诗》李善注引）东晋简文帝赞美许询五言诗“可谓妙绝时人”（《世说新语·文学》）。梁武帝赞美谢朓诗云：“不读谢诗三日，觉口臭。”（《太平广记》引《谈薮》）《诗品序》对当时上层社会的这种风气也曾有描述：

> 观王公搢绅之士，每博论之馀，何尝不以诗为口实。随其嗜欲，商榷不同，淄渑并泛，朱紫相夺，喧议竞起，准的无依。近彭城刘士章(刘绘的字)，俊赏之士，疾其淆乱，欲为当世诗品，口陈标榜，其文未遂，感而作焉。

这段话既反映了当时人们喜欢评论诗歌的风气，也表明了作者写作此书的宗旨，是为了树立一个品评诗歌成就的准的。

在《诗品》以前，晋代挚虞的《文章流别志论》、李充的《翰林论》，均有一部分内容涉及诗歌，但都不是论诗专著。刘宋颜竣编《诗集》百卷，同时编了《诗例录》二卷，此书今已失传，《新唐书·艺文志》把它归入集部文史类，与《翰林论》、《文心雕龙》、鍾嵘《诗品》等并列，推想起来，《诗例录》内容当是对《诗集》所收作品的介绍与评论，犹如《文章流别志论》之于《文章流别集》。果尔，则《诗例录》可说是我国最早出现的论诗专著。又《南齐书·文学传论》称"张眎摘句褒贬"，大约张眎有专门摘句加以评论的专著，如后世诗句图一类，可惜其书也不传。六朝人喜欢摘录诗歌佳句加以称誉与欣赏，史籍中不乏这方面的记载，如《古诗》"所遇无故物，焉得不速老"、王粲《七哀》"南登霸陵岸，回首望长安"、谢灵运《登池上楼》"池塘生春草"，均为人们所推许赏玩。张眎此书即是此种风气下的产物。《诗品序》批评永明声律论，摘出"高台多悲风"、"清晨登陇首"、"明月照积雪"等句，认为"古今胜语，多非补假，皆由直寻"，也表现了摘句褒贬之风。颜竣《诗例录》大约着重论作品，张眎的书摘句褒贬，范围更窄，《诗品》则是系统评论汉魏六朝诗人，从这方面看，《诗品》虽非首出的论诗专著，但就其内容的广泛深入而有系统，在论诗专著中仍是空前的。《诗品序》云：

> 陆机《文赋》，通而无贬；李充《翰林》，疏而不切；王微《鸿宝》，密而无裁；颜延论文，精而难晓；挚虞《文志》，详而博赡，颇

曰知言。观斯数家,皆就谈文体,而不显优劣。至于谢客集诗,逢诗辄取;张骘《文士》,逢文即书。诸英志录,并义在文,曾无品第。嵘今所录,止乎五言。虽然,网罗今古,词文殆集。轻欲辨彰清浊,掎摭病利,凡百二十人。预此宗流者,便称才子。至斯三品升降,差非定制,方申变裁,请寄知者尔。

这里前面所举陆机等五家文论,除王微《鸿宝》内容不详外,其他四家都是泛论各种文体,不是论诗专著。鍾嵘在这里没有提到颜竣、张眎的著作,可能他认为它们质量不高罢?鍾嵘接着指出他所著《诗品》的特点,大致上可以归纳为三点:一、不是泛论各种文体,而是专评五言诗。二、不是像某些总集、文士传那样广泛登录,而是着重评论诗人诗作的优劣得失(利病),有所选择,被作为评论对象的都是有成就或较有成就的才子。三、根据关于优劣得失的评论,加以品第,分别列入上中下三品。这一自我介绍是相当明确而扼要的。

《诗品》分品论人的做法,受到两个方面的影响:一方面是古代的文化学术传统,另一方面是时代风气。在古代的文化学术传统方面,《诗品序》指出,"昔九品论人,七略裁士",是指班固的《汉书·古今人表》,分九品论人;而刘歆的《七略》,则是分流派来叙述介绍过去的学术。至于时代风气,《诗品序》虽未明言,但其关系却很明显。自汉末清谈盛行,曹魏设立九品中正制度,自此以迄南朝,形成了一种注意从道德品质、政治才能方面品第人物的社会风气。除表现为言论外,还有专门著作。《隋书·经籍志》史部杂传类有《海内士品》一卷;《旧唐书·经籍志》、《新唐书·艺文志》则作《海内士品录》,题魏文帝撰。梁阮孝绪著《高隐传》,"上自炎皇,终于天监末,斟酌分为三品:言行超逸,名氏弗传,为上篇;始终不耗,姓名可录,为中篇;挂冠人世,栖心尘表,为下篇"(《南史·阮孝绪传》)。这种风气影响及于文学艺术的领域。曹丕的《典论·论文》和《与吴质书》已经评论了建安七子文章的优劣。到齐梁时代，其风更盛，还出现了一些专著。绘画方面有南齐谢赫的《古画品录》，分画家为六品，各家均缀以评语，或一人单评，或两人合评，这一体例与《诗品》相似。谢赫年代略早于锺嵘，锺嵘《诗品》大约受其书影响。梁有庾肩吾撰《书品》，分书家为三品，每品中又分三等，其成书年代稍晚于《诗品》。书画评论中尚有若干品评作者但不分等第的著作，如梁武帝《书评》、姚最《续画品》等。此外，围棋方面也有专著。据《隋书·经籍志》载，东晋范汪等撰《围棋九品序录》五卷，南朝时又有《棋品叙略》、《建元永明棋品》、《天监棋品》等著作，今均不传。由此可见，政治上的九品中正制建立以后，对人物的德才以至各种文艺领域的分品论人，影响深远广泛，南朝时代这种风气尤为普遍。

还有值得注意的一点，即当时评论中喜欢运用形象化的比喻来称赏人物或其技艺。人物品评中运用形象化的比喻，来品评德行、才能、风度等，早见于汉魏之际，迄南朝不衰，略举数例：

> 公孙度目邴原：所谓云中白鹤，非燕雀之网所能罗也。(《世说新语·赏誉》)
>
> 有人叹王恭形茂者，云：濯濯如春月柳。(《世说·容止》)
>
> 有问秀才："吴旧姓何如？"答曰："……严仲弼九皋之鸣鹤，空谷之白驹；顾彦先八音之琴瑟，五色之龙章；张威伯岁寒之茂松，幽夜之逸光；陆士衡、士龙鸿鹄之裴回，悬鼓之待槌。"(《世说·赏誉》)
>
> (刘孝标谓)：(刘)讦超超越俗，如半天朱霞；(刘)歊矫矫出尘，如云中白鹤。皆俭岁之梁稷，寒年之纤纩。(《南史·刘讦传》)

这种方法后来发展到文艺领域，例子颇多，梁代袁昂《古今书评》尤为繁富突出，略举袁著数则为例：

羊欣书如大家婢为夫人，虽处其位，而举止羞涩，终不似真。

萧子云书如上林春花，远近瞻望，无处不发。

崔子玉书如危峰阻日，孤松一枝，有绝望之意。

《诗品》中此类例子也是往往而有，如：

陈思之于文章也，譬人伦之有周孔，鳞羽之有龙凤，音乐之有琴笙，女工之有黼黻。（评曹植）

陆才如海，潘才如江。（评陆机、潘岳）

譬犹青松之拔灌木，白玉之映尘沙，未足贬其高洁也。（评谢灵运）

范诗清便宛转，如流风回雪；丘诗点缀映媚，似落花依草。（评范云、丘迟）

从这种形象化比喻的运用，也可以窥见当时评论风气的一个特色。运用了这类形象化的比喻，把人物和文艺作品的特点指陈得比较鲜明具体，的确有助于对评论对象的认识和了解。

总之，南朝时期评论人物、文艺的风气非常发达，评论文艺，也常常以作者为评论对象，即评论人物的某种技能。评论中注意分别高下优劣，定其品第；在指陈特色时，喜欢运用形象化的比喻。这些风气说明了魏晋以来文学创作日趋自觉，文艺作品非常众多，作者辈出；大批的士人陶醉于艺术美的欣赏和创造之中，并且有人注意通过细致的显优劣、定品第的做法来进行理论上的分析概括，以总结过去的经验，推动今后的创作。鍾嵘的《诗品》，正是这个特定环境下出现的、充分反映了时代特征的诗论巨著。

《诗品》产生以后，得到后代评论者的重视和肯定。它是我国现存的最早的论诗专著，与《文心雕龙》在中国文学批评史上具有很重要的地位。清代《四库全书总目提要》诗文评类小序云："其勒为一书传于今者，则断自刘勰、鍾嵘。勰究文体之源流而评其工拙，嵘第作者之甲乙而溯厥师承，为例各殊。"指出两书是诗文评专著的早期力作及其不同特色。稍后章学诚在《文史通义·诗话》篇中对两书作了更高的评价："《诗品》之于论诗，视《文心雕龙》之于论文，皆专门名家勒为成书之初祖也。《文心》体大而虑周，《诗品》思深而意远。盖《文心》笼罩群言，而《诗品》深从六艺溯流别也。"也是指陈两书的历史地位和内容特色，可说是对《四库提要》评论的发展。在此之前，明代王世贞《艺苑卮言》卷三有云："吾览鍾记室《诗品》，折衷情文，裁量事代，可谓允矣。词亦奕奕发之。"也给它以颇高的赞赏。

作为传世的第一部论诗专著，《诗品》对后世产生了广泛深远的影响。唐代殷璠《河岳英灵集》、高仲武《中兴间气集》，分别选录盛唐、中唐诗，对每个作者的特色和成就有简练扼要的评述，可以明显看出受到《诗品》品评诗人的影响。晚唐张为的《诗人主客图》，以诗歌风格为依据，把中晚唐诗人分为六个流派，也是受到《诗品》溯流别做法的启发。至于明代顾起纶的《国雅品》，系统品评明代诗人，更自称是规仿《诗品》而作。以上诸书，在体例上受《诗品》影响最为明显。宋代以来，诗话兴起，著述繁富，其中或直接称引《诗品》言论，或受《诗品》体例启发影响者，更是不可胜数。故章学诚称"诗话之源，本于鍾嵘《诗品》"（《文史通义·诗话》）；清何文焕编《历代诗话》丛书，也是首列《诗品》。

关于《诗品》的注释研究撰成专书者，大致上起于"五四"以后。五十年代之前的有黄侃《诗品讲疏》（全书未见，范文澜《文心雕龙注》

有引用)、陈延杰《诗品注》、古直《诗品笺》、许文雨《诗品讲疏》、叶长青《诗品集释》等。近年来有萧华荣《诗品注译》、吕德申《鍾嵘诗品校释》、向长清《诗品注释》等。日本有高松亨明《诗品详解》、高木正一《鍾嵘诗品》等,南朝鲜有车柱环《鍾嵘诗品校证》等。尚有一些专著和单篇论文,不再列举。

第二节　论诗歌的特征和思想艺术标准

鍾嵘在《诗品序》中提出他对诗歌的性质、特征和思想艺术标准的原则性的认识,并对违反诗歌特征和标准的某些不良诗风进行了批评。在正文部分评价作家时,他的批评标准就表现得更为具体细致了。本节以序文为主,参照正文的有关论述,介绍鍾嵘这方面的主张。

鍾嵘认为诗歌的性质或基本特征是吟咏情性,即抒情。他说:"至乎吟咏情性,亦何贵于用事?"他还具体描述了产生诗歌抒情内容的生活环境和条件:

> 若乃春风春鸟,秋月秋蝉,夏云暑雨,冬月祁寒,斯四候之感诸诗者也。嘉会寄诗以亲,离群托诗以怨。至于楚臣去境,汉妾辞宫,或骨横朔野,魂逐飞蓬;或负戈外戍,杀气雄边,塞客衣单,孀闺泪尽;或士有解佩出朝,一去忘返;女有扬蛾入宠,再盼倾国。凡斯种种,感荡心灵,非陈诗何以展其义?非长歌何以骋其情?故曰:"诗可以群,可以怨。"使穷贱易安,幽居靡闷,莫尚于诗矣。

鍾嵘认为,诗歌是为了表现人们激荡的感情,这种激荡感情的产生,其条件有两个方面,一是自然界四时气候景物的变化,二是人们不寻常的生活遭遇。推移变化的气候景物和不同寻常的生活遭际,使人们迸发了激荡的感情而不能自已,必须通过诗歌来予以抒发。这是对许多抒情诗产生缘由的表述，也是对诗歌基本特征的看法。

诗歌的特征为吟咏情性，这是一个传统的提法。《诗大序》云："国史明乎得失之迹，伤人伦之废，哀刑政之苛，吟咏情性，以风其上，达于事变而怀其旧俗者也。"这里强调吟咏情性的内容，必须紧密联系当时政治和伦理道德的阙失来进行讽谏，表现了秦汉之际儒家要求诗歌积极为政治教化服务的主张。魏晋南北朝时代，儒学相对衰落，文学创作摆脱了儒学的严密束缚而较能独立地发展，人们对诗赋不再强调要为政治教化服务，而更多地表现日常生活中的种种情景，产生了大量的抒情写景诗赋。裴子野《雕虫论》批评南朝刘宋后期以来文人的风气是"摈落六艺，吟咏情性"，不重视学习儒家经典。这里说明了虽同样是吟咏情性，但其具体内容有了很大的变化，即南朝许多文人的诗赋创作，只是抒写日常生活情景和追求文辞华美，背弃了《诗经》中美刺比兴的传统，背弃了《诗经》密切联系政治以吟咏情性的传统。

作为南朝杰出诗论家的鍾嵘，在这方面的态度如何呢？鍾嵘思想虽颇受儒学影响，在《诗品》中不少地方有所表现，他对某些联系政治现实的诗作也加以肯定，但从主导倾向看，他还是主张诗歌广泛抒写情景，而不强调为政治教化服务。从《诗品序》看，他谈到诗歌的作用，引用《论语·阳货》中孔子的话，仅引了"诗可以群，可以怨"两句，而不提"迩之事父，远之事君"，实际即是不强调讽谕以服事君国。序文中列举的感荡心灵的诗歌题材，除"楚臣去境"（屈原）一项外，其他各项都和讽谕无关。再从《诗品》正文看，上品十二家（"古诗"算一家），只有曹植、王粲、阮籍、左思四家的部分诗篇与当时政治联系较为密切；中品三十九人，只有应璩、刘琨、卢谌少数人的作品与时政有关，应璩的诗讽意较为明显。他并不因为某些诗篇讽谕时政而评价特高。即使对那些与时政有关的作品，他也往往从抒写诗人的失意与悲恨角度加以评述，而较少注意它们是否有裨于政教。这表明他并不强调诗歌要服务于政治教化。他对历代诗人，评价最高的是曹植、刘桢、王粲、陆机、潘岳、张协、谢灵运、颜延年诸家，其中除曹植、王粲外，其他诸家诗大体上都不注意讽谕内容。综合上举例证，可见鍾嵘对诗歌思想内容的要求是比较宽泛的，他对魏晋以来体现诗歌创作新趋向的不少作家作品都作了肯定，对着重抒写日常生活情景的诗人如潘岳、张协、谢灵运等都评价甚高，列在上品；他对具有明显政治内容和讽谕的诗篇虽有所肯定，但并不强调。因此可以说，鍾嵘关于诗歌思想内容的要求，还是顺应着当时创作界的主要倾向，注意表现多方面的日常生活情景，而不是执著于汉儒"吟咏情性以风其上"的传统。

对于激荡的感情，鍾嵘特别重视怨情。他一则曰："离群托诗以怨。"再则曰："诗可以怨。"他所列举的种种社会生活题材，除去"女有扬蛾入宠，再盼倾国"一种外，其他六种都属于哀怨一类。《诗品》正文在评论诗人时，也往往指陈其哀怨特色。如评《古诗》云："意悲而远"，"多哀怨"。评李陵云："文多凄怆，怨者之流。"评班姬云："怨深文绮。"评曹植云："情兼雅怨。"评王粲云："发愀怆之词。"评阮籍云："颇多感慨之词。"评左思云："文典以怨。"他如对秦嘉、徐淑、刘琨、郭泰、陆机、沈约等人，都指出其作品具有哀怨特色。人们激荡的感情有各种各样，但表现在文学作品中的哀怨愁恨之情，的确最容易打动读者，所以前人有"穷苦之言易好"（韩愈《荆潭唱和诗序》）的说法。江淹的《恨赋》、《别赋》，选择了若干失意、死亡之恨和离别之怨的题材来加以精心描绘，其所举事例，与《诗品序》"楚臣去境"一段内容颇为接近。这说明当时文人认为失意、死亡之恨、离别之怨一类情感是最为激动人心的。鍾嵘论诗特别重视怨情，正是总结了汉魏以至南朝时代诗歌创作的许多成功经验而得出来的美学原则。他所肯定的怨情，如上文所说，内容也是比较广泛的，怨刺时政的仅占少数，在思想内容要求上与汉儒有所区别。

《诗品序》对五言诗的艺术标准有具体的论述，文云：

五言居文词之要，是众作之有滋味者也，故云会于流俗。岂不以指事造形，穷情写物，最为详切者耶！故诗有六义焉：一曰兴，二曰比，三曰赋。文已尽而意有馀，兴也；因物喻志，比也；直书其事，寓言写物，赋也。弘斯三义，酌而用之，干之以风力，润之以丹采，使味之者无极，闻之者动心，是诗之至也。若专用比兴，患在意深，意深则词踬。若但用赋体，患在意浮；意浮则文散，嬉成流移，文无止泊，有芜漫之累矣。

关于赋、比、兴三个名词的涵义，汉儒即有不同解释，鍾嵘提出自己的解释，其意见未必都确切。他解释兴，不从修辞方法而从艺术效果来谈，与解释比、赋的体例不统一，持论也不严密。但问题的重要性不在于他对赋、比、兴三义所作的解释是否确切，而在于通过对三义的解释所提出的对诗歌艺术标准和方法的看法。他释比为“因物喻志”，释赋为“寓言写物”，表明诗歌通过比、赋手段，不仅描写外物，更要抒写诗人的情志。他释兴为“文已尽而意有馀”，表明诗歌要写得含蓄有馀味，耐人寻绎。总起来说，他既要求诗歌写外界的事物，具有鲜明的形象；又要求诗歌表现内在的情志，做到含意深长，饶有馀味。这样，诗歌在艺术上就能取得较高的成就。鍾嵘还指出，作者写诗时，对赋比兴三者应当兼用而酌情变化，不能偏于一端，以致形成意深或意浮之失。譬如阮籍的《咏怀诗》，“厥旨渊放，归趣难求”，大约就是太偏重运用比兴的缘故。

除掉恰当运用赋比兴方法外，鍾嵘还提出，写诗应当风力与丹采相结合。风力即风骨，据《文心雕龙·风骨》篇，有风力作品的特点是思想感情表现鲜明爽朗，语言刚健有力。丹采，指华美的文辞。“干之以风力”二句，是说诗歌应以明朗刚健的风格、质朴有力的语言为骨干，再以华美的辞藻加以润色，达到二者很好地结合，形成文质彬彬的文风。《文心雕龙·风骨》也持这种主张。篇中指出，文章如能做到风骨与丹采二者兼备，就能如凤凰那样“藻耀而高翔”，既华美而复有力。

鍾嵘认为，五言诗在诸种文学样式中，使读者念起来感到最有滋味，因为描写事物、抒发情志方面，可以表现得最为细致贴切。根据上文的分析，我们可以说：兼用赋比兴三种方法，使风力与丹采相结合，用以表现作者激动深厚的感情（特别是怨情），是使五言诗具有最佳滋味即强烈的艺术感染力的主要条件。在《诗品序》中，鍾嵘批评了“理过其辞，淡乎寡味”的玄言诗，因为玄言诗偏重发挥老庄哲理，语言枯燥，缺少激动深厚的感情，缺乏鲜明生动的形象和文质彬彬的语言，因而也是缺乏诗的滋味的作品。

鍾嵘于历代诗人中最推重曹植，他评曹植诗有云：“骨气奇高，词采华茂，情兼雅怨，体被文质。”这几句话直接是赞美曹植诗歌思想性、艺术性均高，实际上也是他评价诗歌的标准和尺度。这四句话中，情兼雅怨主要是就思想内容说的，其他三句则主要就艺术表现而言。鍾嵘于诗歌内容重视表现怨情，上文已有具体分析。他赞美情兼雅怨，就是要求诗的抒情应怨而不失雅正，像《诗经·小雅》那样“怨悱而不乱”（《史记·屈原列传》），具有儒家所提倡的温柔敦厚之风。这里反映了他的封建传统观念。他认为曹植的诗歌具有这种怨而不失其正的特色，所以好；反之，像嵇康的诗，“过为峻切，讦直露才，伤渊雅之致”，缺乏温柔敦厚之风，就逊一筹了。骨气即气骨，也就是风骨。骨气奇高和词采华茂相结合，就是《诗品序》所说的“干之以风力，润之以丹采”。风骨是指思想感情表现的鲜明爽朗和语言的质素有力，属于质一方面；华茂的词采则属于文。风骨与丹采相结合，就能达到“体被文质”，即诗的体制呈现出文质彬彬的风貌。鍾嵘认为，曹植的诗在这方面也是典范，其他建安诗人，刘桢偏于质，王粲偏于文，都不够完美。

鍾嵘评诗，还很重视自然之美。他对宋齐时代颜延之、谢庄等一派文人作诗大量数典用事之风深表不满，指出应用文章应当用典，诗歌则无需乎此：

> 若乃经国文符，应资博古；撰德驳奏，宜穷往烈。至乎吟咏情性，亦何贵于用事？“思君如流水”，既是即目；“高台多悲风”，亦惟所见；“清晨登陇首”，羌无故实；“明月照积雪”，讵出经史。观古今胜语，多非补假，皆由直寻。

这里依据诗歌“吟咏情性”的特征指出它们应当直写见闻经历，无须假助于用典，意见是比较中肯的。他还抨击当时诗歌在任昉、王融等人影响下，大量用事，“遂乃句无虚语，语无虚字，拘挛补衲，蠹文已甚，但自然英旨，罕值其人”。其提倡自然之美的意思也是很明显的。鍾嵘还批评了南齐时代王融、沈约等提倡的声病说，认为在这种理论指导下写出来的作品，“文多拘忌，伤其真美”，“真美”与“自然英旨”两个词语的意思是相通的。

鍾嵘针对当时诗歌创作过于雕琢和炫示学问的风气，提倡自然之美，是比较中肯和合理的。但持论又不免过分。作诗固然不宜大量用典，但也不能笼统排斥用典，古来诗作用典成功之例不在少数。实际鍾嵘也不是真的笼统反对作诗用典。他最推重的曹植、陆机、谢灵运的作品，都运用了不少典故，他并没有对此不满；看来他只是反对大量用典，反对“竞须新事”的诗风罢了。在批评这种诗风时，话说过了头。他指出了永明声律论者“襞积细微，专相陵架”的弊病，但未能认识他们创造新体诗的贡献，见解也有片面之处。还须说明，鍾嵘所谓自然之美，是南朝骈体文学盛行时代的观念。从拥护骈体文学的人看来，诗文对偶工整，辞藻华美，适当用典，都是合于自然的。刘勰认为，运用对偶是“高下相须，自然成对”（《文心雕龙·丽辞》），“辩丽本于情性”（《情采》），运用典故是“圣贤之鸿谟，经籍之通矩”（《事类》),可以窥见此中消息。我们看到,曹植、陆机、谢灵运的诗作,不但运用不少典故,而且讲求对偶和辞藻,在南朝骈体文学的发展中起了倡导作用;鍾嵘认为这种骈体文学之语言美也是自然的,所以对他们作品评价很高。鍾嵘评谢灵运诗,认为虽有繁芜之累,但譬如青松、白玉,仍有高洁的自然之美。又引汤惠休语云:“谢诗如芙蓉出水,颜如错彩镂金。”芙蓉出水这个譬喻,更是明显地指的自然之美。而像颜延之诗那样大量用典,则是缺乏“自然英旨”的。谢灵运诗实际经过精雕细琢,但不少章句表现出秀逸的风貌,在崇尚骈体文学的南朝文人看来,还是自然的。唐宋以来,反对骈文的人趋多,文风改变,所谓“自然”的内涵和标准,也跟着改变。《沧浪诗话·诗评》云:“谢所以不及陶者,康乐之诗精工,渊明之诗质而自然耳。”以精工许谢,但认为不及陶诗自然,就是一个明显的例证。

第三节 论历代五言诗

《诗品序》概括叙述了历代五言诗的发展大势,正文分品具体评论了历代五言诗,这里把这两部分内容结合在一起,按照时代先后次序,进行介绍和分析。

一 论汉魏诗歌

《诗品序》论五言诗起源和汉代五言诗云:

> 夏歌曰:“郁陶乎予心。”楚谣曰:“名余曰正则。”虽诗体未全,然略是五言之滥觞也。逮汉李陵,始著五言之目矣。古诗眇邈,人世难详。推其文体,固是炎汉之制,非衰周之倡也。自王、扬、枚、马之徒,词赋竞爽,而吟咏靡闻。从李都尉迄班婕妤,将百年间,有妇人焉,一人而已。诗人之风,顿已缺丧。东京二百

> 载中，惟有班固《咏史》，质木无文。

摘取先秦诗歌中的个别五言句来说明五言诗的滥觞，往往见于晋代以来文论。挚虞《文章流别论》云："五言者，'谁谓雀无角，何以穿我屋'（按见《诗经·召南·行露》）之属是也。"《文心雕龙·明诗》亦云："按《召南·行露》，始肇半章。"是其例。《诗品序》举了"郁陶乎予心"两例，但也认为"诗体未全"，即从通篇说它们还不是五言诗。西汉五言诗作者有哪些人，后世传闻异词，莫衷一是。关于枚乘、李陵、苏武、班婕妤诸人的诗作，颜延之《庭诰》、《文心雕龙》、《文选》、《玉台新咏》诸书的论述或题署，各自有所不同。《诗品》列李陵、班姬两家，而不及枚乘、苏武，也是一种看法。按江淹《杂体诗》拟汉代有主名古诗，亦仅李、班两家，《文心雕龙·明诗》有"李陵、班婕妤见疑于后代"之语，可见李、班两家作五言诗，乃是当时较为流行之说。

《诗品》认为无名氏《古诗》虽然"人世难详"，不能知其确切的产生年代，但从文体看应是汉代的作品。正文对《古诗》评价极高，文云：

> 其体源出于"国风"。陆机所拟十二首，文温以丽，意悲而远。惊心动魄，可谓几乎一字千金。其外"去者日以疏"四十五首，虽多哀怨，颇为总杂，旧疑是建安中曹、王所制。"客从远方来"、"橘柚垂华实"，亦为惊绝矣！人代冥灭，而清音独远，悲夫！

鍾嵘指出《古诗》内容多悲远，文辞温和美丽，实际上即是符合他评曹植时提出的"情兼雅怨，体被文质"的思想艺术标准。评语称《古诗》"惊心动魄"，"一字千金"，"亦为惊绝"，"清音独远"，对其文学成就和艺术感染力可谓推崇备至，与《文心雕龙·明诗》的"实五言之冠冕也"的赞誉颇为接近。魏晋以来，人们对《古诗》非常推重，故陆机有拟作十馀首。按《世说新语·文学》篇载谢玄因子弟聚集,问"《毛诗》何句最佳",谢玄举"昔我往矣,杨柳依依"四句,谢安则以为"讦谟定命,远猷辰告"两句"偏有雅人深致"。该篇又载王恭问其弟王睹"《古诗》中何句为最",睹未及答,恭咏"所遇无故物,焉得不速老",并云"此句为佳"。可见晋代人们欣赏并熟悉《古诗》,仿佛讽诵《诗经》那样。《诗品》、《文心雕龙》对于《古诗》的崇高评价,正是反映了魏晋以来不少贵族、文人对它们的爱好和推重。

汉代诗人中列入上品的除《古诗》作者无名氏外,尚有李陵、班姬二家,列入中品的则有秦嘉、徐淑,评语云:

> 汉都尉李陵:其源出于楚辞。文多凄怆,怨者之流。陵,名家子,有殊才,生命不谐,声颓身丧。使陵不遭辛苦,其文亦何能至此!
>
> 汉婕妤班姬:其源出于李陵。团扇短章,辞旨清捷,怨深文绮,得匹妇之致。侏儒一节,可以知其工矣!
>
> 汉上计秦嘉　嘉妻徐淑:士会夫妻事既可伤,文亦凄怨。二汉为五言者不过数家,而妇人居二。徐淑叙别之作,亚于团扇矣。

李陵、班姬诗作之真伪,这里姑置不论。评语可注意者有两点:一是指出四家诗都善于表现怨情;二是指出其怨情和生活遭遇的联系(班姬条未涉及此点)。关于第一点,上节已有论述。关于第二点,说明鍾嵘注意到作者身世对作品的影响,指出作品是作者生活的反映,这是很中肯合理的。这种观点,在前人解释《诗经》某些篇章和屈宋辞赋时已常有表现,直接为鍾嵘前导的则是谢灵运《拟魏太子邺中集八首》的小序。如评王粲云:"家本秦川,贵公子孙,遭乱流寓,自伤情多。"评应玚云:"汝颍之士,流离世故,颇有飘泊之叹。"《诗品》评语风味与之相近，当直接受其影响。西汉诗人，昔人常苏、李并称，《文选》并录苏武、李陵诗；《诗品》舍苏武不加品第，是其异处。但《诗品序》末尾有“子卿双凫”句，提到苏武篇什，又不免自相牴牾。按江淹《杂体诗》三十首，于西汉作者亦仅效李陵、班婕妤两家，《诗品》或是受其影响。

汉代诗人列入下品的为班固、郦炎、赵壹三人，评语云：

> 孟坚才流，而老于掌故。观其《咏史》，有感叹之词。文胜托咏灵芝，怀寄不浅。元叔散愤兰蕙，指斥囊钱，苦言切句，良亦勤矣。斯人也而有斯困，悲夫！

班固的《咏史》诗，《诗品序》称其“质木无文”，缺少文采。郦炎《见志诗》取譬灵芝和贾谊等古人，自喻仕途失意，的确寄怀不浅，但语言仍较质直，不够婉曲。赵壹《疾邪诗》感情激愤，放言抨击时俗，但文辞较粗俗，故明胡应麟评为“句格猥凡，汉五言最下者”（《诗薮》外编卷一）。三人的诗内容都不差，鍾嵘都置诸下品，可见他对诗的艺术性是很重视的（《疾邪诗》措辞讦直，也不符合鍾嵘“情兼雅怨”的标准）。

汉代无名氏乐府古辞，现存数十首，其中有一部分是五言诗，质量颇高。《玉台新咏》选古乐府诗六首，为《日出东南隅行》（即《陌上桑》）、《相逢狭路间》、《陇西行》、《艳歌行》（“翩翩堂前燕”篇）、《皑如山上雪》（即《白头吟》）、《双白鹄》，其思想内容和艺术价值都相当好，《诗品》对这类乐府诗篇，一概未加评论和品第。长篇叙事杰作《焦仲卿妻》，《玉台》著录，《诗品》亦无一语涉及。从当时比较正统的文学眼光看，因这类乐府古辞或出自民间，或深受民歌影响，认为它们格调不高雅，不予重视。《文心雕龙·乐府》对这类诗也未具体评述，笼统斥为“淫辞”。《文选》也不选这类诗。《玉台》专选男女艳情诗，在当时选本中为别调，故有所登录。

《诗品》对汉乐府古辞不加品第，具体说来，主要有两个原因。一是关于内容题材方面的。这类诗常常委曲叙述男女情爱,从正统眼光看来是不高雅,故刘勰斥为“淫辞”。汉张衡有《同声歌》,专述男女和好之事,《玉台》选了,《诗品》不予论列,大约也是这个原因。《诗品序》说五言诗长于“指事造形,穷情写物”,虽并提叙事、抒情、状物(主要是自然风景)三者,但当时诗赋创作,注意力更着重放在抒情写景方面。这从《文心雕龙》的《明诗》、《诠赋》、《物色》诸篇看得很明白。《辨骚》篇赞美屈宋辞赋长于“叙情怨”、“述离居”、“论山水”、“言节候”,也着重在抒情写景。上节提到,《诗品》特别重视表现怨情。另一方面,它不重视叙事委曲详尽,因此他对汉乐府和后代的一些优秀叙事诗都评价不高(下文继续分析说明)。又汉乐府古辞的不少篇章,描写社会下层生活和民间疾苦,这种题材在六朝时代也受到大多数文人的轻蔑。东汉末年鸿都门文人喜欢写作通俗辞赋,多叙“方俗闾里小事”。蔡邕上书攻击他们,说这类作品“连偶俗语,有类俳优”(《后汉书·蔡邕传》)。《文心雕龙·时序》论述东汉文学时,附和了蔡邕的主张。看来刘勰、鍾嶸、萧统诸人,对叙述方俗闾里小事即民间生活的五言诗及以五言为主的诗篇,都是评价不高的。另一个原因则是因其文辞质朴通俗。胡应麟赞美汉乐府古辞的语言云:“矢口成言,绝无文饰,故浑朴真至,独擅古今。”(《诗薮》内编卷二)这是唐宋以后古文在文坛占据统治地位时代人们重视语言质朴生动的看法。在骈体文学昌盛、文风崇尚华美藻饰的南朝,大多数文人重视语言的骈偶、辞藻、声韵之美,在他们看来,汉乐府古辞大抵是缺乏文采的。曹丕的不少诗篇语言受乐府古辞影响较深,《诗品》评为“鄙质如偶语”。陶渊明诗语言比较质朴而接近口语,《诗品》称南朝文人目为“田家语”,即种田人的鄙质话。曹丕、陶渊明都列在中品,说明鍾嶸对两家诗歌语言风格是不满的。《诗品序》要求诗须“润之以丹采”,语言鄙质,即是缺少丹采。此外,《诗品》评诗,以品第诗人为宗旨,而古乐府都是无名氏作品,这可能也是不加论述的一个原因。但这一点看来不是主要的，因为《古诗》也是无名氏作品。

清代许印芳认为乐府体制与诗有异，故鍾嵘《诗品》专论诗而不及乐府，他说："自序所录止于五言，而无一语及于乐府。意谓汉人论文，诗乐分体（自注：如刘子政是也），五言古诗，不宜阑入乐府。"（见《诗法萃编》本《诗品》跋）其论不确。班姬的《团扇辞》，又名《怨歌行》，编入乐府相和歌辞楚调曲。曹操现存作品均为乐府诗，曹丕、曹植现存作品大部分也是乐府诗，尽管三人作品有遗佚，但其代表作见于《文选》，如果抽掉乐府诗，是无法对之作出正确评价的。即此两例，即可证许说不足信。

汉末建安时代，文人五言诗大为发达，作者辈出。《诗品序》于此有所论述：

> 降及建安，曹公父子，笃好斯文；平原兄弟，郁为文栋；刘桢、王粲，为其羽翼。次有攀龙托凤，自致于属车者，盖将百计。彬彬之盛，大备于时矣！

这里指出曹操、曹丕、曹植三人在形成五言诗创作盛况方面的倡导之功，还是符合历史事实的。

在建安和曹魏前期诗人中，鍾嵘对曹植评价最高，誉为诗中之圣，评云：

> 其源出于"国风"。骨气奇高，词采华茂，情兼雅怨，体被文质，粲溢今古，卓尔不群。嗟乎！陈思之于文章也，譬人伦之有周、孔，鳞羽之有龙凤，音乐之有琴笙，女工之有黼黻。俾尔怀铅吮墨者，抱篇章而景慕，映馀辉以自烛。故孔氏之门如用诗，则公幹升堂，思王入室，景阳、潘、陆，自可坐于廊庑之间矣。

上节提到，“骨气奇高”四句，实际是鍾嵘品评诗歌的思想艺术标准。鍾嵘认为曹植诗在思想、艺术上造诣都极高，对后代诗歌影响亦大，所以给予崇高的评价。在建安诗歌中，曹植诗不但内容、风骨好，而且文采最为富赡，重视对偶工整，用字精巧，对晋宋以来诗歌语言的骈偶化影响很大。鍾嵘特别推重曹植，誉为“粲溢今古”，说明他对曹植诗文采富赡的特色抱欣赏态度。明代王世贞云：“子建天才流丽，虽誉冠千古，而实逊父兄。何以故？材太高，辞太华。”(《艺苑卮言》卷三)不满曹植诗文辞过于华美，则反映了后来骈体文学失势时代评论家的意见。

在建安诗人中，鍾嵘认为次于曹植的是刘桢和王粲。他把刘、王两人都列入上品，评云：

> 魏文学刘桢：其源出于《古诗》。仗气爱奇，动多振绝。贞(一作“真”，此据《竹庄诗话》、《诗人玉屑》引文)骨凌霜，高风跨俗。但气过其文，雕润恨少。然自陈思已下，桢称独步。
>
> 魏侍中王粲：其源出于李陵。发愀怆之词，文秀而质羸。在曹、刘间别构一体。方陈思不足，比魏文有馀。

《诗品序》指出，诗歌应当“干之以风力，润之以丹采”，即以明朗刚健的风格、质朴有力的语言为骨干，再以华美的辞藻加以润色，使二者结合，形成文质彬彬的文风。这里即以此为标准来评论刘、王两人。鍾嵘认为，刘桢的诗歌写得爽朗刚健，富有风骨或风力，但丹采稍逊，所谓“气(指气骨、风力)过其文(指文采、丹采)，雕润恨少”。《诗品序》称刘琨“仗清刚之气”，此处“仗气”实际也是仗清刚之气，指出刘桢的为人气质与诗歌气貌具有清峻刚健的特色。王粲则是“文秀而质羸”，文采秀出而气质(风力)羸弱。刘、王两人的诗成就均颇高，但从风力、丹采二者很好结合的角度看，两人都有不足之处，不及曹植诗歌二者结合得好。建安诗歌，总的说来是长于爽朗刚健的风骨。《宋书·谢灵运传论》即有“子建、仲宣以气质为体”之语，指出曹植、王粲的作品体貌长于气质即风骨。《诗品序》在批评东晋玄言诗风时，也赞美了建安风力。这是从总的大体情况说的。如果仔细分析，则各诗人的作品体貌也有所区别。刘桢的“风声一何盛，松枝一何劲”、“岂不罹凝寒，松柏有本性”(《赠从弟》)那样的诗句，最能显示爽朗刚健的风骨。王粲的诗歌，富有文采，内容也很好，像《七哀诗》“西京乱无象”篇，还深刻地反映了社会动乱和人民苦难，但像“未知身死处，何能两相完”、“悟彼下泉人，喟然伤心肝”这样的诗句，在风格上毕竟显得比较软弱，不及刘桢诗峻爽刚劲。王粲文风较为柔弱，当时曹丕《与吴质书》已有“惜其体弱，不足起其文”的评语。刘桢诗则偏长气骨，故谢灵运《拟魏太子邺中集诗序》有云：“刘桢卓荦偏人，而文最有气，所得颇经奇。”《诗品》对刘、王两人的评价，即是受曹丕、谢灵运的影响，并进一步加以发挥。

刘桢、王粲两人诗虽各有不足之处，但鍾嵘位置刘桢在王粲之上。《诗品序》云：“陈思为建安之杰，公幹、仲宣为辅。”也是先说刘桢。《诗品序》又云：“昔曹、刘殆文章之圣。”评曹植时有云：“故孔氏之门如用诗，则公幹升堂，思王入室。”提刘而不及王，轩轾之意更显。鍾嵘更推尊刘桢，是由于南朝齐梁诗歌，往往绮靡柔弱而风骨不振。他为了矫正时弊，所以大力赞美刘桢的高风贞骨。后世评论者赞美建安诗风，往往曹植、刘桢并提。如杜甫《奉寄高常侍》诗赞美高適云：“方驾曹刘不啻过。”元稹《唐故工部员外郎杜君墓系铭序》云：“古傍苏李，气夺曹刘。”元好问《论诗绝句》云：“曹刘坐啸虎生风，四海无人角两雄。”都是推尊曹植、刘桢诗以气骨见长。这些言论，当是受到《诗品》的影响。

建安诗人列入中品者为魏文帝曹丕，评云：

其源出于李陵，颇有仲宣之体则。所计百许篇率皆鄙质如偶语。惟“西北有浮云”十馀首,殊美赡可玩,始见其工矣。不然,何以铨衡群彦,对扬厥弟者耶?

曹丕诗歌多乐府,受汉代无名氏乐府影响较深,语言往往质朴浅显,鍾嵘讥为“鄙质如偶语”,表现出他轻视汉乐府民歌的同一偏见。他于曹丕,赞赏的只是《杂诗》“西北有浮云”篇等少数文雅的作品。

鍾嵘列魏武帝曹操、魏明帝曹叡于下品。评云:“曹公古直,甚有悲凉之句。叡不如丕,亦称三祖。”虽肯定曹操诗情调悲凉,但不满意它们的古朴质直。曹操列在下品,后世颇有意见。明王世贞《艺苑卮言》卷三云:“魏文不列乎上,曹公屈第乎下,尤为不公。”清王士禛《渔洋诗话》云:“下品之魏武,宜在上品。”这里反映了明清文人与南朝文人不同的审美标准。按《文选》选诗,曹操二首,曹丕五首,数量远少于曹植,也少于刘桢、王粲,可见当时一般人对曹操、曹丕诗的评价不甚高。明许学夷《诗源辩体》卷四说:“按嵘《诗品》以丕处中品,曹公及叡居下品。今或推曹公而劣子桓兄弟者,盖鍾嵘兼文质,而后人专气格也。”这话较能洞察原委,指出不同历史时期不同的文学品评标准。所谓“鍾嵘兼文质”,即指他主张风力与丹采结合,其丹采又是从骈体文学语言之美角度着眼的。所谓“后人专气格”,则指质朴刚健的风貌,偏重在气骨或风力一面。

对建安其他诗人曹彪、徐幹、阮瑀,鍾嵘都置于下品,评价不高。曹彪诗今仅存残句,莫知其详。阮瑀诗确较平庸一些。徐幹的《室思》诗(见《玉台新咏》),抒情宛转生动,风格近似汉乐府民歌。还有陈琳的《饮马长城窟行》,思想性艺术性都高,繁钦的《定情诗》,也富有民歌风味(两篇均见《玉台新咏》)。鍾嵘对徐幹评价不高,陈琳、繁钦不入品,把这些处理和他不品汉乐府、对曹操曹丕评价不高等现象合起来考察,更能看出他的品评标准,看出他轻视乐府民歌多写男女情爱、语言通俗的偏见。

在曹魏后期诗人中，鍾嵘评价最高者为阮籍。评云：

其源出于“小雅”，无雕虫之巧(巧，一作“功”，此据《竹庄诗话》、《诗人玉屑》及《太平御览》卷五八六引文)。而《咏怀》之作，可以陶性灵，发幽思。言在耳目之内，情寄八荒之表。洋洋乎会于风雅，使人忘其鄙近，自致远大。颇多感慨之词，厥旨渊放，归趣难求。颜延年注解，怯言其志。

阮籍的诗，风格质朴，不尚雕饰。他的《咏怀诗》感慨时事和身世，忧生畏讥，辞多隐晦，意旨微茫，寄托深远，刘勰亦有“阮旨遥深”(《文心雕龙·明诗》)之评语。鍾嵘对阮诗的特色，指陈得颇为恰当，同时还认为读阮诗可以使人“陶性灵，发幽思”，“使人忘其鄙近，自致远大”，对其艺术感染力作了很高评价。与阮籍齐名的嵇康，则列于中品，评云：

颇似魏文。过为峻切，讦直露才，伤渊雅之致。然托喻清远，良有鉴裁，亦未失高流矣。

鍾嵘认为嵇康诗虽不失为高流，但风格过于峻切讦直，不够深厚雅正。嵇康的诗，反映了他刚直的性格，的确不及阮籍诗含蕴深远，耐人体味。鍾嵘要求诗歌表现得“文已尽而意有馀”，重视含蓄，嵇康诗在这方面确有逊色。

魏后期诗人列于中品者尚有何晏、应璩两人，评云：

魏尚书何晏：平叔“鸿鹄”之篇，风规见矣。

魏侍中应璩：祖袭魏文，善为古语，指事殷勤，雅意深笃，得诗人激刺之旨。至于“济济今日所”，华靡可讽味焉。

何晏的《拟古诗》"鸿鹄比翼游"篇,有讽时及自规之意。应璩作《百一诗》百馀篇,讥切时事,《文心雕龙·明诗》称为"辞谲义贞,亦魏之遗直"。鍾嵘评何晏诗有"风规",评应璩诗"得诗人激刺之旨",说明他对这类富有政治内容的诗篇,还是给予一定的重视。《诗品序》末尾列举汉、魏、晋、宋二十二家的警策诗篇,这些作家都列入上品或中品。其间提到何晏有"衣单"之篇(今不传),可见他对何晏还是比较重视的。应璩诗数量虽多(今大都失传),但语言古质而缺少文采,是其短处,故《文选》仅选《百一诗》一篇。鍾嵘对应诗的古质也是有所不满的,但又指出像"济济今日所"那样的个别诗篇(今佚)还是华靡有文采的。

二 论晋宋诗歌

西晋时代,诗歌有进一步的发展,出现了一批很有才华的作者。《诗品序》认为曹魏后期诗歌"陵迟衰微",到西晋初期太康年间才改变局面:

> 太康中,三张、二陆、两潘、一左,勃尔复兴,踵武前王,风流未沫,亦文章之中兴也。

西晋诗人置于上品者有四人,即陆机、潘岳、张协、左思,其次序之前后,亦寓有优劣之意。评陆机云:

> 其源出于陈思。才高词赡,举体华密。气少于公幹,文劣于仲宣。尚规矩,不贵绮错,有伤直致之奇。然其咀嚼英华,厌饫膏泽,文章之渊泉也。张公叹其大才,信矣!

鍾嵘认为陆机诗体貌源出曹植。从气骨(即风力)、文采二者结合的要求看，陆诗气骨逊于刘桢，文采逊于王粲，但也不似刘、王两人的偏胜，而是才高词赡、全面发展的大家。这种大家风度，正是从曹植继承而来。在鍾嵘看来，陆机在太康诗坛的特色和地位，犹如曹植之在建安诗坛，故列为西晋诗人之首。“举体华密”，一作“举体华美”，此据《竹庄诗话》、《诗人玉屑》引文。陆机诗的文辞确较细密。《诗品》谓颜延之诗源出陆机，颜诗“体裁绮密”，绮密即华密，也是一证。“直致”，疑与“直置”意通。《文镜秘府论》地卷论诗体有直置体，释云：“谓直书其事，置之于句者是。”殷璠《河岳英灵集叙》有云：“曹、刘诗多直语，少切对。”直置体与直语，其特色都是直写所见所感，不尚雕饰。陆机诗尚规矩，多工整的对偶（所谓切对），不及曹植、刘桢诗多直语，因此缺少直致之奇。这一评语体现了鍾嵘崇尚“自然英旨”的论诗主张。

评潘岳云：

> 其源出于仲宣。《翰林》叹其翩翩然如翔禽之有羽毛，衣服之有绡縠，犹浅于陆机。谢混云：“潘诗烂若舒锦，无处不佳；陆文如披沙简金，往往见宝。”嵘谓益寿轻华，故以潘为胜；《翰林》笃论，故叹陆为深。余常言：陆才如海，潘才如江。

潘岳诗风貌轻绮，接近王粲。这里引述了对潘、陆优劣的两种看法：李充《翰林论》认为潘诗虽绮丽，但不及陆诗有深度；谢混则认为潘诗篇篇精美，陆诗则有繁芜之病，择其少数佳者，犹如披沙简金。鍾嵘指出，这种不同评价，是由于李充、谢混两人的文艺崇尚标准有所区别。鍾嵘认为陆机的才力较潘岳为深广，故位置潘岳在陆机之后。

评张协云：

> 其源出于王粲。文体华净，少病累，又巧构形似之言。雄于潘岳，靡于太冲，风流调达，实旷代之高手。词采葱蒨，音韵铿

锵,使人味之,亹亹不倦。

鍾嵘认为,张协诗"雄于潘岳",即风力胜潘岳;"靡于太冲",即丹采胜左思。从风力、丹采结合的标准看,张协做得颇好,所以给予很高评价。张协诗长于抒情写景,刻画自然景物相当细致逼真,故评为"巧构形似之言"。张协诗的这一特色,对南朝山水诗的发展很起影响。《诗品》评谢灵运诗有云:"杂有景阳之体,故尚巧似,而逸荡过之。"正说明了其间的继承发展关系。《文心雕龙·物色》云:"自近代以来,文贵形似,窥情风景之上,钻貌草木之中。"指出了追求形似的写作特色,主要表现在对自然景物的描绘中间。

评左思云:

其源出于公幹。文典以怨,颇为精切,得讽谕之致。虽野于陆机,而深于潘岳。谢康乐常言:"左太冲诗,潘安仁诗,古今难比。"

左思的《咏史》诗,通过历史题材,表现了门阀制度下贤能之士受压抑的愤慨不平,故鍾嵘称为"典以怨","得讽谕之致"。左思的诗写得很雄健,富有风力,故《诗品》评陶潜时有"又协左思风力"之语。但其文辞较质朴,文采稍逊,"质胜文则野"(《论语·雍也》),鍾嵘谓左诗"野于陆机",即是文采不及陆诗之意。从风力、丹采结合标准看,鍾嵘认为左诗偏胜,有不足之处。唐宋以后左思诗评价趋高,驾于潘、陆之上。如沈德潜《说诗晬语》云:"左太冲拔出于众流之中,胸次高旷,而笔力足以达之,自应尽掩诸家。"这也是批评标准变化的缘故。"虽野于陆机"二句,《竹庄诗话》引文"野"上有"浅"字,"深"下有"劲"字,指出左思雄于潘岳,似更明确。

张华也是西晋前期的著名诗人。鍾嵘置于中品,评云:

> 其源出于王粲。其体华艳，兴托多奇。巧用文字，务为妍冶。虽名高曩代，而疏亮之士，犹恨其儿女情多，风云气少。谢康乐云："张公虽复千篇，犹一体耳。"今置之甲科疑弱，处之下科恨少，在季、孟之间耳。

张华的诗，风格华艳妍冶，但风云气少，也是长于文采而风力不足，从风力、丹采结合的标准看属于偏美，故名声虽大，仍置之中品。"置之甲科"，别本作"置之中品"，此据《竹庄诗话》、《诗人玉屑》引文。按《史记·孔子世家》："孔子适齐，异日，景公止孔子曰：奉子以季氏，吾不能。以季、孟之间待之。"《集解》引孔安国曰："鲁三卿：季氏为正卿，最贵；孟氏为下卿，不用事。言待之二者之间也。"此处"今置之上品疑弱"句，正与"奉子以季氏，吾不能"意思相通。"季、孟之间"，指上下之间，意即置之中品。张华诗在南朝人心目中地位还是颇高的。颜延之《庭诰》云："五言流靡，则刘桢、张华。"把他和刘桢并称。故鍾嵘在置之中品时要作一些说明。又"兴托多奇"，一作"兴托不奇"，此据《竹庄诗话》、《诗人玉屑》。张华《情诗》、《杂诗》等作确多兴托之言，文辞亦美。

西晋前期诗人傅玄，作乐府诗颇多，语言比较质朴通俗，其《豫章行·苦相篇》描写封建时代妇女的痛苦，内容深刻，语言生动。他如《明月篇》写得也较好。鍾嵘把傅玄列在下品，评云："长虞父子（指傅玄、傅咸父子），繁富可嘉。"虽有所肯定，但总的评价很低。这种态度，与置曹操于下品，不提汉无名氏乐府诗，不提陈琳，精神是相通的。

西晋末叶到东晋初年，刘琨、郭璞的诗比较杰出，鍾嵘都列于中品。评刘琨云：

> 其源出于王粲。善为凄戾之词，自有清拔之气。琨既体良

才，又罹厄运，故善叙丧乱，多感恨之词。中郎（指卢谌）仰之，微不逮者矣。

刘琨身处晋末乱离，辞情慷慨，这里结合其生活遭遇，指陈其作品特色，颇为中肯。刘诗风格苍凉悲壮，《文心雕龙·才略》有“刘琨雅壮而多风”之语。此处称其“有清拔之气”，《诗品序》称其“仗清刚之气”，也是恰当的。但认为源出于“文秀而质羸”的王粲，则持论有矛盾。评郭璞云：

宪章潘岳，文体相辉，彪炳可玩。始变永嘉平淡之体，故称中兴第一。《翰林》以为诗首。但《游仙》之作，辞多慷慨，乖远玄宗。其云：“奈何虎豹姿。”又云：“戢翼栖榛梗。”乃是坎壈咏怀，非列仙之趣也。

郭璞的诗，写得彪炳富有文采，改变了西晋后期的玄言诗风，成就特出，故当时誉为“中兴第一”，即东晋诗人之首。李充《翰林论》对他的评语今已不存。《文心雕龙·才略》云：“景纯艳逸，足冠中兴。”也是此意。可见认为郭璞为东晋诗人之首，乃是六朝时代通行的看法。刘勰说郭璞诗特色为“艳逸”，也与《诗品》“彪炳可玩”句相通。鍾嵘还举例指出，《游仙诗》的部分内容，实是咏仕途失意，这看法也是对的。“乖远玄宗”，《竹庄诗话》、《诗人玉屑》引作“垂玄远之宗”，按此句似当作“乖玄远之宗”。

西晋后期玄学抬头，影响波及诗坛，出现了玄言诗。这种诗风到东晋又有所发展。《诗品序》云：

永嘉时贵黄老，稍尚虚谈，于时篇什，理过其辞，淡乎寡味。爰及江表，微波尚传。孙绰、许询、桓（温）、庾（亮）诸公诗，皆平典似《道德论》，建安风力尽矣。

东晋时玄言诗昌盛，在诗坛占据统治地位，刘勰称为“诗必柱下之旨归”（《文心雕龙·时序》）；鍾嵘云：“微波尚传。”说得轻了。《诗品》下卷合评西晋王济、杜预、东晋孙绰、许询等人诗云：

永嘉以来，清虚在俗。王武子（王济）辈诗贵道家之言。爰洎江表，玄风尚备。真长（刘惔）、仲祖（王濛）、桓、庾诸公犹相袭。世称孙、许弥善恬淡之词。

这段话与上引序文一段互相呼应，指出玄言诗因受玄学影响，注意表现老庄哲理，文辞平典恬淡，缺乏诗味，完全丧失了建安诗歌的优良风貌。王济、杜预是西晋初期人，他们的诗可说是玄言诗的先驱者。孙绰、许询是东晋玄言诗的领袖。《世说新语·文学篇》载：当时简文帝曾称赞许询的五言诗“可谓妙绝时人”。刘注引檀道鸾《续晋阳秋》云：“询、绰并为一时文宗，自此作者悉体之。”可见两人在当时影响之大。鍾嵘列孙、许于下品，评语一笔带过，说明他对玄言诗的不满。南朝文论家一般重视诗的艺术特征，因此对平淡的玄言诗多不满。沈约《宋书·谢灵运传论》评玄言诗有云：“遒丽之辞，无闻焉尔。”《文心雕龙》亦多不满之词，《明诗》篇有“辞趣一揆，莫与争雄”之讥。鍾嵘把玄言诗大家列于下品，大致反映了南朝文人的看法。从鍾嵘风力、丹采结合标准看，玄言诗既乏风力又少丹采，艺术性很差，其作者只能列入下品。

《诗品序》认为，东晋一代与玄言诗风趋向不同的作者，前有刘琨、郭璞，后有谢混，但直到谢灵运出来，才完全改变了诗坛风尚。当时一般人认为谢混、殷仲文两人开始改变玄言诗风。《续晋阳秋》有“至义熙中，谢混始改”的话。《宋书·谢灵运传论》有云：“仲文始革孙、许之风，叔源大变太元之气。”两人中谢混成就作用更大。《诗品》列谢混于中品，列殷仲文于下品。评殷仲文云：

> 晋宋之际，殆无诗乎！义熙中，以谢益寿(混)、殷仲文为华绮之冠，殷不竞矣。

也指出殷仲文不及谢混。“晋宋之际，殆无诗乎”，意谓当时玄言诗风弥漫，很少具有诗味的作品。又指出谢、殷两人诗语言特为华绮，富有文采，标志着对长期统治诗坛的玄言诗的初步改革。《南齐书·文学传论》云：“仲文玄气，犹不尽除；谢混情新，得名未盛。”说明进一步的改变诗风，还有待于后来。

晋末宋初的大诗人陶潜，鍾嵘列于中品。评云：

> 其源出于应璩，又协左思风力。文体省净，殆无长语。笃意真古，辞兴婉惬。每观其文，想其人德。世叹其质直。至如“欢言酌春酒”、“日暮天无云”，风华清靡，岂直为田家语耶！古今隐逸诗人之宗也。

陶诗的特色是语言质直，风格古朴，故鍾嵘认为源出“善为古语”的应璩。但他的一部分诗篇写得爽朗刚健，又有左思诗的风力。在崇尚辞藻的南朝，多数人认为陶诗太质直，有的更认为是村野的田家语，鍾嵘基本上也持这种看法，只是指出陶诗少数篇什语句，也颇为华靡美丽而已。由于这种崇尚辞藻的审美标准，故陶诗在南朝的评价不高。《宋书·谢灵运传论》、《南齐书·文学传论》两文叙述了诗歌的历史发展，都没有数及渊明。《文心雕龙》全书论述作家面颇广，但只字不提渊明。《隐秀》篇有一句提到陶诗，但属伪文。北齐阳休之《陶集序录》，也说陶潜作品“辞采未优”。萧统对渊明评价颇高，称誉他

“文章不群，辞采精拔”(《陶渊明集序》)。《文选》选陶诗七题八篇和《归去来辞》一篇，数量较多，但上比陆机、潘岳，下比谢灵运、颜延之，诗文总数还是瞠乎其后。鍾嵘列陶诗于中品，正是反映了南朝大多数文人对陶潜作品的评价。

陶渊明一生大部分时间处在东晋末叶，当时还是玄言诗在诗坛占据统治地位。陶诗语言质朴平淡，又爱发议论，其人生观也颇受老庄影响。这种特色实在也是受玄言诗感染的表现。但陶诗不是枯燥地发挥老庄哲理，而是抒情真率，写景生动，富有文学意趣。从这方面讲，陶诗已冲破了玄言诗牢笼，成就卓越。但南朝文人对陶诗的成就和贡献认识很不足。上面述及，鍾嵘认为东晋时代诗歌与玄言诗风明显异趋，成就突出的，前则刘琨、郭璞，后则谢混。郭璞诗特色是彪炳艳逸，谢混、殷仲文诗特色是华绮。《宋书·谢灵运传论》、《南齐书·文学传论》述及晋末玄言诗风的改革，均只提殷、谢而不及渊明。沈约、鍾嵘、萧子显等人对陶诗的成就、地位不重视，是因为陶诗的绝大部分缺少南朝人所重视的文采华绮。

唐宋以来，由于文人审美观念和标准的变化，陶诗声价日高，其中经过苏轼的提倡，人们更加认识了陶诗的卓越成就。鍾嵘置陶潜于中品，宋代以后评论者也往往加以指责。如明代闵文振《兰庄诗话》云：“鍾嵘评陶潜诗……而置之中品；其上品十一人，如王粲、阮籍辈，顾右于潜邪？”王士禛《渔洋诗话》卷下认为陶潜“宜在上品”。这种议论反映了古文在文坛占统治地位、文风趋向质朴的历史时期人们的看法。现代有的《诗品》注释者根据《太平御览》卷五八六引文，推测《诗品》原列陶潜于上品，今本系后人窜乱，这一论断是不能成立的。如上所述，从鍾嵘以至当时其他文人的品评标准看，陶潜只能列在中品。再从《诗品》义例看，某家诗源出某家，只能源出上一品或同一品的某家，而不能源出下一品的某家。《诗品》说陶潜诗源出应璩，应璩诗又源出曹丕；应璩、曹丕均在中品。如果陶潜列于上品，而源出于中品的应璩，这是不符合《诗品》的义例的。何况《御览》引文也没有说陶潜置在上品。

在刘宋诗人中，鍾嵘对谢灵运评价最高，置于上品。评云：

> 其源出于陈思，杂有景阳之体，故尚巧似，而逸荡过之。颇以繁芜为累。嵘谓若人兴多才高，寓目辄书，内无乏思，外无遗物，其繁富，宜哉！然名章迥句，处处间起；丽典新声，络绎奔会，譬犹青松之拔灌木，白玉之映尘沙，未足贬其高洁也。

又《诗品序》云："元嘉中，有谢灵运，才高词盛，富艳难踪，固已含跨刘（琨）、郭（璞），凌轹潘（岳）、左（思）。"与上评互相呼应映发。鍾嵘认为谢灵运有很高的诗才，其诗歌特点是富艳，文辞赡丽，因此继殷仲文、谢混之后，成功地改变了玄言诗风，而且成就超越刘、郭诸家。谢灵运经常游山玩水，兴发颇多，随手写下，其篇章不免有繁芜之累，但因新颖警拔的章句甚多，犹如青松白玉，拔映于灌木尘沙之中，仍然显得非常高洁。

谢灵运族弟谢惠连，也擅长作诗，鍾嵘置于中品，评云：

> 小谢才思富捷，恨其兰玉夙凋，故长辔未骋。《秋怀》、《捣衣》之作，虽复灵运锐思，亦何以加焉。又工为绮丽歌谣，风人第一。

肯定其某些佳篇成就不减谢灵运，并惋惜其盛年早卒，诗才未能充分发挥。"绮丽歌谣"，似指受当时乐府吴声歌曲、西曲歌影响之作，如谢灵运《东阳溪中赠答》（见《玉台新咏》卷十）一类，惜今已失传。

刘宋诗人，以谢灵运、颜延之、鲍照三家为最著名。颜、鲍两家，鍾嵘均列入中品。评颜延之云：

> 其源出于陆机。尚巧似,体裁绮密,情喻渊深,动无虚散,一句一字,皆致意焉。又喜用古事,弥见拘束,虽乖秀逸,是经纶文雅才。雅才减若人,则蹈于困踬矣。汤惠休曰:"谢诗如芙蓉出水,颜如错彩镂金。"颜终身病之。

鍾嵘指出颜诗文辞绮丽绵密,落笔很慎重周到,其内容也寄托颇深。按《宋书·谢灵运传论》云:"延年之体裁明密。"《南史·谢灵运传》说谢诗深密不如延之,可见深密确是颜诗的一大特色。颜诗的另一特色是喜欢数典用事,因为用典过多,显得拘束而缺乏自然之美。颜诗追求数典用事,对南朝诗风影响很大。《诗品序》云:"颜延、谢庄,尤为繁密,于时化之,故大明、泰始中,文章殆同书钞。近任昉、王元长等,词不贵奇,竞须新事,尔来作者,寖以成俗。"对这种堆砌典故,缺乏自然之美的诗风,鍾嵘是很不满的。颜诗尽管在这方面缺点较大,但鍾嵘认为,颜诗总的说来风格文雅典正,擅长应制、应诏一类廊庙之作,有"经纶文雅才",虽拘束而不致困踬。鍾嵘对雅正文风颇为重视,《诗品》下卷评谢超宗、檀超等七家诗云:"檀、谢七君,并祖袭颜延,欣欣不倦,得士大夫之雅致乎!"就是肯定了谢超宗等继承了颜延之的雅正诗风。

《诗品》卷中评鲍照云:

> 其源出于二张。善制形状写物之词,得景阳之諔诡,含茂先之靡嫚,骨节强于谢混,驱迈疾于颜延。总四家而擅美,跨两代而孤出。嗟其才秀人微,故取湮当代。然贵尚巧似,不避危仄,颇伤清雅之调,故言险俗者多以附照。

鍾嵘指出,鲍照诗善于刻画外界事物,描写细致新颖。其诗既像张华诗那样靡丽,但又有气骨风力,骨力高出于谢混(《诗品》评潘岳条有

“益寿轻华”语)，驱迈的气势也出颜延之上。从风力、丹采结合的标准看，鲍诗是二者兼备的。刘师培《中国中古文学史》亦谓鲍照五言诗“丽而能壮”(第五课“总论”节)。鲍照出身贫寒，社会地位低，但鍾嵘能不囿于门第偏见，对他作出颇高的评价。鍾嵘又指出鲍诗的缺点是用字不避危仄，有伤清雅，开了险俗一派。《南齐书·文学传论》论当时鲍照一派诗风云：“发唱惊挺，操调险急，雕藻淫艳，倾炫心魂，亦犹五色之有红紫，八音之有郑卫。”议论大致与《诗品》评语相通。“发唱惊挺”，谓其气盛骨劲；“雕藻淫艳”，谓其辞采华丽；“险急”、“郑卫”，谓其险俗。

当时诗风与鲍照接近者有汤惠休。鍾嵘列于下品，认为成就不能与鲍照相比。评云：

> 惠休淫靡，情过其才。世遂匹之鲍照，恐商、周矣。羊曜璠云：“是颜公(指颜延之)忌照之文，故立休、鲍之论。”

汤惠休诗，深受乐府民歌影响，长于抒写男女情爱，语言通俗流美。《诗品》卷下评齐吴迈远诗“善于风人答赠”，又载汤惠休谓迈远云：“我诗可为汝诗父。”“风人答赠”，指民歌问答体。即此也可见汤惠休诗的创作特色。鲍照的一部分乐府诗歌，也富有民歌风味。从诗歌的民歌化看，鲍、汤两人倾向相近，故当时鲍、休并称。这种诗风，为崇尚典雅的颜延之所憎恶。《南史·颜延之传》：“延之每薄汤惠休诗，谓人曰：惠休制作，委巷中歌谣耳，方当误后事。”委巷之歌，即指流行于社会下层的民间歌曲。《诗品》卷下评谢超宗、檀超等七君诗载：

> 余从祖正员(鍾宪)常云：大明、泰始中，鲍、休美文，殊已动俗，惟此诸人，传颜(延之)、陆(机)体，用固执不移。颜诸暨(颜则，延之后代)最荷家声。

"鲍、休美文",指鲍照、汤惠休的五言诗(《隋书·经籍志》总集类有荀绰所编《古今五言诗美文》五卷)。鍾宪诗学习颜延之,因此宗尚颜、陆而鄙薄鲍、休。鍾嵘这里虽是引述了别人的话,但结合《诗品》对颜延之的评价看,他实际也是肯定鍾宪的看法的,这在一定程度上表现出他鄙视民歌、重雅轻俗的偏见。《诗品》卷下评齐张欣泰、梁范缜诗云:"欣泰、子真,并希古胜文,鄙薄俗制,赏心流亮,不失雅宗。"就更为明显地流露了重雅轻俗的意思。

《诗品》卷中评晋郭泰机、顾恺之,宋谢世基、顾迈、戴凯五人诗有云:

> 观此五子,文虽不多,气调警拔。吾许其进,则鲍照、江淹,未足逮止。越居中品,佥曰宜哉!

"气调警拔",是说他们的诗气骨格调遒劲挺拔,也就是有风力。又评宋谢瞻、谢混、袁淑、王微、王僧达等五人诗有云:

> 其源出于张华。才力苦弱,故务其清浅,殊得风流媚趣。

指出五人诗才力虽弱,但文辞清丽妩媚,即是风力不足而有丹采之意。鍾嵘要求诗歌体貌做到风力与丹采结合,以上十位作者则有偏胜,五人气调警拔,五人殊得风流媚趣,在某方面成就较好,故均列于中品。按南朝书法理论中时有以媚与骨力相对而言的例子。如刘宋羊欣《采古来能书人名》评王献之云:"骨势不及父,而媚趣过之。"齐王僧虔《论书》评郗超云:"紧媚过其父,骨力不及也。"评萧思话云:"风流趣好,殆当不减,而笔力恨弱。"评谢综云:"书法有力,恨少媚好。"均是其例。鍾嵘此处"风流媚趣"之论,当受书论影响。书论中的骨力与媚好,犹如文论中的风骨与文采。

晋宋其他诗人,不再一一缕述。应当指出,晋宋时代,乐府清商曲中产生了大量吴声歌曲和西曲歌,鍾嵘一概不加品第。这类歌辞大胆歌咏男女之情,《宋书·乐志》已讥为“多淫哇不典正”,鍾嵘于汉乐府古辞未予品第,这类歌辞在他看来自是等而下之了。这类歌辞固然有不少出自民间,不知作者姓名,但也有一部分出自知名文人之手,如王献之《桃叶歌》、孙绰《碧玉歌》即是。因此,此点不能作为鍾嵘一概不加品第的原因。原因还在于从鍾嵘的批评标准讲,这类歌辞是俚俗而不雅正的。《诗品》评谢惠连有云:“又工为绮丽歌谣,风人第一。”评吴迈远云:“吴善于风人答赠。”指出两人诗作受乐府民歌影响,但评价都不高。

三　论齐梁诗歌

鍾嵘论历代五言诗,对汉、魏、西晋评价高,对东晋、宋、齐、梁评价低。上品十二家(其中一家为无名氏“古诗”),其中汉三家(“古诗”、李陵、班姬),魏四家(曹植、刘桢、王粲、阮籍),西晋四家(陆机、潘岳、张协、左思),刘宋一家(谢灵运),齐、梁诗人没有列入上品的。梁代诗人,由于“不录存者”的体例限制,所品不多;齐代诗人则绝大多数列入下品。《诗品序》抨击当时诗风云:

> 次有轻薄之徒,笑曹、刘为古拙,谓鲍照羲皇上人,谢朓今古独步。而师鲍照,终不及“日中市朝满”;学谢朓,劣得“黄鸟度青枝”。徒自弃于高明,无涉于文流矣。

鍾嵘对宋齐以来诗界追求新奇艳丽的作风颇为不满,鲍照、谢朓两人正是这种诗风的带头人,故其成就虽高,均列于中品。这里通过对轻薄之徒的批评,也表现了他重曹、刘,轻鲍、谢的意见。

齐代诗人,谢朓最为杰出,《诗品》卷中评云:

其源出于谢混。微伤细密,颇在不伦。一章之中,自有玉石。然奇章秀句,往往警遒。足使叔源失步,明远变色。善自发诗端,而末篇多踬,此意锐而才弱也。至为后进士子之所嗟慕。朓极与余论诗,感激顿挫过其文。

谢朓在当时诗名极高,特别受人推重。梁武帝常曰:"不读谢诗三日,觉口臭。"(《太平广记》卷一九八引《谈薮》)沈约称赏谢诗,谓:"二百年来无此诗。"(《南齐书·谢朓传》)锺嵘肯定谢诗"奇章秀句,往往警遒","善自发诗端";但又指出"微伤细密"、"末篇多踬"等缺点。对这些缺点,后代论诗者有不同看法,有些人认为谢诗不存在这些缺点。锺嵘对诗才颇为重视,他赞美才华横溢、文辞富赡的诗人,称道陆机"才高词赡",谢灵运"兴多才高",而谢朓则是"意锐而才弱",不及陆机、谢灵运。锺嵘还赞美颜延之有"经纶文雅才",所以诗虽拘束而不致困踬。锺嵘把谢朓列入中品,虽然提出了若干理由,但说服力毕竟不强。毋宁说,为了矫正当时诗风,他对鲍照、谢朓两人的评价,有故意贬抑的倾向。王士禛《渔洋诗话》卷下认为,鲍照、谢朓均"宜在上品",这看法在后代持不同评价者中间是有代表性的。

齐代诗人亚于谢朓者为江淹,亦置中品,评云:

文通诗体总杂,善于摹拟。筋力于王微,成就于谢朓。

江淹有《杂体诗》三十首,摹拟汉魏以来诸名家的五言诗,为其诗歌的代表作,故此处称为"善于摹拟"。所拟诸家诗体制风格各式各样,故称为"总杂"。《诗品》评范云、丘迟诗有云:"浅于江淹。"评沈约诗有云:"意浅于江。"说明锺嵘认为江淹诗的含意较为深远。按阮籍诗寄托很深,《诗品》评为"厥旨渊放",《文心雕龙·明诗》称为"阮旨遥深";江淹有《效阮公诗十五首》,也颇有寄托,《诗品》誉为深,这当是一个重要原因。

《诗品》卷下评齐女诗人鲍令晖、韩兰英云：

> 令晖歌诗，往往嶄绝清巧。拟古尤胜，唯百愿淫矣。照尝答孝武云："臣妹才自亚于左芬，臣才不及太冲尔。"兰英绮密，甚有名篇，又善谈笑。齐武谓韩云："借使二媛生于上叶，则玉阶之赋，纨素之辞，未讵多也。"

鲍令晖、韩兰英都有名篇佳作，可以上比班姬，但鲍、韩列下品，班列上品，在品评上显得有些贵古贱今。

齐代诗人，《诗品》列于下品者近三十人，有的在上文介绍晋宋诗人诗已连带述及，其馀从略。

梁代诗人，沈约名望最高，他和谢朓同为永明体代表诗人，后世称为沈、谢。鍾嵘列于中品，评云：

> 观休文众制，五言最优。详其文体，察其馀论，固知宪章鲍明远也。所以不闲于经纶，而长于清怨。永明相王爱文，王元长、〔约〕等皆宗附之(约)。于时谢朓未遒，江淹才尽，范云名级故微，故约称独步。虽文不至，其工丽亦一时之选也。见重闾里，诵咏成音。嵘谓约所著既多，今剪除淫杂，收其精要，允为中品之第矣。故当词密于范，意浅于江矣。

沈约官至宰辅，但他的诗不像颜延之那样长于典雅的廊庙之作，而是善叙怨情，风格近似鲍照。后世沈、谢并称，但沈约诗成就不及谢朓，谢朓列中品，沈约当然不可能列上品。《南史・鍾嵘传》说鍾嵘尝求誉于沈约，为约所拒；《诗品》对沈约评价不高，是追报宿憾。其说恐不可信。

任昉诗亦列于中品，评云：

彦昇少年为诗不工，故世称沈诗任笔，昉深恨之。晚节爱好既笃，文亦遒变，善铨事理，拓体渊雅，得国士之风，故擢居中品。但昉既博物，动辄用事，所以诗不得奇。少年士子，效其如此，弊矣。

任昉写诗承颜延年之绪，喜欢大量用典，缺乏自然之美，当时他名气大，模仿他的人很多，形成不良诗风。《诗品序》云："近任昉、王元长等，辞不贵奇，竞须新事，尔来作者，寖以成俗。"其论与此处评语互相呼应。任昉诗成就虽不高，但晚年很有进步，体制渊雅，故《诗品》擢居中品。

《诗品》体例是不录存者，故于梁代诗人论述不多，此处不再一一论列。

锺嵘对齐梁时代兴起的声律论，以及这种声律论指导下的诗歌创作，颇表不满，《诗品序》评云：

王元长（融）创其首，谢朓、沈约扬其波。三贤咸贵公子孙，幼有文辩。于是士流景慕，务为精密，襞积细微，专相陵架。故使文多拘忌，伤其真美。余谓文制本须讽读，不可蹇碍，但令清浊通流，口吻调利，斯为足矣。至平上去入，则余病未能；蜂腰鹤膝，闾里已具。

在声律论指导下，产生了齐梁新体诗，以后又发展产生唐代的近体诗。声律论和齐梁新体，在中国诗歌发展史上无疑都具有进步意义。但八病说也确实有一些烦琐，王融、谢朓等人在写作新体诗过程中，特别是一批追随的士流，产生了不少"襞积细微"、"文多拘忌"的作品，这恐怕也是试验过程中不易避免的现象。主张诗歌应当具有“自然英旨”和“真美”，面对此种现象进行抨击，也是不难理解的。鍾嵘没有看到，唐代诗人在新体诗基础上创造出许多自然流利的好诗。如果他能看到在声律论影响下会产生如此众多的佳作，恐怕就不会持反对态度了。《南史·沈约传》载：“（约）又撰《四声谱》，以为在昔词人累千载而不悟，而独得胸衿，穷其妙旨，自谓入神之作。武帝雅不好焉，尝问周捨曰：‘何谓四声？’捨曰：‘天子圣哲是也。’然帝竟不甚遵用约也。”可见当时沈约等提倡四声，连崇尚文学、爱好作诗的梁武帝，还不能理解和不甚遵用呢。对待声律论和新体诗，鍾嵘诚然表现出保守偏狭观点，但结合当时历史条件看，也是情有可原，不必苛求于他。

四　小结

上面分别介绍了鍾嵘对汉魏、晋宋、齐梁三个阶段诗歌的评价，这里再概括地分析一下鍾嵘在评价作家作品时所体现出来的思想、艺术标准。这方面的意见，《诗品》正文和序文是互相呼应的。序文内容上节已有论述，故这里以正文为主，必要时联系序文。

魏晋南朝，诗赋创作较多地摆脱了汉代儒学的束缚，着重表现日常生活情景和个人情志，不像汉代那样强调联系政治，有益教化。在这种历史背景下，产生了大量抒写日常生活的五言诗。针对这种现象，鍾嵘对诗歌思想内容也采取宽容态度，他对诗歌只要求表现强烈的感情，特别是激荡的怨情；但并不要求一定要具有触及时事、有所讽谏等鲜明的政治社会内容。在上品十二家中，他对李陵、班姬、曹植、王粲、阮籍、左思等六家诗，大抵肯定他们从身世遭遇抒发的哀怨和感慨。曹植、阮籍的诗，对时政都有所讽刺和批判，但鍾嵘于此都不强调，于曹植仅提“情兼雅怨”，于阮籍仅提“颇多感慨之词”。对阮籍诗，他反而强调了其胸襟气度的开阔，具有“可以陶性灵，发幽思”，

"使人忘其鄙近"的感染作用。只有对左思,才明确指出其作品"文典以怨","得讽谕之致"。中品中应璩的《百一诗》,长于讽谕,《诗品》评为"指事殷勤,雅意深笃,得诗人激刺之旨"。虽肯定其能继承《诗三百篇》的讽谏传统,但因其诗艺术性不高,仅列中品。下品中评赵壹云:"元叔散愤兰蕙,指斥囊钱,苦言切句,良亦勤矣。"赵壹的《疾邪诗》对东汉末年政治社会的黑暗,进行了强烈的批判,锺嵘虽加肯定,但认为艺术性不高,列于下品。班固的《咏史诗》,赞美汉文帝赦免为父报仇的缇萦,符合《诗经》颂美明君圣主之旨,但因其"质木无文",列于下品。锺嵘说阮籍诗"厥旨渊放",左思诗"深于潘岳",说颜延之诗"情喻渊深",肯定阮籍、左思、颜延之诗有深度。这里所谓"渊"、"深",当指他们《咏怀》、《咏史》一类诗触及政治社会,有所讽谕。还有江淹诗因善效阮籍,《诗品》也评为"深",已见上文。像对左思、应璩那样,《诗品》特别指出并肯定其讽谕内容,这种情况是很少见的;像对赵壹、阮籍、颜延之,肯定其内容涉及时政的诗篇,这种情况也是不多的。而且即使加以肯定,也仍然结合艺术性全面衡量,对这类内容并没有特别予以重视赞美,并从而提高其作者的品第。这种现象说明,这类明显具有政治讽谕内容的诗篇(特别是优秀诗篇)数量不多,同时也说明了锺嵘并没有继承汉代《毛诗》大小序作者、班固、王逸等人的主张,强调诗歌的美刺作用。

锺嵘于作品思想内容,最重视抒发怨情。此点在《诗品序》中阐述得非常鲜明,并据以在正文中评价作家作品。上品中的古诗、李陵、班姬、曹植、王粲、阮籍、左思诸家,中品中的秦嘉、徐淑、刘琨、郭泰机、沈约诸家,他都是从长于表现较鲜明强烈的怨恨感慨之情这方面加以肯定。其次,他对于抒发日常生活之情(不是怨恨)也是肯定的,这从他把陆机、张协、谢灵运等人置于上品可以推知。从对张协、谢灵运两家的肯定上,更可看出他对写景细致、情景交融的作品颇为重视。

锺嵘主张诗歌要抒情写景,同时忽视叙事,特别对叙事委曲周详、具有故事性的内容更为轻视。他对汉乐府中一部分优秀的五言叙事篇章(包括《焦仲卿妻》),未予品第。他对曹操评价很低,没有提到其以叙事为主的作品。都是明显的例子。此外,像对阮瑀、傅玄等人的评价中亦可窥见。他对叙事简括并为抒情服务之作,像左思的《咏史》诗,还是评价甚高;但对叙事详悉、说故事式的作品则颇为轻视。后一类作品起源于民间,多叙民间下层情事(多涉男女爱情),后来文人也有仿作。鍾嵘以至当时多数文人,认为这类作品在内容题材、语言风格两方面都是俚俗而不够高雅的,所以没有得到应有的重视。

鍾嵘于作品内容还要求雅正。汉乐府古辞和魏晋以来的一些文人拟作,多叙下层社会情状和男女情爱,不够雅正。六朝时代的许多吴声歌曲、西曲歌辞,大胆歌唱男女情爱,在鍾嵘看来就更不雅正了,所以只字不提了。对于表现怨刺,他要求像曹植诗那样既怨且雅,而反对过于讦直。这种要求涉及思想内容,但更多地属于艺术风格范围。下面再加分析。

《诗品》以更多的笔墨,放在作家作品艺术性的评价上。这方面评价的主要标准,即是《诗品序》揭橥的"干之以风力,润之以丹采",即要求明朗刚健的风骨与华美的辞藻相结合,形成文质彬彬的风貌。鍾嵘认为曹植的诗,既"骨气奇高",又"词采华茂",在这方面成就最杰出。曹植以后,鍾嵘最推重陆机、谢灵运两家。他评陆机云:"才高词赡,举体华密。"虽然"气少于公幹,文劣于仲宣",但文质结合较好,不似刘、王两家偏胜。评谢灵运云:"兴多才高。""名章迥句,处处间起,丽典新声,络绎奔会。"认为谢诗奇而丽,风骨与词采兼备。唐代殷璠《河岳英灵集》提倡风骨,他慨叹元嘉以后诗"风骨顿尽"时,曾并称"曹刘陆谢"(见评王昌龄条),也认为陆机、谢灵运诗有风骨。对于一部分作家,偏于风骨或偏于词采,他往往加以指出,有所不满。例如说刘桢"气过其文,雕润恨少",说左思"野于陆机",就是认为刘、左两人诗气盛而采不足。又如说王粲诗"文秀而质羸",说张华诗"其体华艳","风云气少",则是认为王、张两人诗词采丰而气不足。《诗品》书中从气骨、词采两个标准品评作家，还有其他例子，如上文所举评郭泰机诸家诗便是。

尽管鍾嵘主张诗歌艺术当风力与丹采相结合，他对富有风力的刘桢诗评价甚高，但他毕竟生活在骈俪文风盛行的南朝，因此非常重视语言的文采。他虽然批评颜延之、谢庄等诗大量用典之弊，批评王融、沈约等讲究四声八病；但很重视对仗和辞藻之美，在声韵上也要求“清浊通流，口吻调利”（《诗品序》）。基于此，他对建安以来诗人，最推重曹植、陆机、谢灵运诸家。《诗品序》云：

> 故知陈思为建安之杰，公幹、仲宣为辅；陆机为太康之英，安仁、景阳为辅；谢客为元嘉之雄，颜延年为辅。斯皆五言之冠冕，文词之命世也。

建安、太康、元嘉也即东汉末、西晋初、刘宋初三个时代，都是五言诗颇为发达、并有大诗人出现的时代。在建安诗人中，曹植诗最讲求对偶、辞藻、音韵之美，标志着初期五言诗从质朴自然趋向文人化，骈俪程度增强，以后两晋南朝的文人诗，大体上沿着这个方向进一步发展，陆机、谢灵运诸家是其杰出代表。上引《诗品序》所提八位诗人，除刘桢一人诗文采稍逊外，其他都富于文采。曹植是“词采华茂”，王粲是“文秀”，陆机是“举体华美”，潘岳是“烂若舒锦”，张协是“词采葱蒨，音韵铿锵”，谢灵运是“丽典新声，络绎奔会”，颜延之是“体裁绮密”，于此可见鍾嵘对文采的重视程度。

鍾嵘这种重视文采、特别推崇曹植、陆机等人的主张，实际不是一人的私见，而是反映了南朝大多数文论家的看法。对于建安等三个时代的代表作家，沈约《宋书·谢灵运传论》提出的是曹植、王粲、潘岳、陆机、谢灵运、颜延之六人；《文心雕龙·体性》提出的是王粲、刘桢、潘岳、陆机四人（《体性》篇叙述至晋代为止），可见所见略同。

又按《文选》所选诗文，以篇数而论，建安最多者为曹丕、曹植、王粲、刘桢四人，太康最多者为潘岳、陆机两人，元嘉最多者为谢灵运、颜延之两人。其选篇数量实际也体现了品评高下程度。《文选》选曹丕作品较多，表面看来与沈约、鍾嵘等评价有些差异，实际所选曹丕九篇作品中，文占其四，就诗歌论，为三题五首，不算多。明代许学夷在评论上引《诗品序》那段话时曾说："乃当时众论所同，非一人私见也。"（《诗源辩体》卷三五）这是很中肯的见解。

西晋末到东晋时代盛行的玄言诗，专尚发挥老庄思想，语言枯燥无味，缺乏文采。鍾嵘不满玄言诗，主要原因也是由于它们缺乏文采。《诗品序》批评玄言诗"理过其辞，淡乎寡味"，"皆平典似《道德论》，建安风力尽矣"，指出它们既乏文采，又寡风力。于东晋诗人，前面的他推重刘琨、郭璞，后面的他推重谢混、殷仲文。刘琨诗有"清刚之气"（《诗品序》），富有风骨。郭璞诗则是"彪炳可玩，始变永嘉平淡之体，故称中兴第一"。《诗品》又云："义熙中，以谢益寿（谢混）、殷仲文为华绮之冠。"可见他虽兼重风力、文采两个方面，但更多地从缺乏文采这一侧面不满玄言诗。鍾嵘的这种不满玄言诗，推重郭璞、谢混等人的看法，也是南朝多数文人所共有，而不是他一人的私见。《宋书·谢灵运传论》批评玄言诗缺乏"遒丽之辞"，肯定殷仲文、谢混改革玄言诗风；《文心雕龙·才略》赞美"景纯（郭璞）艳逸，足冠中兴"；《南齐书·文学传论》也对殷、谢改革玄言诗风有所肯定；这些都是明显的例证。即从上引《诗品》评郭璞、谢混、殷仲文的语气看，他也是介绍当时通行的看法，而非个人独特之见。

由于重视文采，而其所谓文采，又是受当时盛行的骈体文风的制约，注意对偶、辞藻、音韵之美，因此他对于一部分他认为过于质朴或文采不足的作家，估价偏低。如上品中的左思，他认为有质野的缺点，故位置在陆机、潘岳、张协诸人之下。中品中的曹丕，因为多数篇什"率皆鄙质如偶语"，陶潜诗也是偏于"质直"，所以两人都不能列入上品。下品中的曹操，也是因为“古直”。鍾嵘对曹操、曹丕、陶潜诸人的品第，后世评论者往往认为不公允；但从鍾嵘和当时人崇尚骈文文采的标准看，却是有其合理性的。

鍾嵘品诗，颇重视雅，即雅正、文雅的风格。他评曹植诗“情兼雅怨”，虽然是讲情的雅，但也与风格有关。评阮籍诗“洋洋乎会于风雅，使人忘其鄙近”，也是兼指内容与风格。他赞美颜延之有“文雅才”，赞美任昉诗“拓体渊雅”，则是就文辞风格立论。他还肯定谢超宗、檀超等七人写诗能坚持学习颜延之、陆机的雅正体制，不为流俗所移。文雅和书卷气紧密相关，因此鍾嵘尽管不满颜延之、任昉等人诗大量用典，但还是很欣赏他们的文雅。在重雅的同时，鍾嵘轻视鄙俗、俚俗的诗风。他对汉乐府和六朝乐府中的民歌和模仿民歌的作品不加品第，是因其俚俗；他对曹操、曹丕、傅玄等人的诗歌评价不高，是因其诗风深受乐府民歌影响。鲍照的诗成就很高，但他认为“颇伤清雅之调”，有“险俗”之病。又云：“泰始中，鲍、休美文，殊已动俗。”指出鲍照、汤惠休的诗歌因其风格接近民歌而被世俗所欣赏，接着就赞美谢超宗、檀超等能坚持雅正之体，这里对鲍照、汤惠休一派的俚俗诗风包含着不满。他还赞美张欣泰、范缜的诗能“鄙薄俗制”，“不失雅宗”，其重雅轻俗的倾向表现得就更为明显了。

鍾嵘品诗，还重视奇，即诗歌在体制风貌、遣词用句上表现得奇特不凡。奇，鍾嵘有时称为警策，其对立面则为平、平钝。《诗品序》云：“独观谓为警策，众睹终沦平钝。”正文评王巾、卞彬、卞录三人诗云：“并爱奇崭绝”，“去平美远矣”。均以奇与平对举而言。鍾嵘常常指出某些杰出诗人具有奇警的特色，如评曹植云：“骨气奇高。”评刘桢云：“仗气爱奇。”是就风貌而言。评谢灵运云：“名章迥句，处处间起。”评谢朓云：“奇章秀句，往往警遒。”是就章句而言。鍾嵘在《诗品序》中认为诗歌的奇警，是由于作家具有天才，即景抒情，自然而然地形成，所谓“古今胜语，皆由直寻”。他强调指出，宋齐时代那些喜欢大量用典的诗歌,“词不贵奇,竞须新事”,“自然英旨,罕值其人”,“虽谢天才,且表学问”,这种堆砌故实、炫示学问的诗歌没有奇警和自然之美,是作者缺乏天才的表现。评任昉诗亦云:“昉既博物,动辄用事,所以诗不得奇。”他竭力反对颜延之、任昉一派的用典诗风,是和他重视奇警紧密联系着的。《诗品序》评玄言诗“平典似《道德论》”,对平典诗风颇表不满。正文评阮瑀等七人诗云:“平典不失古体。”评傅亮诗云:“亦复平美。”虽不全是贬抑,但阮瑀、傅亮等八家诗均置于下品,品第不高。鍾嵘既然重视奇警,对平典的诗风当然不会赞赏。

综观鍾嵘评诗的艺术标准,最主要的是要求风力与丹采结合,即文质兼备,因受时风影响,他往往更重视辞采之美。其次,他重视文雅,看轻俚俗;重视奇警,不赞赏平典。他评价一个作家,大抵综合文与质、雅与俗、奇与平等几个方面进行全面考察与衡量,指出其主要特色与不足,而不是只抓住一点。例如鲍照诗歌,虽有险俗的缺点,但风力、文采均较好,又因“得景阳之諔诡”而比较奇警,所以总的评价还是相当高。又如颜延之诗,虽因喜用典故而缺少奇警,但又很文雅,所以列入中品。这样看来,尽管鍾嵘在评价上表现出明显的时代局限,但他主观上还是力求作出全面公正的评判。关于艺术标准,鍾嵘在《诗品序》中还指出应交错运用赋比兴三种表现手法,提倡自然之美和真美,这就是要求处理好隐与显、自然与雕饰的关系。鍾嵘评诗,把更多的气力放在诗的艺术性方面,要求人们注意并妥善处理文与质、雅与俗、奇与平、隐与显、自然与雕饰等诸种关系,这里反映了南朝时代由于五言诗的繁荣昌盛,文人对诗歌表现艺术的充分重视和追求。

《诗品》品第的高下,完全是根据诗人作品的成就(特别是艺术成就),而不是其他因素如政治社会地位等等。他的品第,从后人看来有不公允处,那也是由于其艺术标准包含着不合理的成份,而不是其他原因。上品中的左思出自寒门。魏武帝、魏明帝、宋孝武帝、齐高帝等,以帝王之尊均列下品。王俭是鍾嵘的老师,官至宰辅,当时名望甚高，也列下品。就诗论诗，不搀杂其他因素，这种态度是公允合理的，并对后世产生良好影响。唐代殷璠编《河岳英灵集》，其自序末尾有云："如名不副实，才不合道，纵权压梁、窦，终无取焉。"《河岳英灵集》评语风味与《诗品》非常接近，可确知是受《诗品》影响；自序末尾云云，表明选诗原则，当亦是受到《诗品》的启发。

第四节　论诗人的继承关系及其流派

锺嵘评诗，着重分析诗人作品的总的体貌特征，并往往指出其渊源所自。如评曹植，指出"其源出于国风"；"骨气奇高、词采华茂"则指其体貌特征。

《诗品》在指陈作家体貌特征时，在一部分场合明确使用了"体"字，例如：

> 评《古诗》云："其体源出于国风。……文温以丽，意悲而远。"
>
> 评王粲云："其源出于李陵。发愀怆之词，文秀而质羸。在曹、刘间别构一体。"
>
> 评张协云："其源出于王粲。文体华净，少病累，又巧构形似之言。"
>
> 评谢灵运云："其源出于陈思，杂有景阳（张协）之体。故尚巧似，而逸荡过之，颇以繁芜为累。"
>
> 评魏文帝云："其源出于李陵。颇有仲宣之体则[①]。所计百

① 体制规范之意。《北史·杜正藏传》："论为文体则，甚有条贯。""体则"词意相同。檀道鸾《续晋阳秋》："皆体则诗骚。"（详见上文引）"体则"意亦同，不过《诗品》作名词，此作动词。

许篇,率皆鄙质如偶语。惟'西北有浮云'十馀首,殊美赡可玩。"

评张华云:"其源出于王粲。其体华艳,兴托多奇。巧用文字,务为妍冶。"

可见《诗品》所谓"体",是指诗人作品的体貌特征,其含义与《文心雕龙·体性》篇的"体"相同,相当于今天所谓风格。一个诗人的作品风格,也往往不是单一的,如魏文帝的作品,既有鄙质的一面,又有美赡的一面。《诗品》所谓其体貌,则大抵指其主要特征而言。《诗品》即根据一个诗人的体貌特征,指出其渊源所自。如张华诗体"华艳",故源出"文秀"的王粲;张协诗"巧构形似之言",谢灵运诗亦"尚巧似",故"杂有景阳之体"。《诗品》论诗人渊源继承关系,大多数场合称其源出于某某,少数场合则运用其他词语,如评应璩"祖袭魏文",评沈约"宪章鲍明远",其意思也是源出魏文、源出鲍照。

建安以后,五言诗名家辈出,并各自形成独特的体貌,南朝文人常称之为某某体,并加以仿效。如鲍照有《学刘公幹体》五首,模仿刘桢诗;又有《学陶彭泽体》一首,模仿陶潜诗。江淹有《杂体诗》三十首,上起汉《古诗》、李陵,下迄刘宋鲍照、汤惠休,广泛模拟前代名家,其自序称"今作三十首诗,斅其文体",因为模仿对象广泛复杂,故名《杂体诗》。当时还有不少诗篇,虽不标明学某某体,实际也是仿效前人的体貌风格。如鲍照的《拟古》八首、《拟青青陵上柏》、《拟阮公夜中不能寐》等,鲍令晖的《拟青青河畔草》、《拟客从远方来》等,江淹的《效阮公诗》十五首等都是。《文选》所选诗中有"杂拟"一项,选录陆机、张载以至范云、江淹十家诗六十馀首,大抵都是这类作品。又《南齐书·武陵昭王晔传》载:萧晔"与诸王共作短句诗,学谢灵运体,以呈高帝"。由此可见,学习仿效前代名家诗歌的体貌风格,已经成为南朝文人诗歌创作中的普遍风气。

这种重视前代名家作品体貌特征的现象，在南朝文论中也有明显的反映。如《宋书·谢灵运传论》评论汉魏文学变迁云："自汉至魏，四百馀年，辞人才子，文体三变：相如巧为形似之言，二班长于情理之说，子建、仲宣以气质为体，并标能擅美，独映当时。"《文心雕龙》的《体性》篇，专门探讨作家的才情学问和作品体貌风格的关系。篇中把作品分为典雅、远奥等八体，并指出由于作家的才性不同，作品的体貌也不一，如"贾生俊发，故文洁而体清；长卿傲诞，故理侈而辞溢"等等，逐个指明了汉魏两晋十二位著名作家的风格特征。再如萧子显《南齐书·文学传论》，把当时文章分为三体，分别指出其特色，并认为这三体是分别由谢灵运、鲍照等名家所开创。沈约、刘勰所论，兼重诗赋，萧子显则侧重于诗。由此可见，从作品的体貌来分析探讨作家和文学流派的特征，是南朝文学评论界的一种流行风气。《诗品》正是在这种风气中产生，着重从作品体貌来探讨许多诗人的创作特征及其渊源继承关系的。

《诗品》中指出源出某某的诗人，共有三十多位，大多数是重要或比较重要的作家。他把诗歌的远源分为"国风"、"小雅"、楚辞三个，后来的诗人都是由这三个源头分别发展而来的。其意见可列成下表：

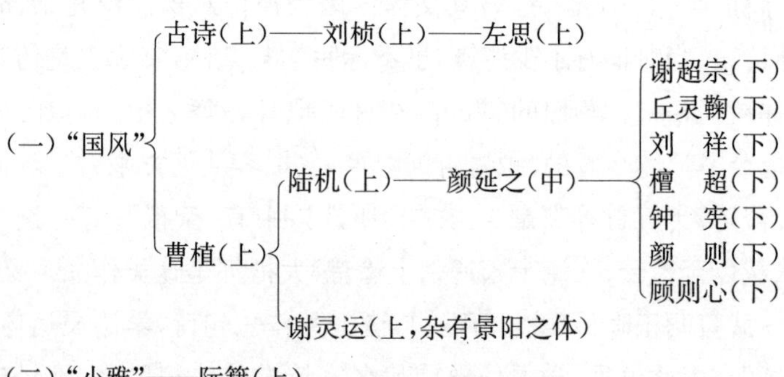

(二)"小雅"——阮籍(上)

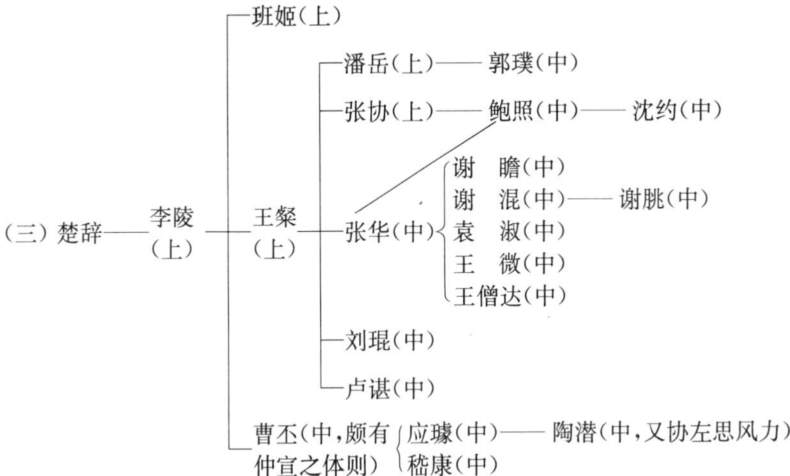

《诗品》把五言诗作者分为三系,分别源出“国风”、“小雅”和楚辞,概括言之,实际只是《诗经》、楚辞两个源头。汉代以来,《诗经》、楚辞同受尊重和被模仿学习,诗、骚是历代诗赋之祖的看法,在南朝文论中屡屡出现。刘宋檀道鸾《续晋阳秋》云:“自司马相如、王褒、扬雄诸贤,世尚赋颂,皆体则诗骚,傍综百家之言。”(《世说新语·文学》注引)《宋书·谢灵运传论》在论述了汉魏时代文体三变以后接着说:“源其飙流所始,莫不同祖风骚。”都是其例。《文心雕龙》在“文之枢纽”部分中提出了宗经酌骚的原则,指出作文应“凭轼以倚《雅》《颂》,悬辔以驭楚篇”(《辨骚》),虽然不像檀道鸾、沈约那样着重论述文学发展,而是从指导创作的角度立论,但也同样表达了祖述诗骚的意思。刘勰的创作原则,正是从总结文学历史发展的经验中得出来的。《诗品》把五言诗作者分为源出“国风”、“小雅”、楚辞三系,实际也是“莫不同祖风骚”思想的一种表现。

鍾嵘在《诗品序》中提出了“干之以风力,润之以丹采”的艺术创作原则,要求诗歌在体貌上既有爽朗刚健的风力,又有华美的辞采,作品风格应做到质朴有力与文采华美二者的结合。他最推崇曹植,因为其诗兼有“骨气奇高”与“词采华茂”之美，即文质兼备。《诗品》区分诗歌流派，基本上也是根据这一原则来进行，按照文质兼备、偏于质、偏于文这几种不同情况来划分和归纳。

在源出“国风”的一系中，又分两支。一支是《古诗》、刘桢和左思，其特点是富有风力，而文采稍不足。刘桢是“贞骨凌霜，高风跨俗，但气过其文，雕润恨少”。左思是“野于陆机”，文采稍逊，但富有风力（陶潜评中有“又协左思风力”语）。《古诗》实际是文质兼具的，《诗品》评为“文温以丽”，《文心雕龙·明诗》评为“直而不野”；但其风格与民歌接近，毕竟质胜于文，故《诗品》视为刘桢、左思一支的祖宗。

“国风”系中另一支以曹植为大宗。陆机、谢灵运两大家都源出于曹植。鍾嵘认为曹植诗是文质兼备的典范，曹植是“建安之杰”，陆机是“太康之英”，谢灵运是“元嘉之雄”，分别是三个诗歌繁荣时代的主帅，代表着诗歌的最高成就，所以这一支在各流派中是最重要的。陆机与谢灵运诗风又有差异。陆机诗“尚规矩，不贵绮错”，诗风雅正，但有平板而缺少奇警的缺点。后来颜延之诗源出陆机，其诗特点也是雅正而乏奇警。《诗品》评颜延之云：“喜用古事，弥见拘束，虽乖秀逸，是经纶文雅才。”此处“秀逸”之“逸”与奇警含义相通。《诗品序》批评沿袭颜延之诗风的任昉、王融云：“词不贵奇，竞须新事。”可以参证。颜延之当时声名甚高，但缺点也较突出，所以列入中品。后来源出于他的谢超宗等人，成就更差，故列于下品。谢灵运诗与陆机诗均出自曹植，都是文质结合得好的，特别在文辞华美上继承发展了曹植诗风的特色。但谢诗体貌与陆诗又有不同。谢诗逸荡无拘束，不似陆诗“尚规矩”；谢诗“名章迥句，处处间起”，较多奇章警句。陆诗比较规正，谢诗则比较奇警。

“小雅”一系最简单，只有阮籍一人。阮籍诗长于怨悱，语言比较质朴，“无雕虫之巧”，风格确与“小雅”为近。

在楚辞一系中，《诗品》认为李陵影响最大，班姬、王粲、曹丕各支均源出于他。按颜延之《庭诰》云:“李陵众作,总杂不类,元是假托,非尽陵制。至其善篇,有足悲者。”(《太平御览》卷五八六引)这反映当时署名李陵的诗篇颇众,假托亦多,说明它们在当时影响相当大。《诗品》视李陵为一大家,当是出于此种原因。班姬一支仅她一人。王粲一支则影响深远,大部分楚辞系的两晋南朝诗人,都属于这一支。《诗品》说李陵诗“文多凄怆,怨者之流”,班姬诗“怨深文绮”,王粲诗“发愀怆之词”。“国风”、“小雅”系中的《古诗》、曹植、阮籍、左思等作家作品都具有哀怨特色,但到楚辞系的作者们,凄怆的特色更鲜明了。班姬“文绮”,王粲“文秀”,文辞绮丽,又是楚辞系中班姬、王粲两支诗人的特色。王粲一支中又分几个小支。潘岳、郭璞为一小支。潘诗“烂若舒锦”,郭诗“彪炳可玩”,都颇为绮艳。张协、鲍照(兼受张华影响)、沈约为第二小支。张诗“词采葱蒨,音韵铿锵”,鲍诗“淑诡”、“靡嫚”,沈诗“工丽”,也都有绮丽工巧的特色。张华、谢混、谢朓等为第三小支。这一支作者的特色为文辞绮丽而骨力软弱,王粲“文秀而质羸”的特点在他们作品中表现得很鲜明。张华诗“其体华艳”,“务为妍冶”,但“风云气少”。谢瞻、谢混等五家“殊得风流媚趣”,但“才力苦弱”。谢朓诗“末篇多踬”,也是才力不足的表现。比较说来,鲍照诗虽也受张华影响,但有骨节和驱迈的气势,文秀而质不弱。第四小支是刘琨、卢谌两人,“善为凄戾之词”,风格确近李陵、王粲。其诗“自有清拔之气”,风力也不弱。

楚辞系中第三支作家有曹丕、应璩、嵇康、陶潜等人。其特色是风格质朴,语言甚至流于俚俗。《诗品》称曹丕诗百许篇“率皆鄙质如偶语”,只有十馀篇“美赡可玩”。应璩诗“祖袭魏文,善为古语”,古语即古朴的语言。嵇康诗“讦直”而文采不足。陶潜诗也是“笃意真古”,“世叹其质直”,被目为“田家语”,即朴野的农家语言。旧时文论家和现代《诗品》研究者对陶潜源出应璩一点,往往有所怀疑,其实从文辞的质朴通俗、口语化这方面看,陶诗风貌与应璩诗的确有不少相类似的地方。

大致说来，楚辞的文风比较“国风”、“小雅”更为艳逸。《文心雕龙》对此点常有论述，其《辨骚》篇把《诗经》文风归结为贞(正)、实，楚辞文风归结为奇、华。《定势》篇云：“模经为式者，自入典雅之懿；效骚命篇者，必归艳逸之华。”都是此意。刘勰还认为楚辞、汉赋艳丽之风，深深影响南朝文学，使大批作者为文造情，片面追求文采之美，文风萎靡无力。所谓“楚艳汉侈，流弊不还”(《宗经》)，所谓“竞今疏古，风末气衰”(《通变》)，都是这层意思。为了矫正时弊，刘勰提倡作文应宗法经书，以经书质朴刚健又有文采的文风挽救时弊，使文章能有文有质，风骨与采互相结合。在这方面，鍾嵘的看法和刘勰相当接近。在三系中，鍾嵘评价最高的是“国风”一系。上面说过，建安、太康、元嘉三个时代的主帅曹植、陆机、谢灵运三人都属于“国风”系，属于楚辞系的王粲、潘岳、张协等人则都是辅帅。这与刘勰宗经酌骚的思想是相通的。《诗品序》云：“昔曹、刘殆文章之圣，陆、谢为体贰之才。”突出四个作家，除上述曹植等三人外，加上一个刘桢，也属于“国风”系。楚辞系中，如上所述王粲影响最大，下面潘岳、张协、张华诸小支诗人风格都较绮艳，继承了楚辞艳丽的文风，这也与刘勰“效骚命篇者，必归艳逸之华”的看法相通。王粲诗“文秀而质羸”，文采秀丽而风力较弱，后来源出于他的诗人在不同程度上存在着这种缺点。鍾嵘对这种现象是不满的。王粲虽列上品，但其位置次于以气骨偏胜的刘桢，《诗品序》论述中也更重刘桢；其实王粲诗成就不在刘桢之下，《诗品》这种态度，大约即寓有以质朴刚健矫浮靡之意。南朝诗人，只有谢灵运一人列上品。其实鲍照、谢朓两家成就杰出，也可居上品。鍾嵘把这两家抑居中品，不但表现了一般文人崇古抑今的偏见，更重要的是他认为这两家源出楚辞系的王粲、张协、张华等人，存在着诗风过于靡丽、追逐新奇的缺点，鲍照诗险俗而不够清雅，谢朓诗则是他所批评的永明声律论的实践者。《诗品序》批评当时轻薄文人,“笑曹、刘为古拙,谓鲍照羲皇上人,谢朓今古独步”,更明显地指出了鲍照、谢朓两家与当时不良诗风的联系。

奇怪的是:楚辞的文风特征既然是艳丽,为什么曹丕、应璩等风格古朴质直的一支也是源出楚辞呢?这个问题《诗品》没有明说。推想起来,曹丕一支作家诗风质直,还有俚俗之病。俚俗不高雅之病,在鍾嵘看来,当然不可能源出典雅的《诗经》。楚辞好用楚地方言俗语,《招魂》、《大招》等篇描写也较为通俗。汉魏以来,辞赋作品中有通俗一类。现存的如曹植《鹞雀赋》、束皙《饼赋》等都是颇为通俗的。(荀卿《赋篇》、《成相辞》也较为通俗,可见此类俗赋渊源于先秦。)应璩、陶潜的部分诗篇,富有诙谐风趣,也与俗赋的俳谐作风接近。(《文心雕龙》在《谐讔》篇中述及这类俗赋。)以上这些现象,当是《诗品》认为曹丕一支的诗风,是渊源于楚辞中的通俗篇章。曹丕的诗歌大多数是乐府诗,他诗篇语言质朴通俗的特色,实际主要来源于汉代无名氏的乐府诗(其中包括不少民歌)。鍾嵘轻视汉乐府诗,《诗品》不予品第,在论述诗歌源流时也没有涉及;他把曹丕一支诗风,归源于以艳丽为主导倾向的楚辞,因而显示出很大的片面性。

根据上列表格和分析说明,《诗品》论诗歌的继承关系及其流派,大致可分三个层次:第一层次是“国风”、“小雅”、楚辞三类先秦作品,是诗歌的远祖;第二层次是《古诗》作者、刘桢、曹植、阮籍、李陵、班姬、王粲、曹丕等汉魏时代的作家,他们分别渊源于“国风”、“小雅”或楚辞,在五言诗形成和初步发展中成就显著;第三层次是晋、宋、齐、梁诗人,他们主要从李陵、曹植、王粲、曹丕等汉魏作者渊源而来,使五言诗得到进一步的发展。从风格特征和艺术成就看,鍾嵘认为,曹植一支风力与丹采、文与质结合得最好,成就也最高;《古诗》与刘桢分支、“小雅”阮籍系、曹丕分支都是偏于质朴,在不同程度上存在着文采不足甚至俚俗的缺点;王粲分支中的多数作家,则又富于文采而风力不足,有文胜于质之病。左思、王粲、潘岳、张协等人,创作成就都颇高，均列上品，但比起曹植、陆机、谢灵运等文质兼善的诗人，毕竟要逊色一些。楚辞系的多数作者，作风华艳，不但风力不足，而且不及“国风”、“小雅”两系作者的风格雅正。这些可以说是鍾嵘论诗人继承关系及其流派的最概括性的看法。

对于《诗品》探讨诗人源流关系的做法，清代章学诚曾给予极高的评价，其《文史通义·诗话》篇云：

> 《诗品》之于论诗，视《文心雕龙》之于论文，皆专门名家，勒为成书之初祖也。《文心》体大而虑周，《诗品》思深而意远；盖《文心》笼罩群言，而《诗品》深从六艺溯流别也。论诗论文而知溯流别，则可以探源经籍，而进窥天地之纯、古人之大体矣。此意非后世诗话家流所能喻也。

章学诚盛赞《诗品》能够区分流派，溯其渊源。六艺是指儒家“六经”，《诗品》探讨汉魏诗人渊源，上溯“国风”、“小雅”，故章氏称为“深从六艺溯流别”。章氏是史学名家，论学特别重视探究历史发展，他在《校雠通义叙》中，强调指出，目录校雠之学，应当“辨章学术，考镜源流”，“条别学术异同，使人由委溯源”。《诗品》论述汉魏六朝诗人的继承关系，区分流派，上溯《诗经》、楚辞，符合于他的上述原则，因而受到他的盛赞，誉为“思深意远”，而非后世许多诗话家琐屑谈艺者所能企及。章氏是从具有历史发展眼光和区分流派这一角度来充分肯定《诗品》的。但《四库全书总目提要》（卷一九五）于此则有不满之词，云：“惟其论某人源出某人，若一一亲见其师承者，则不免附会耳。”在这方面的评价上，章学诚的看法与《四库提要》编者表现出颇大的距离。

我们认为，对鍾嵘这方面的探讨工作，应当实事求是地进行分析和评价。他论述好几个朝代中许多诗人的继承关系，当然不可能一一亲见其师承。但他看到《诗经》、楚辞、汉魏名家对后代诗人的巨大影响,看到晋宋以来诗人重视学习前此名家体制的流行风气,根据对各家诗歌体貌风格的比较考察,探究其继承关系,溯其流别,其议论具有大量的事实依据,虽有不尽合理处,但不能笼统地斥为附会。这种溯流别的工作,的确具有历史发展眼光,在探讨诗歌的继承和发展变化方面是很有意义的。结合刘勰、萧子显等的著作看,这种工作也是反映了南朝评论界的时代风气,但鍾嵘做得更为具体、细致和有系统,因而显示出较大的创造性。但同时应当指出,鍾嵘这方面工作的确存在着明显缺点,主要是把源流关系简单化。一个作家学习吸取前代作家作品,常常是多方面的,很少是单一的。《诗品》于谢灵运、鲍照、陶潜三人,也指出兼受两家影响,但论其馀多家的继承关系,都是单一的,这就往往显得不大合理。例如曹植、阮籍的有些诗篇,或言涉游仙,或托喻美人香草,受楚辞影响,单纯说源出"国风"、"小雅",就显得片面。又如王粲的诗或悯时伤乱,或颂美曹操,风格与风雅为近,也不能单纯说源出楚辞、李陵。不少诗人常常是兼受诗骚沾溉,《诗品》把他们截然划分为"国风"、"小雅"、楚辞三系,就显得简单化。或许《诗品》所谓"其源出于某某",只是就体貌的主要倾向立论,这样就讲得通些,可惜鍾嵘于此没有说明。再有上文提到,《诗品》抹煞汉乐府诗在五言诗发展过程中的重要地位和影响,也使这方面的分析说明失去了一个重要环节,增加了不合理的成份。

第五节　鍾嵘诗论与刘勰诗论的比较

刘勰《文心雕龙》撰成于南齐末年,约公元 501 年,鍾嵘《诗品》的写作时间,约在公元 513 年(此年沈约卒)至公元 518 年(此年鍾嵘卒)数年中。《诗品》的撰写比《文心雕龙》晚了十多年。《文心雕龙》广泛论述了各种文体,但最重诗赋;除《明诗》、《乐府》两篇专论诗歌外，其《时序》、《物色》、《才略》以至《体性》等篇也均以诗赋作家作品为主要评论对象；《诗品》则专评五言诗。《诗品》内容是否受到《文心雕龙》的影响，不能确知。但两书写作年代相距甚近，两书作者生活在文学风气相同的齐梁之际，都很重视诗歌艺术，因此其诗论内容，很自然地打上时代的烙印，呈现出不少相同之处；同时在若干具体问题上，也表现出一些差异。本节就两人诗论的异同，略加比较分析。有些情况上文已有涉及者，这里仅作概括性的撮述。

南朝文论家认为，历代诗赋的渊源，主要是《诗经》、楚辞二者。刘宋檀道鸾《续晋阳秋》指出：汉代以来的诗赋，“皆体则风骚”。沈约《宋书·谢灵运传论》也说：汉魏文体屡变，但“同祖风骚”。刘勰、锺嵘也是这样看。《文心雕龙》在《辨骚》篇中，指出作文（主要是作诗赋）应当“凭轼以倚《雅》《颂》，悬辔以驭楚篇”，即宗法《诗经》，酌取楚辞。《物色》篇在论述诗赋描写自然景物时，几次诗骚并举，如云：“诗骚所标，并据要害。”《诗品》把汉魏诗人的渊源，分为“国风”、“小雅”、楚辞三系，实际就是“同祖风骚”之意。只是锺嵘更把这种观点具体化，用以分析不少作家的体制渊源。《诗经》、楚辞虽同受尊崇，但地位又略有高低，在儒家统治思想影响下，《诗经》更高于楚辞。刘勰认为《诗经》是倚靠对象，文风贞（正）而实；楚辞是驾驭吸取对象，文风奇而华。比较说来，《诗经》文风更为雅正。锺嵘对“国风”、楚辞两系中的诗人，也有所轩轾。他评价最高的曹植、刘桢、陆机等人，均属“国风”系，楚辞系的诗人，评价相对要低一些。

主张风力与丹采相结合，是锺嵘、刘勰都很重视的一条重要的艺术标准。《文心雕龙·风骨》强调作品应风清骨峻，具有鲜明爽朗的风貌和刚健有力的语言；同时又认为清峻的风骨要和美丽的辞采相结合。风骨偏于质朴和刚健有力，辞采偏于文华。风骨与辞采结合，就是文章的质朴有力和文华美丽结合得好，达到文质彬彬的境界。《文心雕龙·通变》指出，汉魏以来，文风日趋绮艳，文胜而质不足，晋宋尤为突出，造成“风末气衰”即风力缺乏之病；因此主张作文必须宗法比较质朴有力的儒家经典，“斟酌乎质文之间”。刘勰大力提倡风骨，主旨也是为了扭转浮艳文风。鍾嵘在这方面看法与刘勰一致。《诗品序》提出“干之以风力，润之以丹采”，也是要求文质结合得好。曹植“骨气奇高，词采华茂”，文质结合得最好，故被誉为诗中之圣。以后陆机、谢灵运两大家都继承了曹植的优良传统。此外许多诗人，在不同程度上都有偏胜的缺点。刘桢、左思等人，气盛而文采不足；曹丕、陶潜等人，则尤为质直俚俗。王粲、潘岳、张协、张华、谢混、谢朓等人，则均有文秀而质羸之病。因此，他们的成就不及曹植、陆机、谢灵运三家。鍾嵘也认为近代诗风绮艳，缺少质朴有力的风貌，为了扭转时风，他比较推崇刘桢，而对成就突出、但启导当时诗风的鲍照、谢朓，则抑居中品。刘、鍾两人都认为后代绮艳文风导源于楚辞，《文心雕龙·宗经》有“楚艳汉侈，流弊不还”的指责；《诗品》把文胜而质不足的诗人都归入楚辞系。

因为刘勰、鍾嵘都重视风力与丹采结合这一条艺术标准，所以两人在作家作品的评价上也表现出不少共同点。对汉代无名氏《古诗》，都评价极高，《文心雕龙·明诗》称为“五言之冠冕”，《诗品》誉为“几乎一字千金”。对建安诗歌之兴盛，都非常赞赏，刘勰称为“五言腾踊”，并对建安诗富有风骨的特征作了描述（见《明诗》）。鍾嵘誉为“彬彬之盛，大备于时”，并盛赞建安风力。在论述诗人渊源关系时，《诗品》对曹植、刘桢、王粲等人给予高度重视，认为是启迪后来的大家。对魏晋重要作家，《文心雕龙·体性》列为代表的是王粲、刘桢、阮籍、嵇康、潘岳、陆机六家。六家中除嵇康外，《诗品》均列入上品。嵇康诗虽稍逊（《诗品》列入中品），但散文成就杰出，《文心》评论兼顾诗文，故与《诗品》品第略异。《诗品序》最肯定的是曹植、刘桢、王粲、陆机、潘岳、张协、谢灵运、颜延之八家，大致与《文心》相近。《文心》不提颜、谢，因为全书对刘宋作家不作具体评述。《文心·体性》不提曹植、张协，因为它于建安、正始、太康各时期都只举两人为例。把以上这些名家作为各时期的代表人物，实际可说是南朝文人的公论。《宋书·谢灵运传论》标举的是曹植、王粲、潘岳、陆机、谢灵运、颜延之诸家，裴子野《雕虫论》提到的是曹、刘(桢)、潘、陆、颜、谢诸家，仅易王粲为刘桢。萧纲《与湘东王书》所举与《宋书·谢灵运传论》相同。萧统《文选》选诗，也以这些作家的篇章为多。

以上是就两人所重视、赞赏的作家作品而言。再从所轻视或评价不高的作家作品来看，两人意见也多有相同之处。举其要者而言，一是鄙薄汉代无名氏乐府诗(中多民歌)。《文心》虽有《乐府》专篇，但对汉乐府民歌不作具体论述，对其中歌咏男女爱情婚姻题材的作品，笼统斥为"淫辞"。对晋宋时代产生的吴声歌曲，更不挂齿。《诗品》对汉代和南朝乐府民歌，均不品第。对曹丕、傅玄等受民歌影响较深的作家作品，评价较低。乐府民歌内容重视反映下层生活和男女之情，语言质朴通俗，在刘勰、锺嵘看来，是风格不高雅、文采不足的俚俗之作。《文选》基本上不选乐府民歌，反映了同一偏见。二是批评晋代玄言诗风。刘勰讥为"辞趣一揆"(《明诗》)，"世极迍邅而辞意夷泰"(《时序》)等等。锺嵘讥为"理过其辞，淡乎寡味"，"平典似《道德论》，建安风力尽矣"(《诗品序》)；并置玄言诗大家孙绰、许询于下品。玄言诗专门阐发老庄哲理，内容枯燥单调，语言平淡而乏文采，这种缺乏诗意诗味的作品，大抵为南朝文人所厌弃，《宋书·谢灵运传论》已有"遒丽之辞，无闻焉尔"的批评。三是对陶潜诗评价不高。《文心》全书论述作家面很广，但只字不提陶潜。《隐秀》篇有一句述及陶诗，但属伪文。《诗品》列陶潜于中品，指出其诗的特色是"真古"、"质直"，被世人目为"田家语"。《诗品》认为陶诗源出应璩，应璩源出曹丕，这三家诗的风格都是质直而文采不足。南朝文人对陶诗评价都不高。《宋书·谢灵运传论》、《南齐书·文学传论》都没有提到渊明。《文选》选其诗虽稍多(七题八篇)，但数量仍远逊于曹植、陆机、谢灵运诸家。南朝文人特别重视曹、陆、谢诸家而对陶潜评价不高，是由于当时骈体文学昌盛，陶诗缺少骈体文学的文采，与当时大多数文人的审美标准相左。刘、鍾两人都重视骈体文学的文采，不满意缺少这种文采的作家作品，这在对汉乐府民歌、玄言诗、陶潜作品的评价中都反映出来。

上面介绍刘、鍾两家诗论观点相同之处，下面再介绍两家不同之处。

一、在诗歌的性质、作用和思想内容方面，刘勰比较重视教化、美刺作用，重视诗的政治内容；鍾嵘则更为重视抒情特征和艺术感染力。刘勰论文，注意政治社会功能，他认为“摛文必在纬军国”(《程器》)，《序志》篇更有“五礼资之以成”、“军国所以昭明”的话。他这样讲，当然泛指各种文章，而且可说更着重指那些实用性的文章。但这种观点，在论述诗歌中也有所表现。《明诗》云：“诗者持也，持人情性。三百之蔽，义归无邪，持之为训，有符焉尔。”就是强调诗歌的教育感化作用。《明诗》评述作家作品，也颇注意美刺感化，称夏代《五子之歌》“顺美匡恶”；《诗经》“四始彪炳，六义环深”；屈原赋“讽怨”“为刺”；韦孟《讽谏诗》“匡谏之义，继轨周人”；应璩《百一诗》“独立不惧，辞谲义贞”，都是。《明诗》评述汉代以来诗歌，重点还是放在《古诗》、建安诗人、嵇阮、太康诗人、玄言诗、山水诗等方面，抓住了诗歌发展史上的主要现象，能尊重客观史实；但它重视儒家传统的诗的美刺作用，态度也是比较鲜明的。还有，刘勰着重从思想内容角度批评玄言诗，不满它们“嗤笑徇务之志，崇盛忘机之谈”(《明诗》)，“世极迍邅而辞意夷泰”(《时序》)。

鍾嵘不似刘勰那样注重诗的政治教化作用。他指出诗的特点是“吟咏情性”，但没有要求持人情性。他重视诗歌表现怨情，《诗品序》于此举例颇多，其中除“楚臣去境”一项外，都不涉及美刺讽谏内容。他主张广泛表现性情，重视表现“感荡心灵”的怨情。他对诗的思想内容要求比较宽泛，而更注意其激荡人心的感染力量。《诗品序》开头所谓“动天地，感鬼神”，也是讲的感染作用。《诗品》在评论作家作品时，也不像刘勰那样重视美刺讽谏。建安诗人较多美刺讽时之作，《诗品》仅于曹植云：“情兼雅怨。”于曹操云：“甚有悲凉之句。”提得也不鲜明突出；其他刘桢、王粲等作家评论均不涉及到这一方面。阮籍《咏怀诗》中多感怀讽时之作，《诗品》仅云：“颇多感慨之词。”也不是鲜明地从美刺讽谕方面加以肯定，倒是用“可以陶性灵，发幽思”、“使人忘其鄙近，自致远大”等语句具体赞美了阮诗强烈的感染力量。《诗品》仅于左思、应璩少数作家指出其诗的讽谕特色，评左思云：“得讽谕之致。”评应璩云：“得诗人激刺之旨。”这在《诗品》全书中比重甚小，与《文心雕龙·明诗》的于此屡屡致意相比较，确是大异其趣的。《诗品》评述作家的诗歌特色与成就，大多数场合重点都是放在体貌风格方面。《诗品》批评玄言诗，指责它们“淡乎寡味”，“平典似《道德论》”，也是从语言风格着眼。

在关于比兴的解释上，也显示出刘、鍾两人的不同倾向。《文心雕龙》有《比兴》专篇，刘勰论比兴，继承《毛诗序》传统，结合讽谕来谈，故《比兴》云：“比则畜愤以斥言，兴则环譬以托讽。”篇中特别重视兴，认为它“称名也小，取类也大”，可以寄托深广的政治内容。同时指出诗骚都是“讽兼比兴”，汉代辞赋发达，“讽刺道丧，故兴义销亡”。《诗品序》则云：“文已尽而意有馀，兴也。因物喻志，比也。直书其事，寓言写物，赋也。”不牵涉美刺讽谕。《诗品序》又认为，作诗如果专用比兴，则易导致意深词踬；如界专用赋体，则易导致意浮文散，也完全从艺术表现的效果立论。刘、鍾两人的言论，哪个更符合比兴的原来意义，这里姑置不论；但于此可见，刘勰结合比兴来谈诗歌的教化、美刺作用，鍾嵘则不然。

二、在诗歌的体裁样式方面，刘勰兼重四言诗、五言诗，鍾嵘则偏重五言。《文心雕龙·明诗》云：“四言正体，则雅润为本；五言流调，则清丽居宗。”“正体”，指雅正的体式。挚虞《文章流别论》云：“雅音之韵，四言为正，其馀虽备曲折之体，而非音之正也。”刘勰推崇《诗经》的四言诗为正体，当受挚虞影响。“流调”，似指流利靡丽之调，颜延之《庭诰》有“五言流靡”之语。刘勰称四言为“正体”，带有宗经意味。但他尊重文学发展的历史事实，故《明诗》论汉以来诗，仍以五言为主，其观点要比挚虞进步。鍾嵘则偏重五言诗，《诗品序》指出，四言诗“文繁而意少，故世罕习焉”；而五言则是“指事造形，穷情写物，最为详切”，是“众作之有滋味者也，故云会于流俗”。鍾嵘着重从艺术表现力的强弱角度，指出四言诗不如五言诗，在社会上的流行程度，也是五言占优势，这种看法是符合客观事实的。在这方面，鍾嵘摆脱了《诗经》为诗歌正统的保守观点，见解确比刘勰要进步。

三、在用典、声律、尚奇等诗歌的艺术手法和风格方面，刘、鍾两人的看法也略有不同。刘勰很重视用典，《文心雕龙》有《事类》专篇论用典。篇中强调用典的必要性，认为“明理引乎成辞，征义举乎人事”，是古代经书的通则，应为后人所遵循。篇中指出，要掌握运用大量典故，必须博览典籍，“纵意渔猎”。但刘勰强调用典，实泛指各类文章，他没有说写诗必须用典。鍾嵘则明确指出写诗不贵用事。《诗品序》云：“至乎吟咏情性，亦何贵于用事？”“观古今胜语，多非补假，皆由直寻。”还举出若干佳句，说明它们都是即目所见，不是取自经史的故实。鍾嵘因为目睹当时颜延之、任昉一派诗堆砌典故，流弊严重，痛加抨击，语气不免重了些。实际他只是说作诗不以用典为珍贵，也不是绝对排斥用典。他最推重的曹植、陆机、谢灵运三家诗，用典正复不少，他并没有因此有所贬责。可见他所排斥的是诗中堆砌典故，所谓“句无虚语，语无虚字，拘挛补衲，蠹文已甚”。同时，《诗品序》也指出，那些“经国文符”、“撰德驳奏”等类文章，应重视用典。因此，在诗歌用典问题上，两人的意见相距实际不甚远，只是鍾嵘强调不贵用事；刘勰则泛称作文必须用事，没有明言写诗应当怎样。

刘勰、锺嵘两人都重视诗歌声调的和谐流利。《文心雕龙·声律》指出，文章声调，应“玲玲如振玉”，“累累如贯珠”；音韵蹇碍，是“文家之吃”。《诗品序》也认为，“文制本须讽读，不可蹇碍”，应“清浊通流，口吻调利”。但两人对当时王融、沈约等提倡的声病说则持不同态度。刘勰主张区分飞声、沉声，当即指区分平声与上去入三声。《声律》云：“双声隔字而每舛，叠韵杂句而必睽。”相当于沈约所谓八病中的傍纽和大韵、小韵三病（参考黄侃《文心雕龙札记》）。可见刘勰对永明声病说大体上抱赞成态度。《诗品序》则讥永明新体诗为“襞积细微，专相陵架，故使文多拘忌，伤其真美”；并直接对四声八病之说表示轻蔑：“至平上去入，则余病未能；蜂腰鹤膝，闾里已具。”在这方面，锺嵘对永明声病说表现得不理解，对其缺点看得过多。

关于文风的奇，刘、锺两人看法也有些差异。《文心雕龙》所谓奇，有两种情况，须加以区别。一是指文辞、题材的奇丽、奇伟，刘勰对此持肯定态度。他赞美屈宋作品为“奇文郁起”（《辨骚》），有“炜烨之奇意”（《时序》）；对这种奇，他认为应当吸取，即所谓“酌奇”。他批判纬书，但对纬书的“事丰奇伟”也有所肯定（《正纬》）。另一种是指文辞、内容的奇诡，即逐奇失正，对此他持否定态度。《定势》指出，颠倒文句是近代辞人创作中的一种常见不良现象。《史传》则批评世俗之人作史爱奇而“莫顾实理”的倾向。《体性》贬抑新奇而“危侧趣诡”的文风，《序志》抨击“辞人爱奇，言贵浮诡”的文风，都是此意。《诗品》所谓奇，比较单纯，只有肯定义的，指体制风貌、用词造句上的奇特不凡。《诗品》的奇，有时称为警策，与平庸、平钝的诗风相对立。《诗品》常用“奇”来赞美作家作品，如评曹植为“骨气奇高”，刘桢为“仗气爱奇”；同时用“平”来表示贬抑不满，如讥玄言诗为“平典似《道德论》”，讥当时膏腴子弟诗为“终沦平钝”。刘勰在论奇时，注意以雅正的儒家经典文风来约束奇，所谓“执正驭奇”（《定势》）；他认为逐奇失正，文风就流于奇诡。锺嵘对宋齐时鲍照、谢朓等新诗风也有所不满，但他不使用奇诡这一词语加以贬责。他一味肯定奇，而贬抑平。刘勰使用奇与正为一组术语，鍾嵘使用奇与平为一组术语。

四、在某些作家作品的评述方面，刘、鍾两家之论亦有差异，主要表现在西汉五言诗作者、王粲刘桢两家的位置先后、谢灵运和山水诗的评价这几个问题上。关于西汉文人诗作者，涉及到文人五言诗的创始问题。《诗品》列李陵、班婕妤两家，不列苏武；江淹《杂体诗》于西汉亦仅拟李、班两家，鍾、江看法一致。《文心雕龙·明诗》则指出，西汉成帝时刘向编定群书目录，“辞人遗翰，莫见五言，所以李陵、班婕妤见疑于后代也”。又《玉台新咏》列有枚乘《杂诗》九首，《明诗》则云：“《古诗》佳丽，或称枚叔。”亦取存疑态度。关于西汉文人五言诗作者，当时传闻异词，故《文心》、《诗品》、《文选》、《玉台》诸书的评述或题署，各自有所不同。看来刘勰对此最为审慎，对于西汉是否有比较成熟的文人五言诗，他表示怀疑；鍾嵘对此则加以肯定，并在论述诗人继承关系时突出了李陵的作用。

鍾嵘于建安诗人，曹植下最推重刘桢，声称“自陈思以下，桢称独步”，其次则为王粲。《诗品序》称“曹、刘殆文章之圣”，不提到王粲。江淹《杂体诗》，拟刘桢诗亦在拟王粲诗之前，这是鍾、江两家看法一致的又一例。按裴子野《雕虫论》称“曹、刘伟其风力”，说亦同于《诗品》。刘勰则更重王粲。《明诗》云：“兼善则子建、仲宣，偏美则太冲、公幹。”谓曹植、王粲兼长四言、五言诗，刘桢、左思则专以五言取胜。《体性》列举历代名家，于建安举王粲、刘桢，王在刘前。《才略》说得更为明确：“仲宣溢才，捷而能密，文多兼善，辞少瑕累，摘其诗赋，则七子之冠冕乎！”按《宋书·谢灵运传论》亦以曹植、王粲为建安文学的代表，与《文心》一致。刘、王两家诗成就都颇高，刘以风骨清峻胜，王以文采工丽胜，其中品第略有高下，同批评者个人爱好不无关系。《诗品》文风，散句多而气盛，《文心》文辞则工致密丽，这恐是两家意见差异的一个重要原因。再则鍾嵘不满王粲“文秀而质羸”对南朝诗风带来的不良影响，故稍抑王；王粲兼长辞赋，《文心》统论各种文体（《宋书·谢灵运传》亦然），故以王粲为代表。这也是重要原因。

锺嵘对谢灵运评价很高，刘宋诗人只有谢一人列于上品。《诗品序》称谢为“元嘉之雄”，认为其地位犹如建安之曹植、太康之陆机。正文虽也指出谢诗有过于繁芜的缺点，但总的评价很高。西晋张协的诗，也长于写景，“巧构形似之言”，对谢诗产生影响。锺嵘对张协评价也甚高，列于上品。这说明锺嵘对谢灵运和山水写景一派诗歌是很赞赏的。刘勰于此态度有所不同。《文心》体例，对刘宋作家不作具体评述，于谢灵运亦然，但他评论山水写景诗，却是语杂褒贬。《物色》篇对刘宋以来崇尚形似的山水写景诗颇加肯定，认为它们刻画景色，做到细致逼真。《明诗》篇确切地指出了宋初山水诗“情必极貌以写物，辞必穷力而追新”的特征后，接着说：“此近世之所竞也。”语含贬意。《比兴》篇更是道出了对山水写景诗有所不满的原因。它指出，汉魏以来的许多辞赋和一部分诗歌，重视“图状山川，影写云物”，虽然比喻也很生动，但丧失了《诗经》、楚辞那种“讽兼比兴”的优良传统。这里可以看出，刘勰重视诗歌美刺讽谕内容的观点，也表现在对谢灵运一派山水写景诗的评价中间。

以上就锺嵘、刘勰两家诗论的异同，略述其主要之点。两人生活在同一个时代，受着基本上相同的文化学术环境的薰陶。在当时，儒学、玄学、佛学同时流行，但在文学领域，儒家思想的指导仍占主导地位。南朝文学，继魏晋之后，骈俪文风进一步发展，讲求对偶、辞藻、音韵之美。这些都给两人以重大影响。两人论诗最推崇《诗经》，认为《诗经》是诗歌的典范和源头，继承《诗经》传统的作家作品风格最为雅正；两人对当代发展楚辞传统、过于靡丽的诗风都表不满，企图藉推崇《诗经》来加以矫正。另一方面，两人又都重视对偶、辞藻等文采，因而都推重曹植、王粲、潘岳、陆机等作家，而对汉乐府民歌、陶潜等作家作品则不够重视甚至轻视。建安以后，五言诗已在诗坛占据主导地位,诗的内容也以表现日常生活中的情景为主,不像汉儒那样强调美刺的政治内容。鍾嵘的诗论更能适应这方面的时代潮流,他完全肯定了这种现象。刘勰则受儒家传统的约束较强一些,观点比较保守。尽管《明诗》也以较多篇幅介绍了五言诗的重要作家作品,但他留恋四言诗,誉为“正体”,他重视诗歌的美刺讽谕内容,并根据这根尺子来赞美某些作家作品,同时贬抑另一些作家作品,对汉魏以来诗赋作品丧失“讽兼比兴”的传统深表惋惜。两人诗论的差异,看来主要是表现在这一方面。

增补本后记

上世纪八十年代，我整理自己的关于中国古代文学理论批评的论文，编成两部集子，一是《文心雕龙探索》，一是本书初版本，分别由上海古籍出版社、齐鲁书社出版。时隔近二十年，书脱销已久，无从满足读者的购阅要求。承上海古籍出版社厚意，今年上半年出版了《文心雕龙探索》（增补本），本书的增补本也将于明年由该社出版。

本书上编中前面数篇，除两篇谈研究方法外，着重介绍古文论中的某些术语、概念，写得都比较简括。其中文质、风骨二者，均相当重要，我另有长文阐明。文质论见本书下编，风骨论见《文心雕龙探索》，请读者参看。后面十多篇，大抵论述一部分重要批评家及其思想，从曹丕直到严羽。

本书下编是新增部分，前面四篇谈研究方法与艺术特征论、文质论。中间十多篇分别论述一部分重要批评家及其思想，其中某些篇章着重从接受史角度进行探讨。关于司空图《二十四诗品》的真伪问题，我原本也是相信为真，自从陈尚君、汪涌豪两君提出质疑后，我比较倾向于它是后人伪作。这一问题，目前学术界尚无定论，不妨进一步探讨。最后两篇，是介绍郭绍虞先生的旧版两卷本《中国文学批评史》和我自己研究中国古代文论的一些体会。上世纪八十年代至九十年代，我的研究精力主要花在七卷本《中国文学批评通史》的第二卷《魏晋南北朝文学批评史》、第三卷《隋唐五代文学批评史》（两书均与杨明同志合著）上面，因而所写单篇论文不多。收集在本书下编中的一部分篇章，还是编写上述两书时的副产品。

数十年来我撰写的单篇论文，迄今为止大抵收集在四本书中，它们是:《乐府诗述论》(含《六朝乐府与民歌》、《乐府诗论丛》、《乐府诗再论》三种)、《汉魏六朝唐代文学论丛》(增补本)、《文心雕龙探索》(增补本)与本书《中国古代文论管窥》(增补本)。以上四书，前两种着重谈文学创作，属文学史领域;后两种着重谈文学理论批评，属文学批评史领域。我于1947年毕业于复旦大学中文系，留任为该系教师。半个多世纪以来，教学与研究工作，大抵集中在中国中古时期汉魏六朝隋唐五代文学领域，由于精力不济(特别视力衰弱)，不遑延伸到其他时期，颇感遗憾。收集在本书中的论文，也只有论严羽、王士禛的三篇，属唐五代之后。除上述四本论文集外，尚有《当代学者自选文库·王运熙卷》、《望海楼笔记》、《中古文论要义十讲》三种，都是选集，所选篇章绝大部分见于上述四本论文集，请读者鉴察。又承杨焄同志帮助校阅清样，特致谢意。

2005年11月